KB252583

박범신

제비나비의 꿈

Published by MINUMSA

A Swallowtail Butterfly's Dream
Copyright © 2005 by Park Beom-sin
All rights reserved.
Printed in Seoul, Korea.

For information address Minumsa Publishing Co.
506 Shinsa-dong, Gangnam-gu, 135-887.
www.minumsa.com

First Edition, 2005

ISBN 89-374-2023-6(04810)

오늘의 작가총서 23

박범신

제비나비의 꿈

민음사

차례

겨울 아이

그해 겨울, 고향으로 가는 강변에서의 저녁 무렵에 나는 그 아이를 만났다. 그때 나는 퇴색한 가죽가방 하나 덜렁 들고 이미 강 건너편에 가닿고 있는 발동선의 환한 불빛을 바라보고 있었다. 건너편 나루터에서 갈대밭을 가르고 하얗게 뻗어 있을 고향길은 어둠에 가려 보이지 않았다. 나는 담배를 태워 물고 나목처럼 선 채 강심을 핥고 가는 바람 소리를 들었다. 고향에 올 때면 언제나 그랬던 것처럼, 가슴 한 자리가 차갑게 비어오는 느낌이 들었다. 흔들리는 수면, 어두운 개펄과 키 큰 미루나무, 수런거리는 갈대밭, 그리고 두런두런 사라지는 사람들의 발소리, 멀고 가까운 저녁 불빛……. 그 모든 침잠된 풍광과 적막한 불빛 때문에, 귀향할 때의 나는 매번 조금 서러워져서, 도시에서의 질기고 때 묻은 껍질들을 바람 센 강변에 홀가분하게 벗어놓는 듯한 기분이 되곤 했다.

그날도 예외는 아니어서 담배 한 개비가 완전히 탈 때까지 나는 움직이지 않았다. 까마득하게 먼데서 개 짖는 소리가 들려왔다. 나

는 목덜미를 한번 부르르 떨고 비로소 춥다는 생각을 했다. 바로 그
때, 흡사 개 짖는 소리에 불려온 듯이 그 아이가 홀연히 내게 나타
났다. 무릎이 불쑥 나온 검정 바지, 낡은 털셔츠, 허리가 드러난 다
우다잠바를 걸치고, 빵모자를 눈썹까지 뒤집어쓴 위에 토끼털의 귀
걸이까지 하고 있어서, 아이는 처음, 먼제서 온 이상한 차림새의 거
지왕자처럼 내게는 자못 환상적으로 보였다.

"건널 꺼유?"

거짓말같이 투명한 목소리로, 아이가 내게 말을 붙여왔다.

"그래, 고향이 강 건너다."

"늦었슈, 인자 나룻밴 저쪽서 밤새울 팅게."

바지주머니에 엄지손가락만 나오게 두 손을 쑤셔 넣고 휙휙 휘
파람을 불면서 아이는 발장단까지 치고 있었다. 부여 쪽에서 강을
따라 올라온 매운바람이 나루터 뒤편의 우뚝 솟은 돌산에 곤두박질
을 쳤다. 파먹을 대로 파먹어서 정상보다도 아래쪽이 더 파여진 돌
산——이따금 파편처럼 남겨진 돌로, 하릴없는 석공이 비석이나 만
들어 팔 뿐, 주위에 난립한 주택들 때문에 이제 방치해 놓을 수밖에
없게 된 채석장의 어두운 공간이 유난히 깊고 음산해 보였다.

"춥쥬, 아저씨?"

"강바람이라 차구나."

"쐬주 한 병 딱 차구유, 구들장이나 지러 가쥬. 야끼모처럼 딱신
딱신한 방 있응게로!"

아이가 씩 웃었다. 나는 비로소 뜨내기 길손을 낚으러 나온 아이
의 정체를 알았다.

"짜아식, 그래 너의 여관 어디니? 읍내니?"

"지미랄 것, 읍낸 오살나게 비싸기만 헌 거 모르슈? 읍내보다 훨
씬 낫어유. 저기, 저기유."

아이가 손가락질을 했다. 돌산에서 K읍과 나루터 사이를 가로지르고 곧게 지나고 있는 강둑 끝에서 옥녀봉의 검은 머리가 우선 눈에 들어왔다. 그리고 그곳에서부터 나루터까지 반원을 그리며 나앉은 곳은 갈대가 말라붙은 버려진 개펄이었디. 아이는 그 개펄의 한 점을 가리키고 있었다.

"저기 불빛 하나 뵈쥬?"

"그래 뵌다."

"고게 우리집인디, 읍내 워디보담도 기찬 여관이다 이거유, 방 따끈하게 불 놓고 나왔응게 안 갈라면 마슈. 꽁갈 아녀유!"

화가 난 듯이 거의 씨근거리며 아이가 소리쳤다.

이 년 전만 해도 아이가 가리키는 그곳은 강 건너 송산군민들이 K읍으로 드나들던 유일한 관문이었다. 오밀조밀 가게와 주점들이 모여 있었고, 사공이 노를 젓는 낡은 나룻배가 하루에도 수십 번 도시로 가는 사람들을 그곳에 부렸다. 그러던 것이 강안에 토사가 쌓이고 배를 대기 어려워지자, 나루를 관리하던 송산군청은 강 건너 쪽 나루와 직선거리인 현재의 돌산 밑으로 나루터를 옮기고, 배도 발동선으로 바꿔 신장개업을 했다. 그곳에 있던 가게와 주점들은 하루아침에 생계의 유일한 수단을 잃어버렸다. 한 달도 못 돼 하나둘, 새 나루터로 옮겨 앉거나 읍내로 떠나서 본래의 나루터는 황폐한 개펄의 일부가 되어갔다. 그런데 딱 한 집만이, 유독 그 버려진 땅에 외롭게 남아 있어서 고향에 오가던 때마다 맹랑한 호기심을 불러일으켰던 기억이, 나는 비로소 떠올랐다. 더구나 지난여름엔 그 집 앞의 공터, 다른 가게들이 있었던 자리에, 네모반듯하게 토치카처럼 지어놓은 시멘트 건물이 생겨난 것을 보았었다. 강을 건너기도 전에 나는 그 건물이 K읍의 분뇨탱크임을 알았고, 이젠 저 집도 별수 없이 쫓겨 가리란 생각으로 까닭 없이 섭섭한 기분에 사로

잡혔던 것인데, 아이가 가리키는 손가락 끝에서 지금까지 그 집은, 옆의 시커먼 분뇨탱크에 맞서듯이, 밝은 불빛을 사려 안고 남아 있었다. 나는 묘한 감동을 느꼈다.

"참 내! 갈 참유, 안 갈 참유?"

빵모자 속에서 아이가 마침내 짜증을 냈다.

"가자, 인마!"

섰던 자리에서 빙글 한 바퀴 돈 아이는 휘파람을 찍 갈기고 쪼르르, 나루터를 떠났다. 소주와 새우깡을 한 봉지 사들고 아이를 따라 둑으로 올라서자, 저만큼 평야의 한 자락을 깔고 앉은 K읍의 불빛이 환히 내려다보였다. 가라앉은 K읍의 소음에 섞여 열차의 목쉰 기적도 들려왔다. 일제 때만 해도 한꺼번에 수백 척의 상선들이 입항할 수 있었던 큰 도시였다. 강변에는 즐비하게 요릿집이 들어차고, 황산동 명월관 앞엔 꽃 같은 기생을 실어 나르는 인력거가 진을 쳤다고 한다. 그러나 해방 후, 자꾸 졸아져서 지금은 고깃배 몇 척이 강심에서 잉어나 낚아올리고, 이만 인구를 유지하기에도 힘에 겨운 쇠락해 가는 소읍이었다.

"요리 내려가야 혀유."

아이가 촐랑촐랑 둑을 내려섰다.

"길은 삼 년 전이나 똑같구나."

"풀이 요렇게 무성헌디두유? 씨팔, 나루터가 윙겨가기 전엔 증말 기분 째졌었는데……"

"째져?"

"우리집에서 술집 혔거등유, 강에서 잡은 메기, 뱀장어가, 손님이 하도 많아 안주로 만날 모자랄 정도였다 그 말유."

부스스, 마른 갈대가 길 양편에서 몸을 떨었다.

옥녀봉 쪽에서 개새끼들아, 하고 누군가 악을 쓰는 소리가 들려왔다. 습기 찬 동굴을 울려나오는 것처럼, 그 소리는 주위의 어둠을 날카롭게 할퀴며 강바람에 파묻혀 갔다.

문득, 구치소의 투박한 마룻바닥이 생각났다.

더럽게 때가 끼고 썰렁썰렁 찬바람이 기어오르던 그 마룻바닥. 사실 나는 그해 가을, 교문 앞에서 돌이나 몇 개 집어던지고 비실비실 웃으며 도망치던 데모 따위에는 조금도 끼어들고 싶지 않았었다. 그보다도 불란서 상징주의 작가들에 대한 논문 자료 수집이 더 급했던 것이다. 해를 넘기면 졸업반이 아닌가? 군 수리조합장인 아버지는 애당초 내가 법관이 되기를 원했다. 그래서 내 고집대로 불문과에 입학했을 때, 맹꽁이처럼 나온 배를 뒤뚱거리며 반질반질, 벗겨진 대머리가 빨갛게 되도록 혈압이 올라, 방 안을 서성거리던 아버지의 모습은 가관이었다. 그렇지만 나는 꾀죄죄해도 좋다, 교수가 되자 하고 두 눈을 내리깐 채 침묵으로 맞섰다. 아아, 하지만 대학 삼 년! 수많은 데모, 수많은 휴교 때문에 귀한 시간만 잡아먹고 난 나는 말라르메, 발레리의 시정신조차 제대로 이해 못하는, 겉멋만 든 불문학도가 되었다. 졸업이 가까워질수록 하릴없이 대학시절을 보냈다는 자책으로 나는 부끄러워졌다. 그리하여 그 가을에, 조그마한 논문이나마 하나 써두려고 차근차근 준비를 해오던 터였다. 그런데 그 빌어먹을 놈의 학회장 녀석이 어느 날 명동 지하 술집에까지 나를 유인해 놓고, 불쑥 그놈의 선언문인가 뭔가의 초안을 내 앞에 내놨다.

"공부하겠다는 널 데모에 끌어넣고 싶지는 않아. 다만 이 선언문의 문장을 좀 손봐 달라는 거야. 나야 문장 실력은 먹통이라서 뼈대만 적었을 뿐인데……. 이 정도도 발뺌한다면, 네놈 두개골에선 쉬고 썩은 냄새가 난다고 소문낼 거야!"

놈이 나를 이렇게 협박했다.

나는 이미 낚지볶음에 특주까지 얻어 마신 후였으므로, 그걸 탁자 위에 올려놓고 놈의 말대로 손을 봤다. 결국 겨울이 막 시작되던 어느 저녁, 나는 하숙집에서 발레리의 「해변의 묘지」를 읽다가 연행되었다. 그리고 그 신나는 크리스마스이브도 뺏긴 채 인정머리라곤 손톱만큼도 없는 그놈의 구치소 마룻바닥에서 새우잠을 자지 않으면 안 되었다.

한 달 만에 풀려나오자, 발레리고 나발이고 걷어치우고 무조건 고향으로 가고 싶었다. 곧장 열차를 타고 K읍의 무표정한 거리를 지나서 나루터에 도착했을 때, 바로 그 아이가 나타난 것이었다. 아이는 어둠 속인데도 폴짝폴짝 뜀뛰듯이 걸었다.

"아자씬 학생인게뷰?"

앞장을 선 아이가 물었다.

"그래, 학생이다."

"대학유?"

"대학도 아니?"

"그럼유, 나루터만 윙겨가지 않았으믄 울 아부지가 나도 대학까징 보내준다고 혔었는디 인자 말짱 도루묵이랑게유. 여기 또랑잉게, 잘 건느야 돼유."

시궁창 냄새가 나는 도랑을 건너뛰며 아이가 내게 주의를 주었다. 도랑은 거의 말라붙은 채 얼어붙어 있었다.

"아빤 그럼 뭐 하시니?"

"돌산에 나가서 이것저것 잡일을 허는디 겨울엔 일도 읎유."

"형은 없니?"

"동생이 하나 있구만유. 다섯 살짜리 지지밴디 재워두고 나왔유. 엄니는 생선장사허구유."

"생선장사?"

"황새기랑 동태랑 함지박에 이고 팔러 다녀유. 아자씨, 동태찌개 안 좋아혀유?"

길이 강 쪽으로 구부러진 곳이어서 아이의 모습은 잠시 갈대에 묻혀 보이지 않았다.

"좋아하면 네가 해줄래?"

"우리 엄니 찌개 솜씬 읍내에서 알아줬다구유. 왕년에 우리집 메기탕 허면 끝내줬응게. 인자 다 왔유."

길을 돌아서자 저만큼 분뇨탱크와 아이의 집이 보였다.

"엄니, 손님 하나 물었어!"

또르르 굴러가듯 뛰어가며 아이가 소리쳤다.

퇴락한 집이었다. 가게 자리였던 토방 아래의 빈 공간은 문짝도 없이 휭 열린 채고, 초가지붕은 여기저기 주저앉아서, 어른거리는 남폿불빛에 한없이 음산해 보였다.

"어서 오세유. 집이 누추혀서 워쩐대유."

망연히 서 있는 내 눈치를 살피며 아이의 어머니가 허리를 펴고 나를 맞이했다. 바람을 따라 분뇨 냄새가 확 풍겼다.

"많이 팔았어, 엄니?"

"그려. 오늘은 쬐매 재수가 있었능갑다."

커다란 호주머니만 매달린 앞치마에 코를 패앵 풀고 여자가 남자처럼 투박하게 웃었다. 타월로 목도리를 하고, 펑퍼짐하게 내려오다가 끝만 오그려 붙인 바지를 입었기 때문에, 그녀의 모습은 일제 때의 노무자를 연상시켰다. 새우젓과 동태 몇 마리가 담긴 함지박이 그녀 앞에 놓여 있었다. 생선 함지박이 빼곡히 들어찬, 아침저녁 통학차의 지저분한 실내가 잠깐 떠올랐다. 새벽에 새우젓, 동태, 황새기 따위를 떼어다가 함지박에 이고 근처의 장터마다 찾아다니며 소매를 하고 돌아오는 여자들이 K읍엔 아직도 많이 있었다. 그래서 동이 틀 무렵 출발하는 통학차엔 언제나 와자지껄한 활기가 넘치고, 비릿한 바다 냄새까지 풍기곤 했다.

"생선장순 짭짤하게 되나 보죠?"

"뭘유. 오늘은 날씨가 춰선지 사가는 사람마다 값을 안 깎었응게 쬐매 재미를 봉거쥬. 참, 얼큰하게 동태찌개 해드리까?"

"좋지요, 그거."

"우선 안방으로 들어가 기슈. 야, 달근아! 워서 저쪽 끝방에다 불 빼다 넣어라, 잉."

"그려유, 아자씨. 십 분이면 딱신해징게로……."

아이가 한쪽 눈을 찡긋했다. 그러나, 야끼모처럼 따끈따끈한 방 있다는 나루터에서의 거짓말을 그다지 미안하게 생각하는 눈치는 아니었다. 여자가 앞치마 끝에 손바닥을 비비대고 부엌으로 들어갔다. 부엌은 가게터에서 안방을 건넌 다음에 있었다. 그 부엌 입구에서부터 기역 자 꼴로 달아낸 한 개의 가건물이 있었는데, 방문만 세 개가 보였다. 이쪽 가게 건물과 달리 초가가 아닌 슬레이트 지붕인 것이, 아마 장사 잘되던 시절 술손님들을 위해 임시로 신축했던 모양이었다.

나는 여자가 한사코 말리는 것을 무릅쓰고 그 건물의 끝방으로 들어갔다. 오싹 몸서리가 쳐질 만큼 방바닥이 차가웠다. 아이가 가져다준 더러운 이불을 깔고 앉으니까 등 뒤에서 갈대의 사각거리는 소리가 들렸다. 좁게 뚫린 창을 열자 옥녀봉 앞을 비켜 북으로 휘돌아진 강의 침침한 수면이 바로 눈앞에 보였다. 그리고 강변을 향해 불과 이삼십 미터의 간격을 두고 버티고 선 분뇨탱크의 한 귀퉁이가, 강의 한 자락을 반듯하게 자르며 괴물처럼 서 있었다.

망할 자식들! 집 앞에 똥간을 짓다니…….

분뇨 냄새 때문에 창을 닫으며 나는 낮게 중얼거렸다.

"뭐여! 이 사람 잡을 놈 보소!"

갑자기 여자의 날카로운 목소리가 들려왔다.

"그럼, 워쪄? 손님 잡을라고 잠들었길래 혼자 나갔는디……."

"시방 몇 신디 인자 밀혀?"

"나는 엄니가 와 있길래 시방까지 자는 줄 알었잖여."

"썩을 놈, 지랄허고 자빠졌네. 아, 후딱 못 가!"

"워딜 가?"

"나루터랑 역전이랑 찾어보란 말여! 그 어린 게 워딜 갔다는거, 도대체? 니 아부지가 데려갔는지 모른게로 니 아부지도 좀 어딨나 보고."

아이의 뛰어가는 발소리가 들렸다.

어디선지 또 컹컹 개가 짖었다. 그것은 단순하게 그냥 짖는 게 아니라 금방이라도 허연 거품을 물며 나뒹구는 듯, 어둠 속에 처참하게 내리꽂히는 것 같았다. 으스스 오한을 느끼며 나는 문밖으로 나섰다. 이때, 한 사내가 가게 자리를 건너오다가 멈칫 서며 나를 바라보았다. 개 짖는 소리 때문인지 순간, 사내의 표정이 차갑게 굳어지는 것 같았다.

"워매, 언제 와 갖고 요롷게 서 있댜? 저 말여유, 달순이가 읎어졌유, 글씨. 달근이란 놈이 재워놓고 나갔는디 인자 다섯 살배기가 워딜 갔대유?"

부엌에서 나오던 여자가 발을 동동 굴렀다. 한마디도 없이 장승처럼 서 있던 사내가 천천히 돌아서고 있었다.

"얼래! 어딜 가유?"

"아, 찾어봐야 할 거 아닝게비."

"달근이가 나갔응게 쬐매 기달려 봐유. 저, 주무실 손님도 오셨응게로 같이 방으로 들으가유. 찌개 끓는게비유."

사내와 나는 방으로 들어갔다.

말이 없는 사내였다. 술상이 들어와 마주 앉고도 사내는 눈만 내리깐 채 도무지 말하려는 기색이 없어 보였다.

"요놈으 자식은 나가더니 꿩 귀먹은 소식이네. 나도 좀 갔다올팅게 술이나 한잔씩 허구 기슈. 아따, 이 양반은 부처님 뱃속에 들어앉았나. 아, 손님 술도 좀 권하고 그려유."

여자가 눈을 흘기고 토방을 나서도 사낸 묵묵부답이었다. 부스스 일어선 머리, 메마른 표정, 핏줄이 툭 불거진 목과 가라앉은 어깨. 아이의 어머니와는 대조적으로 체구가 조그마한 사내는, 이따금 치켜뜨는 눈초리만이 반짝 빛나서 아주 질기고 단단한 느낌이 들었다.

"잔 받으시죠."

"아, 예…… 고향이 송산이신게뷰?"

"예, 소재지예요."

사내는 다시 눈을 내리깔았다. 갈대밭을 가르고 가는 바람 소리가 침묵 속에 오가는 소주잔 끝에 차갑게 묻어났다.

"학상이시구만?"

한참 만에 사내가 다시 물었다.

"방학해서 내려가는 길이예요."

"아버지도 기시고?"

"예, 고향에 계시죠."

"고향이라…… 나는 진바실에 살았었지유!"

불쑥, 사내가 볼멘 듯이 잘라 말하곤 다시 입을 다물었다.

"진바실이라면 없어진 마을이 아닙니까?"

"그렇쥬, 우린 쫓겨난 거쥬!"

사내의 눈빛이 반짝 빛났다.

　진바실은 원래, 송산 입구의 저수지를 끼고 뒤편 골짜기로 돌아서 사 킬로쯤 들어가야 되는 산골마을이었다. 불과 이십여 가구가 산비탈의 농토를 부쳐먹고 살던 이 가난하고 작은 마을은 몇 년 전 저수지를 확장하고 유원지로 개발하려는 송산군의 계획으로 풍비박산이 되었다고 들었다. 그렇다고 마을 자리가 저수지로 밀려든 것도 아니었다. D시에서 서울로 빠지는 새 국도가 저수지 앞을 통과한다는 풍문이 떠돌자, 진바실 일대의 숲지대에 도시의 투자가들이 몰려들었던 것이다.

　"촌놈으 새깽이덜이 지 땅값 배로 쳐준다는디 안 팔라고 지랄발광이여. 곱게 말헌게로 요것덜이 정신을 못 차려갖고……. 그저 무식헌 것들은 사족을 못 쓰게 사정 두지 말고 콱 이 조져야 하능 건디……."

　그 무렵, 자가용을 타고 온 낯선 손님들과 어울렸다가 밤늦어 귀가하곤 하시던 아버지는 곧잘 대문을 들어서며 이렇게 역정을 내곤 하셨다. 촌놈의 새끼라는 아버지의 한마디가 괜히 마음에 걸렸지만, 난 그 일에 조금도 신경을 쓰지 않았다. 어차피 고등학교를 서울로 가면서부터 나는 이미 집에 와 있을 때 손님과 마찬가지였고, 아버지가 하시는 일엔 아예 관심조차 없는 처지였던 것이다. 어찌 되었든 진바실 사람들은 하나 둘 이삿짐을 쌌고, 근처의 산기슭이 별장지대로 개발된다는 소문이 돌았다. 그러나 국도는 저수지를 외면한 채 송산을 우회하여 개통되었고 작년 여름, 저수지로 형과 밤낚시를 갔다가 젖소와 돼지를 키우는 근대적 목장의 모습을, 나는 진바실이 자리 잡고 있던 산자락에서 보았다.

　"별장지대가 된다더니 웬 목장이야?"

　저수지의 둑 위에 팔베개를 하고 무심코 나는 물었다.

　"식품 생산을 주로 하는 태아기업이 경영하지. 그 회산 저런 거

대한 목장을 곳곳에 가지고 있다더라. 저 땅을 앞장서서 사주고, 사람 시켜 D시에 태아기업의 대리점을 낸 사람 누군지 넌 모를 거야……."

수면에 떠 있는 빨간 찌를 보며 형은 속삭이듯 말했었다.

문득 D시에 나들이가 잦은 아버지의 혈색 좋은 얼굴이 떠올랐지만 나는 진바실 따위는 금방 잊은 채 낚시만 담가놓고 잠들어 버렸다. 이십여 호가 모여 있던 작은 마을에 관한 것까지 섬세하게 관심을 기울일 만큼, 그 무렵의 나는 고향을 사랑하고 있지 않았던 것이었다.

"몇 시나 됐나유?"

사내가 술잔을 건네며 물었다. 아이도, 아이의 어머니도 돌아오지 않는 게 몹시 마음에 걸리는 모양이었다. 시간은 열 시가 넘어서고 있었다.

"나가보시지요."

"그려야 헐라는게비구만. 달근이놈을 낳고 구 년 만에 딸년을 났당게. 뭐, 가족계획인가 허는 걸 헐라고 혀서 그렁 게 아니라, 즈이 엄니가 수술을 받은 일이 있었거등. 만년에 딸이라고 고걸 낳고 봉게로 알게 모르게 정이 가는 게 거참 묘헙디다. 나루터만 윙겨가지 않었으믄, 고상은 들헐 티지만, 목구녕이 포도청인디 별 수 있간디. 즈 엄닌 생선장수, 난 뭐 일 읎나 허고 맨날 즈덜 남매만 내박쳐둥 게로, 이것덜이, 애빌 봐도 반가워허는 구석이 읎어. 세상에 자식 귀헌지 모르는 놈이 워디 있겄어? 생각허면 섯바닥을 깨물고 죽을 일인디……."

남포 불빛에 반질거리는 검붉은 사내의 안면에 참담한 회한과 아픔이 잠깐 떠올랐다. 우린 함께 밖으로 나섰다. 갈대소리가 우수수 하고 낙엽지듯 들려왔다.

“육시럴 놈의…… 눈까징 내리는구만.”

사내가 가래침을 탁 뱉으며 중얼거렸다.

정말, 눈이 내리고 있었다. 돌산 꼭대기에서 바람은 더욱 악을 썼고, 희부옇게 가라앉아 뵈는 강줄기는 분뇨냉크 뒤에서부터 나루터를 휘돌며 어둠 속에 묻혀 있었다. 다만 건너편 강안에 불쑥 솟은 몇 그루 미루나무, 나루터와 멀고 가까운 자연부락들의 쇠잔한 불빛, 그리고 상류 쪽에서 나루터를 향해 기어내리는 고깃배의 등불 하나가 이 황량한 늦은 밤의 강변을 그나마 고요하게 품에 안고 있었다.

“낚싯배인가 보죠?”

“뭐, 워쩌다 잉어나 한 마리 낚어볼까 허고 조롷게 밤새 그물을 넣어보지만 잉언 눈이 멀었겄어? 왕년이사 금강의 잉어가 알어줬지만 말여.”

강심의 고깃배가 등불을 밝힌 채 분뇨탱크 뒤쪽을 내려가고 있었다. K읍 쪽에서 기적 소리가 들려왔지만 읍내의 야경은 강둑에 가려 보이지 않았다. 기적 소리는 어두운 강줄기를 따라 오래오래 남아 있는 것 같았다.

“곤헐 틴디 학상은 가 주무슈.”

“아뇨, 저도 함께 나가보겠어요.”

그러나, 사내와 나는 몇 발자국 걷기도 전에 눈발 속에 나타나는 아이와 아이의 어머니를 만났다.

“암디도 읎유. 역전이랑 나루터랑 돌산까징 이 잡듯이 다 찾어봤는디…….”

여자의 말끝이 절망적으로 떨려 나왔다.

“에그, 요놈의 새깽이가 웬수여! 어린 걸 혼자 놔두고 저만 나가 한나절씩이나 싸댕겨!”

"만날 그런 걸 엄닌 왜 나만 갖고 그려!"

"눈까징 뿌리는디 이 일을 워쩌면 좋댜!"

여자가 마침내 삐질삐질 울기 시작했다.

바로 이때였다. 팔짱을 낀 채 입술을 질근거리며 묵묵히 서 있던 사내가, 돌연 아이의 손에 들린 군용 플래시를 채뜨려 쥐고, 미친 듯 집 앞의 공터를 지나 분뇨탱크 쪽으로 내닫는 것이었다. 서둘러 뒤쫓아 가는 아이와 여자의 뒷모습을 보면서 불현듯 나는 불길한 예감에 사로잡혔다. 아냐, 그럴 리 없어. 머리를 세차게 흔들어보았지만 이미 거품을 물고 자지러드는 여자의 비명 소리가 나의 의도적인 부정에 쐐기를 박았다. 이어서 아이의 울부짖음이 괴물 같은 분뇨탱크 주변에 참혹하게 곤두박질을 치고 있었다. 풀썩 무릎을 꺾은 채 탱크 입구에 떨고 있는 사내의 뒷모습이 보였다.

탱크 안은 함정 같은 어둠뿐이었다.

호흡을 삼키며 나는 사내 옆에 떨어져 있는 플래시를 집어 올렸다. 엉겨 붙은 분뇨의 한 자락이 플래시의 동그란 불빛 속에 떠올랐다. 그리고 콘크리트의 습기 찬 벽, 퀭하니 뚫린 통풍구. 아아, 다음 순간 나는 질끈 눈을 감아버렸다. 구역질이 났다. 거무튀튀한 분뇨 표면의 한구석에 엎어진 자세로 분홍색 스웨터 하나가 삐죽이 솟아올라 있었다.

개새끼들…….

차츰 불길 같은 분노가 전신에 차올랐다.

한참 동안 나는 우선 나의 내부에서 들끓는 대상 없는 분노를 삭여내리는 데 애를 쓰지 않으면 안 되었다.

이윽고 사내가 탱크 안의 스웨터를 건져 안았다.

사내는 분뇨가 엉겨 붙은 계집아이의 머리칼을 손가락으로 빗질하고 얼굴을 훔쳐냈다. 검게 얼어붙은 손바닥만 한 다섯 살 계집아이의 얼굴이 거기 있었다. 잠든 아기를 안고 가듯, 고개를 모로 뉘어 딸애의 얼굴에 포개고, 사내는 천천히 강을 향해 걸어갔다. 발자국마다 칙칙한 똥물을 주르르 떨궈내리며 또박또박 걷고 있는 사내는 끝내 눈물 한 방울도 흘리지 않았다. 그저 떨고 있는 듯이 보였다.

강물 속으로 들어서자 바스락 얼음 깨지는 소리가 났다.

사내는 물속에 들어가 조용히 무릎을 꿇고 우선 한 가지 한 가지, 딸애의 옷을 벗겼다. 스웨터, 바지, 빨간 속셔츠, 양말……. 사내의 동작이 너무나 침착하여 오히려 플래시를 들고 있는 나의 손목이 팽팽한 긴장으로 뻣뻣하게 굳어오는 것 같았다. 옷을 다 벗기자 그는, 알몸의 조그마한 딸애를 끌어안고는 정물처럼 오래오래 움직이지 않았다. 어디선지 또 그놈의 개가 짖고, 고깃배 한 척이 나루터를 향해 유유히 강심을 떠내려가고 있었다.

"어어! 거기 뭐 허는 거여?"

배 위에서 한 남자가 이편의 플래시 불빛을 보고 소리쳤다.

"지미랄 것, 귀가 먹으셨나 워찌 대답이 읎다."

그러나 고깃밴 대답을 기다려주지 않은 채 이미 저만큼 멀어져 가고 있었다.

"학상은 들어가슈, 시방이라도 읍내로 가시덩가……."

이윽고 강물로 딸애 머리를 씻으며 사내가 말했다.

"당신이 비쳐주지 않어도 야 몸뚱인 내가 다 안당게. 우리 달순이년, 눈허고, 코허고, 귓구멍까지, 어둔 디서도 훤허단 말여. 애비가 워찌 새끼 몸뚱이 하나 모르겄어? 아무리 캄캄혀도 깨끗이 씻어줄 수 있당게!"

낮았지만 사내의 목소리엔 거역하기 힘든 울림이 있었다.

나는 플래시를 껐다. 그러나 어쩐 일인지 그 자리를 뜰 수가 없었다. 그 참혹한 강변의 모서리에서 말하자면 나는 얼어붙은 어린 미루나무였다. 가슴이 두근거리고 있었다. 그친 듯 보였던 눈발이 다시 날리기 시작했다. 갈대밭을 물어뜯고 달려온 바람은 눈발까지 몰고 검은 분뇨탱크를 향해 달려들었으나, 이 견고한 콘크리트 건물은 끄덕도 하지 않았다. D시에 남몰래 태아기업의 대리점을 낸 사람이 누군지 넌 모를 거야, 낚시터의 형이 속삭이고 있었다. 진바실 땅을 사주고 말야, 진바실 사람들을 쫓아내고 말야……. 참으로 오랜 시간, 사내는 정성을 다해 딸애의 온몸을 정갈하게 씻었다. 그리고 딸애를 다 씻어내고 나서야 흐드득 하고, 상처 입은 짐승처럼 느껴 울었다.

"야가 춥겄지, 시방이 어느 때라고, 꽁꽁 언 강물로…… 몸뚱일 씻기다니. 내가…… 미친 놈이여. 아부지 추워……. 추워 죽겄어 허는 소리, 요롷게…… 귓구녕에 쟁쟁헌디……."

달순이에게 새 옷을 입히고 아랫목에 뉘었을 때, 나는 비로소 그 방에 달근이가 없음을 깨달았다. 여자는 넋이 나간 듯 벽에 기댄 채 눈물만 흘렸고 사내는 새로 딴 소주잔만 연거푸 비우고 있었다. K읍 쪽에서 기적 소리가 들려왔다. 서울행 막차겠지. 잠시 찌들고 피곤한 얼굴로 칸칸마다 넝마처럼 사람들이 잠들어 있을 삼등열차의 지저분한 객실 풍경이 떠올랐다. 수십 번 서울로 오르내리면서도 내가 삼등열차, 그것도 막차를 이용해 본 것은 딱 한 번뿐이었다. 아무 데나 누우면 잠들 수 있는 사람들의 그 야만성, 그 악착스러움, 그 무분별, 그런 것들이 꽉 들어찬 삼등열차를 타는 게 괜히 겁부터 나곤 하던 소심한 나의 성격 탓이었다.

자정이 훨씬 넘어서야 달근이가 나타났다.

어디를 어떤 모습으로 싸다녔는지 토끼털 귀걸이까지 벗겨진 얼굴에 피멍이 들어 있었다. 차돌 같은 눈망울이 반짝반짝 빛나고 있어서, 아이는 약삭빠르고 음흉하고 표독스러운 한 마리의 살쾡이 같았다.

"씨팔, 두고 봐라!"

아직도 씨근거리며 아이는 이렇게 서두를 떼었다.

"오늘은 못혔지만 다 쥑여버릴껴. 달순이 엔수기 누고지 나도 알고 있응게!"

빠드득 이를 갈듯 아이는 중얼거렸으나, 말끝에선 결국 비질비질 울음소리가 묻어나고 있었다.

"아, 조용허지 못혀!"

사내가 술잔을 소리 나게 내려놓으며 눈을 부릅떴다. 한동안 침묵이 왔다. 갈대밭을 뛰어가는 바람 소리, 석유를 빨아올리는 남포 소리, 그리고는 정적뿐이었다.

"학상, 술 한잔 드시구랴."

사내가 이윽고 술잔을 건네왔다.

"잠자리 지랄맞게 만나갖고 큰 봉변을 당허시는구만. 시방이라도 갈라고만 허면 읍내까징 갈 수 있을 틴디…….."

"여기 그냥 있겠습니다."

"허긴, 술상 놓고 마주 앉음사 시상만사 다 잊어먹는 건디…….. 진바실서 먹던 토끼탕 안주가 생각나는구만. 이깐 동태찌개에 비허겄어? 참, 토끼몰이 혀보셨어?"

은밀하게 물어왔으나 사내는 물어놓고 내 대답까지 기다리지는 않았다.

"……진바실 뒷산에 산토깽이가 많었지. 겨울에 눈만 내리면 동네 사람덜이 모조리 나서서 토끼몰이를 허는 거여. 푹푹 빠지는 눈밭인디 지놈덜이 뛰어야 벼룩이지 별 수 있간디. 몽둥이 하나씩 들고 산비탈을 뛰다 보면 심이 절로 솟는 거여. 매급시 소리도 크게 질러보고 눈밭에 자빠져도 보고 말여. 아, 토깽이야 한 마릴 잡으면 워뜧고 열 마릴 잡으면 워뜧겄어? 눈 많이 오는 해는 풍년이 든당게 그거 잔치허는 심 치는 거지……."

순백색의 겨울산에 날리는 함성, 쫓는 발소리가 들리는 것 같았다. 갑자기 아폴리네르의 시 한 구절이 선연히 떠올랐다.

> 사로잡고 싶어 못살겠구나
> 토끼가 살고 있는
> 애정의 나라 그 골짜기에
> 사향풀 향기 가득한 금렵구……

"토끼요리는 뭐니 뭐니 혀도 우선 매워야 되는 뱁여. 진진 겨울밤을 눈은 내렸쌓지. 얼큼한 안주에다 목구녕 차악 감기는 막걸리 푸짐허겄다, 낼 시상이 두 쪼각 나더라도 뭣이 걱정이 있겄어? 밤새 포식허는 거여. 좋았지, 참……."

실눈을 뜨고 있는 사내의 안면에 신기할 정도로 밝은 기운이 떠돌았다. 취기가 오른 모양인지 귓불이 빨갛게 달아오르고 말씨엔 이상한 열기가 서려 있었다.

"거기선 몇 년이나 사셨어요?"

"할아부지의 할아부지 적부텀 살았었지. 농토라야 까징 거, 얼매 안 됐지만, 그려도 오순도순헌 맛이란 여기보담 백 배 났었당게. 니 것 내것이 읎는 동네였어. 저녁밥만 먹으면 끼리끼리 뭐 앉아 웃어쌓고 말여, 제삿날만 오면 떡접시가 고샅에 바쁘게 오갔응게……."

"그냥, 거기서 버티며 사시잖고요?"

"버텨?"

팽팽하게 언성을 높이며 사내가 번쩍 시선을 들었다. 신기할 정도로 밝은 기운에 차 있던 좀 전의 사내가 아니었다. 날카롭고 매섭고 차가웠다. 나는 반사적으로 고개를 숙였다.

"버텼지! 조상님네 뼈가 묻힌 고향땅인디 무식헌 놈이라고 그저 한잔 술에 미련읎이 떠나는 뜨내기 같었겄어?"

그는 잠시 말을 끊고 한숨을 쉬었다. 옥녀봉 쪽에서 다시 그놈의 개 짖는 소리가 들려왔다. 컹컹 컹컹……. 개 짖는 소리를 따라 자꾸 가슴이 두근거리기 시작했다.

"허지만 말여, 말짱 도루묵인겨. 우리 같언 놈 아무리 죽네사네 용을 써봐도 뺵 좋고 잘사는 양반덜 눈썹 한 오라기 못 뽑는다 그 말여. 큰물이 지면 왕창 쏟아지는 강물 같은 심인 걸 워쩌겄어!"

강물 같은 힘, 홍수 같은 힘……. 나는 어금니를 사려 물고 자꾸만 평형을 잃어가려는 나 자신을 붙잡고자 애를 썼다.

고등학교 일학년 때였다.

여름방학을 맞이하여 K읍에 도착했을 때 홍수로 인해 강을 건너지 못하고 일주일이나 기다린 적이 있었다. 거의 매일같이 돌산 꼭대기에 올라가 시뻘겋게 뒤집혀 흘러가는 미친 강줄기를 바라보았다. 이따금 부서진 문짝도 떠내려 오고, 못생긴 장롱이며 뒤주까지 물줄기 속에서 숨바꼭질을 했으며, 때론 산 채로 밀려오는 가축들의 모습까지 보였다. 그럴 때마다 돌산 위에 몰려선 사람들은 놀라고 감탄하고 안타까워하였다.

강물은 점점 더 불어났다.

차츰 강물은 건너편의 그 너른 개펄을 야금야금 잡아먹기 시작했다. 아무리 견고한 둑이 쌓여 있다고 하더라도 그 당당한 물줄기의 식욕을 억제할 수는 없을 것처럼 생각되었다. 사흘이 못 가 강건너 나루터가 물에 잠겼다. 옹기종기 모여 앉은 몇 채의 초가지붕이 망망대해 고도인 양 외로웠다. 결국은 저것도 떠내려갈 것이다.

때 묻은 살강 밑의 무짠지도, 낯선 길손이 버리고 간 나무젓가락도, 앳된 작부가 즐겨 듣던 낡은 라디오도, 결국 포악한 흙탕물 속에서는 한 알의 모래알 이상 아무것도 아니었다. 나는 소년다운 애틋한 감상으로 그 끝도 없는 홍수의 한 자락을 망연히 내려다보고 있었다.

그런데 바로 그때, 돌산에 모여선 사람들이 두 눈을 동그랗게 열고 숨을 죽일 만한 한 가지 사건이 일어났다. 이미 반쯤이나 물에 잠긴 나루터 맨 윗집의 지붕 위에 한 사내가 홀연히 기어올라 왔던 것이다.

"아니, 저거 홍 서방 아닌게비!"

"기구먼, 홍 서방이여!"

사람들이 떠들어대기 시작했다.

"다 피혔다고 허드니, 워째 혼자 남었다?"

"글씨 말여. 배를 들이대 놓고 나오라 혀도, 이깐 놈의 강물이 십년도 넘게 정붙여 산 내 집을 워찌겠냐고, 고래고래 소리만 질러대고 안방에서 꼼짝도 안허드랴. 식구덜만 내보냄서 난 안 도망가, 혔다니 고것도 팔자소관이지 뭐겄어?"

"쯔쯧, 손바닥만 헌 집구석 땜에 미쳤구먼."

"그나저나 저걸 워쩐댜?"

"워쩌긴…… 인자 틀린거. 곧 날도 저물 틴디, 이런 물에 배가 떴다 허면 추풍낙엽이지 별조 있겄어?"

사람들은 발을 동동 굴렀으나 정작 지붕 위의 사내는 용마루에 엉덩이를 쪼그려 붙인 채 그림책이나 보듯 태연하였다.

그날 밤, 밤새도록 나는 잠을 이루지 못했다.

칠흑 같은 어둠 속에 바람 소리만 아우성을 쳤다. 그리고 결국, 새벽에 서둘러 돌산 위에 올라갔을 때 나루터엔 아무것도 남아 있

지 않았다. 요술처럼 투명해진 하늘에 해가 뜰 때까지 턱을 받치고
앉아서, 나는 다만 저기쯤이 나루터야, 하면서 황량한 강물 속의 한
점만을 바라보고 있었다. 기울어진 미루나무, 황토색의 강물, 타협
도 없고 숨 돌릴 사이도 없이 쾌재를 부르며 달려가는 그 잔인하고
거대한 물줄기…….

"그래서 짐을 쌌지!"

사내가 갑자기 술잔을 탁 내려놓고 말했다.

"내가 안 떠날라고 헝게로 그 마빡 홀렁 까진 수리조합장이 그러
대. 군청과 상의혀서 나루터에 집을 장만혀줄 팅게, 장사나 혀보라
고 말여. 수리조합장 아시겄지?"

빤히, 사내가 나를 건너다보고 있었다.

가슴이 철렁 내려앉았다. 마빡 홀렁 까진 수리조합장. D시에 태
아기업의 대리점을 낸 아버지. 나는 마침내 이 두 가지 인물의 함수
관계를 명확하게 확인하는 참혹한 아픔을 그 순간 견디지 않으면
안 되었다.

"그놈으 새깽이여, 아부지! 우리덜 쫓아냈응게 그 자식도 달순이
웬수나 마찬가지여!"

순간, 핏발이 선 눈을 반짝 뜨고 아이가 소리쳤다.

"찍소리 말고 자빠져 있지 못혀! 쬐깐 게 뭘 안다고 지랄이여, 지
랄이……."

"왜 몰라. 여기로 안 왔으믄 달순인 안 죽었을 거 아녀!"

"아가리 못 닥쳐!"

사내가 팩하고 윽박질렀다. 다시 정적이 왔다. 정적을 가닥가닥
갈라내며, 또 그의 개 짖는 소리가 달려들었다.

"저놈으 개새깽이덜은 밤에 잠도 안 자는 게벼!"

사내가 낮게 중얼거렸다.

"술 좀 들어, 학상. 재수 읎는 놈은 뒤로 자빠져도 코가 깨진다고 여기로 이살 오고 여섯 달 만에 나루가 돌산 아래로 욍겨갔지. 아녀. 재수 있어도 별조 읎는 일이었어. 그 수리조합장, 사실은 일로 날 보낼 제, 이미 나루가 욍겨갈 걸 알고 있었다. 그야 뭐 군수허고 수리조합장허고 안 통하면 누가 통허겄어? 그렇지만 알어야 면장을 허지. 배운 거라곤 땅 파먹능 거뿐인디, 그 조화 속을 워찌 짐작이나 혔겄냐 그 말여."

사내의 목소리가 낮고 처연하게 젖어들고 있었다.

"첨엔 서너 달이야, 장사헌다고 차려놨지만 난 바지저고리였지. 몰라서만이 아니라 금쪽같은 땅 울며 겨자 먹기로 내주고 팔자에 읎는 장사라니, 헐 짓이 아닝 거 같았든겨. 만날 술만 퍼마시고 쌈질만 혔지. 예펜네 아녔으믄 그때 아조 사람까징 버렸을겨. 내사 쌈질을 허든, 싸롱게(사립문 옆)에 자빠져 자든, 예펜넨 그저 먹고살겄다고 아등바등하드구만. 차츰 이게 아니다 싶데. 그려서 맘을 잡었지. 이왕지사 조상님네헌티야 죄인인 심인디, 돈이라도 벌어 어린거나마 가르쳐놔야 헐 거 아녀. 아, 그려서 장사에 재미 좀 붙이능가 혔는디, 나루가 욍겨앉지 뭐여. 사람 환장허겄더구만. 간덩이가 벌렁벌렁 떨리고 말여."

사내가 남포불의 심지를 낮췄다. 침침해지자 그의 안면은 더욱 검고 건조하고, 그리고 질겨 보였다.

"읍이서 사람이 나왔더구만, 여긴 읍이 송산군헌티 사드렸응게 딴 디로 가라는 거여. 못 간다고 버텼지. 나 혼자만 버텼어. 용감허서 버틴 게 아녀. 원제까지 쫓겨나면서 살겄나, 허서 헐 수 읎이 버틴 거여. 그렸더니 나중엔 떠억, 저놈으 똥간을 짓데그랴. 갑갑허면 갈 것이다 그거지만, 어림 반푼어치도 읎는 생각여. 난 안 갈 거여. 나라고 똥간 옆이서 사능 거 뭐가 좋겄어? 하루 이틀도 아니고 인자

중독이 돼갖고 우리 식군 냄새도 잘 못 맡는디, 백 번이라도 가야
옳겄지. 사람덜이 날 보고 소고집이랴. 소같이름 멍청하게 고집을
부린다는 거지만, 천만에 말씀여. 읎이 사는 사람덜, 너무 쉽게 포
기헝게 만날 마보고 덴비는 거여. 가라 허면 보따리 싸고, 오라 허
면 얻어먹능 것도 별거 읎는디 해롱해롱 좋아허고 말여. 난 무식허
긴 허지만 말여. 똥고집을 부려서라도 인자 더는 안 쫓겨 갈겨. 또
누가 알어? 십 년 후덩가 이십 년 후덩가, 아, 여긴 사람이 산 게로
똥깐을 딴 디로 욍겨져야겄구나 허고 생각허게 될는지. 그때까징
안 갈겨. 똥깐보다 사람살이가 귀하다는 거, 사람들이 인정헐 때까
지. 달근이 저 새깽이도 핵교 못 보냈지만, 고건 가르칠라고 허능
구만.”

사내가 마침내 깊숙이 고개를 숙였다. 어깨가 들썩이는 게 울고
있는 듯이 보였다. 바람 소리가 들려왔다.

“건너가 주무슈. 씨도 안 먹는 잔소리 듣는다고 심깨나 빠졌을
틴디. 난 인자 야허고 좀 있고 싶구만⋯⋯.”

사내가 홑이불로 덮인 딸애 쪽으로 돌아앉으며 말했다. 나는 엉
거주춤 일어섰다. 그러나 현기증이 나서 잠시 입술을 깨물며 그 자
리에 서 있지 않으면 안 되었다.

“나는 말여⋯⋯.”

문고릴 붙잡은 채 한 발을 앞으로 내밀었을 때, 사내의 침울하게
가라앉은 목소리가 다시 내 발목을 붙잡았다.

“첨에 학상을 봤을 때 누군지를 금방 알어봤었지. 그려도 말여,
이 나루터로 나를 내쫓웅게 학상은 아니라고 마음을 다져먹었덩 거
여. 하다 못혀서 수리조합장 그 사람이 온다고 혀도, 우리집에 들여
놓으면 손님 아니겄어. 누가 됐든지 나 찾아온 손님이사 성의껏 대
접혀 보내능 게 우리 진바실 인심이었는디. 학상이 수리조합장 아

들이면 워쩌? 나 학상 원망허능 거 아닌게로 마음 쓰지 말기여. 어서 가봐…….”

말끝을 흐리며 사내가 홑이불 속의 딸아이를 끌어안았다. 튕겨지듯 벌떡 일어서는 달근이를 느끼면서, 나는 도망치듯 밖으로 나섰다. 매운 강바람이 얼굴을 때렸다.

“놔! 노란 말여! 쥑여버릴겨. 수리조합장 아들이람서 왜 그냥 보내줘, 아부지!”

울부짖는 달근이의 절규가 나의 등덜미를 사정없이 쳤다. 그 앙칼진 쇳소리는 칠흑같이 어두운 공간에서 마디마디 잘려나가 수많은 바늘끝이 되어 나의 전신에 아프게 파고들어 왔다. 나는 온몸을 한껏 움츠렸다.

잠을 잘 수도, 자리에 누울 수도 없었다.

오래오래 떨면서, 가방에 기대고 앉아 있던 나는 새벽녘에야 잠깐 잠이 들었다. 꿈을 꾼 거 같았다. 낄낄낄……. 괴기하고 기분 나쁜 웃음소리가 들려왔다. 학회장 녀석이 나를 손가락질하면서 웃고 있었다. 벼엉신, 곰배팔이병신, 다리병신, 벼엉신, 배냇병신, 팔병신……. 아이가 식칼을 들고 있었다. 아버지는 대머리에 땀을 뻘뻘 흘리면서 쫓겨 가는데, 저만큼 바위처럼 눌러앉은 사내는 미동도 하지 않았다. 송곳니를 세운 커다란 검정개 한 마릴 데리고, 학회장 녀석은 계속 나를 향해 웃어대고 있었다. 그때, 무언가 와장창 떨어져나가는 듯한 날카로운 소리를 들은 것 같았다. 순간, 누군가가 내 팔목을 와락 낚아채 갔다.

외마디 소리를 지르며 나는 눈을 떴다.

찔끔찔끔 눈물이 나오고, 눈물 너머로 우선 거친 불꽃이 너울거리는 게 보였다. 계속 터지는 기침 때문에 전신을 한참이나 들썩거리고 나서야, 나는 비로소 내가 잠들었던 슬레이트 지붕의 가건물이 완전히 불길 속에 잠겨 있음을 보았다.

"다친 디는 읎지?"

사내의 얼굴이 바로 옆에 있었다. 나는 여전히 밭은기침을 해대면서 간신히 고개만 끄덕기렸다.

"문까징 잠그고 잠드셨드구만. 그려서 문짝을 잡어젖혔지. 큰일 날 뻔혔어. 쬐끔만 늦었어도."

불길은 결국 가건물 한 채를 다 집어삼킨 후에야 사그러들었다. 낡은 소방차가 사이렌을 기세 좋게 울리며 들이닥치긴 했으나 이미 지붕까지 완전히 주저앉은 다음이었고 그나마도 도로가 제대로 돼 있지 않아 건물까진 접근도 할 수 없었다.

참고인으로 경찰서까지 소환되어 화재 조사를 끝내고 나서는데, 가죽잠바의 형사가 뒤에서 불러 세웠다.

"어디로 갈 거야?"

가죽잠바는 다짜고짜 물었다. 윤기가 반지르르 흐르는 아버지의 비정한 대머리가 그때 휙 떠올랐다.

"……서울로 가겠습니다."

"그건 안 돼. 우린 다 알고 있어. 자넨 엊그제야 풀려났잖아. 고향에 가서 몸보신이나 해두라고. 아직 화재에 대한 것도 조사할 게 있을지 모르니까……."

퉁명스럽게 말하고 가죽잠바는 의자를 돌려버렸다.

딱 벌어진 어깨의 모난 선이 완강해 보였다. 나는 뒤통수를 한 대 얻어맞은 기분으로 먼지 낀 K읍의 아침을 지나 나루터로 나왔다. 건너편에서 도시로 오는 많은 사람들을 싣고 나룻배가 통통거리며 강심을 건너오고 있었다. 언제나처럼 가슴 밑바닥이 차갑게 비어오는 것 같아 나는 담배 한 개비를 입에 물었다. 간밤에 밤새도록 갈대밭을 지나던 강바람이 내 나약한 육신을 할퀴듯 지나갔다.
쭉 곧은 미루나무, 희끄무레하게 가라앉은 강심, 눈 덮인 옥녀봉과
수런거리는 개펄, 그리고 그 개펄의 한 끝에 을씨년스럽게 버티고
선 분뇨탱크. 아직까지 연기가 피어오르고 있는 아이의 집은, 그 분
뇨탱크 때문에 더욱 조그맣게, 조그맣게 가라앉아 보였다.

배가 나루에 닿았다.

부르릉, 엔진 소리를 수면에 깔아뭉개며 배가 멈추자 사람들이
일제히 쏟아져 나왔다. 자전거를 앞세운 사내, 털조끼를 걸친 더벅
머리, 함지박을 인 아낙네, 갖가지 모양의 사람들이 서로 부르고 밀
리며 뿜어내는 입김으로 나루터는 단번에 왁자지껄한 활기로 넘
쳤다.

아하, 오늘이 K읍의 장날인 게로구나.

나는 심호흡을 크게 하고 고개를 치켜세웠다. 그 순간, 가라앉던
가슴이 다시 콩닥콩닥 뛰기 시작했다. 정복 순경에게 두 손을 깍지
껴 잡힌 아이가 홀연히 내 앞으로 다가오며, 번득거리는 쨍한 눈초
리로 나를 쏘아보고 있었던 것이었다.

"조사 끝나셨군. 이놈이 불을 질렀대요. 송산 쪽으로 도망치는
걸 간신히 붙잡았죠. 쥐알만 한 게 아주 악바리예요."

순경이 미소를 지으며 말했다.

"……아닌데요. 불은 내가 잠결에 등잔을 자빠뜨려서……."

얼결에 이렇게 더듬거리는데, 탁 하는 소리와 함께 끈끈한 점액
질 한 덩어리가 얼굴을 때렸다. 아이가 빠드득 이를 갈면서, 나를
향해 가래침을 쏴 갈겼기 때문이었다.

"생각혀주는 척 말어! 칵 쥐여뻐릴라고 내가 질렀단 말여!"

순경에게 알밤을 한 대 쥐어박히고 끌려가면서 아이가 돌산이
찡 울리도록 악을 썼다. 나는 부르르 전신을 떨었다. 처음으로, 내

스물몇 살의 젊음과 대학졸업반이 되기까지 닦아온 소위 지성이라
는 것이 그 질기게 살아남을, 한 겨울 아이에 비해, 너무나 왜소하
고 파렴치한 방관자로 물러나 있음을 확연히 깨달았다. 강줄기를
기어오르는 겨울 북풍은 칼날을 세우고 달려들고, 저만큼 둑을 넘
이가는 아이의 뒷모습은, 토끼털 귀걸이도 없이 그냥 주먹만 힌 맨
머리였다.

　춥겠구나…….

(1976년 작)

역신(疫神)의 축제

1

정지하 전도사가 우리 마을에 온 것은 빤히 건너다뵈는 저수지 수면 위에 암회색 구름이 무겁게 내려덮인 초여름 저녁 무렵이었다. 저수지 물빛조차 짙은 암회색으로 가라앉아 있어서 멀리 고내 곡재 아래는 하늘과 수면이 한 덩어리였다. 침침한 제방이, 마을에서 오륙백 미터 텃논을 건너뛴 자리에, 쪽 곧게 저수지의 수면을 자르고, 동구 앞의 삐죽이 올라선 수문에 닿고 있었다. 제방 위엔 아무것도 보이지 않았다. 저수지도 마찬가지였다. 건너편 마을에서 솟아오르는 저녁연기를 빼면 움직임이라곤 전혀 없는 한 폭의 담채화였다. 마을 어귀의 공터에선 그 모든 적막한 풍경이 한눈에 보였다. 나는 언제나처럼 짚더미에 등을 기대고 앉은 채 한동안 그것을 바라보고 있었다. 비가 오려는지 날씨는 후텁지근했지만 땀은 나지 않았다. 뒤쪽에서 동무 애들이 고샅을 빠져나오며 질러대는 함성이 들렸다.

그때였다.

마치 함성에 불려오듯 불쑥 머리 하나가 제방 위로 솟아올랐다. 다음엔 가슴이, 허리가, 다리가 이내 모습을 나타냈다. 멀어서 얼굴은 윤곽조차 보이지 않았지만 키가 작은 남자였다. 나는 본능적으로 그가 우리 마을의 사람이 아니라는 사실을 알아차렸다. 어딘가 모르게 낯설고 신비한 냄새가 나는 듯했다. 나는 자리에서 일어서려다가 그대로 다시 주저앉았다. 하나의 초가지붕, 하나의 미루나무 맵시까지 세세하게 살펴보고 거기서 시작되는 모든 통한을 지그시 눌러 참는 그런 표정이리라고, 나는 멋대로 단정해 버렸다. 동무애들의 함성이 바로 등뒤에서 났다.

뭐 하고 있니?

애들을 잔뜩 거느리고 온 강 진사네 손자 형철이가 긴 나뭇가지로 내 옆구리를 쿡쿡 찔렀다. 나는 말없이 제방 쪽을 손가락질했다.

저건 임마, 철중이 작은형이야.

실눈을 하면서 형철이가 말했다.

아냐!

아님 누구니?

몰라. 굉장히 아픈 사람인가 봐.

뚱딴지같은 소리가 내 입에서 튀어나왔다. 웃기고 있네. 형철인 웃었다. 얼굴도 안 뵈는데 아픈 사람인 줄 네가 어떻게 알아?

모, 몰라.

짜식, 철중이 작은형이 면에 갔다 오는 거야, 임마. 나는 슬쩍 형철이 뒤에 선 철중이를 바라보았다. 무심코 철중이가 도리질을 했다. 아니란 말야? 형철이의 목소리가 한 옥타브쯤 탁 팅겨 올라섰다.

그, 글쎄…….

글쎄가 뭐야, 새꺄. 기면 기고 아니면 아니지. 형철이의 나뭇가지가 이번엔 어김없이 철중이의 배를 세게 찔렀다.

그, 그래. 우리 형인가 봐.

내 시선을 피하며 철중이가 우물우물 대답했다.

것 봐. 의기양양해져서 형철이가 소리쳤다. 철중이도 자기 형이라는데 왜 성재 너 혼자 우기니, 니 눈이 망원경이니? 아이들이 와 하고 웃었다. 남자는 아직도 제방 위에 작은 나무처럼 서 있었다.

말타기 놀이가 시작됐다.

한 사람이 짚더미에 기대서서 양다리를 벌리고 다른 애들이 고개를 처박고 엎드리면, 형철이를 대장으로 하는 강씨(姜氏)네 애들이 뒤로부터 달려와 뜀틀을 구르듯 잔등 위에 척 올라타는 놀이였다. 한 판이 끝날 때마다 가위바위보로 기수를 정했지만, 그것은 하나마나였다.

이번엔 가위를 내야겠는데…….

침을 손바닥에 튀튀 뱉으며 형철인 번번이 이렇게 암시했고 우리들은 눈치껏 보를 내밀어서 형철이의 비위를 맞췄다. 어쩌다 말을 제대로 못 듣고 가위에 주먹이라도 내면 형철인 당장에 생트집을 잡아 나뭇가지를 날렸다. 새끼, 내가 가위 내는 걸 다 보고 나서 주먹을 내는 게 어딨어? 형철인 정해 놓고 기수가 되었다. 형철이와 같은 진주 강씨 애들은 덩달아 말을 탔고 나머지 아이들은 마부를 빼곤 언제나 엎드리게 마련이었다. 강씨가 아닌 게 자나 깨나 한이었다.

아버지. 우리도 성 좀 갈 수 없어?

성을 갈다니?

진주 강씨 하잔 말야. 강 진사 어른한테 사정 좀 해봐.

성은 가는 게 아니다.

강 진사 어른만 승낙하면 갈아도 되지 뭘 안 돼. 이제 말 노릇도 지긋지긋하단 말야. 말 노릇도 지긋지긋했지만 아이들은 기수가 못 돼보는 걸 과히 섭섭하게 여기지는 않았다. 형철이와 같은 진주 강씨가 뇌는 일은 불가능했으므로. 강씨가 아닌 우리들의 목표는 양 다리를 벌리고 서는 미부었다. 마부를 정하는 가위바위보에신 뭘 내놔도 상관없었다. 가위에 주먹이 이기고 주먹엔 보가 이기고, 이긴 사람은 형철이를 위해서 마부가 되는 것이다.

오늘은 철중이 너도 내 편에 붙어.

형철이가 말했다. 특별한 선심에 철중이의 입이 함박만큼 벌어졌다. 철중인 나와 같은 청주 한씨였다. 나머지 우리들은 형철이의 마부가 되기 위해서 열심히 가위바위보를 했다. 두 번째엔 내가 마부였다. 형철이를 선두로 강씨네 애들이, 엎드린 말잔등에 척척 타올랐다.

난 보를 내고 싶은데…….

형철이가 내 눈을 빤히 들여다보며 중얼거렸다. 그건 나보고 주먹을 내밀라는 신호와 같았다. 나는 주먹을 내밀었다. 아니 그건 생각뿐이었다. 나가고 보니 주먹이 아니라 가위었다.

인마!

실수를 깨달았을 땐 이미 형철이의 나뭇가지가 내 이마 위로 철썩 떨어지고 난 뒤였다. 얼음이 갈라지듯 예리한 통증이 왔다. 똑같이 내야지 왜 나보다 늦게 내? 이 자식이 아까부터 자꾸 약 올리고 있어. 또 나뭇가지가 세차게 날아왔다. 나는 본능적으로 고개를 숙였다. 그때, 아주 착 가라앉은 목소리가 들려왔다. 습기 찬 동굴을 울려 나오는 것처럼 우렁우렁하는 목소리였다.

이 앤 정당했다. 너보다도 늦게 내민 게 아니야.

낯선 남자가 내 이마로 떨어지는 나뭇가지를 대신 손바닥으로 받아 내고 있었다. 키가 유난히 작은 남자였다. 우리보다도 기껏 한 뼘쯤이나 더 솟은 난쟁이에다 해질 대로 해진 검정 가방을 들고 있었다. 이마는 창백하게 튀어나오고 검은 눈빛은 반짝반짝했다.

놔요!

붙잡힌 나뭇가지를 잡아당기며 형철이가 쉿소리를 냈다.

이번엔 네가 말이 될 차례야.

놓으란 말예요.

네가 말이 돼서 엎드리면 놔주지.

우지끈, 하면서 나뭇가지가 부러져나갔다. 형철이가 엉덩방아를 찧으며 주저앉았다.

이리 와.

키 작은 남자는 말했다.

싫어요!

그럼 강제라도 시킬 테야.

난쟁이! 고샅으로 줄행랑을 놓으며 형철이가 마침내 악을 썼다. 씨양놈의 난쟁이 자식! 닮았군. 남자가 중얼거렸다. 강 진사 성미하고 똑 닮았다니까……. 잠시 그와 나는 눈싸움하듯 마주 서 있었다. 애들이 몰려가 버리고 나자 마을은 쥐 죽은 듯이 조용했다. 고내곡재는 윤곽뿐이지, 보이지 않았다. 어둠이 산비탈을 타고 슬금슬금 내려오다 저수지 한쪽을 냉큼 잡아먹었다.

아저씬 누구예요?

전도사다. 그는 짧게 대답했다.

전도사라구요?

그래, 난 전도사야!

자기 말을 증명이라도 하듯이 그는 공터 한쪽 켠에 있는 예배당을 향해 걸어가기 시작했다. 꽁무니를 따라가며 나는 침을 꼴깍 삼켰다. 지난 몇 년 동안 예배당은 거의 버려져 있었다. 초가에다가 이엉을 해 얹은 지가 오래돼서 여기저기 푹푹 꺼진 지붕 위엔 잡초만 자랐다. 흙벽은 푸실푸실 떨어지고, 문을 열면 열 평쯤 돼 보이는 실내에서 쾨쾨한 냄새가 났다. 바닥은 가마니가 깔려 있었다. 판자로 잉싱하게 짜놓은 제단 위엔 먼지가 층층이 쌓여 있고 타다 만 초 토막이 옆으로 넘어진 채였다.

예배는 보지 않니?

황량한 예배당을 한 바퀴 돌아 나오며 그가 물었다.

사람이 있어야지요. 나는 코를 찍 풀었다.

봐봤자예요. 열 명도 안 되는걸요.

몇 년 전, 그 일이 있기 전까지는 읍내 본교회에서 전도사가 주일마다 내려와 예배를 인도하곤 했었다. 교인도 꽤 많았고 크리스마스가 되면 광목 휘장을 두르고 연극도 했다. 그러나 그 일이 있고부턴 아무도 예배당에 발을 들여놓지 못했다. 강 진사가 출입구에 못질을 해놨기 때문이었다. 이제 출입구는 열렸으나 사람 없기는 그때와 매한가지였다. 기껏 주일이면 배 집사네 가족이 모인다. 어쩌다가 어머니와 누나가 끼일 때도 있다. 찬송가도 부르지 않고 다만 웅얼웅얼 기도하는 게 고작이다. 동네 조무래기들이 몰려와 돌팔매질을 해도 배 집사는 눈 한번 부릅뜨지 못했다.

종탑이예요.

잡초가 무성하게 자란 뒤뜰로 나오며 내가 알은체를 했다. 이게 쓰러질 땐 굉장했어요. 그 일만 없었음 지금도 아침저녁 종이 울릴 텐데……. 가로 세로 쓰러진 통나무 사이에 종탑의 지붕이었던 삭은 함석 잔해가 을씨년스럽게 쑤셔 박혀 있었다.

그 일이라니?

무서운 일이 있었어요. 강 진사가 재판을 했거든요. 재판은 공터

에서 벌어졌다. 강씨네 청년들이 횃불을 들고 공터 주변에 죽 둘러
서 있었다.

멍석말이를 시키고 마을에서 내쫓아라.

도포자락이 차갑게 한 번 올라갔다 내려왔다. 청년들이 우르르
꿇어 엎드린 치수 형을 멍석에 말았다.

쳐라!

강 진사의 목소린 찌렁찌렁했다. 치수 형의 어머니가 하얗게 질
린 얼굴로 실신하며 주저앉았다. 홍두깨와 몽둥이가 수없이 멍석
위에 떨어졌다. 피가 흘러나왔다.

어째서?

조급해진 음색으로 그가 물었다.

연앨했대요. 예배당에서 치수 형은 조무래기들한테도 인기가 좋
았다. 찬송가를 특히 잘하고 여자애처럼 얼굴이 이뻤다. 둘씩이나
데리고 연앨했대요. 그러나 소문뿐이었다. 우리들은 거의 진종일
예배당에서 지냈지만 치수 형이 둘씩이나 붙어먹는 걸 한 번도 보
지 못했다.

새꺄. 누가 예배당에서 했대?

아이들은 말했다.

그럼?

강 진사네 밀밭 있잖아. 거기서 했대. 밀대가 한쪽으로 온통 넘
어져 있다는걸.

정말?

정말이잖고.

가보자!

우리들은 곧잘 밀밭으로 우르르 몰려갔다. 밀은 건강하게 자라
고 있었다. 소리만 들릴 뿐, 앞서 들어간 아이들의 옷자락은 보이지

않았다. 강씨네 처녀 하나가 저수지에 몸을 던진 것은 밀을 다 벤 다음이었다. 이틀이나 무당이 넋 건지기 위해 애를 썼지만, 쌀주발 속에서 머리카락은 나오지 않았다. 예배당에 발을 들여놓는 사람은 무릎뼈를 분질러놓을 터인즉……. 청년들이 종탑을 무너뜨리자 강 진사는 빳빳한 수염을 바르르 떨면서 밀했다. 피 칠을 한 치수 형은 그 밤 안으로 마을을 떠났다. 아랫재빼기 분이가 보퉁이를 안고 뒤를 따라갔다. 강씨네 청년들이 종을 향해 도끼귀를 내려치면 둔탁한 울림이 저수지의 어둠 사이로 날아갔고, 수면은 깜짝깜짝 놀라며 음산하게 돌아누웠다.

종은 어디 있니?

그가 엎드려 함석 한쪽을 잡아당겼다.

배 집사네 집에요. 나는 대답했다. 배 집사네 윗방엔 종이 있었다. 가운데가 쩍 갈라진 종이었다. 배 집사는 예배당의 잡초는 그냥 놔두면서도 깨어진 종은 정성을 다해 닦았다. 종은 항상 윤기가 반지르르 났다. 예배당은 연애당이랬어요. 그치만 그 종은 깨어졌어도 피 한 방울 안 나요. 멋지게 생겼걸랑요. 종이란……. 그가 어두워지고 있는 저수지를 건너다보며 말라붙은 입술을 혀로 핥았다. 소리가 나야 멋진 거란다. 낼부터는 소리가 날 거야.

어떻게요?

종탑을 다시 세울 참이거든.

그건 안 돼요!

나는 단정을 내렸다.

강 진사가 못 세우게 할 거예요.

종을 치는 건 자유다.

어림없다니까요. 우리 동네에선 강 진사가 자유를 정하는 거랬어요. 말 안 들음, 아저씨도 치수 형처럼 쫓겨날 거예요.

나는 쫓겨나지 않아.

여전히 자신만만하게 그가 말했다.

참내! 나는 안타까워서 발을 동동 굴렀다. 강 진사는 이 대통령 할아버지하고도 친구래요. 아무도 그분의 말을 거역 못한단 말예요. 그가 잠깐 나를 바라보았다. 거역할 수 없는 것은 하나님 말씀뿐이야! 눈빛이 차갑게 반뜩 타올랐다.

2

누나.

왜?

참 이상해.

뭐가?

종소리.

종소리가 들렸다. 깨진 종이어서 울림은 거의 없었지만 소리만은 요란했다. 쩔그랑 쩔그랑, 새벽에도 울고, 쩔그랑 쩔그랑, 저녁에도 울었다.

종소리가 왜?

강 진사가 왜 가만히 있을까.

전도사님은…… 수틀을 옆으로 놓으며 누나는 정색을 했다.

보통 분이 아니셔. 성령이 깃들인 분이거든.

성령이 뭔데?

하나님.

전도사님이 하나님이란 말야?

하나님은 아니지만 하나님과 같대도.

쳇 기면 기고 아니면 아니지 같은 건 또 뭐야.

강 진사도 암말 안 하시잖니?

글쎄 말야. 나도 그게 이상해. 아버지도 그렇고…….

아버진 노름쟁이였다. 집에 있는 날보다도 나가서 있을 때가 더 많았다. 어머니와 누나가 예배당 가는 것을 좋아하지 않았다. 지겟 작대기로 어머니를 두들겨 팰 때도 있었다. 취해 잠들면 밤새 이를 딱딱 갈았다. 쩍 벌어진 앞니가 유난히 노랗게 솟아올랐다.

니네 아버진 독종이래.

때때로 철중이가 말했었다.

니네 아버지, 왜 앞니가 앞으로 뻐드러졌는지 알아?

몰라.

전에 구장 하던 용칠이 아버지 있지? 용칠이 아버진 힘이 장사였다. 쌀 두 가마니를 가볍게 져 날랐다. 용칠이 아버지가 노름판을 없애려다가 니네 아버지하고 쌈이 붙었었대. 쌈은 붙으나마나였다. 아버진 전도사보다도 조금 더 큰 키에 바싹 말랐다. 어디에고 힘쓸 것 같지 않은 왜소한 체구였다. 니네 아버지가 용칠이 아버지의 넓적다릴 꽉 물었다더라. 몽둥이로 두들겨도 놔주지 않았대. 용칠이 아버지 살점이 이만큼 떨어지고……. 철중이는 손바닥을 반쯤 싸쥐곤 쑥 내밀었다. 우리들은 용칠이 아버지의 넓적다리를 보기 위해 졸졸 따라다녔다. 사루마다를 입었을 때 보니까 흉터 한쪽 끝이 살짝 보였다.

그런 독종인 아버지도 전도사와 안방에서 한 시간쯤 얘길 하고 나오더니 태도가 싹 달라졌다. 예배당을 가도 좋다고 했다. 뿐만 아니라 건너편 골방을 치우고 전도사를 머물게 하라는 것이었다. 전도사는 골방에서 자고 밥은 혼자 먹었다. 누나가 정성껏 밥상을 챙겨들고 갔다. 상을 물리면 전도사는 곧장 호별방문을 나섰다. 강씨네 집만 빼곤 어느 집이든지 쑥쑥 들어가 앉았다.

애들은 밖에 나가 놀아라.

전도사는 애들에겐 빳빳한 십 원짜리 돈을 들려 내몰곤 했다.

전도사는 돈이 많대. 철중이가 말했다.

봤니?

울 아버지가 그러더라. 지전 뭉치를 허리에다 차고 다닌다던걸.

전도사가 들어간 방에는 어김없이 탁 문이 닫혔다. 말소린 너무 작아서 밖에까지 들리지 않았다.

꼭 한 번뿐이었지만 강 진사네를 찾아간 적도 있었다.

마을에 오고 다음 날이었다. 높다란 강 진사네 대문 앞을 서성거리며 나는 내내 조바심을 쳤다. 금방이라도 피투성이 된 전도사가 쫓겨나올 것 같았다. 그러나 전도사는 멀쩡했다. 보름이 지나지 않아 예배당엔 사람들이 모이기 시작했다. 강단에서 예배를 인도하고 있는 전도사의 눈빛은 살쾡이였다. 카랑카랑한 목소리로 전도사는 성서를 읽어 내려갔다. 요셉과 그 모든 형제와 그 시대 사람들은 다 죽었고 이스라엘 자손은 생육이 중다하고 번식하고 창성하고 심히 강대하여 온 땅에 가득하게 되었더라. 요셉을 알지 못하는 새 왕이 나서 애굽을 다스리더니…….

전도사는 결코 강씨네 집엘 들르지 않았다.

누나!

응.

왜 강씨네 집엔 안 가지?

그들은 죄인이래.

어째서?

몰라. 전도사님이 배 집사한테 그러시더라.

마을에 강씨는 오십여 호나 되었다. 전체의 삼분의 일이 채 안 되는 숫자였지만 세력에 있어서 다른 성씨를 완전히 압도했다. 강 진사를 중심으로 단합이 잘됐고 또한 잘 살았다. 진주 강씨가 아닌 사람으로 제 논을 가진 집은 반도 되지 못했다. 대부분 강 진사네가 다른 강씨집에 소작을 부쳐먹었다. 소작료는 시주와의 비례가 오 할이었다.

맨날 땀 흘려 지어봐야 강씨네 머슴살이나 마찬가지여.

제에미랄것, 다른 동네에선 삼 할만 바치는 데도 있다는데 진사 님은 해도 너무한다니까.

말소릴 낮춰. 진주 강씬 뭣보다 귀가 밝다니까,

밝아봤자지 뭐. 아무려면 이만 못 살까.

그래도 진사님 덕 보는 거 많지 뭘 그래? 돈 급하면 장리쌀 주지, 철철이 풍물 돌려 앵기지, 쌈 나면 재판해 주지. 아, 개간사업만 해 도 그렇지, 품삯이야 쌀됨박이라고 하지만 일 없을 때 놀면 그거나 마 어디서 생기겠어? 그것만 해도 강 진사는 한사코 다른 동네 사람 은 시킬 생각도 안 하시잖아?

다 사탕발림이지, 그놈의 꿍꿍이속을 우리가 어찌 알겠노!

개간사업은 작년 봄부터 시작됐다. 저수지를 끼고 고내곡재 쪽 으로 가다보면 잔솔이 듬성듬성 자라고 있는 야산이 많았다. 그 야 산을 갈아엎어 밭으로 만드는 작업엔 남녀노소 누구든 참가했다. 품삯은 일의 성과에 따라서였다.

그 땅을 샀다지?

아무렴. 안 사고야 그런 큰 개간사업을 하는데 면이나 군에서 놔 두겠남?

얼마에?

그거야 모르지. 국유지였다니까 금새야 빤한 거지.

다 개간하면 만여 평 될걸.

만 평이 뭐야, 지금까지 개간된 것만도 그리 된다는데…….

작업감독은 강 진사의 외아들 진만 씨였다. 진만 씨는 형철이가 학교에 입학할 때만 해도 동네보다 타처에 나가 있는 일이 많았다. 속을 못 차린다고 했다. 뭐가 부러워서, 라고 어머니는 말했었다. 뭐가 부러워서 만날 술타령에 계집질로 나돌까. 조강지처도 그만하면 내놓을 만한 인물인데……. 아버진 대뜸 소리부터 질렀다. 모르면 면장질 말아! 부러운 게 없으니까 그 짓도 하고 돌아다니지. 계집이란 그저 새 맛이라.

동네에서야 그만하면 행실 바른데…….

행실이 바를지 어쩔지는 두고 봐야지.

아, 그런 일이야 강 진사가 보통 엄한 분여? 아무리 외아들이지만 계집질 들켰다가는 무릎뼈 성하지 못할걸. 유달리 강 진사는 연애질에 엄했다. 과부나 색시가 애를 배면 어김없이 치수 형처럼 멍석말림으로 쫓겨났다. 강씨 씨족이든 타성바지든 그것만은 눈감아 넘기지 못하는 성미였다.

누나!

응.

전도사님은 어째서 개간하는 덴 나가실까?

그거야 교인들을 위해서지. 예배당 일 때문에 교인들이 일 안 나가봐라. 품삯 못 받으니까 손해잖아.

그래서 전도사님이 앞장서시는 거구나.

전도사님은……. 누나는 조용히 미소 지었다.

우리 마을을 위해서 하나님이 특별히 보내신 분이란다.

하루 종일 자갈을 골라내고 땅을 일구며 흙먼지를 뒤집어썼지만 누나의 미소는 꽃보다 아름다웠다. 누나는 괭이의 날을 닦았다. 마을 사람들과 똑같이 직접 개간일을 나가서 괭이질을 하는 전도사를 이해하긴 쉽지 않았다. 전도사가 강 진사네 개간일을 다니는 것엔 미상불 무슨 꿍꿍이속이 있을 것만 같았다. 전도사는 키가 작았으나 괭이질만은 아주 잘했다. 전도사님의 괭이는 새것이었고 누나의 괭이는 하얗게 깎인 게 칼날 같았다.

이쁘다!

뭐가, 괭이가?

아니, 누나 말야.

애는……. 눈을 흘기며 돌아서는 누나의 두 볼은 잘 익은 능금이었다. 능금을 실컷 먹어봤음……이라고, 전도사 앞에서 말한 적이 있었다. 전도사는 언제나 그렇듯 표정도 변화시키지 않고 단단하고 고요하게 말했다.

먹으면 되지.

어떻게요?

돈 주고 사 오면 돼.

돈이 없는걸요.

이제 곧 잘살게 된다. 전도사님은 내일 아침엔 해가 뜬다라고 말하는 것처럼 태평한 얼굴이었다. 정말이라니까. 능금 같은 건 얼마든지 사 먹을 수 있게 될 거야.

우리도요?

마을 사람 모두가.

거짓말!

예배당만 열심히 다녀라. 하나님께선 결코 거짓말을 안 하신다. 하나씩 둘씩 아이들이 예배당 안으로 모여들었다. 전도사는 노래를 아주 잘했다. 아이들은 찬송가를 군가처럼 씩씩하게 불렀다. 양지바른 뒤뜰에 앉으면 옛날얘기도 했다. 전도사의 얘기 솜씬 일품이었다. 끝날 때까지 우리들은 대개 오줌도 참았다. 강씨네 애들은 오지 않았다. 강씨네 어른들도 오지 않았다. 어른들이 예배당 옆을 지나칠 때 헛기침을 날리고 곁눈질을 보내는 것처럼, 형철이 패거린 멀리서 팔매질이나 주먹감자만 먹였다. 돌멩이는 예배당 담장에도 이르지 못했다.

난쟁이!

돌팔매보다는 소리가 먼저 왔다.

난쟁이! 형철이의 손나팔 속엔 언제나 난쟁이만 준비되어 있었다. 쟤들은, 하고 전도사는 차갑게 한 번 웃었다. 니네들이 부러운 거야. 그치만 함께 놀아줄 필요 없다.

어째서요, 전도사님?

그럼 말이다. 형철이 말 되는 게 재미있니?

아뇨. 우리들은 사실 기수가 되고 싶어요! 이구동성으로 아이들의 입에선 생각도 못했던 말들이 잘도 터져 나왔다. 기수가 되고 싶다니까요! 전도사는 우리들의 말에 따뜻이 미소 지으며 고개를 끄덕였다. 조금만 기다리면 형철이가 니네들한테 말이 돼주겠다고 할 거야.

정말이세요?

정말이지.

우리들은 놀라서 입을 다물었다. 예배당 안에서만은 내가 대장이었다. 전도사는 나한테만 특별히 잘했다. 뽈필통도 사다 주고 운동화까지 사다 주었다.

애들을 몰고 가서 형철일 한번 두들겨줄래?

자, 자신 없어요.

형철인 너보다 기운이 센 게 아니야. 언제든 용기가 나거든 해보렴. 그럼 읍내로 중학교까지 보내줄게. 읍내 중학교는 우리들에겐 꿈의 전부였다. 그러나 나는 용기를 내지 못했다. 감히 형철이한테……. 나는 오금이 저렸다. 형철이패와 따로따로 노는 것조차 겁이 났다.

누나!

응.

전도사님이 셀까, 강 진사가 셀까?

얘도 참!

내가 셀까, 형철이가 셀까?

얘도 참…….

누나는 차츰 전도사 말만 나오면 살짝살짝 낯을 붉혔다. 장마철이 왔다.

3

밤이면 밤마다 비가 내렸다. 바람 한번 불면 미루나무 잔가지들이 찢겨져 나가고, 뇌성 한번 치면 오래 묵은 지붕들이 한 치씩 내려앉았다. 어둠은 속 깊은 수렁과 마찬가지였다. 마을은 수렁 속에 한없이 가라앉았다.

비 오는 밤이면 여우가 내려와 무덤을 파먹는 거래.

누나의 수틀 속엔 덩시렇게 달이 떠올랐다.

달을 다 끝내면 뭘 놓을 거야?

파먹힌 무덤에선 원한 서린 귀신이 네 발로 걸어 나온대.

소나무를 놓을 거야, 학 먼저 할 거야?

귀신은 울면서 자기가 살던 마을로 내려온대.

안 무서워! 나는 탁 하고 방문을 열고 소리쳤다. 아무리 그래 봐도 난 하나 안 무섭단 말야! 여우 울음은 들리지 않았다. 빗소리가 여우 울음이 되었다. 안 무서워, 안 무서워. 그러면서 나는 잠들었다. 마루 건너 전도사 방에는 여간해서 불이 꺼지지 않았다.

언제든 용기가 나면 해보렴. 읍내로 중학교를 보내줄게.

용기는 나지 않았다. 특히 잠자다 변이라도 마려우면 지랄이었다. 냄새 잘 맡는 누나가 꼭꼭 요강을 마루 밑으로 내려놓고 잠들기 때문이었다.

누나. 요강 좀 들여놓고 자.

안 돼.

무섭단 말야.

마루까지가 뭘 무섭니, 남자애가 용기도 없이…….

이래저래 용기가 없어서 나는 풀이 죽었다. 잠에서 깼을 땐 어둠이 제일 먼저 달려들었다. 문을 열자 바람이 마중 나오고 마루로 내려섰을 때 비로소 빗소리가 들렸다. 나는 더듬더듬 요강을 찾았다. 무슨 소리가 마당 쪽에서 났다. 요강을 거머쥐고 고꾸라질 듯 방 안으로 들어왔다. 오줌 줄기를 뽑아내다 보니까 어라, 누나가 보이지 않았다. 방문을 다시 살짝 열었다. 웅얼웅얼 하는 소리가 전도사 방에서 들리더니 반짝 창호지가 밝아졌다. 나는 얼른 이불 속으로 들어와 눈을 감았다. 누나의 발소리가 가까워졌다. 죽일 대로 다 죽인 아주 낮은 소리였다.

누나. 전도사님은 한밤중에도 밥을 먹나.

아침에 나는 물었다.

아니.

정말?

정말.

나는 입을 다물었다. 별일이구나. 밥상을 들고 누나는 여전히 전도사 방으로 들어갔다. 한참씩 나오지 않을 때도 있었다.

전도사님은 하나님을 직접 보셨단다.

언제?

우리 동네 오기 직전에.

시선은 수틀에 가 있지만 누나는 실상 아무것도 보고 있지 않다는 것을 단박에 알았다. 밤새 꿇어앉아 기도를 드리셨더니 새벽에 그리스도가 오셨다지 뭐니. 걷지도 않는데 가깝게 와졌다는 거야. 그러곤 전도사님 머리에 손을 얹으며 그러시더래.

뭐라고?

이제 곧 우리 마을을 향해 떠나라고.

쳇, 누가 그걸 몰라! 그런 이야긴 동네 사람이면 이미 다 알고 있었다. 내게는 단지 용기만이 문제였다.

철중아!

응.

우리…… 우리 말야. 나는 침을 한 번 꼴깍 삼켰다. 우리 뭐야? 저기 말이지, 우리…… 형철이하고 한번 붙을까. 고갯마루에 척 올라서는 기분으로 말을 쏟아놓고 나니까 이상하게 용기가 생겨났다. 그래 형철이 한번 패주자! 그, 그건……. 전도사님이 있잖아, 이 새꺄. 우리 누나도 있고…….

니네 누나 있음 뭘해?

짜아식. 몰라, 임마!

나는 주먹을 불끈 쥐었다.

붙고 보니 싱거웠다. 고개를 숙이고 기차처럼 달려가니까 형철인 단숨에 발랑 뒤집어졌다. 나는 나뭇가지를 낚아챘다. 노랗게 질린 형철이가 두어 발짝 뒷걸음질하더니 잽싸게 돌아서서 뛰기 시작했다. 저만큼 뒤에 서서 눈치만 살피던 철중이가 대뜸 돌멩이 하나를 날려 보냈다.

맞았다!

찔끗 시선을 내리깔며 칠용이는 소근거렸다.

어떡하지?

뭘?

강 진사가 가만있지 않을 거야.

그러게. 형철이 아버지도…….

형철이 아버진 자식아, 여기 없잖아!

장마철이 되면서부터 형철이 아버지 진만 씨는 아예 개간지에서 살다시피 했다. 움막을 하나 지어놓고 먹고 자고 한다는 것이었다. 작년 개간한 곳에 과일나무도 심은 데다가 앞으로 한두 달 후면 나머지 개간도 완전히 끝날 거라고 소문이 돌았다.

그래도 머슴이 매일 밥을 날라다 준다더라.

건 그래.

형철이 자식, 거기까지 쫓아갈는지도 몰라.

가보자.

싫어.

새끼, 누가 형철이 아버지한테 간댔어? 개간지를 가야 전도사님을 만날 거 아냐?

그래 참, 전도사님!

전도사님은 비가 오는 날도 꼭꼭 개간지에 가서 일했다. 아버지들은 대개 들로 빠졌고, 어머니와 누나들은 전도사를 따라갔다. 어찌된 노릇인지 전도사가 오고부터 강 진사는 거의 고샅에 모습을 나타내지 않았다. 날이 갈수록 교인들이 늘어가고 쩰그랑, 쩰그랑 깨진 종은 아침저녁으로 울고, 전도사는 이 고샅 저 고샅 쉴 새 없이 드나들어도 강 진사는 도무지 가타부타 의중을 나타내지 않았다. 이따금 강씨네 사람들 중에 애꿎은 시비를 걸어올 때도 있었다.

그러나 그것조차 가벼운 말다툼 이상으론 확대되지 않았다.

조화 속여. 어째 강씨 씨족들이 슬슬 눈치만 보고 있대.

앞뒤 살펴보고 있는 게지. 직접적인 시비를 피하는 거야. 강 진사가 가만히 있으니까 그런 거 아니겠어.

시비를 못하게 진사 어른이 단두리를 해놨대.

세상 오래 살고 볼 일여. 강씨네가 이렇게 기가 죽어 눈치만 보고 있기도 생전 첨일걸.

암. 조용하니까 더 불안하구만.

그건 그래. 살얼음판이지 뭐야. 끝내 그냥저냥 내버려둘 강 진사 성미도 아니겠고, 터지면 크게 터질 거야.

터져봤자지 뭐. 예배당 나온 것밖에 무슨 죄가 있남?

마을은 말없는 가운데 세 패로 나눠졌다. 강씨네와, 교인과, 숨 죽이고 돼가는 꼴만 보자는 관망자가 그거였다. 강씨네한테서 그나마 소작을 부쳐먹고 사는 많은 사람들은 마음이야 어디에 있든 관망자로 물러앉지 않을 수 없었다. 개간지에선 세 패가 모두 모여 일했다. 때때로 강 진사가 개간지에 나올 때도 예전하곤 사뭇 달랐다. 멀찍이 서서 한동안 바라보다가 말없이 돌아서는 게 보통이었다.

강 진사님도 인제 늙었어.

어머니는 끌끌 혀부터 찼다. 글쎄, 지팡이 짚고 돌아서는 그 양반 뒷모습을 보니까 웬일인지 쓸쓸해 뵈는 게…… 돼질 때가 오면 다 그런 거지. 아버진 공연히 강 진사에게 이를 갈았다. 전에 없던 일이었다.

무슨 말솜씨가 그래?

솜씨 같은 소리 하고 자빠졌네. 진사고 나발이고 소용없어.

그래도 그게 아냐. 예배당에서도 다 말들 하더라고. 우리 동네에서야 뭐니 뭐니 해도 진사 어른이지. 움막에서 살다시피 한다는 진만 씨도 언제나 유들유들 잘 웃었다. 전도사가 왔든, 예배당 종이 울리든, 나하곤 아무 상관도 없다는 태도였다. 아버님께서 엄히 일러 별수 없이 예서 잠까지 자지만. 밭두렁에 앉아 막걸리 사발만 비워 내며 진만 씨는 곧잘 그렇게 말했다. 동네가 어떻게 돌아가든지 그거야 아버님 일이지 난 모른다니까. 진만 씨는 여자들 속에 섞여 음흉한 농을 잘했다.

서천댁, 일로 와서 술 한잔 하지.

못해요. 과부인 서천댁은 말은 못해요지만 곧잘 넙죽넙죽 받아 먹었다. 육자배기 한가락 뽑아보지. 육자배긴 용칠이 어머니가 잘 뽑았다. 개간지에선 그래도 심심찮게 뽑아 올리는 육자배기 가락에, 강씨와 교인들 사이의 서먹서먹한 분위기가 많이 녹아들었다.

성순아. 너는 우째 그리 곱냐.

앗다, 나이가 몇인데 색시 눈독 들여요?

취한 서천댁이 받았다. 진만 씨는 실눈을 뜨고 풀썩 웃었다.

눈독이라니?

진사 양반한테 다리뼈 분질러져요.

허허 참.

성순이는 누나 이름이었다. 황혼이 되면 제방 위에는 괭이나 삽을 든 무리들이 두 패로 나뉘어 걸어왔다. 전도사를 중심으로 한 교인들이 앞장을 섰고, 강씨 씨족들이 뒤를 따라왔다. 그도 저도 아닌 사람들은 삼삼오오 뿔뿔이 흩어져 돌아왔다. 저수지 수면은 황혼의 잔영을 받고 한결 높아 보이고, 고내곡재는 그들의 머리 위에 아득히 멀었다.

성순아. 너 아까 진만 씨한테 술 따랐냐?

전도사님이 자꾸 괜찮다고 밀어붙이는데 어쩔 수가 있어야지. 어머니도 봤었잖아? 그래. 별일이다. 가만히 보면, 전도사님은 틈만 나면 너를 진만 씨 있는 데로 데리고 가고 하는 눈치니, 무슨 꿍 꿍이속인지, 알다가도 모르겠다. 글쎄 말야, 어머니.

처녀 총각 사이라면 붙여줄 생각인가 보다 하겠지만…….

망칙스러운 소리.

뭔가, 전도사님은 딴 맘이 있는 게지. 보통 분이 아니시니끼. 누나는 살짝 고개를 숙였다. 어머니는 귓불이 발갛게 달아오른 누나의 옆모습을 곁눈질했다. 하긴, 세상에 전도사님 같은 분은 없을 거라.

건 그래, 어머니.

전도사님 시키시는 건 뭐든지 들어야 한다. 알겠지?

누나는 고개만 끄덕끄덕했다. 우리들은 곧잘 수문 있는 데까지 마중을 나갔다.

누나!

응.

팼다!

패다니?

형철이 말야.

얘는…….

돌멩이도 던졌다.

그럼 못써요.

전도사님이 하랬어.

전도사님이?

누나의 얼굴에 그늘이 졌다.

괜찮을까?

벌 아침 진사님댁 머슴들이 너를 잡으러 올 거야.

아침에 강씨네 사람들이 잡으러 온 건 내가 아니라 전도사였다.

나는 윗방에 숨어 문구멍에 눈알만 내밀었다. 갑시다! 강씨네 청년
들 중의 하나가 말했다. 전도사는 순순히 따라 나갔다. 예배당에 사
람들이 하나둘 모여들었다. 개간지에도 가지 않고 전도사를 기다
렸다.

이러지 말고 우리도 갑시다!

아녜요. 좀 기다립시다. 전도사님이 무슨 일 때문에 불려 가신지
도 모르잖아요?

전도사는 점심때가 거의 다 돼서 왔다. 역시 멀쩡했다.

교우님들!

전도사는 말했다.

오늘 나는 한 가지 중대한 사실을 발표하겠습니다. 그동안 이 년
간이나 여러분은 개간지에서 땀 흘려 일했습니다. 일한 대가로 여
러분이 받은 것은 쌀 몇 말이 전부였습니다. 낮았지만 전도사의 말
씨는 또박또박 떨어지며 절실하게 울려 나왔다. 그 땅은 국유집니
다. 우리가 땀 흘려 개간한 땅을 강 진사는 혼자 가질 배짱을 하고
있습니다. 세상에 이보다 부당한 일이 또 어딨습니까. 그동안 나는
여러 가지로 면밀하게 알아본 결과 국유지는 아직도 국유지라는 확
실한 확인을 했습니다. 강 진사는 우선 군에다 뇌물을 써놓고 일을
착수했던 겁니다. 이제 개간이 다 끝나가니까, 불하를 정식으로 받
으려고 서류를 꾸며냈지만 쉽게 성사되진 않을 겁니다. 모든 일은
제게 맡겨놓으시면 됩니다. 여러분은 그저 서명만 하십시오. 우리
마을 공동의 땅이 되도록 하기 위해서 서명만 하십시오…….

전도사님 말씀이 무슨 뜻이니?

칠용이가 물었다.

강 진사네 땅을 뺏자는 얘기니?

아냐, 이 병신아! 나는 대답했다. 아직 강 진사네 땅이 안 됐다잖

아? 국유지가 뭐니? 몰라. 우리 땅으로 뺏을 수 있을까. 뺏는 게 아니라니까. 그럼? 몰라. 아무튼 전도사님 말씀은 하나님 말과 똑같댔어. 강 진사네하고 쌈해야 되겠구나.

그래. 저런 것 보고 선전포고라 한댔어.

그때 전도사가 강단을 탕 하고 치는 소리가 들려왔다.

뺏는 게 아닙니다. 우리 것을 찾자는 거지요. 그동안 이 일을 위해 도청만도 나는 다섯 번이나 갔다 왔습니다. 자, 보십시오. 이것이 그 땅의 등기사본이라는 겁니다…….

등기사본이 뭐니?

또 칠용이가 물었다.

몰라. 하여튼 전도사님이 하시는 일은 하나님이 하시는 것과 마찬가지랬잖아. 누나의 얼굴에 유독 그늘이 짙게 드리우고 먼산을 바라보며 한숨 쉬는 버릇이 생긴 건 바로 그 무렵부터였다.

4

전도사가 개산한 땅을 마을 전체의 이름으로 불하 받아야 된다고 선언한 뒤 마을의 분위기는 그야말로 차갑게 얼어붙었다. 개간지에서의 육자배기도 사라졌고, 유들유들 잘 웃던 진만 씨도 침묵으로 작업을 시작했다. 고샅에서 강씨네와 교인 쪽이 마주치면 서로 얼굴을 돌리고 지나갔다.

전도사는 전보다 훨씬 외출이 잦아졌다.

도청에도 가고 군청에도 간다는 거였다. 강 진사는 여전히 두문불출이었다. 몸져누워 있다고도 했지만 확인되지는 않았다. 교인들은 개간사업에 하루도 빠지지 않았다. 강씨네 쪽에서도 마찬가지였다. 마치 작업량에 따라 승부가 결정되기라도 하듯이, 팽팽하게 당겨진 분위기 속에서 일의 진척은 훨씬 더 빨라지고 있었다. 온갖 소문들이 하루살이처럼 날아다녔다. 밤만 되면 어른들은 이 구석 저 구석에 수군거리고 다녔다.

전도사님 말야, 옛날엔 우리 동네에 살았었대.

어느 날 칠용이가 뛰어와서 속삭였다.

누가 그러대?

우리 엄마 아버지가 서로 얘기하는 것 들었어.

짜식, 그럼 왜 진즉에 어른들이 몰라봤니?

너무 어렸을 적 마을을 떠났기 때문이라드라. 우리보다도 더 어려서 쫓겨났었대.

쫓겨나?

그렇다니까. 전도사님은 쫓겨난 거래.

왜 쫓겨나?

훔쳤다던데. 강 진사네 헛간 있잖아? 거기서 감자를 훔쳐 내다 들켰나 봐. 전도사님 엄마가 죽지 않을 만큼 매 맞고 쫓겨났었대.

전도사님 아버지는?

아버지는 없었고 엄마하고 둘이만 살았다드라. 공터엔 칠용이와 나뿐이었다. 저수지 제방 위엔 개간지에 갔던 어른들이 한 무더기 씩 돌아오고 있었다.

누나, 전도사님이 우리 동네에서 쫓겨났다는 소문 사실이야?

어머머, 누가 그러든?

칠용이가.

그런 말 함 못써. 전도사님은 하나님 명령대로 동네에 온 거야. 누나도 그 외엔 아무것도 몰라. 너 그런 말 누구한테도 해선 안 된다.

전도사님 엄마는 쫓겨나던 날 저기, 제방 위에서 죽었대.

58

칠용이는 또 말했다.

강 진사네 머슴들이 주워다가 독작구덩이에 묻었대. 어린 전도사님은 흔적 없이 사라지고 말야. 너 이 자식, 나는 괜히 칠용이를 향해 눈알을 부라렸다. 한 번만 더 그런 소릴 하면 죽여버릴 거야! 그래도 칠용이는 나만 보면 말을 못 참았다.

느네 누나, 전도사님하고 수문 뒤에 있드라.

언제?

어젯밤에. 혹시…….

혹시 뭐야, 이 새꺄!

칠용이는 더 이상 아무 말도 못 했다. 전도사님은 군청이나 도청에 갈 땐 꼭꼭 아버지를 데리고 다녔다. 아버지는 거의 노름에 손을 끊었다. 예배당엘 열심히 나오는 것도 아닌데 술도 안 먹었다. 틈만 있으면 골방에 건너가 무슨 얘긴지 전도사님과 오래오래 속삭이곤 했다. 우리도 이제 떵떵거리고 살아봐야지. 아버지는 틈만 있으면 그런 말을 했다, 그럴 때 아버지의 눈에선 칼끝 같은 서늘함, 어쩌면 살기라고나 표현해야 알맞을 그런 느낌이 내 숨통을 죄어놓기 일쑤였다.

가을이 하루가 다르게 깊어졌다.

누나가 머리칼이 헝클어지고 치마말기가 터진 채, 겁에 질린 표정으로 집에 돌아온 것은 가을이었다. 벼베기에 나갔던 식구들이 막 저녁식사를 끝낸 저녁이었다. 진만 씨에게 그렇게 당했다는 거였다. 예배당의 깨진 종이 악을 쓰고 울어댔다. 갑시다, 가서 진만이 그 사람을 당장에 붙잡아다 멍석말림을 시킵시다! 칠용이 아버지가 흥분해서 소리쳤다. 참아야 합니다. 지금 강씨네와 이런 식으로 싸운다는 건 하나도 이될 게 없습니다. 그동안 여러분과 내가 노력한 모든 일이 수포로 돌아가기 쉽습니다. 오른쪽 뺨을 때리면 왼쪽 뺨을 내주라고 주께서도 말씀하셨습니다. 부디 흥분을 가라앉히십시오. 조용히 있어야 진실로 우리가 이길 수 있습니다. 성순 양은 십자가를 진 것입니다…….

우리들은 들로 이삭을 주우러 다녔다.

돌아다니다 보면 곧잘 형철이 패거리와 만나는 일이 많았다. 우리들은 멀찍이 떨어진 채 돌팔매질을 한참씩 하기가 일쑤였다.

난쟁이 전도사하고 느네 누나하고 연애질한다드라.

형철인 손나팔을 하고 소리 질렀다.

형철이 느네 아버진 짐승이나 다름없다드라. 성재네 누나를 강제로 붙으려고 했대! 철중이가 맞받았다. 나는 속이 상해서 애꿎은 철중이의 엉덩이를 향해 발길을 날렸다. 한 번만 더 그런 소리 했단 봐라, 대갈통을 까놓을 테니까. 나는 형철이 아버지 욕할려고 그런 거지 느네 누나 욕하는 게 아냐.

그래도 이 새끼가 까불고 있어!

철중이는 발로 채인 뱃가죽을 움켜쥐고 논두렁에 주저앉았다. 누나는 개간지에 나가지 않았다. 어머니는 한숨만 쉬었다. 밥도 잘 먹지 않았다. 얼굴에 기미가 꼈다. 누나도 끼고 어머니도 꼈다. 살기 띤 눈빛으로 바쁘게 돌아다니는 것은 아버지뿐이었다.

군청의 이 주사의 목이 달아난다는구먼.

개간지 땜에?

물론이지. 아, 강 진사한테 뇌물을 먹고 국유지 개간하는 걸 눈감아 줬다지 뭔가?

저런! 그걸 도에선 어떻게 알고?

전도사님이 도지사 앞에 놓고 낱낱이 따져 묻더래요. 도에선 개간지 일 땜에 시끌시끌하다는구만. 뭔가, 곧 결정이 나긴 날 모양인데…….

어떻게 결정이 날까?

그야 뻔하지 뭐. 전도사님이 어디 예삿분이어야 말이지. 한번 맘 먹으면 못하시는 일이 없대. 더구나 강 진사는 아파 누워 있고, 진만 씨가 도청이다 군청이디 몇 번 나다니긴 한 모양인데 애낭초 이치에 닿지 않으니 될 법이나 한 소린감?

전도사님 때문에 우리도 살게 되겠구먼.

암, 살게 되고말고.

교인들에게 전도사는 신이나 다름없었다. 전도사가 시키는 일이라면 뭐든지 했고, 전도사가 참으라면 뭐든지 참았다. 술 취한 강씨 청년들이 교인 한 명에게 몰매를 내렸을 때도 모든 사람들은 전도사의 한마디에 고스란히 참았다. 나한테 맡겨놓으십시오. 여러분은 그저 가만히 계시면 됩니다. 때리는 일이 또 있거든 그냥 맞아두십시오. 때가 오면 분한 여러분의 마음은 다 풀리게 될 겁니다. 다음 날 몰매를 준 마을의 강씨 청년들은 순사들한테 모조리 붙들려 가게 되었다. 전도사님이 그렇게 되도록 만들었다는 거였다.

어쩜 그럴 수가!

잠이 깼을 때 나는 전도사 방에서 경악하는 어머니의 목소리를 들었다.

전도사님…….

어머니는 말을 잇지 못하고 우시는 것 같았다.

주께선 기꺼이 십자가에 못 박혀 돌아가셨습니다…….

전도사의 말은 낮아서 그것밖에 들리지 않았다.

아, 가만있지 못해!

아버지가 빽 하고 소리 질렀다.

성순이가 예수처럼 되면야 얼마나 좋은 일엿!

저녁에 나는 꿈을 꾸었다. 누나가 십자가에 못 박히는 꿈이었다.

전도사님이 커다란 망치로 못을 박고 있었다. 아버지는 짝짝짝 박수를 치고 어머니는 허옇게 거품을 물며 까무러쳤다.

성재야. 넌 훌륭한 사람이 될 거야.

전도사는 곧잘 나를 흥분시켰다.

중학교, 고등학교, 대학까지 다니면 대통령도 될 수 있지.

그치만 우리 동네에서 대학 다닌 사람은 아무도 없는걸요.

내가 보내주지. 암, 보내주고말고.

나는 대학이라는 말 때문에 빈번히 잠을 이루지 못했다. 건넛마을 대학생이 방학 때 제방 위를 지나서 자기 동네로 갈 때 보면 반질반질한 구두를 신고 있었다. 대학생이 되면 무슨 소원이든지 다 이루어진단다.

전도사는 조용하게 웃으며 내 머리를 쓰다듬었다.

5

누나하고 형철이 아버지가 밤중에 밀밭에서 나오는 걸 봤니, 안 봤니?

전도사가 다시 한번 물었다.

저…….

저는 빼고.

예. 봐, 봤습니다.

그렇게 더듬거리면 안 된다고 했잖아!

전도사가 미간을 찌푸렸다. 썰매를 타는 아이들이 저만큼 수문 쪽에서 손을 흔들었다. 성동 벌판을 숨 돌릴 사이 없이 달려온 바람이 전도사와 내가 쭈그려 앉은 제방 위를 지나가고 있었다. 판자 쪽은 토시락토시락 잘도 탔다. 불꽃은 잘 보이지 않았으나 무릎과 손바닥은 열기 때문에 근질근질해 왔다.

첨부터 다시 시작하자.

전도사는 불 속으로 판자쪽을 하나 더 집어던지며 말했다.

기깃말을 한다고 생각하면 안 돼. 내가 봤다고 말하는 일은 실지 일어났었으니까. 그리고 중학교를 잊지 마라. 고등학교도 대학교도 잊지 마라. 잘만 하면 모든 것이 이루어진다. 누나에게도 결코 나쁜 일 아니야.

전도사의 눈은 반짝반짝 타오르는 듯했다.

나는 괜히 목을 움츠렸다. 유별나게 눈이 많이 내리는 겨울이었다. 고내곡재는 항상 눈이 쌓여 있고 저수지 물은 꽁꽁 얼어붙었다. 우리들은 밥숟갈만 놓으면 저수지로 달려 나갔다. 전도사는 썰매를 잘 만들었다. 판자 두 쪽에 받침대를 하고 굵은 철사로 날을 세워 박기까지 반시간도 걸리지 않았다. 무릎을 이렇게 굴러야 잘 나가지. 제방 위까지 따라와서 전도사는 썰매 타는 법도 가르쳤다.

전도사는 뭐든지 잘 하는구나.

칠용이는 언제나 감탄했다.

하나님이 썰매 타는 것도 가르쳐주셨다잖아?

우리도 하나님이 가르쳐줬으면…….

자식, 전도사님한테 배우면 곧 하나님한테 배우는 거나 마찬가지랬잖아! 가을 이후 개간지 작업은 쉬고 있었다. 날씨가 추워져서가 아니라 군에서 나와 일을 못 하게 했기 때문이었다. 금방 승부가 날 것 같으면서도 개간지 불하에 대한 관청의 결정은 하루하루 뒤로 미루어지고 있는 모양이었다. 어른들이 전도사의 눈치만 초조하게 살피는 게 역력했다. 이제 곧 섣달 그믐이었다. 전도사는 달력의 섣달 그믐 날짜에 색연필로 동그라미를 쳤다.

너는 반드시 중학교에 들어가게 된다. 하나님의 뜻이니까.

전도사가 다시 내 머리를 쓰다듬었다.

그럼 묻겠다. 가을에 네 누나를 진만 씨가 끌고 밀밭으로 들어가는 걸 봤니, 안 봤니?

봐, 봤습니다.

봤니, 안 봤니?

봤습니다.

거짓말이지?

아녜요!

나는 거의 악을 썼다.

아니라니까요!

거짓말 같은데? 전도사나 아버지가 그렇게 말하라고 시키지 않았니? 거짓말이지?

아뇨. 정말이에요. 정말 봤어요.

몇 번?

두 번요.

언제?

밤에요. 가을에요. 진짜로 봤다니까요!

나는 정말 본 거 같은 생각이 들었다. 며칠 전부터 전도사는 이렇게 똑같은 질문을 나에게 수없이 반복시키고 있었다.

네 누나가 틀림없었지?

그래요.

진만 씨가 억지로 끌고 갔지?

그렇다니까요.

하나님 앞에 맹세할 수도 있지?

맹세할 수 있어요!

좋아! 전도사는 활짝 웃으며 내 손을 잡았다. 아주 잘 대답했다. 너야말로 진실한 하나님의 종이야. 이제 머지않아 뭐든지 네 소원은 이루어질 것이다…….

섣딜 그믐날 밤이 왔나.

이날따라 예배당 안엔 이이들이 들이가지 못하도록 되어 있었다. 어른들은 찬송가도 부르지 않고 오랫동안 기도만 하는 것 같았다. 전도사의 가라앉은 목소리도 들려왔다. 하늘엔 별 하나 뜨지 않고 그 대신 진눈깨비가 뿌려지고 있었다.

더 이상 참을 수 없어요!

갑자기 아버지의 쨍 하는 쇳소리가 들렸다.

옳소! 누군가 대답했다. 웅성거리는 소리가 났다. 전도사님은 우리 마을을 구제하러 오신 분이지만, 이번만은 뒤로 물러 계십시오. 자, 우리들끼리라도 갑시다! 예배당 문이 벌컥벌컥 열리며 어른들이 하얗게 쏟아져 나왔다. 언제 준비했는지 손에 손에 횃불을 들고 있었다. 살기가 등등했다.

성재야.

칠용이 아버지가 나를 불렀다. 사람들이 내 앞을 빙 둘러쌌다. 나는 덜컥 겁이 나서 한 발 뒤로 물러났다. 물러날 것 없다. 너를 해칠 사람은 아무도 없으니까. 부드러운 전도사의 음성이 어디선가 내 귓전으로 날아왔다.

너, 진만 씨가 니 누나를 밀밭으로 끌고 가는 걸 봤었다며?

사람들이 일제히 침묵 속에서 내 입만 바라보았다.

봤습니다.

정말 봤어?

정말이에요. 정말 봤어요! 나는 소리 질렀다. 어른들은 더 이상 아무것도 묻지 않았다. 어디서 붙잡아 왔는지 아버지가 누나를 움켜쥐고 맨 앞에서 걸어갔다. 수많은 사람들이 횃불에 얼굴을 번뜩번뜩 드러내며 뒤를 따르고 있었다.

진만이놈 나와라!

강 진사네 넓은 안마당에 이르자 아버지는 누나를 댓돌 쪽으로 우악스럽게 밀어붙이며 소리쳤다. 겁에 질린 누나가 엎드린 채 땅바닥에 이마를 대고 있었다. 진눈깨비는 줄기차게 내렸다. 한동안 진만 씨 집 안에선 잠잠했다. 사람들이 침묵 속에서 안방을 향해 한 발씩 다가들고 있었다. 강씨들은 감히 나서지 못했다. 담장 너머로 눈알을 내놓고 숨을 죽이고 있었다.

나오시오!

칠용이 아버지가 마루 끝을 몽둥이로 한 번 세게 내리쳤다. 어둠이 놀래서 흠칫 물러앉는 것 같았다. 이때였다. 안방문이 소리 없이 열리며 마루에 모습을 나타낸 것은, 진만 씨가 아니라 꼿꼿한 강 진사였다. 하얗게 도포까지 떨쳐입은 단아한 차림새였다.

진만이를 내놓으십시오!

무슨 일들인가?

강 진사의 수염 끝이 파르르 떨리는 것 같았다.

간음을 했습니다!

간음을……. 강 진사의 시선이 누나한테 떨어지더니 이내 이마를 짚고 마루기둥에 상체를 기댔다. 순간 건넌방 문이 벌컥 열리며 백지장처럼 질린 진만 씨가 모습을 나타냈다. 그는 털썩 강 진사 앞에 무릎을 꿇으며 주저앉았다.

이건 음모예요. 전 범하진 않았었어요. 정말입니다. 아버님!

이런 찢어죽일 놈. 아버지가 쨍 하고 쇳소리를 냈다. 봐라, 이년이 애를 뱄어. 이래도 네놈이……. 누나의 비명 소리가 솟아올랐다. 아버지가 달려들어 누나의 치마를 찢어 내렸던 것이다. 어른거리는 횃불 속에 누나의 아랫배가 잠시 동안 말쑥하게 드러났다. 사람들이 제자리에 선 채 목덜미를 부르르 떨었다. 나는 꼴깍 마른침을 삼키곤 눈을 크게 떴다. 누나의 아랫배는 맨살이 아니었다. 하얀 붕대가 친친 동여매져 있었다.

진, 진만이 이노옴…….

명백한 증거를 확인한 강 진사의 도포자락이 한 번 크게 움직였다. 그의 손은 똑바로 꿇어 엎드린 진만 씨를 가리키고 있었다. 이놈을…… 멍석말림시키고 동네에서…… 내쫓아라! 강 진사가 신음하듯 한마디 뱉곤 이내 거품을 물며 나자빠졌다. 사람들이 짐승처럼 달려들어 진만 씨를 마당으로 팽개쳤다. 눈바람이 악을 쓰며 불고 있었다. 온 동네에서 일제히 개가 짖기 시작했다.

6

멍석말림에 피투성이가 되어 쫓겨간 진만 씨는 다시 동네에 돌아오지 않았다. 강 진사는 섣달그믐에서 사흘을 넘기지 못하고 죽었다. 상여도 못 타보고 제방 위까지 와서 트럭이 어디론가 강 진사의 시체를 싣고 갔다. 썰매타기에 지치면 우리들은 마을 앞 공터에서 말타기를 했다. 가위바위보로 기수와 말을 정했지만 그것은 하나마나였다.

이번엔 보를 내고 싶은데.

침을 손바닥에 튀튀 뱉으며 나는 번번이 이렇게 암시했고, 강씨네 애들은 눈치껏 주먹을 내밀어서 내 비위를 맞췄다. 어쩌다 말을 제대로 못 듣고 보에 가위라도 내면, 내가 들고 있는 나뭇가지가 당장 날아들 걸 훤하게 알고 있었기 때문이었다. 나는 정해 놓고 기수

가 되었다. 강씨네 애들은 번번이 말 노릇을 했지만 기수가 못 돼보
는 걸 과히 섭섭하게 여기지는 않았다. 왜냐하면 강씨네 애들은 아
직 예배당에 나오지 못했으므로.

예배당 좀 가보면 안 되니?

형철인 곧잘 물었다.

안 돼. 이 새꺄.

강씨네 애들이 예배당에 다니고 못 다니는 것은 오직 나 혼자 정
했다. 한 명 한 명 예배당에 다녀도 좋다고 허락을 해둔 다음엔 형
철이만 남겨두리라고 나는 진작에 마음을 먹었었다.

전도사님은 강 진사보다도 더 무섭대.

철중이가 소근거렸다.

뭐가?

하여튼 더 무섭다든데.

모르면 가만히 있어, 이 새꺄. 전도사님이 무서운 건 하나님의
아들이기 때문이랬어. 마을의 모든 일은 전도사가 결정했다. 아직
추운 겨울이었지만 어른들은 한 명도, 단 하루도 쉬지 않았다. 예배
당을 새로 짓기 때문이다. 얼어터진 손으로 어른들은 매일매일 벽
돌을 쌓아 올렸다.

봄에 지을 일이지…….

하나님께서 하명하셨다는구만.

뭐라고?

예배당을 봄이 되기 전에 지으라고.

정말 전도사님은 언제나 하나님을 만날 수 있을까. 난 도무지 믿
어지지가 않는다니까.

쉬! 말 함부로 하는 게 아니야. 어서 벽돌이나 더 쌓아!

우리들의 말타기는 추위를 몰랐다. 빤히 건너다뵈는 저수지엔

여전히 암회색의 하늘이 내려와 있었다. 빈 제방 위에 하늘에서 떨어져 내려온 듯이 누나의 모습이 홀연히 나타난 것도 유난히 구름이 많이 낀 날의 저녁 무렵이었다. 누나는 한참 동안 제방 위에 선 채 움직이지 않았다. 멀어서 얼굴은 윤곽조차 보이지 않았지만, 어쩐지 떨고 있는 것처럼 생각되었다.

어딜 간다니, 느네 누나?

형철이가 중얼거리듯 말했다.

저건 우리 누나가 아냐, 이 새꺄. 우리 누나가 추운데 저수지엔 뭐 하러 가니?

몰라. 그치만 아까 동네에서 나갈 땐 느네 누나 같았잖아?

기면 기고 아니면 아니지 같은 건 또 뭐야. 니가 임마, 나보다도 더 우리 누날 잘 아니, 네 눈이 뭐 망원경이니?

내 손에 들린 나뭇가지가 어김없이 형철이의 이마로 날아갔다.

그, 그래. 저건 네 누나가 아냐. 형철인 당장에 풀이 죽었다. 한동안 서 있던 누나가 수문 쪽을 향해 내려가기 시작했다. 처음엔 다리가, 그 다음엔 허리가, 가슴이, 그리고 순식간에 머리까지 제방에 가려 보이지 않았다. 우리들은 침묵했다. 마을은 쥐 죽은 듯이 고요하고, 어둠이 고내곡재 허리를 타고 슬금슬금 내려오다 저수지 한쪽을 냉큼 잡아먹었다.

밥 먹으러 가자.

나는 말했다. 어쩐지 가슴이 두근두근해 왔다.

저녁 먹고 또 모여야 되니?

형철이가 조심스럽게 물었다.

아냐. 오늘 밤엔 모이지 마. 예배당에서 깨진 종소리가 들려오기 시작했다. 누나의 모습은 다시 보이지 않았다.

저수지가 잡아먹었대.

뭘?

느네 누나.

누나의 신발이 나란히 저수지 수문 위에 있었다. 봄이 돼서 얼음이 녹아야 누나의 시체가 떠오를 거라고들 했다. 우리들은 곧잘 말타기가 끝나면 저수지로 뛰어가는 게 버릇처럼 되었다.

없는데…….

철중인 암회색의 저수지 수면을 한번 쓱 둘러보고 말했다.

얼음을 깨볼까?

관둬!

춥겠다, 느네 누나…….

춥긴 새꺄. 에스키모 사람들, 얼음으로 집도 짓고 산다잖아?

참.

철중이는 씩 웃었다.

얼음집이라니 그거 근사한데…….

(1978년 작)

읍내 떡뻥이

1

    읍의 중앙을 곧게 가르고 지나는 큰길을 따라 서편 끝에 이르면 삼거리를 만난다. 똑바로 가면 이리(裡里)에 닿을 수 있고 왼편으로 휘어지면 채운산을 빙 돌아 여산, 금마, 그리고 곧장 전주까지 뛸 수가 있다. 강경 읍내에선 이곳을 빗득거리라고 부른다. 닷새마다 한 번씩 장이 서고(오일장을 없애기 위해 단속이 대단하지만) 장의사, 자전거포, 잡화점, 지물포, 약국 따위가 삼거리를 중심으로 엉성하게 몰려 있다.

    빗득거리에서 자전거포를 왼편으로 끼고 돌면 나루터로 넘어가는 골목을 만난다. 농업진흥공사의 뒷담과 초가집 몇 채를 지나가면 강둑이 있고, 둑에 올라서면 시야는 단번에 환히 열린다. 황산벌을 지나온 금강의 한자락이 리을 자 모양으로 완만하게 서해의 군산항을 겨냥하고 휘돌아져 가고 있다. 여름에는 황토빛으로 뒤집혀 흐르던 금강물이지만 겨울엔 암회색으로 얼어붙는다. 강 너머는 갯벌이다. 마른 갈대들이 제멋대로 엎으러진 채 동사하고, 칼날 같은 바람이 그 갯벌을 힘껏 차면서 이쪽 편의 높은 돌산에 목을 매단다. 강면에서부터 야금야금 먹어 들어간 돌산은 깎아지른 절벽의 맵시를 하고 맨살을 드러내며 강바람을 받고 있다. 일제 때 군산항 건설을 위해 쑥돌을 터뜨려 배로 실어 냈다지만, 지금은 방치돼 있는 상태다. 반대편 등성이에 주택들이 밀집되어 있기 때문이다.

돌산 아래가 바로 나루터다.

나루를 건너면 세도면이고 한산과 장항으로 통하는 도로가 놓여 있는 쾌 사람들의 발걸음이 바쁜 길목이다. 금강에서 메기나 잉어를 낚아올리는 반 톤짜리 고깃배 몇 척, 선술집, 일제시대에 사용했던 퇴락한 등대, 여기저기 깎아놓은 비석, 그런 것들이 시멘트 콘크리트로 새롭게 단장한 도선장을 중심으로 옹기종기 모여 있다.

이 나루터를 기점으로 돌산 주변에 떨어져 나앉은 동네가 바위꼬쟁이다. 바위꼬쟁이엔 항상 강바람이 산다. 돌산 등성이를 따라 내려오면 옛날 송시열(宋時烈), 김사계(金沙溪) 선생이 글을 읽었다는 팔괘정(八卦亭), 임리정(臨履亭), 그리고 율곡, 퇴계의 위패가 모셔진 죽림서원(竹林書院)이 아직도 의연하지만 강바람 앞에선 별수가 없다. 그래서 바위꼬쟁이의 집들은 유달리 지붕이 낮고 황폐해 보인다.

나루터에서 바위꼬쟁이를 올려다보며 빗득거리 쪽으로 오다 보면 제방 아래에 엎드려야 들어갈 만한 굴 하나를 만난다. 지척이면서도 바위꼬쟁이와 빗득거리 양편에서 모두 외지게 물러앉은 듯한 이 토굴은, 돌산의 끝자락을 천연의 지붕으로 삼고 있다. 봉곳이 올라선 지붕 위에 수없이 널려 있는 건 질그릇 조각이다. 질그릇 조각들이 빗물을 받아 밑으로 흘려보내는 것이다. 얼핏 보면 도무지 사람의 흔적이 없는 듯하지만 해가 저물면 이 토굴에도 저녁연기가 피어오른다. 강바람이 그나마 세지 않은 날엔 쪽 곧게 치켜 오른 연기가 토굴 앞에서 시작되는 갯벌의 허공으로 잦아든다.

갯벌엔 한 무더기의 버드나무가 길 자라고 있다.

밤이 깊으면 바위꼬쟁이는 어둠 속에 꼴까 숨게 마련이다. 퇴락한 등대에 불은 켜지지 않고 한낮에 바쁘던 발동선도 이맘때면 숨을 죽인다. 다만 군산 쪽에서 뛰어온 바람만이 돌산의 꼭대기에 왈칵 이마를 부딪히며 피를 흘린다. 버드나무는 으스스 한기에 맨몸을 사리고, 토굴에선 불빛 하나 묻어나지 않는다. 새벽이 될 때까지 강물은 희부옇게 침잠하는 것이다.

"안 잘겨, 할아부지?"

굴 노인이 어둠 속에서 부스럭거리자 떡뺑이가 해진 담요 속에서 고개를 든다. 잠귀 하나는 신통하게 밝다.

"담배 한 대 말아 필라고 그려."

한 손으로 어둠 속을 더듬거리며 굴 노인이 대답했다.

"춰!"

"아, 춘게 어서 자. 몸도 선찮은 아가 워찌……."

말을 다 끝내지 못하고 굴 노인은 털썩 뒤로 넘어진다. 떡뺑이가 허리를 감아 넘어뜨렸기 때문이다.

"안어줘야지, 나 혼자 워뚷게 자?"

"말만헌 것이 혼자 잘 중도 알어야지. 만날 안어줘야 겨우 잠드니 워뚷겨?"

"춘게 그렇지."

"이마빼기는 안 아퍼?"

"응."

“중말여?”

굴 노인의 손이 떡뻥이의 이마로 갔다. 초저녁까지 뜨끈뜨끈 열이 올랐는데 어느 틈엔지 거짓말같이 차갑게 식어 있었다. 바위꼬쟁이 영숙 아버지가 준 아스피린 두 알을 먹인 게 효과가 있는 모양이었다. 떡뻥이가 굴 노인의 손을 잡아당겨 제 가슴속으로 끌고 갔다. 말랑말랑 잡혀지는 게 놋대접보다 훨씬 작지만 간장종지보다는 크다. 그것 참, 굴 노인은 간장종지 같은 떡뻥이의 유방을 주무르면서 속으로 혀를 찼다. 다 늙어서 이게 웬놈의 복덩어리인가 싶었다. 바람 소리가 들려왔다. 강심을 훑고 와 굴 앞 갯벌의 버드나무 가지 끝에서 울부짖는 소리일 것이다.

“할아부지 요거는 워찌 만날 요롷게 생겨먹었다?”

버릇처럼 쪼르르 사타구니를 넘어들어 온 떡뻥이의 손이 굴 노인이 물건을 잡아 쥐었다.

“그게 워쩌서 그려?”

“히히. 만날 쭈글쭈글혀갖고…….”

“니까짓 게 뭘 안다고 지랄이여, 지랄이…….”

“쳇, 성구랑은 요롷게 안 생겼단 말여.”

“뭐여! 성구 걸 니가 워찌 알어?”

“만져봤응게 알지.”

“만져봤어?”

“그럼, 배불뚝이 것도 만졌는데…….”

“배불뚝이라니?”

“싫어. 말 안혀.”

“말혀 봐, 이 작것아!”

굴 노인의 언성이 쨍하고 올라섰다.

“싫당게. 말허지 말랬어.”

"누가?"

"참 내, 말 안헌당게 그러네."

굴 노인은 그만 입을 다물었다. 좀 모자라긴 해도 고집은 황소나 다름없는 애였다. 역전 시기리 극장 주인 만상 씨와 빗늑거리 자전차포 아들 성구가 떠올랐다. 그렇지만 아무러면 읍내 유지인 만상 씨가 모자라고 어린 이까짓 걸 건드렸을까 싶다.

떡뻥이는 금방 잠이 들었다. 쌔록쌔록 고른 숨결소리가 체온처럼 건너왔다. 굴 노인은 쉬 눈을 감지 못했다. 낮부터 두근거리는 가슴이 아직도 가라앉질 않았다. 삼십 년이나 살아온 집이 헐리게 되다니.

"그러니까 바로 여기서 수압을 주어야 강물을 둑 건너편으로 뽑아 올릴 수 있거든요."

낮에 반장인 만석 아버지를 따라온 농업진흥공사의 젊은 기사는 굴 노인의 집 주변에 동그라미를 그려 보이며 이렇게 설명했었다. 익산 지방의 야산 개발을 뒷받침해 주기 위해 강물을 뽑아 올려 새로 만든 수로로 흘려보낼 공사계획은 굴 노인도 진즉부터 알고 있었다. 실제 호남지방의 야산마다 골고루 노깡을 묻어 수로를 만드는 작업이 시작된 건 재작년부터였고, 그동안 이 부근만 해도 여러 번 측량해 간 일이 있었다. 그러나 측량해 갈 때의 위치와 오늘 농업진흥공사의 직원이 그려준 동그라미의 위치가 달라졌다는 게 굴 노인은 마음에 걸렸다. 비록 가깝긴 해도 측량해 갈 때의 공사 후보지는 버드나무밭이 아니었던가.

"조금만 위치가 달라졌어도 버드나무를 잘라내는 대신 할아버지 굴이 헐릴 뻔했군요."

측량 나왔던 젊은 기사가 작년 여름, 굴 앞에 서 있던 굴 노인을 향해 이렇게 말했던 것만 봐도 그렇다. 그런데 밑도 끝도 없이 버드

나무밭에서 토굴 쪽으로 공사 위치가 둔갑을 한 상태에서 며칠 후
부터 일이 착수된 것이었다. 굴 노인으로서는 그야말로 청천벽력이
아닐 수 없었다. 하지만 굴 노인은 입을 다물었다. 입을 연다고 정
해진 계획이 달라질 리도 없고, 또 사실 자신의 손바닥만 한 토굴보
다야 이제 사 년째 자라고 있는 버드나무가 훨씬 더 소중할는지도
알 수 없었다. 내년이면 가로수로 팔려나간다고 하지 않던가. 가로
수라니 얼마나 소중한 나무냐. 굴 노인은 따뜻하게 새끼줄로 칭칭
동여매 놓은 읍내 거리의 여린 가로수들을 생각해 냈다. 그렇게 나
라에서도 소중히 여기는 가로수인데, 자신을 위해 버드나무를 베어
내야 한다면 그게 오히려 황송하기 그지없는 굴 노인이었다.

"몽리면적이 말여, 만 정보가 넘는댜. 공사비만도 백칠십억이라
니 말 다혔지 머. 하야칸에 이 공사로 살판난 사람덜 째고쌨을 거
구먼."

반장까지도 위치 변경에 대해선 시치미를 뚝 떼고 말했지만, 굴
노인은 물론 그 말의 뜻을 알아듣지 못했다. 그저 수많은 사람들이
살판난 대신에 한줌도 안 되는 자신의 굴은 허물어지게 됐다는 그
사실만이 뼈저리게 가슴을 치고 왔을 뿐이었다. 무엇보다도 떡뻥이
가 문제였다. 아직도 섣달과 정월이 고스란히 남지 않았는가. 밥 한
그릇도 저 혼자서는 제때 얻어먹지 못하는 팔푼이다. 떼어 내보내
는 거야 독하게 맘먹으면 못할 것도 없지만 그렇게 되면 이 겨울,
얼어 죽기 십상일 터였다. 그렇다고 그것까지 옆에 달고 이집 저집,
헛간으로 나돌 수는 없는 일이 아닌가.

굴 노인은 밤새 잠을 이룰 수 없었다.

새벽이 왔다. 입구에서부터 어둠이 비실비실 구석으로 물러앉자
서너 평이나 될까 말까 한 토굴 안의 윤곽이 차갑게 드러났다. 한켠
에 두 뼘쯤 흙을 쌓아올려 짚을 간 자리가 방인 셈이고, 그 아래 부

뚜막도 없이 덜렁 찌그러진 양은솥 하나가 걸려 있는 곳이 부엌인 셈이다. 솥 뒤엔 굴뚝 시늉을 하고 밖으로 뚫린 구멍이 있긴 하지만 날씨가 추워지면서부터는 그것도 아예 막아버렸다. 매일 밥을 해먹는 것도 아니기 때문에, 필요할 땐 굴 입구에 돌멩이 서너 개 주워다 놓으면 솥 하나 걸 자린 금방 생기기 때문이다.

따지고 보면 백번 헐린대도 억울할 것 하나 없는 토굴이었다.

그러나 굴 노인에겐 그렇지가 않았다. 처음 이 굴을 발견했던 것은 해방되던 해 가을이었다. 일본 군인들의 무기창고쯤으로 쓰였던지 굴 안에 들어서자 화약 냄새가 물씬 풍겼었다. 하지만 바람막이도 안 된 다리 밑에서 거적이나 둘러쓰고 지낸 것에 비하면 얼마나 아늑했었던가. 굴 노인은 그 후부터 삼십 년을 강경읍내를 떠나지 않은 것처럼, 이 굴도 떠나지 않고 살아왔다. 때때로 뜨내기 거지들이 그를 쫓아내고자 했어도 바위꼬쟁이 맘씨 좋은 사람들은 항상 그의 편에 서서 이 굴을 지켜주었다. 성씨도 모르고 떠돌던 천한 신분 탓이긴 했지만, 읍내에서 저절로 '굴 노인' 이라 불러준 것도 모두가 이 굴과의 뗄 수 없는 연분 때문이 아니었던가. 그런데 이제 닷새만 지나면 이 굴은 헐리게 된다. 이번만은 바위꼬쟁이 사람들도 굴 노인의 편에 서줄 눈치가 아니다.

"글씨 말여, 소장님이 특별히 보상비 조로 삼만 원이나 내준다. 그냥 헐어도 말 한마디 못헐 틴디 무신 횡재여? 모레쯤 농진공으로 오랬응게 나랑 함께 가볼 생각허고 있어."

사람 좋은 반장까지 오히려 농진공의 처사에 이렇게 박수갈채를 보내고 나서는 형편이었다. 굴 노인은 그저 고개만 끄덕거렸었다. 삼만 원이라면 굴 노인에겐 큰돈이었지만 토굴과 맞바꿔야 된다면 하나도 기쁘지 않았다. 그들은 못쓰는 토굴 하나에 삼만 원이라는 값을 매겼대서 인심이 후하다고 떠들지만, 굴 노인에게 토굴은 삼십여 년을 미운 정 고운 정 기르며 살아온 내 집이었던 것이다.

떡삥이는 여전히 새우처럼 웅크리고 잠 속에 빠져 있었다.

좋은 꿈이라도 꾸고 있는지 두 볼에 반짝 미소가 떠올랐다. 굴 노인은 담요를 꼭꼭 여며주고 살며시 일어나 밥을 안쳤다. 떡삥이가 아파서 이틀째나 누워 있자 엊저녁 영숙 아버지가 아스피린 몇 알하고 디밀어주고 간 쌀이었다. 땔감으로 쓰는 넝마는 습기가 차서 불이 잘 붙지 않았다. 몇 번이나 성냥을 그어대고 후후 불어대고 나서야 불이 살아났다. 목덜미에 와 닿는 강바람이 칼날 같았다. 강은 아직도 희부옇게 침잠돼 있는 듯 보였다. 발동선이 통통통 방정맞은 엔진 소리를 강안에 깔며 건너편 나루로 건너가고 있었다.

찌그러진 냄비에서 밥이 끓어오르자 굴 노인은 냄비째 소반 위에 올려놓는다. 소반이라야 여기저기 칠이 벗겨지고 다리 한쪽까지 불에 타다 만 고물이었다. 그렇지만 굴 노인은 자신이 가지고 있는 몇 가지 물건 중에 그래도 이 소반을 제일 귀히 여겼다. 지금이야 닳을 대로 닳아빠져 거의 흔적만 남았어도 십 년 전 처음 소반을 얻어왔을 땐 봉황새 두 마리가 주둥이를 맞대고 있는 자개가 선명했었다. 굴 노인은 그때 이 자개상을 머리맡에 갖다 놓고 밤새 잠을 이루지 못했다. 먹지 않아도 저절로 배가 부를 것 같았고 봉황새 꼬리가 자르르 떨리는 듯했었다.

빗득거리 한의원 영감이 죽었을 때였지.

빳빳하게 올라선 수염을 쓸며 새벽마다 나루터를 지나 죽림서원으로 올라가던 그 영감의 단장 짚는 소리가 아직도 귀에 쟁쟁했다. 굴 노인은 바로 그 영감이 죽었을 때 유품을 태우는 자리에서 이 자개상을 집어왔던 것이다.

"자자, 떡삥아, 뭘 좀 먹어야지."

굴 노인은 소반을 올려놓으며 떡삥이를 흔들어 깨웠다.

“싫어, 할아부지.”

“얼레, 이틀이나 꼬박 굶었잖여!”

“잠 온단 말여.”

떡뻉이는 막무가내로 굴 노인의 품속에 파고들었다. 엉겁결에 안고 보니까 꺾인 등만 유난히 커 보였디. 팔다리는 바싹 마른 것이 등만 불쑥 솟아올라 굴 노인은 순간 짠하게 마음이 아팠다.

“이거 말여, 쌀밥여!”

“뭐여?”

“쌀밥이랑게.”

쌀밥이라는 말에 용수철처럼 뛰어오른 떡뻉이가 냄비 뚜껑을 젖히자 뽀얀 김이 쪽 곧게 솟아올랐다.

“얼레, 워쩐 쌀밥?”

“저기, 임리정 사는 영숙 아버지가 갖고 왔어. 너 아프당게, 걱정이랴.”

서둘러 밥 한 숟갈을 입 안에 밀어 넣던 떡뻉이가 목이 메는지 잠시 이맛살을 찌푸렸다.

“츤츤이 먹어, 츤츤이……”

굴 노인은 찬물 종지를 떡뻉이의 입술에 대주고 등을 토닥거렸다. 그래도 떡뻉이의 숟갈질은 느려지지 않았다. 아귀아귀 먹었다. 몸이 아파서 입맛을 잃었다고만 여겼던 게 잘못이었음을 깨닫고 굴 노인은 속이 상했다. 하기야 아무리 이골이 났다고는 하지만 입맛이란 간사한 것이다. 수십 년이 되도록 찬 보리밥을 얻어먹고 살아 왔어도 열이 나고 어깨라도 결리는 날이면 반지르르 윤기 나는 이밥 한 그릇이 생각나 몸서리까지 쳐대는 게 그놈의 입맛이었다.

“할아부진 안 먹어?”

“응, 나는 저 거시기, 백제여관에 가서 은어먹을 팅게 너나 먹어.”

"백제여관이 워쩠는디?"

"그 집 할머니가 어제 아침나절 죽었댜."

백제여관은 나루에서 읍내로 넘어가는 길목에 있었다. 굴 노인의 토굴과 정반대편 바위꼬쟁이에 자리 잡은 이 낡은 목조건물은 말이 여관이지 손님은 거의 들지 않았다. 양철에 페인트로 써 붙인 간판도 이젠 강바람에 얼룩덜룩 벗겨져버렸고 기와지붕도 여기저기 푹 내려앉은 게 도무지 여관 같지가 않았다.

"그런 디 가먼 이쁜이가 지랄허잖어?"

"이쁜이가 왜?"

"몰라, 하야칸에 오지 말랴."

"할아부지는 괭기찮어."

"할아부지가 이쁜이 이길 수 있어?"

"이기긴 이것아, 그놈 심이 장산디……."

"그렇게 가지 말란 말여. 사람 죽은 디만 가먼 이쁜이가 지랄지랄헌당게."

입 안에서 씹던 밥알을 툭툭 튕겨내며 떡뻥이가 도리질을 했다. 순간, 굴 노인은 하마터면 무릎을 칠 뻔했다. 떡뻥이를 이쁜이한테 줘버리면 어떨까 하는 생각이 문득 났던 것이다.

이쁜이는 대홍동 다리 밑에서 사는 거지왕초였다.

예닐곱 명의 떼거지를 데리고 살았지만 거지답지 않게 허여멀쑥한 얼굴이어서 읍내에선 누구나 그를 이쁜이라 불렀다. 나이가 좀 들고 때때로 성미가 난폭한 구석도 없지 않았지만, 사분사분하는 말솜씨하며 깨끗한 옷차림이 보통 푼수는 넘었다.

맞어, 갸헌티 떡뻥이년을 맽기는 거여, 내 생전 떡뻥이년을 시집보내는 게 소원이었는디 워찌 그 생각을 못했을꼬. 이왕지사 굴이 헐리먼 이년을 보내긴 보내야 헐 틴디 말여, 이쁜이 그놈이라면 야를 얼려 죽이거나 굶겨 죽게는 안 할 거구먼. 암, 그놈이 지 앞은 가릴 놈잉게……. 떡뺑이년만 그렇게 혀놓으면 나야 무신 한이 있겠어.

굴 노인은 몇 번이나 혼자 고개를 끄덕거렸다.

놈이 혹시 떠뺑이가 꼽추리고 퇴빅을 놓을지도 모르시만 농신공에서 보상비로 받게 되는 삼만 원을 얹어준다면 감지덕지할 것임에 틀림없으리라, 굴 노인은 믿었다. 시집을 보내는 것이다. 떡뺑이년만 시집보내면, 굴이 헐리는 날 자신도 계획해 둔 대로 삼십 년을 넘게 이웃하며 지낸 금강물에 속 편히 빠져 죽을 수 있다고 그는 생각했다. 이제 살 만큼 산 인생이었다. 이 토굴에서 떠나 다른 데 또 굴을 팔 수도 없는 일이고, 새삼 양재기나 들고 한 푼 줍쇼 하며 나설 처지도 못 되었다. 밥 한 그릇이라도 얻어먹으려면 꼭꼭 그만큼의 잔일이라도 도왔고, 더구나 지난 십여 년은 부지런히 넝마라도 주워 팔아서, 갖다주는 게 아니면 손 내밀지 않고 지내온 굴 노인이었다. 그런데 지금 늙을 대로 다 늙어빠진 주제에 삼십 년 때 묻은 집까지 헐리고 가마니쪽 뒤집어쓰고 나앉아 봤자, 얼어 죽기 아니면 굶어 죽기가 아니겠는가. 그럴 바엔 속속들이 잘 아는 강물에 조용히 들어앉는 것이 훨씬 더 안온하다 싶은 것이다.

"할아부지, 나 밖에 나갈거."

밥숟갈을 놓으며 떡뺑이가 말했다.

"아픈 애가 가긴 워딜 가?"

"깝깝혀 죽겄어."

"그려도 강기는 그저 찬바람 안 쐬야 젤인겨."

"인자 괭기찮당게 그러네."

떡뺑이가 선뜻 자리에서 일어섰다.

"그럼 요거나 둘르고 가거라, 잉."

아무리 붙잡아 봤자 나가고 싶어지면 잠시도 기다리지 못하는 떡뻥이의 성깔을 잘 알기 때문에 굴 노인은 서둘러 한쪽 구석에 놔 둔 목도리를 꺼내들었다. 이것 역시 임리정을 관리하며 정자 한켠 에 방 한 칸 들이고 사는 영숙 어머니가 내준 목도리였다. 영숙이 하나 데리고 바위꼬쟁이에서 일생을 살아온 이 늙은 부부는, 굴 노 인에게는 여러 모로 잊을 수 없는 사람이었다. 명절 때는 꼭꼭 떡접 시라도 내려 보냈고, 굴 노인이 몸져누우면 쌀됫박이라도 들여놓고 간 게 한두 번이 아니었다. 영숙이가 살았으면 이제 스물넷, 삼 년 전인가, 여학교를 졸업한 다음 해 강물에 뛰어들어 이 외동딸이 죽 고 난 뒤부터 영숙 아버진 거의 몸져눕다시피 했다. 꽃같이 예쁜 애 가 물귀신이 되었으니 안 그럴 부모가 어디 있겠는가. 더구나 읍내 에서 소문난 바위꼬쟁이 각시무당이 사흘이나 강가에서 굿을 했지 만 넋마저 건져 내지 못했다. 딸의 혼백이 아직도 구천에서 헤맨다 면 영숙이 부모가 아니라도 그렇지, 몸져눕지 않을 부모가 몇이나 되랴 싶었다. 들리는 소문으론 조강지처 거느린 남정네하고 연애를 하다가 그 지경이 됐다고 하지만, 영숙이네 부모는 그 점에 관해서 만은 끝내 입을 다물었다.

목도리를 꼭꼭 여며주고 나자 이번엔 철사처럼 빳빳이 일어선 머리가 걸렸다. 굴 노인은 한쪽이 무너앉은 빗을 꺼내들어 천천히 떡뻥이의 머리를 빗겨주기 시작했다.

"내비둬!"

"가만히 좀 있어. 지집애가 그게 아닝겨."

떡뻥이를 앉혀놓고 이렇게 빗질을 해줄 때가 굴 노인은 가장 행 복했다. 밥 한번 제 손으로 끓이는 일 없었지만, 말년에 이거나마 의지해 살았던 게 하늘이 내려준 복인 듯해서 굴 노인은 새삼 그만 콧날이 시큰해 왔다.

떡뻥이는 본래 이 대째 읍내를 떠돌던 거지였다.

에미는 꼽추가 아니었지만 대신 조금 실성을 했었다. 알아들을 수 없는 소리를 중얼거리며 한때 읍내를 싸돌아다니던 떡뻥이 에미를 굴 노인은 여러 번 본 일이 있었다. 아무도 근본은 몰랐으나 전쟁 통에 남편을 잃고 실성해서 읍내로 흘러들었다는 소문만 떠돌았다. 그런 여자가 어느 해가, 소복소복 배가 불러왔다. 대체 누가 실성한 거지에게 씨를 심었는지 읍내 사람들은 날만 새면 히히덕거리며 수군대곤 했다. 온갖 사람들이 다 화제에 올랐다. 분토골 장공장 아들이 옥녀봉 아래 서편 둑에서 개가 하듯 뒤에서 내질렀다고도 했고, 술 취한 탈영병 둘이 돌려가며 하는 것을 봤다는 사람도 나섰지만, 모든 게 근거 없는 헛소문으로 그쳤다. 소문이야 어떻든 그 여자는 결국 다리 밑에서 거적을 깔고 혼자 애를 낳았다. 안고 나온 걸 보니 계집애였다. 실성은 했지만 어린것 하나는 끔찍이 여겨 그럭저럭 죽이지 않고 길렀다. 그러던 떡뻥이 에미가 덜컥 죽어버린 것은 칠팔 년 전 겨울이었다. 나바위 쪽 수문에서 아랫도리가 홀랑 벗겨진 채 돌에 맞아 죽었던 것이다.

에미가 죽고 나서도 떡뻥인 읍내를 떠나지 않았다.

제 어미가 들고 다니던 검정 보퉁이를 소중한 듯 껴안고 집 잃은 삽살개처럼 읍내 구석구석을 잘도 뛰어다녔다. 성미가 거칠고 급해서 걷는 법이라곤 없었다. 언제나 터진 맨발로 팔딱팔딱 줄달음질을 쳤고 그럴 때면 묘하게 섬뜩해지는 요기까지 서려 보였다. 특히 가슴에 안고 다니는 검정 보퉁이에 손이라도 누가 대는 성싶으면 그 요기는 절정에 달했다. 눈빛은 반득거리며 타오르고 입엔 거품까지 빼물며 달려들기 때문이다. 떡뻥이가 꼽추가 된 것도 따지고 보면 이 보퉁이 때문이었다. 제 에미가 죽던 해 읍내 건달 하나가 멋모르고 보퉁이에 손을 댔던 걸 떡뻥이는 세퍼드처럼 달려들어 물어뜰었고, 화가 난 건달이 떡뻥이를 향해 발길질을 해댔고 벌렁 나가자빠진 곳이 공교롭게도 공사판의 철근더미 위었다. 뾰족하게 위로 솟은 철근의 끝이 사정없이 떡뻥이의 여린 척추를 찔렀다. 여러 날 동안 꼼짝도 못했던 떡뻥이가 읍내에 다시 모습을 나타냈을 때는 지금과 같은 꼽추의 모습이었다.

그렇게 어렵게 지켜온 보퉁이지만 속을 들여다보면 기가 찼다. 보자기 속엔 잘려진 헝겊쪼가리가 차곡차곡 쌓여 있었다. 비로드, 인조견에서부터 옥양목, 나일론까지 옷감의 종류도 가지가지였다. 수예점이나 한복집이나 양장점 쓰레기통 속에서 골라낸 것들이었다. 화투장만 한 것도 있고 손바닥만 한 것도 있고 손수건만 한 것도 있었다. 에미가 모아둔 것에 떡뻥이가 대를 물려 더 주워 보태서, 알록달록한 여러 가지 색깔의 헝겊쪼가리가 알뜰한 새색시의 반짇고리 속처럼 정갈하게도 보퉁이 속에 쌓여 있는 것이다.

"떡뻥아, 그건 뭐 허는 디 쓸라고 그러는겨?"

굴 노인이 그렇게 물은 적이 있었다. 때마침 새로 주워온 헝겊쪼가리를 보퉁이에 싸고 있던 떡뻥이는 단번에 경계의 눈빛을 보내면서 한 발 뒤로 물러앉았다.

"앗따, 그런 건 줘도 손 안 댈겨. 걱정 말고 말이나 혀봐, 뭐 헐러고 그러는겨?"

"몰라."

"쓸 디도 없는디 그렇게 일구월심 모은단 말여?"

"이쁘잖여."

"그려, 이쁘다."

"엄니가 나 시집갈 때 준댔어. 양말 떨어진 디랑 옷 떨어진 디랑, 됬다 꿰매 입으라고."

"뭐, 뭐여!"

굴 노인은 그저 웃고 말았다. 양말을 꿰매 신다니. 일껏 얻어다
가 신겨줘도 갑갑하다고 하루도 못 신고 벗어버리는 게 떡뻥이의
성미다. 그런데도 양말과 옷 깁는 데 쓴다고 저 말하는 것 좀 봐라.
하지만 굴 노인은 고개를 끄덕거렸었다. 실성하기 전엔 그래도 떡
뻥이 에미가 알뜰살뜰한 구석이 있었던 여자였거니 싶었기 때문이
다. 그거나마 차곡차곡 모아뒀다 어린 딸 시집보낼 때가 되면 혼숫
감으로 주어 보낼 작정이었다니, 가슴이 짠해졌다.

떡뻥이가 굴 노인과 인연을 맺게 된 것은 작년 겨울 눈바람이 강
변에 몰아치던 자정 무렵이었다. 그 밤에 그는 대변 때문에 굴 밖에
나섰다가 나루터로 가는 길섶에서 넝마처럼 쓰러져 있는 그애를 발
견했다. 어디서 두들겨 맞았는지 등줄기에 피멍이 들고 입술까지
터진 흉한 몰골이었다. 굴 노인은 뻣뻣하게 얼어가고 있는 그것을
데려다가 꼬박 이틀 밤을 새웠다. 그리고 정성을 다한 보람이 있어
퍼렇게 죽었던 두 볼에 발그레 홍조가 돋아나고, 달싹달싹 입술이
움직이다가 반짝 떡뻥이년이 눈을 떴을 때, 굴 노인은 거지 신세로
일생을 지내온 자신의 찬바람 서린 세월 속에서, 처음으로 사람다
운 보람으로 몸을 떨었다.

깨어난 후에도 떡뻥인 굴을 떠나려고 하지 않았다.

어린애도 아니요, 늙었다고도 할 수 없는 떡뻥이가 굴 노인에게
머물러 있게 되자 한동안 난처하기가 이만저만이 아니었다. 만나는
사람마다 히죽히죽 의미심장하게 웃었고, 동네 조무래기까지 굴 노
인만 만나면 망측한 소리로 놀려대기 일쑤였다. 쫓아 보내려고도
해봤지만 맘대로 안 됐다. 아침에 읍내로 나갔다가도 밤만 되면 꼬
박꼬박 기어드는 걸 차마 바람 센 강변으로 내몰 수만도 없었던 것
이다. 길 안 들인 짐승 같고 모자라긴 했지만, 지내다 보니 정이 붙
었다. 손주딸도 같고 마누라도 같았다. 지금이야 떡뻥이 없인 단 며

칠도 견디기가 어려웠다. 한 몸뚱이 풀칠도 힘든 형편에 식구 하나를 거느린다는 게 식은 죽 갖들러 먹기처럼 쉬운 건 아니었지만, 긴긴 동지섣달 밤 떡뻥이란 년을 품안에 안고 체온을 부비다 보면 저절로 따뜻한 기분 속에 잠들곤 하였다. 그렇지만 이제 떡뻥이도 제 갈 데로 보내야 한다. 굴 노인은 새삼 손바닥만 한 토굴의 소중함이 느껴져서 매칼없이 코만 패앵 풀어젖혔다.

"아, 아, 아퍼!"

머리카락이 잡아 뜯겼는지 떡뻥이가 갑자기 요동을 쳤다. 빗겨준 지가 사나흘밖에 안 됐는데 벌써 빗이 제대로 들어가지가 않았다. 하긴 머리 감겨준 게 석 달 전 추석 명절 때가 아니었던가. 쇠때가 묻고 서캐가 낀 것을 빗질만으로 어떻게 해보자는 게 애당초 잘못이었다. 이쁜이에게 보내기 전에 뭣보다 먼저 머리부터 말끔히 감겨 빗겨야겠다고 굴 노인은 마음을 다졌다.

"아이쿠, 할아부지!"

"쬐매 참어."

굴 노인은 머리채를 손으로 잡고 밑에서 힘껏 빗으로 잡아내렸다. 머리가 한움큼 빠져나왔다.

"고만 좀 허란 말여."

"참으랑게, 지집애가 이래서는 안 되는겨."

"싫어, 아파 죽겄는디 매급시 지랄허고 있어."

벌떡 일어선 떡뻥이가 굴 노인의 앞가슴을 홱 밀어내며 입구 쪽으로 줄행랑을 놓았다.

"저, 저런 별쫑맞을 년, 조년은 그저 뙤똥맞은 저놈의 성깔이 탈이랑게."

말은 그렇게 하면서도 굴 노인의 주름진 얼굴엔 물살 같은 미소가 살포시 떠올랐다. 떡뻥이는 이미 굴 안에 남아 있지 않았다. 다만 입구를 가린 가마니쪽이 들썩했을 뿐이었다.

빗득거리까지 나오자 떡뺑이는 잠시 멈춰 서서 저만큼 농업진흥
공사의 정문 앞까지 달려오고 있는 마이크로버스를 바라보았다. 농
진공 앞은 말라붙은 논이었고 그 너머 중학교 운동장의 미루나무
가, 그리고 운동장 왼편으론 이리로 돌아 빠지는 철로가, 채운산 아
랫동네 분토골을 감싸듯 구부러져 놓여 있었다.
　"춘디 뭐 하구 서 있냐?"
　떡뺑이의 등 뒤에서 자전거포 이씨가 알은체를 했다. 그는 동란
때 왼쪽 자리가 잘려나간 절름발이였다.
　"아저씨, 증말 쌈질허다가 다리몽뎅이 분질러졌슈?"
　불쑥 떡뺑이가 물었다. 떡뺑이는 벌써 여러 날째 이씨만 만나면
그걸 묻는 터였다.
　"이런 빌어처먹다 뒈져서 부자 될 년을 봤나, 자다가 봉창 뜯는
소리 또 허고 자빠졌네."
　"대답 좀 혀봐유."
　"허어 참……."
　갑자기 이씨의 꾀죄죄한 얼굴에 음흉한 미소가 피어올랐다.
　"너 말여, 그거 말혀주면 쬐매 만지게 혀줄겨?"
　"뭘유?"
　"저 말인디, 저기……."
　이씨는 재빨리 읍내 쪽을 힐끗 살펴보고 말끝을 사렸다. 역전 사
거리까지 다 간 마이크로버스를 지나치며 자전거 한 대가 쏜살같이
굴러오고 있었다.
　"뭔디 그려유?"
　"워따 씨팔, 요거 말여!"

이씨의 손가락이 쭉 뻗어나오며 떡뻥이의 앞가슴을 찔렀다. 때 젖은 똥색 스웨터를 입고 있긴 했어도 앞가슴이 제법 봉곳한 게 육감적인 구석도 없지 않았다.

"헤헤, 난 또……."

떡뻥이의 안면에 단박 천치 같은 웃음이 피어났다. 애 같기도 하고 어른 같기도 한 도무지 나이를 종잡을 수 없는 얼굴이다. 자세히 뜯어보면 그래도 윤곽은 곱다. 굴 노인에게 가 살면서 전보다 더 깨끗해진 탓도 있지만, 두툼하게 입술이 말려올라가 인중이 짧은 것만 빼면 단장하기에 따라 꽁무니에 사내 한둘쯤은 매달고도 남을 얼굴이다.

"아저씨 아들도 여길 좋아허는디 워쩜 그렇게 똑같어유?"

"뭐?"

"성구 말여유. 성구도 만나면 요걸 만질라고 혀쌌잖유, 헤헤……."

"요녀르 지집애가 놔둔게 못허는 말이 읎어. 셧바닥을 확 빼버릴까 부다……."

목덜미를 붉게 물들인 이씨가 머리채를 낚아채려 했지만 떡뻥이의 동작이 훨씬 빨랐다. 이씨의 손가락이 허공을 할퀴며 넘어졌을 때, 그녀는 벌써 쌀가게 너머 중앙약국 앞까지 달아나 있었다. 마치 도둑고양이였다.

"헤헤, 자장구 타고 쫓아와 봐유."

혀를 낼름 빼물며 떡뻥이는 주먹을 들어 감자를 한 개 먹였다.

다리 한 쪽으로도 자전거 타는 거야 남만 못하지 않지만, 이씨는 멍하니 선 채 눈만 부릅떠 보였다. 유리문 너머에서 약국 주인이 사람 좋게 웃었다. 떡뻥이는 괜히 심통이 나서 약국 주인에게도 감자를 한 개 먹이곤 그곳을 떠났다.

희끗희끗 눈발이 뿌리기 시작했다. 회색빛 하늘이 읍내 위로 낮

게 떠 있었기 때문에 그렇잖아도 오래 묵은 이 소읍은 한층 더 우중
충하니 가라앉아 보였다. 이발소, 지물포, 제재소, 잡화점, 그리고
'개물닌약' 이라고 써 붙인 한약방 앞을 지나가자, 횅한 빈터에 새
로 지은 전신전화국만 덜렁 서 있었다. 이곳은 본래 논이있지만 주
택지로 만들기 위해 돋우고 있는 중이이서, 읍내의 쓰레기란 쓰레
긴 다 모였다. 항상 퀴퀴한 냄새가 났다. 공터 건너편엔 전분공장의
굴뚝이 아스라하게 높아 보였고, 굴뚝 위엔 채운산 봉우리의 팔각
정 건물이 살짝 걸려 있었다. 눈발 때문에 팔각정은 윤곽만 보였다.
그 아래 정거장에서 목쉰 기적 소리가 들려왔다. 떡뻥이는 껑충껑
충 뛰는 걸음으로 한약방 앞을 지나쳤다. 한 떼의 아이들이 공터 한
편에서 말좆가이생을 하고 있다가 떡뻥이를 발견하곤 우르르 몰려
들었다.

"워디 가냐, 떡뻥아?"

아이들 중에 빵모자가 말했다.

"저기……."

떡뻥이가 역전 사거리 쪽을 가리켰다.

"저기가 워디여?"

"어딘 어디겄냐, 저기가 거시기지……."

아이들이 저희들끼리 찧고 까불다가 한차례 까르르 웃음을 쏟아
놓았다. 그러곤 빵모자의 지휘에 따라 일제히 손나팔을 만들었다.

　　얼씨구씨구 들어간다
　　떡뻥이보지 곱사보지

첫 음절인 얼과 떡 자(字)를 강하게 불러놓고 나머지는 타령조로
외웠기 때문에 아이들의 목소린 구성지게 가락이 맞아떨어졌다. 떡

뺑이가 돌멩이를 주워들고 팔매질을 했으나 한번 물러섰던 아이들
은 금방 다시 진을 짰다.

　　절씨구씨구 들어간다
　　각설이자지 구불텅자지

　경운기 한 대가 떡뺑이와 아이들 사이에 요란한 소음을 깔며 지
나갔다. 아이들의 말소린 잠시 들리지 않았다.
　"얼라려!"
　한 놈이 경운기 소리를 내쫓기라도 하듯 악을 쓰자,
　"늙다리 그지허고 붙었다네."
　다른 놈이 제꺽 맞받아 넘겼다. 그리고 한번 일제히 웃고, 이번
엔 저마다 엄지와 검지로 동그라미를 만든 뒤 손가락으로 들쑤시며
빵모자가 소리를 매기고, 다른 녀석들이 후렴을 뽑았다.

　　참쌀방아 찧는다네
　　쿵덕쿵덕
　　늙은 것이 심이 읎어
　　쿵덕쿵덕
　　불상허다 우리 신랑
　　쿵덕쿵덕
　　이팔청춘 하시절에
　　쿵덕쿵덕
　　장사소리 들었건만
　　쿵덕쿵덕
　　풀떡방아 뭔 말인고

쿵덕쿵덕
삼천갑자 동방삭이
쿵덕쿵덕
항우장사 관우장비
쿵덕쿵덕
대신 좀 찧어주소
쿵덕쿵덕
찰딱찰딱 찧어주소
쿵덕쿵덕

떡뻥이가 기를 쓰고 팔매질을 하자 아이들도 하나둘 빗득거리 쪽으로 뒷걸음질을 쳤다. 중앙약국 건너편 장의사집 문 앞에 하얀 꽃상여 하나가 눈발 속에 놓여 있었다. 너무 하얀 꽃상여여서 마치 구천에서부터 홀연히 돋아난 것처럼 보였다.

2

읍내에서 나루터로 나가는 길은 두 갈래가 있었다.

하나는 빗득거리에서 굴 노인네 토굴 앞을 지나쳐 가는 샛길이고 다른 하나는 역전 사거리에서 곧게 치켜올라 황산동 복판을 꿰뚫고 가는 큰길이다.

빗득거리 쪽이야 사람의 왕래가 거의 없지만, 역전거리에서 나루터까진 자동차로 뚜르르 들어가는 대로(大路)인 데다가 나루를 건너갈 선객(船客)들의 발걸음이 그치지 않았다. 황산초등학교 옆을 지나치면 돌산에서 옥녀봉까지 이어진 제방과 곧 만났고, 제방을 타 넘으면 곧장 나루터였다. 도선장에서 상류 쪽으로 이삼 미터 물러앉은 등대 부근엔 제법 그럴싸한 밥집이 서너 군데 있고, 도선장 앞엔 승선권 매표소와 잡화점, 석재소(石材所), 조선수리소(잘해야 반 톤급 고깃배를 수리하는 정도), 그리고 몇 개의 선술집이 잇대어 있었다. 맨 끝에 양철지붕을 해 얹은 가건물 한 채가, 널린 잡석 사이에 특히 을씨년스럽게 서 있었다. 네 귀퉁이 각목을 박고 베니어판과 슬레이트를 적당히 두른 다음, 반질반질한 함석으로 지붕을 해 얹은 이 집엔, 들창코인 까치말댁이 살았다. 빗득거리 장터에서 장바구니를 목로 삼아 사발술을 팔던 이 여자가 이곳으로 자리를 잡은 것은 지난여름부터였다. 바위꼬쟁이 사는 육손이가 몇몇 동료들의 협조로 또드락또드락, 하루 만에 이 건물을 지어줬던 것이다.

다른 집에서 이러쿵저러쿵하기도 했지만 평생을 나루터의 뱃사람으로, 목수로 살아온 육손이의 텃세가 바람막이 구실을 해줬다. 이젠 어엿하게 고깃배를 두 척이나 가지고 있는 육손이이지만 원래는 막일꾼이었다. 때론 돌도 깼고 때론 배 타고 그물도 던졌고 때론 목수로 불려 다니기도 했다. 워낙 눈썰미가 좋아 못하는 일이 없는 사람이었다. 더구나 천성이 무던하여 바위꼬쟁이의 궂은일이라면 모두 그가 맡아 치러냈다. 까치말댁이 그의 문간방에서 사글세를 석 달 살았는데, 그게 인연이 돼서 결국 나루터에 호구지책을 마련해 줬던 것이었다.

아직 어둡지 않아서 술손님들은 모이지 않았으나 혼자 앉아 막걸리 사발을 들어 올리는 게 이쁜이였다. 때늦은 남방셔츠 위에 제법 반반한 검정 코트를 걸친 맵시가, 볼품은 없어도 거지 같지는 않아 보였다.

"한 잔만 더 주슈."

막걸리 사발을 단숨에 비우고 도마질을 하고 있는 까치말댁을 향해 이쁜이가 말했다. 반짝, 금이빨 하나가 이쁜이의 입속에 드러났다. 통통하게 살이 오른 아래턱이 금이빨과 묘하게 어울렸다.

"얼레, 저놈이 환장을 혔지. 이놈아, 니놈 취헐 술이 워딨어?"

"앗따, 나도 돈 주면 될 거 아뉴."

"돈도 필요 읎응게 어서 읎어져!"

"애들이 와야쥬. 근디 요 씨부럴 놈덜은 워찌 코빼기도 안 뷘댜."

이쁜이는 건성으로 밖을 내다보면서 중얼거렸다. 비닐로 한 미닫이창엔 금강의 상류가 암회색으로 둥둥 떠 있는 것 같았다. 눈이 내리고 있었다. 강 건너편은 허옇게 얼어붙은 갯벌이고, 띄엄띄엄 포플러가 맨몸으로 떨고 섰는 사이에, 마을은 하나도 보이지 않았다. 눈발 때문이었다.

"괜시리 초상난 집 부채질혀쌌지 말어. 못 살어도 못할 일 허고 살믄 죄로 가능겨."

다시 칼질을 시작하며 까치말댁이 한결 물러앉은 목소리로 말했다. 이쁜이는 지금 근처의 백제여관에 거지떼를 보내놓고 하회를 기다리고 있었다.

"못헐 일은 무신 못헐 일?"

"초상집에 떼거지를 쫓아보내 놨잖어."

"지이미, 그려놔야 쇼부칠 때 쇠푼깨나 뽑아내쥬. 우리 같은 놈덜 이럴 때 아님 원제 빳빳한 지전 만져보겠슈?"

"초상난 집마다 빼놓지 않고 찾어댕길 거 아녀? 워디 초상집뿐인감. 회갑이다 혼사다, 쌔고쌘 게 니놈들 같은 그지덜, 비린 생선에 똥파리 꾀듯 허는 그놈의 잔친디⋯⋯."

"거, 모르면 섣불리 면장질 마슈. 겨울철은 잔치도 콩 귀먹은 자리고, 사람도 야시기 안 돼진다는 걸 알아야쥬. 지미랄 것, 매일 살 만헌 집이서 하나씩만 돼져도 벌이가 괭기찮겄는디⋯⋯."

"저, 저 말지랄 좀 봐, 맘뽀가 그 모양인게 만날 그지 팔자지!"

코를 팽 풀고 앞치마에 쓱 문지르며 까치말댁이 눈을 허옇게 흘겼다. 눈이 돌아가자 콧구멍까지 벌름벌름하는 게 그렇잖아도 들창코인데 가관이었다.

백제여관 할머니가 아침 잘 먹고 잠자듯 죽은 것은 어제 아침 열 시쯤이었다. 젊은 시절엔 중앙동 명월관에서 날리던 기생이었다는 거야 읍내 사람들은 다 알았다. 육십이 넘어서도 대문간에 나설 때는 쪽을 쪄 넘겼고 노란 배자를 입었다. 참 예쁘게 늙은 노인이었다. 꽃 같다고 한다면 좀 과장일는지 몰라도, 강경읍이 호남지방에서 항구도시로 떵떵거리던 왜정시대, 그때의 화려했던 한시절이 물살처럼 묻어나던 모습이었다. 하나밖에 없는 아들 천수 씨도 사실은 왜놈의 씨라고 소문이 돌았었다. 지금이야 역전 사거리에서 제일 큰 제일여관, 제일식당까지 하고 있지만, 할머니는 내내, 왜정 때 지었다는 목조 기와건물 백제여관을 떠나지 않았다. 손님은 별로 없어도 맘씨가 고와 떠돌이 장꾼들이 곧잘 찾아왔다. 한번 인연을 맺으면 준다는 돈도 한사코 받지 않고 거저 재우고 거저 먹여 보내는 게 할머니의 성미였다.

"인심이 후혔응게 죽는 것도 복 있게 죽지, 니놈도 바람에 티끌 날리듯 그렇게 죽고 싶으면 맘뽀를 비단처럼 써야 혀."

"아, 내 맘뽀가 워쪘다고 자꾸 맘뽀 맘뽀 혀쌌는댜."

"이놈아. 은어먹을라면 싸게 한숟갈 뚝 따고 갈 일이지, 워쪄자고 떼거질 보내냐 보내길……."

까치말댁이 칼 든 손으로 삿대질을 했다.

꽃같이 곱던 노인네가 죽은 집에 거지들이 득실거릴 생각이 나서 갑자기 밑도 끝도 없는 울화가 치밀어 올라왔기 때문이다. 초상이 났든, 회갑잔치가 있든, 읍내에서 사람 모일 일만 생기면 손님보다 먼저 이쁜이패가 진을 쳤다. 두서너 명이 와서 한차례 먹고 가면 한 시간도 못돼 또 다른 거지들이 왔다. 때론 낯선 손님들과 시비도 붙고 주정도 했다. 그러고는 주인이 거지 등쌀에 고개를 절레절레 흔들 때쯤 이쁜이가 척 나서서 흥정을 붙인다. 거지들을 얼씬도 못 하게 하는 데 얼마, 이런 식이었다. 이쁜이에게만 몇 푼 쥐어주면 물론 거지들은 얼씬도 하지 않았다. 설령 이쁜이패가 아니라도 발을 들여놓지 못했다. 이쁜이도 거지들이 얼씬 못하게 한다는 약속만은 절대로 배반하지 않았다.

때마침 거지 두 명이 깡통을 흔들거리며 출입구에 나타났다.

"야 이 새꺄, 문지방 넘지 말고 서!"

이쁜이가 소리쳤다. 한 발을 불쑥 술청 안에 들여놨던 거지가 엉거주춤 선 채 서슬이 퍼런 이쁜이의 시선을 피해 고개를 숙였다.

"짱구 이 씹새꺄. 워찌 인자 와? 니네덜만 뱃창자구 터지게 처먹고 있으면 다여!"

"그게 아뉴. 잘사는 집인게 깡 좀 팍 부려놓으라고, 성님이 그렸잖유?"

"그러서?"

"재수 옴 올랐슈."

"워찌?"

"성구가 있잖유."

"머, 성구!"

이쁜이가 이맛살을 찌푸렸다. 자전거포 이씨 아들 성구라면 일이 쉽게 풀리지 않게 생겼다. 그는 읍내에선 소문난 건달이요 악바리다. 까짓거 건달 한 놈쯤이야 겁날 거 하나도 없지만 성구는 사정이 좀 다르다. 작년만 해도 성구한테 걸렸다가 이빨 두 대를 날리지 않았던가. 이쁜이는 입맛이 싹 가셨다. 그렇다고 어디 선선히 손 털고 일어날 자리인가 말이다. 백제여관이라면 제일여관, 제일식당 주인 천수 씨가 상주다. 읍내에선 소문난 알부자다. 이만 원까진 몰라도 만 원짜리 한 장은 따놓은 당상으로, 이쁜이가 치부를 하고 있었던 것도 그 때문이다.

"성구고 좆이고, 다시 가봐."

마침내 이쁜이가 단안을 내렸다.

"성님 데려오래유."

짱구는 아무래도 자신이 없는 눈치였다.

"나도 갈 팅게, 니네들 먼저 가란 말여."

"안 돼유. 성님이랑 같이 오랬슈. 칠푼이도 한 방 까졌잖어유."

과연, 밤송이머리를 하고 있는 칠푼이의 볼이 벌겋게 부어올라 있었다.

"육갑 떨고 자빠졌네. 터졌으면 이 새꺄, 그 자리서 엄살을 떨어야지 워찌 옆댕이로 새서 삘기지냐 삘기지길……."

이쁜이가 자리에서 일어섰다. 이렇게 되면 별수 없는 것이다. 가서 붙어볼 도리밖에.

이때, 떡뻥이가 칠푼이의 허리를 밀어젖히며 안으로 들어섰다. 어디를 쏘다녔는지 입술이 파랗게 죽고 옆구리에 낀 검정 보퉁이에도 서걱서걱 물기가 얼어 있었다.

"아이고, 떡뻥이 오냐."

까치말댁이 우르르 달려 나가 떡뻥이의 손을 잡았다. 매일 들르던 애가, 무슨 일인지 지난 며칠은 코빼기도 안 보이던 터라 까치말댁의 목소리는 절로 솟아났다.

"지미랄, 나헌티는 막걸리 한 사발 주면서도 갖은 잔소리더니, 곱사 지지밴 친정 댕기러 온 큰딸 안아들이듯 허는구먼."

"그려 이놈아, 떡뻥이가 우리 큰딸이람 니놈이 워쩔겨?"

“관두슈. 이래 봬도 나 금이빨 혀박고 사는 사람이유.”

“금이빨 같은 소리 허고 자빠졌네. 아, 빨리 못 읊어져!”

“읊어져유, 시방······.”

까치말댁이야 악을 쓰건 말건, 이쁜이는 여전히 빈정거리며 가래를 한번 칵 뱉곤 술청을 나섰다. 밖엔 아식도 눈바람이 불고 조금씩 어둠이 내려덮이기 시작했다. 어둠은 처음 강 끝에 있는 용두산 봉우리를 잡아먹고, 갯벌을 잡아먹고, 포플러 동체를 잡아먹고, 급기야 강의 수면까지 잡아먹었다. 발동선 소리도 들려오지 않았다.

까치말댁은 남포에 불을 붙여 걸고 나서, 시래깃국에 밥 한술을 말아 떡뻥이 앞에 밀어놓아 주었다.

“아이고 이년아, 처먹을 땐 그것 좀 놔라.”

껴안은 보퉁이를 빼앗으려 하자 떡뻥이는 단번에 밥숟갈을 휘두르며 발광을 떨었다.

“알았다, 알았어. 니 맘대로 혀.”

까치말댁은 손을 내두르며 멀찍이 물러나 앉았다.

떡뻥이는 대개 거르지 않고 까치말댁네에 매일 들렀다. 굴도 가깝고 막걸리사발이라도 얻어 마실 수 있는 데다가, 손님들의 취흥에 맡겨 창가라도 한 곡조 뽑을라 치면 웬일인지 사물사물 기분이 좋아지기 때문이었다. 떡뻥이는 뭣보다도 「홍콩 아가씨」를 잘 불렀다. 어디서 귀동냥을 했는지 곡조와 가사가 다 제멋대로이고 목소리 또한 고운 건 아니었지만, 떡뻥이가 그 노래를 부르면 다른 사람이 흉내 내지 못하는 묘한 슬픔과 흥취가 돋아났다. 취기가 도도해져 어깨춤이라도 곁들이면 금상첨화였다. 그래서 까치말댁네를 즐겨 찾는 막일꾼들은 너나없이 떡뻥이를 곁에 앉히려 들었고, 라면 하나라도 배불리 먹이려고 마음을 썼다. 까치말댁도 무던한 성미였다. 고만고만한 아이들을 셋이나 데리고 혼자 살면서도 흔한 넋두리 한번 하는 일 없이, 늘 인정이 넘쳤다. 기분만 내키면 들창코를 벌름벌름하면서 아무한테나 서비스랍시고, 막걸리 한 되쯤 척 안기곤 하였다.

떡뻥이가 국말이밥을 먹고 나자 육손이와 장일이 들어왔다.

장일이는 한 달 전쯤 이 나루터에 나타나 육손이네 배꾼이 되었다. 잠은 배의 기관실에서 자고, 밥은 까치말댁한테 와서 라면을 먹었다. 겨울에 강심에 배 띄워봐야 고작 눈먼 잉어 한두 마리 낚아올리는 게 전부였다. 낚인 잉어는 금방 현찰로 바꾸어지고 선주인 육손이와 사륙제로 분배됐다. 손등이 얼어터지도록 주낙줄을 감아봤자 하루 세 끼 라면 먹기도 어려운 형편이었다. 그래도 장일인 하소연 한마디 하지 않았다. 선비 같은 체구에 얼굴도 깨끗한 게 남모르는 사연도 있음 직한데 고향을 물어봐도 항상 묵묵부답이었다. 말수가 적은 청년이었다.

"오늘은 밥을 먹어. 내 장일이헌티 밥값은 안 받을 팅게."

시래깃국을 떠 담으며 까치말댁이 말했다.

"허어, 나도 까치말댁헌티 라면 먹으러 댕겨야지 눈꼴셔서 못 보겄는디……."

육손이가 말꼬리를 붙들었다.

"앗따, 눈꼴시면 집구석에 가서 아줌니 궁뎅이나 만져주지 여긴 뭣 허러 온댜."

"저, 말솜씨 허고……. 저렇게 멋대가리 읎응게 그 흔한 기둥서방 하나 못 맹글지."

"걱정도 팔자랴. 누가 남 채독 걱정혀 주랴?"

"그려. 까치말댁은 장일이허고 잘혀 봐. 난 우리 떡뻥이허고 한잔 걸칠 팅게……."

"그나저나 오널밤 눈이 많이 오시겄는디……."

까치말댁이 창밖에 눈을 주며 중얼거렸다. 도선장에 높이 매단 수은등 아래, 하얗게 나불거리는 눈송이가 환히 내다보였다. 싸라기같이 내리던 눈이 어느새 대추알만큼씩이나 커지고 있었다. 바람 소리가 한차례 들려왔다. 돌산의 꼭대기에서 곤두박질을 치는 바람 소리였다. 남폿불이 크게 흔들렸다. 까치말댁이 심지를 막 돋우려는데 반장인 만석 아버지와 석수(石手) 허씨가 나타났다. 초상집에서 한잔씩 했는지 눈 가장자리가 검붉게 달아올라 있었다.

"이거 봐, 육손이!"

반장이 불렀다.

"자네 과부 꽁무니에 붙어 집을 져줬으면 즌깃불도 달아줘야 헐 거 아닝게벼."

"아이고, 남폿불이라고 머 술사발이 똥구녕으로 들어간댜!"

까치말댁이 가로막고 나섰다.

"허긴 시상에 젤 존 건 불 읎이도 상관읎지."

"젤 존 거라니?"

"모르는 척허면서 맵시 부리고 앉았네. 아, 홍합 속에 지겟작대기 들이대는 거 말고 존 게 워딨어?"

"엇따메, 숭하기는 또……."

한동안 술사발이 돌아갔다. 떡뼁이도 연거푸 서너 잔을 숨도 안 쉬고 낼름낼름 받아 마셨다.

"굴이 헐리면 떡뼁이 니는 워디 갈래?"

반장이 떡뼁이에게서 빈 잔을 받으며 물었다.

"가긴 워딜 가유?"

"허어, 제 집 날라갈 쭝도 모르고 태평성대로구나."

"무신 소리여, 그게?"

육손이가 술이 묻어난 턱주가리를 손바닥으로 쓸어내며 끼어들었다.

"몰랐어? 아, 야네 굴자리에다, 농진공에서 곧 양수장 공사를 시작헌다."

"워찌 그 자리여, 양수장 자리는 버드나무밭이라고 혔었는디?"

"글씨, 나도 여름엔 그게 알고 있었는디, 이번에 불러서 가봉게 이짝이다 헌다는 거여."

"야로를 부렸구먼."

"빤하지 머. 내가 농진공 소장이 아닝게 그 짚은 속이사 모르겄지만 맹꽁이배가 악을 썼겠지."

"맹꽁이배가 누군디?"

허씨가 말했다.

"극장 주인 만상 씨 말여. 애기 밴 여자처럼 볼록 나온 배때지를 디룩디룩 흔들며 다음번 국민회의 대의원이라도 혀보까 허고, 괜시리 아는 체 혀쌌는 그 사람 있잖어."

"그 사람이 워째 악을 쓴댜?"

까치말댁이 성급하게 달려들었다.

"제에미랄 것, 손바닥에 올려놔 줘도 못 알어듣네. 아, 버드나무밭이 누구 거여? 사 년 전 그 맹꽁이배가 삯꾼 사서 심지 않었는게비. 갯벌 사갖고 보리다 뭐다 심어도 안된게로 머리를 쓴 거지. 버드낭구 심거놓고 그동안 월매나 공을 들였어? 철따라 비료다, 붙잡어 매단다, 밑천만 해도 암만이나 들었을 거구먼. 그려 갖고 이제 한두 해면 팔아묵게 생겼는디, 속이 뒤집혀서라도 그거 뽑아내고 공사판 벌리는 걸 볼라고 허겄어?"

"개놈으 새깽이!"

육손이가 탁자를 탕하고 내리쳤다. 극장 주인 맹꽁이배는 읍내에선 손꼽는 부자요 유지다. 지난번 국민회의 대의원에 나섰다가

채운산 고아원 원장한테 고배를 마셨지만, 아직 읍내에서 그의 영
향력은 대단했다. 염천동에 방앗간과 연탄공장도 하고 있고 역전
사거리 목욕탕도 그의 재산이다.
　"그놈의 새깽이, 머이든 관청이랑 짜고 혀먹을 건 혼자 다 차지
헐 배짱여. 지놈 버드나무 살리겄다고 남의 정든 집을 허물어?"
　"쇠귀에 경읽기지, 그런 사람덜이 원제 우리네 사정 알어준댜."
　"알아주나 마나 말도 안 되는 일여. 닐이라도 당장 농진공으로
몰려가 따져봐야겄어."
　"아서, 이미 끝장난 일인게. 공사계획 확정이니 도지사가 와봐도
별 조 읎다네."
　"누가 그려."
　"보상비로 삼만 원 내준다니 것도 감지덕지지 머. 원래 등기설정
이 안 됐으면 보상비도 읎는 거랴. 괜히 심 빼지 말어. 맹꽁이배니
소장이니 다 한패여. 워디 두 사람뿐인감. 우리가 가서 워쩌고 시끄
럽게 혀봐. 당장에 파출소서 나올겨. 그릏게 그릏게, 눈에 뵈진 않
지만 거미줄처럼 이어져 있능 걸 워디 한두 번 느끼고 살었어? 자,
술이나 허자고. 이봐, 장일이. 오늘 잉어 몇 마리 낚아올렸어?"
　"웬걸요. 빈 배로 들어왔슈."
　"쯔쯧, 그래 갖고 워찌 풀칠을 허나. 차라리 워디 공사판 잡일이
라도 찾아나서잖고?"
　"겨울철에 그런 거라도 마땅히 있간듀."
　침묵이 왔다. 간간이 바람 소리에 잘리며 백제여관 쪽에서 곡성
이 넘어왔다. 저녁때라서 입관을 시작했는지 곡성은 오래오래 그치
지 않았다.
　"지미랄 것, 한번 죽으면 그만인디, 하루 벌어 하루 사는 것도 이
릏게 심들어서야 원……."

"자자, 좆 같은 소리덜 그만 씨부렁대고 술이나 줘여!"

허씨가 마침내 손뼉을 딱딱 쳤다. 그리곤 핏줄이 퍼렇게 돋아난 목을 늘여 빼고 악을 썼다. 「낙화유수」였다. 이 강산 낙화유수 흐르는 물에 새파란 젊은 꿈을 엮은 맹세냐, 세월은 흘러 흘러 청춘도 가고 한 많은 인생살이의 고개를 넘자아…….

"씨팔, 넘을 게 워디 인생살이뿐인감."

육손이가 노래가사의 한 자락을 붙잡아 낮게 한마디했다.

"과부 담도 넘어가고……."

"사발에는 술도 넘는디."

"예편네허고 그 지랄 헐라치면 고개 하나 또 안 넘는게비."

"옛다. 우리 떡뺑이, 거 홍콩여자 한 곡조 뽑아봐라."

반장이 술사발을 건네며 말했다. 떡뺑이는 속없이 받아 마신 막걸리 때문에 그렇잖아도 발갛게 취해 있었다. 대뜸 덩실덩실 곱사등을 움직이며 깨진 소리로 「홍콩 아가씨」를 쫙 뽑아올렸다.

별덜이 쏘곤쏘곤 홍콩의 바암거리
나아는야 꿈을 꾸며 꽃 파는 아가씨
고 꽃만 사가면은 그리운 여영난꽃
아흐아흐 꽃잎처럼 따정한 그 사람이면
고 남자 품에 안겨 가고 싶……

노래의 끝을 늘여 빼던 떡뺑이의 목소리가 갑자기 가래 걸린 맵시를 하며 안으로 사그라들었다. 자전거포 이씨가 들어서며 떡뺑이의 머리채를 갑자기 끌어잡았던 것이다.

"요런 요, 쥐새깽이 같은 년. 뭐, 자전거 타고 쫓아와 봐?"

철썩, 따귀가 올라갔다.

"얼레, 불쌍헌 벵신헌티 이게 무슨 짓이랴!"

까치말댁이 이씨의 손을 붙들자 이번엔 떡뺑이가 거품을 물며 맹렬하게 달려들었다. 잠시 술청 안은 난장판이 되었다. 의자가 넘어지고 주전자가 굴렀다. 이때, 잔뜩 취한 이쁜이가 건들거리며 나타났다.

"성님, 워쩐 난리래유?"

이쁜이가 다짜고짜 이씨를 향해 한마디 참견하고 나섰다.

"뭐, 성님?"

"앗따, 성님 아들 땜에 나도 오널 헛장사했다, 그 말여유. 이것 보슈. 단돈 삼천 원에 그지대장 이쁜이가 요모양 요꼴이잖유."

이쁜이는 천 원짜리 석 장을 번쩍 들어올려 만세라도 부를 자세였다.

"성님이라니! 이놈이 술 한잔 처먹더니 아주 실성을 했구먼."

"헤헤, 나도 말유, 보슈, 금이빨 해박고 사는 사람이라구요. 성님이나 내나…….."

순간, 이쁜이가 몇 발짝 뒷걸음질 치는가 했더니 벌렁 술청 밖으로 나가떨어졌다. 언제 왔는지 성구의 우람한 손이 뒤에서부터 이쁜이의 목덜미를 잡아젖혔기 때문이다.

"아이고 성구야. 내비둬!"

"놔요! 요놈의 새깽이가 초상집에서도 뽀작뽀작 약을 올리드니…….."

막 고개를 드는 이쁜이의 턱을 향해 발길이 날았다.

"오메, 나 죽네!"

턱을 거머쥔 이쁜이가 눈밭을 데굴데굴 굴러갔다. 구둣발이 사정없이, 굴러가는 이쁜이를 밟았다. 한 번 두 번 세 번……. 순식간에 사람들이 몰려들었지만 누구 하나 말릴 생각을 하지 않았다. 눈

발을 녹이며 피 한 줄기가 검게 번져나갔다. 돌산 꼭대기에서 눈바
람이 한차례 몸부림치고 강은 희부옇게 침잠된 채 어둠한테 잡아먹
히고 있었다.

3

　극장 건물의 이마에 붙어 있는 알전구에서 불이 나갔다.
　교수대의 올가미와 권총을 들고 있는 사내의 모습이 페인트로
그려진 영화 간판이 꼴깍 어둠 속에 숨자, 기다렸다는 듯 기적 소리
가 들려왔다. 서울행 막차의 마지막 비명일 것이다. 읍의 복판을 가
르고 지나는 극장 앞의 곧은 국도는 눈이 쌓인 채 텅 비어 있었다.
문을 닫은 상가들은 가로등의 명암 때문에 오히려 침침해 보이고,
어디선가 아주 먼 곳에서부터 개 짖는 소리가 건너왔다. 잣디 쪽인
것도 같고 염천동 쪽인 것도 같았다.
　"우라질 놈의 개새끼들……."
　성구는 후미진 골목 끝의 극장 후문 앞에 멈춰 서며 낮게 씹어 뱉
었다. 철문을 열자 삐그덕 하는 금속성이 났다.
　"들와!"
　보퉁이를 안은 떡뻥이가 들어오자 다시 문이 닫혔다. 극장 안은
암실보다 더 어두웠다. 그러나 이 년째 이 극장의 기도를 하고 있는
성구에겐 어둠쯤이야 문제도 되지 않았다. 고장 난 의자의 위치, 판
자쪽이 내려앉은 무대, 숨겨진 스위치, 뭐든지 안방처럼 환히 볼 수
있었다.
　이 극장은 원래 남도 지방의 질 좋은 미곡을 수탈해 가기 위한 전
진기지로 왜놈들이 지은 건물이었다. 해방이 되고 왜놈들이 물러가

104

고 나서야 극장으로 개조돼 비로소 문을 열었다. 지금의 주인 만상 씨가 인수한 것은, 십여 년 전 아랫장터에 새 극장이 생겨 헐값으로 내려앉았을 때였다. 만상 씨는 인수하자마자 한바탕 건물 단장부터 했다. 그리고 영화보다도 삼류가수 등을 불러내어 쇼로써 한몫을 잡았다. 쇼가 열리면 극장 안은 그야말로 만원사례였디. 바람닌 총 각 처녀들이 십여 리 안팎에서 몰려들어 북새통을 떨었다. 하지만 이제 그것도 옛말이었다. 삼류가수 가지곤 손님이 모이지 않았다. 텔레비전에서 자주 얼굴을 익힌 일류급 가수가 와야 빈자리가 남지 않는 것이다. 일류급 가수를 붙잡아 내리자면 돈이 많이 들었다. 만 상 씨는 자연 극장 쪽에 신경을 쓰지 않았다. 문어발처럼 거느린 연 탄공장, 정미소, 목욕탕, 다방, 그런 것들의 수입이 훨씬 알뜰했다.

“인마, 텔레비 땜에 인자 극장은 볼짱 다 본겨. 사양사업이라는 말 들어보지도 못했냐.”

어디서 들은 풍월인지 극장 건물을 좀 수리하자는 성구의 제언 에 만상 씨는 이렇게 콧방귀를 뀌었다. 그래서 페인트가 다 벗겨진 건물의 외양도 흉물스러웠고 내부 또한 마찬가지였다. 의자는 부서 지고 무대 위의 마루쪽은 밑으로 내려앉았다.

성구는 무대 위로 올라서자 우선 대기실의 불을 껐다.

찬바람이 설컹설컹 기어올랐다. 대기실엔 낡은 면막과 간판과 소도구 따위가 층층이 먼지를 뒤집어쓰고 쌓여 있었다. 그는 면막 을 끄집어내서 무대 위에 옮겨 깔았다. 대기실에서 흘러나오는 잔 광 속이었지만 피어오르는 먼지가 부옇게 보였다. 떡뺑이가 먼지 속으로 벌렁 누웠다. 시키지 않아도 제 할 일이야 제가 잘 안다는 얼굴이다. 아랫도리를 홀랑 까발리고 해쭉해쭉 웃기부터 했다.

“웃지 마!”

성구가 쏴붙였다. 그는 항상 이때쯤 떡뺑이의 웃는 꼴만 보면 입맛이 싹 가셨다.

"춘게 그려."

"춥다고 웃어?"

"춥당게. 후딱 혀."

그제서야 성구는 떡뻥이가 웃고 있는 게 아니라는 사실을 깨달았다. 아랫도리를 벗고 나자 한꺼번에 몰려온 추위 때문에 목을 움츠리며 이를 드러낸 채 떨고 있었던 것이다.

이때였다. 대기실에서 밖으로 통하는 쪽문이 조심스럽게 흔들리는 소리가 들려왔다. 한 번 두 번 세 번. 씨팔, 냄새 맡는 덴 세파트랑게. 성구는 바지춤을 다시 올리고 중얼거렸다.

"성님유?"

"그려, 나다."

문을 열자 극장 주인 만상 씨가 들어왔다.

"워디서 봤슈?"

"이 층에서 봉게 시커먼 그림자가 후문으로 들어가잖여. 워찌 그리 조심성이 읎냐. 요담부턴 떡뻥이 데리고 올 땐 시간을 더 늦춰."

"지금이 몇 신디유?"

"열한 시밖에 안 됐어."

대기실 문틈으로 무대 위를 들여다보던 만상 씨가 침을 꼴깍 삼켰다.

"저애 윗도리 좀 벗길 수 읎냐?"

"춥대유."

"춘 거야 마찬가지지 뭐."

"윗도리는 뭐 헐라고 벗겨유?"

"이 새꺄. 옷에서 냄새가 나서 그려."

만상 씨가 허리띠를 풀었다. 기적 소리가 또 들려왔다. 아마 서울행 막차가 떠나는 모양이었다.

"빨랑 끝내슈, 성님."

"춘디 시간 끌게 생겼냐. 대기실 불 꺼라 잉."

"뻔헌 걸 갖고 뭘 번번이 불을 끄라고 그려유?"

"뻔허긴 뭐가 뻔혀?"

"떡뻥이도 인자, 성님허구 허능 걸 안단 말유."

"으뚷게 알어, 그 벵신이?"

"참 내, 한두 번 아니고 벌써 대여섯 번짼데 벵신이라고 고걸 모르겄슈? 아무리 불 끄고 해봤자 본능적으로 다 아능 거유."

"짜아식, 코앞도 안 뵈는 디서 허고 나가는 걸 지까짓 게 워찌 알어? 잔소리 제치고 불이나 꺼."

"알었슈."

"그리고 너, 떡뻥이 주둥아리 잘 단속시켜. 니가 걸려도 나까지 걸리는 건 곤란헌게……."

대기실의 불이 꺼졌다. 캄캄한 가운데 무대 위로 걸어가는 만상 씨의 발소리만 났다. 성구가 부르르 한 번 목덜미를 떨었다. 이어 헐떡거리는 만상 씨의 숨결 소리가 들려왔다.

씨부랄, 내 드러워서 원.

퉤 하고 성구는 대기실 바닥에 침을 뱉었다.

떡뻥이를 처음, 이 심야의 텅 빈 무대에 데려다 뉘게 한 건 전적으로 맹꽁이배 만상 씨의 발상이었다. 여름에 극장 이 층 난간에서 아래를 내려다보고 있는 만상 씨가 불쑥 성구에게 물었다.

"야, 떡뻥이 저거 누구헌티 안 멕혔으까?"

극장 아랜 떡뻥이가 껑중거리며 지나가고 있었다. 다른 때보다도 머리도 가지런히 빗고 옷차림도 깨끗한 데다 빨간 나비형의 리본이 뒤통수에 달려 있었다. 누가 버린 리본을 달아준 모양인데 껑충껑충 뛰어오를 때마다 나비가 반짝 날아가는 듯했다.

"저런 걸 누가 먹어유?"

"굴 노인허고 같이 산다든디?"

"굴 노인 나이가 일흔이 넘었답니다. 성님도 좀 체통을 지키슈."

"짜식, 소문만 안 나면 체통이야 말끔헌 거지 별 거 있냐. 니가 몰라서 그렇지 맛은 저렁 게 존겨. 그저 먹는 거라면 음식이고 지집이고 뙤똥한 거, 유별난 거, 그게 젤이지."

"성님도 참…….."

성구는 농담이려니 했다. 아무리 오입질이라면 사족을 못 쓰는 만상 씨이지만 그래도 손꼽는 읍내 유지가 아니냐. 차기 국민회의 대의원 선거엔 지난번의 패배를 설욕해 보겠다고 술집 작부 다루는 데도 요즘은 부쩍 점잖을 빼는 만상 씨다. 그런 사람이 거지를, 그것도 읍내 명물이며 곱사며 이마엔 아직 피도 안 마른 것 같은 떡뻥이를 탐내다니.

그러나 만상 씨는 거기에서 끝나지 않았다. 무릎이라도 탁 치는 표정으로,

"좋은 수가 있어!"
했던 것이다.

"저녁 상연이 끝나면 극장으로 슬쩍 데리고 오는 거여. 불 끄면 얼굴도 절대 뵈지 않고 몇 푼 쥐어줘서 다독거리면 될 팅게. 뒤가 좀 문제겠지만, 기를 좀 죽이면 저런 애들이 입은 더 무건 뻽인게……."

성구는 비윗장이 상하고 내키지 않았지만 꿀꺽 참아 넘겼다. 어차피 그의 지시를 어겨본 일도 없고 이젠 궂은일 좋은 일 하도 함께 겪어서 새삼 놀랄 것도 없는 탓이었다. 그는 어쨌거나 성구 자신의 탄탄한 밥줄이고, 사고 쳐서 개고리가 손목에 채워지는 날에도 웬만한 일이면 그의 입김으로 불기소될 수 있는, 바람막이였다. 그래

서 만상 씨도 가장 추악한 자신의 속살까지 성구한테만은 다 보였고, 성구 또한 그의 배경으로 읍내에서 끗발을 잡았다. 누이 좋고 매부 좋고, 그런 관계였다. 주종의 서열이 철저해서 피차 배반이 있을 수 없었고 배반이 있다면 곧 자멸을 의미한다는 걸 만상 씨만이 아니라 성구도 잘 알고 있었다.

만상 씨는 특히 여자에 대해선 그 욕망에 끝이 없었다.

선별하는 형이 아니라 우선 먹고 보자는 식이었다. 유부녀, 작부, 뜨내기로 온 다방 레지, 하다못해 중앙시장에 새로 왔다는 창녀까지도 군침을 삼켰다. 유별나게 애송이를 좋아했다. 작년에는 열다섯 살짜리 식모애까지 건드렸다가 곤욕을 치른 일도 있었다. 물론 흔적을 남기지 않는 데 많은 신경을 썼다. 그 때문에 성구는 때론 협박하는 일에, 때론 장소를 물색하는 일에, 때론 구슬려서 입을 막는 뒤처리에까지 동원되었고, 나중엔 정력에 좋다는 뱀이나 자라 피나 당나귀 신(腎)의 조달까지 맡았다.

"여자가 처음 하는 월경 피가 몸에 좋다는디……."

성구는 만상 씨의 그 말 한 가지만 뜻을 이루어주지 못했다. 구할 도리도 없을뿐더러 그걸 먹는다는 게 실감이 나지 않아서였다. 어쨌든, 한차례 코까지 물리기는 했지만, 그 여름밤 떡뻥이는 만상 씨가 즐겨 쓰는 표현대로 '개봉' 이 됐고, 두어 달에 한 번쯤은 '리바이벌' 을 했다.

"저거 술 처먹었구나?"

일을 끝내고 나온 만상 씨가 천 원짜리 두 장을 성구에게 건네며 말했다.

"나루터에서 먹었나 봐유."

"술 냄새가 나서 말여. 그리고 너, 잘 단속혀야 혀. 괜시리 큰길 쪽으로 끌고 나가지 말고……."

"오널밤도 내가 데리고 온 게 아녀유. 오다 봉게 저것이 예까지 따라왔잖유."

"따라올 정도가 되면 곤란허다 이거여, 내 말은……."

만상 씨가 가래를 한입 뱉어 내고 어둠 속으로 사라지자 성구는 그만 떡뻥이의 옷을 주워 입혔다. 그동안 윗도리까지 벗겨놔서 떡뻥이의 알몸은 얼음장처럼 차가웠다. 옷을 입었을 때보다야 한결 육감적인 알뜰한 몸매였다. 그렇지만 만상 씨가 선수를 쳐놓고 나가서 성구는 도무지 입맛이 나지 않았다.

"아이구메, 춰……."

대충 옷을 입히고 나자 목을 움츠리며 떡뻥이가 한차례 사시나무 떨듯 했다.

"떡뻥이 너 내 말 잘 들어야 혀. 할아부지헌티랑 절대로 내 얘기 해선 안댜. 알었지?"

떡뻥이가 고개를 끄덕거렸다.

"만약 말허면 죽여버릴겨. 나 무서운 거 니 알지? 아까먹새도 이쁜이 나헌티 맞는 거 봤지? 낼부텀은 내가 오라고 허기 전엔 따러오지도 말어. 말 안 들음 이쁜이같이 될 팅게로……."

성구는 대기실의 불을 껐다. 이젠 만상 씨가 준 돈으로 소주 한 병과 담배 서너 갑 사주면 그만이다. 첨엔 몇백 원 주고 다독거려놓을 생각이었는데 가을부터 떡뻥이란 년이 담배를 원했었다.

"우리 할아부지 줄라고 그려."

"허어, 이게 사람 웃기네. 그럼 술도 한 병 사주랴?"

"증말?"

"증말이지."

"그럼 술도 사줘. 우리 할아부지가 좋아헐겨."

그래서 술 담배를 사주게 됐던 것이다.

성구는 마룻장을 잘못 밟아 비틀거리는 떡뻥이를 붙잡아 무대를 내려왔다. 돌연 극장 출입구 쪽에서 바스락하는 소리가 들렸다. 성구가 발걸음을 멈췄다. 암실처럼 어두운 극장 안은 의자 한 개도 보이지 않았다. 순간, 정문이 왈칵 열리는 소리가 나며 검은 그림자 하나가 쏜살같이 달려나갔다.

"워떤 놈엿!"

성구가 쫓아나왔을 때 그림자는 이미 대흥교 다리목까지 달아나고 있었다. 붙잡기에는 너무 먼 거리였다.

"떡뻥이 너 이년!"

떡뻥이의 머리채를 휘감아 대기실 바닥으로 끌고 가 태질부터 쳤다.

"누구헌티 내 말 혔어?"

"아, 안 혔어."

"안 혀?"

"안 혔당게."

"그짓말 말어. 이 씨앙년아, 니가 맛 좀 봐야지……."

간판 뒤에 달린 각목을 뽑아들었다. 떡뻥이가 무릎걸음으로 대기실 구석까지 가서 머리를 처박았다. 성구는 몽둥이를 힘껏 쳐들었다가 그냥 놔버렸다. 아무려면 떡뻥이가 이 정도 완강하게 거짓말을 할 것 같지가 않았다. 도망간 놈이 잡혀준다면 요절을 내겠으나, 어느 놈인지 전혀 짐작도 안 갔다.

"도대체 짜귀, 요 새깽이는 워찌 문도 안 잠그고 갔어!"

정문을 잠그며 성구는 중얼거렸다. 만상 씨에게 상의할 일이었지만 우선 혼자 담아두기로 했다. 트럭 한 대가 논산 방향에서부터 체인을 끌며 요란하게 달려들고 있었다.

4

다리 밑에 이쁜이패가 살았다. 벽은 일부가 블록, 일부가 베니어 판으로 되어 있어 겉으로 보면 그럴싸했다. 안엔 방이 두 개였다. 그중에 한 방을 이쁜이가 혼자 썼다. 이쁜이 방만은 싸구려지만 벽지까지 발라져 있었다. 군데군데 달력에서 오려낸 요염한 여배우 사진이 붙었고 나무궤짝 위엔 때 묻은 장미 한 송이가 꽃병 위에 달랑 꽂혔다. 장미는 조화였다. 이쁜이는 꽃을 좋아했다. 꽃병을 골라온 것도 이쁜이이고, 조화를 사다가 폼을 낸 것도 물론 이쁜이였다. 가을까진 데리고 있는 애들이 언제나 시들기 전에 코스모스라도 꺾어오곤 했었다. 꽃병이 하루라도 비게 되면 종일 이쁜이가 신경질을 내기 때문이었다. 벽의 중앙엔 서툴게 써진 글씨로 '우리의 맹세' 라는 게 압정으로 눌려 있었다. 이것도 이쁜이의 생각이었다.

'우리의 맹세'

첫째로 우리넌 사나이 중으 사나이다. 그런고로 의리에 죽고 의리에 살어야 한다.

두째로 우리넌 그지다. 그런고로 야밤으 도둑질이나 숭악무도한 강도짓은 안 혀야 헌다.

시번째로 간첩이 있으면 젓먹던 심을 써서라도 잡아야 헌다. 상금 백만 원은 모도 나눠 가져야 헌다.

니번째로 대장 말에넌 절대 복종혀야 허고 동지덜끼리 싸움질은 안 혀야 허고 단결혀서 머이든 혀야 한다.

다섯째로 의리 움넌 놈은 대장 명령대로 당장 복수혀야 헌다.

대충 이런 정도였다. 이쁜이는 아침에 아이들이 나가기 전에 반드시 이열횡대로 집합시켜 놓고 이 '우리의 맹세'를 큰 소리로 외도록 했다. 너나없이 까막눈이지만 달달달 암송하고 있기 때문에 글씨는 보나마나였다.

제 방은 되도록 예쁘게 치장하려고 애를 쓰는 이쁜이지만 어쩐일인지 밥은 꼭 깡통에 담아서 찬밥을 먹었다. 어쩌나 깡통 밑에 넝마쪽이라도 태워 데우려고 하면 당장 발길이 날아갔다.

"새에끼덜, 괜시리 입맛만 조져놓을 셈이여? 그지는 뭐니 뭐니 혀도 찬밥 먹고 한데서 자야 허능겨."

이쁜이는 이렇게 소리 질렀다. 그 점에서는 철저한 거지근성을 발휘했다. 아파 누워 아스피린 한 개라도 얻어다 주면 더욱 발광이었다. 거지가 약 먹는 거 어디서 봤냐, 이거였다. 그래서 벽지까지 구해다 바르면서도 바닥은 가마니쪽 아니면 기껏 다 낡은 멍석이 고작이었다. 남다른 유아성(幼兒性)과 철저한 거지근성, 그리고 독특한 보스 기질이 여느 거지들하곤 달랐다.

"성님, 또 이빨 나간 거 아뉴?"

밥 한 숟갈 들다가 턱을 싸쥐고 깡통 앞에서 물러나는 이쁜이를 향해 짱구가 말했다. 볼이 퉁퉁 부어올라 있었다. 목에도 여기저기 피멍이 든 건 엊저녁 성구한테 밟힌 자리일 것이다.

"좆 같언 소리 나불대지 마, 임마. 금이빨이 부러지는 거 봤어?"

"금이빨 아닝 게 더 많잖유."

"이 새끼가 그려도…….."

발길질을 하려다 이쁜이는 참았다. 성구가 떠올랐다. 볼이 욱신 욱신해 오니까 더욱 이가 갈렸다.

"그것만 잘됐으믄 오늘 텔레비를 탁 들여놓는 건디…….."

요즘 이쁜이는 텔레비전 하나 갖는 게 소원이었다.

역전 사거리 전파사에 가면 십칠 인치 중고 텔레비전이 있었다.

빨강색인 데다가 알록달록 구슬이 박힌 손잡이가 고왔다. 그까짓 중고 텔레비전이야 진즉 맘먹었으면 못 살 것도 없었지만, 별로 그런 생각을 안 했었는데 그놈을 보니까 애들처럼 갖고 싶어졌다. 그래서 행여 남이 먼저 사가지나 않을까 이쁜이는 그동안 하루 한 번씩은 전파사로 갔다. 진열대 속의 텔레비전이 보이면 괜히 가슴까지 울렁거렸다. 새것보다도, 큰 것보다도, 이쁜이는 꼭 그놈을 사고 싶었다. 어제 백제여관에 갈 때 전파사 앞으로 돌아간 것도 다 그런 까닭에서였다. 그동안 사만 원쯤 모아뒀으니까 초상집에서 예정대로 이만 원만 얻어 냈으면 텔레비전은 지금쯤 여기에 와 있을 것이다. 하기야 초상집에서 재미를 못 봤더라도 한 댓새 애들 벌어온 걸 모으면 그깟 이만 원이야 어렵지 않을 것이지만, 그 안에 남이 사갈까 이쁜이는 그게 불안했다.

"새끼들아, 그만 처먹고 후딱 일 나가!"

이쁜이는 기어코 밥찌끼가 남은 깡통을 걷어차고 방으로 들어와 버렸다. 데굴데굴 굴러서 얼어붙은 개천에 쑤셔 박히는 요란한 깡통 소리가 뒤를 따랐다.

"성님, 백제여관에 가두 돼유, 오널이 출상인디?"

"성구헌티 을어터지고 싶은 놈만 가봐."

우르릉, 머리 위에서 자동차가 지나갔다. 베니어판 벽이 다르르 다르르 소리를 내며 떨었다. 이쁜이는 개나리 꽁초 한 개비를 찾아 물고 불을 붙였다. 텔레비전이 아직도 그대로 있는지 궁금했다.

"야, 짱구 밖에 있냐."

"왜유, 성님?"

"애들보고 현금을 많이 물어오라고 혀!"

"알았슈. 근디 좀 나와봐유. 손님이 찾아왔응게……."

"손님이라니?"

“그렇게 말유. 까치도 안 울었는디.”

문이 열리며 들어서는 게 굴 노인이었다. 이쁜이는 벌떡 일어나 앉았다. 참 까치도 안 울었는데 별스런 손님이 다 찾아왔다.

“웬일유?”

“저, 거시기…….”

굴 노인은 엉거주춤 앉으며 찬찬히 방 안을 둘러보았다. 이만하면 토굴보다도 한결 방답다. 따뜻하기야, 토굴만 못하겠지만 깔끔하게 모양을 낸 건 토굴에 비할 바가 아니다. 굴 노인은 비로소 마음이 놓였다. 이쁜이 생각을 해낸 게 백번 잘했다 싶었다.

“거시기는 귀신도 모르는 거라든디…….”

“저 말여, 이쁜이.”

“왜유? 나 여깄슈.”

“우리 떡뻥이 말인디, 여기로 데려오면 워뜻겄어?”

“자다가 봉창 뜯어유, 시방. 갑자기 떡뻥일 데려오다니.”

“그려. 저 거시기 말허자면…… 시집을 보내겄다 이거여.”

“뭐유, 시집유!”

“그렇당게.”

“헤헤헤, 삭동방머리 쉬파리 좆만큼도 읎는 소리 그만 허슈. 자기가 데리고 살면서 시집은 무신 놈의 시집유?”

“허어 참, 내사 손주딸같이…….”

“일읎슈. 그런 곱사 그지허고 붙을려면 이 이쁜이, 시방까지 수십 명이라도 붙었을 거유. 난 저런 지집애가 존게…….”

벌렁 뒤로 누우며 이쁜이는 벽에 붙은 여배우 사진을 가리켰다. 여배우는 슬립 바람으로 가슴 한쪽을 거의 드러내 놓고 있었다. 굴 노인의 얼굴에 잠깐 그늘이 지나갔다.

“이쁜이가 떡뻥이만 데리고 있으문 삼만 원을 얹어줄겨. 굴이 헐리게 돼서 그려."

"뭐, 삼만 원이라고 혔슈, 시방?"

"그려, 삼만 원."

"삼만 원이 워딨슈?"

"앗따, 자 여기 있잖여!"

굴 노인이 품 안에서 돈을 꺼내 들었다. 이쁜이가 다시 벌떡 일어나 앉았다. 침을 묻혀가며 돈을 헤아렸다. 맞다. 천 원짜리로 서른 장이니 삼만 원이 틀림없다. 이쁜이의 얼굴에 당장 활짝 웃음이 떠올라.

"웬 거유, 이게?"

"굴이 헐린다고 농진공에서 주대."

"이걸 다 나 줄 거유?"

"떡뻥이만 데려다 함께 살면 말여."

"살쥬. 살 팅게 데려와유."

"오널은 안 돼."

"왜유?"

"아무리 그지덜이라고 혀도 그렇지. 남녀가 신방을 꾸밀 틴디 워찌 당장 데려온댜."

"그럼 워쩌자는 거유?"

"낼 말여, 즘심때쯤 찬물 한 그릇이라도 떠놓고 맞절이라도 혀."

"그렇게 겨, 결혼식을 허자 이거유?"

"이치가 그렇지 않응게비. 돈 이리 내놔, 낼 혼례를 허고 줄 팅게……."

"그, 그러쥬, 그럼."

굴 노인이 돈을 다시 품 안에 넣고 방을 나갔다. 문에 고개를 힘껏 빼내고 이쁜이는 인사하는 것을 잊지 않았다. 텔레비전이 제일

먼저 선명하게 시선이 잡혔다. 넬이면 그놈을 제격 사올 수 있는 것
이다. 어디 그뿐이냐, 이 기회에 아주 그놈의 앵무새가 들락날락하
면서 울어주는 시보당 벽에 걸린 벽시계도 하나 사버리자. 그래서
기상시간 딱 정해 놓고, 점심때 다 돼서야 이슬렁어슬렁 눈 비비고
나가는 게으른 놈들에겐 맛을 좀 보여줘야겠다. 이쁜이는 사뭇 기
분이 좋아 어깨까지 으쓱으쓱해졌다.

"성님!"

어디 있었는지 짱구가 불쑥 고개를 들여놓아.

"왜?"

"거 떡뼁이 말인디유……."

"너도 들었냐?"

"듣고 안 듣고가 문제가 아녀유. 고 떡뼁이년이 글씨 성구허구
붙어먹었슈. 맹꽁이배 극장 쥔도 그런 것 같고……."

"뭐여, 니가 고걸 워뚷게 알어!"

"봤슈."

"워디서?"

"엊저녁 늦게 극장 앞엘 오는디 성구가 떡뼁일 데리고 들어가잖
유. 마침 문도 안 잠궜길래 슬쩍 들여다봤쥬."

"맹꽁이배도 있었다면서?"

"쬐매 있다 한 사람이 더 왔는디 목소리가 맹꽁이배 같었슈. 어
둬서 잘 뵈진 않었지만……."

"너 이 새끼, 허깨비를 본 거 아녀?"

"허깨빌 봤음 좋게유."

"이놈으 짜식들을 그냥……."

이쁜이가 바닥을 주먹으로 쳤다. 먼지가 풀썩 솟았다. 짱구는 찔
끔해서 문을 닫고 물러났다. 한동안 이쁜이는 움직이지 않았다. 뾰

드득, 이빨 가는 소리만 났다.

떡뻥이는 토굴 앞에 쭈그려 앉아 있었다.

보퉁이는 가슴과 무릎 사이에 껴안고 턱은 깍지 낀 팔 위에 올려놓은 자세였다. 돌산 위에도 사람들이 여러 명 올라서 있었다. 죽림서원이 있는 언덕바지도 마찬가지였다. 모두가 나루터를 내려다보고 있었다. 나루터엔 어제와는 달리 햇살이 투명했다. 햇살은 강안에 쌓인 눈과 강심의 수면에 부딪치며 반짝반짝 유리구슬을 만들어 내었다.

백제여관 할머니의 상여가 나가고 있었다.

나루를 건널 예정이었는지 백제여관 쪽에서 곧장 내려온 상여는 잠시 도선장과 등대 사이를 머뭇거리며 왕래했다. 근래에 보기 드문 대단한 행렬이었다. 눈이 쭉 째진 방상 씨(方相氏)가 앞장을 섰고 곡비(哭婢)는 없었으나 제상(祭床), 교의(交椅) 뒤엔 빨간 명정(銘旌)이 불쑥 허공을 겨냥하고 올라섰으며, 등롱(燈籠)과 요여(腰輿)가 이를 뮨 다음, 노란 삼베로 된 공포(功布)가 명정하고 한 쌍으로 짝을 맞췄다. 불삽과 운삽 사이에 낀 상여는 꽃상여였다. 남색 테두리에 받쳐진 앙장(仰帳) 밑에서 눈송이 같은 꽃들이 일제히 하늘로 날아오르는 것 같았다. 향두(香頭)잡이는 육손이였다. 짤랑짤랑 요령 소리를 깔며 탁 트인 목소리로 향두가를 메겼다.

만강같은 내집 두고 천금같은 자식 두고
어 허이 허이 해이야
문전옥답 저버리고 십이군정 어깨 버려
어 허이 허이 해이야
금강청수 넘어가서 구척광산 깊이 파고

어 허이 허이 해이야

칠성으로 요를 삼고 떼장으로 이불 삼아

어 허이 허이 해이야

살은 썩어 물이 되고 뼈는 썩어 진토 되어

어 허이 허이 해이야

산혼칠백 흩어지니 어늬 친구 날 찾으랴

어 허이 허이 해이야

…………

마침내 상여가 나룻배에 옮겨지고 둥실 강물로 떴다. 배는 보이지 않고 상여만 보였다. 도선장에 남은 빈객들이 이곳저곳에서 눈물을 닦았다. 강바람이 불었다. 앙장이 강물인 듯 출렁이자, 그 위에 내려앉은 갠 하늘 한 자락이 가볍게 비켜 앉았다. 상여는 곧장 강심을 향해 미끄러져갔다. 요령 소리는 들리지 않고 향두가만 처량하게 남았다.

나는 간다 나는 간다 강 건너서 나는 간다

어 허이 허이 해이야

인제 가면 언제 오나 멀고 멀은 북망산천

어 허이 허이 해이야

서산에 지는 해는 지고 싶어 진다드냐

어 허이 허이 해이야

창해유수 흐른 물도 다시 오리 어렵거늘

어 허이 허이 해이야

육손이의 향두가마저 제대로 알아들을 수 없더니 나중엔 아예

후렴만 건너왔다. 후렴이 강물을 건드리고, 눈 쌓인 갯벌을 뛰어넘
어 미루나무의 맨살을 건드리고, 사람들의 정한(情恨)을 하나하나
건드려서 뽀얀 햇살의 입자로 만들어 내는 것 같았다. 이름 모를 새
떼들이 상여의 앙장 위를 지나 바다처럼 드넓은 강의 하류로 날아
갔다. 떡뻥이는 눈물을 손등으로 부볐다. 왜 그런지 자꾸 눈물이 났
다. 서럽지도 않고 배고프지도 않은데 눈물이 나왔다.

"떡뻥아……."

언제 왔는지 등 뒤에 굴 노인이 서 있었다.

"할아부지!"

"그려그려……."

떡뻥이는 그만 큰 소리로 울어버렸다. 굴 노인이 우는 떡뻥이를
품에 안았다. 솟아오른 곱사등을 쓸어주다 보니까 굴 노인도 괜히
목이 메었다.

"이 작것아, 니는 인제 시집갈 판여."

"그럼 할아부지허고 같이 안 살어?"

"그려. 굴이 헐린댜."

"싫어 싫어……."

떡뻥이의 울음소리가 한결 더 커졌다. 상여는 어느새 건너편 나
루터로 올라가 있었다. 빈 배가 건너왔다. 이번엔 빈객들과 만장을
실었다. 만장이 또 강심에 두둥실 떴다. 바람에 날리니까 깃발과 같
았다.

"죽으면 워디로 가는겨?"

"구천으로 간댜."

"구천이 워딘디?"

"땅속이지."

"할아부진 안 가봤어?"

“곧 나도 가볼 참여.”

“상여 타고?”

“상여는 무신······.”

“나도 상여 타고 싶어······.”

“아무나 타는 게 아닌겨. 백제여관 할머니처럼 복 받은 사람이니 타지.”

“나도 복 받으면 되지.”

“암만······.”

“상여가 참 고와.”

“암만······.”

굴 노인은 눈물을 삼키느라 더 이상 말을 잇지 못했다. 그려, 원 젠간 니도 복 받는 날이 와서 죽은 다음 세(貰) 상여라도 타야 헐 틴 디. 암, 그려야 물귀신 되어 구천을 떠돌 내 한까지 맺힌 디 하나 웂 이 탁 풀릴 것 아녀······.

5

굴 노인은 찌그러진 양은 세숫대야 밑에 넝마를 더 주워 던졌다. 불길이 솟았다. 물 끓는 소리가 났다.

“뭘 하는겨?”

강둑 위에 영숙 아버지가 단장을 짚고 서 있었다. 자리에서 일어 서며 굴 노인은 허리를 꺾었다.

“떡뻥이란 년 머리라도 감어 빗길려구유.”

“암, 그려야지. 내 먼저 가 갖고 이쁜이도 잘 단속시켜 놓을 팅 게, 삐낙히 건녀와야 혀.”

“그럼유.”

“그리고 옛어, 이걸 받어!”

영숙 아버지가 보퉁이 하나를 아래로 던졌다. 엉겁결에 보퉁이를 받은 굴 노인이 더듬거리며 물었다.

“뭔디유, 이게?”

“영숙 에미가 싸줘서 잘은 모르겄는디, 아마 영숙이가 입던 옷 한 벌이 들은 모양여. 머리 감기고 갈어입혀.”

“고, 고마워유.”

굴 노인이 다시 허리를 굽혔으나 둑 위에 영숙 아버지는 이미 남아 있지 않았다. 에헴 하는 기침 소리만 둑 저편에서 건너왔다. 보퉁이를 풀었다. 속치마, 속적삼에 남색 저고리와 빨강 치마가 개어 얹히고 흰 버선 흰 고무신 한 켤레가 정갈하게 놓여 있었다. 영숙이가 입던 것이라 했지만 새것이나 다름없었다. 굴 노인은 대야 밑에 넝마를 던져 넣는 일도 잊어버리고 한참 동안을 그것만 들여다보고 있었다.

“저렇게 존 양반인디 워찌 영숙이를 잃었댜. 하눌님도 무심허시지. 사십 넘겨 점지혀 준 고 귀한 것을 잡어가게 놔두시다니⋯⋯.”

오늘처럼 강도 회색, 하늘도 회색이었다. 밤낮을 가리지 않고 각시무당이 잦은가락을 넘겼어도 쌀주발 속에 머리카락은 잡혀들지 않았다. 영숙 어머니는 그 사흘 동안 물 한 모금 넘기지 못했다. 딸이 벗어놓고 죽은 신발만을 가슴에 안은 채 무심한 강물만 손바닥으로 쳤다.

“원혼이 된거. 워떤 놈인지 고 남정네가 안 나타낭게 넋을 못 건지지⋯⋯.”

사람들은 혀를 찼다. 끝내 넋은 건져지지 않았다. 영험하기로 소문난 각시무당도 사흘을 넘기자 제 집으로 들어가 방문을 걸어 잠갔다. 한만 남았다. 영숙이네 늙은 부부는 임리정에서 그림자처럼 살았다. 문 밖에 나서지 않아도 강은 내려다뵈고, 강을 내려다보면 아직도 수심 깊은 곳에서 떠돌 딸의 혼백이 선연히 만져지는 것이다.

그런 양반이 엊저녁 굴 노인이 찾아기 떡뺑이 애길 하자 선뜻 주례를 맡아주었다.

"암, 그려야 허고말고. 가진 거 읎는 살림일수록 예(禮)는 갖춰야 하는거. 고걸 못 허면 세월이 갈수록 가슴에 못이 백히는 뱁여."

죽은 영숙이 생각이 나는가 보았다. 일없이 헛기침을 날리며 몇 번씩이나 고개를 주억거렸다.

"떡뺑일 보내고 나서 임자는 워쩔겨?"

"워쩌긴유."

"굴도 헐린다며?"

"지야, 머 다 산 목숨 아닙니까유."

"그려도 우선 당장 거취는 정혀야지. 갈 디 읎음 나헌티로 오소. 저짝 헛간에 누울 자리 하나 들이면 될 팅게……."

"놔두셔유. 지가 생각해 보고 못 견디면 찾어올 거구먼유."

"시상이 각박혀서 말여. 아, 옛날이사 거지가 찾아와도 워디 문전퇴박이 있었남. 채독 밑구녕이 빤히 봬도 찬밥 한술이나마 멕여 보내지. 시상이 발전한다지만 나는 알쏭달쏭혀. 반만 년이나 살아오면서 우리 백성이 죽지 않은 게 까닭이 워디 있겄어? 잘살어서가 아녀. 끼니를 굶어도 이웃끼리 서로서로 받쳐주는 그 뜨뜻헌 맘하나로 전딘 거지. 그런디 요즘 시상은 그게 읎어. 농진공에서 공사를 벌이고, 읍에서 지붕개량을 허라느니 새마을공장을 져준다커니 혀 쌌지만, 등골 서러운 것은 옛날보다 더허니 참 조홧속이랑게. 아무래도 사람덜이 잘 모르고 있는 거 같여. 우리 백성의 심이라는 게 뜨뜻하게 써주는 맘 그거였는디, 그 맘은 뿌리 뽑아 뻰지고 공사만 허싸야 뭐 허겄어? 공사야 백번을 혀도 존 일이지만 사람 맘을 다스리지 않으면 말짱 도로묵이랑게……."

영숙 아버지는 내내 입맛만 다셨다.

평생을 바위꼬쟁이에서 살아온 사람이다. 임리정 팔괘정을 지키고 죽림서원을 돌보며 딴 맘 한 번 품어보지 않았다. 서원에 딸린 논밭을 부쳐먹은 것도 오 년 전까지였다. 어찌어찌해서 논밭까지 개인의 손으로 넘어갔어도 영숙 아버진 떠나지 않았다. 서원의 대나무밭을 돌보고 율곡, 퇴계의 위패를 지키며 임리정, 팔괘정의 서까래 하나도 남의 손 못 타게 하는 일만 자기 직분으로 여겼다. 그가 없었으면 아마 주인 없는 이런 건물들은 형상만 남았을 것이다. 지금이야 읍에서도 안내판까지 세우며 조금 관심을 나타내지만, 몇 년 전엔 그야말로 판자쪽이나마 뜯어가려고 안달하는 사람들이 많았던 것이다.

물이 다 끓자 굴 노인은 싫다고 앙탈을 부리는 떡뻥이를 붙잡아 놓고 머리를 감겼다. 더운물이 모자랐지만 마침 주워다 났던 빨랫비누쪽이 남아 있어서 때는 대충 뺐다. 가르마를 타서 빗겨 넘기니까 금세 훤한 얼굴이었다. 생각 같아선 추석 때처럼 강으로 끌고 나가 구석구석 온몸을 다 씻기고도 싶었지만 그것만은 참았다. 대신 발을 헹궜다. 발바닥의 쇠때는 손도 못 댔으니 그야말로 헹굼 정도밖에 안 됐다. 떡뻥이가 요동을 치는 바람에 굴 노인까지 흠뻑 젖었다.

"할아부지 말을 잘 들어야 새 옷 입혀줄거."

"새 옷이 워딨어?"

"저기 보퉁이에 있잖여."

"그려도 싫어. 나쁜 놈여, 할아부진……."

"예끼 순……."

굴 노인은 떡뻥이의 겨드랑이를 갈퀴손으로 긁었다. 까르르 웃음을 쏟아놓으며 떡뻥이가 데굴데굴 굴렀다. 유독 겨드랑이의 간지럼을 잘 타서 앙탈을 부릴 땐 이게 약이었다. 옷을 입혔다. 하도 발광을 떨어서 속옷은 놔둔 채 치마저고리만 입혔다. 치수가 꼭 맞았다.

"곱기도 허지……."

굴 노인은 실눈을 떴다. 영숙이만은 못해도 날아갈 듯 고와 보인다. 곱사등만 아니면 어디다 세워놔도 손색없는 새색시 모습이 아니냐. 멋모르고 좋아서 이리 뛰고 저리 뛰는 걸 보고 있자니, 굴 노인은 저절로 콧잔등이 시큰해왔다.

"이 작것아. 인자 얌전혀야 혀. 새색씨가 뜀박질허면 당장 퇴박 맞기 십상이랑게."

"내가 새색씨여?"

"그려, 이쁜이헌티 시집가는겨."

"할아부지도 같이 가?"

"나는 갔다 와야지……."

"그럼 나도 올 거여."

"안 돼야. 너는 거기서 살어야 혀."

"내가 할아부지 색씨 허면 되잖여."

"할아부지 색씨는 니가 아녀."

"누군디?"

"저기, 강이여 강!"

"강?"

"그려, 강이여!"

굴 노인은 지난밤에 차곡차곡 챙겨놓은 보퉁이 안에 떡뻥이가 벗어놓은 헌옷을 구겨 넣었다. 나무궤짝을 열고 맨 밑바닥에 두루마기를 꺼내 위에 걸쳤다. 이것도 빗득거리 한의원 영감이 죽었을 때 자개상과 함께 불 속에서 집어온 것이다. 앞섶의 손바닥만큼 탄 자리는 광목으로 듬성듬성 꿰매놓았다. 죽으러 들어갈 때나 입을 생각이었는데 떡뻥이를 잘 입혀 차려놓으니까 자기 자신도 떡뻥이에게 맞추자 해서 두루마기를 생각해 낸 것이다. 그걸 입어야 구색이 맞을 것 같아서였다.

"자, 가자 잉."

떡뻥이는 제 보퉁이를 가슴에 안고, 굴 노인은 다른 보퉁이 하나를 왼손에 들고 빗득거리로 나왔다. 또 눈이 오려는지 읍내는 암회색 구름에 한껏 지붕을 낮추고 있었다.

"아이고, 떡뻥이가 워쩐 일이냐."

중앙약국 옆의 잡화점 안주인이 유리문을 열고 소리 질렀다.

"나유, 시집가는 거유."

"시집을 가?"

"그려유, 이쁘쥬?"

"그려, 곱구나. 그렇게 차려입은게 몰라보겄어, 쯔쯧……."

열대엿 발자국 앞으로 내달았다가 금방 되돌아오기도 하고, 꼭두각시 꼭두춤 추듯 건들건들 움직이기도 하고, 혀를 낼름낼름 빼 물기도 하면서, 상점마다 고개를 빼고 한마디씩 던지는 사람들에게 떡뻥이는 일일이 대꾸를 했다. 사거리를 지나자 어디서부턴지 조무래기 한패가 쫄랑쫄랑 꼬리를 물고 따라왔다.

"떡뻥이는 좋겠네!"

조무래기들이 소리쳤다.

"시집가서 꽁떡 찧고 샛서방 봐서 짤떡 찧고……."

다른 때 같으면 돌멩이라도 주워들고 우르르 쫓아갈 떡뻥이이지만 기분이 좋아져서 벌쭉벌쭉 웃기만 했다.

다리 밑 이쁜이집에 당도하니까 제일 먼저 육손이가 튀어나왔다. 석수장이 허씨도 반장인 만석 아버지도, 장일이도, 그리고 까치말댁과 거동이 불편한 영숙 어머니까지 와 있었다.

"이이구 이년, 소례정에 들어선게 그려도 얌전 빼는구나."

까치말댁이 떡뻥이의 엉덩이를 도닥도닥 두드렸다.

"훤허다, 훤혀……."

영숙 어머니가 맞장구를 쳤다.

"신랑보다 낫어."

"뭔 소리야. 저기 신랑 좀 봐. 옛말 그대로 금세의 호걸이요, 진세(眞世)의 기남자(奇男子) 아닝게비."

육손이가 끼어들었다. 과연 이쁜이는 남루하긴 했지만 검정 양복에 꼬장꼬장 비틀려진 넥타이까지 주워 매어 신수가 멀끔했다. 신랑 치레는 육손이가 맡아 할 모양이었다.

"앗따, 가락수 맞춰 말허면 누군 못허겄어? 우리 떡뻥이가 워쪄서 그려? 연지곤지도 안 찍고 구루무 한 점 안 발렀지만 춘향이 뺨치는 맵시 아닝게비. 얼굴이 조촐허니 청강(淸江)에 노는 학이요, 단순호치(丹脣皓齒) 반개(半開)허니 별도 같고 옥도 같다. 물 찬 제비요, 구름 속에 달이요, 맑은 물에 연꽃이라……."

까치말댁의 사설을 자르며 육손이가 이쁜이 얼굴을 받쳐 들었다.

"천정(天庭)이 높았으니 소년공명할 것이요, 오악(五嶽)이 조귀(朝歸)하니 보국충신 될 것이매, 풍채는 두목지(杜牧之)라 도량은 창해 같고, 문장은 이백(李白)이요 필법은 왕희지라, 하루는 방자 불러 가뢰되……."

"헤헷, 그 대목까지 허면 워뜧게 혀. 방자는 여기 읎웅게 딴 디 알어봐."

허씨가 쏴붙이자 웃음이 터져나왔다. 조무래기들이 한패, 개천의 얼어붙은 바닥까지 둘러서 있었다. 요란한 소리를 떨구며 다리 위에 버스 한 대가 지나갔다.

"우선 전안례(奠雁禮)를 혀야 쓰겄는디……."

두루마기 자락을 가지런히 하면서 영숙 아버지가 어흠어흠, 헛기침을 날렸다. 좌중이 조용해졌다.

"어차피 육례(六禮)는 고사하고 사례(四禮)도 못 생긴 판인게 간소허게 줄여서 잡지. 먼저 이쁜이 자네가 이짝으로 오게."

이쁜이가 멋쩍은 얼굴로 씩 웃으면서 영숙 아버지 곁으로 나섰다.

"이봐 육손이, 거 내가 맽겨놓은 거 있지? 고걸 이리 내놓게."

문 앞에 전안상(奠雁床) 대신 양동이가 거꾸로 놓이고 안부(雁夫)가 된 육손이가 나무기러기를 내놨다. 너무 오래 묵어 손때로 만질만질한 나무기러기였다. 낯선 물건이어서 사람들이 서로 목을 빼자 영숙 아버지가 또 헛기침을 했다.

"먼저 이쁜이가 이걸 한번 안었다 놓게."

"이렇게유?"

이쁜이가 쭈그려 앉으며 나무기러기를 조심스럽게 안았다.

"그려, 됐어. 자, 인자 시 번 절허고 저만치 물러나서 시 번 절허고……."

"무신 놈의 절을 그게 많이 혀유!"

이쁜이가 퉁명스럽게 말했다.

"허능겨!"

"춰 죽겄는디, 지미랄……."

절을 하는 동안에 영숙 어머니가 얼른 나무기러기를 떡뻥이 앞에 옮겨놓았다.

이것으로 전안례는 끝났다. 초례(醮禮)가 시작되었다. 신위상(神位床)이 없는 대신 나무궤짝이 놓이고 정화수 한 그릇과 나무기러기, 찹쌀 한 접시가 올려졌다. 꽃병엔 영숙 어머니가 준비해 온 소나무와 대나무 가지가 꽂혔다.

"신랑 신부가 꿇어앉어 손부텀 씻는 건디 그럴 처지가 아닝게 그냥 맞절로 상견례(相見禮)를 마치지. 자, 절혀!"

맞절이 이루어졌다. 절을 한 줄 모르는 떡뻥이를 억지로 주지잃히며 까치말댁이 뒤통수를 쥐어박았다. 짝짝짝, 박수가 터져나왔다. 이때, 쭈르르 개천 둔덕에 미끄러지며 자전거포 이씨가 나타났다.

"워쩌서 나만 쏙 빼놓고들 왔댜."

이씨의 손에 막걸리가 담긴 주전자가 들려 있었다. 이쁜이가 아랫입술을 삐죽이 내밀었다. 맘에 안 들지만 참는 눈치였다.

"냄새 맡고 왔으면 됐지, 빼놓긴 누가 빼놔?"

반장인 만석 아버지가 주전자를 받았다.

"얼레, 기껏 술 한 됫박 샀어?"

"존 일인디, 술이 젤이지 딴 게 뭐 있어?"

"술이사 까치말댁이 한 말이나 갖다 놨응게 허는 말 아닝게비."

"끝난겨?"

"끝나가, 시방……."

"초롓술은 내 걸 쓰잖고……."

이쁜이와 떡뻥이 사이에 막걸리사발이 오고 갔다. 이쁜이가 입술만 축인 막걸리를 떡뻥이는 단숨에 바닥까지 비워버렸다.

"어이구 이년아, 새 신부가 초례청에서 술을 그렇게 처먹는 벱이 시상천지 워디 있다냐."

까치말댁의 주먹이 또 한차례 떡뻥이의 뒤통수로 갔다.

"아퍼유."

"아퍼도 좋지? 암, 좋고말고……."

초례는 끝났다. 영숙 아버지가 굴 노인을 앉혀놓고, 신랑 신부가 절을 하도록 했다. 안 하려고 버티는 걸 강제로 시키다시피 육손이가 무릎을 꿇렸다. 굴 노인은 그만 눈앞이 보얗게 흐려졌다. 이제 남길 한도 없이 다 잘된 것 같은데 왜 그런지 서러움이 복받쳐 올라왔다.

"손주딸을 여운거. 춤이래도 출 자린디 워쩐 눈물바람이랴. 이쁜이 저 녀석이 보통내기가 아녀. 인자 떡삥이는 잘살 거구먼……."

영숙 어머니까지 덩달아 눈물을 닦아내며 말했다. 까치말댁도 돌아앉았고, 잘못하다간 떡삥이까지 앵하고 퍼질러 앉게 생겼다. 눈을 끔벅끔벅하며 굴 노인을 빤히 건너다봤다.

"자자, 존 자리에 코 빠뜨리지 말고 우리 술 한 사발씩 돌립세다."

반장이 초를 쳤다. 술 사발이 돌아갔다. 개천 바닥은 허옇게 얼어붙은 채 풀릴 기미를 보이지 않았지만 다리 밑은 한동안 흥청망청 신명이 났다.

"야, 짱구야, 니네놈은 뭐 허는 놈덜엿. 아, 큰성수 맞었응게 허다못혀서 장타령이라도 한곡조 쫙 뽑어봐야 헐 거 아녀!"

육손이가 말했다.

"성수는유, 웃기지 말어유, 헤헤……."

"허, 요놈 주둥아리 놀리는 것 좀 봐라. 내가, 가죽이 남어서 아가릴 찢어놨간디 니덜을 웃겨?"

"떡삥이가 무슨 성수유?"

"그려도 이놈이……."

육손이가 때릴 듯 손을 들어 보이자 이쁜이가 취기로 벌겋게 달아오른 얼굴을 번쩍 들고 쨍하니 소리쳤다.

"이, 쌔애끼덜아, 혀봐. 장타령 한 곡조 합창으로다 뽑으란 말여!"

"합창유?"

"그려. 오늘 이 성님이 기분 째졌응게 모두덜 거기 꿰 서서 깡통 두드려대며 혀봐!"

"다 잊어먹었을 낀디……."

"잊어먹어?"

"아, 아뉴, 헐 게유, 성님."

예닐곱이나 되는 거지들이 두 줄로 늘어서서 장타령을 뽑기 시작했다.

얼씨구나 잘헌다

품바품바 잘헌다

작년에 왔던 각설이

죽지도 않고 또 왔네

으흐 이놈이 이래도 정승판서 자제로

팔도감사 마다하고 돈 한푼에 팔려서

각설이로만 나섰네

얼씨구 절씨구 잘헌다

품바품바 잘헌다

굴 노인은 옛날 생각이 났다. 일본놈 싸전에서 일하다가 사소한 잘못으로 뭇매를 맞고 뛰쳐나왔을 때 솜리 굴다리 밑에서 몇 개월을 산 일이 있었다. 굴다리 밑엔 거지들이 많이 살았다. 특히 목청 좋기는 술 좋아하는 딸기코 영감이 으뜸이었다. 밤낮 취해 뒹굴다가도 각설이타령을 할 땐 꼿꼿하게 일어섰다. 눈을 반쯤 감고 숟가락으로 깡통을 두드리며 가락을 뽑을 때면 딴사람 같았다. 단아한 표정에 찬바람이 돌았다.

"우리가 비록 동냥질을 허지만 말여, 타령꾼이라면 그게 아닌 벱여, 춰혀서 놀다 보면 찍자를 놓지만 가락을 뽑으면 풍류 아닝게비. 혓바닥 꼬부라진 소리로 불러선 안 돼야."

딸기코는 장타령을 배우러 오는 젊은 거지들한텐 늘 그렇게 일렀다. 굴 노인도 딸기코를 만나 비로소 타령을 익혔다. 흉내는 내보지만 굴 노인의 목소린 예나 이제나 돼지 멱따는 소리였다. 딸기코에게 면박도 많이 받았다. 곡조는 고사하고 가사를 외는 데도 꼬박 석 달이 넘게 걸렸던 것이다.

6

어둠이 왔다. 굴 노인은 문 앞에 쭈그려 앉아 성냥을 켰다. 먼저 넝마에 붙였다. 단숨에 불꽃이 솟아올랐다. 굴 노인은 불꽃 속으로 이미 챙겨놓은 물건들을 하나씩 하나씩 던져 넣었다. 부서진 나무 궤짝도 자개상도, 남기는 거 하나 없이 다 던져 넣었다. 토시락토시락, 불은 잘도 탔다. 윤곽만 남은 자개상의 봉황새가 금방 시커멓게 그슬렀다. 짠하며 마음이 아파왔다. 다른 건 몰라도 자개상은 떡뻥이를 줘 보내고 싶었다. 그러나 이쁜이는 고개를 내둘렀다.

"그지가 싹동머리 읎이 상 놓고 밥 먹어유? 괜시리 데리고 있는 애들까지 맘뽀만 베려놓기 십상이쥬."

하긴 그 말도 옳았다. 상 앞에 앉으면 양반다리로 꽈 얹고 싶고, 양반다리를 하면 따뜻한 쌀밥에 요모조모 반찬도 챙겨놓아 광을 내 보고 싶어질 것이다.

나룻배가 강심을 지나오고 있었다.

배에서 흘러나온 불빛이 수면에 부딪히며 어른어른 요사를 떨었다. 돌산 꼭대기에선 여전히 바람이 목을 매달았으나 바위꼬쟁이

지붕 낮은 집들에는 오순도순 불빛이 밝았다. 임리정의 영숙이네 집도 마찬가지였다. 헛기침을 하며 돌아누워, 바람 소리에 묻어나는 딸의 혼백을 헤아리는, 영숙 아버지의 모습이 환히 보이는 것 같았다. 저녁때 다 돼서 계란 한 꾸러미를 사 들고 마지막 인사를 갔을 때도 영숙 아버진 한사코 굴 노인을 붙잡아 앉혔다. 그래서 맛도 모르고 굴 노인은 더운 밥을 얻어먹었다.

"맘이 희똑희똑하지?"

"지야, 머 피붙이도 아니었고……."

"말만 그러지 그게 아닐겨. 임자 맘 내가 다 아능구먼."

"떡뻥이 고것이 오늘밤이라도 지 승질 못 참고 우르르, 이짝으로 쫓아오지나 안헐지, 고게 걱정이구먼유."

"오널밤은 넘길겨. 내가 감시를 잘혀서 수삼 일은 꼼짝읎이 붙들어놔야 헌다고 이쁜이헌티 종주먹을 들이대며 일러놨응게로."

"그저 앞으로도 그것덜 갈 길을 잘 좀 일러주세유."

"임자가 혀야지. 혹시…… 딴맘 묵고 있는 건 아니겄지?"

영숙 아버지가 빤히 굴 노인을 건너다보았다. 굴 노인은 괜히 가슴이 철렁거렸다.

"따, 딴맘이라뉴. 지덜 같은 게……."

"그려야지. 지랄 같아도 참는겨. 오널 떡뻥이를 봉게 나도 영숙이가 간절혀지더구먼. 애비 앞에 죽은 자식이니 생각도 허기 싫지만 말여, 나일 먹으면 그저 사랑 쏟는 재미로 사는 건디, 무자식이니 그거 쏟아낼 디가 읎어 탈이랑게. 임자나 내나 따져보면 같은 신세지……."

혼잣말처럼 영숙 아버진 그렇게 말했었다. 회한이 강바람처럼 서린 어조였다.

나룻배가 완전히 건너오자 이내 도선장에 불이 꺼졌다. 내일 아

침까지 강물 위에 배는 뜨지 않을 것이다. 여름이면 불 밝히고 한밤
내 고기잡이를 하는 쪽배도 많지만, 겨울엔 초저녁만 돼도 강은 침
침하게 가라앉았다. 버드나무 사이를 뛰어오는 바람 소리만 들렸
다. 하늘엔 별 하나 보이지 않았고 이상스럽게 개 짖는 소리마저 들
리지 않았다. 지척이지만 읍내에 비해 바위꼬쟁이는 이렇게 금방
밤이 깊었다. 깎아지른 듯한 돌산이 가로막혀 있기 때문이다. 굴 노
인은 마지막으로 들고 있던 냄비를 불 속으로 집어던지곤 앉았던
자리에서 일어섰다. 쨍그랑하고 발밑에 뭔가 떨어지는 소리가 났
다. 놋숟갈 한 개였다. 중간이 부러지고 닳을 대로 닳아빠져 숟갈
바닥이 반도 못 남은 달챙이를 주워들고 굴노인은 한동안 못 박힌
듯 서 있었다.

완주군이던가, 감골마을이 생각났다.

따져보면 강경 읍내를 빼곤 제일 오래 머물던 마을이었다. 머슴
을 살았다. 주인은 옥 진사라 불렀는데 오십을 갓 넘기고 얼굴이 붉
었다. 뱀을 좋아해서 마을 사람들은 구렁이만 잡히면 옥 진사에게
바치곤 했다. 껍질을 홀렁 벗겨내고 옥 진사는 대부분의 뱀을 날것
으로 먹었다. 한입 턱 깨물면 껍질 벗긴 허연 뱀의 꼬리가 옥 진사
의 뺨을 쳤다.

그래도 옥 진사는 외눈 하나 끔쩍하지 않았다.

굴 노인은 옥 진사 밑에서 육 년을 살았다. 일은 많고 주는 밥은
적었지만, 지천으로 열리는 감이 좋았다. 굴 노인은 감이라면 사족
을 못 썼다. 어떤 땐 앉은자리에서 반접을 먹고 똥을 못 눠 고생한
일까지 있었다. 그때만 해도 홍시를 따먹는 건 아무도 못 하게 하지
않았다. 바지랑대 긴 놈 찾아 들고 고샅 한 번만 돌아오면 바가지에
수북하게 홍시가 찼다. 더구나 마을 사람 대부분이 옥 진사에게 땅
을 부쳐먹는 처지여서 비록 머슴이지만 감나무에 매달리는 건 예사

로 보아 넘겼다.

옥 진사네 소작인 중에 미나리꽝 옆에 사는 똥뀔댁이 있었다.

유난히 방구를 잘 뀌어서 똥뀔댁이라 불렸는데 폐병쟁이 남편과
점순이라는 딸 하나를 데리고 살았다. 점순이 아버진 성질이 바지
랑대였다. 가래 걸린 소리로 겔겔하지만, 들어보면 항상 조리기 정
연했다. 결국 점순네 아버진 폐병보다 칼날같이 매운 그 성질 때문
에 죽었다고들 했다. 소작료에 불만을 품었던 것이다. 육 할을 지주
앞으로 갖다 바쳤으니 종자 빼고 품삯 제하면 겨울 한철 싸라기죽
먹기도 어려웠다. 몇 번이나 동네 사람들을 들쑤셔서 옥 진사 앞
에 따지고 들더니 그예 옥 진사 뒷담의 감나무에 목을 매달았던 것
이다.

남편이 죽고 나자 어떻게 된 노릇인지 일 년을 안 넘기고 똥뀔댁
이 옥 진사네 부엌데기로 왔다. 점순이까지 매달고서였다. 안일은
모두 똥뀔댁과 점순이가 했다. 점순이는 특히 다듬잇방망이 두드리
는 솜씨가 일품이었다. 마루 끝에 앉아 방망이질을 하면 올라서는
저고리 밑에 뽀얀 맨살이 언뜻언뜻 드러났다. 젊은 굴 노인은 못 볼
것을 본 것처럼 얼굴을 붉히며 돌아서곤 했지만, 괜히 오금이 저려
선뜻 발길을 떼어놓지 못했다. 점순이가 밤중에 감춰뒀던 찐 감자
나 누룽지를 슬쩍 굴 노인 방에 밀어 넣어줄 때도 있었다. 굴 노인
이 고개를 들면 닫히는 문틈에 소리 없이 웃고 가는 가지런한 미소
만 남았다. 점순이는 또 빨래를 잘했다. 일터에서 돌아오면 구석에
쑤셔 박아놓았던 바지저고리가 어느 틈엔지 깨끗하게 때를 뺀 모습
으로 방 가운데 놓여 있곤 했다. 달은 휘영청 밝고, 박이 여문 지붕
에 서리가 하얗게 내리고 밤 깊도록 점순이의 다듬잇소리가 청아하
게 건너오는 그런 저녁이면, 굴 노인은 일쑤 잠을 이루지 못했다.
점순이의 미소가 오래오래 굴 노인의 가슴속에서 불씨같이 타오르

기 때문이었다.

가을이던가, 타작마당엔 유난히 도리깨질 소리가 드높던 맑은 날씨였다.

벼 베던 논에서 점심 샛밥을 먹다가 마님의 심부름으로 빈집에 돌아온 굴 노인은 대문간에 굳은 채 넋을 잃었다. 안방 쪽에서 숨넘어가는 점순이의 낮은 비명 소리와 헐떡이는 옥 진사의 숨소리가 들렸던 것이다. 마당엔 투명한 햇살이 살고 기와지붕 용마루엔 쪽빛 하늘이 내려앉아 있었지만, 굴 노인은 아무것도 뵈지 않았다. 뒷산 떡갈나무 밑에 와서 주저앉고 나서야 옥 진사 밑에서 버르적거릴 점순이의 알몸이 떠올랐다. 일어서야지, 해도 마음뿐이었다. 세상이 그저 캄캄해 보였다. 어두워질 때까지 그렇게 앉았다가 내려오는 길로 곧장 짐을 쌌다. 나이는 삼십을 갓 넘겼을 때였지만 차라리 머슴보다야 어려서 익힌 비럭질이 훨씬 낫겠다 싶었다. 옥 진사는 노발대발이었다. 다리몽뎅일 분질러 주저앉혀야 허는 건디. 그 말뿐이었다. 육 년이나 살았지만 새경은 고사하고 노자 한 푼 주지 않았다.

달이 애터지게 밝은 밤이었다.

동구 밖까지 나오면서도 굴 노인은 뒤돌아보지 않았다.

고향이거니 하고 산 마을이 아닌가. 추수가 끝날 때면 풍장소리 요란하고, 머슴이지만 잔치가 있으면 한상 떡 벌어지게 받았던 곳이었다. 돌아보면 울컥 주저앉고 싶어질 것이라는 생각이 목젖에서 턱걸이를 했다. 그런데 종종걸음을 치는 발소리가 뒤를 따라왔다. 점순이였다. 이거 찐 감잔디, 하면서 내미는 보퉁이 위에 반짝 놋숟갈 한 개가 올라앉았다. 암디를 가도 숟갈 한 개는 지니고 있어야 안 굶을 거래유. 엄니가 맨날 그랬슈. 자유, 돌아가신 아부지가 쓰던 건디……. 굴 노인은 숟갈을 받아 넣었다. 동구 밖 괴목나무의 그늘이 점순이 이마에 떨어지고 있었다.

어디를 가도 숟갈 한 개는 지니고 있어야 안 굶을 거래유.

점순이의 말소리가 지금도 들리는 듯하다. 각설이타령을 외는
데도 석 달이나 걸린 굴 노인이지만 그 한마디는 사십여 년을 지났
는데도 잊혀지지가 않으니 별일이다. 구천에 가면 옥 진사도 만나
겠지. 점순이는 아직도 살아 있는지.

굴 노인은 숟갈을 그대로 가슴속에 찔러넣었다.

토굴 속에 들어와 누웠으나 잠이 오지 않았다. 새삼 떡뻥이의 체
온이 그리웠다.

할아부지, 춰!

춘게 어서 자.

안어줘야지 나 혼자 워뚷게 자?

금방이라도 꼼지락꼼지락 파고드는 것 같아 굴 노인은 엉겁결에
팔을 내밀어 보았다. 찬바람만 잡혔다. 굴 노인은 벌떡 일어나 앉았
다. 천천히 굴 안을 휘둘러보았다. 칠흑같이 어두웠지만 벽에 솟아
오른 자갈 한 개의 모습까지 환하게 보이는 듯했다.

삼십여 년을 살아온 집이었다.

그 길고 긴 세월이 오롯이 담긴 대궐과도 바꿀 수 없는 정든 내
집이었다. 그러나 이제 오늘밤이 지나면 굴은 헐릴 것이다. 굴 노인
의 마음은 아랑곳없이 사람들은 단지 쓸모없는 '굴'을 향해 불도저
삽날을 들이대어 햇빛 속으로 끄집어내고 갈기갈기 찢어발길 것이
다. 커다란 불도저가 한입에 토굴을 잡아먹고, 사람들은 살기 좋아
졌다 환호하고, 결국 금강물을 뽑아 올리는 터빈이 밤낮없이 돌아
가며, 기계 소리가 몸서리를 쳐댈 것이다. 그래서 굴 노인은 자신이
강물 속에 뛰어들 시간을 새벽으로 잡았다.

새벽은 아직도 먼 것 같았다.

떡뻥이란 년은 어떻게 하고 있을까. 머릿속에 떠오른 떡뻥이가 입술을 삐뚜름히 깨물고 말하는 것 같았다.

이쁜이는 싫어. 나 할아부지 색시 될겨.

그건 안 돼. 할아부지 색시는 강이여, 강!

입속으로 굴 노인은 대답했다.

그럼 나도 강으로 갈겨.

안 된당게 그려쌓네.

워쩌서, 할아부지?

강은 더 쳐.

그려도 할아부지가 있잖여?

이 작것아, 니는 할아부지 대신 상여를 탔댔잖여, 꽃상여 말여.

나쁜 놈엿, 할아부진…….

그려그려. 할아부진 인자 더 심이 읎어서 그려.

워찌 심이 읎어?

늙었응게로.

그럼 젊어지면 되잖여?

안 돼야. 니가 삼십 년쯤 일찍 오지 않고…….

나쁜 놈이랑게, 할아부진…….

굴 노인은 더 참지 못하고 어두운 토굴벽을 맨주먹으로 몇 번 쳤다. 아무리 생각해도 떡뻥이년 일이 마음에 걸렸다.

"젠장맞을, 삼십 년쯤 일찍 오잖고……."

굴 노인은 소리 내서 중얼거렸다.

그러자 휘영청 달빛이 쏟아지며 저만큼 고샅을 돌아 점순이가 오고 있었다. 머리를 가지런히 빗어 넘기고 붉은 치마, 남색 저고리의 꽃같이 고운 차림새였다.

우우, 하는 떡뼁이의 비명 소리가 들려왔다. 이 구석 저 구석, 살쾡이처럼 피해 다니다 이쁜이의 손만 닿으면 비명부터 내질렀다. 베니어판 벽에 귀를 갖다 대고 있던 거지패들이 서로 눈을 마주치며 캬득캬득 웃어댔다.

"성님, 살살 달래보잖고 그게 뭐유."

짱구가 너무 웃어 눈물까지 찔끔찔끔 짜내며 한마디 했다.

"아가리 못 닥쳐, 이 새꺄?"

이쁜이가 벽을 쾅 때리며 소리쳤다.

"닥칠게유."

곧이어 떡뼁이의 비명 소리가 또 났다. 자동차가 지나갔다. 천장에서 울린 진동이 벽에 닿으며 파르르 떨었다. 떡뼁이는 한사코 제 보퉁이를 껴안은 채 거품을 빼물었다.

"야 이년아, 인자 니는 내 각시여, 내가 시키는 대로 혀야 된단 말여."

"싫어. 할아부지헌티 갈래."

"니 할아부진 벌써 딴디로 갔을겨, 굴이 헐릴 팅게."

"그짓말!"

"이게 그려도……."

이쁜이의 손이 잽싸게 떡뼁이의 팔목을 낚아챘다. 그러나 비명을 내지른 쪽은 이번엔 이쁜이였다. 떡뼁이가 왈칵 손등을 물어뜯었던 것이다. 금방 손등에서 피가 배어 나왔다.

"요런 씨양녀르 지집애……."

이쁜이의 발길이 머리로 날아들자 떡뼁이는 단숨에 방구석으로 곤두박질쳤다. 처음엔 짐승 같은 소리를 질렀으나 주먹이 가고 또 발길이 가고, 그렇게 반복되자 기진했는지 신음 소리만 잦아들었다. 머리는 헝클어지고 치마 말기는 타질 대로 타져서 낮의 고왔던 모습은 흔적마저 남지 않았다.

"야, 짱구야!"

씨근덕거리면서 이쁜이가 방문을 벌컥 열었다.

"왜유."

"거기 막걸리 남은 거 있지?"

"읎어유. 다 먹었쥬, 머."

"뭐여? 그럼 이 새꺄, 나가서 쇠주 한 병이라도 사 와!"

"알았슈."

짱구가 막 다리 위로 올라가려는데 칠푼이가 손바닥에 피칠을 해가지고 들어왔다. 백지장처럼 질린 얼굴에 눈만 끄먹끄먹하고 말을 못했다.

"왜 그려, 칠푼아?"

"저저저, 서, 성구가……."

"뭐, 성구?"

이쁜이의 안면이 와드득 일그러졌다.

"성구가 널 깼단 말엿?"

"극장 앞을 오는디 날 자, 잡아가지고 창, 창고로 데리고 가서……."

"팼어?"

"발로 차고, 머, 면도칼로 손바닥을 긁었어유."

손바닥 한가운데가 한 마디쯤 째져서 피가 엉겨 붙어 있었다.

"워쪄서, 워쪄서?"

이쁜이의 목소리가 가파른 쇳소리를 냈다.

"몰르겄어유. 그, 그냥 어젯밤 극장 안에 안 들어왔었느냐고 허면서, 그짓말하지 말라고 허면서……우, 우리덜얼, 한 놈씩 차례차례 조진대유."

"알었어. 걱정 말고 느네덜 모두 꾸들짱이나 져. 후딱 들어가랑게!"

우르르 방으로 쫓겨 들어가자 짱구만 남았다. 또 지붕 위에서 자
동차 지나가는 소리가 났다. 잣디 쪽에서 개 짖는 소리도 들려왔다.
뽀드득, 이쁜이가 이를 갈았다.

"짱구 너 성구헌티 걸리더라도 불면 안 되어."

"알었슈."

"떨 건 읎다, 너!"

"안 떨어유. 수틀리면 콱 찍고 나서 토껴버리쥬, 머."

"깝신거리지 말고 메칠만 있어봐. 이 성님도 다 속생각은 있응게."

얼음이 갈라지듯 예리한 살기가 이쁜이의 안면에 지나갔다.

짱구가 사온 소주를 이쁜이는 혼자 앉아 반 병도 더 비웠다. 자
정이 넘었는지 읍내는 꼴깍 죽어 있었다. 옆방의 애들은 모두 잠든
것 같았다. 그렇게 앙탈을 부리던 떡삥이까지 모로 쓰러진 채 쌔근
쌔근 숨결 소리가 가지런했다. 억지로 한 모금 입에 물린 소주 탓인
지 침이 흘러 말라붙은 두 볼이 불그레하게 물들어 있었다. 이쁜이
는 조심조심 떡삥이의 옷을 벗기기 시작했다.

"워디, 성구가 조져놨어도 상관읎어. 아들 하나만 낳아줘 봐라.
그때부턴 예편네 대접 쩍지게 혀줄 팅게……."

이쁜이는 요즘 전에 없이 아들 생각이 자주 났다.

어쩌다 나루터에 나가 앉으면 더욱 그랬다. 강 건너 한산에서 이
십여 리, 노루목 동네가 빤히 뵈는 것 같았다. 노루목은 이쁜이의
고향이었다. 가난했지만 외동아들이어서 귀엽게 컸다. 열아홉엔
장가도 들었다. 신부는 이웃동네 무당집 딸이었는데 사내처럼 탄탄
한 체격에 힘이 장사였다. 말수가 적어 사근사근 정 붙일 구석이 없
었다. 그래도 이 년 만에 아들을 낳았다. 에미를 닮아 걸판진 얼굴
에 눈이 쭉 째진 알짜배기였다.

그런데 이 무렵부터 이상하게 이쁜이는 마음이 가라앉질 않았

다. 들에 나가서나 집 안에 있을 때나 서성거리는 버릇이 생겼다. 마치 귀신이라도 씌운 듯했다. 그예 집을 나갔다. 한두 달 떠돌다 돌아와 보면 아들녀석은 몰라보게 자라 있곤 하였다. 그래도 역시 집에 붙어 한 달을 못 넘겼다. 두 번 세 번…… 집 나가는 횟수가 잦 아질수록 돌아오는 기간도 길었다. 나가면 그저 비럭질이었다. 그 게 편하고 그걸 해야 마음이 가라앉았다. 부모들은 이쁜이 때문에 숱하게 점도 쳤고, 그 바람에 뼈 빠지게 농사지은 돈이 무당 밑구멍 으로 다 들어갔다.

아들녀석은 곧잘 반벙어리로 아부지를 불렀다.

아부지 맘마, 아부지 맘마. 아무리 그래도 마음은 구름이었다. 붙박여 있을 수가 없으니, 그 조홧속을 어찌 달래랴. 집에 들어오면 떠돌고 싶고, 떠돌고 흐르다 보면 물같이 세월이 흘렀다. 듣지도 보 지도 못했던 모진 역마살이었다. 집 나가서 삼 년 만인가, 사 년 만 인가, 돌아가 보니 집안은 풍비박산이 나 있었다. 화병으로 몸겨누 운 어머니가 죽자 아버지도 금세 뒤를 이었고 여편네는 아들녀석 앞세우고 마을을 떠났다는 것이었다.

그뿐이었다.

이쁜이는 여편네도, 아들녀석도 뒤돌아서면 잊어버렸다. 그렇게 십몇 년을 살았다. 거리로 떠돌다 보면 여자도 만났다. 살림도 몇 번 차려봤지만 여섯 달을 넘기지 못했다. 그런데 이즈막엔 불쑥불 쑥 그놈의 아들녀석이 삼삼하게 떠올라 애를 태웠다. 여편네는 얼 굴조차 기억에 없는데 아들녀석은 쭉 째진 눈맵시까지 선연하게 되 살아나서 속을 썩이는 것이다. 게다가 가봐야 뻔한 일인데 노루목 을 가보고 싶은 생각까지 났다. 참말이지 알다가도 모를 조홧속이 었다.

떡뻥이가 팔다리를 한껏 오그려 붙이고 쩝쩝 입맛을 다셨다.

추운 모양이었다. 윗도리와 치마는 놔둔 채 속곳부터 손을 댔다. 아랫도리 속옷을 전부 끄집어 내리고 겉치마를 홀렁 뒤집자 남폿불 빛에 떡뻥이의 하반신이 말쑥하게 드러났다. 통통하게 살이 오르고 뽀얀 것이 외양과는 달랐다. 이쁜이는 꿀꺽 침을 삼켰다. 자신의 허리춤을 풀어 내리는데 모로 누워 있던 떡뻥이가 빌렁 짖혀졌나. 아랫배로 시선이 갔다.

어라!

괴춤을 다시 잡고 이쁜이는 얼른 남폿불을 빼들었다. 아랫배가 수상하다. 작은 소쿠리 하나를 엎어놓은 것처럼 떡뻥이의 아랫배가 소복이 올라와 있었다. 성구와 맹꽁이배 만상 씨가 이쁜이의 뇌리에 총알같이 쑤셔 박혔다.

순간, 이쁜이는 자신도 모르게 떡뻥이의 허리를 힘껏 찼다.

벽에 가서 거칠게 부딪힌 떡뻥이가 비명을 지르며 발딱 일어나 앉았다. 앉은 놈을 또 찼다.

“이 쌍년아, 어디 맛 좀 봐라!”

주먹이 들어갔다. 떡뻥이가 허옇게 거품을 물었다. 어디가 터졌 는지 선혈이 낭자했다.

“그만둬유, 성님!”

놀라 일어난 짱구가 아직도 분에 못 이겨 마구 짓밟고 있는 이쁜 이의 허리를 껴안았다.

“잘못허면 죽겠슈. 저 봐유. 까무러쳤는게뷰.”

“저년, 애를 뱄어!”

“애새깽이를 배유?”

“그려 인마, 당장 나루터로 끌어다 줘!”

“증말…….”

짱구가 사지를 늘어뜨린 떡뻥이의 치마를 들추며 허리를 꺾었다.

"싸게싸게 데려다 주랑게. 맹꽁이배나 성구헌티 보내라고 혀."

"데려다 안 줘도 깨어나면 얼씨구나 좋다 허고 갈틴듀 머. 그나저나 통금이라도 풀려야쥬."

쌍구의 말끝을 물며 개 짖는 소리가 쏜살같이 달려들었다. 처음엔 멀리서, 나중엔 바로 개천 건너편까지 가까워지면서, 개들은 악을 쓰고 짖어댔다. 당장이라도 송곳니를 날카롭게 세운 미친개들이 읍내 거리거리, 달려 나오는 것 같았다.

날이 어슴푸레 밝아지자 굴 노인은 토굴 밖으로 나왔다. 꼬박 밤을 밝힌 탓인지 눈 속이 콕콕 쑤셨다. 그는 똑바로 버드나무 사이를 지나고 갯벌을 건넜다. 얼어붙은 갯벌에선 그가 밟을 때마다 철그럭철그럭 잔 얼음이 깨어지는 소리가 났다. 물가에 닿을 때까지 그는 한 번도 뒤돌아보지 않았다. 점순이를 남기고 떠나던 감골마을 앞의 그 달 밝았던 길을 걸을 대하고 마음은 꼭 같았다.

새벽의 강은 언제 보아도 깨끗했다.

어둠은 비실비실 뒷걸음질치고 강은 암청색으로 기지개를 켜며 일어나 앉는다. 갯바닥은 탄탄히 얼어 있어도 버드나무 잔가지들은 톡톡 살아난다. 이따금 새떼도 날아간다. 돌산 꼭대기의 하늘이 서기를 띠다가 불쑥 햇님 한자락 고개를 내밀면 찰랑찰랑, 수많은 황금색 비늘들이 물결의 굽이마다 일제히 소스라치는 것이다. 그것이 금강의 아침이다.

굴 노인은 강의 아침을 누구보다도 잘 알았다.

강과 잠들고, 강과 깨어 일어나던 삼십여 년이 아니었던가. 굴 노인이 굳이 새벽을 택한 이유도 바로 그런 점에 있었다. 한동안 굴 노인은 얼어붙은 강가에 서서 움직이지 않았다. 하류 쪽에서 새떼가 강을 거슬러왔다. 청명하게 새떼가 울며 머리 위를 지나가자 나

풀나풀 눈이 내리기 시작했다.

굴 노인이 마침내 불쑥 애들 장난처럼 강물 쪽으로 한 발을 내디뎠다. 역시 얼음은 깨지지 않았다. 대신 밑에서부터 갈라지는 소리가 찌지직 났다. 한순간 굴 노인의 고개가 뒤로 돌려졌다. 저만큼 토굴 입구가 빤히 보였다. 처진 눈뚜껑이 파르르 떨리는 것 같았다. 굴 노인은 가슴을 꽉 끌어안았다. 뻣뻣하게 놋숟갈 자루가 만져졌다.

암디를 가도 숟갈 한 개는 있어야 안 굶는 거래유.

놋숟갈이 굴 노인의 흔들리는 마음을 다독거렸다. 편안해졌다. 몇 발짝 얼음 위를 빠르게 걸어갔다. 먼 곳에서 종소리가 났다. 강둑 너머, 벌판 한가운데 있는 나바위성당의 새벽 종소리였다. 얼음 갈라지는 소리가 발밑에서 계속 들렸다.

이때였다. 비명처럼 질러대는 떡뻥이의 외침이 굴 노인의 뒤통수를 때렸다.

"할아부지!"

버드나무 사이를 떡뻥이가 뛰어오고 있었다. 굴 노인은 두 눈 부릅뜨고 떡뻥일 보았다. 풀어헤쳐진 머리에 맨발이었다. 얼굴엔 온통 검붉은 핏자국이고, 발등은 얼음에 찍혀 금세 새로운 선혈이 솟고 있었다. 앞으로 고꾸라져 재주를 넘으니까 훌렁 뒤집히는 치마 속엔 맨살이 그대로 굴 노인의 눈앞으로 달려들었다.

"할아부지!"

"그려, 떡뻥아!"

급한 맘에 떡뻥이 쪽으로 내뻗은 왼발이 쭈르르 미끄러져 허공을 찼다. 엉덩방아를 찧고 주저앉은 것과 얼음장이 세 조각 난 건 동시였다. 굴 노인의 몸이 물속으로 쑤셔 박혔다.

"할아부지이!"

떡뻥이가 깨지기 시작한 얼음장 위로 내달아 왔다. 물속에 쑤셔 박혔다가 불쑥 수면으로 솟은 굴 노인의 팔이 한차례 허공을 휘저었다.

돌아가.

팔은 그렇게 말하고 있었다. 돌아가지 않음 너도 죽을겨. 니 신랑헌티 돌아가랑게. 그러나 떡뻥이는 돌아가지 않았다. 얼음장이 쭉 갈라지며 떡뻥이 있는 데까지 또 내려앉았다. 이번엔 떡뻥이의 빨간 치맛자락이 강물 속으로 쑥 들어갔다. 속수무책이었다. 떡뻥이의 머리가 솟아오르면 굴 노인이 가라앉았고, 굴 노인의 머리가 솟아오르면 반대로 떡뻥이가 보이지 않았다. 숨바꼭질 같았다.

할아부지, 나 애기 뱄어.

뭐여, 애를 배다니!

증말이랑게. 자, 볼록헌 내 배 좀 만져봐.

얼레, 그럼 내가 살어야 쓰겄구나, 누구 씬지 몰라도 고게 무신 상관여? 곱사 안 되게 잘 키워야지.

할아부지 손자여.

암, 손자지.

할아부지 죽으면 이 애가 꽃상여 태워줄겨.

그려그려.

춰 죽겄어. 얼렁 안어줘…….

숨바꼭질하듯 서로 엇갈려 강물 위로 솟구칠 때마다 굴 노인과 떡뻥이 사이에 그런 말들이 비명처럼 오고 가는 것 같았다. 그러나 그것도 한순간, 잠시 후 강물 위엔 아무것도 보이지 않았다. 나비처럼 사뿐사뿐 눈송이가 내려앉는 강심에, 다만 보퉁이 하나가 남실 남실 떠내려갔다. 떡뻥이가 안고 다니던 바로 그 보퉁이었다. 하류 쪽으로 밀리자 물결에 채이면서 보퉁이 주위엔 살짝살짝 낙엽 같은 게 떠올랐다. 대를 물려 떡뻥이 모녀가 주워 간직해 온 헝겊쪼가리

들이었다. 빨강 노랑 남색 자주 보라 하양…… 색깔도 가지가지였
다. 돌산 꼭대기에 해는 떠오르지 않아도 강심의 그것은 서러울 만
큼 아름다웠다.

7

　사흘 후, 유난히 바람이 많이 불던 날 밤늦게 만상 씨가 운영하는
극장에 불이 났다. 워낙 바람이 거칠어서 극장은 순식간에 뼈만 남
았다. 극장 안엔 성구와 만상 씨가 있었지만, 불길이 밖에서부터 먹
어 들어왔기 때문에 다행히 큰 화상은 입지 않았다.
　그 후부터 읍내에선 이쁜이의 모습이 보이지 않았다. 나루를 건
너갔다고 말하는 사람도 있고, 기차 타는 걸 보았다는 사람도 있었
지만 떠도는 말일 뿐 종적이 묘연했다.
　때마침 읍에서 새마을운동의 일환으로 페인트칠이다, 간판을 새
로 단다, 읍내 미화운동을 개시했다. 대흥동 다리 밑의 이쁜이네 집
은 이 통에 철거되었다. 대장과 거취도 한꺼번에 잃은 거지들은 한
주일도 못 가 뿔뿔이 흩어졌다. 대부분 읍내를 떠났으나 칠푼이만
이 사거리 상점마다 기웃거리고 다녀서 사람들의 관심을 샀다.
　“워쩐 일로 메칠 새에 갱갱이 명물이 다 신적을 감췄댜. 굴 노인
에, 떡뻥이에, 이쁜이까지…….”
　다리 밑의 이쁜이집을 철거하던 날 독려하러 나온 읍사무소 산
업계장이 말했다.
　“그렇게 말이유. 괜시리 맘이 섭섭하구먼유.”
　“섭섭허긴 뭐가 섭섭혀?”
　산업계장은 멋모르고 한마디 한 주민을 향해 힐난부터 했다.

“우리 읍이 잘될 징존겨!”

그의 말대로 이후 읍내는 거지가 없게 되었다. 거지가 없다는 사실은 읍장의 자랑거리 중 하나였다.

(1979년 작)

그들은 그렇게 잊었다

G역에 내렸을 땐 정오가 좀 지난 다음이었다.

햇빛이 이글거리며 내리꽂히고 있었다. 나는 역광장 한끝의 가게에서 요구르트 한 병을 집어 들었다. 늙수그레한 주인 남자는 파리채를 든 채 졸다가 입맛을 쩍 다시며 눈을 떴다.

"상공리는 어디로 가야 합니까?"

"상공리?"

남자가 미심쩍다는 표정을 했다.

"걸어갈 생각이슈?"

"차가 있습니까?"

"하루 두 번, 마이크로가 간다우. 다섯 시가 넘어야 떠날 거요. 강을 넘으면 거기가 바로 상공리지. 삼십 리가 넘는 거리라우."

땡볕 아래를 걷기엔 좀 먼 거리이긴 했으나 그렇다고 마이크로 버스를 타기 위해 기다리고 싶지는 않았다. 기다리는 데 나는 지쳐 있었다. 내가 탄 완행열차는 정거장마다 삼십 분이고 한 시간이고 제멋대로 머물렀고 그래서 나는 새벽부터 거의 여덟 시간 이상을 딱딱한 의자에 앉아 있어야만 했다. 승객들 중의 어느 한 사람도 열차의 지연에 대해 따져 물으려고 하지 않았다. 표정 없이 그저 기다리고 기다리고 또 기다릴 뿐이었다. 더 이상, 나는 생각하였다. 그런 사람들 틈에 섞여 있지는 않겠다, 라고.

"어디서 오슈?"

"서울요."

"저런."

남자가 혀를 찼다.

"서울서 오려면 호남선을 타지 그랬소. J시에서 내렸음 상공리까지 버스가 자주 있는데. 뒷문으로 들어가는 꼴이구려."

기적 소리가 그때 들려왔다. 내가 타고 온 완행열차가 뒤따라온 특급을 앞세우고 그제서야 막 G역을 떠나고 있었다.

"택시를 대절할 생각은 없소?"

가겟집 남자가 또 물었다. 파리 한 마리가 내 무릎에 앉았다. 나는 손바닥을 매미채처럼 오그려서 재빨리 놈을 덮쳤다. 손가락 사이에 놈의 몸통이 끼었는데 힘을 주자 톡, 몸통이 터지고 액체가 흘러나왔다.

나는 가겟집 남자와 작별하고 읍거리로 들어섰다. 내가 택시를 대절할 돈이 없다는 걸, J시 쪽으로 오지 않은 것도 J시 쪽으로 주로 오는 열차가 특급이어서 돈을 아끼기 위해서라는 걸 그 남자가 눈치 챘는지 어쨌는지는 알 수 없었다. 눈치 챘다고 하더라도 할 수 없지만.

배가 고팠다. 나는 돈이 아까웠지만 네거리 근처의 중국집에서 자장면 한 그릇을 사먹었다. G읍은 오래된 소읍이었다. 날씨가 너무 더워서인지 거리는 죽은 도시처럼 비어 있었다. 나는 낡은 가죽

가방을 허리까지 닿도록 어깨에 메고 절룩절룩 G읍을 지났다. 자장면을 먹었기 때문에 기차에서 내렸을 때보다 한결 힘이 났다. 부옇게 먼지가 쌓인 낮은 지붕들이 인상적이었다. 색 바랜 유리창과 찢어져 너풀대며 시멘트 벽에 붙어 있는 지난번 선거벽보들, 함부로 칠이 벗겨진 힘식간판들, 그리고 곳늉에 앉은 파리를 쫓을 생각도 안 하고 거리 모퉁이에서 잠든 늙은 수캐 앞을 나는 지나갔다.

햇빛은 여전히 이글이글 불타고 있었다.

모든 것이 햇빛 때문에 허옇게, 비듬 같은 빛깔로 죽어 넘어져 있었다. 읍내를 빠져나오자 길은 서편으로 쭉 곧게 열려 있었는데, 강은 아직 보이지 않았다. 햇빛 때문에 죽어 넘어져 있기로는 그곳도 마찬가지였다. 좌우의 땅콩밭도, 풀도 모두 흰빛이었다. 흙먼지가 내 구두코와 바짓가랑이를 덮듯이 그것들을 덮고 있었다. 참 대단한 햇빛이었다. 잘하면, 햇빛은 살인이라도 저지를 수 있을 것 같았다.

1960년도, 그해 4월의 햇빛이 생각났다.

총을 맞고 아스팔트에 토끼새끼처럼 죽어 넘어진 선배, 친구들의 피 묻은 얼굴 위에 햇빛이 꽂히고 있었다. 지금처럼 순백색의 햇빛이었지만 그러나 지금보다 더 강렬한 햇빛이었다. 그때의 햇빛은 뭐랄까, 건강한 데가 있었다. 햇빛이 닿은 자리는 더 명확해 뵈고 햇빛이 닿은 자리는 더더욱 싱싱해 보였다. 햇빛 때문에 뭐든지 떨치고 일어서리라는 생각을 그때 했었다. 종로 어디였지. 내 다리에서 흘러나온 피가 복도를 적시는 걸 나는 햇빛 아래 보았었다. 햇빛이 피를 더욱 붉게 했다. 피가 새벽술처럼 싱싱해 보일 수도 있다는 것을 나는 그날 햇빛 때문에 알았다.

천지가 햇빛이었다.

그러나, 하고 나는 가방을 고쳐 메며 부옇게 먼지를 뒤집어쓰고 죽어 있는 좌우의 땅콩밭을 바라보았다. 그러나 지금 이 햇빛은 다르다. 이 햇빛은 싱싱한 것도 싱싱하지 않게 한다. 명확한 것도 명확하지 않게 한다. 힘찬 것도 힘차지 않게 한다. 이 햇빛은 사물을 마비시킨다. 그래서 오래된 분뇨통 속처럼 부글부글, 삭아 끓게 만든다. 이 햇빛은.

길은 바싹 마른 자갈밭이었다.

짧은 쪽의 발을 내디디면 발에 힘이 들어가기 때문에 풀썩, 먼지가 피어올랐다. 떡고물처럼 미세한 먼지였다. 짤뚝짤뚝, 나는 절룩이며 걸었다. 온몸이 땀으로 젖은 지 오래였다. 가도 가도 나무그늘 하나 없는 메마른 외길이었다. 강이 보이리라. 나는 강을 생각하려고 했다. 그러나 강보다 먼저 구더기떼가 떠올랐다. 구더기떼를 삽으로 떠다가 햇빛 아래 놔본 적이 있었다. 구더기는 생각보다 오래 살았다. 시멘트 바닥이었는데, 시멘트 바닥은 부패되지 않았으므로 부패된 곳을 좋아하는 구더기는 삽시간에 죽어 넘어질 줄 알았다. 그런데 구더기는 오래 살았다. 그것들은 몸통을 바싹 오그려 붙이고 시멘트 바닥이 부패되기를 기다리고 있었다. 물론 시멘트 바닥은 부패되지 않았다. 구더기는 그래서 결국 죽었다. 마지막으로 햇빛을 피하려고 꾸물꾸물 힘겹게 기어나가다가 어느 지점에선가 그것들은 희끄무레한 피부를 또르르 말고 죽어 넘어졌다. 당신 대체 무슨 짓이우? 아내가 말했다. 아내는 다행히도 그때까지 내가 햇빛 속의 시멘트 바닥에 놓여 있는 구더기와 같다는 걸 모르고 있었다. 그것은 다행스런 일이었다. 아내는 비를 들고 구더기를 쓰레받기에 쓸어 담았다. 구더기의 시체들은 부패되기 알맞은 땅, 시멘트 바닥이 아니라 쓰레기통 속으로 들어갔다. 내가 물었다. 구더기는 다시 살아날까. 아내가 웃었다. 구더기가 예수래요, 다시 부활을 하게.

나는 시멘트 바닥의 구더기처럼 걸었다.

강이 마침내 보였다. 아주 멀리, 강의 한자락이 죽어 자빠진 물고기의 흰 배처럼 보였다. 나는 실망하며 잠시 걸음을 멈추었다. 강이 보이면 강이 가까울 것이라고 생각했던 게 잘못이었다. 강은 보였지만 강은 아직 멀고 멀었다. 흰 자갈길이 곧게 나가다가 가물가물한 이쪽 끝에서 상과 남몰래 만나고 있었다. 쌍, 하고 나는 아직도 걸어야 할 길이 많이 남아 있는 것이 마치 햇빛 때문이라는 듯이 잔뜩 독이 올라 겁도 없이 해를 올려보았다. 순백색 칼끝이 기다렸다는 듯이 내 두 눈을 찔렀다. 나는 비명을 내지르며 눈을 감싸 쥐었다. 까불지 마. 해가 말했다, 해가.

그때였다.

나는 무슨 소리인가, 소리를 들었다. 고개를 돌려보자 내가 떠나온 읍내 쪽의 자갈길에 금속광채의 뭔가가 보였다. 햇빛을 정면으로 받고 그것은 기세등등 이편으로 오고 있었다. 뽀얗게 먼지기둥이 솟아올랐다. 오토바이였다. 먼지기둥이 죽자살자 오토바이 뒤를 따라오고 있었다. 나는 체면불구하고 허겁지겁 길 가운데를 막아섰다. 오토바이가 삐꺽, 하고 멎었고 이내 뒤따라오던 먼지기둥이 오토바이와 나를 감싸버렸다.

"뭐요!"

쉬고 갈라진 목소리가 들렸다. 먼지 속이라 오토바이 위에 앉은 사람의 얼굴은 아직 확실히 보이지 않았다.

"좀 태워주십사 하고요. 발이 온통 부르텄어요."

"젠장할."

상대편이 투덜거렸다.

비로소 중년을 막 넘긴 듯한 한 사내의 얼굴이 보였다. 토인처럼 새카만 얼굴이었다. 눈썹과 입술과 머리는 먼지를 뒤집어써서 보얗게 탈색되어 있었고 작은 눈알만 빤질빤질했는데 그 이목구비가 제

멋대로 생겨 기이한 느낌을 주었다. 아니 제멋대로 생겼다기보다는 추악하게 생겼고, 기이하다기보다는 불쾌하다고 해야 옳다는 것을 나는 이내 깨달았다. 불그죽죽한 썩은 단풍잎 하나가 사내의 왼편 볼에서부터 목까지 뒤덮고 있었다. 단풍잎에 해당되는 살은 오톨도톨하게 늘어져 있었다. 공연히 오토바이를 세웠다는 생각이 들었다.

"공짜로 탈 배짱이슈?"

"네?"

"이 오토바이를 말이오."

손잡이를 사내는 두들겼다. 그리고 사내는 웃었는데 웃자마자 그의 볼, 단풍잎이 주름살을 만들며 한쪽으로 길게 밀려났다. 파충류 같았다.

"몸도 성찮으신 모양인데, 좋수다. 대신 뱃삯이나 그쪽에서 내구려."

사내는 내가 짝짝이 다리를 가졌다는 걸 그제서야 안 얼굴을 했다. 당신 얼굴의 단풍잎보단 차라리 짝짝이 다리가 낫겠소. 나는 그러나 말을 하지 않았다. 먼지를 날리며 오토바이가 다시 떠났다. 땅콩마저도 열매를 맺기엔 너무 거친 땅이라는 걸 땅주인들도 알고 있는가 보았다.

땅콩은 대부분 죽어 있었다.

"꼭 붙들어!"

사내가 악을 썼다. 내가 한 손만으로 자신의 허리를 붙잡고 있는 게 사내는 별로 마음에 들지 않은 모양이었다. 오토바이는 자갈에 받쳐 함부로 들까부는 중이었다. 나는 별수 없이 나머지 한 손도 사내의 허리를 향해 내밀었다.

"떨어지면 그냥 박살나는 거요."

사내가 덧붙였다. 쏜살같이 강과 두 채의 초가가 다가들었다.

기고만장하던 햇빛도 마침내 출렁출렁 움직이며 오토바이 옆으로 쓰러져 누웠다. 박살나는 햇빛. 초전박살, 하고 친군 말했었다. 알겠나, 초전박살? 친구는 가전제품 회사의 영업부장이었다. 누구든지 입사하면 우선 뛰어야 해. 친구는 찻집 탁자를 손가락 마디로 탁, 탁, 탁 누들겼다. 실적을 올려야 해. 요즘엔 선풍기 냉장고가 잘 나가. 두 달만 판매실적을 잘 올리면 그 다음은 쉽지. 처음 두 달이 중요해. 이를테면 그것도 역시 초전박살이다. 경쟁자들을 밟고 가려면 처음의 실적이 우선 좋아야 한다. 고객을 상대할 때도 마찬가지다. 뜸들이지 말고 처음 오 분 안에 승세를 굳혀야 하는 것이다. 세상은 바야흐로 초전박살의 세상이다. 자네가 원한다면 육 개월 후에 내 내근으로 돌려줌세. 그러나 그 육 개월의 판매실적이 좋아야 돼. 초전박살을 밤마다 백 번, 오백 번씩 외게나. 나는 이미 취직을 포기하고 있었다. 친구가 나보다 더 빨리 내가 가전제품 회사의 임시 영업사원 자리를 포기하리라는 걸 알았을 것이다. 친구는 나를 초전박살냈다.

요즘은 여기도 자리 얻기가 쉽지 않아.

선배도 초전박살엔 귀신이 다 되어 있었다. 선배는 아파트 관리 소장이었다. 흰 봉투를 한 주먹이나 서랍에서 끄집어내 보였다. 이게 전부 이력설세. 중령 출신도 있고 초등학교 교장을 했던 사람도 있고 한때는 사장 노릇을 했던 사람도 있어. 야간 경비라도 좋으니 입에 풀칠 좀 하자 이거야. 선배는 내가 중령 출신보다도 초등학교 교장보다도 사장보다도 훨씬 못한 일을 해왔다는 걸 알고 있었다.

나는 이십 년 가깝게 우체국 직원을 했다.

임시직으로 들어가서 팔 년 만에 정식직원이 되고 정식직원으로 다시 구 년 만에 모가지를 내놨다. 퇴직금은 오백만 원도 되지 않았다. 선배는 끝내 퇴직금에 대해 말했다. 취직을 하려면 퇴직금의 일부를 내라는 것이었다.

또 어떤 아는 사람은 말했다.

살려면 무슨 짓인들 못 하나. 아직도 고생을 안 해봐서 그래. 자네야 바로 말해 언제 고생한 적 있었나. 단칸 셋방에 산다고 해도 그렇지. 월급 받아서 먹기야 또박또박 먹고……

그 어떤 사람은 고생고생 끝에 지금은 남대문 시장에서 가죽제품 장사를 하고 있었다. 나는 그의 도움을 받아서 허리띠와 지갑을 장바닥에 늘어놓고 팔았다. 경비원이 내 옆구리를 구둣발로 찼다. 당신 어디서 굴러왔어? 경비원은 그래도 분이 안 풀리는지 내가 팔던 허리띠를 빙빙 돌리며 말했다. 다리 한 쪽마저 없어지기 전에 꺼져, 하고. 내가 아는 사람이 가죽제품 상점을 하는 아무개 아무개라는 말은 비춰보지 못했다. 경비원 역시 초전박살에 능했다.

초전박살에 능하기론 누구나 마찬가지였다. 심지어 사람 이외에도 초전박살에 능한 것이 많고 많았다. 외판상도 보름간 했었다. 누구세요? 사람은 보이지 않고, 인터폰이라는 것이 혼자 말했다. 내가 뭐라고 머뭇거리면, 안 사요. 인터폰은 역시 나를 초전박살 냈다. 개새끼들도 그랬다. 대문이 열린 집엔 꼭 그놈의 개들이 있었다. 성한 한쪽 다리나마 개한테 물어뜯기지 않으려면 나는 초전박살 당해야 했다. 개들은 말했다. 꺼져. 꺼지지 않음 물어뜯겠어. 으르릉, 컹컹.

부르르릉.

오토바이는 햇빛과의 정면대결에서 여전히 초전박살 자세였다.

햇빛은 그러나 오토바이 좌우에서만 비틀비틀 쓰러지고 있었다. 땅콩밭의 햇빛은 끄떡도 하지 않았다. 햇빛은 순백색이었다. 땀이 눈으로 들어갔다. 사내가 휙휙 휘파람을 불었다. 사내는 햇빛을 아무 생각 없이 그냥 햇빛이라고만 보는 듯했다. 1960년의 햇빛을 그가 알까. 뚱딴지같은 의문이 목젖에서 미끄럼을 탔다. 모를 테지. 나는 절망을 느꼈다. 만에 하나 안다고 하더라도 모두 잊어버렸을 것이다. 누구나 잊어버리니까. 선배도 친구도 그랬다. 그들은 현재의 햇빛과 미래의 햇빛에 대해서만 말했다. 집을 하나 장만했지. 친구는 겸손한 사세로 속삭이듯 얘기했었다. 마당이 꽤 넓어서 조그마한 연못을 팠는데 말야. 햇빛 좋은 날……. 햇빛 좋은 날 하고 친구가 말할 때 친구의 표정은 햇빛처럼 밝았다. 햇빛 좋은 날 연못 속의 물고기들이 뭐 하고 노는지 아냐. 뭐 하고 노느냐 하면, 글세 그것들이 햇빛하고 논다네. 햇빛하고 말일세.

오토바이는 벌써 강안에 닿고 있었다.

엔진이 꺼지자 적막해졌다. 울타리 없는 두 채의 초가가 마주 서 있었다. 폐가나 다름없는 집이었다. 이따금 강이 넘쳐 강물이 차는가 보았다. 물길자국이 흰 벽에 나 있었다. 한 집은 점방이었고, 점방엔 소주와 사이다와 오래 묵은 비스킷과 라면과 환희담배가 먼지를 뒤집어쓴 채 진열되어 있었다. 사람의 모습은 전혀 보이지 않았다. *꼬꼬꼬*, 암탉 한 마리만이 정적을 쪼듯이 앞발로 수챗구멍을 파고 있었다. 악취가 부글부글, 괸 물이 끓어오르는 수챗구멍에서 났다. 암탉은 발부리에 걸려 나오는 실지렁이를 쪼아 먹는 중이었다.

"어이!"

사내가 강 건너편을 향해 손나팔을 만들어 붙이고 몇 번인가 불렀다. 강 건너편도 역시 울타리 없는 초가가 몇 채 있었고 초가들은 빈 듯이 조용했다. 돛이 없는 나룻배가 건너편 강안에 붙잡혀 있었다. 사공은 보이지 않았다. 사공은 아마 어느 집에선가 낮잠에 빠져 있을 것이다. 강물조차 먼지를 뒤집어쓰고 있었다.

나는 신음소리를 냈다.

황무지나 다름없는 자갈길을 지나오면서 내가 줄곧 생각한 것은 햇빛 말고는 강물이었다. 햇빛이 모든 걸, 대지까지를 허옇게 죽어 자빠지도록 할지라도 강만은 어쩌지 못하리라고 나는 생각하고 있었다. 강은 시퍼렇게 살아서 흐를 것이다. 그러나 잘못된 상상이었다. 강이 죽어 있었다. 나는 처음엔 강의 표피도 땅콩밭처럼, 내 구두처럼, 초가지붕들처럼, 부연 먼지가 쌓여 있는 줄 알았다. 먼지는 그렇지만 쌓여 있는 게 아니었다. 어떻게 된 건지 강물은 그 속까지 온통 희끄무레하게 탈색되어 있었다. 바람은 조금도 불지 않았다. 그래서 강은 아주 잔잔하였다.

"강이 왜 저래요?"

무심코 나는 사내를 향해 물었다.

"강이 어째서?"

"물이 썩은 것같이, 흐릿해서요."

"그렇군요. 언제부턴지는 나도 모르겠소. 생각해 보니까 옛날에는 강물이 저렇지 않았던 것 같군. 맞았어. 내가 어렸을 땐 강이 파랬었지. 잉어들을 잡던 생각이 나는군. 그땐 이 나루터도 흥청망청했었소. 색시들까지 있었으니까. 그런데 왜 강이 저 모양이지. 언제부터 저랬을까."

사내는 오히려 나한테 묻는 말투를 썼다. 내가 빤히 사내를 바라보았다.

"젠장할, 이런 건 생각해 뭐 한다구. 소주 한잔하겠소?"

"생각 없습니다."

"관두슈, 그럼."

사내가 점방에 엉덩이를 걸치고 앉았다. 그래서야 점방 안쪽 문이 삐죽이 열리며 수세미 같은 백발이 먼저 나왔다. 백발이 나오고 어깨가 나오고 무릎과 발이 나왔다. 뼈만 남은 정강이엔 검게 검버섯이 잔뜩 피어 있었다. 이가 모조리 빠진 합죽이 노파였다. 자다가

깼는지 노파는 두 눈에 누런 눈곱을 잔뜩 매달고 있었다.

"소주 한 병 주슈, 할머니."

"뭐?"

"소주요, 소주!"

사내가 벽력같이 소리를 질렀다. 노파는 귀가 어둔 모양이었다. 아장아장, 앉은걸음을 하고 소주를 꺼내 들더니 사내 뒤편에 선 나와 눈길이 마주치자 웃는 듯한 표정을 했다. 웃는 듯했지만, 내겐 노파가 울지 못하는 것이 괴로워서 일부러 울려고 애를 쓰는 것처럼 보였다.

"그렇게 밤낮 잠만 자면 아들이 왔다가 도로 가도 어찌 알겠소?"

"안주 달라고?"

가랑가랑, 가래가 노파의 목구멍에서 끓고 있었다.

"아들 말예요, 할머니!"

"아들? 우리 아들?"

노파의 표정에 변화가 왔다. 놀라운 변화였다. 눈빛이 초롱초롱해졌다.

"저어기."

사내는 웃지도 않고 노파의 귀에 대고 소리쳤다.

"아들이 와요. 내다보세요."

노파가 벌떡 일어서더니 맨발로 점방을 내려섰다. G읍으로 가는 외길은 물론 햇빛 아래 하얗게 죽은 채 비어 있었다. 사내가 그제서야 낄낄낄! 하고 악마처럼 웃었다. 노파의 얼굴에 실망과 분노의 빛이 떠올랐다. 그녀는 부엌 문지방에 세워둔 싸리비를 주워 들고 사내를 향해 내리쳤다. 그러나 앉아서 맞을 사내가 아니었다. 사내는 소주병을 든 채 술래잡기하는 애들처럼 낄낄거리며, 메롱 하고 혀를 빼물며, 소주병을 들어 병나발을 불며 계속 뒤쫓는 노파를 피해

줍은 마당을 빙빙 돌았다. 암탉이 꼬꼬댁 꼬꼬, 하고 비명을 내질렀다. 노파는 이윽고 울기 시작했다. 소리를 전혀 내지 않았으므로 나는 노파가 옷소매로 눈가를 훔치고 코를 패앵 푼 뒤 방 안으로 사라진 다음에야 울었다는 것을 알아차렸다.

"아들하고 며느리하고 살았는데 돈 벌러 간다고 아들이 떠나고 벌써 몇 년 됐소. 며느리가 아마 G읍의 가방공장에 다닐걸. 박박얽은 게 그래도 맘씬 무던하단 말씀야. 노인네 팽개치고 도망가지 않는 걸 보면. 소주 한잔 안 하겠소?"

사내가 또 소주병을 내밀며 물었다. 나는 고개를 가로저었다. 목이 타서 차라리 사이다를 한 병 마실 생각이 났지만 뽀글뽀글, 냉동되지 않은 사이다병 속에서 작은 물거품이 올라오는 것을 보고 먹고 싶은 생각을 포기하였다. 사이다는 뜨뜻할 터였다.

"거참. 소줏값을 내가 낼 테니 마시구랴. 자기보고 소줏값 내랄 줄 알고 꼬랑지를 사리는 꼴이라니."

사내가 똥 뀌고 성내는 사람처럼 갑자기 역정을 냈다. 노파는 방 안에 들어간 뒤 잠잠하였다. 내가 여전히 말대꾸를 안 하자 사내는 다시 방문에 대고 노파를 불렀다. 사내는 심심한 걸 잠시도 못 참는 성미인 것 같았다.

"할머니 며느리 말인데요, 단속 잘 하셔야지 큰일 나겠수다. 방앗간의 그 꺼꾸리놈하고 말이오……."

내가 사내의 말을 막았다. 다행히 노파는 사내의 말을 제대로 듣지 못한 듯했다.

"노인한테 너무 잔인하지 않소?"

"허헛, 오래 살다 보니 별소릴 다 듣겠네. 이 김덕팔이같이 인정 많고 눈물 많고 맘씨 고운 나보고 잔인하다니. 이런 억울하고 환장할 데가……."

사내의 말은 사설조의 가락을 탔다.

나는 땟국으로 얼룩진 유리잔 한 개를 주워 들며 사내 앞에 앉았다. 노파를 괴롭히지 못하게 하기 위해선 내가 그를 상대할 수밖엔 없었던 것이다. 나는 잔을 내밀었다.

"한잔 주십시오."

"멍석 깔아줄 땐 가만히 있더니만."

"소줏값은 내가 낼 거요."

"허허. 그참."

사내가 쩝쩝, 공연히 입맛을 다셨다. 해는 많이 기울어져 있었다. 그러나 그 기세를 늦춘 것은 아니었다. 아직도 햇빛은 무차별로 강과, 강안의 쓰러진 갈대들과, 땅콩밭에 그 흰 칼을 내려꽂고 있었다. 갈대들도 땅콩밭도 붙잡아 손바닥에 부비면 모래처럼 부서져 마른 가루가 될 것 같았다. 사내가 단풍잎처럼 붉은 안면에 맺힌 땀을 손바닥으로 쓰윽 문질러 닦았다. 그곳은 그늘진 곳에서 보니까 붉은빛보다 검은빛이 더 진해 보였다.

"상공리 어디까지 가슈?"

"군부대가 있다고 합디다."

"있지. 나도 그쪽으로 가는 참인데. 누구 면회하러 가시는구먼."

"면회가 아니고, 그 근처에 내가 존경하는 선배 한 분이 살지요."

"누구요, 그 선배가? 이름 석 자만 대면 상공리 사람은 손바닥 보듯 훤하니까."

"뜻 지 자, 구름 운 자, 임지운이라고 합니다만."

"어허, 임지운."

사내가 순간 내 어깨를 쳤으므로 들고 있던 술잔의 술이 주르르 흘러넘였다.

"임 사장 말이구먼. 이거 반갑소이다. 나도 임 사장을 찾아가는 길이오."

"그래요?"

"수술 좀 해달라고 연락이 와서."

"수술이라구요?"

"가축들 말이오. 이래 봬도 나."

사내가 자랑스럽게 자기 앞가슴을 탁 쳐 보였다.

"……의사요. 알겠소? 의사와 다름없다구요."

"그러니까 수의사란 건가요?"

"수의사는 뭐 의사가 아니랍디까?"

"원 별말씀을. 정말 좋은 일을 하십니다요."

"좋은 일이지. 암, 좋은 일이고말고. 자자, 쭉 듭시다. 우리."

나는 사내의 다가오는 잔에 내 잔을 부딪쳤다. 건너편 강안의 나룻배는 여전히 비어 있었다. 황구 한 마리가 나루터에 나와 서서 이쪽편을 보고 있었다. G읍의 거리 모퉁이에서 보았던 늙은 수캐의 모습이 생각났다.

"지운 형님네 가축에 병이라도 생겼나요?"

"병? 무슨 병?"

"지금 수술하러 간다잖았습니까?"

"아, 수술. 그거야 뭐, 당신도 가보면 알 텐데."

그러면서 사내는 자기의 가방을 열고 뭔가를 잠깐 꺼내 보였다. 반지르르하게 손때로 닦인 한 뼘쯤 되는 쇠꼬챙이 같은 물건이었다. 끝이 너무 뾰족해, 어쩐지 나는 그 물건을 보자 등골이 서늘해 왔다. 유별나게 날카롭거나 유별나게 흉측한 물건이라곤 할 수 없었는데도 불구하고 그것은 단숨에 나를 압도하였다. 반질반질, 잘 닦인 금속의 차가운 질감 때문이었을까. 사내는 그것을 엄지와 검지에 끼고 대바늘로 이불을 꿰매는 어머니들처럼 한차례 빙그르르 돌렸다.

"뭡니까, 그게?"

못 볼 것을 본 사람처럼 고개를 돌리며 나는 물었다.

"수술도구지."

"그런 게 어떻게 수술도구가 됩니까."

"모르면 가만히 있어. 이래 봬도 난 전문가니까. 자, 술이나 비우지."

사내는 어느덧 간신히 붙여오던 존대어미를 툭 잘라먹고 있었다. 나는 그러나 그것을 섭섭하게 여기진 않았다. 전문가라는 말이 나를 감동시켰다. 수의사라니, 하고 나는 생각하였다. 얼마나 근사한 직업이냐. 한때 나도 수의사를 꿈꾼 적이 있었다. 만약에 내가 대학에 갔다면 수의사를 선택했을 것이다. 짐승이라면 나는 뭐든지 좋아했다. 돼지는 돼지대로 귀엽고 순박한 데가 있어 좋았고, 개는 개대로 충직하고 영민해서 좋았고, 닭은 닭대로 소는 소대로 토끼는 토끼대로 좋았다. 내가 키워본 것은 토끼와 개뿐이었지만, 닭과 소와 돼지와 말도 나는 잘 알고 있었다. 그것들은 절대로 속이려 들지 않았다. 그것들은 절대로 초전박살 따위에 능하지 않았다. 그것들은 그것들 세계에서만 살았다. 햇빛을 햇빛이라고만 그것들은 생각했다. 생각이 그것들에게 있다면.

어렸을 적 나는 토끼를 기른 적이 있었다. 잿빛 토끼 한 쌍이었는데 풀을 한창 먹다가 빠히, 그 붉은 눈으로 나를 바라보곤 했었다. 아마 토끼들은 저희들과 다른 내 모습에 궁금함을 느꼈는지도 몰랐다. 개도 그랬다. 없는 살림이라서 지금은 개를 키우지 못하지만 내가 중학교에 다닐 때 우리 집엔 개가 세 마리나 있었다. 세퍼드가 한 마리, 그리고 잡종 똥개였다. 나는 중학생이 되고 나서도 개에게 먹이려고 늘 마당 한 모퉁이에 더운 똥을 쌌다. 똥개라는 친구들의 비웃음을 나는 개의치 않았다. 셰퍼드보다는 똥개가 더 좋았다. 워리. 워어리. 똥개는 언제나 달려와 아직 식지 않은 내 똥을 먹었다. 똥개는 한 번도 똥을 거부하지 않았다. 똥은 그들의 변하지 않는 식사였다. 얼마나 꼿꼿했던가. 지금도 그 개들의 곧게 치켜 오른 꼬리가 떠오른다. 인간에게 변하지 않는 식사법이란 없다. 인간은 늘 전에 자신이 먹던 음식을 잊어버린다. 그들은 뭐든지 잊어버린다. 1960년도의 햇빛도. 내가 기르던 어린 시절의 똥개는 아마도 결코 자신이 먹던 음식을 잊어버리지 않을 것이다.

해가 설핏하게 기울고 있었다.

부옇던 강이 비로소 불그레한 홍조를 띠었다. 노파는 여전히 기척을 내지 않고 있었다. 그 대신 건너편 나루터에 사람들의 그림자가 보였다. 한 사내가 빈 배에 올라서는 것도 보였다. 컹컹컹. 혼자 쭈그려 앉아 있던 개가 강을 향해 짖었다.

"어이!"

사내가 강 건너편에 대고 소리 질렀다. 소리 탓은 아닐 테지만 수면이 그때 미세한 잔주름을 만들었다. 붉은 햇살이 수면의 잔주름에 걸려 넘어지며 반짝반짝 빛을 내었다. 배가 둥실 강물에 떴다.

"젠장할 놈의, 느려 빠지기는."

사내가 투덜거렸다. 소주는 벌써 바닥나고 있었다. 사내의 단풍잎이 좀 더 자줏빛을 띤 것을 나는 보았다.

"다리는 언제부터 그랬소?"

사내는 짐작하건대, 내가 자기의 단풍잎을 눈여겨보고 있음을 눈치 챈 모양이었다. 난데없이 내 짝짝이 다리를 끌고 나왔다.

"이십여 년 됐지요."

"한창때였겠구먼."

"고등학교 일학년 때였어요."

"어쩌다가?"

"60년도 4월이었지요. 유탄에 무릎을 맞았어요."

"총에? 사냥을 갔었구면?"

"60년도 4월이었다니까요."

"엽총이었나?"

"60년도……."

나는 입을 다물었다. 이자는 1960년도 4월에도 돼지나 소나 말이나 개의 뒷다리에 주사질을 하고 있었을 것이다. 아니, 설령 이자가 1960년도 4월에, 저 햇빛 찬란했던 광화문, 혹은 종로, 혹은 서대문, 혹은 동대문, 혹은 경교장 앞의 아스팔트 위에 있었다고 하더라도, 그렇다. 잊어버렸을 것이다. 친구들도 선배들도 모두 그날의 햇빛을 잊어버렸듯이.

지운 형님.

나는 입속으로 중얼거렸다. 1960년도 4월의 햇빛을 또렷이 기억할 사람은 내가 아는 한 그분뿐이었다. 두 주일 전이던가. 수유리 4.19 묘지에서 나는 그를 거의 십오 년 만에 만났다. 아침녘이었다. 서민영의 묘지를 다녀오는데 밀대모자를 쓴 한 남자가 아주 느린 걸음으로 내 곁을 지나쳤다. 하마터면 우리는 똑같은 묘지를 찾아왔으면서도 서로 알아보지 못할 뻔하였다. 지나치면서 얼핏 낯익은 얼굴이다, 라는 생각이 들었다. 나는 뒤돌아보았다. 상대편도 마악 걸음을 멈추고 내 편을 향해 고개를 돌리는 중이었다. 눈썹 위의 콩알만 한 사마귀가 순간, 내 시야에 줄달음질쳐 왔다. 십오 년이라는 세월을 단숨에 건너뛰며 달려오는 사마귀였다.

지, 지운 형님!

상우!

내가 소리친 '지운 형님'은 비명 같았고 그의 상우! 하는 것은 신

음 같았다. 우린 손을 끌어 잡았다. 서민영은 그러나 홀로 누워 있
었다. 희디흰 백골로 누워 서민영은 적어도 그때 우리보다 편안해
보였다. 정갈한 아침햇빛이 민영의 묘지 위에 내리쬐고 있었다.

자네, 하고 한참 만에 지운이 말했다.

자네, 햇빛을 기억하겠지? 그날의 햇빛도 이랬었어. 눈부시다고,
저 친구가 소리쳤었어. 눈부셔, 라고 말야. 피를 쏟으면서 다 죽어
가던 친구가 기껏 눈부셔, 라니 뭐가 그토록 눈부셨을까. 정말 햇빛
때문이었을까. 수수께끼야. 서민영, 저 친구가 살아남은 우리에게
마지막으로 남긴 수수께끼야.

그랬지요. 형님.

나는 고개를 끄덕거렸다. 눈부시다는 게 민영의 마지막 유언이
었다. 아무것도 눈부신 게 없는데도. 종로였다. 자식은 어느 빌딩
옆구리에 쓰러져 있었다. 비정한 총소리가 빌딩 너머에서 들리고,
개미떼처럼 흩어진 사람들이 쓰러진 민영을 뛰어넘어 가고 있었다.
나는 무릎에 총알을 맞고, 나머지 한쪽 무릎만으로 기어나가다가
민영에게 부딪혔었다. 민영. 나는 부딪히고 나서야 넝마처럼 쓰러
져 있는 그가 내 친구 민영이라는 걸 알았다. 홀어머니를 고향에 남
기고 1960년 4월, 그는 우리 집 근처의 어느 다락방에서 자취를 하
고 있었다. 우리 어머니가 엊그제 올라와서 내게 이걸 주고 갔어.
그날보다 불과 열흘 전에 그는 내게 말하며 울었었다. 꼬깃꼬깃한
지폐 몇 장과 깐 마늘과 고춧가루와 깨소금과 간장과 참기름과 고
추장 따위가 조금씩조금씩 비닐봉지에 싸여져 놓인 방 한가운데에
서 그는, 민영은 울다 웃다 그랬었다. 원숭이 흉내를 끼끼끼끼, 끔
찍하게 잘 내던 자식, 안 하는 것 같으면서도 성적은 항상 상위였던
자식, 홀어머니를 서울로 모시고 올라올 것을 꿈꾸던 자식. 자유란
땅같이 수평으로 누워 있는 게 아니라 탑같이 의지를 갖고 세워나

가는 수직의 개념이라고 조숙한 발언을 하곤 하던 자식, 민영이. 그 민영이가 햇빛만 남은 빌딩 옆구리에 쓰러져 있었다. 민영아, 자식아, 정신 좀 차려. 날 봐. 이 상우가 보이니. 총소리가 점점 더 가까워지고 있었다. 내게는 그를 업고 갈 힘이 남아 있지 않았다. 나는 무릎이 부서져 있었다. 민영아, 이 자식아. 나는 울부짖으며 그를 안고 누웠다. 내가 할 수 있는 일은 그것뿐이었다.

그때, 형님이 왔지요.

나는 말했다. 민영의 묘지 위에 햇빛은 여전하였다. 해마다 그날이면 고향에서 올라와 그의 묘지에서 하루 종일 엎드려 울던 그의 어머니는 오 년 전부터 보이지 않았다. 가슴앓이로 죽었다는 소문을 나는 들었다.

나는 처음에 자네를 붙잡아 일으켰었지. 민영은 죽은 걸로 생각했어.

그랬었다. 누군가 나를 껴안아 일으켰다. 삼학년 선배였고, 우리 학교 학생회장이던 임지운, 그가 내 겨드랑이에 두 손을 찔러 안고 있었다. 내가 아니에요, 형님. 나는 소리쳤었다. 민영이를 구해 주세요. 이 자식을 좀 구해 주세요. 그 순간, 민영이가 낮았지만 힘차게 외쳤었다. 눈부셔, 라고. 눈부셔. 오오, 눈부셔, 라고.

배가 이쪽 편 나루에 도착했을 때 땅콩밭 너머에 마이크로버스가 나타났다. 사공은 늙수그레한 남자였다. 입을 벌리자 뻐드러져 난 앞니가 있는 대로 다 드러났다.

"젠장할."

사내가 오토바이를 배에 싣고 욕지거리부터 내갈겼다.

"무슨 놈의 낮잠을 그렇게 퍼질러 잔담. 아까 건너갔으면 진즉에 돌아왔을 텐데."

"버스를 기다렸지."

뼈드렁니 사공은 심드렁하게 대답하였다. 황혼이었다. 마이크로 버스가 뿜어 올리는 먼지기둥은 흰빛이 아니었다. 붉은 물감이 그 먼지기둥에 담뿍 얹혀 있었다.

"아니, 저게 누구야."

농사꾼 차림의 남자가 내리고 나자 학생복이 보였다. 쑥색 바지에 흰 반팔 셔츠를 입고 학생모까지 얌전히 쓰고 있었다. 고등학교 이학년 표시가 셔츠 칼라에 보였다.

"임 사장 큰아들이야. 농아학교에 다니지. 귀가 캄캄절벽이거든."

사내가 재빨리 설명했다.

임지운은 그날, 수유리 묘지에서 만났을 때 가족관계에 대해서 한마디도 하지 않았었다. 고향 근처에서 산다는 말뿐이었다. 농사 지으십니까. 내가 물었다. 가축을 좀 키우지. 목장을 하시는군요. 뭐 목장이랄 것도 없고……. 임지운은 말끝을 흐렸다. 그럴 것이다, 하고 나는 그때 생각했었다. 임지운 형은 가전제품 회사의 영업부장을 하는 친구나 아파트 관리소장을 하는 선배하곤 사는 방법 자체가 다를 것이다. 형은 1960년도 햇빛도 잊지 않은 사람이니까.

나는 1960년도 4월, 학생회장을 하고 있던 임지운의 모습들을 선연히 기억하고 있었다. 교단 위에 올라서서 두 주먹을 불끈 쥔 그의 이글이글 불타던 눈빛. 젊음을 저 음습한 독재의 그늘에 그냥 버려 둘 것입니까, 하고 부르짖던 격앙된 목소리. 교문 앞 바리케이드를 앞장서서 뛰어넘던 사자 같은 몸짓. 그런 그가 시골구석에 처박혀 목장을 경영한다는 게 얼핏 어울려 보이지 않았지만, 그러나 나는 이해할 수 있을 것 같았다. 가전제품 회사의 영업부장이나 아파트 관리소장이나 혹은 모모한 우리들 세대의 대부분 사람들은 이해하지 못했을 것이다. 이해하지 못하고, 자네가 기껏 시골뜨기로 목장이라니 사람 팔자 알 수 없군, 하며 모멸의 웃음을 날렸을 것이다.

그렇지만 나는 알고 있었다. 그는 타협하지 않기 위해, 소나 말이나 돼지나 닭이나 개를 그의 이웃으로 삼지 않을 수 없었다는 걸. 저 1960년도 햇빛을 잊지 않기 위해.

타협의 폭이라는 것을 그 무렵 나는 생각하고 있었다.

십오 년이 넘도록 내가 한 일은 편지들을 전국 각지로 분리하는 일이었다. 내 앞엔 수많은 지역의 우편함들이 입을 벌리고 벌집처럼 진열된 채 누워 있었다. 나는 우편번호의 머리 숫자를 보고, 그 수많은 우편함 중의 한 곳을 골라 편지를 분류, 집어넣으면 되었다. 눈을 감고도 나는 내가 원하는 우편함 아가리에 내 손의 편지들을 종이비행기같이 날려 집어넣을 수가 있었다. 그건 단조로운 작업이었다. 타협이란 내 손의 편지와 그 편지가 날아가 꽂힐 우편함과의 거리 측정이 전부였다.

그러나, 특별한 이유도 없이 나는 권고사직을 당했다.

말이 권고사직이지 강제사직이나 다름없었다. 나는 결국 직장에서 쫓겨났다. 실업자가 되고 만나본 많은 우리들 세대들은, 1960년도에 그들이 가졌던 빛나는 이상을 기억하고 있는 사람은 하나도 없었다. 그들의 가슴과 눈과 뇌는 놀랍게도 거의 금속화되어 있었다. 그래서 그들은 햇빛 따위에는 아무도 감동하지 않았다. 그들 중에는 저명한 대학교수도, 언론인도 있었다. 그들은 지금이 어느 때인데, 하고 모든 말들을 시작했다. 어느 때냐. 불경기라는 것이다. 최악의 불경기를 맞아서 그걸 이겨내는 데 젊은 학생들도 협력할 필요가 있다는 것이다. 거기엔 물론 나도 동감하였다. 내 나이 이제 서른여덟, 경기가 우리들 생존과 무관할 수 없다는 데 나도 나름대로 많은 이해를 갖고 있었다.

그러나, 어째서 그들은 햇빛에 대해선 말하지 않는가.

서민영의 백골이 그들의 불경기에 재라도 뿌린단 말인가. 재를 뿌린다고 해도 그렇다. 그들이 진실로 사회계층에서 핵심적인 위치에 있고자 원한다면 전 생애를 통해 잊어야 할 일과 잊지 않아야 할 일의 기본적인 구별은 있어야 할 것이다. 그런데도 그들은 아무런 분별도 갖고 있지 않은 것 같았다.

임지운만이 내가 보기엔 다른 사람이었다. 1960년도 햇빛을 잊지 않은. 그래서 나는 그를 찾아나서는 일에 조금도 주저하지 않았다. 그는 최소한 나를, 취직자리나 밥값을 구걸하러 온 사람쯤으로 취급하진 않을 것이다. 그는 나를 따뜻하게 맞이하여, 나로 하여금 소나 말이나 돼지나 닭이나 개와 함께 사랑하면서 살 수 있도록 해줄 것이다. 나는 그렇게 믿었다.

당신은 결국 사람들에게서 도망칠 작정을 했군요.

아내는 가방을 챙겨 든 나에게 그렇게 말했었다. 나는 부정하지 않았다. 많은 부분에서 그건 사실이었다. 짝짝이 다리를 가진 나는 성한 다리를 가진 사람들과 맞지 않는 것 같았다. 나는 지쳐 있었다. 실직하고의 몇 달이 몇 년처럼 느껴졌다. 아내도 아이들도 내게 휴식을 주지 못했다. 그들은 내 무능함을 확인시키는 데 열심이었다. 엊저녁만 해도 그랬다. 초등학교 오학년짜리 큰녀석이 그림을 그리다가 말했다. 파란색이 없어요. 바다를 칠해야 할 텐데 파란색 크레파스가 없다구요. 분홍색을 칠하렴. 아내가 대답했다. 분홍색 바다가 어딨어요? 왜 없니. 황혼의 바다는 붉단다. 선생님께 황혼녘의 바다라고 설명하려무나. 씨, 엉터리. 아이는 그러고 나서 붉은 바다를 그리며 덧붙여 말했다. 다른 애들은 스물네 가지 색깔의 크레파스를 쓴단 말야. 난 기껏 열두 가지 색깔인데도 없어진 크레파스가 한두 개가 아냐. 바다뿐만이 아니라고. 하늘도 나무도 난 그릴 수 없어. 내가 그릴 수 있는 건 황혼뿐이란 말야.

그때, 나는 나의 입장을 똑바로 알았다.

나도 아이와 마찬가지였다. 인생이라는 화판에 나는 다양한 그림을 그리고 싶었지만 내게 주어진 크레파스는 붉은 것뿐이었다. 황혼만을 그릴 수밖에 없었다. 황혼만을. 그때 불현듯 임지운이 떠올랐던 것이다. 그는 어쩜 내게 스물네 가지 크레파스를 준비해 줄는지도 모른다. 일방적으로 신세지겠다는 게 아니다. 잊지 않아야 할 것을 잊지 않고 사는 방법을 그는 내게 가르쳐줄 것이다.

학생이 올라타자 배가 두둥실, 강물에 떴다.

서편으로 길게 휘돌아져 간 강의 수면은 수많은 선홍빛 비늘들을 매달고 있었다. 강은 변신하고 있었다. 햇빛이 스러지자 강도 스러지고 그 자리에서 새로운 강이 태어나는 거였다. 강은 이제 아름다웠다.

"인사드리게."

사내가 귀머거리 학생의 어깨를 치며 말했다.

"아버지 친구분이시네."

학생이 내 편을 향해 고개를 까딱해 보였다. 아주 수려한 얼굴이었다. 눈빛이 차갑고 날카로웠다. 깨끗한 피부에다 이목구비까지 뚜렷하여 어느 구석이든지 귀머거리 소년 같지가 않았다. 아깝다는 생각이 들었다. 혹 임지운 형의 가정이 생각보다 불우한 것은 아닐까 하는 예감도 들었다.

"말하는 입모습을 보고 알아듣기는 해. 하지만 조심해서 다루어야 하지. 잘못함 물어뜯기니까."

사내가 낮은 목소리로 설명했다. 학생은 어느새 고개를 돌려 강의 서편 끝을 바라보고 있었다. 배 한 척이 강심에 떠 있었다.

"물어뜯기다니요?"

"성질이 사나워. 제 맘에 맞지 않으면 셰퍼드처럼 덤벼들어요. 나하곤 사이가 별로 좋지 않지."

"이름이 뭡니까."

"영민이라던가."

"영민⋯⋯."

서민영의 눈부서, 하던 모습이 반짝하고 살아났다.

민영을 거꾸로 하면 영민이 된다. 우연일는지 모르지만 내겐 그 것이 우연으로 보이지 않았다. 지운 형은 큰아들을 낳고 서민영을 생각했을 것이다. 서민영을 잊어선 안 된다고 생각했을 것이다. 그 래서 그의 이름을 아들에게 뒤집어서 이어받도록 했다고 나는 생각 했다. 감동과 안타까움이 동시에 왔다. 영민이 귀머거리가 되고 나 서 지운 형은 얼마나 마음 아팠을까. 혹 죽은 서민영의 귀가 막힌 것처럼 여기진 않았을까.

"날 미워해. 제가 귀머거리된 게 내 탓이라고 생각하는지 어쩐지."

"어째서 그렇게 생각한단 말인가요?"

"뭐 어째서라기보다도."

사내는 어물어물했다. 나는 사내가 자신과의 관계를 설명하기 전에도 이미 영민이 사내를 별로 달가워하지 않는다는 걸 눈치 채 고 있었다. 뭐랄까, 영민은 사내에게 일종의 적의를 갖고 있는 듯했 다. 사내가 내민 손조차 그는 잡지 않고 배에 올랐었다. 아니 사내 뿐만이 아닐는지 모른다. 모든 사람에게 그는 적의를 느끼진 않을 까. 그의 부조와도 같은 옆모습은 안으로 단단하게 자신을 사려 안 고, 밖으로는 온몸에 배타적 가시를 달고 있는 그런 인상을 뚜렷이 드러내고 있었다.

배는 천천히 강을 건넜다.

선홍빛 수면은 점점 암갈색으로 변색되고 있었다. 사공은 말없 이 뱃삯을 받았다. 나는 사내와, 사내의 오토바이와, 나와, 학생인 영민의 뱃삯을 계산했다. 그런데 그때였다. 갑자기 영민이 고개를 가로저으며 나를 향해 두 눈을 부릅떴다.

"자기 뱃삯을 당신이 내준 게 마음에 안 든다 이거야."

사내가 속삭였다.

"괜찮아. 나는 자네 부친을 찾아가는 길일세. 그까짓 뱃삯 좀 내가 냈기로소니 어떤가."

나는 영민에게 성의 있게 설명하려고 했다. 하지만 쓸데없는 노력이었다. 영민은 끝까지 내 친절을 거부했다. 적의가 담긴 반뜩이는 시선으로 나를 쏘아보는 품이 절대로 지지 않겠다는 기세였다.

"알겠네. 그렇담 자네가 내게."

나는 별수 없이 영민 몫의 뱃삯을 되돌려 받았다.

우리는 배를 내려섰다. 거기서부턴 다시 자갈길이 시작되고 있었다. 보리밭이 좌우에 있었지만 메마르기론 땅콩밭과 하나 다를 바 없었다. 보리들은 제대로 열매를 맺지 못하고 거뭇거뭇, 죽어 있었다.

"타라고."

오토바이 시동을 건 사내가 내게 말했다. 나는 영민을 바라보았다. 그는 벌써 등을 이편으로 하고 이미 해걸음이 지고 있는 보리밭 사이로 걸어 들어가고 있었다.

"바라봐 봤자 소용없어. 고집불통이야. 절대로 내 오토바이에 빌붙을 친구가 아니지."

"얼마나 가야 됩니까?"

"십 리쯤. 저기 군부대가 보이잖나. 그 옆이 임 사장 목장일세."

부대 막사의 지붕과 블록으로 둘러쳐진 희끄무레한 담장이 보였다. 포플러가 그 담장을 둘러싸고 있었다.

"십 리라면 걸을 만하구만요."

사내의 허리를 부둥켜안으며 나는 말했다. 오토바이가 떠났다.

영민의 곁을 지나친 뒤 뒤돌아보니까 그는 고개를 숙이고 있었다.

"언제부터 귀가 먹었습니까?"

내가 물었다. 사내는 그러나 오토바이의 엔진 소리 때문에 내 말을 제대로 듣지 못한 모양이었다. 악을 쓰듯 반문했다.

"뭐라고?"

"언제부터 귀가 먹었느냐고요."

"한 오 년 됐지. 저 녀석이 초등학교 오학년 때인가."

"그럼 말을 할 수 있겠군요?"

"할 수 있겠지만 안 해. 귀머거리 된 뒤론 말하는 걸 본 적이 없어."

"어쩌다 그리 됐습니까. 귀앓이를 했나요?"

"……찔렀지."

"네?"

"찔렀단 말야. 제 귀를 제가 찔렀어."

"뭘로요?"

"아까…… 내 가방 속에서 쇠꼬챙이 같은 것 봤지?"

반지르르하게 손때로 닦인, 어딘가 모르게 보는 사람을 섬뜩하게 하던 쇠꼬챙이가 환히 보였다. 나는 조급하게 소리 질렀다.

"그걸로 제 귀를 찔렀다 그말인가요?"

"그런 셈이야, 한쪽 귀는."

"세워보세요!"

"뭐?"

"오토바이를 세워보라고요!"

오토바이가 금속성의 브레이크 소리를 내면서 자갈길에 섰다.

"왜 세우래?"

"어째서……"

나는 오토바이 위에 앉은 채 이번엔 낮은 목소리로 물었다. 낮았지만 악을 쓸 때에 비해 내 목소리는 사뭇 떨리고 있었다.

"어째서 제 귀를 제 스스로 찔렀다고 하십니까."

"그야 사실이 그랬으니까."

"글쎄, 왜 그랬느냐고요?"

"모르지 뭐. 장난하다 잘못한 건지 어쩐 선지."

사내는 다시 오토바이를 몰았다. 하지만 나는 사내의 말을 믿지 않았다. 사내는 무언가를 숨기고 있음에 틀림없다. 그것이 무엇일까.

부대 앞을 우리는 지나갔다.

입초 헌병이 사내를 향해 손을 번쩍 들어 인사했다. 블록 담장과 담장 위의 가시철망이 인상적이었다. 미루나무에 둘러싸인 부대의 외양은 아주 평화스러워 보였다.

"임 사장 목줄이지."

사내가 갑자기 소리 질렀다.

"부대가 말입니까?"

"짬밥이 나오거든. 짬밥 없으면 개 키우기도 사료 때문에 수지가 맞지 않아. 사료값이 좀 비싸야 말이지."

"임 선배가 주로 개를 키우는가 보군요."

"주로 그렇지. 더구나 요즘 같은 복중이야 수요가 좀 많은가."

임지운이 주로 개를 키운다는 건 의외였다. 나는 물어보지는 않았지만 돼지가 주종인 줄 알았었다. 풀밭이 없다고 해서 젖소를 기르는 목장이 아닌 건 진작에 짐작했지만, 그렇다고 개를 생각하진 못했다. 보신탕 잡수시겠어요? 그날 묘지에서 나와 점심을 먹자고 식당을 찾아 나섰다가 마침 보신탕집 앞에서 내가 물었을 때, 임지운은 완강히 도리질을 했었다. 난 개는 못 먹네. 다른 고긴 뭐든지 좋아하는데 개고기만은 입에 안 맞아. 중국음식이 어떻겠나.

오토바이는 부대의 담벼락을 왼편으로 끼고 돌았다.

인가가 없어서인지 부대의 왼편은 담벼락이 없고 철조망뿐이었다. 똑같은 구조로 된 군대막사들이 철조망 사이로 훤히 들여다보였다. 철조망 옆 초소에 서 있던 병사가 우리를 향해 휘익, 휘파람 소리를 냈다. 임지운의 목장은 부대의 정문과는 정반대편에 철조망 하나를 사이에 두고 붙어 있었다. 목장 자체도 철조망 울타리에서 얼핏 보면 목장이 곧 부대의 일부분인 듯 보였다. 마을은 그곳에서 들을 지난 산비탈에 자리 잡고 있었다.

나는 목장 입구에 내려서서 잠시 멍하니 서 있었다.

그곳을 목장이라고 불러야 한다는 데 나는 심한 당혹감을 느꼈다. 그곳은 너무 황량하고 살풍경했다. 너른 풀밭과 한가롭게 풀을 뜯는 젖소와 지붕이 넓은 그림 같은 집 따위를 예상했던 것은 물론 아니었다. 하지만 설마 임지운 형이 운영하고 있는 목장이란 것이 슬레이트 지붕의 축사 몇 동뿐 나무 한 그루 없으리라곤 상상하지 못했다. 그곳은 목장이라기보다는 급조된 일종의 강제수용소 같았다. 마당조차 발 디딜 틈 없이 쓰레기가 널려 있었고, 그리고 휘이익 시커먼 쥐들이 내 앞을 가로질러 갔다. 악취가 코를 찔렀다. 가축의 분뇨에서 나는 정겨운 단내가 아니라 살〔肉〕이 타고 있는 듯한 노리치근한 냄새였다. 나는 두어 번 헛구역질을 했다. 가슴이 사뭇 두근거리기 시작했다. 살풍경하다거나 냄새 때문이 아니었다. 내가 갑자기 불안해진 건 무엇보다도 오토바이 엔진이 꺼지고 난 뒤 일시에 찾아온 고요 탓이라고 할 수 있었다. 아무 소리도, 심지어는 풀벌레 소리조차 들려오지 않았다. 개를 키운다면 수십 마리의 개들이 울부짖는 소리가 고막을 찢을 듯이 들렸어야 옳을 일이었다. 그러나 개 짖는 소리는 들리지 않았다. 축사 뒤편에서 캥캥대는 소리가 간헐적으로 들리긴 했으나 짐작하건대, 그것은 아직도 어린 강아지 소리였다. 불빛 한 점, 그쪽에서 빛나고 있었다.

"거기 누구?"

축사에 가려 사람은 보이지 않고 소리만 퉁명스럽게 건너왔다. 임지운의 목소리임에 틀림없었다.

"나요, 김덕팔!"

사내가 내게 한쪽 눈을 찡긋헤 보이고 이내 축사 사이로 설어 들어갔다. 강아지들이 낑낑대는 소리가 또 들려왔다. 강아지들이 아픈 게군. 어렸을 적 나는 쥐약을 발라놓은 보리알을 먹은 강아지를 본 적이 있었다. 눈을 허옇게 뒤집어까고 입에 거품을 문 채 강아지는 처절하게 미쳐 날뛰었다. 내가 불러도, 아버지가 붙잡으려고 해도 소용없었다. 날뛰고 날뛰다가 나중에 강아지는 마루 밑 깊은 곳에 들어가 숨넘어가는 소리로 한동안 울부짖었다. 강아지를 좀 어떻게 해주세요, 아버지. 울부짖기로는 나도 마찬가지였다. 내 손에 강아지가 붙잡혔다면 어떡하든 단숨에 죽였을 것이다. 놈의 고통을 도저히 그냥 보고만 있을 수는 없었을 것이기 때문이다.

나는 사내의 뒤를 따라 축사 사이로 들어갔다.

축사 안은 어두웠다. 어쩐지 기분이 좋지 않았다. 쥐약을 먹고 죽은 강아지 생각 때문일까. 다리가 후들후들 떨리는 것 같았다. 나는 두어 번 주먹으로 가슴을 두들기고는 성냥불을 켜서 철망이 쳐진 축사 안으로 들이밀었다. 개들이 불빛 아래 보였다. 그렇다. 아아, 개들이 보였다. 어떻게 그때의 내 충격을 설명할 것인가. 개들은 일부 누워 있고 일부 서 있었다. 아주 살찐 개들이었다. 그것들은 전혀 짖지 않았다. 짖지 않을 뿐만 아니라 그것들은 또 경계의 눈빛조차 보내지 않았다. 그저 멀거니 낯선 나를 올려다볼 뿐이었다. 살아 있는 개라기보다는 개의 유령 같았다.

"자네가 여길 오다니……."

누군가 내 어깨를 쳤다. 돌아다보자 임지운과 사내가 서 있었다.

인사치레를 나는 잊어버렸다. 사내가 들고 있는 플래시를 빼앗아 들자 좀 더 똑똑히 개들이 보였다. 앉은 놈, 선 놈이 보였다. 좁은 축사 안에 개들이 꽉 들어차 있었다. 저 공포와도 같은 침묵 속에서.

"어떻게 된 겁니까, 형님."

"자네가 예까지 올 줄은 몰랐네."

"어떻게 된 거냐구요. 저 개들은 지금 살아 있습니까?"

"살아 있지."

대답은 사내가 했다. 사내는 뭣 때문에 흥분하냐 하는 무심한 표정으로 또박또박 말했다.

"살아 있고말고. 단지 짖지 못할 뿐이야. 내가 이 녀석들을 수술했지."

"수술이라고요?"

"이걸로 말이야."

불쑥 사내가 쇠꼬챙이를 내밀었다. 쇠꼬챙이는 플래시 불빛을 날카롭게 가르며 내 목을 겨냥하고 있었다. 오싹, 소름이 끼쳤다.

"성대를 절제했다 그말입니까?"

"뭐 성대를 절제할 것까지야 있나. 그러려면 수술도 복잡하고 돈도 많이 들고……."

나루에서 본 영민이 떠올랐다. 제 귀를 제가 찔렀지. 사내가 설명했었다. 나는 현기증을 느끼고 축사 기둥을 붙잡았다.

"그렇다면…… 그렇다면 그것으로 귀를……."

내 가슴속에 남아 있던 정갈한 햇빛은 이미 박살나고 있었다.

"이제 말귀를 알아듣는구먼. 새끼 때 고막을 터뜨리고 항생제나 주사하면 되는 거지 뭐."

사내가 빙글빙글 웃고 있었다.

"정말입니까, 형님?"

처음엔 두려움이, 다음엔 절망이, 마지막으로 분노가 끓어올랐다. 나는 적의에 가득 차서 임지운을 똑바로 노려보며 물었다. 임지운이 내 시선을 피해 돌아섰다.

"좌우간 들어가세."

"정말이냐고요, 형님?"

"……들어가재도."

어느 방향에선가 아주 멀리서 총소리가 들려왔다. 부대 안에서 난 것도 같고, 혹은 실제로는 총소리가 나지 않았는데 나 혼자만 들은, 저 60년도 4월의 총소리인 것도 같았다.

방안으로 들어와 앉고 나서도 임지운은 여전히 말이 없었다.

우리들은 묵묵히 소주를 마셨다. 뒤늦게 돌아온 영민은 제 아비한테마저 내게 했듯 목례만 한 번 해보이곤 윗방으로 넘어가 기척도 내지 않았다. 단말마의 비명처럼 간간이 강아지가 캐캥거리는 소리가 들려왔다. 등에 식은땀이 흘렀다. 사내가 밖에서 무슨 짓을 하고 있는지 나는 보지 않아도 훤히 알고 있었다. 비정한 쇠꼬챙이에 찢길 강아지의 여린 고막이 눈앞에 보이는 듯하였다.

소주를 두 병쯤 비웠을 때 사내가 방으로 들어왔다.

"아무래도 늦어서……."

사내는 히죽 웃더니 대뜸 임지운 앞에 놓인 소주잔을 입 안에 털어 넣었다. 나는 소주병을 들어 사내를 내리치고 싶은 것을 간신히 참았다.

"한 잔만 더 하시고 웃방에 가 주무슈."

임지운이 말했다.

"웃방엔 영민이가 있을 텐데. 날 싫어한다구."

"걔도 피곤해서 잠들었을 거요."

더 오래 앉아 술을 마시고 싶은 눈치였지만 내 기분을 생각했는지 지운 형이 억지로 사내를 윗방으로 보냈다. 밤이 깊어가고 있었다. 소주를 세 병이나 땄어도 취기가 올라오지 않았다.

"밤마다 소주 두 병씩을 비워야 잠이 오지."

지운이 네 병째 소주병을 들어 마개를 입으로 땄다.

불면증은 나도 마찬가지였다. 우체국을 그만두고부터 불면증이 생겼다. 안됐지만, 하고 말하던 우체국장의 모습이 늘 천장에 떠 있었다. 안됐지만 나도 어쩔 수가 없었네. 워낙 경기가 나쁘니 공무원이라고 뭐 신분보장이 되는 세상인가. 무사안일한 자세를 가진 사람들도 정리하라니 원. 무언가 이보다 더 나은 일이 있을 걸세. 나는 무사안일형으로 찍혀 있었다. 그건 사실이었다. 편지나 분류하는 단조로운 업무를 십몇 년 반복해 오면서 어떻게 삶의 긴장을 유지할 수 있을 것인가. 나는 결근과 지각이 많아졌고, 그것은 결국 새로운 시대의 바람이 불면서, 무사안일의 철퇴에 두들겨 맞는 결정적인 화근이 되었다. 무사안일이란 말이 근거 없진 않았구먼요. 몇 개월을 방구석에 처박혀 자기의 눈치나 살피는 나를 아내도 막판엔 코너에 집어넣고 늘씬 두들겨 팼다. 무능하다고 하지 않고 그나마 무사안일하다고 한 건 아내로서의 선심이라 할 수 있었다.

아내는 무사안일하지 않기 위해 내가 실직하자, 대뜸 보험회사 외무사원으로 취직을 했다. 아내는 눈에 띄게 맹렬여성으로 변신하고 있었다. 가전제품 회사의 영업부장 말대로 아내는 아마 실적을 올리는 데나 고객에게나 초전박살의 비법을 터득 활용하고 있는 것 같았다. 새벽같이 나가선 어두운 다음에나 돌아왔다. 돌아와선 세수하고 밥 먹고 마사지하고, 그리곤 아주 건강하게 잠들었다. 잠든 아내의 얼굴을 내려다보면 내가 실직하기 전에 비해 훨씬 더 피부가 윤택해진 듯했다. 전에 없이 코를 쌕쌕 골 때도 있었다. 나는 밤마다 잠을 이루지 못하고 어둠 속에 누워 아내의 숨소리를 하나 둘

하고 헤아리는 게 일이었다. 어쩌다 불을 켜면 아내가 잠자다가도 용하게 알고 짜증을 냈으므로 내 불면의 밤들은 허구헌 날 어둠뿐이었다. 어디에 밝은 햇빛이 있을까. 밤마다 나는 궁리했었다. 임지운 형이 생각난 것도 그런 어둠 속에서였다.

소주가 다섯 병째, 김치 한 종지뿐인 술상에 올라왔다. 비로소 취기가 돌았다. 임지운은 양반다리를 한 채 아까부터 눈을 감고 있었다.

"서민영을 들쳐 업고 대학병원까지 형님이 뛰어가는 데 시간이 얼마나 걸린 줄 아십니까."

시비 걸듯이 불쑥 내가 물었다.

"내가 기억하기론 말예요. 십 분도 채 걸리지 않았어요. 기적 같은 힘이었지요. 민영을 살리겠다는 일념은 상상도 못할 힘을 발휘했던 겁니다. 지금도 맹렬히 뛰어가고 있는 형님의 뒷모습이 눈에 선해요."

내 목소리가 울먹울먹해졌다. 임지운은 여전히 눈을 감고 미동도 하지 않았다. 모기떼들이 극성스럽게 달려들고 있었다.

"민영의 묘지에서 만났을 때……."

나는 앞에 놓인 소주잔을 훌쩍 마셨다.

"그때 형님은 햇빛에 대해서 말했어요. 그날의 찬란했던 햇빛 말예요. 그런데 이게 뭡니까. 어쩌면 형님이 저 개들을 저렇게 만들 수가 있단 말입니까. 좋아요. 형님이 생계를 위하여 보신탕집에 댈 개들을 사육할 수밖에 없었다면, 그건 좋다고 합시다. 하지만 하지만 형님, 어떻게 그럴 수가……."

"첨엔 개를 키우지 않았었네."

마침내 임지운이 말머리를 풀었다.

"처음엔 젖소를 길렀지. 강변에 나가면 풀이 무성하던 시절이었으니까. 내가 맨 처음에 자리 잡았던 곳은 저편 강안의 야산이었어. 헌데, 언제부턴가 강안의 풀들이 말라죽기 시작했어. 말을 들으니까, 시 위쪽에 공단이 자리 잡아 그렇다더군. 풀은 죽고 강안의 야산도 메말랐지. 거기다가 설상가상으로 젖소들이 이곳저곳에서 쓰러졌어. 전염병까지 돌았던 거야. 죽지 않은 소들도 젖이 나오질 않았네. 그것들은 오염된 강물을 마시고 말라붙은 풀을 뜯어야 했으니까 영양실조였던 게지. 목장을 꿈꾸던 내 이상은 무참히 무너졌어. 서울로 올라갔지. 많은 일들을 했었네. 안 해본 게 없었어. 친구들도 동창도 더러 만났지만, 그들의 기민한 삶의 방식에 도저히 정을 붙일 수가 없더군. 육 년 만에 다시 맨손으로 낙향했어. 돼지도 닭도 길러보았지. 하지만 돼지를 길러놓으면 돼지고기값이 떨어지고 닭을 키우면 계란값이 말이 아닌 비운의 숨바꼭질이 계속되었었네. 변덕 많은 농수산부 정책 믿다가 그나마 거덜이 났던 거야. 난 지치고 외로웠네. 재기할 힘조차 없었단 말일세. 정의가 도대체 뭐란 말인가. 4.19가 뭐란 말인가. 그런 생각들을 하기 시작했어. 이 사람아. 나도 남들처럼 비리와 권모술수를 내 스스로 용서하고 받아들일 수 있었다면, 진즉, 서울에서 떵떵거리며 살게 되었을 거야. 하지만 말일세, 자네가 믿지 않을는지 모르지만 난 잊지 않고 지냈어. 불과 오 년 전까지만 해도 말이야. 햇빛, 1960년도 우리들이 달려가던 아스팔트에 넘치던 햇빛, 정의로운 햇빛, 자유로운 햇빛, 순수한 햇빛…… 자넨 그런 것을 잊지 않는 사람이 남보다 더 나은 생활을 할 수 있으리라 생각하나? 정의, 자유, 순수가 어떻게 우리들 각자의 삶을 부수어버리는지 자넨 모를 거야. 그것들은 내 삶에서 일종의 독소로 작용했네. 정의로운 빵이 아니면 먹지 않겠다는 내 의식이 얼마나 우스운가 하는 걸 나는 어느 날 깨달았지. 나도 변모했던 거야. 요사스러운 긴 세월이었어. 세월엔 못 당하겠더군. 정의로운 빵이 따로 없다는 걸 나는 세월에서 배웠네. 누군가 개를 길러보라 하더군. 밑천이 적게 드는 장사였어. 군부대가 있는 이쪽으로 옮겨왔지. 짬밥을 얻어 내지 않으면 사료값이 비싸 그것도 하기 어려웠으니까. 이것저것 조건부였지만 결국 부대장의 허가를 따냈어. 한 가지 문제만 남았네……."

임지운은 말을 끊고 술잔을 비웠다. 그의 표정이 말하면서 점점 더 침통해졌다는 것을 나는 어렴풋이 알아차렸다. 마치 말을 함으로써 말을 한 것만큼 그가 더욱 불행해지고 있는 것 같았다.

"개 짖는 소리 말일세. 밤마다 한꺼번에 여러 마리의 개들이 짖는 소리가 문제가 되었던 거야. 자네도 보았듯이, 부대와 우리 집은 철조망 하나를 사이에 둔 한통속이나 다름없지 않은가. 장병들의 수면에 지장이 있다는 말이 들렸어. 사료를 계속 얻어 내기 위해선 그런 불만요소를 없앨 수밖에."

임지운은 그러고 나서 말을 다시 멈췄다. 창백하게 질린 이마에 땀방울이 송송 맺혀 있었다. 내가 그를 고문했구나. 나는 생각하였다. 사내가 넘어 들어간 윗방에서 여전히 아무런 기척도 들리지 않았다. 영민이도 사내도 잠이 들었는가 보았다. 침묵이 한동안 계속되었다. 불편한 침묵이었다. 내가 그를 고문할 자격이 있을까. 내게 침묵이 불편한 까닭은 그런 자문 때문이었다.

"개 때문에……."

이윽고 그가 눈을 들어 나를 바라보았다. 충혈된 눈이었다.

"나는 많은 것을 잃었네."

그의 말투는 다분히 자조적인 데가 있었다. 그 대신 '잃었' 다는 낱말을 사용하면서부터 그의 표정은 묘하게도 아까의 비통함에서 벗어나기 시작했다.

"정의나 순수 따위를 잃었다는 그럴듯한 표현을 쓰고 싶진 않아.

나는 뭣보다 먼저 가족을 잃었어. 가족들은 나를 개처럼 봐. 내가 개를 보듯이 그들은 나를 그렇게 보는 거야. 안 그런 척들을 하지만 난 알지. 마누라하고 애들은 G읍에 살고 있네. 혼자 이 지경으로 사는 게 삼 년은 넘었어. 내가 쫓아 보냈지. 왜 쫓아 보낸 줄 아나. 가족들을 좀 더 사람 살 만한 동네에서 살도록 하기 위함이 아닐세. 살해하기 위해서지. 편하게 나 혼자 죽이기 위해서야. 어떤 때 나는 그것들을 죽이는 재미로 살아가고 있는 것 같은 느낌을 받아."

"그것이라니 무얼 말하는 겁니까."

"뭐긴 뭐겠나. 개들이지. 산 개를 사가는 사람도 있지만 잡아서 주길 바라는 보신탕집이 훨씬 많아. 요즘 같은 복중엔 하루에도 열 마리 스무 마리 잡을 때가 있어. 산 채로 나는 놈들을 목매다는 수법을 쓰지. 그래야 고기맛이 난다니깐. 목매단 밧줄을 움켜잡고 버둥거리는 놈들과 최후로 눈을 맞추는 그때, 내가 살아 있다는 실감이 와. 나하고 눈이 맞으면 놈들은 대개 곧장 죽어버려. 나에게 순종하기 때문이지. 하지만 어쩌다 나와 시선을 마주치고도 오래오래 버둥대는 질긴 놈들도 있긴 있어. 놈은 나한테 저항하는 거야. 그때마다 난 생각하지. 저항이 소용없다는 것을 저 어리석은 개들한테 어떻게 일러줄까 하고 말일세. 그건 쉬운 문제가 아냐."

처음 이곳에 도착했을 때 내 코를 찌르던 노리치근한 냄새가 뭐였는지를 나는 비로소 알았다. 그것은 개들을 그슬린 살의 냄새였던 것이다. 나는 어깨를 한차례 파르르 떨었다. 임지운의 충혈된 두 눈에 빛나는 노기를 그때 나는 보았다. 놀랍게도 그는 처음 말머리를 풀 때와는 정반대로 아주 당당해져 있었다. 적군을 무찌르고 돌아온 상이용사 같았다. 벼랑으로 한 발자국 한 발자국 밀리고 있는 건 그가 아니라 이제 내 편이었다. 그는 담배를 물고 지이익, 거칠게 성냥을 그어 불을 붙였다.

순간, 총소리가 타앙 하면서 내 고막을 울리기 시작했다.

아스팔트엔 햇빛이 쏟아지고 있었다. 눈부셔, 아, 눈부셔. 서민영은 그러나 죽어가고 있었다. 나는 머리를 세차게 흔들며 귀를 틀어막았다. 저항해야 한다. 저항해야 한다. 땀을 흘리며 나는 부르짖었다. 그의 개들 중에서 '어리석은 놈'이 그에게 저항했듯이, 나는 끙끙거리면서 머리를 쥐어짰다. 어떻게 저항할 것인가. 저 기고만장하고 당당해진 표정을 단숨에 두들겨 부술 마법의 칼은 없을까.

있었다. 빙그르르, 영민의 모습이 떠올랐다. 학생모를 단정히 쓰고 차갑게 강을 바라보던 귀머거리 소년의 적의에 가득 찬 얼굴. 나는 그 칼을 잡고 그를 노려보았다.

"영민은 어떡하다가 귀머거리가 됐나요?"

나는 칼을 내밀었다.

"서민영을 잊지 못해 큰아들을 영민이라 이름 지은 건 알겠어요. 영민이 귀머거리가 된 건 우연한 실수 때문이었나요?"

내 공격은 너무 충동적이고 그리고 야비했다. 임지운은 한 번 두 눈을 무섭게 부릅떴다가 이내 술병들 사이로 타악 쓰러져버렸다. 탈진한 사람처럼 보였다.

"불을 꺼주게."

그가 헐떡이는 목소리로 말했다. 나는 불을 끄고 역시 그의 곁에 쓰러져 누웠다. 소주병들이 함부로 쓰러지는 소리가 났다.

"오 년 전이야."

그의 말이 아주 먼 곳에서 울려오는 것처럼 들렸다.

"지금과 같은 방법으로 개의 고막을 터뜨리기 막 시작했을 때였지. 저애가 여러 번 나한테 울면서 애원하더군. 제발 개를 귀머거리로 만들지 말아달라고. 쇠꼬챙이를 고막에 쑤셔 박는 걸 봤던 거지. 어린 마음에 충격이 컸겠지. 특히 저 녀석은 무엇보다도 개들을 좋아했거든. 개들도 저 녀석을 제일 따랐고. 밤중에 자다가도 헛소리를 하고 그러더군. 그럴 때마다 난 녀석의 뺨을 후려갈겼지. 그까짓 것쯤 무심히 보아 넘기는 아이로 난 키우고 싶었어. 그런데 어느 날, 녀석이 기어코 일을 저질렀네. 비명 소리가 나서 뛰어가 봤더니, 저 녀석이 개집에 들어가 개처럼 앉았는데, 귓구멍에서 피가 철철 흘러나오지 않겠나. 참혹했었지."

어둠은 서리서리 깊었다. 나는 두 눈을 부릅떠 보았지만 어둠 이외엔 아무것도 보이지 않았다. 임지운의 목소리가 떨면서 내 터지지 않은 고막에 날아와 부딪혔다.

"쇠꼬챙이로 장난하다 실수한 거라고 사람들은 말하지만 난 아네. 저 녀석은 내게…… 저항했던 거야. 목매단 개들 중에서 어떤 어리석은 놈이 그렇듯이. 참 대단한 항거였어. 가족도 내 자신도 이후부터 난 깡그리 잃었으니까."

잠이 밀려왔다. 사실 나는 너무 취해 있었다. 의식이 가물가물해지는데 타앙 또 그놈의 총성이 들렸다. 나는 겁에 질린 온몸을 토끼처럼 오그려붙이고 왈칵 돌아누웠다. 빈 술병들이 쨍그랑쨍그랑 부딪치는 소리를 나는 마지막으로 들었다.

새벽이었다. 비명 소리에 나는 놀라 일어났다. 나보다 먼저 일어난 임지운이 전등 스위치를 비틀었다. 윗방과 아랫방이 통하는 문턱 위에 사내가 허리를 걸치고 버둥거리고 있었다. 귀를 움켜잡고 있었는데 손가락 사이로 검붉은 피가 흘러나왔다.

"귀를…… 내 귀를 영민이가……."

사내의 비명 사이로 마당을 뛰어가는 영민의 다급한 발소리가 들렸다. 그때, 나는 보았다. 한 끝에 피를 묻히고 문턱 아래 나자빠져 반질거리는 쇠꼬챙이. 그것은 무기물의 금속에 불과했지만 내겐 살아서 숨 쉬는 잔혹한 그 무엇 같았다.

부르르, 나는 온몸을 떨면서 눈을 감았다.

(1982년 작)

제비나비의 꿈

그건 박이야. 바가지박.

표주박은 아니고, 우리 본디의 재래종이지. 머잖아 꽃이 피기 시작할걸. 지붕으로 올라가게 줄을 매줘야겠다. 추석쯤 되면 박이 보름달만 해질 게다. 박꽃은 밤에만 펴. 휘영청 달 밝은 밤에 만개한 박꽃을 보고 있으면 왜 그리 꿈꾸는 것 같았는지 원. 어렸을 때 얘기여. 네 할머니는 고향집 초가지붕에 해마다 박을 올리곤 했거든. 박꽃은 밤마다 하얗게 피어나고, 논강평야 너른 들을 지나온 바람 가만가만 박꽃마다 건들고 가고, 먼 데 가까운 데 소쩍새는 솥적다 솥적다 울고, 잠 못 이루는 젊은 누님들은 들고 앉은 수틀 속 학의 날개에 수바늘 박아넣다 말고, 들 가운데 지나는 서울행 열차 소리 나발처럼 귓구멍 열고 듣다가 소리 죽여 한숨을 쉬고. 그 시절은 그랬어. 내가 큰애 너보다도 젊었을 때. 스무 살 된 아들하고 이렇게 나란히 밭매기를 할 날이 있으리라곤 꿈에서라도 상상 못했던.

아, 아니다, 애야. 그렇게 우듬지만 쥐어뜯어 놓으면 안 돼.

이놈들 잡초가 얼마나 번식력이 왕성하다구. 우듬지만 뜯어놓으면 한 주일도 못 가 더욱 웃자라고 말지. 감자 뿌리 좀 실하게 내리라고 복합비료를 뿌려놨더니 지난번 비에 양분이 죄다 고랑으로만 흘러내렸나 봐. 거둥길 닦아놓으니까 깍쟁이가 먼저 지나간다고 잡풀들이 먼저 살판났구나.

이렇게, 옳지, 호미로 이렇게 깊이 긁으며 뿌리째 뽑아야 한다.

뿌리는 위로 가도록 뒤집어놓으렴.

……그래, 잘한다. 햇빛이 따갑지? 여름 햇빛보다 요즘 햇빛이 더 힘 있어. 저 끝까지, 너하고 나하고 두 이랑만 매자꾸나.

감자씨 심은 게 언제였더라.

가만있자, 오늘로 꼭 한 달 스무 날이 됐는갑다. 사월 열엿새 씨를 묻었지. 남들보다 파종이 일주일쯤 늦었어. 감자 고추를 주로 심었지만 밭꼴이 이래 봬도 하나하나 살펴보면 싹이 난 게 스무 가지나 된다. 콩 심은 데 콩 나고 팥 심은 데 팥 난다는 거야 왜 몰랐겠느냐만 심은 자리마다 각각 다른 싹이 올라올 때…… 정말 오관이 다 서늘하더라. 너랑 네 동생들 태어날 때도 그랬지. 세상에 갓 태어난 너 보러 갈 적에, 생전 안 매는 넥타이까지 매고…… 떨렸어. 첫애였으니까 더욱 그랬던가 봐.

담배 한 대씩 피우고 할까.

네 라이터 있음 불 좀 붙여다오. 이마에 땀 좀 훔치고. 너도 옛다, 한 대 피워……. 괜찮아, 인석아. 보는 이도 없는데 어떠냐. 난 그런 거 가리지 않아. 어른들하고 있음 젊은애들 그놈의 담배 때문에 자리를 뜨는 거야. 그러니 어른들은 외롭지. 민망하면 이렇게 피차 등 돌려대고 앉아 한 대씩 피우자. 신록이 하루가 다르게 짙어지는구나. 서울집의 라일락꽃 한창 지고 있겠다.

애비가 밉냐.

어젯밤에야…… 네 얘기를 들었다. 네가 며칠째 학교에 안 가고 밥도 잘 안 먹고 제 방에만 쑤셔 박혀 있다는 거. 저 혼자 짊어지고 가기엔 너무나 힘든, 맷돌 같은 뭔가를 네가 지고 있는 것 같다고, 엄마가 울먹이더라. 네 엄마도 요즘 힘들지. 너희들 뒷바라지만 이 십여 년이니 지칠 만하고, 여자 나이 사십 대 후반 갱년기 무게 또한 짊져야 하고, 그리고 뭣보다 내가 집 떠나 용인 변방 이 산속에 홀로 묻혀 사니, 내 외로운 짐도 나눠 지는 기분일 게다.

뻐꾸기가 울어 쌌는구나.

저건 박새소리고. 쯔쯔삐쯔쯔삐 하는. 너한테 다잡아…… 사연을 물어보진 않으마. 어젯밤부터 네가 여기 도착한 아까까지 참 시간이 길더라. 네가 안쓰러워 금방이라도 서울로 쫓아 올라가고 싶었다만 참았다. 널 볼 면목도 안 서는 것 같고.

……알아. 네 맘 알고말고.

암튼, 네 스스로 나를 찾아 내려온 거 참말 고맙다. 네가 저 마을을 지나 이쪽 편 코스모스 심어놓은 굽잇길로 들어섰을 때 치잉 하고…… 현(弦) 하나 내 속에서 울더구나. 네 생각을 하며 망연자실 그 길을 내다보고 있을 때였어.

……새들이 바빠 뵈지?

참새가 아냐. 찌르레기야. 저쪽 동편 산비탈에 큰 느티나무 뵈잖니. 그쪽에서 날아오는 거야. 새들도 길이 있어. 저 느티나무에서 계단식 논 가로질러 우리 집 뒤란의 전나무숲으로, 전나무숲에서 네가 들어온 길을 우회해 마을 북편의 바위언덕으로, 다시 동구 밖 은행나무로. 그게 여기 사는 새떼들의 하이웨이야. 어떤 젊은 시인은 찌르레기 소리를 듣고 쌀 씻어 안치는 소리라고 표현했더라만, 내 귀엔 큐리릿큐리릿 하는 게 아주 이른 봄날 해빙으로 갈라지는 얼음장 사이를 스치는 개울물 소리 같아. 외딴집이지만 가만히 보면 분주한 삶이 여기에는 꽉 차 있다. 혼자 있다고 사람이 외로운 건 아냐. 내가 지금 여기에서 외롭다면, 여기가 외진 곳이어서 그런 게 아니라 아직껏 외지지 않은 세계를 다 버리지 못해서야. 너도 알다시피, 아직도 작가라고 불리는 내가 글쓰기를 완전 중단하고 이곳에 온 게 벌써 반년이다. 사실은 나도 잘 모른다. 쉰 살의 무게를 짊어지고…… 내가 지금 어디로 가려고 하는지. 쓰고 있지 않지만, 뭔가 부자연스러워. 이십여 년 넘게 유일무이한, 목매달아 죽어도 좋은 나무, 뭐 그런 거였지, 글쓰기는. 다른 길은 생각조차 하지 못했어. 밤낮으로 쓰고 또 썼던 그 관성은 상기도 내 가슴과 팔목에 시퍼렇게 살아 있는 거라. 외롭다면 그거야. 그 삶의 관성. 저, 저 놈. 봤니, 방금 상추밭 사이로 기어들어간 놈. 멧새야, 멧새. 뺨이 붉어서 붉은뺨멧새라고 해. 저놈들은 때로 작물의 뿌리까지 쪼아 먹어. 어떤 때는 쫀 삐지 쫀 삐지, 또 어떤 때는 쯔우 쫀 쵸쵸 삐이, 하고 울지. 너하고 나란히 김을 매니까 정말 좋구나. 이런 시간을 진즉부터 갖고 싶었는데.

……아니. 맘 아프지 않아, 지금은.

네가 저 길을 따라 걸어 들어올 때, 난 보았다. 네가 외로워하고 있다고 느꼈어. 하지만 이제 너도 스무 살. 혼자 짐져 가는 날들의 시작이야. 등이 휠 것 같은 삶의 무게여, 하는 애비가 잘 부르는 노래말 한 구절처럼.

잠, 잠깐. 고 풀, 고건 그냥 두거라.

꽃망울까지 맺었구나. 며느리밥풀꽃이야. 머잖아 피겠네. 시어머니 구박을 견디다 못해 죽은 며느리 원혼이 깃들인 꽃이라더라. 아까 박 얘기를 했었다만, 제주도 무속신화 「천지왕 본풀이」에 이런 스토리가 나와. 천지왕이 있었는데, 곧 태어날 두 아들에게 박씨 두 개만 남겨주고 큰일 많은 하늘로 올라갔다는 거야. 두 아들은 자라서 물론 박씨를 심었고, 박은 싹을 틔워 봄 여름 가을 겨울 넝쿨 넝쿨 하늘로 올라갔지. 그제서야 아들들은 천지왕의 뜻을 알았다는 구나. 하늘로 올라오라는. 박넝쿨을 타고 아들들은 아버지 천지왕 을 쫓아갔대. 네가 아지랑이 핀 저 길을 접어든 순간에, 이상하지, 그 설화가 떠오르지 뭐냐. 네 등에 짐져 있는 맷돌 같은 것, 그것이 무리 속에서의 고독이라는 걸 나는 거의 본능적으로 알아차렸고, 그러자 박넝쿨로, 하늘과 땅 사이, 그 깊은 허당조차 질기게 잇고 있는 무엇을 보았다. 통시적이라고나 할까. 아니면 선험적? 우리 고향은 본래, 네가 알듯이, 논산훈련소 근처지만, 할아버지까지만 올라가도, 그러니까 네겐 증조부, 증조부님은 스물넷까지 경북 김 천군 능소면에서 살았어. 누대에 걸쳐 그곳이 고향이었다. 유생(儒 生)의 끝물이셨지. 네 할아버지는 일자무식으로 장돌뱅이 삶을 사 셨지만 그건 증조부님이 당신 한 맺힌 것으로 빗대어 식자(識者) 든 게 오히려 짐이라며 짐짓 가르치지 않아 그리된 것일 뿐, 증조부님 그 양반은 달랐다. 낯선 타관으로 흘러들어왔으니 끈 떨어진 뒤웅 박이요, 불기 없는 화로라, 살림살이가 생쥐 볼가심할 것도 없었으 나 당신 스스로 족보를 유려한 서체에 담아 남기셨단다. 언젠가 네 게 보여줬던 바로 그것.

옳거니. 이건 체꽃이구나. 오랜만에 본다, 체꽃을.

밀가루에 섞어 반죽을 해 튀겨먹으면 맛이 향긋하지. 고향집 뒤 란으로 나가면 이게 많았어. 워낙 가난해 배고프던 시절이라 봄이 면 나물 캐러 나가는 어머니 치마끈을 붙잡고 다녔는데. 놔두자, 이 놈도. 요즘은 우리 산천일망정 토종 풀 토종 산나물이 예 같지 않 아. 농약 때문에만 그런 게 아냐. 외래종 풀 때문에 우리 것들 힘을 못 쓰거든. 봐라, 요 민들레하고 질경이도 이것들 땜에 기가 잔뜩 죽어 있잖니.

하여간, 증조부모님이 김천군 능소면에 살 때 이야기야.

증조부님 본디 마을은 규정공파 씨족부락이었다는 게야. 규정공파는 우리 이오당파하곤 애초 형제집안이지. 그러니까 대대로 올라가보면 같은 혈통일 것이지만, 어찌어찌하다가 파가 갈리고, 어찌어찌하다가 규정공파 씨족부락에 비록 성씨는 같을방성 이오당파 한 호(戶)가 끼어 산 셈이 됐지. 파(派)라는 말이 경우에 따라선 좀 잔인하고 횡포한 말이니. 평소엔 이 파 저 파 섞인 듯 보이다가도 뭔가 일이 생겨 무리를 짓게 되면 내 편이냐, 아니냐, 혹독한 가름의 잣대가 되거든. 같은 집안이었더라도 홀로 파가 다르니 증조부님은 사사건건, 군중 속의 고독, 그런 것과 부딪쳤을 거야. 증조부님 스물넷, 그해 봄이었더라. 고조부님이 운명하신 거야. 마을 뒤엔 양지바른 씨족들의 선산이 있었는데 누대에 걸쳐 내려오던 언제부터인가, 이게 규정공파 선산이 된 거지. 선친의 시신에 염을 한 뒤에도 규정공파 선산 빼놓곤 오갈 데 없고.

······아냐. 난 그렇게 생각 안 해.

언젠가 내가 다시 소설을 쓰기 시작하면 증조부 얘기도 꼭 한번 밝혀 쓰고 싶다만, 암튼, 증조부님은 꼭 당신 선친의 묫자리 문제만이 아닌, 평소 무리 안에 들 수 없는 자가 만나야 되는 살집 저미는 그 무엇, 상처, 고독, 압박, 뭐 그런 모든 것들이 묫자리 하나에 걸려 있다고 생각하셨을 게야. 더 이상 당하고 살 바에야 차라리 가미카제가 되자, 라고 증조부님은 맘먹은 거지. 천구백십년대니, 세상도 얼마나 어지러웠는지 알 만해. 맑고 꼿꼿이 살고 싶었던 피 뜨거운 젊은 유생 증조부님의 쨍쨍한 눈빛이 떠오를 것 같구나. 무리에서 느끼는 절박한 고독감도. 증조부님은 남사당패를 은밀히 그 옆마을로 불러들였단다. 햇빛 밝고 꽃은 피는 호시절에 날라리 젓대 앞세운 사당패 들어왔으니 물 본 기러기 꽃 본 나비, 온 마을 사람이 솔가해 가듯 사당패 구경을 떠났을 때, 증조부님 홀로 규정공파 선산의 한가운데 용혈(龍血)의 맥을 탁 짚어 선친의 유해를 앉히신 거야. 너의 증조부님이 결국 향리에서 쫓겨나 충청도 변방으로 이주해 온 것이 그 때문이었다. 누대에 걸쳐 피붙이로, 이웃으로 살던 사람들 두고 고향 떠날 때, 왜 그런지 모르겠다만, 그걸 상상해 보면, 내 머릿속의 삽화에서 할아버님은 자꾸자꾸 다리를 절지 뭐냐. 그분은 물론 절름발이가 아녔어. 그런데도 내 상상 속에서 그분은 절며 절며, 뿌리 뽑혀 흐르고 있어.

갈증이 나는구나.

집 안에 들어가 냉장고 열어보면 주스가 있을 게다. 가져오렴.

가만있거라, 애. 네 어깨에 나비가 앉았어. 그 녀석 참 호사스럽기도 하다. 호랑나비가 아냐. 호랑나비는 저쪽, 저놈이 호랑나비고, 고놈은 흰줄표범나비라고 불러. 예서 봄을 보내면서 나비며 풀이며, 어린 시절에 보고 오래 잊었던 동무들 많이 만난 셈이지. 절로 자연공부가 돼. 고 녀석들은 암컷이 태어나자마자 수컷들이 몰려들어 교미부터 해. 고것들 사랑법은 무리 대 혼자지. 다른 나비들하고 달라.

벌써 밭의 삼분지 일은 맸구나.

안 해본 일일 테니 힘들 게다. 네가 함께 있지 않았으면 아마 저만큼까지나 맬까 말까, 벌써 집 안으로 들어갔을 거야. 게으른 농부지. 예 있다고 어찌 마음이 명경지수 같겠니. 명경지수 같아질 날을 꿈꾸며 이렇게 혼자 지낸다만, 글쎄, 유난히 욕심 많고 빠른 직진으로 걸어온 걸음걸이인지라 그런 날이 내게도 오긴 올는지 원.

……혹시 애비한테 막 대들고 싶진 않니.

아버지는 누구냐고. 무엇 때문이든 글쓰기를 중단했으면 했지, 글쓰기 중단과 함께 이 궁벽진 곳에 내려와 감자밭 고추밭이나 가

꾸며 혼자 사는 건 비겁하지 않으냐고. 아버지는 과연 진실한 작가였냐고. 무엇에서부터 도망치고 싶은 거냐고.

……허헛. 그래.

내가 너한테서 본능적 직관으로 꿰뚫어보았던 고독을 너도 나한테서 본 게로구나. 작가에게, 더구나 삼백예순나섯 날 밤낮없이 내부의 현(弦)들을 팽팽히 감아두고 산, 오직 글쓰기 하나로 산 나 같은, 언필칭 직업작가에게 글쓰기의 완전 중단이라는 건, 천박하게 비유컨대 장사꾼이 부도내고 흘러 다니는 것하고 같지. 이 땅에서 직업작가라는 것은 말야, 식솔의 먹이를 문학에 걸었다는 그 이유 하나만으로도 오욕(汚辱)의 짐을 져야 해. 특히 애비가 가장 많이 썼던 칠십년대 말, 팔십년대는 더욱 그랬어. 그 뒤틀어진 불행한 연대에 난 글 써서 밥 먹고 살았다. 베스트셀러를 내면 너희들 생활의 레벨이 한 단계 올라가지만, 그러나 내게는 내 갈비뼈처럼 느끼던 믿는 친구 한 명이 내게서 떨어져 다른 무리에 합류하고.

네가 이번에 경험한 상처들도…… 아마 원리는 그런 것일 게다.

대강 알고 있어. 아니, 네 엄마한테 들은 게 아니다. 네 대학에 김상만 교수라고, 그렇지, 지금은 글쓰기를 안 하고 있다만 그 양반 젊을 때 좋은 단편을 많이 썼지. 그 양반이 전화를 했더구나, 어젯밤에. 너희들 교양국어를 담당한 그 젊은 강사가 바로 당신의 제자라고 그러더라. 어떻게 어떻게 하다가 수업 중 일을 들었겠지. 더구나 너는 여러 날째 학교에 나오지 않고.

……안다, 애야.

네가 시방 말하고 싶은 건 그 강사 때문에 상처받은 게 아니다, 그말이지? 아무렴. 자신의 강의를 받고 앉은 네가 내 아들이라는 걸 그 강사가 알았다면 어법은 좀 달라졌겠지만, 그러나 그 강사는 그걸 알았든 몰랐든, 그렇게 말할 수 있어. 문학의 해석은 해석자의 주체에 따라 필연적으로 주관성을 가질 수밖에 없어. 작가로서 유명하다는 게 뭔지 아니. 글을 쓸 때마다 내 몸이 발가벗겨져 시청 앞 광장을 가득 메운 군중 속으로 내던져지는 기분이야. 난 매번 그게 두렵고, 또 그 긴장 속에서 오르가슴을 느꼈다. 독자가 많든 적든 작가는 결코 무리 속으로 완전히 편입될 수는 없어. 작가는 예컨대 창 이편에 앉아 있다. 어떤 무리와 지향점을 모아 동행하고자 해도, 또 동행한다고 스스로 느끼고 있더라도, 어쨌든 그의 서재는 무리에서 떨어진 곳에 위치하기 마련이야. 무리에서 떨어지지 않으면 무리를 볼 수 없거든. 나도 무리에, 그것이 무엇을 지향하는 무리이든 간에, 무리에 편입되길 간절히 바란 적이 아주 많았다. 애비가 작가로 살았던 그 연대는 더더욱 그랬어. 세상이 편가르기에 분주했고, 홀로 떨어져 있으면 무리의 쇠바퀴에 깔려 죽고 말 것 같은 분위기였어. 어떤 땐 또 다른 내 자신에게 이르곤 했었지. 제발 무리에 편입되어 나아감에 있어 자신을 방해하지 말아다오, 하고. 난 자주 갈팡질팡했어. 무리에 편입되는 것은 무리와 싸우는 것보다 어려웠다. 가미카제처럼, 오히려 산화하고 싶은 순간이 많았었지.

어렸을 때였어.

우리 동네는 강씨들이 많이 살았는데, 강참봉이라 불리던 어른이 동네 대소사를 모두 관장, 좌지우지했다. 그 강참봉의 손자가 내 또래야. 대장이었지. 아침이면 동구 밖 수문에 마을의 애들이 모조리 모여 집단으로 등교해. 강참봉 손자의 율법이지. 우리들은 때로 발을 맞추고 때로 노래를 부르며 들길 건너 학교로 가곤 했어. 훈련소가 가까운 마을이어선지 매일 아침 제식훈련 받는 식의 풍경이 벌어지곤 했는데, 문제는 구령을 맞춰 발을 떼는 거야. 다른 애들과 달리 나는 자주 발을 맞추지 못했다. 절름발이처럼. 그렇다고 우리들의 대장한테 반항하고 싶은 건 아녔어. 난 소심하고 약삐한 소년이었다. 나도 발을 잘 맞춰서 대장한테 먹을 것도 얻어먹고, 뭣보다 소외받지 않고 지내고 싶었다구. 하나, 하면 오른발, 두울, 하면 왼발. 그런데 이상도 하지. 하나, 하면 오른발을 내밀어야 한다는 걸 알고 있는데도 어떤 순간 왼발이 내밀어진 거야. 하나, 할 때 왼발을 내밀고 싶었던 것인지, 왼발이 절로 내밀어졌는지는 잘 모르겠어. 암튼 하나, 하면 왼발, 두울, 하면 오른발. 그럼 강참봉 손주인 우리들의 대장은 냉큼 내게 벌을 내리는 거야. 넌 새꺄, 둑길로 돌아가. 학교까지 들길로 가면 이 킬로미터쯤 됐지만 둑길로 가면 삼 킬로가 넘었어. 나는 사흘이 멀다 하고 혼자 멀리멀리 돌아가는 둑길로 등교해. 무리들은 들 가운데에서 함성을 지르며 함께, 함께 나가고, 나 혼자 청죽 같은 햇빛 아래, 활처럼 휘어진 둑길을 가는 거야. 학교에 당도하면 이미 수업은 시작돼 운동장은 하얗게 비어 있어. 그 운동장을 혼자 가로지를 때, 공포야. 수억 광년 떨어진 우주의 어느 허공을 홀로 걷는 것 같은.

……그래. 주스 한잔 더 다오.

물레새야, 저놈들은. 새들도 너나없이 무리 져서 다녀. 어쩌다 혼자 다니는 놈들은 대개 무리에서 이탈한 건데, 무리에서 이탈한 놈은 있지, 오래 못 살아. 지트 지트 지이, 하고 우는 게 재밌지? 생긴 건 날렵한데 목소리는 자못 바리톤이야. 햇빛도 아까보다는 힘이 떨어진 것 같구나.

개미떼가 어디 이사하나 보다.

그냥 놔둬라. 그놈들 행렬을 그리 끊어놔 봤자 잠시뿐이야. 이내 다시 열을 짓거든. 생명 있는 것들이 다 그래. 네 뒤로 노랗게 꽃핀 것, 그게 씀바귀야. 씀바귀나물은 너도 먹어봤을걸. 하다못해 저런 것들도 무리져 앉아 있잖니. 나비는 나비대로 벌레는 벌레대로 풀은 풀대로 무리져 살아. 아카시아나무가 있으면 아카시아가 곁에서 또 나지. 그 녀석들, 생장이 워낙 왕성하니까 자라는 데 양분이 남달리 필요한지라 저희들끼리 일종의 그물망 같은 걸 형성해서 독성을 내보낸다는 거야. 그럼 그 일대에선 잡풀도 잘 자라지 못해.

……고등학교 기차통학을 할 때 말야.

황등이라는 역이 있었어. 큰 채석장이 있는 곳이지. 황등돌 하면 지금도 알아준다더라. 그 황등에서 돌장사하는 아버지 둔 여학생이 있었다.

가만. 조심해라. 그냥 가만히 있어.

벌은 쫓으려고 하면 달려들어 쏜다구. 가만히 있으면 인간에겐 먹을 것 없으니까 결국 제 갈 데로 가거든. 무슨 얘기를 하다가 말았지, 내가?

그래. 돌집 여학생.

이 여학생, 체격에 비해 머리통하고 가슴이 유난히 컸어. 어깨는 단단히 벌어져 있었지. 키는 작고 머리와 가슴은 기형적으로 큰데다 어깨까지 벌어졌으니까 어딘지 모르게 남자 같아. 그리 못생긴 것도 아니었는데 말야. 애들은 그 여학생을 쑥돌이라고 불렀어. 어떤 녀석이 날 보고 그래. 쑥돌 가슴이 진짜 쑥돌이라는 거야. 지나치다가 미친 체하고 그 여학생 가슴에 부딪쳐봤대. 그랬더니 쑥돌에 부딪친 것보다 더 아프더라고 엄살이 대단해. 우리들은 열차 안에서 그 여학생만 보면 손가락질하고 웃었지. 쑥돌을 둥글게 깎아 가슴에 넣고 다닌다면서. 그 여학생이 좋아하는 내 친구가 있었다. 잘생긴 놈이었어. 지금은 미국에서 살고 있다만. 자연 통학하는 여학생 사이에서 인기가 좋았고, 인기 좋으니 자만심이 대단했어. 어떤 날 쑥돌이, 아니다, 그 여학생이 그 녀석 가방 속에 편지를 끼워넣은 시집 한권을 붐비는 찻속에서 쓰윽 집어넣었대. 그 시절은 가운데가 열린 비닐책가방들을 이렇게 들고 다녔으니까. 상사병에 걸리면 그 시절 여학생도 다 그만한 용기는 냈다. 근데 그 자식이 글세, 장난기가 발동했었나 봐. 기차 속에서 시집을 꺼내들고 큰 소리로 왜장치기를, 이거 누가 여기 넣었어, 한 거야. 여학생이 홍당무가 돼서 쩔쩔맬 수밖에. 모두 웃었지. 웃는 순간, 기차 속의 모든 사람은, 남학생이고 여학생이고 할 것 없이 무리가 되는 거라.

쑥돌 네가 내 가방에 이거 넣었니.

그 녀석은 말했어.

그리고 덧붙이기를, 난 시집을 읽기보다 네 가슴에 정말 쑥돌이, 둥글게 깎은 쑥돌이 들어 있는지 알고 싶어, 했거든. 비열한 자만심으로 꽉 찬 망나니였지. 기차 속은 요란했다. 의자며 열차벽이며, 아무 데나 두들기면서 애들은 웃었어. 여학생들까지. 어른들까지. 모두 한패가 돼서. 여학생은…… 달려 나갔다. 그리고, 끔찍한 일이 벌어졌어. 달리는 열차에서 뛰어내린 거야.

왜 뛰어내렸을까…….

오랫동안 나는 그 여학생이 수치심을, 혹은 모멸감을 이기지 못해 그랬다고 생각했는데, 어느 날 홀연히 깨달았어. 공포감을 이기지 못했던 거지. 모든 이들이 손뼉치고 웃을 때, 그 무리 속에서 그녀는 혼자였던 거라구. 내가 빈 운동장을 혼자 걸어 들어갈 때처럼.

……그래, 큰애야.

네 친구들도 웃었겠지.

그 녀석들 하나하나 얼굴이 떠오른다. 규식이, 현우, 상만이, 종수, 기환이…… 이름까지. 고등학교 시절 공부에 계속 억압받다가 대학 들어가면 일시에 사방팔방이 탁 트이는 기분이고, 그러니 일학년 일학기는 너나없이 신열에 들뜨기 마련이야. 학문보다 고등학교 때 배웠어야 할 사람관계, 그 오묘한 엇갈림과 마주침의 나날을 경험하느라 밤낮이 없는 게 당연해. 낮에 강의 함께 듣고, 저녁에

술 함께 마시고, 그래도 헤어지기 싫고 할 말이 남아 소주병 몰래 숨겨가지고 우르르 자정 넘어 들이닥치던 고 녀석들. 넌 그중에서도 총아(寵兒)였어. 생긴 것 반듯하지, 제가 나아갈 길 분명히 알지, 말 잘하고 글 잘 쓰지, 유명한 애비 두었지, 누구보다 잘 나가는 애라고 느꼈을 게야. 그 젊은 문학강사에게 갑자기 내 이름 석 자, 네 친구 중 누군가가 들이댔을 때, 이상한 침묵이 있었다고 들었다. 그건 네 엄마가 한 얘기였어. 네 표현대로, 이상한 침묵 말이다. 아주 순간적인. 그리고 그 젊은 강사가 카랑카랑한 목소리로 한 유명작가를 비판해 말할 때 역시 갑자기, 부자연스럽게, 하하, 후후, 웃음소리…… 열차 속에서 돌집 여학생을 둘러싸고 웃던 그들처럼. 은밀하고도 암묵적으로 만나는 그들의 고소한 웃음소리를 난 안다. 고소한 향기는 입에서 입으로 이어지고 그 순간, 넌 혼자였겠지. 네가 참으로 믿었던 것, 눈부신 청춘의 새날, 저 대학생활의 출발이 가져왔던 광휘의 동행(同行)이 가짜라는 게 낱낱이 드러나고…… 그리고 무너지고…… 죽창처럼 내리꽂히는 햇빛…… 텅 빈 운동장…… 홀로 돌아가야 할 멀고 고된 둑길이 보이고.

유학을 가고 싶단 말이냐.

유학도 좋지. 좋고말고. 외래종 때문에 우리 풀 우리 나무 불탄 북어껍질 오그라들듯 하는 건 안타깝지만 유학이야 다르지. 유학 간다고 코쟁이가 되는 것도 아니고. 하지만 충동적으로, 그냥 이 땅이 싫어져서, 이 땅의 사람들한테 정나미 떨어져서, 불현듯 떠나겠다, 유학 가는 건 반대다. 그건 옳지 않아. 내게 그것이 여태껏 가장 짐지기 힘든 것 중 하나인 것처럼, 네게도 세계와의, 또 무리와의 불화는 두고두고 고통스러운 짐이 될 것이다. 그건 확실해.

네 증조부로부터 너까지 결국 한 박넝쿨로 달리는구나.

작가로서 불[火]과 같이 일하던 시절, 한 달에 오백여 매씩을 쓴 적도 많았다. 온몸에 물집이 생길 만큼 걸었어. 길을 확연히 알고 갔던 건 아니야. 고백하지만, 난 무리에 들진 못했다. 아까도 말했다시피, 난 너무 서툴러서 무리로 가는 길을 찾지 못했어. 다행히 나는 작가가 되었다. 무리와 일체감이 없어도 존재증명이 가능한. 그런데 어떤 날인가 유명해지고 나자, 내가 작가 아무개라는 그 유명한 이름으로, 또 소문으로, 나와 상관없이, 내 지향과 아무 관계 없이, 먼 데, 그 이름이 떠돌고 있음을 알았다. 내 참모습은 이것입니다. 나는 이것을 찾아 새벽마다 밤마다 떠납니다. 아무리 소리쳐 봐도 사람들은 듣지 않았어. 그들은 무리져서 작가 아무개를 이렇다, 단정하는 거야. 소문은 불어나고, 그리고 단단한 각질이 돼. 내가 뭘 입고 나와도, 어떤 악기의 어떤 음계를 짚어내도 그들은 알았대. 내 연주는 듣지 않고, 그들은 내 연주 내용보다 훨씬 더, 확실하게, 나를 안다는 투로 말하거든, 네 학교의 그 젊은 강사처럼. 수십 권의 소설을 썼지만 헛거야. 그들은 한 문장으로 정리하고 말아. 칭찬하는 자도 비난하는 자도 마찬가지지. 밀란 쿤데라의 『불멸』이라는 소설을 읽다 보면 불멸은 소송이라는 말이 나와. 베토벤의 불멸은 베토벤의 음악에 관련된 소송, 베토벤 개인의 과장된 신화와 관련된 스캔들에 의해 베토벤과 먼, 조작된 베토벤으로 불멸의 광휘 속에 갇힌다는 거야. 불멸이 아니라 소멸도 마찬가지. 가령 애마부인이라는 영화 시리즈물에 출연한 여배우는, 유방이 크다, 라는 문장으로 정리돼. 그녀의 탁월한 연기에 의해 유방이 크게 보였다고 해도 소용없어. 수십 년이 지나서 그녀의 젖이 오그라들어 흔적만 남아도 그녀는 여전히 유방이 큰 여자야. 오그라들면 가짜 젖을 만들어 달아야 해. 군중들은 그렇지 않음 화를 내고, 소수 엘리트는 그렇지 않음 자신의 오류를 들킬까 봐 그들이 스스로 젖을 만들어 달아매.

그러나 큰애야. 더 큰 절망이 있단다.

사람들이 안다고 느끼는 작가 아무개와 실제 아무개 사이보다 더욱 멀고 깊은 단절은 말, 언어, 그것과 작가인 나의 거리야. 열화와 같이 쓸 때, 나의 언어들이 내 진실과 내 속임수까지 알뜰히 반영한다고 난 느꼈다. 그건 행복한 교감이었어. 나는 부나비처럼 어휘들과 문장들 속으로 날아들어 가고, 어휘들은 내 맹장 실핏줄 십이지장 할 것 없이 끌어안고서, 원고지 공간마다 불꽃으로 터지는 경험이지. 그보다 더 화려한 오르가슴은 없다고 난 지금도 믿는다. 그런데 어느 날, 밤새워 쓰고 난 어느 새벽녘, 일체감으로 내가 썼다고 믿었던 말, 문장들이…… 갑자기 뚱, 낯선 얼굴을 하고 있는 걸 보았어. 이리 보아도 내 맹장이 아니고 내 실핏줄이 아니고 내 십이지장이 아냐. 생전 첨 보는 시치미 딱 뗀, 개발에 편자 같은 안 어울리는 얼굴, 그 어휘와 문장들. 그럼 모든 게 짚불 꺼지듯 해. 나는 마침내 내가 여태껏 쓴 글들이 본래의 나와 멀리 동떨어져 놓여 있다는 걸 자각하게 됐어. 그땐 정말 참을 수 없더구나. 죽을 것 같았어, 가만히 앉아 있어도. 사람들이 알고 있는 소문으로서의 작가 아무개도 내가 아니고, 내가 쓴 문장들도 내가 아니라면, 도대체 나는 어디에 있는가. 소문도 나에겐 무리이고, 어휘와 문장들도 나에겐 무리야. 저기 씀바귀 무리같이. 박새 무리같이. 아카시아 무리같이. 천지간에 모든 살아 있는 것이 무리지어 있는데 나 혼자 떨어져 그 무리와 언제나 불화로 만난다면, 이 노릇 어찌하겠니. 글쓰기는 아닐망정 어차피 예술의 길로 가겠다고 너도 갈 바를 정한 터, 무리와 너와의 관계, 그 몫몫과 그 각각, 질기게 함께 갈 게다.

그 수건 좀 주렴. 땀이 많이 나는구나.

……새마을운동으로 지붕개량사업이 한창일 때 면서기가 이장 앞세워 가가호호 다니면서 언제까지 지붕을 슬레이트로 개량하겠

다, 각서를 받은 적이 있어. 물론 오래전 얘기지. 네 할아버진 끝내 각서쓰기를 거부했다. 그때야 새마을운동이라면 뿔 달린 용왕이라, 아무도 거부할 수 없었지. 거부하면 농자금은 물론이고 이것저것 수혜 받을 일도 달아날 뿐 아니라, 무엇보다 마을 사람들한테 따돌림 받기 십상이야. 한 집이라도 지붕개량이 안 돼 있으면 마을 전체의 점수가 깎이는 판이니까. 할아버진 그래도 막무가내였다. 슬레이트가 좋은 놈은 슬레이트 지붕 얹고 초가가 좋으면 초가지붕 얹고 살면 그뿐이라는 거였어. 초가지붕 밑에서 살 자유도 없느냐, 느이 할아버지가 그러니까 젊은 면서기 단번에 눈이 세모꼴 돼가지고, 자유가 없다니 그럼 지금 독재다 그말이오, 하잖겠니. 독재라고 말만 해도 촌에선 잡아 족치는 빌미가 되던 세상이었지. 면서기 가고 나니 네 할아버지가 날 불러. 넌 나보다 공부를 많이 하고 살 텐데, 배운다는 것이 뭐냐. 다짜고짜 내게 이렇게 묻잖겠니. 공부 많이 한 사람은 이럴 때, 지붕개량을 하겠소, 하고 도장을 찍는 사람이냐, 아니면 끝까지 안 찍겠소, 하는 사람이냐, 하고 말야. 내가 눈치껏 대답한다는 것이 도장 안 찍겠소, 하는 사람이다 했지. 느이 할아버지 눈빛이 지금도 선하구나. 찢어질 것처럼 흘기던 그 광채 나는 눈빛. 썩을놈. 할아버진 그 한마디로 꿍 돌아앉더라. 지금 생각해도 모르겠어. 네 할아버지는 내게 어떤 대답을 기대했을까. 썩을놈이라니 무슨 뜻이었을까…….

허어, 내 정신머리 좀 봐라.

밭이랑이 많이 남아 있는데 말품에 정신 뺏기고 이리 앉아 있다니. 좀 재게 나가볼거나. 질경이들이 많구나. 이놈들 마차가 다니는 길에서도 잘 자란다고 해서 차선초(車前草)라고까지 불리지. 하이코오, 이쁘다. 요 잡초 사이로 핀 이 꽃 좀 보렴. 가만있자, 옳거니, 이게 아마 금붓꽃이라 하지. 흔한 녀석은 아닌데. 약용으로 많이 써. 고향에 살 때 뒷집 애가 일없이 자주 토혈을 하는데 그 집 엄마가 금붓꽃을 찾아 댕겨쌌던 기억이 난다. 샛노란 게 차암 새침하게도 폈구나. 질경이야 뭐 여기 아니라도 흔하디흔해 빠졌고. 질경이 역시 예전엔 나물로 먹었어. 줄기까지 따서 고추장에 버무려 먹고, 떡도 만들어 먹고. 배부쟁이라고도 불렀는데. 암, 예전에야 웬만하면 다 먹었지. 민들레도 먹고 제비꽃도 먹고 나리와 원추리도 먹고 심지어 돼지나 멕이는 솜양지꽃도 먹고.

유학은…… 차츰 생각해 보자.

나이가 먹는지 자꾸자꾸 예 숨어 있으면서도 관계있는 사람들한테 미안한 것, 안타까운 것, 안쓰러운 것, 그런 게 늘어나. 너와 네 동생들한테도 그래. 특히 큰애 널 키울 땐 온통 내 시선이 집 밖 세상으로만 달려가고 있었지. 꼼꼼히 널 들여다보지도 못하고. 네 뺨을 발작적으로 친 적도 있었어. 내 중심으로만 생각하고. 그런 게 노상 마음 아프다. 설명 없이 뺨을 얻어맞았으니 아무리 어리지만 네가 얼마나 모멸감을 느꼈을까 싶어. 그 시절은 일하는 게 최고의 가치였지. 사랑도 일하듯, 내 방식대로만 했을 뿐. 이날 입때까지 애빈 도대체 사랑하는 방법을 찾지 못한 것 같다. 어떻게 사람과 사람 사이에 길을 내고 향기를 실어 나르는가.

……박새들이 오늘은 유난히 분주하게 나는구나.

얼씨구, 곤줄박이까지. 곤줄박이로는 새점을 친다. 쓰쓰 삐, 하기도 하고 지금처럼 삐이, 삐이, 삐이 하기도 해. 지금도 공원 같은 데 가면 새점을 치는 사람이 있을까 몰라.

땀 좀 닦으럼. 해가 그래도 많이 기울었지?

막둥이 고놈이 엊그젠 제 어미한테 막 대들더라지 뭐냐. 나이키 운동화를 새로 사달랬나 봐. 엄마가 보니까 신고 있는 운동화도 성성하거든. 게다가 글 써서 먹고살았는데 글 안 쓰니 심리적으로 좀 몰리는 것도 있었을 테고. 엄마는 차근차근 설명한 거야. 비감(悲感)이 섞인 어조였겠지. 몇 달쯤 쉬는 게 아니라 네 아빠 어쩜 오래 글쓰기를 쉬는지 모른다고. 아빠가 남은 꿈을 찾아 나설 때까지 우리가 절약하는 살림살이로 아빠를 도와야 한다고. 막둥이 그 녀석 대거리하기를, 다른 아빠들은 세벽같이 나가 온종일 일하는데 우리 아빠는 온종일 일하는 것도 아니면서 왜 쓰고 있던 연재소설까지 끊느냐, 아빠는 아빠 생각만 하냐.

……알아.

네 맘도 알고 막둥이 고놈 맘도 알아.

고놈도 요즘 엄마 아빠 분위기에 눌려 스트레스를 받았던 게지. 제 본심과 달리 배차기로 해본 말이야. 그래도, 괜히, 막둥이랑 너희들한테 미안하기도 하고 부끄럽기도 하고, 나도 뭐, 글 쓰는 거 말고 달리 돈벌이할 일 없나 두리번거려지고.

저런. 제비나비가 왔네.

엉겅퀴꽃을 좋아하는 놈인데 저쪽 엉겅퀴밭은 놔두고 어찌 예까지 왔나. 것도 혼자. 산책 나가 보면 어떤 날 아침에 이삼십 마리씩 저 녀석들이 떼 지어 계곡 주변 모래땅에 앉아 물 먹는 걸 본다. 저 녀석들을 보면 검은색이 화려한 색깔이구나 싶어. 떼로 모여 앉아 큰 날개를 흔들어대는 모습, 참말 이쁘지. 우리 집 문갑에 수놓아진 나비 있지? 그게 바로 제비나비야. 저 녀석, 이제야 제가 혼자된 줄 알았나 보다. 제 무리를 찾아 떠나는구나. 무리를 못 찾으면 천수(天壽)를 다 못 누려. 긴꼬리제비나비도 있고 산제비나비도 있고 사향 냄새 나는 사향제비나비도 있어. 애벌레에서 여러 번 탈피과정을 거치고 또 어둡고 답답한 번데기 시절을 이겨내야 저런 나비가 나와. 모든 나비가 다 그래. 적게는 두세 번, 많게는 대여섯 번 이상 허물을 벗는 경우도 있어.

애. 거기 감자꽃 따주렴. 응, 꽃을 따줘야 열매가 실하거든.

가령, 긴꼬리나비는 말야, 처음 애벌레로 알에서 태어날 때 새똥 같은 모습을 해. 살아남기 위해 새똥처럼 위장하는 거지. 더럽고 징그러워. 애벌레는 여름과 가을의 긴 시간 동안 음습한 나뭇잎 그늘에 숨어살며 몇 차례 허물을 벗는다. 제 거죽을 벗겨내는 일인데 나비애벌레라고 왜 고통스럽지 않겠니. 죽음 같을 거야, 탈피한다는 거. 여름엔 녹색이 되고, 가을이 오면 허물을 또 벗어 밤색 조끼를 두른 것처럼 변해. 긴꼬리나비의 애벌레에서 가장 웃기는 건 몸체에 비해 흉포하게 생겨먹은 눈과 흰 눈썹이야. 어릿광대의 치장처럼 과장되고 허구적인 느낌을 주는. 괴상망측하지. 한데, 그 모습은 진실이 아냐. 그 과장된 눈과 눈썹은 보호색을 둘러쓴 가짜 눈과 가짜 눈썹이거든. 진짜 눈은 머리 아래쪽에 숨겨져 있어. 적이 나타나면 숨긴 눈으로 잽싸게 보고 뿔을 내뻗어 메스꺼운 냄새를 풍겨. 죽음 같은 탈피를 거듭하며 음습한 어둠의 삶을 살다가 가을이 깊어지면 때를 알고 번데기가 돼 나뭇가지에 매달리지. 겨울의 추위를 견뎌야 하는 거야. 긴꼬리나비는 흔히 나비 중에서 가장 미인으로 꼽혀. 검정 비단옷을 두르고 날씬한 꼬리를 길게 늘어뜨린 긴꼬리나비는 정말이지 화려하고 우아한, 그 어떤 영혼의 결정(結晶) 같아. 봄이 오면 번데기의 감옥문을 열고 바로 그 녀석이 나와 눈부신 햇빛 속을 자랑스럽게 날아가는 거야. 프시케(Psyche)라는 말 들어 봤니. 그리스어로 영혼이란 뜻인데, 나비라는 뜻도 갖고 있단다. 길고 고통스러운 어둠의 시간을 꿈꾸며 인내하고 나서 마침내 그 무명(無明)을 일시에 무너뜨리는 나비의 비상은…… 참된 영혼의 각성 같아 보여.

이제, 얼마 남지 않았구나.

예끼 이놈들. 저리 가지 못해!

청설모야. 뻔뻔스러워져서 요즘 아예 대낮에 여기까지 내려오는 구나. 저쪽, 옥수숫대 쓰러져 있는 것 좀 봐라. 저놈들 짓이야. 저놈들 특히 옥수수를 좋아해서 대를 갉아 쓰러뜨려놓고 이제 막 알이 나오는 걸 남김없이 갉아먹어요. 잠자리에 누우면 벽 너머에서 밤새 옥수숫잎들이 부스럭부스럭 소리를 내. 청설모 일가족이 무리 지어 내려오는 건데 막을 길이 없어. 하기야 이 궁벽진 곳, 밤이 깊으면 얼마나 적막한지 벽 뒤에서 청설모가 잔치를 벌이는 것이 노상 싫은 것도 아니고.

하이고오, 허리야.

아까처럼 네 젊은 등에 좀 기대자.

옳지. 편타. 담배 한 대 빼다오. 박새와 찌르레기가 오늘 따라 더 유난을 떠네. 박새하고 쇠박새는 똑같은 과에 똑같은 텃새지만 알고 보면 서로 경쟁관계야. 좋아하는 먹이가 같거든. 그런데 어떤 책에서 보니까 요놈들 참 의뭉하더라. 먹이가 풍부한 여름철엔 박새 쇠박새 할 것 없이 나뭇잎에 붙은 벌레들을 잡아먹어. 먹이가 많으니까 함께 먹어도 굶주릴 것 없지. 하지만 먹이가 귀해지는 가을이 오면 사정이 다르거든. 쌈박질이 날밖에. 사람 같았으면야 힘 좋은 자는 먹고 힘없는 자는 굶고 그랬겠지. 자연의 법칙은 달라. 관찰해 본 결과, 쇠박새의 경우 가을엔 주로 까치박달나무나 새우나무의 종자를 많이 먹고, 박새의 경우는 종자가 아닌 나무줄기 표면에 붙은 벌레를 잡아먹더라는 거야. 공존해갈 규칙이 자연 생겨난 거지. 쌈박질할 이유가 없어. 새든지 나비든지 곤충이든지 나무든지 간에 저들이 무리를 짓는 건 다른 것을 고립시키거나 다른 것의 그 무엇을 뺏기 위해서가 아냐. 구태여 말하자면 방어개념이라고 할까.

찌르레기 무리 좀 봐라. 저기 서편 하늘.

가을이 되면 저놈들 무리가 점점 많아져. 겨울을 나려고 서로서

로 의지해 모여들거든. 박새는 저희들끼리뿐만 아니라 쇠박새 진박
새 오목눈이 동고비, 심지어 오색딱따구리와 쇠딱따구리하고도 혼
합집단을 만들어 살아. 그래도 큰 문제 없어. 암놈 쇠딱따구리보고
쑥돌 깎아 가슴에 집어넣었다고 터무니없는 공론에 하하 호호 함께
웃는 법도 없고, 내 편이 아니니 나가라 마라, 말하는 법도 없고.

인석, 손아귀 힘이 보통 아니네.

애비가 많이 말랐지?

난 네가 살아갈 시간이 많아 안쓰러운데 넌 내가 살아갈 시간이
많지 않아 안쓰러운 모양이구나. ……그래 그래, 바로 거기. 목하고
어깨하고 이어지는 데, 거기 좀 주물러라. 아주…… 씨원하다. 간밤
엔 못난 애비 땜에 네가 상처받았다고 여겨 잠을 이루지 못했는데,
정작 만나보니까 맘이 탁 놓인다. 네가 행여 작가로서의 애비에 대
해 아무런 확신도 갖고 있지 못하게 된다면, 날 의심한다면 어떡하
나, 그게 젤 마음 아프더라. 본질적으로야 물론 부끄럽기 짝 없는
것들을 썼다만.

네 둘째고모 생각이 나.

기죽지 말어라 잉. 그 양반이 그랬어. 내가 고등학교 입학하고
나서 이맘때쯤. 글쓰기 중단했더니 멀리 홀로 있어도, 가족들은 더
가까워지는 느낌이 들어. 가까이 우는…… 저놈 오목눈이구나. 쮸
리 쮸리 쮸리 하는 게 목청은 활달하지만 키는 작아. 꼬마새야.

내가 다닌 고등학교는 그 일대에선 제법 명문이었지.

교문에서부터 한 오륙십 미터 진입로 좌우에 히말라야시더가 도
열하듯 서 있었다. 히말라야시더 그놈들…… 그땐 참 젊었지. 네 둘
째고모가 히말라야시더 뒤에 있었어. 벌써 삼십 년이 넘었구나. 누
가 날 면회 온 사람이 있다길래 진입로로 뛰어나왔는데 아무도 없
지 뭐냐. 둘레둘레할밖에. 그제서야 누가 히말라야시더 뒤에서 내

208

이름을 불러. 오늘만큼이나 봄 햇볕 쨍쨍한 정오쯤이었지. 썩은 생선냄새가 먼저, 휘황한 신록빛 히말라야시더 뒤에서부터 삐쭉빼쭉 나오고, 때 전 몸빼바지 검정 고무신 나오고, 숯검정 같은 얼굴, 함지박 머리에 인 누님이 마침내 나오고. 역마살 뻗친 매형이 어린것 경기(驚氣)하듯이 홀연히 집 나간 지 이내, 올망졸망한 어린것 셋이나 둔 생과부 누님은 강경포(江景浦)로 나가 새우젓갈 떼어 머리에 이고, 새우젓 사려엇, 고샅마다 동네마다 다리품 오지게 팔며 새우젓 사려엇, 행상으로 나돌 때였구나. 누님의 몸을 가리듯 서 있던 젊은 히말라야시더 신록빛 가지 끝에 챙강챙강 부딪쳐 퉁겨나가던 고 희디흰 햇빛, 눈에 선하다. 큰애 너도 알다시피, 네 둘째고모, 우리 둘째누님, 성깔이 얼마나 뚝별스럽냐. 심술났다 하면 아래위 할 것 없이 진상(進上) 가는 송아지 배때기 차고도 남을 양반이지. 그런데 별일이지. 그날만은 꼭 관청에 붙잡혀온 촌닭마냥 겁먹은 눈알 디룩데룩 굴리면서 다짜고짜로 내 손에 뭔가 잽싸게 쥐어주면서 그래. 왕사발 깨지는 평소 언성은 온데간데없는 낮은 쉰 소리 한 문장, 절대 기죽지 말어라 잉, 냅다 부려놓고 돌아서 가는 거야. 손목시계였다. 누님은 고등학교 들어간 세상천지 하나밖에 없는 남동생, 손목시계 없는 게 기죽는 빌미 될까봐 어찌어찌 그거 하나 사들고 강경 이리(裡里) 간, 백여 리 길을 단숨에 달려왔던 거야. 내가 누님을 뒤따라가며 누니임, 했지. 콧날이 시큰해졌거든. 그런데 아따 그 양반, 따라오는 내 편으로 한순간 홱 돌아섰는데, 두 눈에서 불이 번쩍 하더라. 썩을놈, 하고 독살스런 말투의 욕지거리가 날아왔어. 썩을놈, 동무들이 보면 워쩔려고 미친년 달래 캐듯 따라오길 따라오냐. 아나, 이놈아. 새우젓장수 누님 됐다고 동네방네 나발을 불고 다녀라 잉.

　……거기 지네 조심해라.

그냥 놔둬. 제 갈 데로 갈 거야. 이놈, 산괴불주머니가 여기 다 나네. 역시 군생(群生)하는 풀인데 바람에 날려온 모양이구나, 풀씨가. 캐버려라. 독성이 있어서 못 먹는 풀이야.

난 물론…… 나발을 불고 다니진 않았다.

새우젓장수 누님 둔 것이 부끄러워서가 아니라 아무도 친구가 없었기 때문에. 우리 고등학교 입학생의 구십 프로는 같은 울타리 안에 있는 같은 재단의 중학교 출신이었어.

그쪽 감자꽃도 따줘라. 그냥 분질러 따면 돼.

그들은…… 이미 그 울타리 안에서 중학 삼 년을 생활했것다, 너나없이 동창이것다, 명문중학 출신이라는 자부심 높것다, 위세가 대단했다. 다른 변방에서 왔거나 그 중학만 못한 여타 중학 출신의 소수는 미운 오리새끼 신세를 면하지 못했지. 두들겨 맞기 일쑤고 바보 취급 당하기 십상이라. 그 텃새, 말도 못해. 교문 앞에 등교 때마다 늘어서 있는 학생부 선배들이 호크가 열렸네, 모자 삐뚤어지게 썼네, 잡아 족치는 것도 모두 변방 중학 출신뿐이야. 사람이란 약한 자를 편들기 마련이라는 게 조작된 이데올로기라는 것을 그때 알았지. 히말라야시더 사이의 곧은 진입로를 다 지나면 왼편으로 붉은 벽돌의 본관건물이 서 있고, 오른편, 교사(校舍) 있는 데보다 쑥 내려선 곳에 드넓은 운동장이 있었어. 교사 쪽 길을 턱 가로막고 선 코브라의 모습이 상기도 또렷이 떠오르는구나. 박달나무 몽둥이를 이러렇게 들고. 코브라가 직접 박달나무 몽둥이를 깎는 걸 본 적이 있다. 체육선생이야. 툭 튀어나온 약간 벗어진 머리는 햇빛에 그을러 반질반질 윤이 나고, 입술이 얇은 데다가 하관이 빨아 턱이 뾰족한 게 인상부터 몰강스러웠지. 담임 심부름으로 공작실에 갔었는데, 거기에서 코브라가 박달나무 몽둥이를 깎고 있더라구. 감동적일 만큼 단아한 표정이었어. 내가 공작실에 들어온 것조차 전혀 의

식하지 못하는. 아마 시스티나 성당 벽에 「최후의 심판」을 그리고 있는 미켈란젤로의 표정이 그랬을 거야. 목표가 될 만한 학생을 발견하면 코브라처럼 목이 쭉 늘어나듯 곧추서던 머리통도 그땐 조용히 내려앉아 있있어. 암튼 코브라는 아침마다 박달나무 몽둥이를 짚고 서서 본관으로 이어지는 길 한가운데 사뭇 상식하게 버티고 서 있는 거야. 우리 학교 학생들은 전교생 누구나 지켜야 하는 율법이 하나 있었다. 코브라가 만든 율법. 진입로가 끝나면 본관 건물까진 금방이지만 아무도 직진할 순 없어. 마지막 히말라야시더에서 우회전해 운동장의 긴 북편 담장을 따라 걸어야 해. 중간쯤 가면 넓이뛰기 하는 모래밭이 있고, 그걸 지나 북쪽 담장 끝에서 직각으로 꺾어나가면 운동장 서편 가운데, 철봉대와 평행봉들이 서 있지. 모래밭에 닿으면 넓이뛰기를 한 번씩 해. 그리고 철봉대 평행봉에 닿으면 턱걸이든 평행봉 체조든, 각자 기구를 이용해 운동을 하는 거야. 누구든 등교할 때는 이 순서를 밟아야 해. 그러고 나서 비로소 아침 햇빛 눈부신 운동장 한가운데를 직진해 가로질러 교실로 들어가지. ㄷ자를 엎어놓은 것 같은 이 등교라인을 이탈한 사람은 아무도 없었다. 왜냐하면 ㄷ자의 획이 열려진 곳에 박달나무 몽둥이가 있었으니까. 뭐, 말처럼 체력단련이 되는 것도 아냐. 돌아가라고 해서 돌아갈 뿐 너나없이 눈 가리고 아웅 하듯 철봉대에 매달리는 시늉만 하는데 체력단련이 되겠니. 코브라는 체력단련이 된다고 믿었을까. 아니. 그도 안 믿었을 거라고 난 확신해. 코브라는 어쩌면 오십 미터만 걸으면 교실로 들어갈 수 있는 우리들을 이백여 미터 이상 돌아가게 하는, 그 쾌감을 즐겼을 거라고 봐. 코브라의 존재증명. 코브라가 있으므로 그 존재증명을 위해 우리는 새벽마다 파블로프의 개가 됐던 거라구. 물론 우리들은 불만이 많았지. 같은 재단의 언필칭 명문중학 출신의 무리들은 더욱 그랬고. 개네들은 잘난 저희들끼리 모여 밤낮으로 궁리했어. 코브라를 어떻게 처단할 것인가, 하는. 애들아. 마침내 한 녀석이 탕, 탕, 탕, 칠판을 두들기고 나서더군. 애들아, 내일 아침엔 우리 모두 교문 앞에 모여서 등교하는 거야. 한꺼번에 가다가 코브라, 코브라 앞에까지 오면 있지, 일제히 우우우 하면서 교실로 그냥 밀고 들어오자 그 말야. 한두 명이 아니니까 코브라도 어쩔 수 없을걸. 다른 반 애들도 각자 그러모아봐. 아이들은 함성과 함께 박수를 쳤어. 칠판을 탕, 탕, 탕 두들긴 그애, 잘생기고, 완력도 좋고, 아버지가 우리 학교 재단이사 중 한분이고. 근사한 애였지. 눈빛 마주치면 괜히 이편에서 기부터 죽는. 내가 멍, 멍, 짖을게. 바로 내가 말야. 그애는 자못 비장한 목소리로 선언했다. 멍, 멍, 멍, 그게 신호야. 우린 파블로프의 개니까. 내가 너희들 속에서 멍, 멍, 하면 일제히, 이게 중요해, 일제히 교실을 향해 뛰라구. 코브라의 목을 납작하게 해줘야 해. 그애는 목소리까지 정말 멋있었다. 둘째누님, 네 둘째고모가 내게 손목시계를 주고 간 그날 오후의 일이다. 나는 책상 밑에서…… 손목시계만 만지작만지작하고 있었지. 절대 기죽지 말아라 잉. 손목시계가 내게 말했지만 나는 절로 기가 죽었어. 그애는 멍, 멍, 멍, 짖고, 애들은 우와우와 함성을 내지르고, 나는 윤달 만난 회양목같이 오그라들고. 정말이지 엄두가 나지 않더라. 박달나무는 자작나무과에 속한 교목(喬木)이야. 목질이 워낙 단단해서 차바퀴로 쓰던 시절도 있었고, 조각재료, 기계설비, 빗 따위 만들 때 쓰지. 그날 밤…… 나는 꿈을 꾸었구나. 코브라가 든 박달나무 몽둥이가 순식간에 하늘을 가릴 만큼 자라나는 꿈이었다. 회흑색의 거대한 나무줄기는 지평선의 끝과 끝에 닿고, 톱니를 두른 나뭇잎들이 겹겹이 차양을 쳐서 세상은 칠흑처럼 어두운데, 갈색의 박달나무, 바가지만한 암꽃 수꽃이 뚝뚝 떨어져 내 정수리를 강타하는 꿈을. 차라리 여느 때보다 훨씬 일찍 등교해

버릴까, 아예 한시간쯤 지각해 버릴까. 나는 갖가지 궁리를 했는데, 정작 교문 앞에 당도했을 때의 내 몸은 이미 아이들의 이상한 침묵 한가운데 놓여 있더구나. 외지 중학교 출신 학생은 나밖에 없는 것 같았다. 우리들은 무리져서 교문 안으로 늘어갔어. 박달나무 몽둥이를 짚은 코브라가 거기, 교사 쪽 마지막 히말라야시더 앞에 서서 운동장의 북쪽 담장과 서쪽 담장을 따라 움직이는 엎어놓은 ㄷ자형의 긴 행렬을 감시하고 있었다. 멍멍, 하고 빠블로프의 개가 멍, 멍, 멍, 짖어야 할 순간이 빠르게 다가왔지.

소리는 그러나…… 들리지 않았어.

개 짖는 소리는 고사하고 다른 그 어떤 소리도. 그것은 절대의, 수만 광년 너머의 우주에서나 만날 수 있는 침묵이었다. 나는 고개를 숙이고 있었지. 팔목에 찬 손목시계가 언뜻 드러나 보였어. 그리고 청량한 아침 햇빛 한 점, 손목시계 표면에 부딪쳤다가 이내 포악하게 내 눈을 찔러왔다. 이 두 눈을 말야. 그 순간, 나는…… 걸었다. 운동장을 향해서가 아니라 본관건물 쪽으로 곧장.

……손목시계 때문이었을까.

아냐. 지금도 나는 확신해. 멍, 멍, 멍, 멍. 나는 개가 짖는 소리를…… 들었어. 손목시계의 금속 표면에 부딪쳤던 햇빛 한 점이 내 눈을 포악하게 찔러왔을 때, 누가, 재단이사의 아들인 그애인지 다른 애인지는 몰라도 암튼, 무리 중의 누가, 내게 약속된 신호를 보내는 거였다구. 멍, 멍, 멍, 하고. 애들은 아무도 짖지 않았다고 말했는데, 나중에까지, 나는 마치 애들이 날 바보로 만들려고, 짜고 치는 고스톱처럼, 아무도 짖지 않았어, 그렇게 말한다고 생각했다. 박달나무 몽둥이가 물론 나를 가로막았지. 이미 나와 달리 운동장 쪽으로 방향을 잡은 무리들이, 내게서 멀리 떨어진 채 나를 보고 있었대. 멍, 하나에 한 발자국, 멍, 하나에 또 한 발자국, 나는 확실하게 걸었다. 박달나무 몽둥이가 모질음 써 오금에 떨어지기 전까지. 나는 단 한번의 매질에 태질당한 개구리처럼 쓰러졌고, 오르가슴과 도 같은 그 어떤…… 고통의 쾌감을 그때, 경험했다. 축구에서 오프 사이드 작전이라는 게 있지, 왜. 그냥, 갑자기 그게 생각나는구나.

제비나비가…… 저기, 토마토밭에 또 왔네.

아마도 제 무리를 찾지 못한 모양이야. 화려한 날개를 맘껏 펴고 난다만, 저놈, 제 무리를 잃은 공포감에 지금 우왕좌왕하는 게 확 실해.

……두 가지 고독이 있어.

하나는 생로병사(生老病死)로 이어지는 사람의 유한성에 대한 선 험적 고독일 것이고 또 다른 하나는 바로 저것, 무리에서 떨어진 제 비나비의 공포. 무리와 나의 관계. 변방의 이 외딴집에서도 비 내리 는 한밤중, 혹은 들새 산새들의 날갯짓 분주한 신새벽, 저기 사람 사는 세상의…… 무리를 나는 본다. 저기로 가는 길을 낼 수 있을 까. 이 또한 선험적인 것으로 나는 느껴. 면면히 가계(家系)를 따라 이어 내려오는. 회한으로 죽을망정, 그 부토(腐土)의 해체에 이를망 정 소통은 불가능할 것 같고…… 그럼 절망이 와. 나는 이것을 이기 고 싶다. 설령 무리 안에 들었다고 해도 그래. 들었다고 생각하는 순간, 무리와 나 사아에 뭔가 투명하지만 완강한 강화유리 같은 게 끼어드는 걸 느끼거든. 이것의 정체는 무엇인가. 어떤 땐 무섭고 어 떤 땐 안타깝고 어떤 땐 절박한…… 무리와 만나고, 또 맞서는, 그 관계에의 서툶…… 소통 불가능한 중심 부위의 한끝에 아마도 내가 있겠지. 이 나이에도 도무지 붙잡을 수 없는 내가.

제비나비가…… 이번엔 마을 쪽으로 내려가는구나.

마을로 가면 제 무리와는 아마도 더 멀어질 게다. 저렇게 두서없 이 헤매다가 지치면 꽃그늘 뒤에서 숨어 있는 왕사마귀 밥이 되기 십상이야.

뭐, 영웅?

코브라의 박달나무 몽둥이에 기함할 만큼 맞고 났으면 그 대가로 아이들 사이에선 내가 영웅이 됐겠나 그 말이지? 그래. 그렇게 상상할 수 있지. 내 비록 천성은 신약하디 할망징 어찌됐든 홀로 박달나무 몽둥이의 횡포한 강압에 맞섰으니, 애들이 젊은 히말라야시더만큼이나 날 우러러보고, 닭이 천이면 봉이 한 마리구나, 영웅대접 봉황대접 받을 만하고말고. 하지만 얘야. 비참한 것은 박달나무 몽둥이가 내 무릎을 꺾던 그 순간이 차라리 아녔어. 그 후부터, 박달나무 몽둥이에 얀정머리 없이 두들겨 맞고 난 그 후부터, 아무도, 영웅은커녕 심지어 내 옆자리 짝꿍까지, 미운 오리새끼 같은 처지의 변방 중학 출신 애들까지, 나한테 일절 말을 걸어오지 않을 때…… 참말 비참했다. 무리에서 떨어져 혼자 박달나무 몽둥이를 향해 한 발짝 떼어놓았을 때, 내가 이미 무리로부터 버림받는 운명에 놓이게 됐다는 걸 깨닫는 데는 오랜 시간이 필요 없었어. 저 새끼 땜에 일을 망쳤어. 병신새끼. 완전히 미친 새끼야. 재단이사 아들은 말했고, 무리는 거기 동의했다. 동의하지 않으면 자신들의 비겁함을 인정해야 하니까. 내가 지나가면 애들은 내 등 뒤에 곧잘 손가락으로 동그라미를 그려 보였어. 저 새끼. 또라이야. 그들은 암묵적으로 만장일치 합의한 셈이지. 또라이…… 그것이 고독이었다. 세계가, 무리가, 나를 중심 삼아 뱅그르르 돌려 동그라미를 그리는. 원 밖으로 나가려고 하면 할수록 또라이, 또라이, 또라이, 피켓은 늘고, 그러니 원은 좁아진다. 악을 쓰고, 몸부림치고, 애원하고 무릎 꿇고, 어떻게 하든, 원은 점점 좁아져 마침내 사지가 결박된 상태가 되는 거야. 포악한 고독이지. 더 자라서…… 첫 직장이나 다름없었던 강경의 모 여학교에서 떠난 이유도 그거였다. 그때 나는 스물여섯이었고, 네 엄마와 연애 중이었어.

주스 남은 것 있지? 그거 한잔 더 다오.

찌르레기랑 박새들이 어째 잠잠하구나. 그럼 그렇지. 저 비닐하우스 뒤편을 보렴. 활상(滑翔)으로 미끄러지듯 비행하는 저놈, 새매야. 가슴팍이 불그레한 게 붉은배새매가 틀림없다. 개구리를 좋아하지만 박새나 오목눈이 같은 꼬마새들도 즐겨 잡아먹어. 자연 속에서의 먹이사슬은 거의 기하학적이야. 풀잎이나 나뭇잎은 메뚜기 나비 애벌레 등 초식곤충이 먹고, 초식곤충은 제2차 소비자라 할 수 있는 사마귀 잠자리 등 육식곤충이 먹고, 육식곤충은 박새나 찌르레기 같은 꼬마새들이 먹고, 꼬마새들은 수리나 매가 먹는다. 도식적으로 나타내면 피라미드가 돼. 그물망같이 엮이는 이 자연의 먹이사슬은 사람이 관여하지 않는 한 반듯하게 균형을 유지한다.

새매 저 녀석, 뭘 먹을까 궁리가 한창이구나.

그렇지 참. 강경 떠나던 때 얘기를 하다 말았지.

난 강사였어. 중등학교에는 전임강사제도가 있었다. 신분 보장은 안 되지만 월급은 정식 교사의 삼분지 이 수준이었지. 물론 교사자격증이 있어야 되고. 강경이야 나한테 고향이나 다름없잖니. 연줄도 좀 있었고, 또 그 학교 당시의 교장선생님, 별명이 불도저였는데 도내 교육계에선 영향력이 큰 분이었고, 그래서 이렇게 저렇게 한 일 년 지나면 다음 해 정식 교사가 되는 건 따 놓은 당상이라 여겼다. 한데, 이 불도저 교장선생, 천성이 그랬는지 당신의 영향력에 대한 과신이었는지 횡포가 이만저만이 아닌 거라. 선생들을 완전히 장군이 졸병 다루듯, 지주가 머슴 다루듯 했어. 교장 앞에선 쉰 살이 넘은 선생님일지라도 숨도 제대로 못 쉬었다. 강사인 나도 물론 담임에 수업도 다 해. 보충수업이 있어서 하루 꼬박 여섯 시간 이상 수업을 맡아야 했지. 보충수업은 정규수업 후에 일테면 과외처럼

216

하는 수업인데, 보충수업비를 받아. 문제는 보충수업비야. 원래 규정대로 하면 보충수업비는 전액을 수업시간 수에 따라 교사들에게 분배하도록 되어 있어. 딴 데 전용하면 안 돼. 그 무렵이야 교사들도 가난했지. 온종일 목쉬게 강의하고, 학교 새마을운동이다 뭐나 온갖 잡무에 시달리고, 교장의 사병(私兵)인 양 쓸데없는 실적 전시에 밤낮 없고, 그래도 월급 받으면 매달 언 발에 오줌누기라. 특히 사십대 이상 된 교사들은 새끼가 크니 허구한 날 안팎 곱사등이 흉년에 윤달일밖에. 사정이 이러한데, 보충수업비 쓰임새가 오리무중이었어. 교사들이 수당으로 지급받는 보충수업비 전액을 합해 봤자 걷어들이는 돈의 반도 안 됐거든. 전액을 수당으로 지급하라는 규정을 무시하고 교장이 반 이상 전용하는 거야. 해명도 없어. 교사들은 누렇게 뜬 얼굴로 점심식사 때마다 라면을 먹을까 떡라면을 먹을까 그걸 고민해. 떡라면이 십 원 비쌌는데, 십 원 가지고 끼니때마다 갈등을 겪는 거지. 그런데도 정작 아무도 교장에게 보충수업비 전용의 해명조차 요구하지 못하는 거야. 어느 새벽…… 그래, 우리는 교장 요구대로 정해진 출근시간보다 한 시간 일찍 나와야 했으니까 새벽이지. 직원회의가 열리고 있었다. 직원회의래야 살얼음판 같은 긴장된 침묵 속에서 교장의 일방적인 훈시 명령을 듣는 거였지만. 교장은 탁자를 치며 말했어. 무릇 교사란 무엇이냐, 라고. 뭐긴 뭐겠니, 천직(天職)이다 그 말이지. 그 양반 허구한 날 하는 얘기야. 하늘이 내린 직분이니 그 직분을 수행함에 있어 먼저 헌신하고자 하는 신념이 있어야 하고, 다음은 성실 근면으로 사표(師表)를 보여야 하며, 하는 식이야. 처음 듣는다면 자못 감동적으로 들릴 만큼 적당한 인용과 보편적 논리로 짜인 연설은 대개 헌신에서 헌신으로 끝나. 대가를 바라지 말고 일할 신념체계를 갖추라는 것, 그것이 아니면 오늘 당장 사표를 쓰라는 것. 자못 포효하는 목소리로 그가 교사들을 잡도리하는 그날의 소재는 보충수업이었다. 정규수업이 아니라고 해서 보충수업 시간을 얼렁뚱땅 넘기려는 선생이 많다는 거였어. 더구나, 하고 그는 소리쳤지. 더구나, 보충수업은 보충수업 수당을 받는다 그 말이오. 그런 대가가 없어도 당연지사 가르치고 또 가르쳐야 하는 것이 우리 선생들의 직분인즉, 수당까지 받아먹으면서 어영부영 시간이나 때우려들고…… 선생놈들이 밤새워 술이나 처먹고. 그는 흥분했던 거야. 내가 상기도 기억하는 건 ‘선생놈’ 이란 말과 ‘처먹고’ 란 말이다. 흥분하게 되면 다른 때도 곧잘 선생놈들이란 말을 그는 썼다. 다혈질이었어. 멍, 멍, 멍, 하고 개가 짖었을까. 파블로프의 개가. 모르겠다. 뭔가…… 아주 단단한 청죽(靑竹) 같은 것이 내 전신을 직립으로 꿰어 세우는 듯한 느낌이었다. 저절로, 스스로 막을 길 없이, 내 몸이 곧게, 곧게 일으켜졌으니까. 무슨 말을 서두로 삼았는지는 생각나지 않아. 암튼, 나는 벌떡 일어서서 보충수업비에 대해 전 교사들이 의문을 갖고 있다고 말했어. 의지라기보다 그 역시 저절로 말이 나왔다. 멍, 하나에 한마디, 또 멍, 하나에 한마디. 교장의 얼굴이 벌게져서 살기 띤 눈빛을 쏘아 보내며 들고 있던 펜대를 교무실 바닥으로 집어던지더군. 저놈 뭐야, 라고 그는 소리쳤다. 감히 어디 대고…… 저 버르장머리 없는 놈, 뭐야, 라고. 그 시절은 잉크를 찍어서 사용하는 펜을 썼어. 책상마다 놓여 있었지, 잉크를 따라놓고 쓰는 유리그릇이. 구멍이 두 개 패어 있는데 한 구멍엔 붉은 잉크, 다른 구멍엔 푸른 잉크, 그랬다. 교감과 교무주임이 황급히 일어섰고, 옆자리 선생이 날 주저앉히기 위해 내 어깨를 잡더라. 그게 화근이었어. 반동(反動)은…… 내 본질일까. 내가 집어던진 잉크그릇이 단호하게 날아가 교감 책상에 맞았다. 사방으로 붉은 잉크 푸른 잉크가 튀었지. 새로 다려 입은 교장의 새하얀 와이셔츠에도.

새매가 어느새 갔구나.

개구리 한 마리쯤 잡아챘을까. 아님 박새나 찌르레기가 먹혔는지. 봐라, 새매 떠나고 나니까 저놈들, 꼬마새들, 한참 짓이 났구나. 잉크? 그 시절은 지울 방법이 없었지. 빨아도 소용없어. 요즘은…… 붉은배새매가 한창 알을 품을 시기야. 스무 날쯤 품고 있으면 아기새매가 탄생해. 아니다. 매사냥 하는 건 새매가 아니고 그냥 매야. 텃새지. 붉은배새매는 숲에다 집을 짓지만 매는 주로 해안 암벽 같은 데 살아. 수컷이 먹이를 사냥해 오면 암컷인 어미가 이를 잘게 찢어 새끼에게 준다. 먹여주지 않고 공중에서부터 새끼들 있는 데로 떨어뜨려줘. 새끼들은 자연 먹이를 더 먹기 위해 저희들끼리 경쟁해야 하지. 또 어떤 먹이는 집 밖으로도 떨어지니까, 받아먹으려면 모험을 감수할 수밖에 없어. 집 밖으로 떨어지는 먹이를 받아먹다 암벽에서 떨어지는 놈도 생긴다. 다리가 부러지고 그러지. 그런데, 이 다리가 부러진 놈이야말로 어른이 되면 제일 사납고 억센 매가 된다는 게 재밌어. 이런 놈을 낙상매〔落傷鷹〕라고 불러. 낙상매는 매사냥에선 최고 진상품으로 치지. 요즘은 매 보기 정말 쉽지 않아.

허헛, 또 영웅 얘기냐.

물론 그 당장에 학교를 그만둔 것은 아냐. 그만둘 이유도 없었고. 교장은 그날 나를 따로 불러서 오히려 내년에 정식 교사가 되게 보장해 주마, 어쩌고저쩌고 회유하더라. 보충수업비 때문에 시끄러워지면 그 양반 입장만 난처해질 테니까. 다음 달부터 보충수업비 수당도 좋아졌지. 먹고살 대책도 없으면서 내가 끝내 그만둔 것은…… 동료교사들 때문이었어. 그들 역시 일제히 내게 등을 돌리고 말더라구. 아무도 날 가까이하려 하지 않았어. 코브라의 박달나무 몽둥이에 두들겨 맞고 나서 또라이가 됐듯, 이번에도 나는 고립

되었다. 그들은 나와 가까이하는 게, 내 편이 되는 게, 곧 교장에겐 적으로 취급될 거라는 사실을 잘 알고 있었거든. 박달나무 몽둥이 사건보다 훨씬 더 복잡하지. 이해까지 얽혀 있으니까 말야. 사람이란 혼자 있으면 무섭고, 무리가 되면 몰강스럽고 멍청해져. 그들은 행여 내 편이라고 찍힐까 봐 전전긍긍하면서 역시 암묵적으로 맺어져 교장 대신 나를 하나의 고립된 원 속에 가두는 거야. 케플러의 법칙이라는 게 있어. 우주의 모든 행성은 타원을 그리고 돈다는 거야. 타원은 초점이 두 개야. 어떻게 좁아들어도 남는 면이 있다구. 살 수 있지. 그러나 무리로부터 버림받아 혼자 갇히는 원은 초점이 한 개뿐이다. 좁아들면 살아날 방법이 없어. 그래서 학교를 그만두고 강경을 떠났다. 그곳에 있으면 있을수록 나를 고립시킨 원은 점점 더 좁아질 테니까 말야. 서울로 와서 여러 직업을 전전했지. 어디를 가든 그 원의 함정이 나를 기다리고 있더라만.

혼자된 제비나비, 끝내 안 오는구나.

어이구우, 씨원타. 두 이랑이나마 이리 깨끗이 매놓으니 이제 밭꼴이 난다. 네 덕분에 우리 감자밭이 호사하는 거지. 벌써 황혼인데, 오늘은 이만 하고 저녁이나 해서 함께 먹자. 삼겹살이 좀 있을게야. 상추 뽑아서 쌈 싸먹고, 또 아욱국 좀 끓여주랴.

허헛, 인석.

혼자 살면서 늘어난 게 음식솜씨뿐인데 날 못 믿겠니. 아욱국만은 네 엄마 못지않아. 상추든 아욱이든 쑥갓이든 밭에서 금방 뽑아 먹으면 향기가 달라. 여기도 씀바귀가 많구나. 씀바귀니 체꽃이니 고사리니, 하다못해 민들레 질경이도 있는데 뽑아서 좀 무쳐먹을 걸 그랬구나. 쯔쯔삐 쯔쯔삐 쯔쯔삐, 박새들 노랫소리 참 낭랑하다. 어떠니. 찌르레기하고 박새하고, 지저귀는 새소리가 이제 구별되니. 새소리, 노래가 아냐. 우리는 노래라고 하지만 개네들은 어떤 땐 짝을 부르고 어떤 땐 무리를 부르고, 경계하고 사랑하고 울부짖고…… 말하자면 언어지. 새의 언어. 박새란 놈 쯔쯔삐 하고 울다가 쥬쥬 치이, 하고 울다가 그래. 쥬쥬 치이, 하는 건 적이 나타나거나 했을 때의 경계의 뜻을 담고 있어. 그들의 언어는 리얼해서 말과 말한 놈 사이에 간격이 없어. 까마귀나 딱따구리 같은 건 소리다운 소리를 못 낸대. 그런 놈들은 그 대신 날갯소리를 크게 내거나 나무를 두들겨 신호를 보내. 얘얘. 그렇게 한쪽만 뽑지 말고, 옳지, 솎아준다고 생각해서 밴 데를 고루 뽑으렴. 원래 상추는 뽑아먹는 게 아니라 잎만 따먹는 거야. 따먹으면 금방 새잎이 또 나오거든.

뭐 서울?

서울에선 어떤 무리가 또 나를 원 안에 가두려 하더냐, 그 말이냐. 헛, 아무래도 너하고 밤을 새워야겠구나.

처음 올라와…… 어떤 신문사 입사시험을 봤어.

자신은 없었지만 암튼 좀 쉽겠다 싶은 데로 원서를 냈구나. 내 영어실력은 형편없었다만 워낙 독서량이 많아 기사 작성, 국어, 논문, 상식, 이런 다수의 과목은 일류대학 출신한테 절대 뒤지지 않았어. 정부가 주인인 신문이었는데 천만다행으로 필기시험은 합격했지 뭐니. 면접날이 다가왔다. 날은 야멸치게 추웠는데, 연애하던 네 엄마의 배웅을 받고 신문사로 갔지. 네 외가에서 날 탐탁하게 생각하지 않아 사랑하는 여자하고 같이 살기 위해서라도 여엿한 직장을 어떡하든 잡아야 했어. 면접이래서 사지 멀쩡한가 뭐 이런 것만 보는 줄 알았는데 그렇지가 않더라. 이것도 필기시험처럼 과목별 코스가 있더라구. 영어코스에 들어가면 면접관이 타임지같이 생긴 걸 툭 던져주고 몇 페이지 윗줄부터 읽고 해석해 봐요, 이런 식이야. 그러니 면접도 하루 온종일 걸릴 수밖에. 마지막 코스인 사장실 문 앞에 도착했을 땐 저물 무렵이었어. 광화문이 어디 있는지도 잘 모

르는 촌놈에다가, 앞뒤 모두 일류대학 출신인데다가, 코스를 낱낱
이 돌면서 아무래도 떨어졌구나 하는 예감과 이미 만난 데다가, 기
죽지 말아라 잉, 네 둘째고모 그 한마디 골백번 생각했다만, 그래도
사장실 앞에 당도하니까 몸은 주저앉고 싶을 만큼 지치고 마음은
응달의 숭앗대마냥 야코가 팍 죽어 있는 거야. 더구나 사장실 문 앞
에서 잘 씻은 팥알같이 뵈는 젊은 비서가 말하길, 사장실 안으로 들
면 백묵으로 동그라미 두 개를 바닥에 그려놨은즉, 그 동그라미 찾
아 발을 딛고 서라는 데는 그냥 돌아서 도망치고 싶었다. 차례가 와
서 마침내 들어갔구나. 생전 처음 보는 붉은 카펫이 쫘악 깔려 있었
어. 그것도 요즘 같은 촘촘히 실이 짜인 카펫이 아니라 털이 부스스
하늘로 곤추선 그런 카펫이야. 더 기가 죽을밖에. 하도 긴장해서 다
른 건 전혀 생각나지 않고 다만 좀 전에 비서가 문밖에서 해준 말,
백묵으로 그린 동그라미 두 개를 밟고 서시오, 그 말만이 귀속에 쾅
쾅 울리는 기분이었다. 동그라미 두 개를 밟고 서시오. 마치 동그라
미를 빨리 찾아 밟고 서면 합격, 동그라미를 빨리 찾지 못하면 불합
격, 그리 느낀 것 같아. 나는 눈에 쌍으로 헤드라이트를 켜고 찾았
지. 둘레둘레, 이리 한 발자국 저리 한 발자국, 그렇게. 생각 좀 해
보렴, 큰애야. 털이 부스스 선 카펫에다가 백묵으로 동그라미를 그
리면 그 동그라미 선(線)이라는 게 어디 선명하겠니. 더구나 앞서
면접을 받은 사람들이 여러 번 밟고 섰다 나갔으니 백묵 선은 더 흐
릿할밖에 없지. 난 정말 초조하고 불안했다. 게다가 간신히 백묵의
자취를 찾아 서서 비로소 고개를 똑바로 들었더니 이번엔 눈앞에
있어야 할 면접관이 뵈지 않는 거라. 설 자리를 잘못 찾았구나. 가
슴이 철렁하더라. 그제서야 사장의 말소리가 들리는 거야. 천상(天
上)에서. 왜 천상이냐구. 그때의 그 신문 사장실은 그랬어. 교실 넓
이는 됨 직한 사장실이 반으로 나뉘어 있는데, 집무책상이 있는 자

리는 다른 자리보다 일 미터쯤 더 높은 단으로 되어 있었거든. 결재 받으러 직원이 사장실에 들면 단 아래에서 먼저 차렷 자세로 인사하고 절도 있게 다섯 계단쯤 올라가 사장 책상에 결재 서류를 펴놓는 거야. 나는 물론 보기 좋게 낙방했다. 그러나 낙방한 건 오히려 고통스럽지 않았어. 그보다, 그닐부터 사주 전상에서, 단 위에서 내려다보듯, 내 자신의 모습이 아주 객관적으로, 아주 막힘없이, 아주 낱낱이 내 눈에 보이는 것, 그것이 고통이었구나. 붉은 카펫 위에서 얼굴은 시커멓고 눈은 쑥 들어간 한 깡마른 젊은이가, 빌려 입은 것처럼 안 맞는 낡은 양복에 어색하게 넥타이를 잡아맨 한 촌스런 젊은이가, 잔솔밭에서 바늘 찾기로, 쌍심지 두 눈에 켜고, 술 취한 놈 달걀 팔듯이, 설 자리를 초조하게 찾아 갈밭 매는, 어릿광대 같은 내 자신, 그 극단의 회화(戱畵). 그것이 떠오르면 잠자다가도 나는 벌떡 일어나 수치심과 모멸감을 견뎌내기 위해 발가벗고 물구나무를 서곤 했었어. 그리고 결심하고 결심했지. 어느 누구든, 그 무엇이든, 다시는 내게 동그라미를 그려 넣고 그 안에 서라고 요구하지 못하게 하겠다고. 그렇게 살 바에야 차라리 앉은 채 굶어죽겠다고.

자, 우물로 가서 상추부터 씻자.

한 장씩, 흐르는 물로 씻거라. 옳지. 그렇게. 농약 안 쳤으니, 먼지만 씻어내면 돼. 새들도 모두 제집에 들고…… 적막하지?

저기 놀빛 좀 보려무나.

여기 저물녘은 이래. 동쪽 산은 굴암산이야. 휘어져간 저 길 따라 올라가면 암자 하나 있고, 그 사이 풍화된 무덤들로 이어지는 소롯길이 갈려나간다. 네 증조부모 산소도, 길은 다르다만, 따져보면 저 굴암산과 연접한 두어 개 산을 넘은 곳, 거기 있어. 이 집터를 산 게 그 때문이야. 밤 깊어 이 집에 홀로 누워 있으면 꼭 어머니 등뼈에 등을 대고 누운 기분이 들어.

여기, 철제 의자에 잠깐 앉아보렴.

이 의자, 낯익지 않니. 화곡동 살 때, 우리 식구 숫자대로 다섯 개를 샀는데 지금은 이거 하나 남았구나. 이맘때면 곧잘 애비는 지금 너처럼, 그렇게 앉는다. 이제 곧 어두워질 게야. 어둠은 장강(長江)처럼 천천히 흐르다가 갑자기 깊어져. 보려무나. 하늘엔 암갈색 놀빛이 남았는데 산으로 가는 길은 벌써 보이지 않잖니.

마을 외등에 불이 켜지는구나.

더 어둠이 깊어지면 있지, 마을 집들은 오히려 밝아 보여. 외등 불빛에 용마루 선들이 선연히 드러나기 때문이기도 하지만 창마다 켜지는 불빛들 때문이야. 불빛은 어둠이 깊을수록 더 가깝거든. 요즘은 날씨가 얼마나 좋으냐. 망연자실 앉아 있음 바람조차 내 몸에 닿아 미끄러져 흘러가는 게 아니라 늑골 사이로 통과해 가는 것 같아져. 그럼 혼잣말로 나는 자신에 물어봐. 천명(天命)의 나이에, 상기도 그리운 무엇이 남아, 너는 여기, 날 저문 외딴집에 남아 있느냐.

저 마을은…… 무리와 세상으로 나가는 통로야.

가만히 숨죽여 보고 있으면 식탁에 둘러앉는 사람들의 어른거리는 그림자가 뵌다. 네 할머니는 굉장한 히스테리를 부렸어. 가난보다 이제 생각해 보면 외로워하셨던 것 같아. 장돌뱅이 아버지는 먼 길로 사뭇 떠돌고, 말만 한 네 딸들 하나같이 성깔 뚝별스럽고, 어머니 당신 또한 척박한 삶과 묻은 꿈 사이의 고단한 일상. 그래서 집안은 허구한 날 불화(不和)가 그칠 날 없었다. 학교에서 돌아오다 보면 매양 울타리 너머에선 어머니 누님들 악다구니 소리가 들려. 감수성 예민했던 나는 차마 집 안에 들어가지 못하고, 바람 찬 밤, 고샅으로 나앉은 굴뚝에 앉아서 집 안이 잠잠해질 때까지 기다리는 거야. 그때 알았지. 어둠은 장강처럼 천천히 흐르다가 갑자기 깊어진다는 것을. 이윽고 맞은편 철이네 집 불은 켜지고, 어쩌다 밥사발에 숟가락 부딪는 소리, 도란거리는 소리, 나지막하게 합쳐지는 웃음소리 들리고…… 그러나 어린 소년이었던 나만 문밖 어둠 속에 혼자 있다. 내 최초의 세계인식은 그거였어. 나는 세상이 불화로 꽉 차 있는 줄 알았지. 화해는 보이지 않는 문 뒤에서 단지 실루엣으로 존재할 뿐이었어.

그것이다.

그것이 부랑(浮浪)의, 내 문학의 시작이야.

어둠에 묻힌 산은 그 형체가 이미 사실의 바다를 떠나 있어. 저기 저 산 좀 봐. 저것은 이승이래도 이승이 아냐. 초월적인 그 무엇이지. 그러나 불 켜진 마을의 방들은 다르다. 저곳엔 상처의 한숨과 함께 다른 것들이 섞여 있다. 철이네 집 밝은 창호지 불빛에 어른거리던 것. 혹은 온갖 살아 있는 것들 섞여 사는 내 텃밭 같은. 어떤 때 나는 산으로 가고 싶고, 어떤 때 나는 마을로 가고 싶어. 그러나 나는 아무 데로도 가지 못하고 여기 부초해 있다. 망집(妄執)의 사슬 끊지 못했으니 산으로 들 수 없고 무리와의 향기로운 길 열지 못했으니 마을로 갈 수도 없는 게지. 부랑은 선험적인 것일까. 나는 찾아 헤맨다. 네가 앉은 그 의자에 결박당해 앉은 채 내 몸 어딘가, 작은창자 안쪽이나 좌심방 우심실이나 작은골 큰골 사이나 실핏줄이나, 그런 데 숨겨져 있을 부랑의 연원(淵源). 그러다 보면…… 회한에 목메며 마침내 깨닫는 것 하나 있단다. 아니. 하나라는 구령에 오른발 아닌 왼발을 내민 것, 박달나무 몽둥이를 향해 직진해 걸어갔던 것, 그런 것들은 후회 없다. 멍, 멍, 멍, 직진의 신호를 보내던 그것, 내 안의 또 다른 그것은 소중하고 소중해. 정말이다. 약해 뵈지만 나의 내부엔 엄청나게 강인한 그 무엇이 있다고 나는 믿는다.

하지만.

그렇지만……

그럼에도 불구하고…… 아니다, 애야. 너는 나보다 나을 거야.
나는 널 믿어. 믿고말고. 말할 날이 또 오겠지. 별이 많이 났구나.
그만 들어가자, 큰애야. 제비나비는 있지, 네 번 허물을 벗어. 아무
래도 아까 무리에서 떨어져 혼자 마을 쪽으로 내려간 그 제비나비
가 잊혀지지 않는구나. 상추 담아들고 일어서거라. 삼겹살이 얼마
나 남았는지 원.

아버지.

잠든 아버지 모습을 한참이나 내려다보았어요. 잠들어 있으면서
도 아버지는 슬픈, 외로운 표정을 짓고 계셨어요. 아마도 마을 쪽을
향해 혼자 날아간, 무리에서 떨어진 제비나비의 꿈을 꾸고 계신가
봐요. 언젠가, 아주 어렸을 때, 아마도 설악산 오색약수터에서였을
거예요. 사람들이 약수를 받아먹기 위해 길게 줄을 서 있었는데요,
술에 취했는지 어땠는지, 우락부락한 청년 몇몇 드러내놓고 새치기
했던 일이 기억나요. 아버지가 참지 못하시고 줄을 서라고, 새치기
는 잘못이라고 말하셨어요. 청년들은 곱지 않은 눈빛을 하고 자신
들은 줄을 섰다가 잠깐 가게 다녀온 것이라고 뻔한 거짓말을 했어
요. 그래도 아버지가 믿지 않으니까 청년들은 한술 더 떠서 새치기
당한 어떤 중년남자에게, 또 어떤 여자에게 거칠게 묻는 것이었어
요. 그랬죠, 아저씨? 우리가 분명히 줄을 섰었죠, 아주머니? 아저씨
아주머니는 물론 거기 줄을 서 있던 모든 사람들이 청년들의 눈빛
을 피하면서, 암묵적으로, 청년들의 말을 인정했어요. 그랬더니, 아
버지가 갑자기 소리를 지르기 시작하셨어요. 아니다. 너희는 거짓
말을 하고 있다. 여기 있는 다른 사람도 너희들 거짓말을 다 알고
있다. 아버진 그런 내용의 말을 쏟아놓고 있었지만 워낙 흥분해 소
리치는 것이어서 제대로 말이 이어지지 않았던 것 같아요. 죄송한

표현이지만, 아버지는 그때 꼭 미친 사람 같았다구요. 청년들은 결국 기가 질렸는지 어땠는지 슬금슬금 꽁무니를 뺐구요. 우리 또한 약수 마실 걸 포기하고 물러나왔어요. 그때의 아버지는 차암 젊으셨구나, 하는 생각, 잠든 모습 보면서 했어요. 그리고 그때의 아버지가 왜 발작하듯 하셨는지도요.

마을에서 첫닭이 우네요, 아버지.

밤새 깨어 있으면서, 아버지가 그랬듯, 저도 어둠 속에 앉아 동창의 캄캄한 산과 서창의 밝은 마을을 번갈아 내다보았어요. 아버지는 무엇을 말씀하려다 마셨을까. 어둠으로 부드럽게 가려진 저 초월적인 산과 불 밝은 저 무리의 마을 사이, 이곳에서 아버지가 밤마다 만나는 고독, 밤마다 만나는 회한은 무엇일까. 그랬더니 더더욱, 오색약수터에서의 아버지 모습 선명해지데요. 박달나무 몽둥이 앞으로 걸어가던, 교장을 향해 잉크병을 던지던 젊은 아버지 모습 말예요. 무리와의 잔인한 충돌에서부터 언제나 용수철처럼 퉁겨져 나왔던 아버지를 저는 사랑해요. 아버지는 그때마다 엑스표를 치신 거지요. 내 친구들에게 제가 엑스표를 쳤듯이요. 가미카제처럼, 그 비겁하고 몰강스럽고 멍청한 무리에게 달려가 함께 산화하고 싶었던 아버지 젊은 날, 그리고 제 곁에 잠든 쉰 살의 아버지. 저는, 깨달았어요.

아버지는 지금 이렇게 묻고 계신 거예요.

왜 끝내, 남은 사람들과 약수를 나누어 마시면서 소리 지를 수밖에 없었던 이유를 설명하려 하지 않고 서둘러 등 돌려 떠났던가, 하구요. 증조부님은 규정공파 그 마을에서 떠나지 않고 끝까지 견딜 수는 없었는가, 하구요. 새마을운동 지붕개량사업이 마무리될 때쯤, 고향을 떠나 강경읍내로 이사한 할아버지의 결정은 최선이었는가, 하구요. 또 아버지 당신 스스로, 왜 강경의 그 여학교를 서둘러

등졌던가, 하구요. 떠나고 떠나다 보면 부랑(浮浪)은 끝이 없다. 아버지는 저 우물가에서 마지막으로 제게 그 말씀을 하려다 마셨다는 거, 이제 알아요. 두 주먹 불끈 쥐고 그 무리들 이기겠다, 싸우듯 사셨지만요, 아버지는 그것이 과연 진정한 싸움이었던가, 참된 용기였던가, 돌아보고 계신 거지요. 좀 더 깊이, 좀 더 끈질기게, 그 무리 속에 붙박여 있으면서, 그러나 결코 굴복하진 말고, 멍, 멍, 멍, 북치고 나오는 자신 소중히 열고, 무리를 열고, 그리하여 그 사이를 소통하는 향기로운 길 찾아내라는 아버지가 침묵 뒤로 남기신 말, 저는 이렇게 깨어서 듣고 있어요. 죽음 같은 탈피의 순간에 제 목숨을 몇 번씩 걸고도 모자라, 어둠의 관 속에 거꾸로 매달려 긴 혹한을 견딘다는 제비나비, 이윽고 신생의 봄날, 잔인한 무명(無明) 일시에 무너뜨리고 날아가는 프시케, 그 영혼의 아름다운 각성을요. 유학 가겠다고 충동적으로 말한 제 허물, 아버지, 용서해 주세요. 저는 오늘 무리 속으로 돌아가 그 무리와 다시 만날 거예요.

동이 트려는지 새소리 들려요, 아버지.

좀 슬픈 얼굴을 하고 계시지만, 아버지의 잠든 눈 속에, 한 작가로서 새로 꾸는 그 꿈들 보이는 것 같아요. 허물을 벗고 또 벗을지언정, 저기 세상과 여기 쉰 살의 아버지 사이, 아니 저기 마을에서부터 여기 아버지 자신한테로, 여기 아버지 자신에게서부터 저기 초월적 산으로 뚫린, 광휘의, 향기로운 길, 그 먼 꿈 말예요. 쉰 살에 꿈꾸는 아버지의 꿈이 얼마나 푸르고 젊은지 눈물이 날 것 같은 기분이 들어요. 아버지가 저를 믿듯이, 저 또한 아버지를 믿어요. 아버지는 반드시 소문으로서의 아버지와 본디의 아버지, 또 아버지의 언어가 합치되는 행복한 날들, 반드시 만나게 되실 거라구요.

하늘이 밝아지기 시작했어요.

집에 들러 교재를 챙기고 일교시 수업에 늦지 않게 대가려면 지금 출발해야 해요. 저는 훌륭한 연출가가 될 거예요. 제 연극이, 제비나비처럼, 무리와 저 사이에 향기로운 소통의 길 열고 비상하는 걸 아버지께 보여드릴 날, 꿈꿀 수 있어 참으로 행복해요. 제가 일등관객으로 아버지 모실 날을 기다려주세요.

박새소리 들려요.

큐리릿큐리릿, 쌀 씻어 안치는 찌르레기 우는 소리도요.

참, 아버지. 남은 국은 국그릇에 담아 랩으로 싸서 밥솥 안에 밥그릇과 함께 넣어뒀어요. 따로 데우지 않아도 따뜻할 거예요. 고추밭이랑 토마토 오이 가지 심은 데는 풀 매지 말고 그냥 놔두세요. 다음 일요일에 애들 데려와 함께 매어드릴게요. 규식이, 현우, 상민이, 종수, 기환이, 걔들하구요.

아버지.

(1997년 작)

바이칼 그 높고 깊은

편지 하나

사랑하는 하나.

동아리 MT 잘 다녀왔겠지. 오늘 돌아온댔으니까 아마 지금쯤 집에 당도해 있겠지. 널 못 보고 떠나와 마음에 걸린다. 요즘 나날이 더욱 깊어지던, 그렇지만 이상한 광채에 싸여 있는 듯한 네 눈빛이 눈앞에 있구나.

비행기는 몽고의 대초원을 지난다.

김포공항을 떠난 지 세 시간, 동시베리아의 관문이라 알려진 이르쿠츠크까진 불과 한 시간 남짓 비행시간을 남겨두고 있을 뿐이다. 놀랍지 않니, 불과 네 시간 만에 이르쿠츠크까지 날아갈 수 있다는 게. 이광수 선생이 쓴 러브 스토리 『유정』을 혹 읽어보았는지 모르겠다. 이룰 수 없는 사랑의 내밀한 격정을 그린 그 소설의 여주인공이 한 달여에 걸쳐 죽음 무릅쓰고 임을 쫓아갔던 만주, 송화강,

아무르강, 대흥안령산맥, 그리고 이르쿠츠크에 이르는 머나먼 동토의 길이 떠오른다. 오늘 이렇게 빨리 갈 수 있는 것은 중국 내륙과 몽고를 곧장 가로지르는 직항로를 따라왔기 때문이야. 무역업자들이 빌린 전세 비행기의 빈자리 하나를 얻어 탄 게 행운이었구나. 중국은 아직껏 우리 여객기의 영공 통과를 공식적으로 막아놓고 있으니까. 말하자면 이르쿠츠크까지 직항로로 날아가는 최초의 비행기라는 거야. 이 케이이(KE) 9515호기가.

내 좌석은 A42호석.

창밖 햇빛은 투명하고 힘차다.

몽고의 대평원은 뒤로 쓰러지고 어느새 갈색의 연봉들과 눈 덮인 고산들이 다가든다. 저기 저 산맥 너머 어디쯤 정결하고 수줍은 새색시 같은 얼굴로, 그래, 꿈에도 그리운 바이칼, 그 물 맑은 호수가 있겠지. 호면 해발 455미터, 깊이가 최저 1,620미터나 된다는. 세계에서 가장 높고 가장 낮은.

축하한다, 네 생일.

여행 일정표를 들여다보다가 네 생일이 불과 사흘밖에 남지 않았다는 걸 알았어. 스튜어디스 언니가 서울로 돌아가 부쳐준댔으니 아마도 네 생일에 받아볼 수 있을 것이다. 비행기 안에서 파는 몇 가지 면세품 중에서 고른 귀걸이 선물세트를 함께 보낸다. 귀를 뚫은 사람이 쓰는 귀걸이 선물세트와 귀를 뚫지 않은 사람이 쓰는 귀걸이 선물세트 중 무엇을 살까 망설이고 있는데 어떤 여자 손님이 그러는 거야. 안 뚫었어도 다 뚫기 마련이에요. 스무 살쯤 된 처녀라면 무조건 귀를 뚫은 사람용으로 사세요.

그래, 하나야.

너도 귀를 뚫겠지, 이제 성숙한 처녀니까. 네가 스무 살이라는 게 꿈 같구나. 삼 킬로 몸무게로 네가 세상에 나올 때 나는 재직 중이던 여중학교에서 살어리 살어리랏다, 청산에 살어리랏다, 「청산별곡」을 강의하고 있었어. 가난하던 시절이었지, 출근할 때마다 오백 원씩 네 엄마한테 하루 일당을 받곤 했던. 오백 원이면 담배 한 갑, 구내식당 점심값, 그리고 버스비를 제하면 꼭 십 원이 남는 돈이었구나. 네 엄마는 주면서 미안해 딴 데 보고 나는 받으면서 미안해 딴 데 보는 금쪽같은 오백 원. 하지만 엄마 뱃속에 네 생명의 심지가 박혔을 때 나는 이미 하나, 하나라고 네 이름을 지어놓았어. 오백 원을 지갑에 넣어 안주머니에 간직하고 투명한 아침 햇빛 속으로 걸어 나올 때, 불광동 언덕빼기, 너는 아마 기억조차 못할 그 작은 옛집을 걸어 나올 때, 매양 눈물이 날 것 같아지면서, 때가 오면 너와 함께, 청산에 살어리랏다, 어디로 어떻게 흐르든, 청산(靑山) 하나 품고 살리라 꿈꾸었어, 아빠는. 가난했지만 비참하지도 황야를 품고 살지도 않았다. 저 아래, 내 가슴 깊은 곳, 맑은 우물은 넘치고, 햇빛도 만지고 바람도 만지면서, 그러엄, 그렇고말고, 청산 하나 드높이 세워 기대고 살았지. 나는 구내식당에서 백반 대신 라면을 먹었어. 네가 엄마의 자궁을 조금씩 조금씩 채워갈 때 내 안주머니엔 백반값 라면값의 차액이 역시 조금씩 조금씩 채워가고. 예쁜 공주님을 얻으셨어요. 전화통에 울리던 간호사의 목소리가 상기도 생생하다. 나는 안주머니에 차곡이 쌓여진 백반값 라면값의 차액을 통틀어서, 세상의 모든 햇빛 같은, 장미꽃 바구니를 샀다. 물아래 옥돌, 순결하고 순결한 네게 바치려고. 너는 단번에 장미꽃 바구니의 아름다움을 알아보았어. 악을 쓰고 울던 네가 장미꽃 바구니 신생아실 유리창에 들이댔더니, 뚝 울음을 그쳤거든. 너는 아름다운 것을 태어날 때부터 알아보았던 거야. 그리고 지금 넌 바람 속 스무 살.

아무래도 쟤, 무슨 일이 있나 봐요.

네 엄마가 말하더라. 전에 없이 말수 없어지고, 신새벽 돌아오기 일쑤고, 나날이 눈은 깊어지고, 그리하여 그 어떤 불가사의한 자력에 끌려가듯, 이제 곧 만나고 말 상처를 향해, 두려움 가득 차서, 그러나 채찍 휘둘러 자신의 정수리 후려치면서 급속히 끌려들어가는, 네 내면의 한켠을 엄마는 본 게지. 내가 보았듯이.

물 아래 옥돌 같은, 하나야.

아빠는 지금 바이칼로 간다.

아주 오래전부터 그리웠던 그 바이칼에, 이제 글쓰기조차 완전 중단하고 이 년여, 아직 내 가슴의 뜰은 황야지만, 그래도 싸르락싸르락, 잃어버린 청산(靑山)의 새살이 돋아나올 애틋한 예감의 비늘 속 깊이 품고서, 시린 물로 이마 씻으러, 그래, 시베리아 대삼림 가운데 물 맑은 영혼의 심지로 박혀 있는 바이칼, 그를 만나러 홀로 간다.

바이칼에 혼자 갑니까.

멀고먼 여로를 혼자 떠나온 내가 아무래도 수상쩍어 뵈는지 묻고 또 묻던 B42호석의 비대한 남자 손님이 마침내 코를 고는구나. 제국주의적 상혼으로 무장한 그는 알까. 세계에서 가장 높고 가장 낮은 바이칼이, 아직껏 다 용서하지 못한, 그래서 필연코 용서해야 할 내 인생을 손짓해 부르고 있다는 것을. 내가 용서하지 않는다면 나의 인생은 언제까지나 치마 뒤집어쓴 심청이처럼 불쌍할 것이다. 곧 이르쿠츠크에 도착할 모양이다. 안전벨트를 매라는 신호등에 불이 들어와 있구나.

오, 저 아래, 바이칼이 보인다.

편지 둘

여기는 이르쿠츠크 인투리스트호텔 703호.

밤 열 시가 됐지만 겨우 황혼이다. 백야(白夜)가 다가오고 있기 때문이다. 창 너머, 앙가라강의 수면이 황금비늘을 수천수만 매달고 있다. 강을 건너면 강안을 쫓아 활처럼 휘어져 흐르는 시베리아 횡단철도. 모스끄바에서 극동의 블라디보스토크에 이르는 장장 9,297킬로의.

하나야.

오후엔 앙가라강을 따라 걸었어.

바이칼호는 수백 군데 크고 작은 강줄기를 빨아들여 그 깊은 속을 채우면서 인색하게도 물을 흘려보내는 출구는 단 하나, 앙가라강뿐. 앙가라강을 따라 흘러나간 바이칼 물은 곧 깊이 오천 킬로가 넘는 대 예니세이와 합류, 광대한 시베리아 중서부를 힘 있게 관통하여 마침내 북극해에 닿는다.

옛날, 아주 옛날 일이야.

한땐 씩씩하고 지혜로웠으되 이윽고 늙어 처연한 몰골로 변해버린 '바이칼' 이라는 이름의 추장이 살았다고 한다. 늙어 그나마 의지할 곳은 아름답게 성장한 '앙가라' 라는 딸 하나뿐이었는데, 앙가라는 젊은 무사 '예니세이' 를 만나 사랑에 빠져 결국은 늙은 애비의 반대에도 불구하고 예니세이를 따라 떠났다는 것이다. 그래서 지금도 바이칼 물은 앙가라를 통해 예니세이로 흘러 떠나면서 저 잔인한 시간의 흐름이 가져오는 필연적인 소외와 고절(孤絶)의 슬픔을 말해 주고 있다. 이곳은 지금 민들레꽃과 사과꽃이 한창이야. 딸에게조차 버림받고 고절한 말년을 살았을 바이칼 추장의 영혼일까. 강을 따라 도열한 사과나무 아래엔 노란 민들레꽃이 무리져 피어 있다.

민들레꽃 사이로 걸어서, 나는 한 수도원으로 간다.

즈나멘스키 수도원은 아주 오래된 장엄한 회색 건물로서 산책로로 유명한 가가린 거리의 북쪽, 끝쯤에 위치해 있다. 제카브리스트 무장봉기로 유배당한 귀족장교들을 사랑했던 여인들의 유해가 묻힌 곳이야. 시대의 전면에서 살았던 귀족장교들의 이상과 열정이 묻힌 곳이기도 하고. 농노제 폐지를 부르짖었던 제카브리스트 무장봉기는 1825년 12월, 유난히 군대식의 압제와 복종을 좋아해, 짐은 인간생활 전체를 군무(軍務)로 간주한다, 라고까지 선언한 바 있는 니콜라이 1세의 즉위 직후에 일어났다. 오랫동안 비밀결사조직으로서 보다 더 인간다운 삶의 조건을 모든 억압받는 민중에게 나누려 했던 봉기의 주체세력은 남방결사, 북방결사, 통일슬라브결사 등으로 갈등과 분열을 거듭하던 중, 황제 알렉산드르 1세가 사망해 일시 공위(空位)가 생겼을 때, 세밀한 준비 없이 갑자기 봉기했다가 새 황제 니콜라이 1세에게 간단히 진압되고 말았지. 15세기부터 지배가 더욱 강화되어온 러시아 농노제도는 영주의 마음대로 농노들을 매각, 증여, 저당할 수 있었을 뿐 아니라 무제한 징벌이 가능했다는 점에서 유례가 없는 비인간적 제도였다. 진보는 언제나 우발적인 것이 아니라 필연이라고 나는 믿는다. 개인적인 삶으로 보면 부러울 것 없이 호의호식할 수 있었던 젊은 귀족장교들이 수백 년간 관습과 제도로 뿌리내린 농노제의 사슬을 끊어내고자 했던 것도 역사의 한 필연이었음에는 틀림없다. 그렇지만 그들은 이상은 높고 열정은 앞섰으나 참된 힘의 결집에 대한 지혜로운 전술은 확보하지 못했다. 어떤 혁명도 비단장갑으로는 이룰 수기 없다는 스탈린의 말을 그들은 알지 못했던 것이다. 봉기는 너무도 간단히 진압되어 니콜라이 황제의 특별법정에서 579명이 재판을 받았고, 그중 5명이 교수형, 121명이 시베리아 유형에 처해졌다. 이르쿠츠크는 그때 물론 시베리아 유형지의 하나였다. 여러 명의 젊고 아름다운 여인들도 스스로 귀족신분을 버리고 이상주의자였던 임을 따라 페테르부르크에서부터 이르쿠츠크까지 만리 길을 함께 왔다. 그들은 미개한 시베리아에 문명의 불씨를 지핀 개척자들이기도 했어. 1857년 황제의 특별사면을 받아 살아남은 유배자들이 페테르부르크로 귀환할 때, 이미 죽은 청년장교들과 순애보의 주인공인 부인들이 묻힌 곳, 바로 여기 즈나멘스키 수도원. 자작나무 그늘에 놓여진 석관들과 석비를 나는 오래오래 내려다보았구나. 더듬더듬, 러시아어의 음운체계를 영어로 바꾸어 석비를 읽었더니, 어떤 것은 니키타 투루베스코이, 또 어떤 것은 블라디미르, 라고 씌어 있어. 블라디미르 1838~1839라고. 유배되고 13년 만에 동토의 유배지에서 낳은 아들이 엄마 곁에 묻힌 거지. 예카테리나 백작부인, 이라는 대리석 석관에 새긴 이름도 보였다. 유배된 남편을 따라, 남편을 따라가지 않으면 아무런 신분상의 불이익도 없을 것이라는 회유를 뿌리치고 잔혹한 동토의 만리 길을 떠나올 때, 영화롭던 가문, 드높은 신분을 쓰다 만 골무처럼 버렸을 부인이지만 그 석관에는 영화롭던 시절의 스냅사진처럼, 백작부인이라 새겨져 있어.

요컨대, 무슨 얘길 하시려는 거예요?

네가 뾰로통하게 입술 내밀어 말하는 소리 들릴 것 같다. 하지만 걱정하지 마렴. 네가 신념 따라 가는 길 가로막고 서서 에비이, 하진 않으마. 네가 가는 길은 어디까지나 네 신념과 네 속 깊은 그리움이 주인이어야지 아빠가 주인인 수는 없으니까.

어떤 날 나는 보았지.

작년 가을이던가. 추적추적 비가 오던 저녁 무렵이었다. 우연히 네 방에 들렀다가 여러 권의 노트와 책들이 꽂혀 있는 네 방 책장

서랍에서 꺼내 본 검은 표지의 스크랩북. 총학생회 해오름식 전야제의 선전지가 스크랩북의 맨 첫 장에 끼워져 있더라. 등록금투쟁의 승리를 확신하며. 민족기본권 수호를 위한 통일학도 총궐기투쟁 결의문. 범청학련 남측본부산하 구국의 횃불 서총련 조국통일위원회. 전민항쟁의 불바람. 민족통일의 큰길을 여는 애고대오. 두꺼운 스크랩북엔 그런저런 선전지들이 날짜별로 거의 완벽하게 정리되어 있어 나는 단번에 너의 젊은 열정과 사랑이 어떤 길을 향해 가고 있는지 가슴 서늘히 느낄 수 있었구나. 너는 밤이 깊어도 돌아오지 않고, 돌아오지 않는 네가 그리워 너의 대학으로 엄마 몰래 갔었지. 우산도 미처 갖고 가지 않아 학생회관 중앙현관을 걸어 들어갈 때 내 몸은 온통 비로 젖었단다.

너는…… 그곳에 있었어. 학생회관 중앙홀의 대형게시판 앞에.

나는 대자보를 붙이고 있는 너의 가녀린 어깨를 보았다. 민중의 핏값으로 정권을 공고히 하는 아, 문민정부여. 네가 붙이는 대자보의 큰 글씨가 아직도 선연하다. 때마침 다른 일이 생겨 네 동료들이 어디로 몰려갔던 것일까. 빗소리에 포위된 천장 높은 그 중앙홀 너른 곳에 너는 오직 혼자였다. 먼지 낀 형광등 불빛이 네 성긴 머리칼에 내려앉고 있었지. 혼자서 대자보를 붙이니 대자보의 한쪽을 붙이면 한쪽이 떨어지고, 또 다른쪽 면을 붙이면 반대쪽 면이 또 떨어지고……. 수은 같은 네 손이 몇 번씩 높은 게시판 꼭대기에 벌서듯 올라갈 때, 나는 다가서서 그 대자보의 한쪽을 기꺼이 붙잡아 줘야 한다고 생각했다. 그 대자보의 내용에 대해서 흔쾌히 동의해서가 아니라 이제 겨우 새내기 일 년을 다 보내지 못한 네 뒷모습 너무 외로워 보였기 때문이다. 너는 쓸쓸하고 쓸쓸해서 차라리 버림받은 소녀가 외로운 기도를 올리고 있는 것 같았어. 늘 잊을 수 없는 정경의 하나는 바로 그것이다. 네가 운동권으로 편입되어간 것

은 내게 조금도 새삼스럽지 않아. 너는 본디부터 너 자신의 희로애
락에 대해선 말이 없는 대신 주변 친구들의 불행한 환경에 대해선
문 닫아걸고 울었던 애니까. 모두가 더불어 바르게 사는 길에 대한
관심이 유난히 많았던 애니까. 그렇지만, 그날의 네 뒷모습은 내게
연민의 깊은 그늘 하나 심어놨구나. 한 떼의 네 또래 아이들이 우르
르 이층에서 내려오는 걸 보고 나는 그냥 홀로 집에 돌아왔다. 너는
새벽에 귀가해 잠들었고, 나는 지쳐 잠든 네 모습 지켜보았지. 쓸쓸
한, 그러나 달려가는 불〔火〕의 냄새가 네 몸에서 나더라.

그리운 하나야.

이제 비로소 어둠이 깃들인다.

밤 열한 시. 한국과 러시아의 무역업자들이 외교적으로 웃고 실
리적으로 배맞추는 파티도 끝났는지 사위가 이젠 조용하다. 앙가라
강을 거슬러 불어오는 밤바람도 서늘하구나. 강안의 민들레들도 잠
들었을까. 꽃이 지면 정수리의 순백색 관모(冠毛)가 삿갓 모양 뻗어
섰다가 부드러운 바람애도 천지사방 날아가, 또 나고, 또 자라는,
천 번이 넘는 외침(外侵)과 혹독한 압제를 견디면서 오늘까지 살아
남은 우리 민족의 혼을 닮은 야생의 꽃 민들레.

나는 내일 아침 이곳 이르쿠츠크를 떠난다.

어떤 고기(古記)에 이르기를, 바이칼호 부근이 본디 우리 민족의
시원(始原)이라 했거니와, 여길 떠나 마침내 그리운 바이칼에 닿으
면, 좌(左)변덕 우(右)질투, 여지껏 망집(妄執)의 사슬 다 벗어내지
못하고 아비지옥의 화택(火宅)에 살고 있는 내 본체가 하마 보일까.

잘 자거라.

혁명을 꿈꾸는 어린 전사야.

238

편지 셋

하나야.

비 내리는 어느 저녁에 나는 우리 집 정원의 후미진 서편 자귀나
무 밑에 앉아 있었나. 아빠가 언젠가 울 너머 빈터에서 주워온 버린
목재들로 짜놓은 그 나무의자에. 이른 저녁이었지만 자귀나무는 벌
써 함초롬히 입을 접었고, 물안개는 그곳에 옹기종기, 조밀하게 선
소나무 살구나무 감나무 석류나무 자귀나무 사이를 흘러 다녔으며,
내가 들고 있는 검정 우산 위로, 바람이 불면, 자귀나무 잎이 머금
고 있던 빗물이 후두둑후두둑 떨어졌다. 우산에 떨어지는 빗방울소
리가 얼마나 듣기 좋았던지.

나는 어린 짐승처럼 가만히 웅크리고 다만 앉아 있었다.

아무런 사념도 없었어. 몸은 무게를 느낄 수 없고 마음은 그 자
취를 찾을 수 없는. 아무데든 가고 싶은 대로 가. 누가 말하는 소리
에 나는 잠을 깨듯 고개를 돌렸지. 네 엄마가 설거지를 끝내고 나를
찾아 나와 옆에 앉아 있더라.

바이칼에 가고 싶어.

그것은 전혀 무의식중에 나온 말이었구나. 아무데든 가고 싶은
대로 가……라는 네 엄마의 말도 그러했을 거야. 웅크리고 앉은 내
모습이 허깨비 같아 보였던 게지. 떠나고 싶어도 차마 떠나지 못했
던 비 젖은 허깨비. 허수아비. 난 바이칼을 미리 생각했던 것은 아
냐. 내 입에서 바이칼이란 말이 뱉어지고 나서야 그곳이 시베리아
의 호수라는 걸 떠올렸으니까. 알아, 라고 네 엄마가 역시 조용히
대답했어. 알아. 정임을 못 잊은 최석이가 죽음을 무릅쓰고 찾아갔
던 곳. 처음 네 엄마한테서 빌려 읽은 책 중에 이광수 선생의 『유
정』이라는 소설이 있었다는 걸 나는 비로소 상기했다. 어리고 순결

한 처녀 '정임'을 향한 사랑의 격정과 숙명적인 금기체계 사이에서 온몸 찢기우다시피 하고 시베리아를 횡단, 눈 덮인 바이칼로 찾아가던 '최석'의 애달픈 말년을 엄마와 나는 동시에 떠올리고 있었다. 눈 덮인 시베리아의 인정 없는 삼림지대로 한정 없이 헤매다가 기운이 진하는 곳에서 이 목숨 바치고 싶소……라던 그의 독백도.

여기는 바로 그 바이칼이다.

초승달 같은 바이칼호의 한가운데, 초승달의 눈처럼 찍혀 있는 올혼섬은 사람이 사는 유일한 섬이다. 이르쿠츠크를 떠난 버스가 다섯 시간을 달려 민둥산 고개 하나를 훌쩍 넘고 나자 발아래 깔리는 푸른 비단의 물결. 길이 636킬로, 최대폭 79킬로나 되는 거대한 호수지만 지도에서 보았던 초승달 모양 때문일까, 바이칼이 보여준 첫인상은 아미를 내리깔고 앉은 수줍은 신부의 느낌 그것이었어. 선착장이 있는 작은 호반마을 메레예스에서 나는 배를 타고 올혼섬 북쪽 마을, 여기 후지르에 왔다. 인구 천여 명이 고기잡이로 생계를 꾸려가며 모여 사는 후지르에 오면 너는 무엇보다 그들 중에서 우리와 닮은 사람이 너무도 많다는 점에 놀랄 것이다. 우리와 똑같은 피부색, 우리와 똑같은 웃음, 우리와 똑같은 눈빛, 바로 몽골계의 부랴트족. 칭기즈칸이 태풍처럼 광대한 유라시아 일대를 제패하기 훨씬 전부터 그들은 바이칼호 주변 땅의 주인으로 살았다. 호수 주변의 부랴트족은 주로 어업으로 살지만 몽고 일대에 사는 하르하 부족의 생활양식을 그대로 이어받은 유목민이었지. 골 깊은 얼굴과 심술을 감춘 듯한 눈매의 노파 얼굴에서 나는 돌아가신 너의 할머니를 만났어. 보퉁이를 들고 배의 이물에 기대 서 있는 처녀의 뒷모습은 또 어쩜 너하고 그렇게도 닮았는지. 생김생김이라는 게 수백 마디 말보다 더 나은가 봐요, 라고 이르쿠츠크에서부터 나와 동행한 이민형 사장은 말하더라. 이민형 사장은 삼 년 전에 이르쿠츠크에 들어와 햄버거가게로 사업을 시작, 지금은 인투리스트호텔 내의 나이트클럽과 한국식당을 운영하는 분이야. 내가 바이칼 가는 길 물었더니 자신도 마침 생선 구입의 거래처에 볼일이 있다면서 선뜻 동행해 나선 거란다. 사업을 하다 보면 관청에 갈 일이 많은데요, 들어가면 눈으로 먼저 부랴드족을 찾아요. 부랴트족을 만나 얘기하면 안 될 일도 잘 되는 경우가 많거든요. 보세요. 저 사람들하고 마주앉으면 뭐든지 얘기보따리가 확 풀릴 것 같지 않냐구요. 아주 오래전, 천제한님〔天帝桓因〕이 밝은 빛으로 온 우주를 비추고 큰 권화(權化)로 만물을 낳았다는 시절, 우리의 선대가 고기(古記)에 있는 대로 이곳 바이칼 동쪽에 애초 살았다 하면, 그 모습 또한 오늘의 부랴트족을 닮지 않았었을까.

그리운 내 딸 하나.

바이칼의 아침은 댓잎처럼 푸르다.

이민형 사장에게 바이칼 생선을 대주는 37세의 성실한 러시아 총각 니키타 파르진스키의 통나무집은 후지르 마을 서쪽 깎아지른 절벽 위에 있다. 딱딱한 나무침대와 진흙을 발라 만든 러시아식 벽난로와 바이칼호가 내다뵈는 작은 창이 있는 그 집의 서쪽 끝방에서 나는 간밤에 거의 잠을 이루지 못했어. 밤이 되니까 우리의 늦가을 저녁처럼 날씨가 서늘해져 벽난로에다가 통나무를 많이 쟁여 넣었더니 내내 한증막 같았지 뭐냐.

새벽녘에야 잠이 잠깐 들었는데, 꿈을 꾸었구나.

네가 한 아름도 더 되는 커다란 유리병에 시너와 석유기름을 섞어 붓는 꿈이었어. 꿈속이었지만 네가 세상에서 제일 큰 화염병을 만들고 있다는 걸 나는 알아차렸지. 마치 장인(匠人)처럼 넌 그 일에 열중해 있었다. 그렇게 큰 화염병을 과연 누가 던지겠느냐고 내가 말했던 것 같아. 너는 조용히 미소를 지었어. 그는 키가 기린보다 크고 어깨넓이는 하마보다 넓으며 팔 근육이 사자의 그것보다 더 날렵하고 강인한걸요, 라고 너는 말했어. 나는 네가 젊은 무사 예니세이와 사랑에 빠졌다는 걸 알았단다. 앙가라 처녀가 바이칼 추장의 반대를 무릅쓰고 따라간 예니세이. 시베리아 광대한 중서부를 관통해 죽음의 대지 북극해로 나가는. 그것은 쓸쓸하고 슬픈 꿈이었어. 네가 내 곁을 떠날 것이기 때문이 아니라, 네가 화염병의 끓는 불속에 있게 될 거라는 예감 때문이 아니라, 너를 말릴 수 없었기 때문이다. 폭력은 안 된다는 식의 상투적인 말조차 할 수 없는 나는 네 아빠인가, 아니면 작가인가. 나는 그 어느 쪽도 자신 있게 선택할 수 없었어. 그 거대한 화염병을 만드는 일을 돕고 싶기도 하고, 또 안 된다고 깨박치고 싶었지만, 보아라, 내 쉰 살의 발밑에 지나간 젊은 날, 청춘의 이름으로 혐오해 마지않던 관념의 성긴 바람이 부는구나. 관념적이란 말은 정말 싫다. 예전에도 그랬고 지금도 그래. 하지만 어느 사이, 관념의 그물망이 너와 나의 사이에까지 문장식에 낀 곱때처럼 끼어 있다는 걸 나는 알아.

눈을 떴을 때 창·너머, 바이칼이 흔들리는 소리가 들렸다.

나는 서늘한 새벽 바람 사이로, 풀들이 선뜻선뜻 깨어 일어나는 초원을 맨발로 걸어 서쪽 절벽 끝까지 다가갔어. 그리고 낱낱이 보았지. 댓잎보다 푸르른 바이칼의 모든 아침.

해가 떠오를 때까지 거기 있었어.

여명 사이의 바이칼 수면은 짙푸르렀고, 바람은 빠르지도 느리지도 않게 불었고, 절벽 끝의 몇몇 노송 아래, 민들레꽃들이 맑게 씻긴 아침의 영혼으로 고개를 쳐들고 있었다. 인위적인 가필의 흔적이 전혀 없는 그곳의 아침은 관념화되기 이전의 인간처럼 조용하고 힘이 있어 보였다. 나는 무엇을 찾아 작가로 살았으며 또 무엇이 그리워 이 어둔 날들의 길을 찾아 떠나려 하는가, 하고 생각했다.

수만 년에 걸친 여러 단계 침강(沈降)을 통해 역시 수만 년에 걸쳐 제 깊은 속을 채워온, 아시아의 온갖 산야와 민족과 그 관념들, 그리고 살아 있는 온갖 것들의 관성이 뿜어내는 독기 가득 찬 오물들 다 빨아들이고도, 투명도 사십 미터가 넘는 정한수 이만삼천 세제곱킬로를 담고 있는 바이칼. 이곳은 어름엔 섭씨 삼십 도를 웃돌고 겨울 또한 섭씨 영하 삼십 도를 웃돈다. 겨울엔 호수 전체가 깊이 얼어 모든 배들은 닻을 내리고 트랙터 트럭 버스 승용차 달구지가 수면 위로 자유롭게 왕래해. 하지만 그것은 수심 십여 미터 혹은 이십여 미터까지에 영향을 줄 뿐이다. 홍수가 져서 삼백여 개의 하천이 범람해 흘러들고 또 흘러나가는 것도 그래. 최대풍속 사십 미터가 넘는 '싸르마'가 불어와 오 미터 이상의 파도가 치는 날도 마찬가지. 그것들의 영향을 받는 것은 바이칼의 표피에 불과하다. 바이칼 호수의 수심 이백 미터 아래에 저장된 물은 천 년 이천 년이 지나도 바뀌지 않아. 고사서(古史書)의 하나인 『삼성기(三聖記)』에 기술되었듯이, 역사가 시작되기 이전, 우리의 원조 천제한님이 파나류산(波奈留山) 밑에 한님[桓因]의 나라를 세운 바, 그 나라가 천해(天海) 동쪽의 땅이라 한다면, 천해는 북해(北海)의 이기(異記)이고 북해는 바이칼의 이기이니, 우리 민족이 역사 이전에 마시고 씻었던 물의 일부가 아직껏 바이칼 수심 이백 미터 아래에 증류수보다 더 맑은 영혼으로 살아남아 있다는 말이 돼. 여름 한철 수면 온도가 섭씨 이십 도까지 상승하는 바이칼이지만 수심 이백 미터 아래에 이르면, 그곳에서 천육백여 미터 바닥까지 시간적 공간적 다른 조건에 관계없이 영구한 불변의 섭씨 일 도. 여름과 겨울이 없고 홍수와 가뭄이 없고 흐름과 막힘이 없는, 부동의, 아, 시간의 흐름도 없는. 나는 눈시울 뜨거워져 차마 바이칼을 바로 보지 못한다. 불생불멸(不生不滅)의 진여(眞如). 이 법이 법의 자리에 머무나니[是法住

法位] 세간상 이대로 상주불멸이니라〔世間相常住〕. 내가 감히 꿈꾸는, 세상을 떠나온 흰 소가 끄는 수레들이 여기 바이칼 수심 이백 미터 지점에 황홀하게 모여드는 것을 나는 본다. 모든 색신(色身)과 물질과 육체의 속박을 벗어난 자유로운 심신(心神)만이 존재하는 사유의 세계, 무색천(無色天)이 여기 있구나.

아빠 작가보다 도사가 되시는 게 좋겠어요.

너의 빈정거리는 말이 들릴 듯하다.

언감생심, 색계(色界)에도 이르지 못할 내게 무색천의 나라가 무슨 소용이랴. 색법(色法)을 벗기는커녕 글쓰기는 멈추었음에도 부활의 헛된 탐욕 다 깨뜨려버리지 못하고 번뇌 가득 차서 혹은 깜깜 절벽, 혹은 불구덩이 속을 더듬거리지 않느냐고, 그래, 눈 시린 바이칼이 내게 들이대어 묻는다. 네가 짊어져 가고자 하는 언필칭 운동의 길이 겨울엔 얼어터지고 여름엔 풀려 넘치는 바이칼의 수면에 있고, 내가 가고자 하는 언필칭 문학의 길이 바이칼 수면의 변화무쌍한 분열상을 구조로 꿰뚫어보는 수면 아래에 있을진대, 항차 수심 이백 미터, 그곳에 이르는 흰 소가 끄는 깨달음의 수레가 있다 하더라도, 허깨비 관념이에요, 라고 너는 말하고, 홀로서 타고 가는 흰 소가 끄는 수레, 무슨 소용이에요, 라고 너는 말하고, 어차피 거기 이를 수 없을 바에야 수면 위로 올라와 빙점의 가름을 눈에 불켜고 보세요, 너는 또 말하고.

그리하여 하나야.

눈시울 붉히며 내가 마침내 품에 받아 안는 것은 겨우 바이칼의 해돋이다. 수만의 황금색 물비늘이 바이칼 수면에 일제히 매달리는 것을 나는 보았다. 그것은 세상의, 운동의, 문학의 모든 아침이다. 나는 이 현상의 모든 아침을 기실 얼마나 사랑하는가. 불균형하다는 이유로 타는 사랑을 억압해서 얻어내는 흰 소가 끄는 수레가 있다면 그까짓 거, 깨박치고 말지. 나는 양팔을 높이 들어 바이칼의 모든 아침을 받아 안는다. 갑자기 상상력의 바다에 수천수만, 형형색색 날아드는 나의 나비떼, 열린 직관 열린 감수성의 통로로 날아드는 나의 나비떼. 해가 떠오를수록 그 일광의 높이에 따라 황금색 물비늘우 순백으로 뒤집히고, 나는 떨면서 내 가슴 X자(字)로 껴안고 만다. 사랑을 하고 싶어 환장할 지경이다. 황홀한 오르가슴과도 같은 느낌이었지. 네가 꿈꾸는 것, 내가 그리는 것들의 합일을 나는 보는 것이다. 수심 이백 미터의 진여(眞如), 그 불멸을 감춘, 살아 있는 저 광채를. 죽었던 나의 세포들이 새벽 풀보다 빨리 일어나고, 막혔던 나의 직관이 청년의 눈빛보다 더 힘차게 열리는, 이 복원(復原)의 예감에 입맞추어다오. 나의 뜨거운 사랑을 여기 두고, 나의 속 깊은 그리움의 심지를 저기 수심 이백 미터에 박고.

지금은 밤이다, 하나야.

밤이지만 아주 어둡진 않아.

니키타 파르진스키가 바이칼의 대표적 물고기인 오물리를 구워와 이민형 사장하고 보드카를 한잔 나누어마신 뒤지만 취기가 오르진 않는구나. 백야의 끝물이어서 창 너머, 후지르 마을의 서쪽 초원지대는 아직도 여명처럼 어슴푸레해. 아마 삼십 분쯤 지나면 전등불이 꺼질 거야. 이곳은 발전기를 돌려 각자 전기를 쓰기 때문에 열한 시 반이면 불을 끄거든. 니키타 파르진스키가 귀한 손님이 오셨다며 그나마 소등시간을 늘린 결과가 그래. 가난한 더 많은 집들은 발전기를 살 수 없어 전기를 쓰지 못해. 하긴 전기가 들어온다고 해도 밤이 깊을 때까지 그것을 사용할 사람도 없을 거야. 오랫동안 자연의 법칙에만 순응해 살아온 이곳 사람들은 저물녘만 되면 모두 집 안에 들어가 나오지 않아. 나와도 갈 데가 없거든. 법석대는 카페도 없고 외지인을 위한 호텔도 전무하니까. 밤은 고사하고 한낮에도 인적이 드물어 마을 전체가 뭐랄까, 빈 무덤같이 느껴진다. 통나무집 사이로 난 너른 마을 안길엔 하릴없는 개떼만 어슬렁어슬렁 걸어 다닐 뿐야. 이곳에선 시간이 정지되어 있다. 이곳에 도착해 맑은 햇빛, 부드러운 바람, 빛나는 바이칼의 물빛에 감동하는 것은 전적으로 내가 나그네이기 때문이다. 러시아 전역이 개방과 개혁의 물결을 타고 급변하고 있어도 아직 이곳까진 영향을 미치지 않고 있는 듯하다. 이곳 사람들은 이곳에서 나고 자라고 살고 죽어 묻힌다. 젊은이는 대처로 떠나고, 갈 데 없어 남은 사람들은 평생 이르쿠츠크 한 번 못 가는 이가 대부분이야. 변화를 모르니 희망이 있을 리 없고 소유개념이 확립되어 있지 않으니 경쟁과 부자가 있을 리 없어. 골 깊은 주름살과 처진 눈매엔 단지 수천 년 전부터 흘러온 자연의 세월만이 유장하게 흐른다.

어제, 부두에 내렸을 때였구나.

짐을 들고 경사진 길을 따라 마을로 들어가는데 털로 짠 벙거지를 쓴 한 늙수그레한 남자가 배를 맞으러 나온 마을 사람들 사이에서 유독 내 시선을 끌더라. 분명히 한겨울에나 사용할 털모자를 쓴 남자의 이마에서는 번질거리며 땀이 흐르고 있었어. 그러나, 그보다 더 인상적인 것은 그가 한 발을 턱 올려놓고 있는 오토바이였지. 아주 낡아서 이미 진즉에 내다버렸음 직한 오토바이였으나, 부릉, 부르릉, 그가 악셀을 밟는 대로 그것은 진저리를 치며 비명을 내질렀다. 우리가 다가서자 오토바이의 비명 소리는 거의 찢어질 것처럼 높아졌다. 먼지 긴 꾀죄죄한 옷차림과, 땟국물로 번질거리는 검붉은 얼굴과, 부러진 자리를 테이프로 덕지덕지 붙인 굵은 뿔테의 도수 높은 안경을 낀 남자는, 차림과 달리 오토바이에 척 걸어앉은 자세만은 아주 꼿꼿하고 당당해 차라리 희극적으로 뵈더라. 마치 노새를 탄 돈키호테처럼. 남자는 내가 다가서자 재빨리 뭐라고 말하는 것이었어. 도수 높은 안경 뒤의 눈빛이 나를 향하고 있었어. 아무 감정도 깃들여 있지 않은 듯한 텅 빈 눈빛으로, 남자는 그러나 뭔가 내게 질문을 하고 있는 것 같았다.

루리 차 혼쨴?

남자의 발음이 어제는 귀에 제대로 들어오지 않았었어. 니키타 파르진스키가 상대할 것 없다면서 내 손을 잡아끌었기 때문에 내가 남자의 말을 듣고 눈빛을 본 것은 한순간뿐이었다. 남자가 하는 말을 정확히 들은 것은 오늘 아침, 산책을 나갔다가 니키타 파르진스키의 집으로 혼자 돌아올 때였지. 초원을 맨발로 가로질러 돌아오는데 바로 선착장 쪽으로 난 길로부터 부르릉, 그 오토바이가 나타났다. 소리는 요란하지만 도무지 속력은 낼 수 없는 오토바이인가 봐. 남자는 요란한 소음과 달리 빠르지 않은 오토바이를 타고 내 곁으로 다가와 어제처럼, 여전히 텅 빈 눈빛으로, 하지만 어제와 달리 오토바이 엔진을 끄더니 그 뚝 끊어진 아침의 정적 속에서 루리 차 혼쨴, 이라고 말했어. 부랴트족이었고, 주름살투성이에 갑각류의 표피 같은 얼굴피부를 갖고 있었지만, 포즈는 뜻밖에도 아주 정중했다. 미상불 그건 러시아말이 아닌 것 같았다. 내가 어찌할 바를 몰라 가만히 있었더니 다시 부르릉 오토바이 엔진을 걸면서 차찬 뿌아헌, 하고 그는 말했어. 남자는 절벽 위의 초원을 곧장 가로질러 서편 경사진 길로 사라졌다가 마을 안쪽 길에 다시 나타났다. 니키타 파르진스키의 집이 있는 절벽 초원지대는 좀 높았기 때문에 그의 오토바이를 한눈에 내려다볼 수 있었지. 남자는 마을의 북쪽 끝을 돌아 오물리 저장창고 앞을 지나더니 다시 동쪽 언덕 아래의 선착장으로 내려갔고, 그리고 다시 절벽 위의 초원지대로 나왔다. 남자의 오토바이는 말하자면 마을의 큰길을 따라 한 바퀴를 크게 돈 것이었어. 나는 남자가 다시 나타났을 때 니키타 파르진스키 집의 자작나무 울타리 근처에 와 있었다. 남자가 나를 또 보았고, 나 또한 남자를 보았지.

루리 차 혼짼?

남자는 내게 정중하게 다시 말했어.

나는 겸연쩍게 웃으면서 즈드라스뜨부이쩨, 라고 인사했다. 안녕하십니까, 라는 러시아말이야. 그러자 남자는 내 말은 전혀 듣지 않았다는 듯 한 번 더, 루리 차 혼짼, 하는 거야. 나는 당신 말뜻을 알 수 없어요, 고개를 저었지.

차찬 뿌아헌.

남자는 다시 오토바이 엔진을 걸고, 그리고 내 곁을 떠났다. 내 반응에 대해 섭섭해하는 기색은 조금도 없었어. 마을 안길에 보얗게 먼지가 피어올랐고, 요란한 오토바이 엔진 소리가 작은 마을을 통째로 흔들었지만 개 몇 마리 겨우 오토바이 뒤를 몇 발자국 뒤쫓아 가다 심드렁해진 표정으로 그만두는 게 보였다. 변화라곤 없는 세월의 곱때가 켜켜이 쌓여진 마을 사람들을 남자는 깨우고 싶어 하는 듯했지만, 오토바이 엔진 소리는 아무래도 역부족이었다. 나는 아침식사 때 니키타 빠르진스키에게 그 남자가 누구냐고 물었다. 또라이래요, 라고 이민형 사장이 니키타의 말을 통역해 주었다.

전엔 오물리 공장에서 일했는데요, 그냥 상대할 것 없대요.

나는 루리 차 혼짼이 무슨 뜻이냐고 또 물었지. 모른다는데요. 아마도 부랴트족의 말인가 보다고 그래요. 차찬 뿌아헌이라는 말에도 니키타는 고개를 저을 뿐이었어. 부랴트인들한테 알아봐달라고 부탁했을 때에도. 니키타 말은 이래요. 부랴트인들도 부랴트족의 본래 말을 아는 사람이 없다는 겁니다. 아주 노인들이나 몇 마디 알까, 그들이 그들 종족의 말을 잊은 지 아주 오래됐답니다. 왜 안 그렇겠어요, 사회주의국가 소련 인민으로 평생 살아온 사람들인데.

248

우리 고려인들도 우리말을 거의 다 잊었는걸요. 하긴 그랬다. 내가 이르쿠츠크에서 만난 우리 민족 사람들도 소수의 노인들을 제외하고 우리말을 아는 사람은 거의 없었다. 혁명 이후, 오랜 세월을 통해 소련공산당정부가 수십 개가 넘는 타민족을 하나로 통합해 다스리기 위해 끊임없이 민족주의운동을 경계해 온 결과 때문이다.

오토바이를 탄 남자는 아침시간에만 내 앞에 나타난 게 아니다.

어디서 기다리고 있었다는 듯, 그는 하루 온종일, 우리 일행이 집 밖으로 나오기만 하면 오토바이를 타고 와 말하곤 했어. 루리 차 혼쨴, 그리고 차찬 뿌아헌, 이라고. 나는 그가 간헐적으로, 그리고 아주 발작하듯이, 마을을 똑같은 코스로 돌고 돌고 한다는 걸 알았다. 다람쥐가 쳇바퀴를 돌리듯이. 무심한 표정은 변함없고, 나를 향해 있을 때조차 나를 보는 게 아니라 나를 관통해 어떤 먼 다른 세상을 보는 것 같은, 그 눈빛도 변함없었어. 다만 정중히 말하길, 루리 차 혼쨴, 사이를 두었다가 차찬 뿌아헌. 설령 니키타의 말처럼 그가 ‘또라이’ 라고 할지라도, 내가 그 남자에 대해 주목하는 것은 그가 이곳 사람들의 닫힌 삶을 극적으로 드러내 보여주는 하나의 상징으로 보였기 때문이다. 그가 하는 말이 무슨 뜻인지는 모르지만 그가 아주 먼, 먼, 이곳이 아닌 다른 어떤 곳, 러시아 내의 이어도를 그리워하고 있음엔 틀림없어. 어쩌면 그는, 저토록 맑고 아름다운 외피를 갖고 있는, 그러나 세계에서 가장 깊은, 불변의 섭씨 일 도, 1,620미터, 우리가 오만가지 망집으로 몸부림치며 살고 있는 욕망의 불난 집에서부터, 탐욕은 없으되 색법(色法)은 다 벗지 못한 색계(色界)와, 색법을 다 벗어내 현상(現象)의 만 가지 그림자가 일체 사라진 무색계(無色界)에 이르기까지, 한 몸에 모두 갖고, 자유자재, 그 몸 바꿀 수 있는 바이칼의 무한정한 법칙에 어떤 순간, 영혼을 빼앗겨버린 것은 아닐까.

이제 날이 완전히 저물었구나.

전기가 나가고, 나는 초에 불을 밝힌다. 스무 개의 초에 불을 밝혔을 네 생일이 떠오른다. 내가 보낸 선물과 편지는 또 받았는지. 고집 센 네가 과연 그걸 권한 어떤 여자의 말처럼, 조만간 귀를 뚫을 것인지는 의문이다. 귀를 뚫지 않아도 사용할 수 있는 귀걸이 선물세트를 사 보낼 걸 그랬나 싶고. 아주 가끔, 나는 네가 한낮의 햇빛을 정면으로 받으며 운동장 한가운데 서 있는 모습을 상상해 보곤 해.

중학교 이학년 가을이던가.

엄마가 전해준 것에 따르면 햇빛 유난히 따가웠던 날 정오쯤이었다고 기억한다. 네가 다니던 중학교는 전통적으로 삼교시 직후에 전교생이 운동장으로 나와 맨손체조를 하도록 되어 있었어. 구태여 열을 지을 것도 없이 자유스럽게 흩어져 경쾌한 리듬과 구령에 맞춰 맨손체조를 하는 너와 네 친구들 모습을 나도 본 적이 있는데, 아름답더라. 그 가을 어느 날의 맨손체조도 그러했을 것이다. 너는 친구들 사이에 섞여 맨손체조를 했고, 세면장으로 가 손을 씻었고, 그리고 교실로 들어갔지. 이미 들어와 있던 친구들이 이곳저곳에서 불평하는 소리를 들었을 때, 교실 문지방을 넘어가기도 전에 너는 단번에 무슨 일이 벌어졌는지 알아차렸다. 네가 다니던 여학교는 교장의 지시에 의해서 한 달에 한 번씩, 불시에 학생들의 가방과 기타 소지품을 검사하도록 되어 있었다. 불량 만화는 압수되었고, 담배가 나오면 처벌당했으며, 심지어 돈을 많이 소지한 것만 발각돼도 학생과에 불려가 조사를 받아야만 했다. 학생과의 그 소지품 검사가 그날 중간체조시간에도 이루어졌던 것이다. 한정된 시간에 재빨리 소지품 검사를 하려니 검사 후 상태가 양호했을 리 만무하다. 손지갑이 꺼내져 팽개쳐 있기 보통이고 가방 속의 생리대가 의자와

교실 바닥에 함부로 나뒹굴어 놓여 있기 일쑤. 네 가방 안쪽 수납공
간에 넣어놨던 생리대가 거친 손에 끌려나와 의자에 놓여 있는 걸
너는 그날 보았다. 그것은 학생 전체를 범죄의 용의자로 볼 뿐 조금
도 인격적인 개체로 보지 않는 아주 비민주적 악습이었지. 네가 얼
마나 치욕감을 느꼈는지는 충분히 짐작할 만하다. 더구나 너는 그
때 전교 학생회장이었으며, 학생회장 자격으로 이미 학생과에 여러
번, 소지품 검사를 중지해 달라고 간청해 놓은 상태였어. 너는 분노
로 떨면서 곧장 교무실 학생주임에게 혼자 갔다. 선생님, 우리들을
하나의 인격체로 대해 주세요. 너는 아마 말했을 것이다. 학생주임
은 압수해 온 불량 서적들과 사복과 화장품과 담배꽁초 따위들을
검색해 보고 있다가 주먹으로 책상을 쾅 내려쳤다.

뭐가 어째! 이걸 보고도 그런 말이 나오니.

유난히 악명 높았던 학생주임이 얼마나 펄펄 뛰었는지 상상해
보는 건 쉬운 일이다. 아주 극소수의 학생이 그럴 뿐예요, 라고 너
는 말하고 너의 불손한 대거리에 더욱 화가 난 학생주임이 책상 위
의 불량 만화책을 들어 네 머리를 탁 때렸다. 화가 났다 하면 여학
생들의 귀뺨부터 올려치곤 하던 학생주임으로선 그래도 학생회장
인 너를 대접하느라 그 정도였을 것이다. 수업시작을 알리는 차임
벨소리가 그때 들렸다. 건방진 소리 말고, 가서 수업이나 받아, 라
고 학생주임은 소리쳤고 너는 교무실을 나왔지. 그렇지만 너는 교
실로 가는 대신 죽창 같은 햇빛이 쨍쨍 내려 꽂히는 운동장으로 걸
어 나갔다고 했다. 햇빛 속을 걸어 나갈 때 너는 외로웠을까. 교실
의 학생들은 수업이 막 시작될 때쯤 어떤 여학생이 조회대 앞, 하얀
운동장 한가운데, 혼자서 일광(日光)을 정면으로 떠받들고 있는 걸
보았다. 학생회장이야, 라고 아이들은 속삭였겠지. 학생회장이 소
지품 검사에 항의해 스트라이크하는 거야, 라고. 얼마나 시간이 흘

렀을까. 교사(校舍)의 서편 출구에서 두서너 명의 여학생이 달려 나
와 네 곁에 나란히 섰고, 또 얼마나 시간이 흘렀을까, 이번엔 교사
의 동편 출구에서 몇몇 여학생이 달려 나와 네 등 뒤에 섰고, 그리
고 이윽고 떼 지어 다른 많은 여학생들이 와와와, 함성을 지르며 쏟
아져 나오기 시작했다. 그것은 네가 최초로 잘못된 제도와 정면으
로 싸워 이기는 순간이었다. 소지품 검사는 그날 이후 중단됐으니
까. 네 엄마와 나는 이 이야기를 얼마 후 네 친구들을 통해 간접적
으로 전해 들었어. 나와 네 엄마가 그 사건의 전말에 대해 네게 물
었을 때, 아무 일도 아니예요, 너는 그저 소박하게 웃으며 그 한마
디를 했을 뿐이었다.

그렇다고 네가 특별히 과묵한 타입이라는 건 아니야.

너는 말수가 적은 편이지만 논리적으로 명쾌하게 정리되지 않을
때, 혹은 사물에 대해 호기심이 극대화될 때, 평소보다 말이 많아지
곤 해. 국민학교 때는 왜 그리 내게 묻는 것이 많았던지. 국민학교
삼학년, 어쩌면 사학년 때던가, 내게 쫓아와 묻기를 케이비에스
(KBS)는 왜 케이비에스냐고 물었어. 난 아주 당황했다. 영어로 된
약자로서 방송국 이름이다, 하니까 대뜸 또 묻는 거야. 무엇의 약자
냐고 그것을 꼼꼼히 써달래. 너는 그때 재미 삼아 영어 알파벳을 익
히고 있었어. 난감했지. 나는 영어 잘 모르잖니. 더구나 본딧말을
생각해 내서 정확히 써주기엔 역부족일밖에. 다음 날 영어 잘하는
친구에게 써달래서 너를 불렀더니 너는 이미 알고 있었어. 엄마한
테 들은 바로는 네가 온종일 여기저기 묻고 다니더란다. 케이비에
스가 무엇의 약자냐고 말야. 네 오빠와 네 남동생이 나를 닮아 감성
적인 타입이라고 한다면 너는 논리적이고 이지적인 타입이야. 현상
과 본질을 하나의 축으로 꿰어 해석하려는 너의 근원적 욕구가 너
를 학생운동의 대열에 동참시켰다고 나는 믿는다. 데모하는 학생들

에 대한 텔레비전 뉴스를 보면서, 학생운동에 어떤 확신을 갖고 있느냐, 네게 넌지시 물은 적이 있었어. 너는 말하기를, 그 확신을 찾아보려고 애쓰고 있는 중이에요, 했다. 그때 나는 네가 현상과 본질, 주관과 객관 사이의 불확실하고 고통스런 통로에 있다는 걸 알았구나. 그곳은 어둡고 습한 곳이다. 너는 알을 다 깨지 못한, 단지 부리로 힘들게 쪼아 겨우 본질적 구조로 나아가는 어둠의 통로를 연, 그 여명 속에 웅크려 있는 앳된 처녀이다.

하지만 하나야.

본질적 구조를 끝내 보고자 하는 너의 욕구가 클진대, 네가 비록 어릴지라도 어느 쪽으로 나아가든 조만간 네가 확신을 갖고 걸어갈 길을 찾아내게 되리라고 나는 믿고 있다. 내가 걱정하는 것은 너의 본체가 아니라, 다만 너의 본체를 가릴지 모르는, 또는 너의 투명하고 곧은 사유를 송두리째 흔들지 모르는 다른 요소는 없는가 하는 점이다.

그가 분신에 대해 말한 날.
그를 따라 함께 분신한다면 얼마나 행복할까.

어느 날 저녁, 네가 무심히 전화기 옆에 펼쳐놓았던 수첩의 한쪽에서 우연히 읽고 만 메모를 나는 지금 상기해 보고 있다. 너의 그 메모를 상기하면 언제나 이렇게 가슴이 철렁 내려앉는다. 네가 열꽃 같은 죽음에 대해 발언하고 있기 때문이기도 하지만 그보다 앞서 내 딸이 사랑에 빠졌다는 걸 나는 알아차렸다. 사랑은 고통스러운 혼란이지. 그것은 오직 한 사람을 통해 세계와 우주를 축약해 보는 고유명사려니와, 애당초 사랑의 주체와 그 한 사람이 완성되어 붙박이로 있는 게 아니므로 극단의 혼란일 수밖에 없다. 한쪽 눈으로 사랑을 보고 다른 한쪽 눈으로 이념을 본다면 오죽 좋으련만, 너는 상주불멸할 것 아직 아무것도 갖지 않은 여린 스무 살, 그 혼란의 압제를 벗어나 어찌 맑고 곧은 눈빛으로 나아갈 길 찾아낼 수 있을까.

나는 네 메모 속에 적힌 바, 그가 누구인지 모른다.

짐작하거니와, 그는 아마도 합일과 분열을 거듭해 경험하고 있는 지금의 네 길을 비추는 등명불(燈明佛) 같은 존재일 것이고, 네가 이념이라고 믿고 있는 것들의 심지일 것이다. 네 가슴에 심지로 박혀 있는 그의 타는 불〔火〕이 내 눈에 보인다. 만약 그가 불꽃으로 타오르다가 꺼지면 너도 불꽃으로 타오르다가 꺼지고, 만약 그가 이념의 높은 제단을 오르기 위해 디딤자리가 필요하다 하면 너는 기꺼이 엎드려 그의 두 발을 위해 등을 내주겠지. 그가 사랑의 더운 가슴으로 어둡고 습한 현상과 본질 사이를 힘 있게 걸어간다면 상관없으려니와, 그가 싸움꾼 되어 적개심의 창날 높이 들어 저기 어둠 속, 산화(散花)를 위한 가미카제, 그 황홀한 오르가슴을 통해 감히 불멸을 꿈꾼다면 어쩔 것인가.

왜 떠시는 거예요, 아빠?

너는 말하겠지.

아빠는 불멸이 두려운 거군요. 나이든 어른들이 꿈꾸는 불멸이 있다면 어떤 건지 한번 제게 보여주세요. 홀로 신선이 되는 건가요? 불멸의 꿈이 설마 나쁘다고 말씀하시려는 건 아니겠죠.

하나야.

언젠가, 자율학습으로 밤늦게야 돌아오는 입시생 너를 보고 싶어 밤 아홉 시쯤 네가 다니던 여학교로 찾아간 날이 있었어. 아빠는 그 무렵 원고쓰기를 완전 중단하고 용인 굴암산 아래의 외딴집에 머물며 감자 토마토 옥수수 고구마 수박 상추 고추 오이 따위를 돌보고 살 때였지. 일주일이나 열흘에 한번쯤 네 엄마가 만들어주는 밑반찬을 가지러 겨우 집에 잠깐씩 들르곤 하던, 평생 내가 유일한 확신으로 타고 온 글쓰기의 마차에서 대책 없이 뛰어내려와 나날이 외롭고 스산하던 그 무렵, 나는 불현듯 정든 산꼭대기, 네가 다니던 여학교의 어둔 계단을 올라가 교실 창밖에 붙어 있던 거야. 어떤 아이들은 지쳐 잠들었고, 어떤 아이들은 책을 펴놓고 있었는데, 입시생의 자율학습 끝물이라, 형광등 불빛 아래의 네 친구들 모습은 지칠 대로 지쳐 젊은 생기는커녕 그야말로 생체실험을 기다리는 희망없는 인간군상으로 보였어. 교실 한가운데 넌 앉아 있었지. 나는 더욱더 창 가까이 다가가 너를 보았다. 수학문제를 푸는 것일까. 너는 연필을 들고 집중해 참고서 위에 뭔가를 쓰고 있더라. 단발로 단정히 자른 머리, 흰 칼라, 꼿꼿이 앉은 자세가, 놀랍게도, 교실 전체의 지치고 닳아빠진 분위기와 달리 조용하지만 아주 신신했다. 너 홀로 맑고 드높았다고 할까. 매일 밤 불과 네댓 시간씩 자고 꼭두새벽부터 한밤까지 오직 교실에 붙잡혀 사는 너의 모습이 혼자 새벽 정기를 받고 앉은 듯 힘 있어 뵈는 것에 나는 큰 위로와 감동을 느꼈다. 함께 학교를 나와서 혹 배가 고프지 않느냐고 물었을 때, 너는 이렇게 대답했지.

아빠, 냉면하고 소주를 먹고 싶어요.

너는 소주를 석 잔이나 단숨에 마셨어. 맛있어요, 아빠. 남들은 소주가 쓰다는데 저한텐 왜 달죠, 라고 넌 말했지. 냉면가닥을 집어 올리는 네 손가락질도 힘차고 얼굴 또한 밝은 기색 가득했다. 힘들 때인데 아주 씩씩해 뵈니 다행이구나. 내가 말하니까 너는 젓가락에 냉면가닥을 돌돌 말면서, 공부가 재밌어요, 돌돌 말아 올린 냉면가닥 한입에 넣으면서, 다른 애들은 초조해서 스트레스받는다는데요, 전 바보인가봐요, 정말 바보처럼 고춧가루 묻은 앞니 소리 없이 드러내어 웃으면서 또, 재미있는 공부 하니까 행복한걸요, 고3이한 이 년쯤 됐으면 좋겠어요, 했었지. 세상으로부터 버림받은 것처럼 매일매일 내 앙상한 늑골 사이로 황량하게 쓸고 가는 바람 소리나 들으면서 지냈던 그 무렵의 나를 그날의 네 모습이 구했다면 과장일까. 나는 굴암산 외딴집에서 잠 못 이루는 밤마다 스스로 등불처럼 밝았던 네 모습을 반복해 눈앞에 그렸어. 그러면 무력증에 빠진 내 삭신들이 새롭게 짜맞춰지는 소리 들리고, 비록 사위가 어둘망정, 싸움꾼의 적개심이 아니라 밝고 곧은 사랑의 심신으로 찾아가야 할 길, 내 나머지 인생의 그리움을 좇아 신발끈을 고쳐 매고. 고백하거니와, 그것은 내게 천만군마를 얻은 것과 같은 힘이 되었다. 힘은 관념에서 나오지도 않고 오래 살고 경험한 세월에서 나오지도 않고 싸움꾼의 용맹스런 창에서 나오지도 않으며, 다만 순한희망에서 나온다는 걸 내게 가르쳐준 너의 단아한 초상, 형광등 불빛 교실 속의.

보고 싶은 하나.

이제 아주 밤이 깊구나.

창 너머 어슴푸레한 바이칼 위로 수많은 별이 쏟아져 내린다. 서쪽으로 길게, 별 하나 지는구나. 『유정』의 남자 주인공 최석이 얼어붙은 시베리아를 횡단해 와 마침내 병들고 황폐해진 제 육신과 영혼을 고절한 통나무집에 뉘면서 기도했던 바, 내 남은 생애를 바이칼처럼 외롭고 깨끗하게 하소서, 그 육성이 들릴 듯한 밤이다. 이광수 선생은 바이칼에 정말 와봤던 것일까.

그래, 하나. 네 맘을 안다.

작가로서 올곧게 지조를 지키지 못하고 끝내 친일파로 돌아서 스스로 이름을 욕되게 했던 이광수에게 선생이라는 존칭을 꼭꼭 붙이는 내게 네가 무슨 말로 오금을 박을는지 상상하는 건 어려운 일이 아니다. 하지만 나는 그에게 선생이라 붙이지 않을 수 없다. 그의 친일을 용서해서가 아니라 그가 어쨌든 어둠의 역사 속을 고단하게 흘러 살면서도 문화적으로 척박했던 이 땅의 황무지를 갈아 뒤엎어 새로운 소설문학의 씨앗을 뿌린 선배작가이므로. 어떻게나 나는 야한 사람인고. 제 마음을 제가 지배하시 못하는 사람인고. 이광수 선생은 쓰고 있다. 그가 만주를 유랑할 때 이 바이칼에 정말 들렀다면 그는 민족적 자존을 지켜낼 힘을 얻진 않았을까. 그가 최석의 입을 통해 고독하고 깨끗하게 살게 하소서, 바이칼의 별들에게 기도했던 대로.

하나야.

고독한 건 가장 높은 것이고 깨끗한 건 가장 낮은 것이다.

보아라, 고독한 별은 저리도 높고 깨끗한 물은 바이칼 심해, 저리도 낮지 않으냐. 사멸의 예감이 다가오면 별들까지 이윽고 초신성(超新星)으로 타오르며 절대광도가 젊은 별들의 수만 배에 이르는 것조차, 바이칼보다 높고 바이칼보다 낮으면, 모두 허깨비 관념. 이제 아빠는 불멸을 감히 탐하진 않거니와, 그래도 네가 불타는 아비(阿鼻)의 거리에서 꿈꾸듯이, 나 또한 세상 속으로 돌아가 보다 높고 보다 낮은, 보다 고독하고 보다 깨끗한 나의 사랑을 꿈꾼다. 꿈에서일망정 바이칼 물 밑 1,620미터, 그 단단하고 부드러운 고요 속에 아미 내리깔고 농염하게 누워 있는 내 신부를 보고 싶구나. 사멸의 예감은 어느덧 익숙하여 마치 친구 같다. 내일은 니키타 파르진스키를 졸라 올혼섬의 북단까지 가볼 예정이다. 전인미답의 땅이 부르는 소리 들린다. 그 땅은 하마 별과 맞닿아 있을까, 해저와 맞닿아 있을까.

안녕. 오늘은 이만 촛불 불어 끈다.

편지 넷

　바이칼이 비에 젖고 있다.

　정오까지만 해도 햇빛이 그리 맑더니 정오를 넘기면서 갑자기 사방에서 파죽지세로 먹구름이 몰려들고 이윽고 비가 내린다. 정오라면 그의 주검을 건져 올린 시각이지. 어쩌면 아침 햇빛 속을 박차고 날아간 그의 영혼이 지금 바이칼을 떠나고 있는 것인지도 몰라. 비 젖은 안개구름 망토처럼 두르고. 그, 그 남자, 낡고 요란한 오토바이 높이 올라앉아 하루에도 수십 수백 번씩 이곳, 켜켜이 쌓인 적막을 흔들어 깨우려는 듯, 후지르 마을을 돌고 돌던.

　사랑하는 하나.

　어젠 섬의 북단까지 갔어.

　북단까지라고 해봤자 후지르 마을에서 약 삼십여 킬로미터 정도. 문명국의 도로에선 승용차로 십 분이면 도착할 곳이지만 이곳에선 낡은 일 톤 트럭으로 두 시간이 걸린다. 니키타 파르진스키가 외국인 손님을 위해서라는 이유를 달고 간신히 빌려온 일 톤 트럭은 후지르 마을의 유일한 공장인 오물리 저장공장이 소유한 두 대의 트럭 중 한 대이다. 섬 전체에 차가 두 대뿐이니 이곳에서 차를 탈 수 있는 권리는 본디 사냥감이 풍부한 곳이라는 뜻을 가진 바이칼의 무진장한 어족자원 오물리뿐이지. 육질이 아주 연하고 향긋한 물고기란다. 길은 물론 특별히 따로 없어. 산이 없는 해안을 따라 반은 모래층이 단단한 백사장을 또 반은 모래흙으로 뒤덮인 야산으로 가는 거야. 몇 번씩 모래밭에 빠지기도 하고 빽빽한 소나무숲에 막혀 돌아 나오기도 했지만 넘어질 듯이 가파르게 까불면서도 트럭은 어쨌든 올혼섬의 북단 허보이까지 우리를 데려다주었다. 참, 한 반쯤 갔을 때였던가, 요철 심한 경삿길을 내려가던 중에 트럭의 시동이 꺼진 적이 있었지. 니키타 파르진스키는 물론 이민형 사장과 나도 엔진 구조에 대해선 별로 아는 바가 없기 때문에 아무리 키를 돌려보아도 다시 시동이 걸리지 않는 트럭 앞에서 망연자실할밖에. 바로 그때, 소나무숲 사이로 그가 나타났어. 여전히 털벙거지를 뒤집어쓴 오토바이 탄 중늙은이 남자가. 그세서야 우리는 그가 후지르에서부터 우리 트럭을 뒤따라왔다는 것을 알았지.

니키타 파르진스키가 그를 손짓해 불렀어.

그는 머뭇머뭇 다가오더니 갑자기 전에 없이 민첩해진 동작으로 트럭의 보닛을 열었다. 니키타 파르진스키가 또 빠르게 말했어. 꾸다라는 낱말이 섞여 들렸다. 꾸다는 어디라는 뜻이니까 아마도 니키타는 어디가 문제냐고 그에게 묻고 있는 것 같았어. 그는 그러나 말이 전혀 없이 트럭을 고치기 시작했다. 놀라웠던 것은 그의 재빠르고 치밀한 손동작과 달라진 눈빛이야. 루리 차 혼쩬,이라고 말할 때의 텅 빈 눈빛이 아니었거든. 올혼섬에 들어와 오늘로 닷새째, 오토바이를 타고 다가와 언제나 오토바이 시동을 끄고 내려서서 정중히 뭐라고 말해오던 그의 눈빛을 적어도 수십 번 이상 보았지만, 트럭을 고치기 시작할 때의 눈빛하곤 달랐다구. 나를 향해 있으면서도 나를 보는 게 아니라 나를 관통해 어떤 다른 세계를 보는 듯한 그 눈빛이 아니라, 뭐랄까, 초점이 비로소 분명해져 마치 일출 순간의 바이칼 호면처럼 반짝이는, 그것은 살아 있는 눈빛이었지.

그는 순식간에 차의 엔진을 고쳤다.

니키타가 시동을 걸고 부르릉 악셀을 밟아 보이자 그는 툭툭 손을 털며 자신의 오토바이로 돌아갔는데, 그때 이미 그의 눈빛에 광채는 남아 있지 않았어. 햇빛만이 부러진 데를 테이프로 덕지덕지 붙인 뿔테 안경 끝에서 빛났을 뿐. 원래 저 사람 손재주가 비상했다는데요, 라고 이민형 사장이 니키타 파르진스키의 말을 통역해 주었다. 트럭은 하늘을 가릴 듯이 서 있는 키 큰 적송(赤松) 사이로 길 없는 길을 뚫고 나아갔다. 적송은 통나무집을 짓는 데 쓰이는 잘생긴 나무야. 작년 이맘때까지만 해도 오물리공장에서 일했대요, 라고 이민형 사장이 소리쳐 말했지. 기술자였나 보죠, 라고 나도 엔진 소리를 이기기 위해 악을 썼어. 기술자라고까지야 뭐. 오물리공장이라고 기계가 있는 것도 아녜요. 오물리를 소금에 절여 화물배로 실어내면 되는걸요. 예전엔 고기잡이를 했다나 봐요. 이것저것 허드렛일 주로 하고 산 모양인데요, 좌우간 오토바이든 고깃배 엔진이든 자동차든 고장 났다 하면 그 친구 손이 가야 고친다는군요. 못 고치는 게 없대요. 그 오토바이도 누가 버린 것을 여러 날 손봐서 타고 다닌답니다, 작년부터요. 기름탱크도 함석으로 만들어 달았다는 거예요. 더 이상 고칠 게 없으니 저 친구 심심하긴 되게 심심했겠어요. 평생 섬 밖으로는 나가본 적이 없었다니, 원. 허어, 저 친구 계속 우릴 따라오네. 이민형 사장의 말처럼 그는 일정한 거리를 두고 계속 우리가 탄 트럭을 따라오는 것이었어. 루리 차 혼쩬이 무슨 뜻인지 꼭 알아봐달라고 나는 니키타 파르진스키에게 부탁해 두었다. 다시 오토바이에 올라 떠나면서 늘 하는 말, 차아 부아헌, 까지. 우리의 차가 고장 없이 서면 그는 다가와 말할 터이다. 텅 빈 시선으로, 그러나 정중하게 루리 차 혼쩬, 이라고.

하나야.

비는 오는 듯 안 오는 듯, 이슬비다.

고개를 들면 삼나무로 짜 맞춘 창살 사이로 후지르 마을의 서쪽 초원지대가 한눈에 내다뵌다. 경사를 따라 선착장까지 이어지는 초원지대 역시 민들레꽃이 한창 피어나고 있구나. 이곳 사람들은 저 민들레를 아두반치키라고 불러. 바이칼이나 이르쿠츠크뿐만 아니라 광대한 동토 시베리아 어디를 가든 날이 풀리고 햇빛이 힘 있게 꽃히는 계절이 오면 천지사방 얼어붙었던 물이 녹아 흐르고 그 사이사이 수줍고 화사하게 아두반치키가 피기 시작한다. 민들레―아두반치키는 무리져 피지만 네 편 내 편 경계가 없어. 나는 오늘 새벽 양말도 신발도 신지 않은 맨발로 걸어 절벽 끝까지 나아갔다. 이슬에 젖은 풀들이 내 발바닥을 받아 제 품에 안는 부드러운 감촉을 설명할 말이 없구나. 바이칼은 잔잔했고 해가 뜨기 직전의 동편 하늘은 차츰 홍옥처럼 붉었다. 나는 바이칼이 깨어 일어나는 그 새벽의 밀어를 한참이나 귀 기울여 들었지. 창강창강, 하고 츠츠이 츠츠이, 하고 끼르륵끼르륵, 하고 포르르룽포르룽, 하고 쉬치쉬치쉬치치, 하고 챙챙챙, 하고 쯔쯔비 쯔쯔비, 하고 또, 큐리릿 큐리리릿, 하는, 웡 웡 웡 하는 소리. 바이칼의 새벽은 어떤 땐 박새 소리 휘파람새 소리를 내고, 어떤 땐 제비나비의 날갯짓 소리를 내고, 어떤 땐 팽이 돌아가는 소리를 내고, 어떤 땐 타악기의 최저음이 울리는 소리를 내고, 또 어떤 땐 큰 산맥이 우는 소리를 내기도 해. 쌀 씻는 소리, 천만군마떼 짓쳐들어오는 소리도 내. 바이칼이 내는 새벽의 소리를 한두 개의 의성어로 표현할 수는 없어. 그것은 문학이 가지는 바 삶의 조건에 대한 잔인한 한정의 틀 너머에서 나는 소리이고, 운동이 보여주는 바 금강석처럼 단단하고 불꽃처럼 뜨거운 사랑의 이전과 이후를 아우르는 소리이며, 종교가 가지는 바 은유와 상징 체계의 색법(色法)을 벗어던지는 소리라면 과장일까. 내가 작가로서 젊은 날 꿈꾸었던 자유라는 게 기실 얼마나 수많은 한정적 바리케이드 안에 편입돼 있었는지 바이칼의 새벽은 내게 일러주었다. 나는 나의 인물들에게 이렇고 저런 길을 주었지. 그것은 고전적 소설작법이다. 분열을 거듭하면서 그들은 걷고 달리며 내가 준 길을 따라간다. 어디로 가는지 나의 인물들이 모를 때조차 나는 그들의 길을 알고 있어. 그건 작가로서 고유하고 특별한 권리야. 내 인물들이 나아갈 길 없을 때조차 작가인 나는 그 없는 길을 보는 거지. 길이 없는 것이 길이 되는. 어떤 시인은 고통스럽지만 앞서 걷는 자가 지도를 만든다고 노래했다. 콜럼버스는 아메리카로 가는 지도를 만들어 우리에게 보여주었다. 네가 운동의 길에서 꿈꾸는 길 또한 그렇겠지. 길은 경계가 필연이고 경계는 다산(多産)이니 이념도 낳고 체제도 낳고 소설도 낳고 별의별 것을 다 낳는다. 내가 쓴 소설들은 삶을 여는 것이었던가. 한정지어 닫는 것이었던가. 바이칼의 신새벽은 내게 그런 걸 묻는다. 우리가 길이라고 부르는 것들의 경계가 이곳의 청정한 새벽엔 없기 때문이다. 이곳에 작가가 없기 때문이다. 작가가 없는 땅은 얼마나 행복하게 열려 있는 것일까, 하고 나는 초원 위를 맨발로 뛰고 걸으며 중얼거렸어.

오토바이를 탄 남자가 나타난 게 그때였구나.

오토바이는 언제나 그렇듯이 경사진 선착장 쪽에서 처음 나타났지. 먼저 찢어지는 듯한 요란한 엔진 소리가 들리고, 그 다음 구릉 경계선에 털벙거지가 슬그머니 솟아오르고, 그럼 이내 두꺼운 뿔테 안경을 끼고 마상에 꼿꼿이 앉은 나의 돈 키호테.

루리 차 혼짼?

그가 오토바이에서 내려서며 정중히 말할 때 나는 초원의 한가운데 서 있었어. 어제 올혼섬의 북단까지 동행했으므로 나는 다른 때보다 훨씬 더 친밀감을 느끼며 즈드라스뜨부이쩨, 러시아말로 인사했고, 그는 한 번 더 루리 차 혼짼. 그리고 사이를 두었다가 차찬 뿌아헌. 오토바이는 잠든 새벽의 마을을 온통 물어뜯듯이 비명을 지르며 한 바퀴 돌아오더니 이번엔 내 앞에 멈춰 서지 않고 또 한 바퀴를 돌았다. 그가 내게 암말도 안하고 지나친 건 그때가 처음이었어. 이제 그에게 내 소설 속의 인물에게 느끼듯 담뿍 친화력을 느끼던 터라 그가 말없이 지나치는 게 어쩐지 섭섭했다. 나는 세 번째로 그의 모습이 선착장을 돌아 내게 다가올 때, 민들레꽃 하나를 꺾어들고 있었다. 그가 이윽고 내 앞에 멈춰 서서 루리 차 혼쩬, 했지. 나는 반가워서 민들레꽃을 그 앞으로 내밀며 오친 끄라씨바, 이쁘다고 말했다. 그의 눈빛은 여전히 비어 있었어. 때마침 해가 떠오르기 시작했고, 황금빛 햇빛 한 점이 그의 눈을 찔렀지만, 무심한 동굴처럼 단지 열려 있을 뿐인 그의 눈은 꿈적도 안했다. 그는 오토바이에 느릿느릿 다시 다리를 올리며 내게 마지막 말을 남겼다.

차찬 뿌아헌.

오토바이는 떠났어.

언제나처럼 그의 오토바이는 느리게, 그러나 소리만은 찢어질듯이 초원을 사선으로 가로질러 절벽 끝까지 갔다. 바퀴에 눌렸다가 다시 일어나는 새벽 풀들의 율동을 나는 보고 있었지. 이미 다 솟아난 해의 선도 높은 광채를 역광으로 받은 그의 털벙거지가 흔들리는 것도. 절벽 끝을 유연하게 돌아 이제 마을의 서편으로 방향을 틀어야 할 차례였다.

그러나 오토바이는 곧은 직진, 한순간 절벽 끝에서 내 시선을 벗어났다.

그것은 거짓말 같은 광경이었어. 나는 너무나도 믿기지 않아서 초원 한가운데 선 채 눈을 깜작여보았다. 그가 그의 오토바이와 함께 잠깐 떠올랐다 사라진 절벽 끝엔 황금색 물비늘만 황홀히 매단 바이칼호 수면이 수직으로 걸려 있을 뿐이었다.

물 아래 옥돌 같은 딸 하나.

물안개가 수런수런 초원을 거슬러가 선착장 쪽으로 솜이 찢어진 것처럼 찢어져 흘러내려간다. 무슨 소리? 편지를 쓰다 말고 선착장 쪽에서 오토바이 소리가 들리는 듯해 나는 귀를 쫑긋 세운다. 이민형 사장이 떠났으니 이곳에 남겨진 외국인은 이제 나 혼자뿐이야.

그 남자의 시신을 건져 올린 건 정오쯤이었어. 찾지 못한 오토바이
는 바이칼 깊고 깊은 해저, 불변의 섭씨 일 도 그곳에 내려가 흰 소
가 끄는 수레 타고 흐를까.

허보이의 언덕이 선연히 떠오른다.

언젠가 널 데려와 함께 가보고 싶구나.

올혼섬의 북단, 허보이의 그 언덕에. 적송 사이를 간신히 뚫고
완만한 경삿길을 올라섰을 때, 나무 한 그루 없이 바이칼 짙푸른 수
면을 향해 보드랍고 유장하게 흘러가 박힌 초원, 그 땅 끝. 민들레
뿐만이 아니었다. 수많은 빛깔의 수많은 키 작은 들꽃들이 그 드넓
은 초원에 한껏 피어 있었어. 투명한 햇빛은 수천수만 꽃잎 사이사
이로 박혀 소외가 없고, 북쪽 스와또이노스 반도를 떠나 호수를 지
나온 바람이 장난치듯 꽃술과 꽃잎과 꽃대마다 흔들어 상처가 없는
무한경계의 땅.

나는 내 가슴속 사랑을 어찌할 수 없어 옷을 모두 벗고 놀았지.

천 년 전의 아리따운 선덕여왕도 만날 수 있을 것 같았다. 그 들
꽃들 너머, 저쪽 적송 아래, 그가 오토바이에 드높이 앉아 나를 바
라보고 있었다. 그는 그때 무엇을 그 텅빈 눈빛으로 보았을까. 나는
나의 우물에, 청산에 살어리랏다, 해맑은 이마 높이 들고서 청산 하
나 솟아나 비쳐지는 걸 보았지. 수천수만의 들꽃들이 나를 용서해
손 흔들어주는 것도. 야 류블류 쩨뱌, 라고 벌거벗고 껑충껑충 뛰면
서 나는 소리쳤단다. 나는 너를 사랑한다는 뜻의 러시아말이다. 나
는 소리치고 소리쳤어.

야 류블류 쩨뱌!

편지 다섯

사랑하는 내 딸, 하나.

잠을 이룰 수가 없다. 네 엄마도 그렇고 나 또한 그래. 엄마는 벌써 며칠째 식음을 전폐하다시피 하고 있어. 날씨는 왜 이렇게 연일 무더운지.

창 너머 여명이 터오는 시각.

나는 지금 네 책상 위에 엎드려 이 글을 쓴다.

책상 위엔 몇몇 교재들 사이로 김남주의 유고시집과 리처드 바크 지음 『갈매기의 꿈』과 김수정 만화 『아기공룡 둘리』가 쌓여 있고, 내가 이르쿠츠크로 날아가는 비행기 케이이(KE) 9515호기에서 생일선물로 사 보낸 귀걸이 선물세트와 편지가 놓여 있고, 유치원 노란 제복을 입고 엄마와 함께 웃고 있는 네 사진이 작은 액자에 넣어져 놓여 있다. 사진 속에서 너는 쌍갈래로 땋은 머리에 노란 리본을 매고 아주 순하디순하게 웃는구나.

살짝 벌어진 앞니엔 티끌 하나 없어.

아마도 내가 안양 비산동의 미륭아파트에 살 때였던 것 같아. 어떤 날 책 한 권이 날개 돋친 듯 팔려 유명한 작가가 됐을 때, 그 유명한 이름으로 짐진 것들 너무 무거워 어찌어찌 숨어 있을까 하고 서둘러 이사해 갔던 안양 변방. 네가 불과 다섯 살 되어 처음으로 세상과 만났을 이층짜리 흰 타일이 붙여진 그 유치원 건물이 떠오른다.

아빠 아빠.

유치원에서 성급히 돌아온 네가 숨넘어가는 소리로 나를 부르며, 구백이호 사줘, 구백이호 사달란 말야, 다짜고짜 떼를 쓰듯 했던 말, 너 기억하니. 너는 그날 선생님한테서 여자는 크면 시집을 가는데 시집간 뒤엔 엄마 아빠랑 살지 않고 다른 집에서 살아야 한다는 설명을 들었던 거야. 우리가 살던 아파트가 903호였으니까, 시집간 다음에도 아빠 곁에서 떨어지고 싶지 않으니 미리미리 902호를 사놓으라는 것이었지. 그 무렵의 너는 올혼섬 북단의 들꽃보다 더 이쁘고 맑았다. 정말야. 널 보면 누구나 야무지게 땋아내린 머리, 깜찍하게 튀어나온 해맑은 이마, 길고 유순한 속눈썹, 쓰다듬어보고 싶어 안달을 했었거든.

보고 싶은 하나야.

너를 만나고 돌아온 지 불과 세 시간도 채 지나지 않았는데 네가 왜 이리 간절히 보고 싶은지. 아빠 뭐 하러 돌아오셨어요, 라고 너는 애써 웃으며 말했지. 나는 눈시울 뜨거워져서 그 순간 아무 대답도 하지 못했다만 지금은 말할 수 있다. 내가 서둘러 바이칼에서 돌아온 것은 네가 염려됐다거나 너를 불길 속에서 구해 낼 비책이 있었기 때문이 아니라, 다만 물 아래 옥돌 같은 나의 딸, 하나가 그리웠기 때문이라고.

서울에서 난리가 났어요.

이민형 사장이 전화기 저 너머에서 말할 때만 해도 나는 그것이 단서가 되어 바이칼 올혼섬을 떠나게 될 줄은 예상 못했다. 정한 바는 없을지라도 적어도 여름이 지날 때까지 나는 그곳에 있으리라 했었거든. 그러나 이민형 사장이 덧붙여 말하길, 통일축전을 벌이려던 시위학생들이 대학 과학관 건물에 고립되어 경찰과 대치상태가 여러 날째 된다는데요, 그 과학관에 글쎄, 실험실습 자재가 많아 불이라도 붙었다간 수천 명 학생들이 몽땅 날아갈 판이랍니다, 했을 때 머나먼 바이칼에 홀로 떠나와 있는 내게까지 시위의 불길이 옮겨 붙었다는 걸 알았다. 올혼섬의 마지막 밤을 보내는 짧은 꿈속에서 순백색 드레스를 입은 네 몸이 하나의 불꽃이 되어 하늘에서

266

부터 떨어져 내리는 것을 나는 보았어. 하나랑 애들 있는 건물에 여보, 화공약품과 화염병이 뒤죽박죽 쌓여 있다는 거야. 네 엄마가 떨면서 말했지. 나는 이르쿠츠크를 떠나 극동의 블라디보스토크에서 비행기를 바꿔 타고 멀찍이 태평양을 돌아 김포에 내렸구나. 끝까지 가려내어 엄중하게 법적 책임을 물을 방침. 대학총장 출신의 국무총리 담화문 내용을 나는 오는 비행기 속에서 들었다. 블라디보스토크에서 서울까지 직항로로 날면 한 시간 비행거리도 채 되지 않건만 비행기는 짐짓 조국을 버리는 시늉으로 동강난 내 나라 멀리 등져 날다가 태평양을 선회해 내 집으로 오는 것이었어. 북한의 대남적화노선 그대로 추종. 이적(利敵)으로 규정. 발본색원. 엄단의 칼. 칼. 칼. 초강경진압을 천명한 서슬 푸른 검찰의 선언. 김포에서 비행기를 내렸을 때 내 조국의 여름이 너무도 습하고 무덥다는 걸 나는 깨달았다.

폭력극렬시위에 여·야 한목소리. 각계 인사 엄단 주장.

신문은 또 쓰고 있었어. 완전무장한 일만이천여 명의 전경에 포위되어 고립된 너희들은 단전·단수는 물론 음식도 부족하여 탈진한 학생이 부지기수라고. 강경진압에 맞서기 위한 투신조와 분신조가 이미 조직돼 있다는 소문도 있다고. 신문에 실린 망원렌즈로 찍어낸 사진 속의 과학관 고층 유리창엔, 엄마 배고파, 라고 씌어 있구나.

나는 네 책상 위에 펼쳐진 책을 본다.

네 책상 위에 놓인 책 속에서 김남주 시인은, 자유의 길, 해방의 길, 통일의 길……이라고 썼다. 빛이 빛을 잃고 어둠 속에서……라고.

세상이 갈 길 몰라 헤매고 있을 때
섬광처럼 빛나는 사람들이 있었다

이 구절에 선 굵은 매직으로 너는 주욱, 밑줄을 그어놓았어. 나는 네가 감동하여 읽었을 그 시를 지금 소리 내어 읽어봐. 너를 부르듯이.

과학관 화공약품 더미 속에 너희들이 갇힌 지 이제 꼭 팔 일째.

정부도 언론도 국민도 똘똘 뭉친 듯 너희들의 항복과 고사(枯死)만을 기다리는 이 고립무원의 여명 속에 과연 누가, 무엇이 빛나는 것일까, 섬광처럼.

이대로 있을 수는 없어.

네 엄마가 머리를 빗어 묶더라.

어떡하자는 거야, 라고 나는 자신 없이 대답했어.

바로 지난밤 아홉 시 텔레비전 뉴스가 끝난 직후였지. 텔레비전에선 오늘밤 안으로 과학관에 경찰이 진입작전을 펼 가능성이 많다는 아나운서 멘트와 함께 여러 대의 페퍼포그, 헬기까지 동원한 삼엄한 경찰 포위망, 폐타이어를 과학관 앞에 쌓아올린 시위대의 바리케이드, 쇠파이프로 무장한 사수대, 복면을 한 옥상의 시위학생들 따위를 반복해 보여주었어. 경찰이나 시위대나, 양쪽 다 양보를 안 하면 도대체 어쩌자는 거냐구요. 한판 붙어서 과학관이 폭발해 경찰과 학생들 함께 죽자는 거냐구요. 이게 이민족과 전쟁하는 거냐구요. 엄마는 말하면서, 그러나 서둘지 않고 여러 번 꼼꼼히 빗질한 머리를 앞가르마 타서 깡똥하게 동여맸지. 산기(産氣)가 있어 너와 네 오빠 동생들 낳으려고 산부인과 병원으로 떠날 때, 한밤이든 새벽이든, 네 엄마는 복통을 느낄 그 순간조차 늘 그렇게 꼼꼼히 머리를 빗어 묶었었어.

당신, 머리 빗어 묶는 것 보니까 또 애 낳을 폼이구먼.

나는 말하고, 하나 만나러 갈 거야, 하나가 엄마를 부르는 소리 들려, 라고 엄마는 선언하는 거야. 평생 내게 순종하고 살아왔지만 머리 꼼꼼히 갈라 빗어 묶고 나면 네 엄마 절대 가로막을 수 없다는 거, 난 알고 있어. 네 엄마는 사랑의 결단으로만 그런 식으로 머리 빗어 묶거든. 마치 눈에 뵈지 않는 누군가의 길 안내를 받는 것처럼 경찰병력의 포위망 사이, 어두운 나무 사이를 교묘하게 돌아 엄마와 나는 너의 대학 과학관으로 갔구니. 네 엄마는 확신에 자서 성큼성큼 걸어가고 나는 시종처럼 그 뒤를 따르는 형국이었지. 당신, 열린 길을 이렇게 잘 찾다니, 족집게 무당이네. 사수대 학생들 사이를 비집고 들어가 전운이 감도는 과학관 현관에 도착했을 때 내가 말했어.

그렇게 나는 너를 보았다, 하나야.

너는 과학관 삼층의 동편 복도 끝에 있었지.

수많은 학생들이 대학별로 무리져 시멘트바닥에서 혹은 자고 혹은 앉아 있는 사이를 지나 네 엄마에 이끌려 복도 끝까지 갔을 때, 먼지 쌓인 시멘트바닥에 찢어진 신문지 한 장 깔고 모로 누워 잠든 너를 보았던 거야. 포개지다시피 잠든 한 무리의 학생들 중에서도 등을 한껏 접은 너는 더욱 유난히 꼽추처럼 작았지. 홀로 앉은 채 졸고 있는 한 남학생의 무릎에 네 앞이마 닿고 있었다. 저, 저희 대학 부학생회장입니다, 하고 내게 꾸벅 머리 숙여 인사하던 그 남학생. 머리 빗어 묶을 때부터 이미 또 다른 전사(戰士)가 된 엄마는, 너를 어떻게 키웠는데 신문지 한 장 달랑 깔고……라고 말하면서도 울진 않았다. 그러나 와락, 엄마 품에 안기는 순간, 네 두 눈엔 이슬이 맺혔지.

엄마도 참.

너는 웃으면서 대답했어.

여기서 신문지 한 장이면 어딘데 그래.

동아리 MT 떠나보내면서 보았으니 내가 너를 만난 것은 꼭 열아

흐레 만이었어. 그 사이 너는 몰라보게 말랐고, 까맣게 탔고, 목이 훌쩍 길어졌고, 눈은 깊었다. 이 신문지 벌써 일주일이나 내 침대보로 쓰고 있는걸. 돈 줄 테니까 팔라는 애도 있어, 엄마. 예전과 다름없이 네 웃음은 순하고 맑았다. 일만이천여 명의 전경에 포위되어 있는 전사가 아니라 유아복을 입고 엄마 곁에 선 저 사진 속의 너처럼. 여기 선배님도 천 원 줄 테니까 아까 팔라고 했는걸, 하고 덧붙이며 너는 살짝, 네 곁의 부학생회장을 보았어. 하얗게 웃고 있는 너의 맑고 깊은 눈빛에 그 순간 난(蘭)향처럼 세필(細筆)로 흘러가는 광채 한 자락, 나는 본 듯했다.

그래서 난 알아차렸구나, 하나야.

깡마른 체구, 헌칠한 키, 그리고 부드러운 턱선 안에 단단한 이념의 그물코를 감추고 있는 그 청년이 너의 젊은 무사 예니세이라는 것을. 네가 안 나가면 나도 안 가, 라고 네 엄마는 말했으나, 우리는 해산하여 나가겠다는데 경찰이 우리를 가둬놓고 있는 거예요, 라고 또 네 선배가 말했으나, 애비이면서 작가인 나는 정작 아무 말도 할 수 없었다. 아빠, 전 아직 어떤 것이 통일의 길인지 몰라요. 왜 이렇게 우리가 여기 갇혀 있어야 하는지도요. 그치만 이건 알아요. 우리는 여드레나 이곳에 함께 있었어요. 함께 말예요. 저 혼자서 여기를 나갈 수는 없어요.

동편 하늘이 홍조를 머금고 있다.

네 엄마가 미숫가루를 타가지고 와서 책상 맞은편 피아노 의자에 앉았어. 라디오 새벽뉴스는 투신이나 분신 등 돌발사고를 고려하여 너의 대학 과학관 진입을 좀 더 뒤로 미룰 것이라고 전하는 중이다. 도대체 이게 뭐래요. 너나없이 잘나터진 양반들 많은데 해방되고 오십 년 넘도록 쬐끄만 땅덩어리 하나 붙여놓지 못해 공부할 애들까지 잡쳐놓고……라고 말하며 네 엄마, 참았던 눈물 기어코 쏟는구나.

이럴 때 왜 하필 그 남자가 떠오르는 것일까.

오토바이로 올혼섬 좁은 마을을 돌고 돌다가 어느 새벽 훌쩍 날아서 바이칼 깊은 곳으로 떠나버린 그 남자. 루리 차 혼쩬, 하고 오토바이에 내려서 정중히 그가 내게 권하던 것이 무엇이었는지 이제 확연히 알 것 같구나. 그는 아마 함께 가실까요, 라고 말했을 거야. 함께 가실가요, 함께 가실까요, 그렇지만 경계심 많은 그 누구도 따라 나서진 않고, 그러니 다시 오토바이를 타고 떠나며, 차찬 뿌이헌, 그럼 혼자 가지요, 했던 게 아닐까. 독백은 허망하지만 눈물은 무겁다. 엄마의 눈물은 너와 함께 가지 못해, 경계가 미워서 흘리는 눈물일 터이다. 경계는 새끼 쳐서 더 많은 경계를 낳고, 천지사방 가르고 나누니, 그리운 길 멀찍이 밀쳐두고 온 나는 돌아오지 못하는 네 책상 앞에 앉아 죄인처럼 두 팔 내려뜨리고 있을 뿐이다.

해가 떠오른다.

통일조국에서 반드시 살게 될 젊은 하나.

네 엄마와 나는 비록 굶주린 채 시멘트바닥에서 신문지를 덮고 지널망정, 일만이천 경찰병력이 철통같이 에워싼 고도에 네가 갇혀 있을망정, 간밤에, 학문의 전당 대학에서, 차이고 불타고 다치고 죽는 끔찍한 일들이 일어나지 않고 새로 뜨는 해를 맞는 게 얼마나 다행스러운지 그 은혜에 감사드리고 싶은 심정이다.

우리 하나, 별일 없겠지요.

떠오르는 해를 향해 엄마는 가슴을 쓸어내리고, 나는 무한경계로 열리어 일어서는 황홀한 바이칼의 아침을 본다. 이름 모를 그 작은 들꽃들도. 너에게 꼭 바이칼의 들꽃들을 보여줘야지. 영하 삼십도의 얼어붙은 혹한 한가운데, 그래도 신묘하지, 작은 씨 감추어 견디다가 대지가 풀리는 계절이 오면 마침내 그 싹을 피워 영롱한 꽃잎들을 피워내는 들꽃. 민들레. 아두반끼치. 그들이 이쁜 것은 길고 잔인한 시베리아의 혹한을 견디어냈기 때문이 아니라, 사실로 말하자면, 마침내 그들이 영롱한 제 빛깔을 제 목숨에 담아 꽃을 피워냈기 때문이야.

그럼. 그렇고말고.

나는 이윽고 확신에 차서 네 엄마의 어깨를 다독거린다.

너의 순한 웃음과 네 선배들의 눈빛이 동시에 떠오른다. 너는 새우잠을 자다가 일어났을 때, 또는 앉은 자리에서 이탈할 때, 네 신문지를 꼭 접어 챙긴다고 했어. 본래부터 네가 무엇을 버리지 못하는 성미이기 때문만은 아닐 거야. 그 먼지투성이 침침한 복도 끝에서, 최루탄 연기에 눈물 콧물 흘릴 때조차, 서둘지 않고, 그러나 민첩하고 꼼꼼하게, 너의 침대보, 찢어진 신문지를 접어 챙기는 것은 그래, 다만 다음에 앉거나 누울 때에 대비하는 거지. 넌 언제나 그런 아이였어. 다음이라는 희망을 소중히 하는. 엄마와 내가 너를 두고 나올 때, 시한폭탄 같다는 과학관 앞까지 따라 나와 귀엣말로 네가 했던 말이 생생하다.

아빠, 나 여기서 나가면 있지, 냉면하고 소주 사줘요.

그러엄. 사주고말고.

해는 이제 북한산 형제봉 위로 불끈 솟아올라 이 글을 쓰는 네 책상 위에까지 곧게 달려온다. 우리 밥해 먹자구. 난 배고파, 여보. 네 엄마에게 나는 말한다. 너는 반드시 무사히 올 것이다. 이 아침, 눈가를 세밀하게 접어 순하게 웃으면서, 찢어진 신문지를 접고 있는 네 손을 나는 보고 또 봐. 너에 대한 내 확신의 단서이며 앞세워 놓은 우리들 세상에 대한 내 희망의 상징인.

하나야.

고기(古記)에 이르기를, 일찍이 바이칼 동쪽에 우리의 시조인 천제한님〔天帝桓因〕의 나라가 있어, 그 나라 땅이 넓어 남북이 오만 리요 동서가 이만 리라고 했거니와, 아직 동강 나 있는 조국에 연민을 떨치지 못하는 젊은 너를 그리며, 이 아침, 중종 때의 강직했던 선비 이맥(李陌)이 시어 묶은 『환국본기(桓國本紀)』 서두를 나는 여기 적는다.

옛적에 한님〔桓因〕이 계셨나니 하늘에서 내려오시사 천산(天山)에 사시면서 천신에 제사 지내고, 백성에겐 목숨을 정하시고, 모든 일을 두루 다 다스리시니, 들에 사시매 곤충과 짐승의 해독이 없어지고, 무리와 함께 행하시매 원한을 품거나 반역하는 무리 또한 없어졌느니라. 친하고 멀다 하여 차별을 두지 않았고, 윗사람과 아랫사람이라 하여 층하를 두지 않았으며, 남자와 여자의 권리를 따로 하지도 않았고, 늙은이와 젊은이의 일만은 구별했으니, 이 세상에 법규가 없었지만 계통은 저절로 성립되고 순리대로 잘 조화되었도다. 질병을 없게 하고 원한을 풀며 어려운 자를 일으키며 약자를 구제하니, 원망하고 일부러 어긋나는 자 하나도 없었다.

(1997년 작)

그해 가장 길었던 하루

1

빽지르는 풍장소리가 고샅을 훑고 지나간 것은 아침이었다. 순임이 길어온 물을 물항아리에 붓고 나서 막 허리를 들어 올리는데 그 풍장소리가 났다. 아래뜸에서 위뜸으로 올라가고 있었다. 까들막거리며 앞장서 나가는 꽹과리 소리는 보나마나 강씨네에서 담살이하는 절름발이가 내고 있을 터였다. 꽹과리를 잘 쳐서 사람들은 그를 꽹매기라고 불렀다.

"뭔 놈으 풍장소리라냐."

어머니가 투가리 깨지는 말본새로 물었다.

부뚜막에 빼뚝하게 앉아서 어머니는 깻묵죽을 젓고 있었다. 깻묵죽이라고 하지만, 뭐 제대로 생겨먹은 깻묵으로 죽을 끓이는 것도 아니었다. 면에서 집집마다 가진 논의 넓고 좁음에 따라 배급해준 그것은, 본래 논에 거름으로 쓰라고 나눠준 콩깻묵이었다. 만주에서 가져온다고 말하는 사람도 있었고, 일본에서 들여온다고 말하는 사람도 있었다. 강경포구엔 일장기를 높다랗게 매단 일본배가 자주 들어오는데, 일본배를 직접 보고 돌아온 영순네 큰아버지 째보아저씨 말로는, 그 배의 키가 하늘에 닿고, 양편으로 어기차게 벌어진 게 거짓말 참말 할 것 없이, 앞재빼기 들녘만큼 넓디라고 했다. 텐노오 헤이카가 우리를 위해 콩깻묵을 보내주는 것이라고 째보아저씨는 말해 주었다.

귀신 씻나락 까먹는 소리 허고 자빠졌네.

어머니는 혼잣말을 하듯 대거리를 했다. 콩깻묵을 내려놓은 일본배는 콩깻묵 대신 구경하기조차 어려운 쌀가마니를 바리바리 싣고 일본으로 간다는 것이었다. 모악스럽게 공출로 걷은 볏가마니들이 장날마다 둑길로 줄지어 실려 나가는 것을 순임은 늘상 보았다. 어머니는 논에다 비료를 주라고 나눠준 콩깻묵을 이틀쯤 물에 담가 두었다가 밀기울을 넣고 죽을 끓였다. 누르딩딩한 깻묵죽에선 이상한 기름 냄새 같은 게 나서, 순임은 숟가락질을 할 때마다 콧잔등을 오감스럽게 찡그리곤 했다. 처먹으면서 코쭝배기 찌그러뜨리는 년은 뒈져 귀신이 되믄 코가 없냐, 라고 어머니는 어깃장을 놓았다. 코쭝배기 없으면 성은 달걀귀신 되겠네 잉. 토를 붙이고 항용 나서는 것은 순명이었다.

"엄니, 엄니!"

숨넘어가는 소리가 안마당을 가로질러 왔다.

어머니 말에 아무런 대꾸 없이 물동이를 이고 정지를 나서려던 순임의 옆구리를 뱌비쳐들어 온 것 역시 순명이었다. 순임과 세 살 터울로 이제 열두 살인데, 매사에 느리고 말수 적은 데다가 생긴 것부터 숫되고 펑퍼짐한 순임과 달리, 순명은 재빠르고 야무진 데다가 생긴 것 또한 앙당그러진 것이, 한눈에 어기찬 구석이 있어 뵀

다. 풍장소리는 위뜸으로 올라가고 있는 중이었다. 순명이 숨을 새
새거리면서 말했다.

"엄니, 나 갈겨. 경성 간당게."

"썩을년이, 무신 자다가 봉창 뜯는 소리를 허고 자빠졌다. 새똥
빠지게, 경성이 워딘데 니깟 년이 거길 간다는겨?"

"방직공장 말여, 나도 갈 수 있댜. 영순네 큰아부지가 그렸어."

"째보 그녀르 것이……."

"갈 사람은 아침 먹고 뒷솔밭 회당으로 뫼랬어. 엄니허고 같이
와야 헌댜. 증말여. 그것 땜새 풍장치고 허는 거랑게. 뭣이냐, 방직
공장에서 사람이 왔는디 댕, 댕기를 목에다 맸단 말여. 그 사람 따
라가기만 허믄 쌀밥에 괴기반찬 배창사구 터지게 준댜. 증말로 나
갈겨, 엄니."

순임은 사립문을 나섰다.

이제 막 떠오른 해가 고내곡재 위에 쇳물 뒤집어쓴 맨머리로 떠
있었다. 아침볕인데도 햇발 쨍쨍한 것이 오늘 역시 오지게 더울 모
양이었다. 봄보리조차 채 여물지 않은 늦봄이지만 벌써 며칠째 참
숯불 피워놓은 듯한 불볕더위가 이어지고 있었다. 순임은 공연히
가슴이 두근두근해져서 양손으로 빈 물동이의 옆귀를 꽉 붙들어 잡
고 짐짓 아창거리며 걸었다. 똬리 위에 한 자[尺] 반은 됨 직한 물
동이를 얹어놓았으나, 물동이 꼭대기가 겨우 고샅 한켠의 토담 꼭
대기와 키대기를 한 형세였다. 세 살이나 어린 순명이 키가 조만간
자신의 키를 넘볼 것이라고 생각하니 한숨이 나왔다. 미상불 아침
마다 십여 번씩이나 물동이를 머리에 이고 동네 우물과 정지를 오
가고 있으니, 깻묵죽일망정, 먹은 것이 키로 갈 리 만무했다.

우물가엔 때맞추어 영순네 큰어머니 째보댁이 나와 있었다.

째보댁은 물을 긷는 중이었고, 첫 애기를 잃고 나서 더욱더 수척

276

해진 꽹매기 젊은 각시는, 보리죽을 끓일 요량인지, 겉보리를 씻고 있었고, 유난히 방귀를 잘 뀐다고 해서 똥뀔댁이라고 불리는 분숙이 어머니는, 사철나무 그늘에 오종쫑하게 앉아, 쌀바가지에서 뉘를 가려내고 있었다. 요즘 같은 보릿고개에 곱삶이래도 그렇지, 보리밥일망정 원 없이 먹을 수 있는 집은 손가락을 꼽을 정도였다. 그런데 싸라기도 아닌 쌀이라니. 은근히 부아가 치밀어 올라 있던 째보댁이 두레박줄을 잡아 올리다 말고 순임을 보더니 냉큼 오금을 쥐어박듯 말하는 것이었다.

"순임이, 너도 가라 잉. 너도 가."

철푸덕, 우물물에 떨어지는 두레박 소리가 났다.

풍장소리는 위뜸을 한 바퀴 돌고 났는지 다시 아래뜸으로 다가오고 있었다. 아래뜸과 위뜸이 만나는 곳에서, 서편을 향해 주머니 같은 형국을 하고 불쑥 나앉은 뒷솔밭으로 다시 내려올 모양이었다. 우물가에선 탁 트인 벌판과 함께 소나무들이 우뚝우뚝 서 있는 뒷솔밭이 한눈에 바라보였다. 이태 전인가, 솔밭 사잇길로 떠나던 동갑내기 분숙의 뒤꼭지가 순임에게 환히 뵈는 듯했다. 분숙의 큰언니 분순이가 일찍 방직공장으로 가 자리를 잡고서 분숙이를 불러올린다고들 했다.

"그러엄, 가야 허고말고."

똥뀔댁이 맞장구를 치고 나왔다.

순임은 자신도 몰래 아래윗입술을 모두어 내밀고, 째보댁이 건네는 두레박줄을 힘주어 잡았다. 우물은 웅숭깊어 한낮에 코를 박아봐도 그 속이 들여다보이지 않았다. 여름철엔 서늘하고 겨울엔 따뜻한 김이 서리는 게 근동에서 물맛이 제일간다고들 했다. 가슴팍이 달음박질로 뛰는 것이, 철벙 하고 거꾸로 박힌 두레박을, 순임은 도무지 끌어당길 힘이 나지 않았다.

"내 말에 저년, 조동아리, 십리는 나왔네그려."

"아이구, 이년아. 예서 허구헌 날 멀건 풀떼죽으로 살다가 배창사구 접붙으면 워쩔려구 그러냐. 니미 신세도 참 팔자소관이다 잉. 남정네는 장사헌다는 핑계로 팔도를 떠돌다가 바람같이 와서는 새깽이나 맨들고 가고, 땅뙈기도 없는 살림에 나오는 것이 족족 지집애지, 하이구, 못살어, 나는 순임이 니 나이 때 민며느리로 들어와서, 새깽이 낳던 날에도 피 뽑으러 무논에 들렀다 잉. 줄줄이 딸린 지집애 넷이 모다 구들장이나 지키고 있으믄, 니미 워찌케 살 것이냐. 방직공장에 들어가기만 혀봐. 밥이 걱정이냐 옷이 걱정이냐. 그거래도 다 동네사람 음덕여. 상진네 아부지가 진즉에 방직공장 들어가 박혔응게 망정이지, 이 들녘까지 워디 차지가 돌아오겄냐. 이참에 독헌 맘 먹고 나서라 잉. 아, 분숙이년은 너허고 동갑인디 벌써 공장 간 지 이태째잖여?"

"금방여. 내년이믄 감독이 된다."

똥뀔댁이 쓱쓱 쌀바가지를 문질렀다.

똥뀔댁네가 딸 셋을 내리닫이로 방직공장에 보내서, 작년엔 골답 다섯 마지기나 더 샀다는 말을 순임이도 들은 적이 있었다. 분숙이 아버지는 얽빼기인데 사흘을 굶다가 술재강을 얻어먹고 죽을 뻔한 일도 있는 위인이었다. 본시 가진 것 없는 데다가, 아둔하기론 젓가락으로 김칫국을 집으려 하고, 싱겁기는 황새 똥구멍이니, 살림이 필 리가 없었다. 게다가 순임이네처럼 딸만 넷을 얻고 아들 하나 낳으니, 몇 년 전만 해도, 그야말로 생쥐 볼가심할 것도 없는 집이 바로 분숙이네였다. 그러나 바로 그 딸들 덕에 요즘의 얽빼기는 광목 바지저고리에 분통같은 도포까지 해 입고, 일 년이면 몇 차례씩 경성 나들이를 했다.

"분순이는 워찌 산댜?"

째보댁이 슬쩍 심술바가지를 들고 나왔다.

소문에 따르자면 분숙이 큰언니 분순이는 공장 남자와 배가 맞아 애를 낳았는데, 그 바람에 공장에서도 쫓겨났고 남정네마저 훌쩍 떠났다고 했다. 알고 보니 남정네 조강지처가 전라도 부안이라던가, 연년생으로 새끼를 둘이나 두고 시퍼렇게 살아 있디라는 것이었다. 째보댁은 소문을 다 알면서 짐짓 의뭉을 떨고 있었다. 똥뀔댁의 눈이 새치름해졌다.

"우리 분순이 저물녘엔 올 것여."

"지난 설에도 코빼기를 못 봤는디."

"장삿일이 바빠서 그런겨. 갸가 공장 나와서 공장 앞에 밥집을 냈는디, 아이구, 돈을 갈퀴로 긁는댜. 내일이 쟈부지 귀빠진 날이라고 이따 올 것인게, 워떻게 빼입고 오는지를 봐봐. 갸는 꺼먹고무신 같은 거, 안 신고 살어. 가죽신 신고 산게로."

"들었지, 이년아!"

갑자기 째보댁이 순임에게 퉁바리를 놓았다.

"너도 가기만 혔다 허믄, 팔자 확, 피는겨. 니 엄니 니 동상들 팔자도 피고. 니년이 문을 잘못 열고 나왔응게 니 꼬랑지도 줄줄이 지집애뿐이고 잉. 그라고 말이 나왔응게 말이다만, 니 키가 난쟁이 좆질이맹키로 생긴 것만 혀도 그려. 허구헌 날, 아침마닥, 어린게 물 길어대느라고 키가 클 수가 있어야지. 나 같으면 야, 시키지 않아도 그깟 놈의 물동이 확 내던지고 단박에 단봇짐 싸겄다."

"싫어유!"

기어코 삐질삐질 눈물이 나왔다.

물동이를 이고 일어섰으나 잘름잘름 물이 키질을 해서 쏟아지니 발걸음 내딛는 게 도무지 허당을 짚는 것 같았다. 우물을 둘러친 사철나무 너머로 보이는 성동벌판이 어릿어릿, 뿌옇게 멀었다. 순명이가 정지간으로 뱌비 쳐들어올 때부터, 아니 난데없이 풍장소리가 고샅을 뺄지르고 지날 때부터 가슴이 방망이질 쳐 일어났던 것이, 모두 이런저런 요량 때문이었음을 순임은 비로소 알았다.

못혀. 난 못 가.

불퉁맞게 소리쳐 봤자 말은 입속에 있었다.

이십 리 밖 강경포구는 고사하고, 열다섯 살 먹은 이날 입때까지 순임이가 동네를 벗어나본 것은, 지난봄에, 오 리 밖 선돌부락에 있는 소학교에 이틀 가본 것이 전부였다. 그때도 그렇게 가기 싫은 걸 구장어른의 언죽번죽한 치렛말에 넘어간 어머니가 부지깽이를 들고 포달지게 쫓는 바람에 순명이 손에 끌려갔던 것인데, 사흘째 되면서는 차라리 어머니 부지깽이에 맞아죽지, 하면서 뻐득뻐득 버티었더니 어머니는 보낼 때와 달리, 그려, 새통빠지게 지집애가 핵교는 무신, 하고 말았던 것이다. 순명이도 가다 말다 한 달쯤 다니다 말았고, 그나마 배웠다고 걸핏하면 키미가요와 찌요니야 찌요니…… 야지랑스럽게 목청을 높이곤 했다. 방직공장에 가면 아침저녁으로 모여 서서 일장기를 쳐다보며 그 노래를 해야 한다는 말을 들은 적이 있었다. 목청이 나오지 않으면 그곳에서도 안경 쓴 소학교 선생 같은 사람이 뒷덜미를 회초리로 후려칠 터였다. 어리뜩한 순임으로선 노랫말을 다 외우기 전에 대나무 회초리로 목이 갈려 죽을 것이었다.

"이 썩을년이 뭔 지랄을 허고 왔댜."

죽을 퍼담다 말고 어머니가 말했다.

물동이의 물은, 울면서 찔뚝뺄뚝 걸어온 끝이라서 반밖에 남아 있지 않았다. 물 긷는 일이 순전히 순임이 차지가 된 것은 어머니가 애를 배고부터였다. 순임이, 순명이, 순실이, 월자(月子)까지 딸만 내리닫이로 넷을 낳고 난 어머니로선 뱃속의 아이가 원(願)의 전부

였다. 또 지집애면 무조건으로다가 엎어놓아뻗질겨, 라고 어머니
는, 당신이 딸만 넷을 낳은 것이 순전히 순심이가 처음 길을 잘못
들여놔 그랬다는 듯이, 걸핏하면 순임에게 종주먹을 들이대곤 했
다. 허리를 곧추세운 어머니의 배는 물동이를 옆으로 굴려놓은 것
처럼 불렀다.

"지미 죽으라고 고사헐 년이지. 아침부터 웬 눈물바람여?"

"어, 엄니."

다짜고짜 달려든 순임의 손이 어머니 몸빼자락을 와락 붙잡았다.

"아, 이 썩을년이 시방……."

어머니의 옹골진 주먹이 대뜸 쥐어박혔다.

순명이에게 끄덩이를 붙잡혔는지 어쨌는지, 때맞추어 방 안에선
네 살배기 월자가 앵돌아지는 울음소리를 쏟아놓았다. 어머니의 주
먹에 아무리 쥐어박혀도 순임은 몸빼자락을 놓을 수가 없었다. 생
초목에 불붙는다고, 어머니 몸빼자락을 놓쳤다 하면 그 즉시 움찔,
어디 우물 같은 허당으로 주저앉혀져 죽을 것만 같았다.

"글쎄, 웬 지랄병여, 이 썩을년아."

"엄니…… 나…… 안 가유…… 안 가유……."

겨우 내지른 말은 그것뿐이었다.

2

길을 떠난 것은 한나절이 다 돼서였다. 벌써 여러 해 전 솔가해
마음을 떠난 상진네 아버지가 자전거를 타고 앞장섰고, 째보아저씨
와 꽹매기가 뒤를 따랐으며, 고만고만한 동네 처녀 여남은과 강경
역까지 굳이 배웅을 하겠다고 나선 몇몇 어머니들이 사뭇 재게 발

걸음을 떼어놓고 있었다. 걸어가는 사람은 나 몰라라, 자기 혼자 자전거에 높이 앉아 흥타령까지 흥얼거리며 앞서가는 상진이 아버지를 쫓아가려면, 어린 처녀들로서는 발탄강아지같이 걸을 수밖에 없었다. 자전거는 강경읍내 포목상에서 빌린 것이라고 했다. 자전거 바큇살에 챙강챙강 퉁겨져 나오는 햇빛이 자꾸 눈을 찔렀다. 강경읍내까진 휑하게 열린 둑길로 쨍쨍한 이십 리 길이었다. 위뜸의 동구를 나서면 이내 저수지 수문이 나오고, 그곳에서부터 금강 원류로 이어지는 개천을 따라 활대처럼 휘어져간 이십 리 둑길 오른편은 아슴아슴, 지평선까지 탁 트인 성동벌판으로 이어졌다. 들판 동남편 끝의 마을과 까마득하게 마주보는 서북편엔 강경 논산을 잇고 경성까지 내닫는 호남선 철로가 놓여 있었다.

"아저씨는 기차 많이 타봤남유?"

"암. 싫도록 타봤지."

묻는 건 순명이고 대답하는 쪽은 상진이 아버지였다.

바람 한 점 없었고, 햇빛은 풀 먹인 백목(白木)같이 까랑까랑했다. 어머니가 싸준 보퉁이를 등허리에 질끈 묶어 맨 순명이는, 직수굿이 입 다물고 걷는데도 땀이 질질 흐르는 판에, 상진이 아버지 자전거 뒤를 붙잡고 붙잡고서 사뭇 깡창깡창 뛰고 있었다. 나이가 제일 어리고 키 또한 제일 작은 순명이가 첫째로 앞서가는 것과 달리, 순임은 맨 뒤에 처져 걸었다. 본래 느리기도 하거니와, 마을을 떠나고 벌써 오 리 길은 왔건만 눈물이 마르지 않으니 도통 걸을 수가 없었다.

"기차 타믄 일본도 가남유?"

"바다가 있어 배를 타야 혀."

"바다가 워떤디유?"

"땅끝 하늘끝까지 물로 채워져 있는 디가 바다여. 우리 동네 저수지의 천 배 만 배가 된다면 말 다혔지 뭐. 왜, 일본까지래도 가보고 싶어 그러냐,."

"이담에 크면 갈 거유, 세상 끝까지."

옥니를 암팡지게 깨무는 듯한 순명의 말본새였다.

어쩌다 밤에 뒤란으로 나가 울밖을 멀리 내다보믄, 벌판 끝에 아스라하게, 기차가 어둠 속으로 내달리는 게 보이곤 했다. 너무 멀어서 기차는 뵈지 않고 불빛만 수평으로 흐르는데, 그 불빛을 내다볼 때마다 순명은 지금처럼 채잡는 말투로, 크면 기차 타고 멀리 가서 부자돼갖고 올거, 쫑알거렸던 것이었다. 어린것이 무섬증도 없이, 도시 무엇 때문에 그토록 멀리 가고 싶다는 것인지, 순임으로선 알다가도 모를 일이었다. 평소 벙어리처럼 입 다물고 지내는 순임이지만, 순명의 그 말을 듣고 나면, 속이 짤름짤름 흔들려 넘쳐나는 걸 끝내 참지 못하고, 안돼, 큰일나, 죽을거, 했다. 어머니와 떨어져서 어찌 살아갈 수 있단 말인가. 순명이년이 철없어 그렇지, 낯선 곳으로 가고 말면, 하루도 못 지내고 악귀가 붙잡아다 우물 속으로 처넣거나, 그도 아니면 문둥이들이 배를 갈라 간을 빼먹을 터였다. 하루 열번 스무번이 아니라 백번 천번 물을 긷더라도 상관없었다. 그까짓 키 좀 더 자라지 않으면 어떠랴. 어머니 옆에서 살 수만 있다면야 아무래도 좋다고 순임은 생각했다. 재작년인가 분숙이가 방직공장으로 떠나며 함께 가자고 했을 때, 죽어라고 사립문 문설주를 붙잡고 버텼던 것도 모두 그런 속내가 있어서였다.

"아, 싸게싸게 좀 와, 순임아."

꽹매기가 뒤를 돌아다보며 말했다.

"원래, 저년이 울음밑이 길어."

화답하고 나선 건 영순이 어머니였다.

"이년아, 니미가 아까먹새 송편으로라도 먹따고 죽겄다 설레발

치다가 벌렁 나가자빠지는 것, 벌써 잊어뻐졌냐. 니넌 고집센 건 동
네방네 다 안다만, 이왕지사 나선 건디, 지발 좀 울음밑을 씻어라
잉. 그렇게 처지다가, 상진이 아부지 열불이 나갖고, 너는 안 데려
가겄다 허믄, 워쩔려고 그러는겨? 니미 생으로다 쥑이지 않을려거
든 싸게 와. 니눈엔 저 앞에 가는 순명이도 안 뵈냐. 순명이 반만 좀
혀라 잉."

길엔 잡초가 한창 자라나고 있었다.

장날에 장꾼들이 오갈 뿐 평시에 거의 비어 있는 길이었다. 소달
구지 바퀴자국을 밟아가면 좋으련만 눈물 때문에 바닥이 뵈는 둥
마는 둥 하니까 자꾸 풀섶에 발이 걸렸다. 더구나 뒤축이 찢어진 고
무신을 끈으로 동여매고 걸으니, 발을 잘못 내디딜 때마다 뒤꿈치
가 고무신 밖으로 삐쭉삐쭉 빠져나갈 수밖에 없었다.

고향집은 자꾸 멀어졌다.

칼 물고 칵 죽어버리겠다고 날뜀질을 하던 어머니의 모습이, 아
지랑이 뒤로 가물가물 멀어지는 고향집 어귀에 그대로 붙박여 뵈는
듯했다. 재작년에 분숙이 따라가라 할 때만 해도 안 간다고 사립문
붙잡고 늘어지자, 그려, 나도 뭐 딸년 팔아먹는 것 같아서 못 보내
겄네, 하고 돌아서던 어머니가 그처럼 날뜀질을 할 줄은 정말 몰랐
다. 어머니가 영락없이 실성을 한 것 같았고, 저러다가 정말 어머니
가 기함해 죽겠구나 싶어 와락 무섬중이 들어 얼결에 보따리를 받
아안고 떠나온 길인데, 다시 생각하니, 설마 아무려면 죽기야 할려
구, 이제라도 달음박질로 한달음에 되돌아가, 엄니, 나유, 끝끝내
못 가겄유, 어머니 치마끈에 찰거머리같이 목매달고 싶었다.

"이봐유."

누군가 앞서가는 상진이 아버지를 불렀다.

"반이나 왔응게 숨 좀 돌려유."

상진이 아버지가 자전거를 세워놓고 느티나무 그늘로 들어갔다. 고향마을에서 강경읍내까지 이어진 이십 리 둑길에 딸려 있는 유일한 마을이 바로 거기였다. 둑으로부터 완만하고 펑퍼짐하게 들녘바닥으로 내려앉은 경사면에 스무 호쯤이나 될까 말까 한 초가들이 키대기 하듯이 어깨를 마주대고 모여 있었다. 사람들이 우르르 방앗간 옆의 공동우물로 몰려 내려갔다.

"비켜. 으른들이 먼저 잡숴야지."

쨍매기가 새 쫓는 것처럼 손짓을 했다.

쨍매기는 곧 물바가지에 가득 물을 담아다가 상진이 아버지에게 바쳤고, 상진이 아버지는 마시는 둥 마는 둥 하고 남은 물을 짐짓 순임이가 퍼대고 앉은 데를 향해 홱 쏟아내었다. 모두 우물가로 몰려갔는데도 혼자 둑가에 앉아 고향집을 바라보고 있는 순임이가 못마땅했던가 보았다. 바싹 마른 황토바람의 물먹은 먼지들이 순임이의 앞자락으로 날아왔다. 쨍매기가 목을 움찔하다 말고 이내 새실거리면서 말했다.

"조년이 본디 소고집에다가 울음밑이 워낙 길어놔서유."

"그렇게 쟈가 각설이놈 큰딸이지?"

"맞어유. 저기 저놈, 순명이가 둘째딸이구유."

"애비를 안 닮었네, 하나도."

멈출 듯하던 울음밑이 또 터져나왔다.

아버지를 각설이라고 부르는 게 분하다기보다는 차라리 서러웠다. 아버지를 각설이라고 부르는 것은 아버지가 거지이기 때문이 아니라, 각설이타령을 잘하기 때문이라고 어머니는 일러주었다. 냐부지 따라갈 만헌 소리가 세상에 읎지, 라고 어머니는 말했다. 암, 지난번 추석날에도, 냐부지가 북 잡고 소리헌게로, 왼동네 사람덜이 모다 나와 둥실 두둥실, 구름 타고 노는 것맹키로 놀지 않더냐.

신명나는 소리도 좋긴 하지만 아버지가 슬픈 노래를 하면 순임은
더더욱 좋았다. 영구 할아버지가 죽었을 때, 상여틀을 붙잡고 부르
던 아버지의 향도가(香徒歌)를 순임은 잊을 수가 없었다. 문전옥답
다 버리고 만당 같은 내 집 두고, 간다 간다 나는 간다, 라고 노래하
는 대목에서 순임은 기어코 눈물을 쏟았다. 순임의 울음밑이 질기
다고 동네방네 소문이 난 것도 따져보면 그때부터였다. 솔밭 사이
로 희디흰 앙장(仰帳)이 펄럭이는 것도 서러웠고, 늙은 소나무 가지
끝에 걸린 청라 같이 푸른 하늘도 서러웠고, 끝 간 데 없이 드넓은
성동벌판의 된새바람도 서러웠으나, 그중 서럽기로는 아버지의 끊
일 듯하다가 솟아나고, 솟아났다 하면 곧 내려앉고 마는 향도가 소
리가 으뜸이었다. 말뜻이야 모두 풀어 알지 못하나, 소리에 담긴 우
물 속같이 깊고 깊은 그 어떤 울림은 속속들이, 뼛골까지 파고들었
던 것이다. 순임은 그래서 온종일 이 구석 저 구석에 박혀 울었다.
영구 할애비 혼백이 씌웠나벼. 오죽 울었으면 째보댁이 그런 소리
를 다 했을까. 어떤 애들은 아버지가 장돌뱅이로 떠돌아다니는 게
아니라 알고 보면 거지로 팔도를 떠돈다고 종애 굻리지만, 상진이
아버지가 자전거를 탄다고 해서 순사나 면직원이 아니듯, 아버지가
아무리 각설이타령을 구성지게 잘한다고 해도 결단코 거지 노릇을
할 리는 없었다.

"성, 순임이 성!"

순명이가 어깨를 잡고 흔들었다.

"이거 마서, 잉. 우리 샴물보다 씨원헌게."

우리 샘물이라는 말에 서러움이 더 복받쳤다. 어머니는 지금쯤
우물가에 나와 있을까. 눈물과 땀이 뒤섞인 눈가를 아무리 주먹으
로 훔쳐봐도, 고향마을은 너무도 멀어, 우물가가 어디고 집이 어딘
지 따로 떼어 볼 수가 없었다. 집은 집들끼리 붙어 있고 나무는 나

286

무들끼리 접붙어 있는데, 겨우 나눠볼 수 있는 것이라곤, 옳거니, 저기가 솔밭이구나, 할 뿐이었다. 어머니는 우물가도 아니고 집 뒤란도 아니고, 영락없이 솔밭 끄트머리에 나와 퍼대고 앉아서 햇빛 아래 둑길을 눈길로 더듬어가다가 아릿아릿, 이 동네 키 큰 느티나무에 붙잡혀 있을 것만 같았다. 아버지가 길 떠날 때마다 그랬듯이.

"서엉, 키미가요, 내가 일러줄게."

"……."

"아자씨헌티 물어봤는디, 키미가요 못헌다고, 회초리로 때리고 허는 것 아니랴. 공장 가믄 키미가요도 새로 가르쳐준댜. 글씨, 공장 가면 있잖어, 성하고 한군디 넣어준댔다. 그런게 성허고 나허고 같이 자는겨. 맨날 쌀밥 준댜. 광목도 너무 흔혀서 코푸는 디 쓴다는디 뭐. 증말여. 멫 번씩이나 물어봤당게. 엄니헌티 광목이랑 이만큼 갖다줄 거여."

순명이가 아무리 다부닐게 굴어도 소용없었다.

어린아이라 데생각해서 그렇지, 그 귀한 광목을 코풀게 두는 세상이 어디 있단 말인가. 키미가요를 새로 가르쳐준다는 것만 해도 그랬다. 새로 가르쳐준다는 것은 반드시 키미가요를 불러야 한다는 뜻일 터였다. 그렇게 초성좋은 노래꾼 아버지도 이날 입때까지 단 한 번일망정 키미가요를 부르는 걸 본 적이 없었다. 차라리 침 먹은 지네가 되는 게 낫지, 그런 건 소리도 뭣도 아녀, 라고 아버지가 말하는 걸 들은 적이 있었다. 순명이가 걸핏하면 키미가요—하는 게 못마땅해서 혼자 앙세게 하는 소리를 뒤란에 있던 순임이 들었던 것이다.

그곳에선 다리를 넘어야 했다.

다리를 넘고 건너편 둑길로 들어서자 더 이상 고향마을이 뵈지 않았다. 한 떼의 무당새들이 둑 아래의 보리밭에서 찌이지크 찌이

지크 하고 울다가 빠르르르 빠르르르, 하늘로 날아올랐다. 무당새들이 날아가는 방향에서 읍내가 갑자기 둥 떠올라 왔다. 흐르는 아지랑이에 눌려 아직은 윤곽이 어중간해 뵀지만, 네모난 집들이 들쭉날쭉, 혹은 솟고 혹은 길쭉이 펴져 있는 게, 미상불 생전 처음 보는 큰 동네가 아닐 수 없었다.

"저게 갱갱이다, 갱갱이여."

꽹매기가 달뜬 목소리로 말했다.

행여 아버지를 만날까, 하는 생각이 들자 그렇잖아도 지친 뒤끝이라 울음밑이 쏙 빠져 내려앉았다. 천지에 안 가는 데 없다지만 아버지가 그래도 주로 머무는 곳이 강경포구라는 걸 순임은 알고 있었다. 냐부지가 갱갱이 시장에서 담뱃대 장사를 허드라, 하고 장에 다녀온 째보아저씨가 말한 적이 있었다. 보자기 위에 장죽(長竹) 몇 개를 펴놓고, 막걸리에 취한 채 벌렁 드러누워 각설이타령을 왜장쳐 부르고 있더라는 것이었다. 아버지는 키미가요를 좋아하지 않으니까 일본사람들이 한다는 방직공장엔 절대로 가지 마라고 할지도 모르는 일이었다.

읍내에 다가갈수록 개천 폭은 넓어졌다.

비록 가뭄이 들어 물은 많지 않았으나 금강 원류와 곧 만나게 되는 천변엔 키 큰 갈대들이 호밀밭보다 더 무성하게 무리 지어 솟아 있었고, 종다리 멧새 참새 박새 오목눈이 할 것 없이, 새떼들이 들고 나며 오도방정을 떨고 있었으며, 몸뚱어리는 까맣고 발은 은회색인 물까마귀 몇 마리는 둑길 위까지 올라와 풀 사이로 부리를 박다 말고, 사람소리에 고갯짓을 희뜩희뜩 하다가 푸르르륵, 갈대 속으로 파묻혀 들어갔다.

"허이 허이, 허어이!"

소리치고 내딛는 건 순명이었다.

어떤 이들은 발이 부르트고 어떤 이들은 오금이 저려 새떼들이 머리 위로 흐르거나 말거나 직수굿이 걸을 뿐인데, 유독 순명이만은 아직껏 기운이 남아도는지, 새떼를 따라 이리 뛰고 저리 내달리며, 때론 개천바닥까지 돌팔매를 쏘곤 했다.

"저것이 그 유명한 갱갱이 상업학교다 잉."

째보아저씨가 영순이에게 말하고 있었다. 아직도 반마장은 실하게 남았음 직한데도 째보아저씨가 가리키는 상업학교 붉은 건물은 너무 커서 입이 저절로 벌어졌다. 철롯길이 상업학교 앞을 가로질러 지나고 있었다. 멀리 지나가는 기차는 보았지만, 개천 위로까지 풍채 좋게 걸려 있는 철다리를 가까이 보는 건 물론 생전 처음 있는 일이었다. 침목 하나하나까지 세세히 뷀 만큼 철다리로 가까워졌을 때, 갑자기 철다리 어귀의 키 큰 잡풀들 너머에서 무슨 소리가 들렸다. 순임은 보퉁이를 죽어라 안고 잔뜩 몸을 오그려뜨렸다. 궁둥이에서 비파소리 날 만큼, 구르듯이, 맨 앞에서부터 맨 뒤의 순임이에게까지 달려온 순명이가 순임의 팔을 잡고 흔들며 소리쳤다.

"성. 기차여. 기차가 온당게!"

철다리가 부르르 부르르 떠는 듯했다.

순명이가 순임의 팔을 놓고 또다시 앞으로 굴러 달음박질칠 때, 천지를 뒤흔드는 소리와 함께 검은 연기를 내뿜으며 기차가 나타났다. 상업학교 운동장 끝을 가로질러 내닫는 기차가 뚜우, 뚜우우, 기적 소리를 두어 차례 악쓰고 쏟아놓았다. 기찻머리에 치받힌 햇빛이 눈구멍이라도 호되게 찌른 것일까. 순임은 자신도 모르게 두 눈을 질끈 감고 둑길의 경사면에 몸을 대고 납작 엎드렸다. 삼경에 만난 액(厄)이라도 이처럼 무서울 수가 없고, 마른하늘에 벼락이 친다 해도 이처럼 놀랄 수가 없을 터였다. 생살을 찢는 것 같은 기적 소리가 끝나고도 한참 만에야 고개만 빼꼼 들고 눈을 떠보니, 철롯가엔 잡초들만 산들거리며 흔들리고 있을 뿐이었다.

"아이고오, 엄, 엄니……."

한숨을 쉬려는데 한숨 대신 엄니 소리가 나왔다. 나, 죽어도, 죽어도 못 가유, 라는 말이 뒤쫓아 나왔으나 혓바닥이 불탄 북어껍질처럼 오그라들었는지 어쨌는지, 도무지 말이 입 밖으로 나오질 않는 것이었다. 어머니가 죽는다면 어머니를 따라 죽고, 어머니가 개구리처럼 태질을 해서 죽인다면 혼자 어머니 발치에 자빠져 죽는 게 낫지, 이대로 떠나 방직공장으로 갈 수는 없었다. 누르스름한 흰색 배를 내민 저 새를 말똥가리라고 하던가. 커다란 날개를 쫙 펴고 철다리 아래로 곤두박질하듯 날아 내리는 새 몇 마리가 눈에 뛰어들어 왔다.

햇빛은 여전히 풀먹인 백목 같았다.

3

우물가로 접어들기 위해 동편으로 꺾어들자 그림자가 발 앞으로 앞서가 누웠는데, 제법 길었다. 발바닥이 여기저기 부르터서 한발 한발 떼어놓을 때마다 쓰라리고 아픈 게 이만저만이 아니었다. 우물가 사철나무 그늘엔 몇몇 동네 아주머니들이 철푸덕 주저앉아서 빨래를 하고 있었다.

"얼레, 아까먹새 떠났던 순임이가 웬일여?"

옆집 사는 여산댁이 눈살을 짓고 말했다.

"하이고오, 저년 똥고집, 말도 말어."

손사래를 치면서 두레박줄 잡을 손을 재게 놀리는 것은 강경에서부터 마을까지 내내 앞장서 걸어온 영순이 어머니였다. 강경 역전에다가 영순이를 떼어놓고 오는 것이 서러웠던지, 아니면 끝끝내 몽니라도 부리듯이 따라붙은 순임이가 미웠던지, 영순이 어머니는 짱짱한 이십 리 길을 한 번도 쉬지 않고 내처 걸어온 것이었다. 발이 부르트고 땀에 전 속적삼이 살가죽에 붙어 있기론 순임이나 영순이 어머니나 마찬가지였다. 벌컥벌컥, 우물물을 한참이나 들이마신 영순이 어머니가 두레박을 순임이에게 내던지듯이 건네주었다.

"아따 이년, 낙태한 고양이상 그만 허고 물이나 처먹어."

"쯧쯧쯧, 끝끝내 여길 못 뜨고, 어린게 뙤약볕 밑에서 오고가고 사십 리 길을 걸었네그랴. 눈구녁은 퉁퉁 붓고 몸뚱이는 새카맣게 쪼그라든 것이 에이구, 애상스러운 것."

"말도 말어."

영순이 어머니가 여산댁 옆에 아예 궁둥이를 붙이고 앉았다.

"조년이 원체 말이 읎고, 어린것이 동상들 봐야지, 물 길어야지, 살림허야지, 그러고도 유난스런 즈 엄니 지청구는 혼자 다 듣는 게 불쌍혀서, 가라고, 대처에 나가서 팔자 한번 고쳐보라고, 그렇게 종주먹을 들이댔건만, 말로는 다 못혀. 고집 고집, 저런 쇠고집은 보다 보다 첨이랑게. 갱갱이 다 갈 때까지 울고, 역전마당에서는 퍼대고 앉아 울고, 다른 애들보다 좀 못나 봬도 성미가 무시근혀서 그렇다고만 여겼는디, 쇠고집도 그냥저냥 쇠고집이 아녀. 보다 보다 못헌 상진이 아부지가 날보고 데불고 가라 혔다면 말 다혔지 뭐. 그나저나 니 엄니, 속터져 기함허고 죽는 꼴 또 워 본다냐?"

"즈 엄니, 삯메기 나가고 읎을 턴디."

삯메기 나가고 없다는 말에 발이 떨어졌다.

"남산만 헌 배를 허고 삯메기를 나가다니 징상허네 잉."

영순이 어머니의 마지막 말이 뒤꼭지를 따라왔다. 굳게 다져진 고샅 황톳길은 불볕에 달궈져 끓는 무솥의 소두방 뚜껑 매한가지였

다. 찢어진 신발 한 짝은 벗어서 보퉁이에 묶어놨으므로, 물집까지
벌써 터져버린 맨발바닥은 밟을 때마다 단근질을 받는 듯 진저리가
쳐지곤 했다. 네 살배기 월자가 토방 밑에 나자빠져 앙앙거리며 울
고 있었고, 셋째 순실이는 외돌아앉아 어디서 따왔는지 덜 익은 앵
두를 아그작아그작 씹고 있었다.

  "워째 동상을 울리고 지랄여!"

  순실이는 그러나 핀둥이를 먹고도 태연자약했다. 집 안도 온통
난장질을 해놔서 엉망진창이었다. 너무도 먼 길을 가슴 졸이며 걸
은 뒤끝이라서, 다리가 떨리고 눈앞이 희뜩희뜩했지만 순임은 주저
앉아 숨 돌릴 짬도 없었다. 어머니가 돌아와 집안꼴을 보면 순실이
가 무엇보다 요절날 것이기 때문이다. 한 손으론 연신 툇마루에 나
와 있는 반짇고리며, 노오라기며, 달창난 옹망추니 숟가락 따위를
줍고, 또 다른 한 손으로, 더더욱 서럽게 울면서 품속으로 달려드는
월자를 추슬러 안았다. 흙을 주워 먹었는지 눈물과 콧물로 맥질이
되다시피 한 월자의 입가엔 흙가루가 잔뜩 묻어 있었다.

  "우지 마. 성이 밥 끓여줄겨."

  보퉁이를 헤집자 주먹밥이 나왔다.

  기차를 기다린다고, 역전 변소간 뒤꼍 그늘에 앉아 있을 때, 상진
이 아버지를 뒤따라 온 어떤 아주머니가 함지박에 담아 내온 주먹
밥이었다. 아무리 서러워 눈물 마르지 않을망정, 소금물로 쥐어 무
친 그까짓 주먹밥 하나쯤이야 울음 새로도 게 눈 감추듯 먹을 수 있
지만, 쌀과 보리가 어상반하게 섞인 주먹밥을 받고 보자, 먹고 싶기
는커녕, 어머니와 어린 월자가 먼저 떠올라 보퉁이 안에 잽싸게 집
어넣은 것이었다. 아침녘에 깻묵죽 한 그릇 먹은 것이야 물론 온데
간데없고, 시시각각, 뱃속이 짚불 꺼지듯 내려앉아 배가 등가죽에
붙었으나, 순임은 참고 참았다. 식구들이 쌀알 맛본 것이 언제던가.

경성 가는 기차를 타도 그렇고 안 타도 그렇지, 어머니와 어린 동생들을 두고 구경조차 하기 어려운 쌀밥 덩어리를 두꺼비 파리 채먹듯 하고 말면, 그게 어디 사람 도리냐 한 것이었다. 주먹밥을 본 월자가 울음을 뚝 끊었고, 순실이는 아예 허기진 강아지가 물개똥에 덤비듯 덤벼들었다.

"안 돼."

순임은 얼른 주먹밥을 쥐고 몸을 돌렸다.

"엄니도 잡숴야 헌게로 물 붓고 끓일 거여. 성이 후딱 끓여서 줄 팅게 쬐메만 지달려."

"물 쬐끔만 붓고 끓여, 성."

순실이가 생침을 삼키면서 정지간으로 뒤쫓아 들어왔다. 어머니까지 한 대접씩 곡기를 하려면 최소한 물을 세 대접은 부어야 했다. 겉은 땟국물이 잔뜩 묻은 주먹밥을 무쇠솥에 넣고 물을 붓는데, 순실이는 벌써부터 아궁이에 불을 붙인다 어쩐다 새실스럽게 움직이고 있었다.

내가 자알 왔지.

순임은 속으로 생각했다.

자신이 없으면, 사철 남의 집 종살이하듯, 이집 저집 허드렛일 도맡아 하고 다니는 어머니 대신, 누가 있어, 어린 순실이 월자의 피죽이라도 쑤어먹이겠느냐 했다. 더구나 어머니는 곧 아이를 또 낳을 것이었다. 언감생심 끼니마다 고기 넣은 미역국을 끓이진 못할 망정, 어디서든 보리쌀 됫박이라도 빌려다가 밥하고 국 끓여 올려야 할 것은 순임이 자신밖에 없었다. 어머니 생각을 하면 순명이만이라도 강경역에 두고 온 것은 잘한 일이다 싶었다. 하나는 대처로 가고, 또 하나는 남고, 이렇게저렇게 따져 아귀 맞춰보면, 어머니도 결국은 자신을 옆에 두는 게 낫다는 걸 곧 알아차리게 될 터였다.

그까짓 것, 어머니한테 끄덩이를 잡히고 옴씰하도록 모질게 쥐어박
힌 게 어디 한두 번이던가.

"성, 방직공장 워찌 안 갔어?"

"느그덜 보고 잡혀 안 갔지."

"갱갱이 가서 뭐 봤댜?"

"기차 봤지. 아따, 엄청 큰 그것이, 지네맹키로 시커멓게 허고 앞
을 보고 달음박질허는디, 성 간이 통째로 떨어질 뻔혔어. 기차가 지
나가믄 땅이 막 울려야. 칼 찬 일본 순사덜이, 수백수천…… 떼로
달음박질허면 아마 그럴까 몰러."

"칼 찬 순사도 많이 본겨?"

"봤당게."

"무섭지?"

"으응 그냥 그려…….."

세 자매가 땀을 비오듯 흘리면서도 아궁이 앞을 떠나지 않고 있
었다. 뜨거운 불기에 통통 살찐 이들이 순실이 월자 앞섶으로 빨빨
거리고 기어 나왔다. 뵈는 대로 잡아서 엄지손톱 사이에 넣고 톡,
톡, 눌러 죽이는데 너무 곤해서 막 잠이 쏟아졌다. 어느 집에선가
방정맞게 낮닭이 울고 있었다. 졸음을 못 이기고 부지깽이 붙안은
채로 몇 차례 머리를 끄덕이고 앉았는데, 누가 사립문 부리나케 여
는 소리가 나더니, 곧 정지간에 여산댁이 나타났다.

"순임아, 순임아!"

여산댁은 숨넘어가는 소리를 냈다.

"아이구 이것아, 후딱 뒤란으로 나가서 워디 숨어라 잉. 니 엄니
가 너 왔단 말 듣고 시방 쌔근발딱, 쫓아 들어오고 있응게. 호맹이
까지 들고 있어 이것아. 일내기 전에 싸게, 싸게싸게 일어서라 잉.
얼렁 일어서서, 하여튼지 간에, 내빼랑게 그러네."

철버덩 하고 가슴이 내려앉았다.

올 것이 왔구나 했지만, 막상 당하고 보니 온몸이 사시나무같이 떨리고 오금이 저려 도무지 앉은자리에서 일어설 수도 없었다. 기차처럼, 한달음박질에 내달아온 어머니가 정지간을 가로막는 여산댁을 확 밀어낸 것은 다음 순간의 일이었다. 윌자가 경기하듯이 자지러지는 울음소리를 낸 것과 어머니의 우악스런 손아귀에 끄덩이가 잡힌 순임이의 몸이 질질 끌려나와 정지간 앞으로 내팽개쳐진 것은 거의 동시였다.

"이 썩을년, 오살년!"

어머니의 목소리는 가히 쇳소리였다.

"못 가고 올 것이믄…… 동상도 데불고 올 것이지……. 애새깽이 씻기다 쥑일 년이 이년이지……. 세상에…… 세상에 이 멍청헌 년아, 워찌 어린 동상을 두고 혼자 온단 말이냐. 이…… 이…… 밥통 같은 썩을년, 이 미련퉁이 맷가마리야……. 그 어린 걸 혼자 도둑년 맹글 심보로…… 거기 놔두고…… 성이라는 것이…… 발이 떨어지데?"

우박처럼 부지깽이가 온몸에 떨어졌다.

옆으로 쓰러져 몸을 불에 탄 개가죽같이 오므려 안고 있는데도, 어깨 허리 등짝 할 것 없이, 이 구석 저 구석에서 멍석 두들기는 소리가 나고 있었다. 매도 매거니와, 오갈이 들어 정신이 아득해지는 게 어머니 부지깽이에 오늘 맞아죽는구나 하는데, 그래도 용하게 귓구멍 쑤시고 들어와 속깊이 박히는 말 한마디는, 그 어린걸 거기 놔두고…… 성이라는 것이…… 발이 떨어지데, 하는 것이었다. 어머니는 뜻밖에 자신이 돌아온 걸 잡뜨리는 게 아니라, 순명이만 놔두고 혼자 돌아온 걸 잡뜨리고 있었다.

"그러다…… 어린것 죽이겄어."

여산댁이 한사코 어머니의 허리를 부둥켜안았다.

"지발…… 고정혀. 순임이 엄니, 고정허랑게."

소씨름하듯 엉켜 있던 여산댁과 어머니가 함께 토방 밑으로 쓰러질 때 누군가 순임의 어깨를 잡아 잽싸게 일으켰다. 영순이 어머니였다. 어머니가 버르적버르적 다시 부지깽이를 들고 일어서는 것을 팔 벌려 막아서면서 영순이 어머니는 연신 순임을 향해 밖으로 도망치라고 턱짓을 했다. 실기죽거리는 걸음새로 순임이 고샅으로 빠져나왔다.

"순임이 울어쌓는 게 안돼 봬서 내가 오자고 한거."

영순이 어머니의 목소리가 울 밖으로 들렸다.

"날 봐서라도 잉, 참어 참어. 아따메, 큰딸년은 살림 밑천 아닝게비. 갸, 집에 읎어봐. 우선 당장 해산바라지 누가 있어 헐겨? 물은 누가 길어다 먹고? 생각을 혀봐. 차라리 잘된거. 아따, 내가 순임이 데려오믄 상 받을 줄 알었는디 웬 날벼락이랴. 한 년은 나가 벌고 한 년은 살림허고, 안성맞춤인거. 한 이태만 있으믄 순실이도 보낼 수 있을 거고……."

"우리 순명이…… 그 어린걸 두고……."

어머니의 마지막 말은 울음에 잠겨 간신히 들렸다.

순임은 비틀거리며 솔밭으로 나왔다. 까막까치들이 소나무 위에 앉아 있다가 홰를 치고 날아올랐다. 땟국 전 치맛단은 어머니 손에 붙잡혀 드르륵 터져 있었고 댕기머리는 산발해 올라갔는데, 물집들이 터져나간 한쪽 발은 맨살갗에 신발도 없었다. 울음이 복받치긴 했지만 말라붙었는지 어쨌는지 눈물은 나오지 않았다. 한참을 소나무 밑의 토끼풀밭에 앉아 있으려니까, 비로소 오갈이 좀 풀리면서 고향마을을 동그라미의 가운데 둔 듯, 멀리 휘돌아져 나간 둑길이 보였다.

아주 길고 긴 낮이었다.

많이 서쪽으로 기울었다곤 하지만 성긴 새털구름 너머에 떠 있는 해는 아직도 그 빛살이 쨍쨍했다. 정말 깐깐오월의 오후였다. 둑방 끝엔 올 때 갈 때 목을 축였던 신리마을 어귀의 우물 옆 느티나무가 아스라했고, 그 너머 강경 쪽 하늘은 뿌옇게 운무 같은 게 산뜩 끼어 있었다.

갔다올 거유, 엄니.

그런 말이, 순임의 목울대를 타고 넘어왔다.

역에서 상진이 아버지와 째보아저씨가 하는 말을 우연히 들은 바로는, 다른 동네에서 모집한 처자들이 모두 모여야 기차를 탄다고 했다. 상진이 아버지 같은 몇몇 사람들이 근동으로 흩어져 처자들을 데리러 갔나 보았다. 순명이가 타고 떠날 기차가 아직 안 왔을 수도 있고, 어떤 다른 마을에서 구한 처자들이 아직 강경까지 당도하지 않을 수도 있었다. 왜 순명이의 생각을 어머니처럼 못했는지, 역시 나는 소죽은 귀신이구나, 했다. 저 뙤약볕 아래의 먼 둑길을 다시 간다는 게 생각만으로도 죽을 맛이지만, 가다가 쓰러져 죽거나 어머니 부지깽이에 맞아 죽거나 매일반인 노릇이었다. 차라리 순명이를 데리러 가다가 죽는 것이, 혼백이 된다고 해도 원망(願望)이 적을 터였다. 어찌 어머니의 속깊은 뜻도 모르고, 그나마 순명이는 떠나게 되었으니 어머니의 반분은 풀릴 거라고, 칠푼이처럼 데생각을 할 수 있단 말인가.

이, 이녀르 새, 새대가리…….

순임은 제 손으로 이마를 쿡쿡 쥐어박았다.

마을을 가운뎃점으로 놓으려는 듯, 먼 서편의 야산 밑으로 한껏 당겨져 흐르는 둑길보다 아예 다리가 놓인 신리마을 느티나무를 겨냥하고 들을 건너 논틀밭틀 따라가면 좀 더 빠를 터였다. 들 가운데

학교가 있는 선돌마을이 있으나, 직선으로 내달으면 선돌마을을 오른편에 비켜두고 곧바로 느티나무에 당도할 수 있었다. 터진 치맛단을 여며 질끈 붙잡고, 순임은 솔밭 사잇길을 지나 이내 밭두둑에 자리 잡은 상엿집 앞을 스쳐갔다. 강씨네 보리밭에 겉보리가 잔뜩 패어 있었다. 순임은 겉보리를 양손으로 훑어서 앞니로 다빡다빡 까먹으며 걸었다. 한쪽 발은 맨발이었으나, 차라리 질경이며 토끼풀이며 독새풀이 잔뜩 자라고 있는 논두렁길이 훨씬 나았다. 보퉁이를 쌌던 백목보자기를 얼결에 들고 나온 게 그나마 다행이었다. 물집 터진 자리가 워낙 쓰라렸기 때문에 순임은 보자기로 발을 동여매고 걸었다.

강씨네 보리밭 둔덕을 내려서자 끝 간 데 없이 논이었다.

본래 고향집 부근의 논들은 물둠벙이라서 장마가 오면 하얗게 들물이 차 농사를 망치곤 하는 곳이지만, 봄가뭄 끝이라서 논바닥 물조차 째쨀째쨀했다. 메뚜기들이 순임의 걷는 서슬에 놀라 푸륵푸르륵, 한참 벼가 자라고 있는 논 가운데로 뛰어들었다. 독새풀씨와 피씨를 훑으러 순명이와 함께 선돌마을 너머까지도 가본 일이 있었다. 독새풀씨나 피씨를 훑어다가 죽을 끓이면, 맛은 없더라도 오늘 먹은 콩깻묵죽처럼 냄새가 나지 않아 좋았다. 순명이를 데려오면, 독새풀씨와 피씨를 훑으러 나가기 전까지, 이쪽 들에 나와 메뚜기랑 우렁이도 잡고, 나물도 캘 것이다. 순명이는 들판에만 나오면 만날 한다는 말이, 이르릏게 들판 넓은디, 워째 우리집만 논이 읎냐, 하고 이퉁을 부리지만, 순임은 논이야 있든 없든, 봄녘 들 가운데 나오면 공연히 속이 쫙 열리는 듯 마음이 안온해졌다. 아침저녁 샛바람이라도 스리슬슬 불었다 하면, 벼는 벼끼리, 피는 피끼리 부딪쳐 수런대는 소리를 냈고, 토끼풀들은 발랑발랑 까뒤집히기 일쑤일 뿐 아니라, 비름, 쇠귀나물, 질경이, 수뤼나물, 쑥부쟁이, 씀바귀,

애기마름, 쇠별꽃, 온갖 먹어도 좋은 풀들이 생긋거리고 웃는 듯, 손짓하는 듯, 다가서는 것이었다. 늘 허기가 져도 봄들에 나오기만 하면 시간 가는 줄 몰랐다. 순명이는 워낙 암팡져서 나물을 캐기보다 메뚜기를 쫓아다니거나 논둑 구멍에 손을 집어넣어 한 자는 됨직한 움지를 잡아내거나 하고 놀고, 순임이는 옆에 낀 소쿠리에나 한나절도 안 돼 소복하게 나물을 캐 담았다. 안 먹어본 풀이 없었다. 쇠별꽃은 이름이 별처럼 이뻐서 먹어도 좋고 안 먹어도 꿈같이 좋았다. 쇠귀나물은 된장에 무쳐서 먹으니 좋고, 씀바귀는 장아찌를 담가 먹으니 좋고, 쑥부쟁이 오이풀 어린 잎들은 전을 부쳐 먹고, 냉이는 국 끓여 먹고, 민들레 지칭개 질경이 모싯대잎은 무쳐서도 먹고, 고추장에 맨살로 찍어서도 먹고, 전을 부쳐서도 먹었다. 한번은 수로에 난 미나리 비슷한 풀을 미나리로 알고 생으로 고추장에 찍어 먹고서 죽다 말고 살아난 일도 있었다. 독미나리라고 했다. 그러나 들이 풍성하기로는 가을이 물론 으뜸이었다. 나락이 영글기 시작하면 들은 황금색으로 꽉 찼다. 바람이 불면 황금색 물결이 빈자리 한 군데 없이 녹진하게 출렁거리고, 새떼들은 연신 뜰먹이면서 날아오르며, 들판 너머 성동벌판 가로질러 가는 기차는 아스라이 멀었다. 이상한 일은, 지금 같은 보릿고개의 들녘에 섰을 때보다, 나락이라도 여기저기 훑어먹을 수 있는 가을녘의 황금들판에 섰을 때, 더 배가 고프다는 것이었다. 허기만 지는 게 아니라, 뭔지 모르게, 속창아리가 휑뎅그렁 열리는 것 같아 때로 순임은 논두렁에 쭈그려 앉아 혼자 소리 죽여 울곤 했다. 이렇게 들판 넓은데 왜 우리집만 논이 없냐던 순명이의 말이, 속새로 쐐기같이 박혀오는 것도 가을이었다.

지발 순, 순명아. 성이 갈 팅게로 그냥 있어 잉.

순임은 미끄러지고 넘어지며 걸었다.

논두렁길이 멀리 돌면 벼포기 사이로 질러서 가고, 도랑이 나오
면 아랫도리를 적시고 건넜다. 헌 살강 같은 발은 너무 얼얼해서 아
픈지 어쩐지도 느낄 수가 없었다. 이제는 굳이 어머니 때문이 아니
라, 순명이 때문에, 아니 자기 자신 때문에, 반드시 순명이를 데려
와야 한다고 생각했다. 생각이라곤 오로지 그것뿐이었다. 이 너른
들판에서 순명이가 없으면 누가 메뚜기를 잡고 움지를 잡고 미꾸라
지를 잡겠는가. 자신이 나물을 캐고 순명이가 미꾸라지나 메뚜기를
잡아야 이쪽 귀 저쪽 귀가 딱 맞아 안성맞춤이 될 것이었다. 가다가
쓰러져 죽을 지경이 되더라도 순명이를 만나지 않고선 죽을 수가
없을 것 같았다. 어질병이 나는지 눈앞이 가물가물한데, 그러나 사
방 천지에 꽉 차서 손 들까불며 성, 서엉, 하고 불러대는 순명이가
있으니, 발걸음을 종내 멈출 수가 없었다.
쓰스스슥.
물뱀 한 마리가 재빨리 논두렁을 넘어갔다.

4

강경역에 당도했을 땐 해가 기우뚱, 미루나무 밑동 쪽으로 내려
박히고 있었다. 순임은 순전히 동냥아치 꼴이 되어 어질병에 걸린
듯 비칠비칠 걸어서 주먹밥을 나눠받던 변소 뒤편으로 갔는데, 그
곳엔 황아장수 두엇이 모로 포개져 낮잠에 빠져 있을 뿐이었다.
"순, 순명아……."
소리보다 참았던 울음이 또 복받쳐 나왔다.
역 앞은, 강 초시 어른네 바깥마당보다 널따란 공터를 중심으로
상밥집과, 술막과, 황아전과, 대장간과, 개고기를 파는 군치리 따위

가 다닥다닥 붙어 있고, 서쪽 끝으론 일장기를 높이 올린 지서가 있었다. 역마당엔 한낮보다 오히려 사람이 많아져서 마치 난장이라도 선 듯했다. 바꿈질을 하러 나온 사람도 여럿 있었고, 바리나무를 실은 소달구지도 있었고, 엄대를 들었다 놨다 하는 마병장수와 땜장이도 있었다. 장사치에 비해 손님이 될 만한 사람은 오히려 손가락을 꼽을 정도여서 금 치는 사람도 없고 흥정하는 곳도 뵈지 않았다. 순임은 역사(驛舍) 안은 물론 역마당 곳곳을 절룩이면서 샅샅이 돌았다. 술막과 상밥집을 기웃기웃하는데, 보따리를 싸고 있던 늙수그레한 마병장수가 물었다.

"뉠 찾는디 그렇게 울어쌓냐."

"순, 순명이라고 지 동상인듀, 열, 열두 살 먹었슈. 아까먹새는……우리 동네 지지배덜이…… 죄다…… 저짝에 모여 있었는디…….."

"경성방직공장으로 팔려가는 것덜 말이냐?"

"예, 아자씨……."

그 대목에서 울음이 뚝 그쳤다.

마병장수 아저씨가 지서 쪽으로 턱짓을 했다. 경성 가는 기차를 타고 순명이가 그예 떠났으면, 모질게 맘먹고, 차라리 수문다리에서 치마폭 뒤집어쓴 채 물귀신이라도 되리라 작심하고 있던 터였다. 순명이를 보내고서야, 어머니가 어찌할망정, 스스로 가슴팍에 대못 하나 실하게 박힐 테니, 무슨 까들막거릴 일이 있다고, 시시때때 풀떼죽이나 깻묵죽이라도 숟가락질할 것인가. 철없는 순명이야, 삼세끼 밥 주고 다달이 돈도 주고 한다는 상진이 아버지 말을 곧이곧대로 믿고 까들막나서 예까지 왔다지만, 지난 설에 왔다간, 분숙이 둘째언니의 분통같이 희고 해골처럼 마른 몰골로 보건대, 쌀밥에 고기반찬은 고사하고 냄새나는 깻묵죽도 못 얻어먹는 푼수다 이거였다. 어른들 말로는 공장 다니다가 폐병인가 뭔가, 암튼 분숙이 둘째언니는 죽을병에 걸렸다고 했다. 어째서 이런 일들이 이제 와서 생각나는지 모를 일이었다.

"지서 뒤로 가믄 개구녕이 있응게."

마병장수는 눅눅하게 토를 달았다.

"개구녕 지나갓고 쑥 들어가믄 곳간차 몇 개 나올 팅게로, 거그 찾아봐라 잉. 얼핏 듣자 헝게 뭘 사람덜이 아직 들 모였는갑더라. 감독인가 뭣인가 허는 사람이 그 짝으로다 몰아 넣는 걸 내 눈으로 봤다. 행여 한 놈이래도 맘 변혀서 삼십육게 놓을까 허고 수쓰고 자빠졌드라만……."

마병장수의 뒷말은 귀에 들리지도 않았다.

지서 뒤편으로 나가자 철조망 사이로 붓꽃들이 흐벅지게 피어 있었다. 사금파리에 발이 찔렸는지 철조망 개구멍으로 허리 굽혀 들어가고 보니, 발가락 사이에서 피가 배어나오고 있었다. 곳간차라는 말이 무엇인지 잘 몰랐으나 안에 들어가자, 저것이 곳간차로구나, 대뜸 눈치가 가는 시커먼 것들이 여럿, 잇대어 서 있는 게 보였다.

"순임이 서엉!"

몇 발짝 떼어놓지도 않았는데 순명이 소리가 났다.

곳간차 바닥에 이리 엎어지고 저리 널브러져 잠든 사람들을 얼핏 보았다고 느낀 순간, 또랑한 순명이가 제 언니를 먼저 발견하곤 잽싸게 달려나오는 것이었다. 움 안에서 떡을 받은 것 같아 또 눈물이 나왔다. 순임이가 행여 누가 볼세라 순명이 손을 다잡아 쥐고 다짜고짜 개구멍으로 끌고 나오는데, 기적 소리가 쉿소리로 울리더니 검은 연기를 포악스럽게 내뿜으면서 기차가 역 안으로 쑤욱 들어섰다. 경성으로부터 내려오는 기차가 도착한 것이었다. 그렇거나 말거나, 순임은 죽어라 순명이를 잡은 손아귀에 힘을 주고서 왁살스럽게 역마당까지 끌고 나왔다.

"워찌 그려? 워찌 새로 온겨, 성?"

"집에…… 집에 가아!"

"쬐매만 기다리믄 된댜, 인자."

"집에 기이!"

"째보아저씨도 이참에 경성 가겄다고 댕기 맨 아자씨허고 술, 술막에 갔는디, 우리덜 보곤 꼼짝 말랬어. 칼 찬 순사가 잡어간다고 혔단 말여."

"집에…… 집에 가야 헌당게."

"뭔 새통빠진 소리여, 시방?"

"엄니가…… 너…… 끌고 오랬어. 안 가믄…… 엄…… 엄니도 죽고…… 나도 고꾸라져 죽어. 우리 식구…… 다 죽는겨."

악에 받친 순임의 눈에 흰자위만 하얗게 올라왔다.

저물녘까지 온종일 걷고 기다린 데다가, 저물녘이 되니까 숨이 죽어 그런지, 아니면 평소 때와 달리 워낙 살똥스럽게 나오는 제 언니의 서슬에 기가 질렸는지, 순명은 다만 소 뒷걸음질 치듯이 뻗대고 설 뿐, 뭐라고, 더 이상 대거리는 하지 않았다. 기차에서 내린 사람들이 역사 안에서 쏟아져 나오자 파장으로 가던 역마당이 시끌시끌해졌다.

"저거…… 인력거랴, 인력거……."

뻗대던 순명의 눈에 빠짝 생기가 돌았다.

바큇살에 기름이 자르르 흐르는 인력거에 감색 모자까지 위엄 있게 눌러쓴 중년신사가 막 올라타고 있었다. 잡아끌던 순임이와 뻗대던 순명이 사이의 당길힘이 잠깐 느슨해졌을 때, 역사 안에서 제복에 칼까지 찬 일본 순사가 나왔다. 순임과 순명은 도둑질이라도 하다가 들킨 것처럼 본능적으로 목을 움츠렸다. 구 척이나 됨 직한 껑다리에다가 얼굴 빛깔은 거무튀튀하고 인중에 물사마귀 하나 터억 찍힌 일본 순사는, 아기까지 둘러업었으나 겨우 순임의 키쯤 될까 말까 한 약삐한 한 여자를 뻣세게 끌고 나오는 중이었다. 몇몇 조무래기들이 우르르 몰러들었다.

“도로보오? 도로보오?”

어떤 조무래기는 소리쳐 물었다.

하다못해 바리나무를 실은 소달구지 뒤에라도 숨었어야 할 일인데, 그럴 겨를도 없이, 구 척 장신의 일본 순사가 하필이면 순임의 옆으로 성큼 다가오는 것이었다. 철커덕철커덕 하고 옆구리 찬 칼고리가 칼집에 부딪히는 소리가 났다. 시커먼 기차가 오는 것 같았다.

“앗찌 이께, 앗찌 이께……”

우렁우렁한 목소리였다.

순임은 코를 맨바닥에 박고서 눈만 가늘게 치뜬 채, 오갈이 잔뜩 든 옆눈질로 다가드는 순사를 보았다. 금방이라도 머리끄덩이를 움켜쥐면서 이년, 할 것 같았으나 뜻밖에도 가까워지고 있는 순사의 표정은 심드렁했고, 저리 가라고 조무래기들을 쫓는 손짓도 허랑해 보였다. 끌려가는 키 작은 여자의 눈과 순임의 눈이 딱 맞닥뜨린 것은 순사가 이미 순임의 옆을 지나친 다음이었다. 얼레, 저게 누구여? 말은 그러나 목젖에 걸려 나오지 않고, 그 대신 몸이 벌떡 들렸다.

“너…… 역시 너, 순임이구나, 순임이.”

분숙이 큰언니 분순이였다.

아침녘 우물가에서 만난 똥뀔댁이 쓰윽쓰윽 문질러 닦던 쌀바가지가 눈앞을 재빨리 스쳐지나갔다. 얽빼기 분숙이 아버지의 귀빠진 날이라서 큰딸이 저물녘엔 올 것이라던 똥뀔댁의 말 또한 순임은 잊지 않고 있었다. 갸는 꺼먹고무신 같은 건 안 신고 살어, 라고 똥꾈댁이 말한 대로 정말 분순이언니는 반주그레한 가죽신을 신고 있었다. 좀 전에 도착한 기차에서 내려 나오다가, 무슨 사단이 났는지, 일본 순사에게 덜미를 잡혔나 보았다. 분순이언니가 일본 순사의 끌힘에 뒤로 뻗대면시 사정하는 푼수로 뭐라고 말했다. 조선말과 왜말이 마구잡이로 섞여 있어 순임으로선 시시콜콜 알아들을 수가 없었다.

"좃또 맛떼……. 나리, 부탁해유……."

이런 식이었다.

보퉁이를 힘들게 머리에 인 분순이언니의 등에선 어린것이 숨넘어가는 듯, 그러면서 기진한 울음소리를 내고 있었다. 중구난방인 조선말과 왜말을 대강 꿰어보자면 요컨대, 숨넘어가듯 울고 있는 어린것 문제였다. 분순이언니는 사뭇 눈물바람을 하면서, 한 손으론 순임이와 순명을 가리키고, 또 다른 손으로 아기를 업어 묶은 포대기끈을 허리춤에서 허둥지둥 풀고 있었다. 그 바람에 머리에 인 보퉁이가 땅바닥으로 떨어졌는데 잡동사니 밑에서 비쭉이 올라온 것은 하얀 무명천이었다.

"야들이 지 동상이랑게유, 동상유."

분순이언니는 허둥허둥 설명했다.

"지는 지서로 끌려갈 팅게유, 지발…… 이 어린것은 집으로 보내게 혀주세요. 이러다 어린것 죽겄슈. 순, 순임아. 싸게싸게 돌아서라 잉. 업고 가. 가서 엄니…… 울엄니헌티 주고 말혀. 별일 아닌게로 꺽정 말라고 허고."

모든 것이 엉겁결에 일어난 일이었다.

아기를 받아 업고 포대기끈을 묶으면서 허리를 들었을 땐 이미 분순이언니는 저만큼 지서 앞까지 가 있었다. 어서 가라고, 분순이

언니는 필사적으로 손짓을 했다. 뒤쫓아 가던 조무래기 한 명이 분순이언니 뒤로 날쌔게 달려들어 얌전하게 내려온 긴 치맛자락을 획 걷어 올렸다. 그 순간, 순임은 분순이언니의 속고쟁이 위로 살짝 드러난 허리춤에 광목이 친친 둘러매어져 있는 걸 보았다. 언뜻 본 것에 불과할지라도 누르께한 흰빛의 그것이 광목이라는 사실은 의심할 여자가 없었다. 가지고 내려올 광목이 많아 의심받을 것 같아 그중의 일부를 온몸에 친친 두르고 오다가 일본 순사에게 들킨 것이었다.

얽빼기가 뭐허러 경성을 왔다갔다허간디?

어머니는 볼퉁하게 말한 적이 있었다. 방직공장에 가면 광목쪼가리를 훔쳐내는 게 일이라고 했다. 상진이 아버지는 공장 문간을 지키는 문지기였다. 순임이가 여기저기에서 귀동냥한 것을 한 묶음으로 꿰어보면, 공장 안에서 먹고 자고 하며 공장 문밖으로는 나오지 못하는 직공일지라도 한 달에 한두 번, 혹은 부모의 면회가 있을 때는 잠시잠시 외출이 허락되는데, 그때마다 가슴과 허리춤과 넓적다리에 공장 안에서 훔친 광목들을 둘러 감고 나온다는 것이었다. 문지기들이 몸을 뒤지니까 그것도 모두 상진이 아버지와 짜고 하는 짓이었다. 광목 한 마를 가지고 나오면 삶은 계란 하나와 맞바꾼다고 했다. 아비 없는 자식을 낳고서 공장에서 쫓겨난 분순이언니가 한다는 밥집도, 본업은 밥을 파는 게 아니라 직공들이 훔쳐내는 광목을 사고파는 일일 터였다. 어머니는 한바탕 딸자랑을 하고 나가는 똥뀔댁 뒤통수에 혓바닥을 내밀어 뵈고 나서 덧붙여 말했다.

아나, 고게 워디 잘사는 거냐 잉.

어머니의 말은 혼잣소리나 다름없었다.

딸년들을 씨룽둥 다 도둑년 맹글고, 그 도둑질헌 거 받어다 살믄서도, 쪼쪼허니, 턱주가리 들고 다니는 꼴이, 증말, 사람 말종이 따로 읊어. 워디 도둑년 맹근 거뿐인감? 큰딸년은 알로 까져서 조강지처 둔 놈 씨받아 새깽이 낳았지, 둘째년은 실밥 하도 처묵어서 몹쓸병에 걸렸지, 분숙이 고년도 월매나 성허게 살겄어?

해가 저물고 있었다.

분순이언니가 순사에게 끌려가는 것을 보고 순명이도 충격을 받았나 보았다. 그게 아니면 순임이의 앙칼진 눈빛에 질려, 내가 안 따라가면 언니가 정말 철다리에 목매달아 죽겠구나 하고 생각하는지도 모를 일이었다. 읍내를 빠져나와 상업학교 담장을 지나서 철다리 부근에 당도했을 때, 미루나무 밑동에 내려가 있던 해는 완전히 보이지 않았다. 새털구름은 제 선홍 빛깔에다 조금씩 조금씩, 그러면서도 빠르게 먹물을 섞고 있었다. 이제 곧 어두워질 것이었다. 온갖 새떼들이 강안의 갈대밭에서 그악스럽게 우짖었다. 앵돌아진 얼굴로 내내 말없이 따라오던 순명이가 갈대밭을 향해 돌팔매질을 했다. 돌팔매는 갈대밭까지 가지도 못하고 둑길의 둔덕에 떨어졌다.

"다음이래도 난 방직공장 꼭 갈겨."

혼잣말처럼 하는 순명의 말이 아득히 들렸다.

한걸음 한걸음 떼어놓는 것도 도무지 의식이 없었고, 새소리와 순명의 혼잣말도 귓가에 어른댈 뿐 속으로 박혀오지 않았으며, 놀빛 고운 것 또한 이승의 그것이 아닌 듯 아스라하게 멀었다. 종일 굶고서 육십 리 길을 걸었는데 아직도 걸어가야 할 짱짱한 이십 리 둑길이 남아 있었다. 게다가 기운이 쪽 빠졌는지 앙앙거리고 울지도 못하고 간헐적으로 끙끙대는 어린것까지 없었으니, 갈 길이 곧 지옥길이었다.

그래도 가야 혀.

순임은 꿈인 듯 생시인 듯 생각했다.

눈꺼풀은 자꾸 내려오는 데다가, 허리는 끊어지고 다리는 떨리며 발은 헌살강인지라, 허뚱허뚱, 걷는 품이 꼭 소경 지팡이 잃고 진창길을 걷는 꼴인데, 그리도 감기는 눈 속에 보일 듯 보일 듯 한 건 고향집 툇마루와 어머니였다. 신령님이 돌보사 다행히 순명이를 붙잡았으니 무엇을 더 바랄 것인가. 사는 게 워낙 질기고 고단해서 충동적으로 순임이 순명이를 떠나보냈다가, 스스로 후회해 속불이 나서, 만삭의 몸으로 삯메기를 나갔던 어머니로선, 순명이까지 데불고 나면 죽었던 나무에 꽃이 핀 듯할 것이었다.

"성, 꽁지따기 하자."

순명이의 말씨가 한결 살가워졌다.

선홍빛이었던 새털구름에 먹물이 듬뿍 섞였다고 느끼자 사위는 이미 어두워졌다. 어둔 하늘 이곳저곳에서 풍, 풍, 풍, 물거품이 올라오듯이 별이 떴다. 서쪽편의 어둠별은 하늘에 암갈색 놀빛의 잔영이 아직 남아 있는데도 함초롬하고 밝았다.

"말꽁지따기 허잖게로, 성. 내가 먼첨 헐겨."

"그려. 혀봐, 작것아."

대거리가 간신히 나왔다.

"아이고 배야."

"무신 배?"

"자루 배."

"무신 자루?"

"업 자루."

"무신 업?"

"질, 질 업."

"무…… 무신…… 무신 질?"

"바누 질."

“무신…… 무신…… 바…… 눌…….”

청바눌이라고, 순임의 말이 떨어지기 무섭게 순명은 토를 달고 나왔다. 무신 청, 딸 청, 무신 딸, 명덕 딸, 무신 명덕, 두루 명덕, 무신 두리, 떡 두리…… 하고 이이질 터였나. 순명은 그러나 제 언니가 너무 지쳐 말대꾸할 힘도 없다는 걸 비로소 간파했는지, 녕덕 딸, 해야 할 대목에서 불쑥 순임의 앞을 가로막으며 제 등을 돌려대었다. 아기를 제가 업겠다는 것이었다. 별똥별 하나가 고향집 방향으로 길게 졌고, 샛바람이 강안을 부드럽게 쓸면서 둑방길로 올라왔다. 수런수런 갈대들이 저희들끼리 몸 섞는 소리가 났다.

“괜찮어. 너는 쬐…… 쬐깐혀서 못 업어.”

“월자도 업었는디 워째 못 업어?”

“냅두랑게. 니가, 니가 성이냐, 내가 성이지.”

“싫어. 나도 성 되고 싶어!”

별똥별이 또 졌다. 이번엔 논산 방향으로 뻗은 철롯길 너머로 지는 별똥별이었다. 금강 원류가 그 너머 어디쯤 큰물로 직수굿이 흐르고 있을 터였다. 콩깻묵을 실은, 키가 하늘을 가린다는 일본배가 행여 들어오고 있을까. 순임은 내일 아침엔 콩깻묵죽 대신 쇠별꽃잎을 따다 전을 부쳐 순명이에게 먹여야 되겠다고 잠깐 생각했다. 논두렁길로 질러오다가 선돌마을 옆댕이의 수로에 쇠별꽃이 무리 지어 자라고 있는 것을 보아두었기 때문이었다. 자신은 쇠별꽃잎을 따고, 순명은 미꾸라지를 잡고, 그러다 보면 아스라한 둑길 저 끝에, 아버지가 새로 산 자전거를 높다랗게 올라타고, 그 바큇살로 아지랑이를 통통 퉁겨내며 돌아올 것만 같았다.

5

비몽사몽 하는데 알싸한 쑥 냄새가 났다. 순임은 눈을 뜨지 않고도 발의 물집마다 어머니가 쑥을 찧어 얹어주고 있다는 걸 알았다. 엄니, 라고 부르려고 했지만 말이 나오지도 않았다. 솔밭 어귀까지 나와 앉아 딸을 기다리고 있던 똥뀔댁이 분순이냐, 하는 소리를 어둠 속에서 듣고, 그대로 까무러쳐버린 것이 기억의 마지막이었다. 밤인지 낮인지도 알 수 없었다.

"하마트면 큰일 날 뻔혔어."

어머니가 도란도란 말했다.

"세상에…… 징허다 징혀. 글쎄 고 어린게, 숨통이 왼통 맥혀갖고 다 죽었더랑게. 삼신할매가 돌봐서 죽었다가 살어나긴 혔다만, 사람이 워찌 그렇게 살 것이냐. 아, 니가 업고 온 분순이 그녀르 것 새깽이 말여, 하얗게 죽은 애 옷을 벳기고 본게로, 그 어린것 가슴 패기에다가도 광목을 뚤뚤 말아놨더라 그 말이다. 요즘 같은 불볕에, 그릏게 뚤뚤 말아놨웅게. 애새깽이야 쪄죽을밖에. 그런 디로 느덜을 보내다니, 내가 미쳤지. 아이고오, 신령님 고맙고…… 고맙고…… 고…… 고마워유……."

누구를 향해 하는 말인지도 알 수 없었다.

억장이 막히는 듯 어머니의 말끝은 까무룩하게 내려앉고, 그 대신 사방에서 개구리가 울기 시작했다. 개구리 초성좋은 저 울음소리 사이로, 솥적다 솥적다 하고 우는 새는 아마 소쩍새일까. 순임은 땅끝으로 내려앉는 듯이 잠 속으로 내려앉으면서, 오가고 팔십 리길을 걸은 가장 긴 날의 끄트머리에서, 아무도 몰래 아름다운 꿈 한 자락 꾸고 있었다. 자신이, 들 가운데 무리 진 쇠별꽃이 되어, 순명이 순실이 월자에게 골고루 뜯겨, 순명이 순실이 월자의 나물바구니에 살폿, 얹혀지는 꿈이었다.

그날 새벽, 어머니가 낳은 아이는 또 딸이었다.

(1999년 작)

내 기타는 죄가 많아요, 어머니

정오쯤 그 전화가 걸려왔다.

잔뜩 쉰 목소리였다. 우리 가설반에서 벌써 두 번이나 다녀왔지만 그 번지는 찾을 수가 없었어요. 도대체 어떻게 된 겁니까. 남자는 짜증스럽게 말했다. 짜증을 부려야 할 사람은 내 쪽인데 쉰 목소리가 짜증을 내고 있었다. 난 댁이 무슨 말을 하는지 전혀 못 알아듣겠소……라고 이번엔 내가 말했다. 전화국 직원의 말을 요약하건대, 몇몇국 몇몇몇몇번 전화가 이전돼 와서 이전 주소지를 찾았으나 그런 번지가 없었으며, 그 몇몇국 몇몇몇몇번의 전화는 내 이름과 주민등록번호로 청약된 전화일 뿐 아니라, 이전신청을 하기 전 이미 전화요금이 백오십여만 원이나 밀려 있다는 것이었다. 그야말로 아닌 밤중의 홍두깨였다.

그런 전화를 신청한 적이 없소.

난 냉랭하게 말했다. 열한 시나 돼서 일어났으므로 아침 겸 점심을 먹을 요량으로 막 찌개를 데워 식탁에 올려놓은 뒤끝이었다. 찌개가 타고 있어 나는 화가 났다. 그럴 리가요. 쉰 목소리는 그러나 쉽게 내 말을 수긍하지 않았다. 이 전화가 처음 청약된 것은 칠십팔 년이었습니다. 그 시절은 인감증명까지 첨부해야 전화를 청약할 수 있었어요. 그때 쓰시다가 남한테 인계하면서 명의변경을 안 하셨나 본데, 그렇다고 해두 미납된 요금은 최종적으로 청약자가 내야 합니다. 전화를 더 안 쓰시려면 미납 요금을 완납하고 해약하십시오. 쉰 목소리는 내 대답을 들을 것도 없다는 듯 일방적으로 말하고 찰칵 수화기를 내려놓았다. 찌개는 이미 식어 있었다. 나는 화가 나서 찌개가 담긴 냄비 뚜껑을 탁 닫아버렸다.

처음에 나는 문제를 별로 심각하게 받아들이지 않았다.

세상에 청약하지도 쓰지도 않은 전화 때문에 내가 왜 식어버린 찌개를 먹어야 하는가. 그러나 전화국에서 보낸 요금 납부 독촉장을 받았을 때, 식어버린 찌개의 문제에서 일이 끝나지 않으리란 예감을 나는 했다. 게다가 한국통신이 아닌 데이콤에서 보낸 고지서까지 곧 날아왔는데 미납금이 백여만 원이나 되었다. 데이콤의 고지서에는 언제언제까지 납부하지 않으면 신용불량자로 등재할 것이며 신용거래가 중지될 것을 원하지 않는다면 조속히 요금을 납부하라는 경고도 첨부되어 있었다. 내 주소지를 추적하는 동안 요금 미납에 대한 법적 처리가 신속하게 진행돼 왔던 모양이었다. 미납 요금은 양쪽을 합해 이백오십만 원이 넘었다.

어떡해요. 당신이 전화국에 좀 가봐요.

아내가 내 눈치를 살피며 말했다.

아무 잘못도 없이 내가 왜 거기까지 가야 돼……라고, 나는 빽 소리를 내질렀다. 칠십팔 년이라면 내가 홍제동 언덕배기 무허가 블록집에서 전세를 살 때였다. 방 두 칸에 연탄 때는 재래식 부엌이

딸린 기와집이었는데, 시세가 싼 데다가 주인 간섭 없는 단독이란
이점에 끌려 얻어들긴 했지만, 블록 한 겹으로 쌓아올려 지은 날림
집이라서 말이 기와집이지 불편한 게 한두 가지가 아니었다. 재래
식 부엌이라거나, 연탄 창고로 쓰는 반지하실이 툇마루 밑을 기다
시피 해서 출입하도록 되어 있다거나, 연탄 한 장도 비싼 배달료를
얹어 사야 되는 산동네라거나 하는 건 그렇다 치더라도, 블록벽이
쩍쩍 갈라져, 신문지를 여러 겹 바르고 벽지로 도배를 했을망정 온
갖 황소구멍 사이로 스며드는 한겨울의 냉기만은 정말 참을 수 없
었다. 아내가 여지껏 무릎관절이 시원하지 않은 것도 미상불 그 집
에서 살 때 바람이 들었기 때문일 터였다. 그런데 돼지우리에 주석
자물쇠 격이지, 전화를 청약할 돈이 어디 있었겠는가. 그때만 해도
전화라는 게 재산 목록의 상위에 랭크될 때였고, 일이 그러한바, 아
무리 기억을 쥐어짜 봐도 내가 전화 청약을 했을 리는 만무했다. 보
지도 듣지도 못하고 더구나 사용한 적은 전혀 없는 전화 때문에 시
절 좋은 이 봄날에 낯선 전화국까지 내 발로 찾아간다는 것은 아무
리 생각해도 어불성설이 아닐 수 없었다.

그렇지만, 일은 간단하지 않았다.

독촉장이 두어 번 날아오다가 급기야는 내가 현재 쓰고 있는 두
대의 전화에 대한 가압류가 들어온 것이었다. 아울러 가압류 통고
장엔 미납 요금을 납입시키기 위한 강도 높은 법적 조치를 취하겠
다는 경고장까지 붙어 있었다.

나는 그때 막 소설 한 편을 잡지에 보낸 다음이었다.

한 달여에 걸쳐 매일 밤 피투성이가 되는 기분으로 간신히 탈고한
소설이었다. 도대체 소설이라는 게 뭔지, 벌써 삼십여 년을 써왔으
면서 매번 이렇게 골수까지 쏘옥 빼내는 기분이 드니 참으로 처참
한 노릇이 아닐 수 없었다. 쭉정이만 남은 듯 앉아 있는데, 아내는

한다는 말이 이번 쓴 소설의 고료를 받으면 세탁기 하나 바꾸자고
했다. 이백여 매짜리 소설이니 고료라고 해봤자 세탁기 하나 값이
채 되지 않을 터였다. 내 전화기에 대한 가압류 통지서가 배달돼 온
것이 그런 때였디. 너무 화가 나서 통지서를 쥔 손이 부르르 떨릴
정도였다. 감히 가압류라니. 평생 누구한테 십 원 한 장 빌려본 적
없이 살아온 내게, 내 전화기에 가압류라니. 도저히 용납할 수 없는
일이었다. 하지만 전화국에선 내 분노 따위엔 전혀 신경을 쓰지 않
았다. 그들은 내가 그 전화를 청약해 놓고도 오리발을 내민다고 믿
는 눈치였다. 최소한, 내가 최근에 사용한 것은 아닐지라도 칠십팔
년 그때, 인감증명까지 첨부하던 시절이니, 전화를 청약했거나 청
약하도록 명의는 빌려준 게 확실하다는 것이었다.

그 사람 짓이 틀림없어요.

전화국에 다녀온 아내가 다짜고짜 말했다.

그 사람이라니, 누구?

아, 여기 좀 봐요. 이 기록에…… 큰산철학관이라고 나와 있는
걸요. 아내가 가져온 자료엔 그 번호의 전화가 최근 삼 년간 어떤
주소 어떤 상호로 이전돼 왔는지 자세히 기록되어 있었다. 전화요
금이 체납된 지난해 정월부터 올해 일월 사이, 문제의 전화가 설치
돼 있었다고 기록된 주소는 성북구 돈암동이고 상호는 큰산철학관
이었다. 알 만한 사람 중 철학관을 운영하는 사람은 없었다. 참, 당
신도 형광등이시네. 큰산을 보고도 몰라요. 큰 산요, 큰 산. 아이고
오, 대산 말예요. 우대산 씨요.

우…… 우, 대, 산.

깜박거리던 기억이 불시에 환해졌다.

그렇구나……라고 나는 입 속으로 중얼거렸다. 어찌 우대산을
생각하지 못했을까. 칠십팔 년이면 우대산이 명일동에서 부동산업

을 할 때였다. 명일동 일대가 신흥 아파트 단지로 한창 개발될 때였고, 바람같이 살던 우대산이 삐까번쩍한 자가용을 처음으로 몰고 다닐 무렵이었다.

세상 별거 없어. 맘 먹으면 팔자 뒤집는 거, 그거 여반장이라구.

내가 사는 산동네 어귀에 검은색 반지르르한 자가용을 대놓고 그가 했던 말이었다. 깜박거리던 기억의 불씨가 일시에 밝아지고 나자 까맣게 잊고 있던 것들이 속속 되살아나 균형을 잡았다. 그는 비로드 양복을 즐겨 입었고 어디서 구했는지 굽 높은 외제구두를 신었으며 어떤 날은 멋진 바바리코트에 중절모까지 쓰고 나타나곤 했다. 산동네 어귀에 그의 자가용이 나타나면 콧물은 말라붙고 손톱 밑이 까만 조무래기들이 떼 지어 몰려들었다. 얼마나 반질반질 왁스를 먹여 닦았는지 검은색 차인데도 조무래기들이 손을 대면 유리창이든 보닛이든 지붕이든 상처 자국처럼 손자국이 남곤 했다. 내가 그것이 민망해 애들에게 손짓을 하면, 놔둬. 차야 또 닦으면 되는걸 뭐…… 내게 말하고, 애들아, 괜찮으니까 만져봐, 만져보라구, 차는 말야, 이러엏게, 여자 허벅지 쓰다듬듯 쓰다듬어보는 거야, 촉감이 좋지 않니……라고 조무래기들에게 덧붙여 생색을 냈다. 그는 그 산동네 우리집에 올 때 언제나 과일을 바구니째 사들고 오거나 장미꽃을 한 아름씩 사들고 왔다. 형은 걱정 말고 글이나 열심히 써……라는 말도 그는 잊지 않았다. 글쟁이야 가난할 수밖에 없다잖아. 돈은 내가 벌 거야. 멋진 집필실도 만들어줄게. 그냥, 말하자면, 학처럼 살라구. 동갑에 겨우 생일만 삼 개월이 늦을 뿐인데도 그는 꼭꼭 나를 형이라고 불렀고, 아주 터놓고 반말하는 법도 없었다. 무명했지만 작가로 살아가는 나에 대한 외경감 때문이라 했다.

그의 꿈은 음반회사를 차리는 것이었다.

넌 연주자나 가수가 되고 싶어 했잖아……라고 내가 반문하자, 난 있지, 재능도 없으면서 끝까지 예술의 길을 걷겠다는 자들이 젤 미친놈들이라고 생각해. 나도 물론 미친놈이 될 뻔했지. 그치만 인제 안다구. 내 자신은, 세상이 날 알아주지 않는 게 아니라 재능이 없다는 걸 이미 알고 있거든. 그래서 음악적 재능은 있으나 돈 없는 젊은애들, 뒤 밀어주고 싶다구. 재능을 키워주고 싶다구. 재능의 아버지가 되고 싶다구. 한두 건만 큰 거 성사하면 음반회사를 차릴 거야. 세계적인 음반회사. 그땐 형도 있지, 우리애들, 빛나는 재능의 나무들, 가사도 좀 써주고 그래…… 하고 말했다.

큰 거 한두 건이 언제 성사될는지는 물론, 미지수였다.

서부시대의 사나이들이 그랬듯이, 너나없이 눈에 핏발 세우고 큰 거 한두 건, 노다지를 쫓아 와아, 이리 몰리고 저리 엎어지고 하던 시절이었다. 나는 월급 팔만 원짜리 중학교 국어 선생에 애들 셋과 아버지까지 여섯 식구의 생계를 걸고 있었다. 큰 거 한두 건은 강 건너 불이었다. 홍제동 산동네에서 불광동 학교까지 일곱 정류장이나 되는 거리를 버스비 아끼려고 걸어 다니면서도 큰 거 한두 건을 꿈꾼 적은 없었고, 그렇다고 큰 거 한두 건을 쫓아 달려가는 세속을 탓하지도 않았다. 그게 소문이든 어쨌든, 큰 거 한두 건이 있다고 한다면 얼마나 살맛나는 세상이냐 하면서, 사당패 구경하듯이, 그것도 울 밖에서, 세상의 불타는 중심을 행복하고도 천진하게 바라보았던 것이다.

첨부터 그 사람인 줄 난 짐작했어요.

아내는 분해 죽겠다는 얼굴인데, 나는 웃음이 나왔다.

웃음이 나와요, 이 마당에……라고 아내가 내게 종주먹을 들이대었다. 평생 당신하곤 악연인 사람이라구요. 뭐 한 가지 득보는 게 있어야지요. 나는 허허 웃었다. 큰산철학관이라고 해서 그 친구가 내 이름의 전화를 썼다는 결정적인 증거가 되는 건 아니잖아……
내가 말했고, 아이구우, 이이가 또 두둔하고 나오네, 암튼 이번엔
꼭 잡아야 돼요, 잡아서 혼내줘야 한다구요, 고발을 해서 옥살이를
시키든지…… 아내가 대꾸했고, 허어, 무슨 악담을 그리 하누, 증거
도 없으면서, 그 친구가 철학관이라니, 아무려면 철학관을 했을까
뭐……라고 내가 덧붙였다. 그냥 철학관이 아니라 초, 특, 대 철학
관이라도 할 사람이에요. 철학관 간판 걸어놓고 점만 보고 있었겠
어요. 뭔가 사기를 쳤겠지. 그나저나 당신 이름으로 사기 친 게 또
있으면 어떡해요.

아내는 울상을 하고 발을 동동 굴렀다.

내가 그를 마지막으로 만났던 것은 팔십 년대 언필칭 6.29 선언
이 나오기 직전이었다. 시위대와 경찰이 밀고 밀리던 신세계백화점
부근의 남산길 어느 갈림길에서 딱 마주친 게 바로 그 친구 우대산
이었다. 그는 삐에로처럼 흰 양복에 백구두를 신고 있었다. 최루가
스로 눈물 콧물을 많이 흘렸는지 눈과 코끝이 빨갛고 머리는 산발
을 했는데 흰 저고리에 백구두라니, 오랜만에 딱 부딪쳤는데도 안
부를 물을 새 없이 웃음이 먼저 나왔다. 도망치다가 함께 집회를 보
러 가지고 나왔던 동료 작가를 잃어버린 뒤여서 나도 혼자였고 그
도 혼자였다. 그런 차림으로 시위하러 나온 거야, 지금? 내가 물었
고, 이렇게 입고 있음 경찰한테 걸려도 그냥 보내주거든…… 그가
대답했다. 웬 시위냐니까, 민주화를 위한 투쟁인데 할 사람 안 할
사람이 어디 있느냐…… 그는 자못 섭섭한 표정을 지었다. 따져보
면 원수를 외나무다리에서 만난 형국인데도 나는 지난 일에 대해선
아무 말도 하지 않았다. 어디서 뭘 하고 지내느냐고 묻자 그는 뜻밖
에 겸연쩍은 얼굴이 되어, 무어, 그냥 두어 가지 사업을 하고 있
어……라고 말했다.

그는 두 가지 명함을 내게 주었다.

하나는 지물포 명함이고, 하나는 까페 명함이었다.

까페는 심심풀이 삼아 하는 거야. 전자오르간 한 대 놓고 좋은 사람들 만나면 노래하고 놀고 그래. 지물포가 진짜야. 말이 지물포지 인테리어도 해주고 있이. 밥은 먹어. 식접 도배도 하고. 사람이 달리면 사장이라도 나가야지 뭐. 나 이래봬도 도배 끝내줘. 기술자라구. 기술자라는 말에 난 공연히 감동이 느껴져서 선뜻 그의 손을 잡았다. 바람 같은 세월을 사심 없이 접고, 이 최루탄 독가스 가득 찬 세상 한 귀퉁이에서 그가 마침내 돌아와 생활인이 되었구나, 하고 생각했던 것이다.

가끔 형의 소설을 읽고 있어. 슬픈 것만 쓰데.

그가 마지막으로 한 말이었다. 내가 오랜만인데 소주라도 한잔 나누자고 하자 그는 내게 잡힌 손을 빼면서, 동지들이 기다릴 거야…… 뒤에, 슬픈 것만 쓰데…… 덧붙이고 황황히 골목 밖으로 걸어 나갔다. 여전히 큰 키, 반듯한 어깨, 턱을 좀 치켜든 듯한 자세였지만 적요한 빈 골목을 걸어 나갈 때, 그의 뒷모습은, 휑 열린 빈 수수깡 같았다. 바쁜 핑계로 차일피일 미루다가 두어 달 후 명함에 박힌 번호로 전화를 했을 땐 이미 주인이 바뀐 다음이었다. 지물포의 새 주인은 전 주인 이름이 우대성이 아니라고 했다. 키 큰 것은 맞소만 우 씨가 아니라 정 씨였소. 어찌 되는 사이요? 나도 그자를 시방 찾고 있는데. 까페의 새 주인은 한술 더 떠서 내가 마치 그와 한 패거리라도 되는 양 말꼬리에 칼을 달았다. 사술을 발휘해 가게를 넘기고 잠적한 모양이었다.

이번에 붙잡으면 예전 그 돈도 받아 내요.

아내는 전사처럼 팔을 들었다가 놓았다.

쓸데없는 소리 하고 있네. 아, 그 일은 없었던 걸로 하자고 당신이 먼저 말했잖아.

떼먹고 떨어지라는 뜻이었잖아요.

떼먹고 떨어져?

악연이니깐요. 앞으로 더 큰 피해를 입힐 사람이니 그 돈 삼백만 원 먹고 끊어지면, 인연 끊는 값으로 치고 잊어버리자고. 당신 위로 하려고 한 소리였다구요. 그전에도 크고 작은 피해가 어디 한두 가 지였어요.

크고 작은 무슨 피해?

이것만 해도요, 이거……라고 말하며 아내가 탁자 위의 재떨이 를 가리켰다. 오래 묵은 듯한 청자 모양의 접시였다. 이것만 해도 요, 이거……라고 말하며 아내가 탁자 위의 재떨이를 가리켰다. 오 래 묵은 듯한 청자 모양의 접시였다. 그때 우리가 얼마나 어렵게 살 았는데, 세상에 벼룩의 간을 내먹지, 뭐, 신안 앞바다에서 출토된 보물? 나는 또다시 허허 웃었다. 신안 앞바다에서 출토된 것이라 며, 남몰래 동료 문인에게 팔아달라며 접시며 청자항아리 두어 개 를 그가 들고 온 것이 언제였던가. 동료 문인을 소개하긴 뭐해서 접 시 하나에 오만 원인가 얼마인가, 그때로선 내게 금쪽같은 돈을 주 고 받아둔 일을 아내는 용하게 잊지 않고 있었다. 아내는 그게 정말 신안 앞바다에서 출토된 송대(宋代)의 유물인가 하고 재작년 인사 동에 들고 갔다 온 적이 있는데, 나 혼자 예상했던 대로 가짜였다. 이번에도 당신이 어물쩍 넘기면 앞으로도 평생 별 해괴한 일이 다 생길 거예요. 이참에 아예 붙잡아서 우리한테 사기 친 삼백만 원까 지 받아 내라구요. 그때 삼백만 원이면 얼마나 큰 돈인데.

그거야 뭐, 우리도 더 벌자고 덤빈 건데.

덤비긴 누가 덤벼……라고, 아내는 단번에 잔뜩 독이 올라 눈을 하얗게 흘겼다. 하긴 칠십년대 말에 삼백만 원이면 미상불 적은 돈이 아니었다. 산동네 블록집에 살면서 먹을 거 못 먹고 입을 거 못 입고, 오로지 갖고 싶은 한 가지, 문패 턱 걸 내 집 장만을 위해 아내가 모았던 눈물겨운 돈이었다. 투자만 했다 하면 적어도 일 년 이내 두 배 이상 오를 상가 하나 있는데, 셋집 전전하며 이 고생 그만하고 부디 삼백만 원만 손에 쥐여날라는 반복된 꾐에 그만 빠지고 만 것이었다. 의도적인 꾐이었을까, 생각하면 여태껏 그 점은 분명하지 않았다. 신축 중인 시장건물에 투자를 그가 하긴 했는데 기초공사 끝낸 시장건물에 여러 사단이 붙어 그만 투자액 전부를 못 건졌으니까. 에이구우, 그러니까 당신은 예나 이제나 백면서생이란 소리를 듣지……라고, 아내가 내 말에 오금을 콕 박았다. 애당초 투자한 것도 아니었다구요. 사기꾼들이 득실거리는 그 판에 자기도 한 다리 끼어 놀다가 돈 떼먹고 도망간 주제에 투자는 무슨.

그렇지 않아.

나는 진지하게 도리질을 했다.

그 친구 사기를 치긴 쳤지만, 나한텐 진정이 있었어. 그 시장건물만 해도 잘못됐으니까 그렇지 잘됐더라면 정말 돈을 배로 불려주었을 거야. 나한테만은, 진짜, 진짜로 달랐다니까.

이 전화요금 미납은 어떡하고요?

그 친구가 아닐 거라잖아. 만약 그 친구라면 그만한 사정이 있을 것이고…… 나는 어정쩡하게 대답했다. 칠십팔 년에 개설된 전화라면 내 심중에도 십중팔구 그 친구 짓이겠구나 싶기는 했다. 아마 무슨 핑계를 대고 주민등록등본이나 인감증명 따위를 떼어달라고 했을 것이었다. 무엇보다도 이십여 년이나 끈질기고 교묘하게 내 이름 그대로 수많은 설치장소를 끌고 다닌 것만 봐도 그랬다. 마지막 요금이 체납되기 직전까지, 전화요금은 꼬박꼬박 내면서 누가 내 도장까지 파들고 다니며 계속 그 명의의 전화를 굳이 사용하겠는

가. 그라면, 특별한 어떤 의도가 있어서가 아닐망정 그 특유의 비뚤어진 호사 취미, 혹은 자기 신분에 대한 끝없는 불안감 때문이라도 소설가 아무개라는 이름을 교묘히 끌고 다닐 만했다.

나는 담배를 비벼 껐다.

군데군데 닳아빠진 티가 나는 청자 재떨이는, 말인즉 가짜라지만, 보면 볼수록 풍상을 오래 견뎌낸 고풍스러운 의지와 소박한 절제미가 담겨 있어 보였다. 신안 앞바다에서 몰래 건져낸 송대의 유물인가 아닌가는 이제 내게 아무 문제도 되지 않았다. 나는 이십여 년이나 그것을 재떨이로 썼고, 그것은 나의 담뱃재를 이십여 년이나 묵묵히 받아 내고 있었다. 이 재떨이가 왜 가짜라는 거야……라고 나는 무심결에 아내에게 말했다. 아내가 발끈해진 눈빛이 되어, 아, 인사동에 내가 들고 가 감정을 해봤잖아요……라고 대답했고, 감정사라는 사람의 말은 뭘로 믿누…… 내가 대꾸했다. 나와 재떨이의 관계에서 재떨이는 진짜였는데, 아내는 한사코 감정사를 등에 업고 그것을 부정하려 하고 있었다. 더구나 재떨이로 쓰는 청자가 가짜라고 해도 그것만으로 그가 내게 사기를 쳤다고 단정할 수는 없었다. 끝없이 작은 속임수를 교묘히 창안해 내면서도 어떤 한구석엔 바보라고 할 만큼 천진한 구석이 깃들여 있는 그의 양면성을 고려해 보면 더욱 그랬다. 아마도 그 자신부터 이 청자 재떨이가 송대의 유물이므로 갖고 있으면 도움이 될 거라고 굳게 믿고서 다른 누구 아닌, 바로 가난했던 내게 들고 왔던 것일지도 몰랐다.

가짜가 아니면.

아내가 말했다.

당신은 왜 첨부터 이걸 재떨이로 썼어요? 재떨이로 쓸 때부터 당신 머릿속엔 가짜다, 이렇게 생각했던 거라구요. 내가 뭐 그만한 눈치도 없는 줄 아세요. 신안 앞바다 보물였어 봐요. 진열장 안에 정중히 모셨을 텐데.

그랬을까, 내가…….

나는 애매한 표정으로 고개를 갸웃했다.

암튼 다음 날부터 나는 그를 은밀히 찾아 나섰다. 체납된 전화요금을 꼭 받아 내야 한다거니, 다시는 이런 피해를 입히지 않도록 아내의 말대로 붙잡아 혼쭐을 내야겠다거나 하는 생각은 애당초 없었다. 마지막 두 달치 전화요금을 체납했다면 어차피 그에겐 그만한 돈이 없을 터였다. 아니 돈 문제보다도, 이십여 년이나 유지해 온 소설가 아무개의 이름 하나를 단지 전화요금을 낼 수 없는 환경 때문에 자신의 신분 한 귀퉁이에서 떼어낼 수밖에 없었을 때, 그는 얼마나 마음이 아팠을까. 그러므로, 굳이 그를 찾아 나선 이유를 대라고 한다면, 그가 내게 오만 원을 받고 넘긴 내 청자 재떨이, 이십여 년 동안 내 담뱃재를 말없이 받아준, 묵어 정답고 진짜인 듯 가짜인, 사실의 세계로 불리지만 알고 보면 또 결국 추상인 이미지에 대한 나의 소박한 그리움 때문이었다.

나는 먼저 아는 파출소를 찾아갔다.

그의 주민등록번호는 물론 알 수 없었다. 내가 아는 것은 그의 고향과 그의 이름과 그의 생년월일 정도였다. 소장은 그 정도의 정보라면 충분히 찾을 수 있다고 장담부터 했다. 그러나 컴퓨터 모니터에 떠오른 우대산이라는 이름 중 그와 생년월일이 같은 사람은 아무도 없었다. 생년월일은 고사하고 본적이 같은 사람도 없었으며, 가장 가까운 나이가 여섯 살이나 차이가 났다. 없는데요. 주민등록이 말소됐거나 이민을 갔거나 한 거 같아요. 파출소장은 미안한 얼굴이 돼서 말했다. 전국역술인협회로 문의를 해봐도 오리무중인 것은 마찬가지였다.

큰산철학관은 등록된 적이 없는 이름이에요.

역술인협회 여직원이 또렷이 말해 주었다.

예전에 그와 함께 부동산업을 하던 몇몇 사람이 떠오르긴 했지만 이름 석 자도 분명하지 않으니 헛일이었다. 내가 아는바 그는 고등학교 일학년 중퇴자였다. 그의 근황을 알 만한 학교 친구들을 찾아보는 수밖에 없었다. 애당초 그를 내게 소개했던 친구는 이미 오래전 연탄가스 중독으로 사망했기 때문에 다른 인맥을 수소문해야 했다. 그가 다닌 중고교는 내가 다닌 학교와 인접해 있어서 그를 알 만한 사람 몇몇을 찾아내는 건 어려운 일이 아니었다.

아무도 연락처를 아는 사람이 없을걸요.

그와 친했다는 어떤 이는 시큰둥하게 대답했다. 그는 동창회에 나온 적도 없었고, 가까웠던 친구들과 연락을 끊고 산 지가 오래됐다는 것이었다. 지가 무슨 낯짝으로 동창회에 나오겠어요……라고, 또 어떤 사람은 노골적으로 불쾌한 표정을 지으며 말했다. 가까웠던 친구들은 이미 오래전에 너나없이 작고 큰 피해를 본 모양이었다.

사기를 많이 쳤나 보죠?

내가 물었고, 사기도 좀 친 것은 사실이지만 그거야 뭐 그렇다고 하더라도……라고, 그와 학교 때 유난히 친했다는 외과의사는 말꼬리를 흐렸다. 다른 일도 있었나 보군요. 내가 또 말했다.

있었지요.

외과의사는 한숨을 쉬었다.

건축업 하던 친구가 팔십 년대 중반인가 교통사고로 죽었지요. 늦장가를 든 친구였는데 부인이 젊고 이뻤어요. 늦게 얻은 어린애가 둘 있었다고 했다. 그는 그 무렵에 이미 이것저것 작고 큰 죄가 많아 동창사회에 전혀 나타나지 못하는 처지였지만, 학교시절 비교적 가까웠던 친구가 객사한 걸 듣곤, 비통함에 이끌려 불문곡직 상가로 찾아왔나 보았다. 사흘장이었는데요……. 외과의사는 계속 말했다. 장례가 끝날 때까지 한시도 거길 안 떠나고 온갖 궂은일을 앞서 했어요. 비통해하는 것은 더더욱 말할 것도 없고요. 대산이 그 친구, 그런 진정만은 거짓이 아닌 놈이거든요. 기왕에 피해를 당했던 다른 친구들도 그것을 보곤 이러쿵저러쿵 과거지사를 따져 묻지 못했어요. 그런데 문제는 장례 후였다. 미망인을 노와순다고 빈번히 그 집을 출입하면서 고단한 사고처리 보상에 관계된 일을 대행하다시피 했는데, 그 과정에서 그가 나쁜 마음을 먹고 있다고 의심하는 친구들이 많았나 보았다. 글쎄, 여관에서 그 부인과 함께 나오는 걸 보았다는 사람도 있다지만 내가 직접 들은 적은 없어요. 암튼, 부인은 몇 달 후 사망보험금으로 낙원상가에서 악기점을 차렸다가 망해먹고 말았는데요, 다들 대산이가 계획적으로, 그러니까 처음부터 보상금을 노리고 접근해 빼먹었다고 알고 있지요. 그때쯤 인테리어 사무실인가 지물폰가 뭐 그런 가게를 냈다고 들었어요. 악기점을 내준다 어쩐다, 보상금을 교묘히 빼돌려 제 가게를 차렸다, 뭐 스토리가 그래요. 이쪽 동네에서 완전히 파문당할밖에요. 그 후론 여태껏 한 번도 연락이 없었어요.

계획적이라는 거, 그거 오해 아닐까요?

나도 그 생각을 안 해본 건 아니에요. 예전에도 그 친구 자주 그런 말을 했거든요. 자신은 남을 위해 무슨 일을 하면 꼭 결과가 나쁘다고요. 자기 진정이 매양 곡해되니 사람 환장하겠다고요. 중학교 때였는데요, 한번은 그 친구가 시내 동물병원 앞에서 죽은 개를 안고 막 어린애처럼 울고 있는 걸 봤어요. 외과의사는 그 대목에서부터 몹시 우울한 표정을 했다. 마치 자신이 수술을 집도한 환자가 죽어버렸을 때처럼. 중학생인 그가 엉엉 울고 있었던 것은 단순히 키우던 강아지가 죽어서만이 아니었다고 했다. 처음 강아지 한 마리를 구해 왔을 때 그의 어머니는 강아지를 묶어 길러야 사나워진

다고 말했던가 보았다. 그렇지만 어린 강아지가 불과 이 미터밖에
안 되는 쇠줄에 묶여 하루 종일 제자리만 뱅뱅 도는 것을 그는 도저
히 볼 수 없었다. 그의 어머니는 강신무(降神巫)였다. 어머니가 굿
을 하러 출타하고 나면 그는 달려가 강아지를 풀어 대문 밖에 놓아
주었다. 그 강아지는 결국 급성장염으로 죽었나 봐요……라고, 외
과의사는 이마의 땀을 닦으며 말을 이었다. 어린 걸 대문 밖에 풀어
놓으니까 아무거나 주워먹을 건 뻔한 이치고요. 강아지가 장염 걸
리면 못 살리잖아요. 어머니한테 굉장히 혼이 났지요. 네가 풀어놔
서 강아지를 죽였다고. 풀어놓는 것만이 사랑인 줄 아냐고요. 그리
고 얼마 후 또 강아지를 한 마리 샀대요. 그 친구, 동물 좀 좋아해
요? 이번엔 어머니 말을 들었다. 그의 집은 마당이 거의 없었고, 그
나마 시멘트로 바른 손바닥만 한 공간뿐이었다. 어린 강아지는 쇠
줄에 묶여 시멘트 바닥에 똥과 오줌을 쌌다. 강아지가 답답해서 끙
끙거리면 너무나 가슴이 아팠지만 그는 이제 강아지를 바르게 사랑
하는 방법을 터득했으므로 결코 풀어주는 법이 없었다. 바로 그 강
아지가 죽을병이 또 든 거죠. 수의사는 그에게 말하기를 어린 강아
지를 시멘트 위에서만 살게 했으니 병에 걸릴 수밖에 없었다고요.
가끔이라도 풀어주지 그랬냐고요. 대체 뭐가 진짠지, 사랑인지 모
르겠다면서, 죽은 개를 안고 울던 모습이 눈에 선하네요. 외과의사
는 거기까지 말하곤 완전히 지친 얼굴이 되어 눈을 꼭 감았다.

　봄이 무르익고 있었다.
　파릇파릇한 새순이 힘 있게 돋아나는 가로수 그늘에서 나는 한
참 동안 막막한 기분으로 서 있었다. 기억의 촉수는 삼십여 년 저
너머로 뻗어 있었다. 악기상들이 몰려 있는 낙원상가 쪽으로 가는
길이었다. 육십 년대의 내 젊은날을 돌이켜보면, 언제나 마음에 꽉
차오르는 것은, 그때의 내가 머무르고 또 떠났던 부랑의 동굴들, 남

루하고 쓸쓸했던 나의 어둠침침한 방들과, 어느 방에서든, 때론 좁고 때론 넓은 창 위로 솟아오른 벗은 나뭇가지 끝마다 불의 섬광에 눈뜨고서 파릇파릇, 삐죽삐죽, 상처받기 쉬우나 힘찬 자아들이 솟아오르는 걸 보았던 순간들에 내한 추상적 집합이었다. 마장동 청계천변, 루핑을 얹은 판잣집의 '칼방'에도 그런 창이 하나 있었다. 한쪽 면은 길고 다른 한쪽 면은 너무 좁아서 두 사람이 누우면 꽉 차버리고 마는 그 방을 나는 칼방이라 불렀다.

삼세끼를 모조리 굶는 날도 자주 있었다.

말수 적고 눈은 깊었으며 머리숱만 많았던 청년은 어느 땐 하루 온종일 어둠침침한 칼방에 누워, 환풍기만 한 창 가득, 미루나무 가지마다 파릇파릇한 새순의 섬광이 얹히는 것만을 바라보았다. 봄이면, 하루가 다르게 파죽지세로 번져가는 점령군 같은 그 섬광과 밤낮 어두컴컴할 뿐인 내 칼방 속의 자아 사이…… 나는 몸서리를 쳤었던가. 글쓰기는 처음의 내겐 온통 그 거리의 문제였다. 어두컴컴한 여기와 빛나는 저기 사이에 엎디어 나는 매일 시를 썼다. 글쓰기와 나의 관계가 평생을 관통하여 끈질기고도 잔인하게 계속되리라는 예감을 그때의 나는 이미 충분히 받아안고 있었다. 잔혹하고 날카로운 내 사랑은 날로 깊어갔다. 다만 나는 스물몇 살이 되었으면서도 세상에서 아직 너무 먼 거리에 있었고, 그 먼 거리를, 나만 아는 암호를 따라 나만 아는 길로 위태롭게 넘나들고 있었다. 그 사이로 슬그머니 끼어든 것이 바로 그, 우대산이었다.

기차방이네.

내 방에 처음 온 날 그는 말했다.

내가 칼이라고 불렀던 것을 그는 기차라고 불렀다. 그는 아무것도 든 것 없이 헐렁한 스즈끼 차림으로 내 방의 문턱을 쑥 넘어 들어오더니, 라면 없어……라고 말했다. 내가 고등학교를 마친 익산

시에서 친구의 소개로 두어 번 만난 일밖에 없던 친구였다. 반말을
쓰는 것만도 어색할 정도로 별 관계가 없는 사람이 마장동 귀퉁이
까지 밤중에 찾아온 것도 신기했고, 들어오자마자 라면 없느냐, 먹
을 것부터 찾는 것도 신기했다. 이건 숫제 뭐, 굶고 사는 인생이네.
라면이 없다니까 휑하니 나가서 라면 두 개를 금방 사들고 들어온
그가 말했다. 그는 라면을 연탄불에 끓여 후지럭후지럭 먹었다.

시골에 있는 줄 알았는데?

올라왔어. 기차 타고. 영장이 나왔더라구. 난 있지, 군대 가는 거
정말 싫어. 그래서 영장 받고 냅다 도망 온 거야.

기피자로 어떻게 살아, 대한민국에서?

앞으로는 걱정 마……라고 그는 동문서답을 했다. 밥도 못 먹고
사는 모양인데 앞으로는 걱정 말라구. 하하, 라면 하나만이라도 내
가 콱콱 채워놓고 살게 해줄게. 그는 큰소리를 쳤다. 하루나 이틀쯤
지나면 갈까 했는데 일주일 열흘이 가도 떠날 기색을 보이지 않았
다. 터무니없는 찰거머리였지만 그렇다고 가달라고 말할 수도 없었
다. 방이 좁은 건 참을 수 있었지만, 참을 수 없는 것은 굶주림이었
다. 혼자 굶던 걸 둘이서 함께 굶었다. 좋은 날이 온다구. 두고 봐.
형은 시를 쓰니까 어차피 돈은 못 벌 거고. 그치만 난 달라. 한번 뜨
면 팔자 확 뒤집히는 거야. 라면을 콱콱 채워놓기는커녕 시내로 나
갈 버스비도 없는 게 이내 판명 났는데도 그는 굶고 누워서 곧잘 호
기롭게 말하곤 했다.

가수가 그의 꿈이었다.

본래는 피아니스트가 되려고 했는데 환경이 따라주지 않으니 일
단 가수로서, 단숨에 붕 떠올라 세상의 중심에 서겠다는 것이었다.
다행히, 때맞추어 나는 월급 구천 원을 받기로 하고 선배의 소개로
어떤 대중잡지에 취직을 하게 되었다. 주간지도 없고 여성지도 거

의 없었기 때문에, 육십년대는 그만그만한 대중잡지들이 그나마 대
중문화의 파이프라인을 자임하던 시절이었다.

아침을 거의 굶고서 나는 출근했다.

내가 출근하려고 신발 끈을 졸라매면 그는 등 뒤에서 우두커니
그것을 내려다보았다. 그의 표정은 그럴 때 꼭 긴 떠날 채비를 서두
르는 어머니를 바라보는 어린아이 같았다. 어떤 순간 설핏하게 습
기의 막이 드리워질 때도 있었다. 서로 쓸쓸하고 배고픈 것을 익히
아는지라 출근하는 내 심정 또한 매한가지였다. 배고픈 것은 우리
를 급속하게 연인처럼 만들어놓았다. 선배 기자들이 사주는 순두부
한 그릇을 점심으로 먹다 보면 컴컴한 방에서 굶고 누워 있을 그가
떠올라 목이 메기까지 했다. 월급 구천 원은 어차피 밥값조차 되지
않는 급료였다. 살아남으려면 가수나 영화배우의 홍보기사를 써서
언필칭 촌지로 알려진 뒷돈을 받아야 하는데 그런 차례는 햇병아리
기자인 내게까지 오는 법이 없었다. 선배 기자들은 순진하고 부지
런한 내게 겨우 취재노트만 내밀면서 자넨 문장력 기차게 좋잖
아……라고 말하고, 이것 좀 밤에 써서 아침에 가져다줘……라고
또 덧붙였다. 온갖 기사는 내가 혼자 맡아 쓰다시피 했지만 생기는
것은 겨우 점심 한 끼였다. 나는 그래도, 문장력 기차게 좋잖아……
그 말에 눈앞이 아물아물 뜻 모를 신열이 솟았고, 그리하여 밤새워
밥 굶고 칼방에서 엎드려 썼다. 여배우의 인생편력도 쓰고, 트로트
가수의 뻔한 스캔들도 쓰고, 거짓으로 꾸며서 독자투고란의 고백수
기도 쓰고, 겨드랑이에서 냄새가 나는데 어떡하면 좋을까요…… 독
자와의 허위 문답도 쓰고, 그리고 때로는 울면서 발표할 데 없는 시
도 쓰고 그랬다. 나의 시가 유일한 진실이라고 믿고 사는 것은 행복
했다. 꼭 구체적으로 성취하고 싶었던 것은 아닐지라도 어쨌든 내
겐 진짜라고 말해야 할 것들이, 진실이라고 믿어야 할 것들이 세상

의 중심에 굳게 심지로 박혀 있다고 믿고 살았다.

그는 무엇을 이루고 싶어 했던가.

피아니스트에서 가수로 색소폰 주자로 음반회사 사장으로, 큰 거 한두 건으로 변화했지만 그의 꿈들은 나의 그것보다 언제나 구체적이고 확실했는데, 그러나 돌이켜보면 그는 구체적으로 뭔가를 이루어보고 싶어 한 것이 아니라 그냥, 시간의 자연스러운 순환을 따라 가인(歌人)처럼 살고 싶어 했다는 게 옳을 터였다. 그는 붙임성이 있었고, 아무에게도, 세상에조차 아무런 적개심을 갖지 않았다.

목욕 좀 하고 살아, 형.

어느 날 저녁에 그는 말했다.

시를 쓰는 사람이 일주일 다 가도록 제 몸의 때도 안 씻고 어떻게 시를 쓰는지 원. 어서 일어나 가자구. 목욕탕에.

돈이 없는걸.

상관없어, 내가 외상을 터놨거든.

목욕탕을 외상으로 다니는 사람을 본 건 그가 처음이고 마지막이었다. 이 친구가 내가 말하던 박 기자예요……라고, 그는 늙수그레한 목욕탕 주인남자에게 말했다. 어느 날은 날계란을 얼굴에 온통 바르고 누워 있어 나를 놀라게 한 일도 있었다. 계란마사지 하는 거, 형 첨 봤나 보네. 우리 어머니는 틈만 나면 이러고 누워 있었는데. 괴물 같은 얼굴을 하고도 그는 천진하게 웃었다. 먹지도 못하는 계란을 얼굴에 바르냐고 내가 힐난하자, 배부른 것보다 얼굴 이쁜 게 낫지. 배 너무 부르면 난 오히려 기분 언짢아지던데……. 그는 알 수 없다는 표정을 지어 보였다. 턱의 수염도 깎기보다 일일이 족집게로 뽑았다. 깨끗하고 아름다운 것은 그의 세계에서 가장 우위에 있는 가치였다. 덕분에 구멍가게 이발소 목욕탕 등 그가 밀어놓은 외상값을 갚아주고 나면 월급 구천 원은 금방 바닥이 났다.

색소폰을 닦고 싶어.

닦고 싶어? 불고 싶은 게 아니고?

불 때도 행복하지만, 불기 전 그놈을 세밀히 문질러 닦고 쓰다듬을 때, 말도 마. 짜릿한 게, 아주 기차다구. 여자 쓰다듬고 만지는 거보다 낫다니까.

악기를 다루는 데 있어 그는 천재였다.

흔한 악기는 이미 대강 연주할 줄 알았는데 놀라운 것은 연주법을 특별히 배운 적이 없다는 사실이었다. 교습소를 다녀본 건 피아노뿐이었다. 처음 보는 악기조차 두어 시간 만지고 나면 이내 음률을 잡았고 하룻밤만 지나면 연주를 했다. 만약 그에게 연주자의 길을 걸을 수 있는 환경이 뒷받침되었다면 아마도 그는 굉장한 성취를 거두었을 터였다. 내가 그의 재능에 놀라자, 하도 어렸을 때부터 가락을 타고 놀아서 그렇지 암것도 아냐……라고 그는 모처럼 자신을 낮추었다.

가락을 타고 놀았다는 것은 굿판에서 자랐다는 뜻이었다.

우리 어머니 점괘는 신통치 않은데 굿가락 하나는 잘 타는 편이었거든. 그 가락에 얹혀 자랐다구, 내가. 그는 아버지에 대해선 아는 것이 없다고 했다. 웬만해선 자신이 겪고 산 과거에 대해 말하는 법이 없던 그로서는 파격적인 고백이었다. 고향의, 경찰서장 했던 양반이 아버지라는 소문도 있었고, 박수로 따라다니던 아무개 아저씨가 아버지라는 소문도 있었고, 동란 때 공산당 앞잡이 노릇을 하다가 난리 끝나고 반 죽었다 살아난 어떤 양반이 아버지라는 소문도 있었는데, 씨발것, 울어머니 그거 하나 말해 줄 새 없이 어떤 날 새벽에 갑자기 피를 토하고 콩 팔러 가더라구. 굿하다 말고 애아부지여, 애아부지가 부르고 있당게, 하면서 맨발로 산을 향해 달려 나갔다가 하루 만에 돌아와 눕더니 곧 피를 쏟고 죽었는데, 죽으면서

냐부지가…… 하다 말고 눈을 감았지 뭐. 고등학교 일학년 때였어. 어릴 때부터 사복경찰이 가끔 우리집 드나든 걸 생각해 보면 서장 했다는 그 사람인가 싶기도 하고 빨갱이였다는 그 양반인가 싶기도 하고 그래. 하기사 뭐 누가 아버지였든 뭐 하겠어. 그런 건 관심도 없고 궁금하지도 않아. 그날 밤은 마장동 천변동네에 물이 들어찰 만큼 폭우가 쏟아지던 날이었고, 상경하여 처음으로 그가 밥벌이하러 나갔다가 돌아온 날이었다. 연예계에 발넓은 선배 기자의 기사를 코피 날 만큼 대신 써주고 부탁해 마련한 그의 일자리는 낙원동 뒤편에 있던 오진암이라는 요정의 기타 연주자 자리였다.

나 명함 박았어.

오디션을 보고 나서 그가 말했다.

아직 일터에 출근도 안 해본 기타 연주자가 명함부터 부탁해 놨다는데 어안이 벙벙해져 나는 입을 벌리고 그를 바라보았다. 요정이라고 박은 건 아니라구. 오진암주식회사 흥행사업부라고 했어. 뭔가 있어 뵈잖아, 흥행사업부. 그는 천연스럽게 자랑을 했다. 명함값 형한테 달래지 않을 테니 겁먹지 마. 나중에 월급 받아서 찾을 거야.

명함에 관해선 그것이 시작에 불과했다.

나중엔 점점 더 많은 명함을 박아가지고 다녔다. 내가 서울 생활을 견디지 못하고 고향에 내려가 있을 때조차 그는 새 명함을 박으면 몇 장씩이나 편지봉투에 넣어 보내곤 했다. 디자인도 가지가지였고 직함도 가지가지였다. 칠십 년대 말쯤이던가. 우연히 그의 지갑 속을 본 일이 있는데 명함이 다섯 가지나 되었다. 신분만 다른 게 아니라 이름이 아예 다른 명함도 있었다.

난 본래의 내 이름이 싫거든. 가짜 이름이 좋아. 그림도 그래.

가짜 그림이 더 좋아 뵐 때가 많다고. 그는 친절히 설명해 주었다. 그가 사기를 치기 위해 각각 다른 신분의 여러 종류 명함을 갖고 다녔는지는 분명하지 않았다. 사기성의 조짐이 보이기 훨씬 전부터 그는 이상할 정도로 명함에 집착했다. 명함의 연장선상에 옷과 장신구와 소품 따위로 정해지는 스타일에 대한 다양한 선호가 또 있었다. 그는 때에 따라서 권위 있는 지식인의 상을, 재능과 열정이 넘치는 예술가의 상을, 돈 많은 갑부의 상을 비교적 완벽하게 연출했다. 라이터 하나조차 의상과 장신구에 맞추어 갖고 다녔다. 진짜 영국제 바바리를 입었는데 국산 라이터를 들고 있으면 가짜 부자가 되지만 영국제 바바리코트를 입고 던힐 라이터로 담뱃불을 붙이면 진짜 부자가 된다는 식이었다. 오므라이스 한 그릇 먹을 돈도 없는 내게 레스또랑 웨이터가 무조건 값비싼 세트메뉴를 보여주며 머리를 조아릴 때 얼마나 짜릿한 줄 모를 거야. 형은 항상 꾀죄죄하니까. 사람들은 있지, 보통 가짜에 감동을 느끼더라구. 내가 진짜를 말하면 대개 안 믿어. 그렇다고 그가 유난히 신분상승에 대한 욕심이 많았다고도 할 수 없었다. 단순한 수직상승에의 욕구보다 가짜로 연출한 것에 대한 사람들의 굴복을 즐겼다고나 할까. 소설가인 내 이름으로 된 전화를 이십여 년이나 이곳저곳 끌고 다닌 것도 미상불 그의 이런 성향과 관계 맺고 있을 것이었다.

나는 낙원상가로 들어갔다.

어차피 그가 자신의 본명만을 사용하진 않았을 것이므로 나는 가급적 그의 체격과 인상을 설명하고자 애썼다. 색소폰과 전자오르간을 주로 취급하는 악기점부터 들르기 시작했다. 전자오르간으로 그는 칠십년대 초반 이래 밥을 먹었고 색소폰은 그가 좋아하는 악기였으므로. 지금 어디서 어떻게 살고 있는지, 설령 죄 지은 게 많아서 주민등록까지 스스로 말소해 놓고 이리저리 숨어 산다고 하더라도, 아니 삶이 그만큼 더 어려워 피폐해졌다면 그럴수록, 고향에

가는 마음으로 그는 악기상들을 기웃거렸을 것이라고 나는 생각했
다. 예상은 들어맞았다. 세 번째 들른 악기상의 여주인은 내 설명을
듣더니, 서우빈 씨 같은데…… 하고 말했다. 그가 속임수를 써서 인
계하고 달아난 게 거의 틀림없는 까페의 주인은 그를 정 씨라고 했
는데 여기선 서우빈이었다.

본 지 한 이삼 년 됐나 봐요.

전엔 자주 왔었나요?

자주는 아니래도 가끔 왔지요. 물건을 사간 적은 별로 없지만 악
기를 워낙 좋아해서 들르면 한나절씩 앉아 우리집 악기들 모두 반
질반질하게 닦아놓고 가요. 마지막 왔을 땐 사는 게 힘든지 행색이
좀 그래서 요즘 뭐하고 지내냐니까, 뭐라더라 대학원도 다니고 시
도 쓰고 그런다고.

시? 시를 써요?

네. 자기가 쓴 시 좀 들어보라고 암송까지 해보였는걸요. 대학원
이야 그 사람 고정 레퍼토리지만요. 그는 그러나 시를 쓴다거나 대
학원엘 다닌다거나, 모두 전혀 믿지 않는 눈치였다. 대학원 다닌다
는 건 사실이었을 거라고 내가 말하자, 아주 예전에도 대학원 소리
를 했는데 무슨 대학원을 평생 다녀요, 하고 악기점 여주인은 시큰
둥하게 대꾸했다.

왜 그 생각을 못 했을까.

다른 건 몰라도 대학원 얘기는 사실일 터였다.

칠십 년대 초반, 그는 전자오르간 단독 주자로 벌이가 쏠쏠했을
때 처음 대학원을 다녔다. 어떻게어떻게 해서 연구과정에 등록을
했던가 보았다. 고등학교 일학년 중퇴자니 필시 학력을 위조했을
것이다. 그때 나는 고향에 있었는데 장문의 편지와 함께 대학원 건
물 앞에서 찍은 사진까지 동봉해 보냈다. 편지의 문장마다 환호작

약하는 그의 외침이 푸르게 배어 있었다. 그리고 그것은 시작에 불
과했다. 사는 게 어렵든 말든 어디에 흘러가 무슨 일을 어떻게 하고
있든 그 후부터 줄기차게 그는 대학원에 다녔다. 말로만 다니는 게
아니라 진짜 이 대학 저 대학 끝없이 옮겨서 연구생으로 등록을 했
던 것이다. 가끔 낯선 사람을 데리고 와, 우리 경영대학원 동창생이
야……라고 소개를 하기도 했다. 어느 특수대학원 동창회 일을 맡
아서 한 적도 있었다. 학력에 대한 콤플렉스나 신분에 대한 위장술
로만 해석하기엔 너무 이상하고 끈기 있는 추구였다. 대학원과 함
께 영어학원도 그는 열심히 찾았다. 팔십년대 초반에 만났을 때 그
는 곧 미국으로 이민을 간다고 했다. 이것 하나 갖고 가……라고 말
하며 그는 소책자 하나를 주었다. 들고 와서 봤더니 초보 회화책이
었다. 이 책 저 책에서 조금씩 빼내다가 적당히 편집한 백 페이지
미만의 책이었다. 그때도 그는 어느 특수대학원에 적을 두고 있었다.

이 기타 얼마예요?

기타 하나를 가리키며 내가 물었다.

악기점 여주인은, 서우빈 씨 친구라니까 싸게 드리겠다고 했다.
나는 칠 줄도 모르는 기타를 사 들고 악기점을 나왔다. 그를 찾아
나서기 전보다 훨씬 더 짬짜름한 그리움이 내 가슴에 차 있었다. 배
고프고 외로웠던 육십 년대 후반의 그 젊은날, 그가 동숙자로 내 곁
에 없었다면, 어둠침침한 방 속에 밀폐된 채 단지 분열하여 피 흘리
던 내 자아가 어떻게 창을 뚫고 나가, 창 너머, 타오르는 세상 가운
데, 파릇파릇한 섬광의 새순에게 갈 수 있었겠는가. 그 어둡고도 밝
은, 멀고도 가까운 거리를 문학이라는 이름 하나로 견디고 조율해
온 내 삶의 낡은 책갈피에서 그가 가만가만 기타를 치며 노래를 부
르고 있는 느낌이 들었다.

나 요정 그거 관뒀어.

　어느 날 술에 취해 돌아와 그가 말했다.

　선배 기자에게 부탁하여 기타 연주자로 요정에 첫 일자리를 얻고 한 달도 채 되지 않았을 때였다. 그는 술을 한 잔도 못 마시는데, 얼마나 마셨는지 방에 들어오더니 발가벗고 칼방 구석구석을 헤집고 돌았다. 그러다가 그는 내 품에서 울었다.

　요정 현관에 새장이 하나 있어.

　슬픔과 분노에 찬 어조로 그는 말했다.

　카나리아 한 쌍 말야……라고 말할 때, 내 눈에 동그란 철망의 새장이 떠올랐다. 요정은 현관이 고풍스러운 아치형으로 쑥 나앉은 형태였다. 카나리아 한 쌍이 현관 한켠에 대롱대롱 걸려 있었다. 내가 받는 월급의 스무 배 서른 배를 하룻밤에 먹고 마시며 노래부를 수 있는 선택받은 삶의 주인공인 요정 손님들이 들어서면, 카나리아는 그 날렵하고도 맵시 있는 자태를 뽐내며 쫑쫑쫑, 청량한 목소리로 인사했다. 허어, 고놈 차암 이쁘구나…… 옳지 옳지 목소리 한 번 맑네그려…… 사랑한다, 어서 오세요, 그 말이렷다? 그래, 이 녀석, 나도 널 사랑한다……. 각양각색으로 선택받은 손님들 또한 마음이 너그럽고 환해져서 화답하는 게 보통이었다.

　형, 카나리아 제도(諸島)라고 들어봤어?

　요정에 출근하고 한 주일쯤 후에 그가 말한 것도 나는 기억하고 있었다. 글쎄 있지, 카나리아 본래 고향이 아프리카 먼 바다에 있는 카나리아 섬이래……라고 말할 때 그의 눈빛은 서기(瑞氣)로 가득 찼다. 카나리아 고향이면 카나리아처럼 이쁘겠지? 깊은 밤이면 혹 섬 전체가 카나리아처럼 방울방울, 울지도 몰라. 돈 벌면 거기 가서 살겠어. 요정의 카나리아 데리고 함께 가서 살 거라구. 내가 뭐 아무리 유명한 가수가 돼도 그렇지, 카나리아처럼 청명하게 울 수야 있겠어? 그와 내가 부딪혔던 열악한 삶의 조건들과 아무 상관없이 밤마다 요정의 방들은 꽉꽉 차고, 그의 기타는 아우성을 치고, 노랫소리 드높고, 먹을 것은 넘쳐흘렀다. 이따금 그가 먹어본 적이 없는 진귀한 음식을 싸오는 일도 있었다. 먹어봐. 씨팔, 우리가 먹고사는 건 음식도 아냐. 훔쳐왔어. 그는 키득키득 웃으면서 말했다. 내가 돈 벌어 카나리아 섬에 갈 때 있지, 형도 데려갈게. 거기 가서 시 써. 여기가 어디 시 쓸 데야? 그는 카나리아에 아주 빠져 있었다. 금사조(金絲鳥) 카나리아는 청량한 목소리 이외에도 허리부터 하면(下面)까지의 노란 띠 때문에 보기만 해도 방울방울, 그 노랫소리가 들려왔다.

그 카나리아가 어찌 됐단 말야?

죽었어. 알아? 죽었다구. 오늘 죽어 있더라구.

죽다니, 왜?

왜는 뭐 왜야. 굶어서 죽은 거지……라고 그는 발가벗고 엎드려 기다가 소리를 빽 질렀다. 손님은 많고 일도 밀리고, 그래서 카나리아 밥 주는 건 너도나도 잊고 살았다는 것이다. 씨발것, 나도 그랬다구, 형. 형한테 줄 뭐, 맛있는 거 훔쳐올 궁리는 하면서도 모이통에 좁쌀껍질만 쌓여 있는 건 보지 못했다구. 다들 카나리아를 보고 이쁘다, 사랑한다, 귀엽다, 입에 침이 마르면서…… 실은 가짜였어. 가짜였다구. 술에 취해 그는 어두컴컴한 방구석에 꾸역꾸역 오물들을 토해 놓았다. 그때에도 마장동 천변의 동굴 같은 칼방, 환풍기만 한 창 너머의 미루나무 가지에선 새순의 섬광이 빛나고 있었던가.

그는 더 이상 요정으로 출근하지 않았다.

명함을 부탁만 해놓고서 찾아보지도 못했으며, 그 후부터 그가 기타를 손에 잡는 걸 본 일이 없었다. 기타엔 더러운 죄업이 묻어 있다고 그는 말했다. 출근할 때, 퇴근할 때, 또 휴식하는 짬짬이, 하루에도 몇 번씩 그는 현관으로 달려 나와 은밀하고도 애틋한 애정으로 카나리아와 만났다는 것이었다. 나야, 사랑하는 내가 왔어……라고 눈 맞추어 속삭이면, 언제나 청명한 목소리로 우짖어 반기던 카나리아가, 수북이 쌓였으나 알맹이는 없는 좁쌀껍질에 코를 박고 끝내 굶어죽어 갈 때, 기름진 음식과 풍성한 사랑의 말과 신명나는 노래를 좇아 샹들리에 불빛 넘치는 요정의 방을 돌며, 그의 또 다른 사랑, 전자기타는 단지 자지러지는 고음으로 솟아나고 있을 뿐이었다고 했다. 알겠어……라고 그는 외쳤다. 내 기타는 씨팔, 죄가 많다구. 기타 대신 얼마 후부터 그는 전자오르간으로 밥을 먹었다. 그러나 한 업소에서 오래 견디는 일은 없었다. 그가 사기꾼다운 징후의 일단을 보여준 최초의 일은 업소의 스피커를 바꿔치기한 사건이었다. 모처럼 명동 한복판의 한 고급 레스또랑에 오르간 연주자 겸 음악기사로 취직해 생활이 안정될까 했는데, 스피커를 바꿔치기한 것이 우연히 발각되어 쫓겨나고 만 것이었다.

꽤 유명한 레스또랑이었다.

그 정도의 레스또랑에서 연주하고 있으면 어쨌든 그 바닥에선 장래를 보장받았다. 특별히 나쁜 일이 아니면 쫓겨날 리도 없을 뿐 아니라, 설령 그만두어도 그 수준의 다른 업소에서 그 경력을 좇아 경쟁적으로 데려가려 하기 때문이었다. 문화적인 콤플렉스에 사로잡힌 졸부들과 비뚤어진 자만심에 차 있는 지식인들과 우아하게 자신을 연출하는 젊은 여자들이 주로 드나들었다. 그 집 스피커가 제이비알이거든…… 그는 말했다. 제이비알이 특별히 비싸고 좋은 스피커인 줄 나는 알지 못했다. 역시 제이비알은 다르다느니, 음질이 남성적이라느니, 음악에 대해 쥐뿔도 모르는 것들이 걸레 같은 지집애들 데려다놓고 폼 잡고 앉아 한마디씩 하는 거 보면 있지, 정말 가관이야. 그는 업주에게 스피커에 이상이 생겨 청계천으로 가져가 고쳐 와야 되겠다고 말했다. 그의 성실한 태도에 업주는 고개를 끄

338

덕거렸다. 스피커의 외양은 똑같으나 내용은 전혀 다른 것으로 그
는 교묘하게 바꿔치기했고, 그 차액으로 최고급 양복을 맞춰 입었
다. 히힛, 정말 재밌어. 그는 킬킬거리고 계속 웃었다. 가짜 스피커
인 줄도 모르고 높은 양반이나 교수나 새침 떠는 여자들이, 역시 다
르다, 역시 제이비알이야……라고 하면서 지그시 눈을 김는다는 것
이었다. 우연히 발각되기까지 그는 두 달이나 사람들이 가짜 스피
커에 칭송을 아끼지 않는 그 절묘한 해학을 즐기고 있었다. 그가 밤
업소 연주자의 길을 때려치운 것은 그 사건 때문이었다. 다른 업소
에까지 소문이 퍼져 쓸 만한 곳에선 자리를 얻을 수 없었던 것이다.

웬 기타예요?

아내가 눈을 크게 뜨고 물었다.

그저, 하나 샀어. 틈나면 배우려고.

당신이 기타를 배워요……라고 아내는 혀를 날름해 보였다. 나
는 사 들고 들어온 기타를 서재 한 귀퉁이에 세워놓았다.

이것 좀 봐요.

아내가 따라 들어와 서류 같은 걸 쫙 펼쳐 들었다. 전화국에 또
갔었거든요. 국내 전화기록은 없어졌고요. 이건 그 문제의 전화로
외국에 통화한 기록이에요. 그런데 세상에, 뉴욕, 빠리, 시드니, 요
하네스버그, 바르셀로나, 아바나…… 하이고오, 생전 첨 듣는 지명
도 있다구요. 이래서 요금이 이백오십만 원이나 됐던 거예요. 우대
산 그 사람이 어디 외국말이나 해요? 유럽부터 남미까지 오대양 육
대주, 세계 곳곳에…… 어린애라서 장난전화를 했다고 할 수도 없
고, 무슨 영문인지 원.

카나리아 제도는 없어?

내 목소리가 턱없이 높아졌다.

어디요? 카나, 뭐?

아냐. 그냥…… 됐어. 나는 다시 소파에 벌렁 눕고, 눈을 감았다. 그는 무엇을 찾아 떠도는 것일까. 원인불명의 화재로 어둠침침했던 칼방이 한줌 재로 사라지고 나서야 그와 나의 사랑도 끝이 났다. 너무도 지치고 쓸쓸해서 불과 오십삼 킬로그램까지 몸무게가 빠진 뒤, 허깨비 같은 몸을 이끌고 내가 고향으로 내려온 게 동숙자 관계의 마지막이었다. 그는 가방을 서울역 대합실까지 들어다주고 우두커니 서 있다가 개찰 시간까지 기다리지 않고 휘적휘적 걸어서 다시 도시의 거리로 돌아갔다. 햇빛이 어찌나 밝은 날이었던지 수수깡처럼 키만 높이 솟은 그의 몸이 쭐렁쭐렁 햇빛에 실려 가는 것 같았다.

나는 고향에 내려온 뒤부터 시를 버리고 소설을 썼다.

우리는 민족중흥의 역사적 사명을 띠고 이 땅에 태어났다……라고 시작되어 국가와 개인의 일체감을 통해 참된 민주복지 국가의 꽃을 피우자고 강조한 국민교육헌장이 그해 섣달에 선포됐다. 종로 일대의 사창가가 나비작전이라는 환상적인 작전명으로 소탕된 것도 그 무렵이었고, 전국경제인연합회에서 개악이라는 비난을 무릅쓰고 근로기준법 개정을 건의하고 나선 것도 그해 육십구 년이었다.

소설을 쓰긴 했지만, 내 인물들은 번번이 나를 배신했다.

늘 시작만 하고 끝을 맺지 못하는 불구의 글들을 나는 썼다. 자주 꿈자리에서 카나리아가 죽어나갔고, 그는 스피커를 바꿔치기하며 킬킬거리고 웃었으며, 종로에서 쫓겨난 밤색시들이 마장동 천변 부락을 기웃거렸다. 그의 새 명함 한 장을 우편으로 받던 날, 나는 칼바람에 잔뜩 기가 질려 엎드린 텅 빈 읍거리를 지나서 서쪽 변방의 퇴락한 시골극장 그 컴컴한 동굴에 앉아 정소영 감독의 영화 「미워도 다시 한번」을 보면서 많이 울었다.

그해 겨울은 칼바람이 자주자주 불었다.

여기서 세워주세요.

나는 택시 운전기사에게 말했다. 탁 트인 만경평야를 지나온 훈풍이 뺨에 닿았다. 대지는 아주 부드럽고 따뜻이 열려 있었다. 김제에서 택시를 타고 정확히 십오 분 거리였다. 나는 낯선 마을의 텅 빈 교실을 천천히 걸어 들어갔다. 열 시에 시작된다는 행사가 열한 시가 다 된 지금껏 아직 끝나지 않았는지, 마을 서편의 야트막한 언덕빼기 송림 사이에서 드문드문 박수 소리가 솟아 나왔다. 열 시까지 맞춰 오려고 새벽부터 서둘렀는데도 해는 벌써 중천에 떠 있었다.

마침내 모든 정경이 눈에 들어왔다.

나는 되도록 사람들 눈에 뵈지 않으려고 벙거지를 깊이 눌러쓰고 다가가 소나무 기둥에 은신하듯 섰다. 송림 사이로 흐드러지게 핀 산꽃들이 화사했다. 고깔을 쓴 풍물패가 보였고, 행사 뒤풀이를 위해 부산하게 진행되는 상차림의 정경도 보였다. 사람들은 예상보다 많지 않았다. 풍상의 때가 잔뜩 내려앉아 골 깊은 얼굴을 한 촌로들이 기웃기웃 모여 있는 가운데 끝에 흰 천으로 둘러쳐진 화강석의 일부가 삐죽 맨살을 드러내고 있었고, 그 뒤쪽의 나무의자에 몇몇 양복쟁이들이 앉아 있었다. 여태껏 일어서서 말하고 있던 사람은 아마 면장인 것 같았다. 박수 소리가 터져 나왔고, 면장님의 감동적인 축사를 끝으로 이제 본행사의 하이라이트, 시비 제막의 순서가 되었습니다…… 사회자가 말했다.

그가 앉은자리에서 일어났다.

어느새 반백의 머리였다. 예전보다 살이 좀 더 올라 늙어 뵈긴 했으나, 아직도 귀티의 잔영이 다 가시지 않은 얼굴에 온화한 미소를 가득 담은 그가, 우대산이, 좌우의 면장과 노신사를 권유해 함께 화강석 앞으로 나서고 있었다. 그들은 화강석을 씌운 천에 달아맨 줄을 더불어 잡고 당겼으며, 박수가 또 터졌고, 한순간 흰 천이 좌우로 미끄러져 흘러내렸다. 기단과 비문이 음각으로 새겨진 화강석의 높이를 합치면 거의 삼 미터쯤 되는 풍채 좋은 석비였다. 햇빛이 석비의 미끄러운 맨살에 닿아 눈부시게 퉁겨져 나오고 있었다. 그가 시인으로서 연년세세(年年歲歲), 이 땅의 한켠, 기름진 만경평야에 굳게 박혀 서는 순간이었다. 시비제막식이 이곳에서 있다는 사실을 알게 된 것은 바로 어제의 일이었다.

틀림없이 시비란 말이오?

나는 거듭해서 물었다.

대학원이란 대학원을 차례차례 수소문해 오다가 이윽고 어떤 특수대학원에 들렀을 때, 직원은 그가 그 대학원 연구생으로 벌써 삼 년째 드나들고 있다고 말해 주었다. 그곳에서 알려진 이름 역시 서우빈이었다. 본명은 아니구요, 시인으로 쓰는 필명이 서우빈인 줄 알고 있습니다만……이라고 젊은 직원은 말하면서, 사물함을 뒤적뒤적하더니 초청장 하나를 내게 내밀어 주었다. 놀랍게도 초청장엔 남강 서우빈 선생의 시비제막식……, 그렇게 씌어 있었다. 이곳이 어딘데요. 내가 물었고, 서우빈 선생 어머니의 고향이라던데요…… 라고 직원은 친절히 설명해 주었다. 초청장엔 그가 그동안 출간했다는 세 권이나 되는 시집의 제목도 들어 있었는데, 저녁 내내 시인과 시집 제목을 들먹이며, 아는 시인마다 출판사 사장마다 물어봤지만 전혀 모르겠다는 대답뿐이었다. 나는 그래서 새벽같이 출발해, 내가 한 번도 본 적이 없는 그의 어머니 고향이라는 이곳까지 불원천리 찾아 내려온 것이었다.

이제 마지막 순서올습니다.

사회자가 감격한 어조로 말했다.

에 또, 이번 시비에 깊이 아로새겨진 이 시로 말하자면, 최근에 펴낸 남강 서우빈 선생의 세 번째 시집에 실려 있는데요, 시집을 여러분들께 다 증정해 드릴 것입니다만, 좌우간 이 감동적인 시로 말하자면, 선생이 일찍이 청운의 뜻을 품고 상경해 일부러 밑바닥 삶을 체험하실 때, 그리운 어머님께 바치는 심정으로 처음 쓴 것을 오랜 세월 다듬고 깊이 하여 완성한 것으로 우리 문학사에 길이 남을 자품입니다. 시회자의 목소리는 점점 더 카랑카랑해졌고, 눈부신 흰빛의 두루마기를 단아하게 입고 앉은 그는 만감이 교차한다는 듯 눈을 지그시 감고 있었다. 선생의 자당께서는 우리가 아는 바처럼 바로 이곳에서 태어나셨고, 이곳에서 어린 시절을 보내셨습니다……라고 사회자가 말할 때 까치들이 한바탕 송림 안쪽에서 울었다. 까치들조차 축사를 보내는군요. 사회자로선 덕담을 끼워 넣었지만 청중의 반응은 없었다. 좌우간, 동료 시인들의 모금운동까지 강력히 마다하시고, 선생께서 직접 사재를 내놓아 바로 이곳에 시비를 세우는 것 또한 어머니에 대한 선생의 효심이 워낙 깊기 때문이라는 걸 말씀드리면서, 선생의 육성으로 직접 시를 듣도록 하겠습니다.

그가 시비 앞으로 나와 섰다.

무르익은 봄빛은 너무 정갈해서 그의 눈빛에 닿을 때 차라리 슬퍼 보였다. 그는 너무도 슬프고, 그러나 듣는 이의 마음에 충분히 울림이 남을 만한 힘찬 어조로 화강석에 땀땀이 아로새겨진 시를 읽기 시작했다.

어머니.

시의 첫 행은 어머니였다.

어머니,
내 기타는 죄가 많아요.
죄 때문에 오늘밤도 노래할 수 없어요.

나는 그의 육성에 담겨 노래되는 시를 끝까지 들을 수 없었다. 벌거벗은 채 오물들을 토해 내고 있는 그가 있는 방, 내 자아가 끌어안고 있던 어두컴컴한 천변의 동굴과 환풍기만 한 창 너머 불길처럼 내닫던 봄의 잔인한 섬광, 그리고 그 거리 사이를 위태롭게 오가며 나는 무엇을 썼던가. 시는 아름다운 것만이 아니라고 짐짓 부정하면서, 그러나 깊은 밤 지붕 위에 얹혀진 루핑 조각이, 따르르르 따르르르 비명으로 목매다는 소리 내 삭은 늑골 사이로 꽂혀올 때, 누군가 들어줄 희망도 없는 시를 쓰며 돌아누울 때, 나는 굳게 믿고 있었던 것일까. 생의 중심에서 가짜가 아닌, 진짜라고만 불러도 좋을 것들이 오롯이 들어차 금강석같이 빛나는 정경을 한 번이라도 볼 수 있다는 것을.

그것은 내가 쓴 시였다.

그의 시집으로 되어 있는 책 속의 시편들도 그랬다.

모두 육십 년대 후반 서울의 침침한 어둔 방들을 떠돌며 대학노트 세 권에 빼곡히 썼던 시들이 그에 의해서 햇빛 아래로 끌려나와 있었다. 칼방이 불탈 때 함께 없어진 줄로만 알았던 습작노트를 그가 나 몰래 감추어두었다가 지금까지 보관해 오고 있었던가 보았다. 나는 풍장소리가 시작되고 나서 사람들이 잔칫상으로 우르르 몰려가는 것을 뒤로 하고 조용히 그 마을을 걸어 나왔다. 날라리젓대의 청명한 고음이 기름진 만경평야의 불빛 사이로 막힘없이 솟아나고 있었다. 버스가 다니는 큰길에 이르러 뒤돌아보았더니, 아지랑이 사이로 저 멀리, 흰옷 입은 누군가가 한 사람, 동구의 느티나무 아래, 이편을 향한 듯, 가만히 서 있는 게 보였다. 멀어서 그가 우대산인지 아닌지는 구별할 수 없었다.

그는 우대산인가.

나는 다가선 버스를 타며 혼자 물었다.

아니, 그는…… 우대산인가, 서우빈인가.

그리고 또 화강석에 아로새겨져 영원히 봉안된, 내 기타는 죄가 많아요…… 그 시는 과연 내 시인가. 나의 시인가, 그의 시인가. 아니면 서우빈의 시인가.

시인 서우빈은 대체 이디서 온 누구인가.

진짜, 진짜인가.

(1998년 작)

항아리야 항아리야

1

늙은 여류작가——오늘날의 여성 작가들은 여류라는 말에 짜증을 좀 내겠지만——는 용암사까지 이어진 굴암산 에움길을 천천히 걸어 내려왔다. 나는 들고 있던 군용 쌍안경의 거리촛점을 재빨리 맞추었다. 쌍안경도 있네요. 봄에, 집 안에 들어와서도 한참이나 앉지 않고 거실을 둘러보던 늙은 여류작가가 맨 처음 내뱉은 말이었다. 내 집 뒤란에서부터 벋쳐 올라간 북쪽 능선과 단무지 공장 뒤란에서부터 벋쳐 올라간 남쪽 능선이 미묘한 삼각 구도로 교접하는 지점이 먼저 파인더 안에 잡혀들었다. 내 집 뜰에서 볼 때 굴암산의 음부쯤 되는 곳이었다.

늙은 여류작가는 이미 그 지점을 통과하고 있었다.

해는 완전히 져서 굴암산 서녘 하늘의 놀 속엔 어느덧 저녁 어스름이 까뭇까뭇 끼어들고 있는 중이었다. 놀빛의 마지막 잔영이 늙

346

은 여류작가의 양 어깨와 머리에 후광으로 얹혀 있었다. 육이오 때 저런 쌍안경을 메고 있는 미군들을 자주 봤어요. 만약 그날, 봄에, 그 말만 하지 않았다면 나는 지금껏 여류작가의 나이를 겨우 마흔 살이나 갓 넘긴 것으로 생각하고 있을 터였다. 늙은 여류작가는 얼굴빛이 수은처럼 희고 입술과 광대뼈는 툭 튀어나왔으며 병적으로 마른 데다가 도수 높은 뿔테 안경을 썼다. 선병질적인 아주 못생긴 얼굴이긴 했지만 이상하게도 주름살은 거의 없어 처음부터 나이는 요령부득이었다. 조금 떨어진 곳에서 보면 회칠한 가면 같은 얼굴. 쌍안경의 거리촛점을 완벽하게 맞추었을 때, 늙은 여류작가는 마을에서 공동으로 사용하는 대형 물탱크 옆을 지나오고 있었다. 이를테면 굴암산의 클리토리스를 여류작가가 천천히 걷지도 않는 것처럼, 밟고 지나치는 중이라고 나는 느꼈다. 암회색 바바리에 맞춰 암회색 모자를 쓴 차림이었으나 바바리코트와 모자는 색깔만 같을 뿐 전혀 어울리지 않아 보였다. 옆은 깃털로 장식하고 앞챙이 짧은 그 모자는 빅토리아 왕조의 백작부인이 말 탈 때나 썼음 직한 영국산인데, 봄에 내가 여류작가에게 준 것이었다. 아주 우아하게 생긴 것이 여성용인가 봐요……라고, 거실 벽에 걸린 모자를 쓰다듬으면서 늙은 여류작가는 말했고, 좋아 보이면 가지세요…… 나는 익살스런 말투로 툭 내뱉었다. 오래전 혜인과 영국 여행을 할 때 에든버러에서 혜인에게 선물했던 모자였다. 예전 애인한테 선물했던 것인데요, 청첩장을 갖고 와선 그 모자를 놓고 갔지 뭐예요……라고 나는 아무렇지도 않게 덧붙였다. 여류작가가 그 모자를 쓴 걸 보기는 오늘이 처음이었다.

혹시 내가 보고 있는 것을 알고 있을까.

나는 전광석화, 잠깐 생각했다.

놀이 암갈색으로 바뀌는 이런 시각에 여류작가가 걸어 내려오고 있는 곳에서 창 안쪽의 내 모습이 보일 리는 만무했다. 늙은 여류작가는 에움길을 다 돌아 내려와 머리가 잘린 듯 평면 슬래브로 마감한 고시원 옆으로 다가들고 있었다. 말이 고시원이지 고시생은 없고 근처의 골프장 캐디들 몇이 들어 있다는 그 건물 아래쪽엔 키 큰 소나무로 싸인 목조주택 한 채가 풍경과 어울리지 않게 시근벌떡 솟아 있었다. 혼자 사는 변호사가 지난여름에야 입주한 주택인데 마흔도 채 안 된 변호사는 비대한 데다가 머리가 훌렁 벗겨져 쉰 살은 돼 보였다. 늙은 여류작가가 변호사의 나이라고 하고, 변호사가 늙은 여류작가의 나이라면, 오히려 딱맞을 것이었다. 십 년 전에 썼다는 늙은 여류작가의 마지막 소설책 속에도 나이는 나와 있지 않았다. 하지만 육이오 때 본 미군에의 기억을 아직껏 갖고 있다면 늙은 여류작가는 최소한 오십 대 중반은 됐을 터였다.

목조주택 앞에서 늙은 여류작가는 잠깐 멈춰 섰다.

새 몇 마리가 목조주택을 에워싼 키 큰 소나무에서 훌쩍 솟구쳐 오르더니 곧 단무지 공장 지붕 너머의 골프장 아웃코스 나인 홀 페어웨이 쪽으로 날아갔다. 삐이요 삐이요, 하고 울며 파도타기로 날아가는 게 직박구리가 틀림없었다. 내 집 거실에서 정남향에 자리 잡은 나인 홀 페어웨이엔 벌써 땅거미가 잔뜩 내려앉아 있었다.

늙은 여류작가는 난데없이, 선 채로 모자를 벗었다.

직박구리 때문에 잠시 흔들렸던 쌍안경 파인더에 늙은 여류작가가 다시 담겼을 때, 나는 반사적으로 한발 뒷걸음질 쳐 물러났다. 모자를 벗은 늙은 여류작가가 나를 향해 고개를 휙 돌렸기 때문이었다. 파인더를 통해서지만, 한순간 늙은 여류작가와 내 시선이 딱 맞닥뜨린 느낌이 들었다. 물론 늙은 여류작가와 나 사이에는 이백여 미터가 훨씬 넘는 거리가 있었고, 놀빛이 거의 다 스러져 어둠이 속수무책 먹물로 번져나가는 중이었고, 여류작가는 길에, 나는 불

켜지 않은 내 집 창 안쪽 거실에 있었다. 착색유리여서 낮에도 밖에
선 창 안쪽이 보이지 않으니 늙은 여류작가의 눈에 내가 보인다는
건 말도 되지 않는 소리였다.

늙은 여류작가는 나를 보았다…….

그래도 나는 그렇게 느꼈다.

무엇보다도 여류작가가, 늙은 여류작가……이기 때문에 그랬다.
작가는 어떤 사람인지 늘 궁금했어요……라고, 봄에, 내가 말했을
때, 우물 밑을 볼 수 있는 사람이지요……. 여류작가는 대답했다.
내 인식 체계 속으로 파죽지세, 늙은……이라는 말이 날아 들어온
건 그 순간이었다. 굵은 뿔테 안경이 번쩍하고 날아 들어오는 것 같
았다. 생물학적 나이와 상관없이, 굵은 뿔테 안경만으로도 여류작
가는 충분히, 늙은 여류작가……가 될 수 있었다. 할아버지의 뿔테
안경을 고향 집 우물에 빠뜨린 단편적인 기억이 수포가 솟아오르듯
솟아오른 것도 그때였다. 이를테면 채 서른 살도 되지 않아 어떤 날
핫팬츠에 구찌나 에스까다 선글라스를 끼고 홍대 앞 카페 골목을
활보하는 여류작가가 있다고 하더라도 모든 여류작가는, 암튼, 늙
은 여류작가……라고 나는 거의 확신했다. 내가 굳이 여성 작가들
이 언짢아할지 모르는 여류작가라는 말을 사용하는 것도 그 때문이
었다. 여류라는 말은 지금보다 더 남성 중심의 사회였던 흘러간 연
대의 불건강한 말이지만 늙은……이라는 수식 뒤엔 어쨌든 흐를 유
〔流〕, 여류가 붙어야 한다고 나는 생각한 것이었다. 깊은 우물 밑을
바라보는 뿔테 안경 너머, 수많은 늙은 여류작가의 눈들 때문에 그
날 이후 나는 가끔 가위에 눌리곤 했다.

늙은 여류작가는 다시 그 자리를 떠났다.

어스름이 여류작가의 하반신에 잔뜩 엉겨 붙어 있어 늙은 여류
작가는 상반신만 둥 떠서 흐르는 것처럼 보였다. 평소보다 빠른 직

진이었다. 길은 개천 따라 흘러 내려왔다. 늙은 여류작가는 개천을 따라 흐르는 길가에 줄지어 서 있는 조팝나무 사이로 유연한 장애물경기 선수처럼 흐르고 있었다. 직선거리 이백여 미터도 되지 않는 가을걷이 끝난 골답을 사이에 두고, 현대적 기하학 도형 같은 모던한 두 채의 쌍둥이 양옥이 내 집과 마주하고 있었다. 아니 마주보고 있는 게 아니라, 피차 남향집이므로, 내 집은 쌍둥이 양옥을 보고 있으나 쌍둥이 양옥의 뒤통수를 보고 있는 셈이었다. 한쪽 집은 영문학 교수 부부가 별장으로 사용했고 다른 쪽 집은 바로 늙은 여류작가가 혼자 살았다. 단무지 공장은 여류작가의 양옥보다 더 남쪽에 있었고, 마을은 늙은 여류작가의 집에서 백여 미터 떨어진 곳에 있었다. 서쪽 편을 턱 가로막고 서 있는 굴암산 능선이 용암사 등 뒤에서 남북으로 갈려 나가 삼태기 같은 아늑한 품을 만들어놓았는데, 나의 집만이 북편 능선자락에 자리 잡고 있어, 거실에 앉아 있어도 삼태기 품 안의 모든 집들이 막힘없이 한눈에 들어왔다. 더구나 영문학 여교수와 늙은 여류작가의 집은 골답 너머 정남쪽, 바로 코앞인 셈이었다. 나는 쌍안경을 내려놓고 창 곁 의자에 앉아서 늙은 여류작가가 영문학 여교수 집 앞을 지나 개천 위에 걸린 작은 다리를 돌아들어 자신의 집 현관문을 따고 들어서는 걸, 보는 듯 세세히 상상했다. 폭 좁은 개천 위의 다리로 들어설 때 늙은 여류작가는 바바리코트 주머니에서 현관 열쇠를 꺼내 들 터였다. 대형 항아리를 좌우에 거느린 현관문은 날렵한 쇠문. 집을 짓기 전부터 그 자리에 있었던 키 큰 소나무와 산벚나무 그늘과 수집해서 줄지어 세워놓은 항아리들 사이를 지나 늙은 여류작가는, 쇠문의 열쇠 구멍에 열쇠를 집어넣을 것이었다.

우물 밑을 볼 수 있는 사람이지요.

나는 여류작가의 목소리를 뚜렷이 들었다.

깊고 어두운 우물 밑을 보고 사니 열쇠 구멍을 못 찾아 더듬는 일은 별로 없을 게 확실했다. 하나, 둘…… 나는 소리 내어 숫자를 헤아리기 시작했다. 아래층은 부엌과 거실로 꾸며져 있으나 식사 때 이외엔 거의 사용하지 않으므로 늙은 여류작가는 곧장 이층으로 올라가 바바리코트를 벗을 것이라는 사실을 나는 알고 있었다. 열을 세는 것과 동시에 이층의 불이 켜지면 내가 좋아하는 장어구이를 먹으러 읍내로 나갈 작정이었다. 내가 정면으로 보고 있는 곳은 늙은 여류작가의 집에선 북쪽이기 때문에 창이 유난히 높고 작았다. 커튼을 닫지 않으면 늙은 여류작가가 켤, 이층 서재의 불빛은 단번에 내 눈까지 뛰어 들어올 게 확실했다. 일곱, 여덟, 아홉, 열……에서 과연 이층 창의 안광 같은 불빛이 내 눈을 찔렀다. 나는 만족하여 앉은자리에서 벌떡 일어났다. 날로 요술집 같은 새 여관들이 들어서고 있는 읍내 천변 여관촌 어귀에 내가 단골로 드나드는 장어구이집이 있었다. 나는 고소한 장어의 육질을 혀끝으로 느끼곤 꼴깍 생침을 삼켰다.

2

반 고흐는 썼다. 진정한 화가는 캔버스를 두려워하지 않는다……라고. 그리고 미치광이 반 고흐는 또한 덧붙였다. 오히려 캔버스가 그를 두려워한다……라고.

반 고흐의 그 말을 해준 것은 늙은 여류작가였다.

늙은 여류작가는 반 고흐에 대해 명색이 화가라고 불리는 나보다 훨씬 더 상세히 알고 있었다. 가을이 깊어질 무렵, 장어구이를 목구멍까지 찰 만큼 먹고, 끈적한 포만감 때문에 갑자기, 목매기 좋은 부드러운 명주천 살 데는 없을까, 하고 용인 천변의 오일장을 어슬렁거리다가 늙은 여류작가와 딱 맞닥뜨린 날이었다. 여류작가가 앞서 들어간 지하 카페의 한쪽 벽면에 고흐의 해바라기 그림 복사화 한 점이 먼지를 뒤집어쓴 채 걸려 있었다.

나는 고흐가 그린 해바라기를 다 좋아해요.

늙은 여류작가는 말했다.

둥글잖아요……라고, 여류작가는 또 이내 덧붙였다. 꽃병에 꽂힌 열네 송이 해바라기 중 어떤 해바라기는 꽃잎이 달려 있고 어떤 해바라기는 꽃잎이 떨어져 씨만 촘촘히 박혀 있었다. 반 고흐가 해바라기를 주로 그린 것은 아를에서 고갱을 기다리고 있을 때였다. 고갱을 위하여 '오직 커다란 해바라기로만' 작업실을 장식하고 싶다고, 반 고흐가 그의 동생 테오에게 보낸 편지에 썼던 걸 나는 기억해 냈다.

둥글잖아요…….

늙은 여류작가의 그 말이 내 안에서 둥, 울렸다.

이쪽 편의 동의를 구하겠다는 것인지, 스스로 자기에게 묻는 것인지 애매했지만, 둥글잖아요…… 둥글잖아요…… 둥글잖아요……라고, 둥글잖아요……라는 그 말이 그 후로도 계속 나의 텅 빈 중심, 텅 빈 어떤 대롱 속에, 계속 꼬리를 물고 울려나가는 걸 나는 느꼈다.

그녀에게 남다른 관심이 생긴 건 그때부터였다.

늙은 여류작가와 단둘이 차를 마신 것도 생각하면 그날이 처음이었다. 더러 영문학 교수 부부와 섞여 내 집이나 그 집 뜰에서 차를 마신 일은 있었다. 또 늙은 여류작가가 이사 들어오고 얼마 지나지 않아, 깊은 밤, 한번은 해열진통제를 그 집에 가져다준 적도 있기는 있었다. 저, 저기요……라고, 숨넘어가는 듯한 목소리로, 머,

머리가 깨질 것 같아서요, 혹시, 혹시, 게보린이나 펜잘 같은 게 있나 해서요……라고, 늙은 여류작가가 전화기 저 너머에서 말했을 때, 거실 벽시계는 한 시 사십 분을 가리키고 있었다. 일반적 규범으로 보면, 단지 머리가 아파서 혼자 사는 여자가 혼자 사는 남자에게 한밤중에 전화를 걸어 해열진통제를 찾는다는 것은, 이해하기 쉽지 않을 터였다. 그러나 내가 비록 속이 텅 빈, 그림을 완성해 본 것이 벌써 몇 해 전인 화가 아닌 화가일지라도, 늙은 여류작가가 언젠가 쇼펜하우어의 말을 인용한바, 인생의 본문을 다 써버린 마흔한 살이나 되었으니, 삶의 모든 시간이 규범대로 운영되는 것은 아니라는 점, 충분히 알고 있었다. 게다가 여류작가는 마지막 책을 출간한 이후, 아직껏 완성되지 않은 '필생의 야심작'을 쓰고 있었다. 쓰고 있다……라고 여류작가는 현재형으로 말했다.

개구리들이 악쓰고 울어대는 봄밤이었다.

맨 처음 이 골짜기로 들어왔을 때, 너무도 적막해서였을까, 한동안 나 또한 두통에 시달렸던 일을 나는 상기했다. 늙은 여류작가에게 필요한 것은 어쩌면 게보린이 아닐지도 몰랐다. 그러나 나의 천박한 상상을 깨고, 늙은 여류작가는, 언제나 그랬듯이, 셔츠의 단추를 맨 위까지 단단히 잠근 차림으로, 이편이 행여 무슨 짓이라도 할까 경계하는 빛이 역력한 포즈로, 겨우 한 뼘쯤만 현관문을 열고 말없이 게보린을 받았다. 열도 있으신가요……라고, 내가 어색하게 말을 건넸을 때, 여류작가는 이미 현관문을 닫고 있었다. 딸그락하고 현관 자물쇠와 안전 보조키가 차례로 잠기는 소리가 사뭇 사납게 들렸다. 나는 고흐의 복사화, 해바라기를 바라보면서 잠시 그날 밤의 일을 떠올렸다. 그날 밤의 일에 대해 감사의 인사는커녕 마치 아무 기억도 안 난다는 듯 여태껏 단 한마디도 해오지 않는 여류작가를 이해하긴 쉽지 않았다. 어느 편인가 하면 늙은 여류작가는 항상 셔츠의 단추를 끝까지 잠갔고, 허드렛말은 절대 하지 않았으며, 차를 마실 때에도 소리 내는 법이 없었다. 단단하고 반듯하니 예의 범절에서도 결벽증이 느껴질 정도였다. 혹시 신열에 들떠 그날 밤의 일은 모두 잊어버린 것이 아닐까…… 하고 나는 생각했다. 고흐의 복사화를 바라보는 늙은 여류작가의 표정에 그때, 다시 충만감이 떠올랐다. 둥글기로 치면 꽃잎이 달린 해바라기보다 꽃잎이 다 떨어지고 씨앗만 잔뜩 품고 있는 해바라기가 훨씬 더 둥글었다. 그것은 단순히 둥글다기보다 내면으로부터 아주 강력하게, 둥근 것들이 마구 밀려오는 것 같았다.

수많은…… 아이를 배고 있어요. 저 해바라기.

여류작가의 얼굴이 홀연히 둥글어졌다.

나는 막 가져온 커피를 마시다 말고 늙은 여류작가의 둥근 시선을 따라 고흐의 복사화를 또다시 노려보았다. 노란 배경과 노란 꽃병 때문에 열네 송이 해바라기는 보면 볼수록 팽창을 거듭하고 있었다. 수많은 태아들이 촘촘히 박힌 정면의 어떤 해바라기에선 내부 팽창에 따른 놀라운 빅뱅이 지금이라도 당장 일어날 것만 같았다. 한번 폭발하면, 신생아들은 빛의 속도로 천지사방 날아갈 것이었다. 수백 수천의 해바라기 둥근 신생아들이 전 우주를 향해, 둥글게 둥글게, 날아가는 상상이 내 몸의 중심으로 사정없이 틈입해 왔다. 내가 이제껏 좋아했던 반 고흐의 그림은 야릇하게도, 일찍이 스케치한 적은 있었지만, 죽기 두세 달 전에 비로소 완성했다고 알려진 유화 「울고 있는 노인」이었다. 수의 같은 푸르스름한 작업복을 입은 머리 빠진 대머리 노인이 허름한 나무 의자에 앉아 두 주먹으로 얼굴을 가린 채 울고 있는 그림으로서, 그 「울고 있는 노인」은, 중심이 여전히 텅 비어 있을 말년의 나를 가감 없이 보여주고 있다고 나는 느꼈다. 시간이 만들어 낸 비극적인 그림이었다. 그러나 놀라운 빅뱅을 향해 둥글게 부풀어 오르고 있는 고흐의 해바라기 앞에서, 나는 한순간 '대머리 노인'에겐 아이를 밸 아기보가 평생 없었다는 사실을 깨달았다. 시간의 천적이 바로 아기보라는 것을, 늙은 여류작가가 천연스런 표정으로 내게 일러준 셈이었다.

나는 해바라기를 보고, 늙은 여류작가를 보았다.

늙은 여류작가의 얼굴에선 어느덧 좀 전에 떠올랐던, 둥근 충만감이 사라지고 없었다. 목까지 단추를 단단히 여며 채운 하얀 셔츠 위에 검은 정장을 갖춰 입은 늙은 여류작가는 이미 고흐의 해바라기로부터 빠져나와 제자리로 돌아간 것이었다. 함부로 셔츠의 단추를 열고 사는 헐렁한 나의 스타일과는 너무도 다른 곳에 늙은 여류작가는 앉아 있었다.

편하게, 헐렁하게 옷 입은 건, 한 번도 못 봤어요.

내 입에서 생각하지 않은 말이 더듬거리며 나왔다. 과연 여류작가는 단번에 천박한 그 무엇을 본 듯 눈살을 찌푸렸다. 무슨 뜻이냐고 묻는 것처럼, 여류작가가 도수 높은 뿔테 안경 너머로 나를 바라보고 있었다. 아, 아니에요. 명주천을 살까 했거든요. 명주천으로 목을 매달면…… 혹시…… 부드러워서, 혹시 덜 아프지 않을까요……라고, 나는 이내 당황하여 딴소리를 했다. 장어구이를 목구멍에 찰 때까지 먹으면서, 끈적한 포만감이 오면 죽고 싶어진다는 걸 나는 미리 알고 있었다. 살해 욕구는 밑도 끝도 없이 찾아오고 밑도 끝도 없이 사라지니 물론 아무런 실천적 힘도 없었다. 용인 읍내에서 질 좋은 명주천을 구하는 일도 불가능할 터였다. 늙은 여류작가는 내가 썰렁한 농담을 한다고 생각했는지, 한심하다는 듯 상반신을 살짝 펴며 낮게 한숨을 쉬었다.

바로 그때, 나는 보았다.

병적으로 말랐으니 특별히 포만한 둥근 것들을 늙은 여류작가가

갖고 있으리라곤 전혀 상상하지 못했던가 보았다. 내 가슴에서 둥
하고 북소리가 났다. 숨이, 늙은 여류작가의 숨구멍을 흘러 내려가
앙가슴을 고요히 울리고 강하할 때, 늙은 여류작가의 젖가슴이 고
흐의 해바라기처럼 둥글다는 걸 선연히 느꼈기 때문이었다.

해바라기 씨앗이 촘촘히 박혀 있었다.

깡마른 몸집과 달리, 뜻밖에, 늙은 여류작가의 젖가슴에 해바라
기 씨앗이 수없이 박혀 있다는 걸 나는 순간적으로 알아차렸다. 전
우주를 향해 둥글게 둥글게, 수많은 신생아의 씨앗들을 날릴, 빅뱅
의 순간을 왕릉처럼 큰 여류작가의 젖가슴은 기다리고 있다고 나는
느꼈다.

웅크려 있던 내 그것이 갑자기 포신처럼 일어났다.

천변 여관에서 불러주는 젊은 처녀들이 정성껏 빨아줄 때조차
한사코 누워 있던 놈이었다. 내가 쌍안경을 끄집어내 잘 닦은 것은
그날 밤이었다. 나는 작가가 아니므로, 늙은 여류작가와 달리, 깊고
어두운 우물 밑을 볼 수 없었다. 나의 그림들은 오래전부터 중심이
텅 비어 있었고, 가을은 날로 깊어 산지사방 열매들이 익어 떨어졌
다. 나는 밤마다 늙은 여류작가가 밥 먹고 똥 싸고 잠자는, 손바닥
만 한 이층 서재 창을 쌍안경으로 바라보았다. 창은 너무 높고 작아
서 아무것도 보이지 않았다. 그렇지만 불이 켜져 있을 때, 그 작은
창은 내가 우주로 들어가는 문 같았고, 그 문을 통과해 실제로 먼
별들로 둥글게 둥글게, 날아가는 짜릿한 경험을 하기도 했다. 나의
성기 끝에서 날아간 씨앗들은 그 환한 창문을 통과해 정말 둥글게
퍼졌으며, 둥글잖아요…… 둥글잖아요…… 둥글잖아요……라고,
우주로 날아간 씨앗들이 꼬리에 꼬리를 물고 소리치는 것도 나는
들었다.

깜찍한 내 신생아들이 내는 소리였다.

3

결혼한 혜인은 다시 내게 오지 않았다.

돈 많은 남자와의 결혼식은 하객이 천 명 이상 될 만큼 규모가 컸고 화려했다. 요즘은 결혼식에 하객으로 참석하는 알바도 있대……라고 언젠가 혜인은 말한 일이 있었다. 이미 저명한 디자이너의 반열에 오른 혜인에게도 하객들은 적지 않았겠지만 사고무친한 그녀로선 어쩌면 친척이나 친구들을 아르바이트생으로 동원해야 했을지도 몰랐다. 웨딩드레스는 파리에서 패션디자인 스쿨을 다닐 때 그녀가 직접 디자인하고 만든 것이었다. 그녀와 함께 보냈던 십몇 년의 시간에 박힌 낡은 사진들이 두서없이 떠올랐다가 꺼지곤 했다. 상처투성이 어린 시절에 대한 복수심 때문에 유달리 야망이 강했던 그녀가 유일하게 실수한 것이 있다면, 애를 낳고 싶어……라는 한마디 말이었다.

나는 물론 스무 살이 되기 전부터 사랑을 믿지 않았다.

결혼이라니, 그것은 물론 사랑보다 끔찍했다. 어떻게 사랑과 결혼을 가리켜 끔찍하다고 표현할 수 있나요……라고, 늙은 여류작가는 봄에, 내 집 거실에서, 연민이 가득 찬 눈으로 나를 바라보며 낮게 소리쳤다. 에든버러에서 혜인에게 선물했던 영국산 모자가 늙은 여류작가의 품에 안겨 있었다. 늙은 여류작가가 쉰 살을 훨씬 넘길 때까지 결혼하지 않은 이유를 나는 알 수 없었다. 혜인의 결혼식은 과연 끔찍했다. 하객들은 결혼식이 시작되기 전부터 엄청난 식욕으로 뷔페 음식들을 먹어치우기 시작했고, 화장실과 축의금 접수대 앞엔 금 장신구를 주렁주렁 단 중년 여자들이 줄지어 섰으며, 무엇보다 유리구슬로 아름답게 치장된 웨딩드레스의 앞가슴이 당당한 원형으로 과도하게 솟아 있었다. 그사이 실리콘 주머니라도 넣은

것일까. 혜인은 원래 젖가슴의 볼륨이 거의 없었다. 나는 행여 혜인
의 시선에 뜨일세라 맨 뒤에 숨듯이 서서 유리구슬들을 앞쪽으로
밀어내고 있는 그녀의 가짜 젖가슴을 보고 있었다. 우물 밑을 볼 수
있는 늙은 여류작가가 그곳에 있었다면 혜인의 웨딩드레스 앞을 둥
글게 밀어내고 있는 중심이 가짜라는 걸 알아보았을 터이지만, 멍
청한 하객들은 아무도 그 빈 중심을 알지 못하고 있었다.

고통은 광기보다 강한 법이다…….

반 고흐는 말했다. 뉴욕 메트로폴리탄에 전시돼 있는 고흐의 「쓰
러진 해바라기」는 바람에 날리는 유선형 잎들에 둘러싸여 둥글다
기보다 중심이 쭈그러져 파인 것처럼 보였다. 나의 문제는 고통도
광기도 모른다는 사실에 있었고, 혜인의 문제는 가난을 고통으로,
야망을 천재적 광기로 혼동한다는 사실에 있었다. 다만 형태를 가
졌을 뿐 아무런 둥근 것도 품지 못한 불모, 혹은 불임(不姙)……에
서 결혼한 혜인과 결혼하지 않은 내가 다를 건 없었다. 그러나 늙은
여류작가는, 고통은 광기보다 강한 법이다……라는 반 고흐의 말을
이해하고 있다고 나는 생각했다. 사람에 대해 유난히 의심이 많은
나로선 드문 일이었다. 매일, 늙은 여류작가는 굴암산 용암사를 터
닝 포인트로 삼아 정해진 시간에 산책을 했고 나는 쌍안경을 통해
여류작가를 보았다. 재수가 좋은 날은 뜰 한켠에 나와 앉은 여류작
가를 볼 수도 있었다. 한번은 뜰에 앉아 있던 여류작가가 안경을 벗
어 든 채 방심한 포즈로 하품하는 것을 목격하기도 했는데, 그렇게
방심한 순간은 본 적이 없었으므로, 온종일 마음이 들떠 지냈다.

나는 아침마다 하던 아령체조를 한밤에도 했다.

이뻐, 팔뚝이……라고 혜인은 노상 말하곤 했다. 오래전에도 혜
인은 새벽마다 수영을 했고, 나는 아침마다 아령체조를 하고 역기
를 삼백 번씩 들었다. 내 팔뚝과 대퇴부의 단단한 근육질은 내가 보

기에도 아름다웠다. 이뻐, 팔뚝이……라고 말하면서, 혜인은 몇 시
간이고 나의 이쁜 팔뚝과 팔뚝 같은 전신을 빨아 먹었다. 하지만 내
가 최종적으로 보고 싶은 것은 늙은 여류작가가 내밀하게 품고 있
을 그 어떤, 둥근 것이었다. 둥글게 둥글게, 수만 광년의 우주까지,
둥글게 둥글게, 날아가고 말 씨앗늘을 품고 있는.

4

그림을 그리기 시작한 것은 여름 끝물이었다.

나는 집광력이 육안의 이백육십오 배나 되는 굴절식 망원경을
갖고 있었다. 별이 나의 관심을 끈 것은 물론 심심하기 때문이었다.
밥 먹고 똥 쌀 때, 그림을 그릴 때, 혜인의 차진 고약 같은 젖꼭지,
혹은 용인 융내 여관촌에서 불러준 젖통 큰 여자들에게 잠자는 내
그것을 물릴 때, 장어구이를 꾸역꾸역 목구멍 속으로 밀어넣을 때,
심지어 잠의 터널 속에 빠져 있을 때조차 나는 심심했다. 굴암산 아
래 나의 외딴집엔, 혜인이 결혼한 이후로는 아무도 찾아오지 않았
다. 내버려둔 뜰에선 잡초와 덩굴식물들이 내 키를 넘게 자라 있었
고, 추녀 밑엔 거미들이 진을 쳤으며, 현관으로 올라가는 나무계단
은 함부로 썩어 주저앉았다. 만약 여름이 좀 더 길다면 풀이 추녀보
다 높이 자라 내 집은 잡초 우거진 거대한 봉분처럼 될 것이었다.

어떤 날 나는 망원경을 육백여만 원이나 주고 샀다.

접안렌즈만 해도 31.7밀리미터 되는 망원경이었다. 한동안 나는
별에 빠져 지냈고 성도(星圖)를 참고해 여든여덟 개의 별자리를 밤
마다 찾아 헤맸다. 거문고좌는 헤라클레스와 고니 사이 하늘 한가
운데 있었고 카시오페이아, 큰곰좌는 북쪽에, 전갈, 켄타우루스, 바

다염소, 물병좌, 활잡이, 안타레스, 이리는 남쪽 하늘에 있었다. 오르페우스의 정한이 깃든 거문고자리의 으뜸별 직녀성을 망원경으로 볼 때, 나는 그 백색 광채가 너무 눈부셔 여러 번 눈가를 손수건으로 닦았다.

왜 눈물이 나는지 모를 일이었다.

망원경으로 보는 별들은 다채로운 스펙트럼을 보여주었고 희고 푸르고 노랗고 또 붉었다. 붉은색보다는 노란색, 노란색보다는 청백색의 별이 더 온도가 높다는 걸 나는 알고 있었다. 이를테면 고흐의 노란 해바라기가 신생의 빅뱅을 일으켜 우주로 날아가 박힌다면 대략 육천 도의 빛깔을 보여줄 터였다. 청백색 직녀성은 그러므로 이십육 광년의 거리에서 섭씨 일만 도가 넘는 온도로 불타고 있는 셈이었다. 차가운 청백색 광채와 섭씨 일만 도의 경계에서, 다만 팔뚝이 이쁠…… 뿐인 내가 빛의 속도로 이십육 년을 날아온 직녀성의 광채에 속절없이 젖고 있었다. 나는 울었다. 직녀성의 청백색 광채가 여섯 자도 되지 않는 내 몸을 품어준다고 느꼈던 것일까. 마침내, 나는 거실로 후닥닥 들어와 벌써 오래전부터 내 손길을 기다리고 있는 캔버스 속으로 뛰어들었다. 때마침 내가 속한 그룹에서 그룹전 출품작을 내도록 재촉을 받고 있었다. 나는 먼저 캔버스의 변방에 여러 각을 가진 도형들을 그리기 시작했는데, 그 도형들은, 내 상상 속에선 별이었다. 나는 삼각형의 도형들과 사각형, 오각형, 육각형의 도형들을 그렸다. 캔버스의 중심에 자리 잡게 될 하늘의 아크라이트 알파별은 점안하듯, 맨 나중에 그릴 작정이었다.

그렇게 여름이 지나가고 있었다.

본래부터 중심에 대한 아무런 신념도 없었으므로 무엇이든 지속적으로 흥미를 느끼는 일은 거의 없었다. 시간이 흐름에 따라 은하수는 날이 갈수록 기울었고, 캔버스의 중심은 계속 비어 있었다. 어쩌다 폭발 직전의 초신성을 보거나 혜성을 발견할 때도 있었으나 그 광채들은 재빨리 나의 내부를 통과해 지나가 버렸으며, 그래서 캔버스 앞에 앉으면 처음 망원경으로 보았던 알파, 직녀성을 형상화해 낼 수가 없었다. 직녀성의 청백색 광채가 준 감동은 너무도 찰나적인 것이었다.

나는 깊은 밤 가끔 여류작가의 뜰에까지 찾아갔다.

가을이 아주 깊어진 어느 날 밤엔 늙은 여류작가의 이층 침실 외벽에 등을 기대고 앉아 있다가 잠든 적도 있었다. 고흐의 고통과 광기를 이해할 수 있는 어떤, 둥근 것을 품고 있는 늙은 여류작가라면, 알파별의 흰 광채가 품은 선과 색과 공간도 알고 있으리라, 나는 믿었다. 할 수만 있다면 늙은 여류작가 목에 밧줄을 걸어서라도 내 망원경 앞으로 끌어오고 싶었다. 망원경으로 황홀하게 퍼져나가는 성단의 스펙트럼을 보면서, 둥글잖아요, 둥글잖아요……라고 말해 주기를 나는 너무도 간절히 바랐다.

여류작가는 그러나 아무 소리도 내지 않았다.

뜰엔 소나무와 벚나무가 있었다. 나는 소나무를 타고 올라가 여류작가의 너른 서재 창과 침실 창을 보았으나 커튼이 내 시선을 차단했다. 굴암산을 관상할 요량으로 만든 서창과 내 집을 향해 난 손바닥만 한 북쪽 창은 들여다볼 방법도 없었다. 여류작가는 아직도, 여전히, 완성되지 않은 필생의 야심작……을 쓰고 있을 터였다. 십년 전부터 쓰고 있고, 쓰고 있는, 쓰고 있을 뿐인. 직접 볼 수 없다면 하다못해, 쓰고 있는…… 소리라도 듣고 싶어 침실 외벽에 귀를 대보기도 했다. 먼 우주로부터 대성단이 지나는 것 같은 소리가 어쩌다 들렸지만 늙은 여류작가가 내는 소리는 아니었다. 한번은 서창 밑에 엎어져 있는 커다란 항아리 위에 올라서려는데 옆집의 영문학 교수 부부가 뜰로 나오는 바람에 들킬 뻔한 적도 있었다. 나는 얼결에 황급히 항아리 곁에 앉았고, 그 순간, 항아리가 내 곁에 있다는 걸 깨달았다.

항아리……라고, 나는 입속으로 발음해 보았다.

별빛들은 항아리의 포만된 외피에서 미끄럼을 타고 흘러내렸다. 둥글잖아요…… 둥글잖아요……라고, 늙은 여류작가가 말하는 소리가 들리는 것 같았다. 여류작가의 마당엔 크고 작은 항아리들이 많았다. 어떤 것들은 나란히 있고 어떤 것들은 포개져 있었다. 담장도 없이 휑 열려 있는 대문 자리의 양쪽에 놓인 대형 항아리를 가리키며 전라도 구례에서 직접 화물차에 싣고 왔다고 설명할 때, 여류작가는 환하게 미소했다. 그때까지만 해도 그 항아리들을 나는 무심히 보아 넘겼다. 교외의 어떤 카페나 음식점 마당에서도 용도 없이 포개져 놓인 항아리들을 여러 번 보았으므로 공연히 옛것들을 앞세우는 요즘의 키치적 문화 현상쯤으로 여기고 말았던 것이었다. 하지만 항아리 곁에서, 둥글잖아요…… 여류작가의 한마디를 생생히 상기하고 나자 침침한 뜰의 이곳저곳에 놓인 항아리들이 이상한 광채를 내뿜으며 내게 다가드는 걸 나는 느꼈다. 어둠 속에서, 어두운 빛깔의 항아리들이 어둠에 묻혀지는 게 아니라 오히려 어둠을 당당히 밀어내고 있다는 느낌에 나는 당황했다. 항아리들의 중심은 텅 빈 속이 아니라 임신부처럼 배가 잔뜩 부푼 팽창 부위에 있었다. 어둠 속이기 때문에 항아리들은 더욱 부풀었고, 터질 것만 같았다.

나는 이유 없이, 부푼 항아리들로부터 뒷걸음질 쳤다.

둥글잖아요……라고 늙은 여류작가가 말할 때 보았던 고흐의 「열네 송이 해바라기」와 달리, 항아리들은, 만삭의 터질 듯한 배로 내게 이상야릇한 공포감을 주었으며, 나를 위협했고, 나를 몰아내었다. 나는 식은땀을 흘리면서 한밤중의 논두렁길을 다려 내 집으로 돌아왔다.

캔버스의 중심은 여전히 비어 있었다.

나는 다음 날 청계천으로 나가 인터넷을 통해 미리 수소문해 둔 몰래카메라용의 초소형 카메라 장비를 구입했다. 늙은 여류작가는 가끔 여러 날씩 집을 비웠으므로 찬스는 얼마든지 있을 것이라고 나는 생각했다. 백오십은 최소한 주셔야 합니다……라고 늙수그레한 중년 남자가 말했다. 이십칠만 화소에 이르는 직경 일 밀리미터의 초소형 고화질 일제 카메라였다. DVC-P332를 차의 뒷자리에 싣고 한강대교 남단을 지나 고속도로 어귀로 들어설 때, 비상경적을 울리며 앰뷸런스 한 대가 압구정동 쪽으로 돌아들어 가는 게 얼핏 보였다. 앰뷸런스가 진행하는 방향의 로데오 거리 어디쯤 욕망의 돛을 높이 세우고 자본주의 바다를 향해 파죽지세, 날로 사업을 확장해 가고 있는 혜인의 의상실이 있을 것이었다. 그 남자는 일찍이 정관수술 했다니까 이 나이에 아이 낳을 일은 없을 거야……라고, 결혼 이야기를 처음 꺼내던 날 혜인이 한 말을 나는 상기했다. 상처한 지 십 년 만에 재혼한 혜인의 남편은 이미 대학을 졸업한 두 아들을 두고 있었다. 내 눈에 잠깐 동안, 내가 일으켜 세워주곤 했던, 검은 고약과 같은 부리부리한 혜인의 젖꼭지를 밤마다 일으켜 세우느라 땀을 흘리고 있는 한 늙은 남자가 실루엣으로 떠올랐다. 슬프고 참혹한 상상이었다. 세상에 대해 앙갚음해야 할 것이 아직 혜인에겐 많이 남아 있었고, 그것이야말로 혜인의 힘이었다. 야망을 좇아 평생 달려온 혜인의 항아리는 세계화의 수선스런 길목에서 더욱더 팽창하여 날로 배가 불러가고 있을 터였다.

그룹전 출품 시한은 금방 지나갔다.

5

가을은 재빨리 스러졌다.

첫서리가 내린 날 정오에 나는 잎이 다 져버린 굴암산 숲으로 들어갔다. 햇빛이 밝았고 바람은 불지 않았다. 십여 년 전까지만 해도 굴 앞에서 동제(洞祭)를 지내곤 했다는 말은 여러 번 들은 적이 있었으나 문제의 굴을 본 적이 없었기 때문에 그날은 기필코 굴암산 중심에 있다는 굴을 찾아보자고 생각하고 나선 길이었다. 굴 앞에서 연기를 피우면 그 연기가 글쎄 몇십 리 밖 남한산성 어느 구멍에서 솟아 나온다는 말을 어른들한테 들은 적도 있지요……라고, 나와 동갑내기 마을 이장은 말했다. 좁은 구멍으로 한참 기어가면 수십 명의 사람들이 둘러앉음 직한 넓은 데가 나온다는 설명도 덧붙였다. 육이오 때는 몇몇 사람들이 굴속으로 피신해 목숨을 구하기도 했다는 것이었다.

길은 산자락을 지나자마자 금방 끊어졌다.

길 없는 숲길엔 낙엽이 켜켜로 쌓여 있었고, 쌓인 지 얼마 되지 않는 젊은 낙엽들은 밟힐 때마다 바스락바스락 경쾌한 비명을 내질렀다. 이장이 손가락으로 가리켜준 굴암산 중심부에 도달했으나 굴은 쉽게 눈에 들어오지 않았다. 이년이 나하고 숨바꼭질을 오래 할 셈이군…… 하고, 나는 무심결에 중얼거렸다. 하긴 작년만 해도 몇 차례나 찾아 헤맸지만 끝내 찾지 못한 굴이었다. 아무나, 찾아오는 대로 제 몸 안의 굴을 스스로 열어주는 여자는 거의 없었다. 서쪽으로는 마을이, 동쪽으로는 인적 없는 쇠락한 용암사가 한눈에 들어왔다. 대처승인 용암사 주지는 고령으로 오랫동안 몸져누운 상태였는데, 주지와 내연의 관계가 확실한 초로의 보살이 대웅전 앞마당을 쓸고 있었다. 주지가 죽고 나면 아마도 아직껏 고운 티가 가시지 않은 보살 혼자서 절을 지키게 될 터였다. 가시덩굴이 유난히 많은 곳이었으므로, 장갑 착용은 물론 트레이닝복으로 무장했음에도 불구하고 여기저기 찍히고 긁힌 상처들이 생겼다. 어쩌면 천둥 번개를 맞고 돌들이 우르르 무너져 내려 굴의 입구가 아예 막혔는지도 몰랐다.

굴은 둥글 것이라고 나는 생각했다.

땅속 몇십 리를 둥글게 둥글게, 은밀하고도 매혹적으로 흘러가고 있을 둥근 길로 갑자기 곱게 성장(盛裝)한 젊은 어머니가 두리둥실, 신묘한 광채에 싸여 흘러오는 것 같은 환영을 일순간 나는 보았다. 아니, 젊은 어머니가 아니었다. 어떤 고혹적 예감을 좇아 고개를 휙 산 아래로 돌렸을 때, 뜨락의 항아리들 사이에 나와 선 늙은 여류작가가 어머니 대신 나의 눈 속으로 뛰어들어 왔다. 늙은 여류작가는 이쪽 편을 보고 있는 것 같았다. 공연히 가슴이 철렁 내려앉았고, 그래서 나는 곧 덤불 사이로 몸을 낮추었다. 항아리들은 때마침 서쪽으로 한껏 기운 햇빛을 날카롭게 반사해 내고 있었다.

늙은 여류작가를 보는 건 대략 이 주일 만이었다.

동네 어귀에서 우연히 마주친 영문학 여교수의 말에 따르면, 늙은 여류작가는 그동안 멀고 먼 타클라마칸 사막에 다녀왔을 것이었다. 갑자기 미치도록 사막이 보고 싶다면서, 황급히 떠났어요…… 라고 영문학 여교수는 말해 주었다. 지도에서 찾아본 타클라마칸 사막은 파미르 고원과 톈산〔天山〕 산맥, 쿤룬〔崑崙〕 산맥에 싸여 아시아 중앙부의 고원에 위치하고 있었다. 나는 영화에서나 보았던 유연하고 둥근 사구들의 실루엣을 늙은 여류작가가 집을 비운 동안 여러 번 꿈속에서 보았다. 그것들은 둥글었지만 불안했다. 남북 길이가 천 리, 동서 길이가 삼천 리나 된다고 하지 않는가. 꿈속에서 거대한 타클라마칸의 사구들은 끝없이, 불가항력적으로 흐르고 있었다. 늙은 여류작가의 무덤 속 같은 서재로 숨어들어 가면서 나는 중얼거렸다. 나는 늙은 여류작가가 열쇠를 어디에 숨기고 다니는지 이미 알고 있었다. 커튼을 열자 흘러드는 외등 불빛에 이층 서재가 서서히 제 그림자를 드러냈다.

이층은 서재와 침실로 나뉘어 있었다.

묵은 서책들과 몇몇 작은 항아리들과 오디오와 앉은뱅이책상 사이를 나는 어슬렁거리고 걸어 다녔다. 그리고 앉은뱅이책상 위에 놓인 액자 속의 사진을 나는 한참이나 외등 잔영에 비춰 보았다. 부동자세로 딱딱하게 서 있는 한 젊은 군인과 한 자쯤 떨어진 곳에 역시 긴장한 듯 잔뜩 찡그리고 있는 쌍갈래 머리를 한 한 여고생이 서 있었는데, 늙은 여류작가였다. 젊은 군인이 여고생의 오빠인지 아니면 남자 친구인지는 물론 알 수 없었다. 젊은 군인도 똑바로 앞을 보고 있었고 여고생인 늙은 여류작가도 똑바로 앞을 보고 있었다. 평행선은 결코 좁혀지지 않을 것처럼 완강해 보였다.

나는 또 늙은 여류작가의 침실에도 들어가 보았다.

수도자의 침실처럼 정결했다. 키 작은 화장대와 옷장과 희끄무레한 무명천으로 감싼 싱글 침대 하나가 전부였다. 거실이든 침실이든 장식품이라 할 만한 것은 몇몇 항아리들뿐 거의 전무했고, 묵은 서책들과 최소한의 생활용품들도 단순한 설계도면처럼 흐트러진 거 하나 없이 정갈하게 정돈되어 있었다. 언제나 단추를 목까지 채운, 백랍같이 창백한 늙은 여류작가의 모습이 그 어두운 무덤 속에 찍혀 있는 걸 나는 오래오래 보았다. 늙은 여류작가의 흰 침대 위에 가만히 누워보기도 했는데, 아주 조용했고 아무런 냄새도 없었다. 나는 오디오의 스피커에 청계천에서 구입한 직경 일 밀리미터의 초소형 고화질 카메라를 숨겨 달았다. 서재의 중앙부와 침실, 화장실 문을 동시에 염탐해 볼 수 있는 위치였다. 무선 시스템이니

이젠 원하기만 한다면 언제든 밖에서도 늙은 여류작가의 일거수일
투족을 샅샅이 들여다볼 수 있을 것이다.

해가 설핏 기울었다.

굴은 끝끝내 제 모습을 보여주지 않았다.

수십 리의 땅속 깊은 어둠 사이로 흘러가고 있을 둥근, 길 없는
길과 달리, 내가 걸어 내려오는 산길은 더욱 위태롭고 어두웠다. 다
리는 무겁고 팔꿈치에선 피가 흐르고 있었다. 그러나 가시덤불을
헤치면서 뒤란의 숲으로부터 내 집 뜰로 내려설 때, 나는 아, 하고
가볍게 탄성을 내질렀다. 열흘 동안 내내 캄캄했던 여류작가의 창
들이 밝게 빛나고 있었기 때문이었다. 너무도 반가워 콧날이 다 시
큰해졌다. 이제 참으로 더욱 깊고 더욱 둥근 것을 밤마다 볼 수 있
을 테니, 그까짓 굴암산의 굴이야 찾지 못해도 상관없었다.

14인치 모니터는 현관에서 나를 기다리고 있었다.

타클라마칸이란 위구르어로 '들어가면 나올 수 없는 곳' 이라는
뜻이었다. 그러나 여류작가는, 늙은 여류작가이기 때문에, 타클라
마칸의 흐르는 사구를 지나 다시 돌아왔다고 나는 생각했다. 설레
는 가슴을 진정시키려고 나는 웃통을 벗은 채 대형 거울 앞에 서서
다른 때보다 훨씬 오래 아령체조를 했다. 무선으로의 송수신 거리
가 청계천 상인의 말과 달리 예상보다 짧았으므로 늙은 여류작가의
모습을 GCN-1014N에 담아내려면 여류작가와 우리 집 사이에 놓
인 골답의 반은 건너가야 할 터였다. 그래도 문제는 없었다. 밤이
깊어지기를 기다리기만 하면, 끝없이 흐르는 둥글고 둥근 사구 사
이를 늙은 여류작가가 어떻게 얹혀 흐르는지, 어떻게 둥근 것들을
지나왔는지 낱낱이 보게 될 것이었다.

땀이 투두둑 떨어졌다.

이뻐, 팔뚝이…… 하면서, 만날 때마다 혜인이가 파먹던 상박근

(上膊筋)과 가슴살이 산맥처럼 골을 만들고 부풀어 오르는 걸 나는 거울 속에서 보았다. 쇄골과 갈비뼈는 있는 대로 날렵하게 솟았고 근육의 산맥들은 뼈들과 교묘하게 접합되어 아령 든 손의 동선을 따라 고혹적으로 움직였다.

상현달이 엷은 구름 위로 지나고 있었다.

나는 모니터 가방을 들고, 밤이 이슥해졌을 때, 마을과 맞붙은 비닐하우스 사잇길로 해서 야행성 동물처럼 소리 없이, 여류작가의 어두침침한 뜰 안으로 들어섰다. 마을은 물론 삼태기 같은 골안이 모두 고요했다. 나는 소나무 그늘로 들어가 대형 항아리를 가리개 삼아 은신해 앉았다. 늙은 여류작가의 이층 창은 불빛이 어슴푸레 밝았고 오디오를 켜놨는지 가느다란 현악기의 소리가 울려 나왔다. 잠옷에, 내가 옷장 속에서 보았던 치렁한 실크 가운을 입고 있을까. 가슴이 더욱 두근거렸고 입 안은 타는 듯했다. 끝없이 광활한 충적토 위를 윙윙거리며 날아가는 머나먼 타클라마칸 사막의 모래 폭풍이 보이는 것 같았다.

모니터를 켜고, 나는 눈을 부릅떴다.

진실로 말하건대, 실망하진 않았다. 나는 성적 자극만을 찾아 헤매는 상투적 색광도 아니었고 변태적 관음증 환자도 아니었다. 단지 탄탄한 젖가슴과 개미 같은 허리와 깊은 굴속 같은 음부의 성긴 털이나 보고 싶다면, 지금 당장에도 여자를 열 명쯤 불러올 수 있었다. 많은 포르노 테이프도 갖고 있었고, 또 수많은 인터넷 섹스 사이트의 주소도 알고 있었다.

적어도 나는, 내가 미학적이라고 생각했다.

늙은 여류작가는, 잠옷 차림이 아니라 평상시 입던 긴 치마와 남방셔츠, 카디건 차림이었다. 남방셔츠의 목까지 단추를 채웠음은 물론이고, 앉은뱅이책상 앞에 앉은 자세도 단아했다. 스탠드 불빛

을 코끝에 받으면서, 늙은 여류작가는 이마를 살짝 숙인 채 책을 읽
고 있었다. 잠옷 차림의 흐트러진 자세보다 나는 오히려 그런 늙은
여류작가의 모습이 좋았다. 뭔지 모르게 마음이 탁 놓이며, 두근거
리던 가슴도 가라앉았다. 여류작가는 미동도 하지 않았다. 너무 골
똘하게 빠져 있어 한참 동안 모니터를 보고 있자 여류작가를 보는
게 아니라 내가 직접 책을 읽고 있는 듯한 착각을 일으켰다. 그것은
내가 바라던 착각이었다.

달은 빠르게 흘러가고 있었다.

여류작가의 정물 같은 포즈는 계속됐고, 시간은 달보다 빨리 흘
렀으며, 그리하여 계속 여류작가와 함께 책을 읽는 자세에 빠져 있
을 것인지, 모니터를 끄고 집으로 돌아가야 할는지 결정해야 할 때
가 자연스럽게 찾아왔다.

밤공기는 차디찼다.

하지만 모니터를 끄려다 말고 나는 멈칫했다.

스탠드 불빛을 반사시키며, 눈물인가, 늙은 여류작가의 볼을 타
고 어떤 광채가 주르륵 흘러내렸기 때문이었다. 나는 숨을 몰아쉬
며 미간을 찌푸렸다. 놀랍게도 늙은 여류작가는 울고 있었다. 필생
의 야심작……을 아직도 완성하지 못해 우는 건지, 읽던 책의 내용
에 감동받아 우는 건지, 아니면 두고 온 타클라마칸의 사구들이 그
리워 우는 것인지는 알 수 없었다. 면도날로 살짝 긋고 가는 듯한
통증이 내 가슴에 지나갔다. 울고는 있었지만, 늙은 여류작가는 결
코 내 기대를 저버리지 않고, 소리 없이, 아주 정결하게 울었다. 그
것은 우는 게 아니라 하나의 고요하고 아름다운 마임 같았다. 차라
리 소리쳐 울었다면 내가 그처럼 마음 아프진 않았을 터였다.

가을이 굴암산 품을 빠져나가고 있었다.

광대한 대지 위로 날아가는 모래 폭풍들과 신생의 아침, 이곳저

곳에 새로 만들어져 있을 풍만한 모래언덕들이 떠올랐다. 타클라마
칸 둥근 모래의 집 속에 눕는다면 이승 바깥 사람인 듯, 늙은 여류
작가의 저 눈물처럼 고요하고 편안해질까…… 하고 나는 생각했다.
타클라마칸에서 방금 돌아온 늙은 여류작가는, 여전히 미동도 없이
고요히 앉아 있었다.

6

나는 마침내 보았다.

내가 그 희한하고 감동적인 삽화를 목격한 것은 달이 완전히 차
올라 완형(完形)을 이룬 날이었다. 초저녁엔 구름이 제법 끼어 있던
날씨였는데 자정을 넘기고 나자 구름은 씻은 듯 없어지고 휘영청
달이 밝았다. 나는 새벽 두 시가 넘을 때까지도 내 집 거실에 앉아
서 무연히 월색에 젖은 빈 논과 쓸쓸하면서도 차 있는 굴암산 숲과
맞은편 집들을 바라보았다. 새벽 한 시가 넘어서고 나서 불 켜진 곳
은 늙은 여류작가의 이층 서재와 침실뿐이었다. 밤이 늦었는데도
모니터를 싸 들고 늙은 여류작가를 보러 가지 않은 것은 처음 기대
하고 흥분했던 것에 비해 갑자기 흥미를 잃었기 때문이었다. 나는
물론 그사이 나의 모니터를 통해 열심히, 아주 진지하게 늙은 여류
작가를 만나고 보았다. 모니터를 들고 나갈 늦은 시각을 기다리기
위해 하루하루를 사는 것 같은 느낌을 받은 적도 많았다. 그러나 늙
은 여류작가는 여러 날이 지나도 변화가 전혀 없었다. 대개는 첫날
보았던 대로 앉은뱅이책상 앞에 앉아 책을 읽거나 글을 썼으며, 아
주 가끔 창밖을 내다보면서 음악을 들었고, 어쩌다간 장식용으로
놓인 빈 항아리들을 가만가만 닦았다. 아주 소중한 것을 다루듯 정

결한 표정으로 항아리를 닦을 때의 여류작가는 아름다웠으나 책을 읽고 있을 때의 표정과 크게 다른 것도 아니었다. 화장실에 들어갔다 나올 때조차 옷차림이 흐트러져 있었던 적이 전혀 없었다.

사람도 아니네……라고 나는 중얼거렸다.

더 이상 우는 일도 없었고, 밤참으로 뭘 먹는 일도 없었고, 코를 풀거나 하품을 한 일도 없었고, 남방셔츠의 단추 하나 편하게 열어놓은 걸 보여준 적도 없었다. 초소형 카메라가 전송해 오는 그림은 항상 똑같았다. 곧 싫증을 느꼈고, 그래서 어떤 순간은 모니터를 내던져버리고 싶었다.

하지만 오늘은 음력으로 치면 시월상달이었다.

구름이 다 비켜나자 달빛은 더욱 흐드러지게 흘렀고, 달빛에 젖은 풍경은 이쪽과 저쪽의 경계가 모두 허물어져 모노크롬의 화면처럼 보였다. 말하자면 늙은 여류작가의 침실과 내 침실 사이에 아무런 경계가 없어 조청같이 서로 엉겨 있는 느낌을 주는 것이었다. 모니터 가방을 들고 내가 논두렁길을 건너간 것은 그러므로 늙은 여류작가에 대한 흥미 때문이 아니라 둥근 것들을 더욱 둥글게 하고 모난 것들조차 모두 둥글게 하는 달의 미혹 때문이었다. 마을 어느 한켠에서 컹컹컹 하고 개 몇 마리 짖다가 말았다. 영문학 교수의 별장은 며칠 새 비어 있었다. 나는 늘 그래왔듯이 소나무 그늘 속의 대형 항아리에 등을 기대고 앉았다.

모니터에 떠오른 서재는 처음에 텅 비어 있었다.

원시인들은 달빛이 처녀막을 뚫고 들어와 애를 배게 한다고 믿었다……라는 문장이 밑도 끝도 없이 떠올랐다. 어느 책에서 읽은 문장인지, 기왕에 입력돼 있는 정보를 조합한 나의 문장인지는 확실하지 않았다. 남성의 성 기능은 단지 여성의 처녀막을 찢어 달빛이 잘 들어갈 수 있도록 통로를 넓혀주는 역할을 할 뿐이라고 믿는

종족의 이야기도 어디선가 들은 것 같았다. 만월의 망(望)으로부터 삭(朔), 신월(新月)의 삭으로부터 다시 망까지, 부풀어 올랐다가 꺼지고 다시 부풀기를 반복하는 자궁 속을 나는 상상했다. 더구나 말〔馬〕에게 시루떡 동제를 올리곤 했던 상마일(上馬日)로서, 달리는 말의 힘이 최고조에 이르는 시월상달의 만월이었다. 모니터에 비친 서재의 둥근 스탠드 불빛은 물론, 달빛에 흥건히 젖어 나무와 논과 건물들의 경계도 다 사라진 삼태기형 골짜기 전체가, 내 눈에 한껏 부풀어 오른 자궁 속 같아 보인 건 순간적 감흥이었다. 아아, 말〔馬〕이 되어 저기 굴암산 둥근 골을 내달릴 수 있다면…… 하고, 나는 나도 모르게 속으로 비명을 내질렀다. 부풀 대로 부푼 굴암산 골은 세상의 모든 부푼 것들을 다 빨아들여 더욱 둥글어졌고, 나는 그 속에 잔뜩 사지를 오그린 채 앉아 있었다. 그것은 어둡지도 밝지도 않았으며, 동시에 어둠과 밝음을 모두 빨아들여 간직한 둥근 원형(原形) 혹은 둥근 원형(原型)이었다. 늙은 여류작가는, 만약 화장실에 들어갔다면 볼일을 보고 나올 시간이 훨씬 지났는데도 아직 모습을 드러내지 않고 있었다.

혹시 잠든 것일까.

그때, 아주 낮게 무슨 소리가 들렸다.

나는 귀를 나발처럼 열고 감각을 집중시켰다. 물이 흐르는 소리인가 했으나 물이 흐르는 소리가 아니었고 바람이 숲을 건드리고 자맥질해 들어가는 소리인가 했으나 바람 소리가 아니었다. 좀 더 문제의 소리가 고조됐을 때, 나는 그것이 화장실 쪽에서 나는 울음 소리라는 걸 단박에 알았다.

소리 내어 울다니, 뜻밖의 사태였다.

울 때조차 너무도 단단하고 빈틈없이 자신을 절제하는 모습만 보여주었을 뿐이므로, 늙은 여류작가가 깊은 밤 혼자 화장실에 들어가 소리 내어 울 수도 있다는 걸 상상해 본 적은 한 번도 없었다. 울기만 하는 게 아니라 뭐라고 단속적으로 내뱉는 말소리도 사이사이 들렸는데, 혼잣말이라기보다 누군가, 분명히 대상을 두고 하는 말 같았다.

그럼 혹시 누구랑 함께 있단 말인가.

나는 아연 긴장했다. 내가 기억하는 여류작가의 화장실 역시 침실과 서재가 그렇듯 거의 장식이 없는 휑한 공간이었다. 인상적인 게 있었다면 꽤 넓은 화장실의 한쪽 벽면이 온통 거울로 되어 있다는 것뿐이었다. 여류작가는 눈만 뜨면 언제든 막힘없이 거울에 비쳐든 자기 자신을 보게 될 것이었다. 방문객이라곤 거의 없이 혼자 사는 늙은 여류작가에게, 그렇다면 혹시 거울 속에 숨겨놓은 정부라도 있었던가 하고 나는 생각했다. 대형거울에 비치는 벌거벗은 남녀의 모습이 상상 속에서 떠오르다가 재빨리 사라졌다. 만약 정부가 있다면 울고 있는 늙은 여류작가를 어떤 말로써라도 달래야 할 터인데, 여류작가의 말소리뿐 대거리하는 낯선 목소리는 전혀 느낄 수가 없었다. 여보……라고, 여류작가가 누군가를 불렀다고 느낀 순간, 여보……가 아닌, 아가……라는 말이 난데없이 내 귓구멍 속으로 박혀 들어왔다.

아가……라니, 나는 마른침을 삼켰다.

거울 안으로 난 은밀한 길을 어쩜 늙은 여류작가는 알고 있을는지도 몰랐다. 거울 안으로 난 길은 세상의 모든 우물을 지나 그 누구도 찾아내지 못할 굴암산 깊은 굴속까지 닿아 있을 수도 있었다. 어둡고 환한, 어둡지도 안고 환하지도 않은 미로에서 불러낸 작가의 아가……를 나는 상상해 보려고 애썼다. 아주 둥근, 고흐의 해바라기 같은 아가를.

마침내 화장실 문이 빼꼼 열렸다.

손돌추위라서 내 온몸은 이미 뻣뻣이 얼어 있었지만, 오랜 시간
을 기다린 끝에 여류작가의 화장실 문이 열렸을 때, 나는 본능적으
로 이제까지 내가 보고 아는 늙은 여류작가와는 아주 다른, 오래오
래 잊지 못할 늙은 여류작가의 모습을 보게 되리라는 강력한 예감
을 느꼈다. 쪽 찌거나 묶었던 여류작가의 머리는 산발로 자유롭게
풀려 있었다. 감은 지 얼마 되지 않았는지 길고 치렁한 머릿결은 모
니터 속에서도 빛이 났다. 그토록 자유롭게 풀린 빛나는 머릿결을
전엔 본 적이 없었으므로 그것만으로도 나로선 충분히 감동했을 터
인데, 늙은 여류작가는 머리만 풀어 산발한 게 아니라 옷도 완전히
벗고 있었다.

나는 헙, 하고 숨을 막았다.

마치 내 오관에 마른번개가 번쩍 친 듯했다.

벌거벗은 늙은 여류작가가 아주 희한한 말 위에 올라앉은 채 화
장실에서 나온 것이었다. 말[馬]이 분명했다. 화장을 하고 있었던
지, 아니면 울면서 화장을 한 것인지, 마스카라가 번져 검은 눈물이
흐르고 있었고 입술은 선홍빛이었다. 늙은 여류작가는 허리를 꼿꼿
이 세우고 말 잔등 위에 위풍당당 앉아 있었다. 호, 호, 호피티
(hoppity)……라고, 나는 더듬거리며 중얼거렸다. 그것은 서너 살
아이들이 갖고 노는 장난감 고무제품의 말이었다. 오래전 어느 후
배 화가의 첫아이 돌 때 내가 직접 골라 사 간 적도 있는, 요즘은 자
취를 감추어버린 구식 장난감으로서, 귓구멍엔 두 개의 손잡이가
있고 몸통은 머리에 비해 턱없이 큰 완구형(完救形)인데, 바람을 빵
빵히 넣고서 공 위에 엉덩이를 내려놓고 뜀뛰며 놀 수 있게 설계된
것이었다.

히이히잉…….

늙은 여류작가의 입에서 말의 울음소리가 났다.

374

병적으로 말랐다고만 생각해 왔으나 병적으로 마른 곳은 얼굴과 목과 허리와 대퇴부와 종아리였다. 늙은 여류작가의 젖가슴은 정말 놀랄 만큼 풍만했고, 고무말 위에 앉혀진 엉덩이도 터질 것 같은 호피티의 배보다 더 둥글게, 만월처럼 부풀어 올라 있었다. 히잉히잉 히잉…… 말은 기세 좋게 울면서 늙은 여류작가를 태운 채 원을 그리고 달리기 시작했다. 검은 눈물이 호피티의 목 언저리에 뚝, 뚝, 뚝 떨어졌다. 늙은 여류작가가 뛰어오를 때마다 치렁한 머리 또한 하늘로 솟았다가 꺼지기를 반복했으며, 한껏 부푼 젖가슴도 배부른 말과 함께 힘차게 출렁였다. 그것은 단숨에 굴암산 겨울 숲을 가로질러 가 멀고 먼, 둥근 우주에까지 달려갈 수도 있을 것 같았다. 그렇지만 동시에 그것은, 고흐의 해바라기와 달리, 씨앗을 품고 있지 않은, 불모의, 중심이 텅 빈 항아리였다.

나는 차마 끝까지 볼 수 없어 모니터의 스위치를 껐다.

아니, 끄려고 하는 순간, 달리던 말이 갑자기 멈추는 듯하더니, 쨍하고 빛나는 광채, 늙은 여류작가의 시선이 초소형 카메라에 똑바로 꽂혔다. 늙은 여류작가의 시선과 나의 시선이 찰나적으로 초소형 카메라를 통해 딱 맞닥뜨렸다고 나는 느꼈다. 나는 황급히 모니터 스위치를 껐고 그곳으로부터 도망쳤다.

늙은 여류작가는 내가 보고 있다는 걸 알았을까.

그럴 리가 없다고, 나는 내 집 거실로 돌아와 비로소 확신했다. 카메라는 너무도 작았으며 오디오 스피커에 교묘히 숨겨져 있었다. 그렇다면 늙은 여류작가는 어떻게 카메라를 똑바로 노려보았을까. 말 울음소리가 계속 들렸다. 날이 샐 때까지 늙은 여류작가는 무기물의, 오직 배가 부를 뿐인 말을 타고 히잉히잉, 불모의 우주를 향해 날아갈 것이었다.

나는 옷을 다 벗고 차가운 거실 바닥에 엎드렸다.

항아리야, 항아리야…….

나는 소리 내어 말하면서, 내 엉덩이를 쓰다듬어보았다. 항아리
야, 항아리야, 항아리야……라고 말했을 때, 돌연 나의 성기가 쭈뼛
머리를 들고 일어나는 걸 나는 느꼈다. 헛배가 불러오는 것 같은 기
분이었다. 항아리야, 항아리야, 항아리야, 항아리야, 항아리야……
에서 후두둑, 슬프지도 않은데 눈물이 쏟아졌다. 나는 둥근 나의 헛
배를 안고, 비틀거리며 이젤 앞으로 다가갔다.

캔버스는 나를 기다리고 있었다.

캔버스의 중심에 과연 무엇을 그려야 할지는 여전히 알 수 없었
다. 헛배인지, 헛배가 아닌지, 암튼 나의 배는 점점 불러와 이제 곧
터질 것 같았다. 할 수만 있다면 늙은 여류작가의 호피티가 되고 싶
었다. 나는 모처럼 붓을 잡았고, 눈을 부릅떴고, 무기물의 말이 불
모의 우주를 향해 달려가는 소리를 들었다. 캔버스 한가운데 일필
휘지, 나는 먼저 원 하나를 크게 그렸다. 너무나 오랫동안 그리고
싶었던 것을 그리고 있다고 나는 생각했다. 둥근 말들의 최고조에
달한 울음소리가 골담 너머, 시월상달의 만월에 둘러싸인 늙은 여
류작가의 서재로부터 계속 들려오고 있었다.

7

나는 여류작가의 집 근처에 더 이상 가지 않았다.

무엇인가가 내부로부터 쑥 빠져나간 듯 힘이 없었고 심심했다.
모처럼 시작된 그림은 알록달록한 어릿광대의 얼굴 같은 형상으로
거의 완성되어가고 있었다. 늙은 여류작가가 정해진 시각, 산책 코
스에 나타났다고 느낄 때에도 짐짓 창밖을 내다보진 않았다. 혜인

은 여전히 전화 한 통 걸어오지 않았는데, 서울과 파리에서 대규모 서혜인 패션쇼가 열린다는 신문기사를 본 일은 있었다. 계획한 일을 계획했던 대로 혜인은 가고 있었다. 나는 가끔 용인 읍내로 나가 천변 여관촌 어귀에서 장어구이를 먹었고, 여관에서 불러준 젊은 여자들과 섹스를 시도했다. 내 궁둥이를 이렇게 쓰다듬으면서, 항아리야, 항아리야 해봐……라고 나는 화류항의 처녀들에게 주문했다. 아저씨 같은 변태는 처음 봐……라고 어떤 여자는 말했다. 여자들은 내 엉덩이를 둥글게 둥글게 쓰다듬으면서, 항아리야, 항아리야, 항아리야…… 노래를 불렀다. 어떤 순간은 성기가 섰고 어떤 순간은 여전히 죽어 있었다. 외피가 화려한 천변 여관촌에도 자주 북풍이 불어왔고, 그러면 창문들이 이따금 드르르르 드르르르 하고 떠는 소리를 냈다. 육덕이 좋아 덩달아 젖이 큰 한 여자는 유난히 목청이 좋아, 항아리야, 항아리야…… 그 가락이 곱고 슬펐다.

나는 엎드린 채 멀고 먼 별들을 자주 생각했다.

거문고자리의 직녀성을 떠올릴 땐 눈이 부셨고, 오른손엔 종려나무 잎새를, 왼손엔 밀 이삭을 든 형상의 처녀자리를 떠올릴 땐 황홀했고, ㄹ자로 휘어져 흐르는 에리다누스 강을 떠올릴 땐 슬펐다. 오리온좌가 그려내는 거인의 발밑을 구부러져 흐르는 별자리 에리다누스 강은 이승과 저승 사이를 흐르는 강이었다. 그 강엔 하프의 명인이었던 오르페우스의 정한 많은 신화가 깃들어 있었다. 항아리야, 항아리야……가 너무 쓸쓸해서 차라리 에리다누스 강으로 가고 싶은 날도 있었다.

겨울이 그렇게 깊어졌다.

삭(朔)으로부터 망(望)으로 차오른 달은 다시 삭으로 짚불처럼 꺼져 내리며 임종과 만났다. 항아리야……를 아무리 노래 불러도 세상의 모든 둥근 것들이 꺼지고 말 때, 이를테면 달은 이승과 저승 사이, 에리다누스 강을 달마다 넘어가는 것이었다. 늙은 여류작가가 어떤 날 전화를 했다. 새벽 세 시쯤의 일이었다. 구름이 끼었는지 온통 캄캄한 어둠에 갇힌 밤, 깊은 겨울날, 늙은 여류작가는 물었다.

혹시…… 망치 있나요…….

늙은 여류작가의 목소리는 지하실을 울리고 나오는 것 같았다. 막 잠들 뻔하다가 퍼뜩 깨어난 내 눈에 헛배 빵빵히 부른 호피티가 선연히 떠올랐다. 시멘트 못 박을 일이 있는데…… 망치가 없어서요……라고, 늙은 여류작가는 덧붙였다. 내겐 물론 망치가 있었으며, 늙은 여류작가에게도 망치가 있을 터였다.

망치…… 없는데요.

그럼…… 드라이버는 있나요…….

여류작가가 두 번째로 물었다.

……드라이버도 없는데요.

커튼 틈새로 늙은 여류작가의 밝은 서재 창을 나는 바라보고 있었다. 여류작가의 이층 창을 빼고 골 안의 모든 산 것들은 다 어둠 속에 있었다. 너무도 캄캄해서 서재의 불 밝은 사각 창이야 말로 유일한 세계의 숨구멍 같은 느낌이 들었다. 늙은 여류작가는 잠시 침묵했다. 비잉, 하고 전화선을 타고 흐르는 금속성이 늙은 여류작가와 나 사이를 간신히 잇고 있었으나 캄캄절벽 어둠에 비해 너무도 연약한 이음선이었다. 늙은 여류작가는 한참 동안 말을 끊고 있다가 좀 전보다 훨씬 더 또렷해진 사무적인 목소리로 세 번째 물었다.

머리가 너무 아파서요. 펜잘이나 게보린은 없나요.

없습니다. 펜잘도 게보린도 없습니다.

똑 전화가 끊어졌다. 펜잘과 게보린이 없다는 건 사실이었다. 늙은 여류작가의 어조를 따라, 없습니다, 펜잘도 게보린도 없습니다…… 나의 마지막 말이 지나치게 사무적이었던 것은 아닐까 하고 잠시 생각했지만 가책을 느끼진 않았다. 나는 여류작가의 창을 짐짓 보지 않으려고 커튼을 빈틈없이 닫아버리고 곧 잠들었다.

　　다음 날 늦잠에서 깨어났을 때였다.
　　늙은 여류작가의 집 앞에 경찰차와 앰뷸런스가 와 있는 걸 나는 보았다. 겨울 햇빛이 아주 투명한 날이었다. 한밤중 외출했던 것인지 현관문이 열려 있는 걸 이상히 여긴 영문학 여교수가 집 안에 들어가봤을 때 늙은 여류작가는 이미 에리다누스 강을 건너간 후였다. 어디서 구했을까, 늙은 여류작가는 아주 부드럽고 질 좋은 명주천으로 층계참에 목을 맸다고 했다. 유서는 없었다. 남동생에 의해 화장된 늙은 여류작가의 유해는 오래 몸져누웠다가 간신히 일어난 노스님에 의해 인적 없는 굴암산 용암사에 안치되었다.
　　나는 거의 완성된 내 그림을 보았다.
　　알록달록한 색깔로 평면을 구획한 어릿광대 같은 둥그런 얼굴 하나를 나는 그렸는데, 늙은 여류작가의 유해를 안치하던 날 밤에 다시 보니, 홀연히 스위스 출신의 화가 파울 클레가 내 그림에 겹쳐 떠올랐다. 내가 오랜만에 그린 그림은 내 그림이 아니라 파울 클레의 「세네치오」를 모사한 것이었다. 파리에서 지낼 때 나는 잠시 분석적인 군더더기를 대담히 잘라내 버린 듯한 클레의 그림에 빠진 적이 있었다. 가면은 예술을 의미하고, 그 배후에 인간이 숨어 있다……라고 파울 클레는 말했다. 「세네치오」의 원화를 본 것은 스위스 베른의 미술관에서였다. 오래전에 내 안에 입력된 가면의 둥근 어릿광대 얼굴 「세네치오」가 둥근 것에 대한 욕망에 이끌려 나와 캔버스에 단순히 인화된 셈이었다.

8

　가끔 나는 늙은 여류작가의 빈집으로 갔다.

　항아리들은 어둠 속에 그대로 있고, 현관문은 굳게 잠겨 있었다. 모니터에 떠오르는 빈 서재는 단무지 공장 앞의 외등 잔영을 받아 희끄무레했는데, 자궁 속처럼 은밀하고 고요했다. 달은 여전히 차올랐다 꺼지기를 반복하고 있었다. 한 해가 지나가는 섣달그믐께야 나는 비로소 고물상을 통해 호피티 하나를 구해 집으로 돌아왔다. 늙은 여류작가가 그랬듯이, 벌거벗고서 무기질의 배부른 호피티를 타고 히잉히잉, 나는 밤새 놀았는데, 쓸쓸하기 그지없었다. 호피티의 둥근 배는, 씨를 품고 있지 않아서, 고흐의 해바라기와 달리 쓸쓸하게 헛배만 부를 뿐이었다. 호피티를 타고선 우주로 갈 수 없었다. 모처럼 달이 밝은 밤이었고, 나는 달빛에 듬뿍 젖어 늙은 여류작가의 빈집을 찾아갔다. 모니터는 더 이상 필요 없었고, 굴암산 둥근 골엔 바람도 불지 않았다. 늙은 여류작가의 항아리들은 달빛 아래에서 둥글게 둥글게, 한껏 부풀어 올라 있었다. 둥글잖아요, 둥글잖아요, 둥글잖아요……라고, 에리다누스 강 건너편에서 고혹적으로 속삭이는 늙은 여류작가의 목소리가 들렸다.

　나는 남몰래 대형 항아리 속으로 들어갔다.

(2004년 작)

감자꽃 필 때

1

그가 마을을 빠져나온다.

나는 앉았던 자리에서 불끈 몸을 일으킨다.

두 시를 막 넘겼거나 조금 못 됐거나 할 것이다. 넘고 모자라 봐야 그 시차는 오 분 미만이다. 비닐하우스와 산기슭을 깎아 만든 채마밭 사이로 난 시멘트 포장로. 비닐하우스 어귀 전봇대에 갓등이 하나 매달려 있고, 갓등 아래에서 길은 불현듯 북편으로 틀어져 흐르다가 내 집과 맞붙은 텃밭 어귀에서 동쪽으로 한 번 방향을 또 바꾼다. 시멘트 포장로는 곧 끝나고 길은 갑자기 좁아져 우리 집 마당 끝을 동서로 관통, 굴암산 발치까지 자맥질해 들어간다. 논과 논보다 서너 자[尺]쯤 높은 밭들 사이로 난 소로는 가르마처럼 쪽 곧다.

그는 결코 서두르는 법이 없다.

보폭이 일정하고 걸음새가 아주 얌전해서 조금만 떼어놓고 보면 걷는다기보다 붕 떠서 유연하게 흐르는 것 같다. 습관처럼 늘 지게를 짊어지고 있으므로 비닐하우스 옆을 지나올 때 그의 얼굴은 지게 그늘에 가려 거의 보이지 않는다. 해는 그의 지게 너머, 골프장 아웃코스 나인 홀 꼭대기에 떠 있다. 그래서 그는 지게를 짊어진 것이 아니라 해를 짊어지고 오는 듯이 보인다. 하기야 키는 물론 체수가 워낙 작은 터라 지게를 짊어지고 있을 때의 그는 어느 방향에서 보아도 지게의 그늘에 가린 듯하다. 뻣뻣하게 고개를 치켜드는 법이 없이, 길을 보는지 길이 아닌 다른 무엇을 보는지, 항상 아미를 숙이고 고요히 흐르기 때문에 더욱 그럴 것이다. 체수에 비해 짊어진 지게가 큰 듯한데도 전혀 불안해 뵈거나 하지 않는 것 또한 신기한 일이다. 대체 언제부터 그는 지게와 동행해 왔을까. 지게를 짊어지지 않은 그를 본 적도 없거니와, 지게와 그가 언제나 너무도 잘 어울려 보였으므로, 지게와 그를 분리해서 상상하는 것도 쉽지 않다.

안녕하세요.

나는 입속으로 중얼거려본다.

연습이다. 그는 내 집과 맞붙은 텃밭길로 들어서고 있는 중이다. 나는 거실 유리창 앞의 데크에 서 있다. 이제 곧 그가 마당 끝의 소롯길로 접어들 것이다. 안녕하세요……라는 내 인사말에 화답하는 그의 표정을 어서 보고 싶다. 마치 감수성 중심을 콕 찌르고 들어온 첫사랑의 소녀를 어느 길가에서 기다리고 있는 소년 같은 기분이다. 3월의 햇빛은 맑고 힘차다. 나는 햇빛을 정면으로 받느라 눈이 부셔 손차양을 한 뒤 생침을 꼴깍 소리 나게 삼킨다. 부드럽게 출렁이는 그의 지게 끝에서 튕겨져 나온 햇빛이 아무런 여과 없이 내 몸을 찔러오고 있기 때문이다.

안녕하세요, 아저씨.

그의 귀를 열기엔 내 목소리가 너무 작다. 나는 가쁘게 속으로 심호흡을 한 번 하고, 안녕하세요, 안녕하세요, 아저씨…… 밝게 소리를 지른다. 그가 소리의 방향을 얼른 쫓지 못해 이리저리 둘러보다가 마침내 내 쪽으로 고개를 돌린다. 블랙홀처럼 단단하게 쪼그라든 청동빛 얼굴이다. 눈은 깊고 턱은 걀쭉하고 광대뼈는 불끈 솟아 있다. 쪼개진 이마와, 코끝에서 인중을 비껴 밑으로 힘 있게 빠진 팔자(八字)형의 거친 골골[谷谷]을 나는 본다. 햇빛이 불끈 솟은 광대뼈에서 가파르게 미끄럼을 타고 있다.

날씨도 좋은데 담배 한 대 피우고 가세요.

뭐라고?

뭐라고……라는 말을 나는 환청으로 듣는다. 말하기는커녕, 악을 쓰듯 외장치는 내 말도 잘 듣지 못해 그는 옆으로 고갯짓을 가볍게 했을 뿐이다. 담배 한 대 피우면서 쉬, 어, 가, 시, 라, 구, 요. 나는 한 손으로 담뱃갑을 흔들어 보이며 다른 한 손으론 손나팔을 하고 소리 지른다. 그러자 그가 알아들었다는 듯이 활짝 웃는다. 소리 없는 웃음이다. 앞니는 전혀 없다. 오래전부터 그랬을 터이다. 잇몸만이 막힘없이 합죽 드러났는데 천진하고 환하다. 웃는 순간 이마로부터 얼굴 전체로 일순간에 수많은 주름살이 뻗어나가는 것 역시 아주 역동적이다. 청동빛 피부는 더욱 높이 솟고 주름살 골골은 더욱 깊어지는데, 그 높음과 그 낮음이 서로 배타적이지 않고 순정적으로 맺어져 있다. 내 전신에 자르르하고 얼음이 갈라지는 것 같은 전율이 온다. 단단히 쪼그라져 뵈는 것은 시간이 만들어 낸 가면에 불과하다. 우주를 일시에 밝히듯이, 그처럼 환하고 유순하게 웃는 얼굴은 어디에서든지 본 적이 없다. 천 개의 하회탈이 그의 청동빛 얼굴에 깃들어 있다.

어, 어, 어.

그가 지게 작대기를 흔들며 소리 지른다.

날씨가 좋다는 것인지, 담배 생각이 없다는 것인지 알 수 없다. 젊은 놈이 마당의 풀도 매지 않고, 왜 그리 게을러빠졌느냐고 소리 치는 것인지도 모른다. 그는 말하지만, 그가 벙어리이기 때문에, 아 둔한 나는 그의 말을 끝내 알아듣지 못한다. 어쩌면 그도 쉬, 어, 가, 시, 라, 구, 요……라는 내 말을 알아듣지 못했을 것이다. 그러 나 사실적인 의미가 전달되지 않았다고 해서 불편한 것은 피차 하 나도 없다. 햇빛보다 환한 것이 이미 그와 나 사이에 순간적으로 흘 렀기 때문이다. 이를테면 일시적인 감전 상태처럼.

그가 가던 길을 다시 간다.

흐르는 듯이 유연하게, 그러나 출렁이며 그가 봄풀이 한창 자라 고 있는 밭둑길을 걸어가고 있다. 손에 든 괭이로 톡, 톡, 톡, 톡, 길 을 찍으며 가는 것이 장난기 많은 어린애처럼 보인다. 나는 손차양 을 하고도 너무 부셔 실눈을 뜨고 그가 보이지 않을 때까지 그의 뒷 모습을 한사코 좇는다. 길은 있는 듯 없는 듯 굴암산 자락으로 자맥 질해 들어간다. 이장이 몇 년 전 묘목을 가져다 심어놓은 단풍나무 숲 너머에 그의 밭이 있다. 아직 3월이라 밭일이 많지 않을 텐데도 그는 시종여일, 하루에 네 번씩, 햇빛 환한 그 길을 오고 간다. 아침 에 밭으로 갔다가 정오쯤 점심을 먹기 위해 돌아오고, 점심식사 후 다시 밭으로 갔다가 정오쯤 점심을 먹기 위해 돌아오고, 점심식사 후 다시 밭으로 갔다가 해질녘 돌아오는 것이다. 오고 가는 시간은 아주 규칙적이다. 때론 햇빛을 정면으로 받고 때론 햇빛을 등 뒤로 받지만 표정 또한 여일하다. 시선이 마주치면 활짝, 온 얼굴에 촘촘 한 그물망을 만들면서 소리 없이 웃는다. 마치 샘물이 솟아나듯이 솟아나는 웃음이다. 거기엔 시간도 어떤 경계도 없다. 어, 어……라 고 이따금 말하기도 한다. 괭이나 지게 작대기로 하늘을 가리키거 나, 밭 혹은 길을 툭툭 찧거나, 골프장 쪽에 대고 삿대질을 하는 일도 있다. 곧 비가 올 것 같으니, 라든가, 밭에 풀 좀 매고 살게, 라든가, 하는 일 없이 골프나 치는 저놈들 한심한 종자들이야, 라든가, 나는 내 맘대로 그의 말들을 알아듣는다. 이장한테 들은바, 그는 올해 일흔아홉 살이다. 청년 시절 대처로 흘러갔던 삼 년여를 빼곤 평생 이 마을을 떠난 적이 없는.

그러나 나이가 무슨 상관이랴.

내가 처음 이곳으로 이사 들어왔을 때 그의 얼굴도 나는 아직 기억하고 있다. 벌써 여러 해 지난 기억 속의 삽화지만, 그는 그 삽화 속에서도 지금처럼 지게를 지고 있고 합족한, 단단히 쪼그라든 청동빛이고, 밭둑길을 괭이로 툭, 툭, 툭, 치면서 조금 심심한 듯, 조금 활달한 듯 걷고 있으며, 안녕하세요, 소리쳐 인사하면 비로소 고개 들고서 환하게, 빛이 터져 나오는 것처럼 웃는다. 그에게선 시간이 흐르지 않는다.

시간의 속도로 그도 흘러가고 있기 때문일 것이다.

2

용암사 주지인 원행 스님은 최근 몸이 좋지 않았다.

스님의 나이 올해 일흔일곱이니 노환이라 불러도 무리는 아닐 터였다. 키가 훤칠하고 이목구비 또한 날카롭게 생긴 얼굴이었다. 깡마른 편이지만 본래부터 병약하게 생긴 건 아니었다. 병약하기는 커녕, 걸진 눈매, 우뚝한 콧날과 단단한 어깨선, 꼿꼿한 자세 때문에 나이답지 않게 스님은 강인한 인상을 주었다.

재작년 이맘때까지만 해도 그랬다.

그때는 한 달에 몇 차례씩 행장을 꾸리고 산굽잇길을 내려오는 원행 스님의 모습을 내 집 거실에서 볼 수 있었는데, 보폭이 워낙 활달해서, 아침 해를 정면으로 받으며 경중경중 그가 산을 걸어 내려올 때, 청년처럼 아름다워 보이기까지 했다. 사람이 거의 찾지 않는 변방의 작은 절을 지키고 있을지라도 그 기상으로 보아 범상한 스님이 아니었다. 대쪽을 쪼개듯, 그러나 연속성을 가지고 용맹 정진, 깨달음의 바다로 나아갈 법한 스님이었다.

그런 원행 스님이 처음 쓰러진 것은 작년 여름이었다.

간밤의 비바람에 일제히 나자빠진 고춧대를 하나씩 세우고 있던 참에 굴암산 산굽잇길로 맹렬히 돌진해 가는 앰불런스를 목격한 것은 아침 열 시쯤이었다. 용암사 주지스님이 불공을 드리다가 탁, 도 곳대 쓰러지듯 쓰러졌다는데요, 라고 이장은 말했다. 혈압이 높았던가 보았다. 스님은 한 달 만에 다시 절로 돌아왔고, 절로 돌아온 스님은 이미 예전의 그 원행 스님이 아니었다. 우선 잘 걷지를 못했다. 지팡이에 의지해 요사채에서 대웅전으로 가는 걸 산책하던 중 우연히 보았는데, 한 발짝 한 발짝 위태롭기 그지없었다. 풍을 맞아 입도 돌아가 있었고, 머리는 하얗게 탈색되었으며, 너무 말라서 볼 이 쏙 패어 있었다. 불과 한 달 사이 죽음의 그림자가 스님의 육신을 매몰차게 쭈그러뜨려놓은 것이었다.

시간은 빠르고 잔인하게 그를 관통해 흘러갔다.

청소를 하던 보살님이 걸레를 든 채 대웅전 문을 열고 나오다가 기우뚱기우뚱 걸어오고 있는 원행 스님을 발견하고 맨발로 달려 나와 부축했다. 나는 그것을 소나무 숲 사이에서 보고 있었다. 하이코오, 날 부르지 않고 혼자 예까지 어떻게……라고, 보살님은 말하는 것 같았다. 유난히 작은 키에 몸매며 얼굴이 둥그렇고 펑퍼짐한 보살님은 이제 막 오십 대 중반을 넘겼을까 말까 한 나이로 원행 스님의 유일한 가족이자 동숙자였다. 조강지처는 아니지만요, 절에 들어와 산 지 벌써 스무 해는 넘었을걸요. 이장은 설명해 주었다. 원래 드나드는 신도도 거의 없는 퇴락한 절이었다. 조강지처의 자식인지, 절에 이따금 드나드는 장성한 자식이 서넛은 되는 모양인데, 하나같이 보살님을 몸종 부리듯 하더란 말도 이장은 덧붙였다. 보살님은 그러거나 말거나 일구월심 원행 스님을 모시고 돌보았다. 용인 읍내 장날이면 스님에게 먹이고 입힐 걸 잔뜩 사서 머리에 이고 등에 짊어진 채 산굽잇길을 걸어 오르고 있는 보살님을 만난 일도 여러 번 있었다. 택시를 타시지 않구요……라고, 내가 허드레 인사말을 건네면, 하이코오, 겨우 여길 가면서 택시비를 왜 들인대요…… 보살님은 수줍은 것처럼 얼굴을 붉히고 대답했다. 보살님은 언제 보아도 가만히 앉아 있는 법이 없었다. 말수는 적었지만 몸놀림은 재빠른 편인데, 빨래를 하거나 청소를 하거나 김장을 하고 고추장, 된장을 담그거나, 내가 볼 때마다 보살님은 몸을 아끼지 않고 일했다. 절 옆의 텃밭 농사도 보살님 차지였고, 심지어 계단 옆의 무너진 석축을 다시 쌓는 일도 보살님 혼자 손수 했다. 그 일을 할 때엔 원행 스님도 건강했으나 툇마루에 가부좌 틀고 앉아 염주만 굴리고 있을 뿐이었다.

원행 스님이 자신을 부축하려는 보살님을 매몰차게 뿌리쳤다.

나는 그럴 것이라고 미리 예상하고 있었다. 일구월심 정성을 다 바치는 보살님과 달리, 원행 스님은 언제나 보살님을 몸종 부리듯 하는 걸 이미 여러 차례 보았기 때문이었다. 위태위태하게 거기까지 걸어온 것만으로 원행 스님은 벌써 화가 잔뜩 나 있었다. 스님의 매몰찬 손짓에 뒤뚱뒤뚱하던 보살님이 급기야 넉장거리로 절 마당에 엉덩방아를 찧고 넘어졌다.

3월의 아침 빛은 정결하기 그지없었다.

나는 하마터면 키드득하고 웃음소리를 낼 뻔했다.

그렇지 않아도 키는 작고 몸은 둥글어 살찐 두꺼비 같은 보살님인지라, 뒤집힐 듯 벌린 다리를 햇빛 속으로 올리며 넉장거리하는 품이, 비현실적인, 코미디의 한 장면처럼 보였기 때문이었다. 게다가 보살님은 요즘엔 구하기도 힘든 새빨간 내복을 입고 있었다. 햇빛이 보살님 사타구니를 둘러친 빨간 가리개에 불을 질러놓은 것처럼 보였다. 보살님은 그러나 발랑 뒤집힌 두꺼비가 용써서 단번에 끙 하고 몸을 일으키듯 재빨리 일어났다. 대웅전으로 들어가는 댓돌엔 보살님 신발과 걸레 그릇이 놓여 있었다. 원행 스님이 댓돌 앞에 막 당도한 것과, 원행 스님을 위해서, 놀랄 만큼 민첩하게 슬라이딩해 온 보살님의 손이 자신의 신발과 걸레 그릇을 잡아 치운 것은 거의 동시였다. 신발을 벗던 원행 스님은 심술이 나서 짐짓 한쪽 신발을 뒤쪽으로 뿌리쳐 벗었다. 스님의 신발은 그래서 대웅전의 토방 아래 절 마당으로 떨어졌다.

토방에서 절 마당까진 돌계단이 놓여 있었다.

보살님은 당신 발엔 신을 꿸 생각은 안 하고 다시 부리나케 마당으로 내려와 원행 스님의 흰 고무신 한 짝을 주워 들었다. 원행 스님은 대웅전으로 들어가 소리 나게 문을 닫았고, 보살님은 습관처럼 치맛자락으로 원행 스님의 고무신 코를 싹싹 닦다가 대웅전 닫히는 문소리에 고개를 들더니 잠시 미동도 안 하고 가만히 있었다. 대웅전 앞마당도 하얗고 햇빛도 하얗고, 보살님이 두 손으로 안고 있는 고무신도 하얬다. 봄빛은 벌써 깊어서 대웅전 마당 끝엔 산벚꽃이 벙긋 열리고 있는 중이었다. 나는 대웅전 닫힌 문과 돌계단과, 고무신을 든 보살님을 약간 위쪽의 소나무 그늘에서 사선으로 한눈에 내려다보고 있었다.

사위가 너무 고요했기 때문일까,

나는 갑자기 내 몸속에 숨겨진 채 팽팽히 당겨져 있는 현(弦) 하나가 비잉 하고 우는 소리를 들었다. 위에서 내려다보고 있으니 눈부신 햇빛 아래에 선 보살님의 키는 한 뼘도 안 되는 것처럼 보였다. 이제 곧 온 산을 불 지르며 피어날 봄꽃들이 그녀를 포위하고 파죽지세로 다가들 것이었다. 현이 떨려서 내는 소리는 삽시간에 온몸의 신경줄을 타고 뼛속까지 뚫고 들어가 박혔다가, 이내 텅 빈 뼈들의 대롱을 속속들이 공명시키더니, 다시 이상하고 이상한 신열을 거느리고 활상으로 상승, 마침내 콧날에 비잉비잉 감겨들었다. 맹세하건대, 무엇이 슬픈지 알 수 없었고, 또 슬프다고 생각한 것도 아니었다. 그것은 아주 찰나적이었으며 기습적이었다.

눈물이 주르륵 관자놀이를 타고 흘렀다.

3

내 집 거실에서 내다보이는 길은 두 갈래뿐이다. 하나는 마을에서 활시위처럼 호선(弧線)으로 뻗어 나와 내 집 텃밭과 굴암산 발치를 잇고 있는 쪽 곧은 밭둑길이고, 다른 하나는 논 건너편, 용암사로 올라가는 시멘트 포장길이다. 밭둑길은 내 집의 뜰 가장자리를 관통해 가니 거실에서 불과 오십여 미터 떨어져 있고, 논 건너 시멘트 포장길은 사이에 논을 두었으니 이백여 미터 이상 떨어져 있다. 말하자면 벙어리 농부는 바로 내 눈앞을 오가고 원행 스님은 저만큼 뚝 떨어져 흐르고 있는 셈이다.

외출하지 않는 날, 나는 두 길을 종일 본다.

시멘트 포장길은 조악하게 지은 원룸과 몇몇 전원주택으로 가려져 있어 끊어졌다 이어졌다 하면서 마을 공동 물탱크를 끼고 휘돌아서 올라가는데, 멀지만 포장된 너른 길이라서 비교적 잘 내다보이고, 가까운 밭둑길은 잡풀들 때문에, 가깝지만 오히려 길은 보이지 않는다. 두 길은 모두 다른 길로 이어지지 않아 되돌아 나와야 한다. 물론 있는 듯 없는 듯, 두 길에서 갈라져 나간 소롯길들이 전혀 없는 것은 아니나 모두 묘지로 이어지는 길이다. 삶으로부터 저승으로 빠져나가는 길인 셈이다.

봄이 되면 두 길의 느낌은 대조적이다.

몇몇 전원주택을 거느리고 헌칠민틋하게 뻗어 있는 시멘트 포장길은 얼핏 보아 분주할 것 같지만 사실은 종일 비어 있기 일쑤다. 어쩌다 승용차가 한두 대 지나다닐 뿐인데, 순간적으로 지나가니 남은 길은 더욱 적막하고, 텅 빈 느낌을 준다.

그러나 밭둑길은 다르다.

밭둑길을 오가는 사람들은 빨리 걷는 법이 없다. 가령 맨 처음 거실 남쪽 창에 나타난 사람은 아주 느릿느릿 다가와 한참 만에야 창의 중심에 담기게 되고, 중심으로부터 동쪽으로 비켜나면 곧 동쪽 창이 배턴터치 하듯 그를 받아 안는데, 굴암산 숲이 그를 숨겨줄 때까지, 이제 내 거실의 동쪽 창을 그는 결코 벗어나지 못한다. 느릿느릿 움직인다고 해서 게을러 보인다는 뜻은 아니다. 밭둑길을 오가는 사람은 맨손으로 걷는 일이 없다. 지게를 지고 있거나 바구니를 끼고 있거나 경운기를 몰고 있거나 삽, 괭이, 쇠스랑, 제초기 따위를 들고 있다. 가끔 고양이가 쏜살같이 길을 횡단하기도 하고 오가는 사람과 앞서거니 뒤서거니 하면서 개들이 달리기도 한다. 새들도 떼 지어 지나가고, 개구리가 지나가고, 뱀도 지나가고 온갖 것들이 지나간다. 내가 비어 있다고 생각하는 순간에도 그 밭둑길엔 뭔가 살아 있는 것들이 바쁘게 오가고 있다. 봄이 되면 더욱 그렇다. 그러므로 그 길은 비어 있어도 빈 것이 아니며 머문 듯 천천히 흘러도 분주하다.

나는 그러나 거실에 있을 뿐이다.

물론 현실에선 밭둑길에 나와 있을 때도 있고, 시멘트 포장길을 따라 용암사까지 올라갈 때도 있으나, 이상한 것은 그런 순간조차, 나는 한사코 내가 거실에 앉아 있다고 느낀다는 것이다. 현실에서 내 몸이 어디 있느냐 하는 점은 중요하지 않다. 나는 때때로 밭둑길이나 시멘트 포장길을 걸으면서, 완강하게, 거실 안에 붙박이로 앉아 밭둑길, 시멘트 포장길을 걷고 있는 나를 내다본다. 현실적인 나의 위치는 비현실적이고 비현실적인 나의 위치는 현실적이다. 거실 안에서 내다보는 나의 걷는 모습은 너무 사실적이어서 그게 과연 나인지, 다른 누구인지 잘 구분되지 않는다. 내가 걷고 있는 모습은 게으르지 않으면서 느린 벙어리 농부의 걸음과도 다르고, 서두르는 것도 아니면서 활달한 원행 스님의 품새와도 다르다. 뭐랄까, 내가 걷는 모습은 이를테면 밭둑길과 시멘트 포장길 사이처럼, 엉거주춤하다. 엉거주춤……이라고 나는 소리 내어 중얼거린다. 엉거주춤하니, 엉거주춤하고…… 더럽다.

하나의 소원이 있다면 이것이다.

만약 각자 소유한 시간의 물레를 자유롭게 돌리고 풀고 할 수만 있다면, 무릎 꿇고 앉아 경배 드리는 마음으로, 단번에 사오십 년쯤 앞으로 돌리고 싶다는 것이다. 혹시 의심 많고 시끄러운 또 다른 내가 온갖 불평과 감언이설로 나를 흔들지도 모르니까 눈 딱 감고 단번에 돌리는 게 좋다. 물레를 돌리고 나면 내 나이 여든 혹은 아흔쯤 될 터이다. 머리는 하얗고 얼굴 주름은 촘촘한 그물망으로 단단히 박혀들 것이며, 온몸은 검버섯에 뒤덮여 자갈밭이 되겠지. 오리온좌를 쫓아, 봄부터 여름까지, 굴암산, 말아가리산, 태화산을 넘나들지도 않을 것이고, 감히 생산을 꿈꾸거나 불임에 대해 절망하거나 하지도 않을 것이다. 더 깊어질 것도 없을 터, 저기 창밖, 두 개의 길을 구분하지 않아도 전혀 불편하지 않을 게 확실하다.

벙어리 농부는 일흔아홉, 원행 스님은 일흔일곱이다.

오래전부터 한쪽은 지게를 져왔고 한쪽은 목탁과 염주를 들었을 것인데, 한쪽은 느릿느릿 흐르듯이 걷고 한쪽은 헤치듯이 헌칠민틋 활달하게 걸었을 것인데, 그리고 또 한쪽은 밭둑길을 다른 한쪽은 시멘트 포장길을 오갔을 것인데, 그런데 그게 무슨 상관이란 말인가. 두 사람은 모두 늙었으니 우연, 혹은 필연인, 길의 각각 다른 배치와 상관없이 바야흐로 별이 되어가고 있는 중이다. 불멸의. 별을 본다는 것은 예배를 드리는 것과 다름없다. 이 봄에, 굳이 망원경 통해 하늘을 올려다볼 것 없이, 지상의 별을 보니 얼마나 좋은가. 원행 스님은 몸져누웠지만 내 눈엔, 그가 지금도 장삼 자락 펄럭이며 시멘트 포장길을 걸어 내려오고 있는 듯 보인다.

벙어리 농부는 서쪽에서 동쪽으로.

원행 스님은 동쪽에서 서쪽으로 항용 걷는다.

그럴 때 깊이 주저앉은 내 시선 속에서 두 길은 한 길인 것처럼 합쳐진다. 그들은 내 집 남창의 한가운데에서 마치 한 길을 양편에서 걸어온 듯 한순간 부딪친다. 아니, 부딪치는 것 같지만 부딪치지 않고 서로의 몸을 유연하고 리드미컬하게 통과해 흐른다. 벙어리 농부의 한 발이 원행 스님의 장삼 자락으로 슬쩍 감겨들어갈 때, 원행 스님의 앞가슴이 벙어리 농부의 얼굴로 스며들고, 벙어리 농부의 머리, 지게, 지게 위의 바작이 원행 스님의 앞가슴을 차례로 빠져나올 때, 원행 스님의 장삼 자락 끝은 벙어리 농부의 대퇴부를 스리슬쩍 통과해 나오는 것이다. 그것은 은밀하고 수줍고 찰나적인 첫 키스처럼 감미롭다. 서로의 몸이 통과되는 순간의 그들은 성스럽고 신비한, 어떤 제의적인 퍼포먼스를 내 집 남쪽 창 한가운데에서 행하는 듯이 보인다. 엇갈려 가는 셈인데 엇갈려 가는 게 아니라 하나로 통합되는 것처럼 보이는 것도 그 때문이다. 고양이나 개나 뱀이나 달팽이나 두꺼비나 어린 개미 떼들이 열 지어 길을 가로질러 가지만 그들이 진로를 방해받는 법은 없다. 천지에 봄꽃들이 다투어 피어나고 길 끝엔 천천히 흰 구름이 흐른다. 나는 가슴을 쓸어내리며 실눈을 뜨고 두 개의 별이 서로의 육신을 통과해 유장하게 흐르는 것을 창 안쪽에서 꿈인 듯 본다.

매양 눈물겹고 아름답다.

4

원행 스님의 임종을 보게 된 것은 과연 우연일까?

하지만 모를 일이다. 우연이라고 생각했다가도 그날 일을 꼼꼼히 되짚어보면 어딘지 모르게 교묘히 짜인 전술적 프로그램에 내가 편입된 것 같은 느낌을 받고 소스라친다. 마치 짜고 치는 고스톱 판에 나만 멋모르고 불려 나가 앉아 있었던 기분이다.

그날 나는 텃밭에 감자를 심고 있었다,

꼭 감자를 심을 요량이 있었던 것도 아니었다. 나는 밭을 버려둘 작정이었다. 그런데 나를 진짜 생각해 주느라 그랬는지 밭을 버려두면 키 높이로 잡초가 자랄 테니 그게 보기 싫어 그랬는지, 이장이 자신의 감자 씨를 구해 올 때 내 몫까지 챙겨왔으므로, 심심풀이 삼아 그걸 그날 쪼개어 묻기로 했던 것이었다. 땅에 묻어만 두어도 제 스스로 자라 주렁주렁 열매를 맺을 텐데 왜 땅을 놀립니까……라고, 이장은 말했다. 하기야 이장의 말은 사실이었다. 밭둔덕에 비닐을 씌워 심으면 잡초 걱정도 없고, 특별히 소출을 많이 낼 욕심만 안 갖는다면 별로 손 갈 일이 없는 게 감자 농사였다. 더구나 지나

던 벙어리 농부가 감자 씨를 들고 서 있는 나를 보더니 도와주겠다
는 표정을 하고 지게를 벗어놓는 바람에 급기야 그와 함께 감자 씨
를 묻기 시작했다.

몸은 건강하시지요?

어, 어, 어.

자제분들은 자주 다니러 오나요?

어, 어, 어.

웃으시는 거 보면 세상에서 제일 행복해 보이세요. 아저씨, 제
말이 맞지요? 항상 마음이 환하시지요? 마음이요, 화, 안, 하, 시,
다, 구, 요.

벙어리 농부는 그냥 환하게 웃었다.

감자 씨를 심는 법을 처음 가르쳐준 것도 바로 그였다. 이곳으로
내려오고 첫해였던가. 시장에서 사온 감자 씨를 통으로 밭에 묻고
있는데 그가 지나가다가 느닷없이 내 뒤통수를 쿡 쥐어박았다. 그
때만 해도 얼굴조차 익히지 않은 낯선 사이였다. 만약 그때 그가 환
히 웃고 있지만 않았다면 노인이거나 말거나 나도 화를 내고 말았
을 터였다. 그의 환하고 천진한 웃음을 가까이서 보기는 그때가 처
음이었다. 어린 손자에게 일러주듯 그는 시종일관 천 개의 하회탈
이 깃든 얼굴로 벌쭉벌쭉, 앞니 빠진 잇몸을 온통 드러내고 웃으면
서, 감자 씨 심는 법을 가르쳐주었다. 감자 씨에도 눈이 있고 똥구
멍이 있다고 그는 어, 어, 말했다. 눈을 설명하기 위해서 그는 깊은
자신의 눈을 쿡쿡 찔렀고 똥구멍을 설명하기 위해서 그는 내 똥구
멍을 쿡쿡 찔렀다. 아주 장난기가 많은 노인이었다. 눈을 중심으로
비스듬히 잘라서 싹이 날 눈이 위로 오도록 묻어야 한다고 했다.

저도 이제 감자, 잘 심지요?

내가 사뭇 자랑스런 표정으로 물었다.

벙어리 농부는 감자 씨 하나를 엇비스듬히 쪼개려다 말고 대답 대신 그 감자 씨를 갑자기 내 사타구니에 갖다 댔다. 우리는 밭두둑을 사이에 두고 마주 보며 쭈그려 앉아 있었다. 뭐 하시는 거예요, 라고 소리치며 내가 밭고랑에 앉은 채 한 뼘쯤 뒤로 물러났다. 전에도 그가 내 등 뒤로 다가와 갑자기 생식기를 삽은 일이 있었기 때문이었다. 그의 얼굴에 잔물결이 재빨리 지나갔다. 봐라, 하고 말하려는 듯, 그가 들고 있던 칼까지 내려놓고 엉거주춤 일어서더니 감자 알 두 개를 당신의 사타구니에 갖다 대고 눈을 찡긋찡긋했다. 장난기가 가득한 표정이었다.

아저씨 불알이 짝짝이네. 짝, 짝.

우리는 한참이나 키득거리고 웃었다.

밭두둑에 비닐까지 씌워놓은 후라서 작업은 아주 일사불란하게 이루어졌다. 이제 물만 듬뿍 주면 될 것인데 수도 호스를 밭까지 끌어오고 마당의 수도꼭지를 틀었으나 물이 나오지 않았다. 용암사로 올라가는 시멘트 포장길 옆의 물탱크 주면엔 사람이 전혀 없었다. 흔하지 않은 일이었다. 골프장에서 시설을 해준 마을 공동수도는 지하 백오십 미터에서 물을 끌어올려 물탱크에 담았다가 수도관을 통해 집집마다 급수하는 방식을 쓰고 있었다. 물탱크 용량이 넉넉해서 설령 어디 고장이 좀 났다고 해도 물이 딱 끊어지는 법은 없었다. 또 고장이 났다면 물탱크 주변에 고치러 온 사람들이 보여야 할 터인데 물탱크 주변엔 햇빛뿐이었다.

한참을 기다려도 마찬가지였다.

먹을 물도 전혀 없었으므로 나는 기다리다 못해 물통 하나를 들고 나왔다. 벙어리 농부는 지게를 짊어지고 굴암산 자락을 향해 밭둔덕을 천천히 가고 있었다. 물이 안 나올 때, 평소 같았으면 우리 집에서 제일 가까운 이장댁 마당으로 갔을 터였다. 이장댁 마당엔 마을 공동수도와 관계없는 우물이 하나 있기 때문이었다.

그런데 그 순간, 용암사 앞마당이 떠올랐다.

원행 스님의 흰 고무신 한 짝을 든 보살님이 햇빛 눈부신 그 마당 한가운데 아직껏 스톱 모션으로 서 있는 삽화였다. 벌써 스무 날쯤 전에 본 그림인데, 보살님은 내 상상 속에서 여전히 소금기둥처럼 오도 가도 못하고 있었다. 현실보다 더 생생한 그림이었다. 나는 물통을 차의 뒷자리에 싣고 곧 차를 몰아 용암사로 올라갔다. 용암사엔 물론 암석 사이로 흘러나오는 석간수가 있었다. 그러나 물을 뜨러 간다는 것은 표면적인 이유였을 뿐, 평소와 달리 액셀러레이터를 힘껏 밟고 물탱크 옆의 굽잇길을 올라갈 때, 나는 뭐랄까, 굴암산의 중심이 강력하게 나를 끌어당기는 것 같은 이상야릇한 자력을 느꼈다. 차를 세우고 나서 절까지 올라가는 쉰네 개의 돌계단을 허겁지겁 뛰어오른 것도 다시 생각하면 그 자력 때문이었다.

보살님을 구해야 돼.

밑도 끝도 없이 그런 생각을 했었는지도 모르겠다. 그러나 내 눈에 먼저 들어온 것은 보살님이 아니라 절 마당에 쓰러져 있는 원행 스님이었다. 대웅전에서 절 마당으로 내려오는 계단을 내려오다가 굴러 떨어졌던가 보았다. 당황한 보살님이 석간수를 떠다가 원행 스님의 입에 대주고 있었으나 스님은 이미 인사불성이었다. 정오를 막 넘긴 시각이었다. 원행 스님의 맨머리를 단숨에 불태울 것처럼 햇볕은 너무도 강렬했다. 보살님이 나를 보더니 와락 울음을 터뜨렸다.

괜찮을 거예요. 내가 병원으로 모실게요.

마치 소리치는 것처럼 나는 말했다.

앰뷸런스를 불러놓고 기다리기엔 사정이 너무 급했다. 더욱 옆으로 돌아간 원행 스님의 입엔 거품이 잔뜩 비어져 나와 있었고, 숨

소리는 아주 가빴으며, 코에선 끈적하게 점액질이 흘러나왔다. 본능적으로 나는 시간이 중요하다고 느꼈다. 단 일 분이라도 빨리 병원으로 옮겨야 할 상황이었다. 스님은 깡말랐지만 뼈가 장대해서인지 의외로 무거웠다. 간신히 업고 절 마당을 가로질러 층계참에 왔을 때 갑자기 스님의 손이 내 뒷머리를 잡아당겼다. 그사이 그가 혼절에서 깨어난 것이다.

네, 뭐라고요, 스님!

나는 다급하게 반문했다.

그는 계속 버둥거리면서 뭐라고 말하려 했는데, 그러나 들리는 소리는 심하게 가래가 끓는 의미 없는 쉰 소리뿐이었다. 어, 어……라고, 벙어리 농부처럼, 그러나 벙어리 농부와 다르게 필사적으로 그는 말했다. 보살님이 해석해 주지 않았다면 끝내 알아듣지 못했을 그의 말은, 요사채 자신의 방으로 일단 가자는 말이었다.

한시가 급한데 무슨 소리예요!

나는 그냥 층계를 내려가려고 했으나 스님이 막무가내 절박하게 버둥거렸으므로 어쩔 수 없이 스님의 방으로 갔다. 창이 없어서 방은 한낮인데도 어둠침침했다. 스님의 흰 고무신을 들고 울면서 뒤따르던 보살님이 토방에 올라서다가 멈칫 섰다. 원행 스님이 와들와들 떨리는 손짓으로, 뒤따라 방에 들어오려는 보살님을 막았기 때문이었다. 보살님은 마당에 한 발, 토방에 한 발을 내려놓은 엉거주춤한 자세로 멈춰 서서 불안과 공포와 슬픔 따위가 뒤죽박죽된 어두운 얼굴로 안을 들여다보고 있었다.

눈물이 보살님의 턱에서 뚝뚝 떨어졌다.

자지러지게 피어난 철쭉들이 보살님의 등 뒤에서 온 산을 불질러놓고 있었다. 불타는 철쭉과 역광을 받고 마치 불구자처럼 서 있는 어두운 보살님의 입상을 나는 잠깐 번갈아 보았다. 떨리는 손으로 원행 스님이 밀문을 탁 밀어 닫은 것은 그때였다. 밀문이 문설주로 달려가 부딪히는 소리가 관 뚜껑에 대못을 치는 소리처럼 들렸다. 한순간에 보살님은 지워졌다. 마치 이승과 저승을 단숨에 갈라놓은 것 같았다. 원행 스님은 보살님을 관 속에 집어넣고 나서야 역시 떨리는 손으로 장삼 자락을 들추고 괴춤에서 뭔가를 풀어내려고 했다.

스님, 제가 풀어드릴게요.

꼼꼼히 명주로 누벼 만든 끈이었다.

아주 단단히, 여러 번 매듭을 지어놨기 때문에 침침한 방 안에서 얼른 풀어내기가 쉽지 않았다. 나는 눈을 부릅뜨고 매듭을 풀었다. 멀지 않은 곳에서 뻐꾸기 우는 소리가 간헐적으로 들렸다. 절 뒤로는 울창한 아카시아 숲 사잇길이 이어지는데, 그 끝에서 언덕 같지 않은 부드러운 능선을 잠시 타고 오르면 갑자기 시야가 탁 트이면서, 온갖 들꽃들이 피는 너른 분지와 함께 태화산이 한눈에 들어오는 곳이 있었다. 나는 그 언덕을 샹그리라 언덕이라고 불렀다. 뻐꾸기는 바로 샹그리라 언덕 쪽에서 울었다. 해발이 수천 미터나 되는 히말라야 고지대에 사는 농부들은 그들의 삶이 평생 동안 너무도 고되고 외로운 대신, 언제나 이것과 저것, 삶과 죽음의 경계가 없고 일체의 결핍도 없는, 불멸의 삶을 살 수 있는 이상향을 샹그리라라고 부른다고 했다. 원행 스님은 평생 샹그리라로 가는 이곳에 있었으니 죽음도 두렵지 않을 터였다. 샹그리라는 본디 언덕 저쪽이라는 뜻이었다. 아무리 현세의 삶이 신산해도 장삼 자락 펄럭이며 언덕 하나 훌쩍 넘으면 영원히 죽지 않을 무릉도원이 있으리라 하고 믿는다면야, 찰나적인 이승의 고통을 왜 참지 못하겠는가.

허리끈엔 열쇠가 하나 달려 있었다.

내가 힘들여 허리끈을 풀자마자 원행 스님은 어디서 그런 힘이

솟구치는지 놀라운 악력으로 내 손에서 그것을 잡아채어 오래 묵은
문갑 앞에 다가앉았다. 원행 스님의 얼굴은 검댕을 칠한 듯 어두웠
고 또 심하게 경련하고 있었다. 해골처럼 말랐으나 광대뼈는 턱없
이 높았으며, 코에선 계속 점액질 같은 것이 흘러나와 팥죽색 입술
에 엉겨 붙었고, 눈은 깊이 주저앉았으나 이상한 광채로 번뜩이고
있었다. 생애의 마지막 힘을 다 쏟는 듯 아주 강직하게 그는 문갑의
열쇠구멍에 열쇠를 집어넣었다. 방 안엔 야릇한 긴장감이 흐르고
있었다. 뻐꾸기 소리도 더 이상 들리지 않았고 관 속에 들어간 보살
님도 더 이상 생각나지 않았다.

도대체 스님은 무엇을 하려는 것일까.

나는 한순간 눈을 크게 떴다.

생각 같아선 문을 박차고 나가 온 산에 불 질러 피어난 철쭉밭을
죽을 둥 살 둥 달려 내가 이름 붙인 샹그리라 언덕으로 가고 싶었
다. 가시덩굴에 걸려 온몸이 찢겨져도 상관없었다. 나는 그러나 격
정적인 충동을 필사적으로 억제하고 푸른 정맥들이 툭툭 불거져 나
온 원행 스님의 팔이 문갑 속에서 혼신의 힘을 다해 그것들을 끄집
어내는 걸 끝까지 보았다. 은행 통장이 다섯 개쯤 되었고, 절과 절
에 딸린 토지 문서인 듯한 등기부등본과 서류철이 서너 개쯤 되었
다. 살이 썩어가는 듯한 독한 죽음의 냄새가 그에게서 계속 나고 있
었지만 나는 물러앉지 않았다. 그는 심하게 떨리는 손으로 보자기
하나를 찾아다가 문갑 속에서 꺼낸 것들을 꼼꼼히 맨 다음 전대처
럼 당신의 허리에 단단히 찼다. 그러고 나서야 비로소 눈의 광채가
살풋 꺼져드는 것이었다. 마지막 불꽃으로 타오르며 움켜잡았던 삶
에의 끈을 놓칠 듯 놓칠 듯하는 것 같았다. 나는 반사적으로 쓰러지
는 그의 상반신을 받아 안았고, 그가 가래 끓는 듯한 소리로 뭐라고
했다.

뭐라고요!

나는 싸울 듯이 악을 썼다.

안 들려요, 스님. 더 크게. 크게 말해봐요.

이제 그의 할 일이 다 끝났으므로 응당 서둘러 그를 업고 뛰어야 할 시간이 왔다는 것을 알았으나 나는 계속 소리쳐 물었다. 보살님은 아직껏 한 발은 토방 한 발은 마당을 디딘 불구자 같은 자세로 문밖에 서 있을 터였다. 보살님의 주인이 거기 그렇게 있으라 일렀으므로.

내……내 아들…… 올……올 때까지

뭐라고요. 안 들려요, 스님. 더 크게 말해요.

썩어가는 냄새 가득 찬 그의 입김이 내 귓구멍 속으로 들어오고 있었다. 나는 진저리를 치면서 계속 소리쳤다. 눈물이 날 것 같았다. 저, 저년이……라는 말이 다시 귓구멍 속으로 들어왔다. 여기……라고, 그의 허리에 찬 전대를 탁 치며 나는 악을 썼다. 여기, 손대지 못하게 하란 말이죠? 그렇죠, 스님? 뭐라는 거예요, 도대체. 똑바로 말 좀 해보라구요. 나는 계속 소리쳤지만 원행 스님의 머리는 어느덧 옆으로 돌아가 있었다. 내가 마지막 들은 말은, 저년이…… 여기……였다. 문밖에서 참지 못하고 보살님이 울부짖으면서 주저앉는 소리가 들렸다.

5

오래된 함석 대문이 한 자쯤 열려 있다. 오늘뿐만이 아니다. 대문은 언제나 그만큼 열려 있었다고 나는 생각한다. 그러나 오늘은 뭔가 느낌이 다르다. 방문은 활짝 열려 있고 방 안의 불빛이 툇마루

를 지나 마당 가운데까지 비추고 있었는데, 혼령의 집처럼 고요하
다. 아니 일흔아홉 살의 벙어리 농부 혼자 사는 집이니 다른 때라고
해서 소란스러웠을 리가 없다. 더구나 마을의 북단으로 빠져나온
산 아래 첫째 집이다. 방 두 칸과 부엌이 일자로 배치된 슬레이트집
뒤란엔 키 큰 전나무들이 집을 썩어 누르듯이 에워싸고 있다. 전나
무 숲 때문에 집은 더욱 외지고 작고 볼품없어 보인다. 그러므로 오
늘따라 내가 특별히 고요하다고 생각한 것은 정말 고요해서가 아니
라 오히려 그가 그곳에 있기 때문일 터이다. 어쩌면 그의 긴 그림자
때문에.

그는 툇마루에서 식사 중이다.

방 안의 불빛을 옆으로 받고 있어 그는 물론이고 밥상의 그림자
까지 마당 가운데로 길게 늘어나 있다. 나는 대문 안으로 슬쩍 들어
서서 마당 한켠의 감나무 그늘 밑에 선다. 워낙 고요하기 때문에 발
소리가 내 귀엔 제법 크게 들렸으나 어차피 그는 잘 듣지 못하니 소
리에 아무런 반응을 하지 않는다. 그림자는 실물보다 훨씬 크다. 숟
가락과 젓가락을 움직이는 그의 그림자를 나는 본다. 그로부터 빠
져나온 그의 혼령 같다. 방 안의 불빛을 옆으로 받고 있는 툇마루의
그와, 커다란 그림자로 어른거리는 마당 가운데의 그는 미묘하게
교접되어 있고 또 분리되어 있다. 처음부터 이렇게 가까이 숨어들
어와 그를 엿볼 생각이 있었던 것은 아니다. 굴암산에 오르면서 길
을 놓쳐 오후 내내 헤매고 다니다가 어두워지고 나서야 겨우 전나
무 숲을 빠져나온 참이다. 비탈길에서 넘어져 다친 이마와 가시덩
굴에 찔린 손의 상처가 아직도 쓰리다. 배도 고프고 다리는 물먹은
솜처럼 무겁다.

그의 앞에 놓인 상은 교자상이다.

그것부터가 범상하지 않다. 혼자 사는 노인이니 개다리소반에

밥반찬 한두 가지면 족할 것이다. 장정 네 명이 둘러앉아도 여유가 있을 법한 교자상에 칠첩반상을 능가할 만큼 떡 벌어지게 차려놓고 밥을 먹고 있다는 건 정말 뜻밖이다. 교자상엔 얼핏 보아 나물반찬만 해도 여러 가지고 산적에 조기찜까지 올라와 있다. 그는 언제나 그러듯이 전혀 서두르지 않고 유유자적, 그러나 열심히 숟가락질을 한다. 혼자 하는 식사인데도 표정은 조금도 쓸쓸하지 않다. 쓸쓸하기는커녕 사랑하는 가족들의 축복 속에 생일상을 받은 노인처럼 온화하고 충만한 표정이다.

나는 숨을 죽인다.

어떤 한순간, 그가 혼자 있는 게 아니라는 것을 명백하게 깨달았기 때문이다. 자석에 이끌리듯 내가 마당 안까지 끌려 들어온 이유도 명백해진다. 나는 따뜻한 물이 내 몸속으로 흘러들어오는 것 같은 감동을 느낀다. 그의 사랑하는 아내는 방 안의 북쪽 벽에 기대어 그와 달리 불빛을 정면으로 받고 있다.

언제 찍은 사진일까.

가르마를 타서 쪽을 쪄 올린 머릿결이 아름답다.

볼은 도톰하고 눈은 살아 있는 것처럼 수줍게 웃고 있다. 서른 살을 막 넘겼을까 말까 한 앳된 얼굴이다. 사진은 열린 방문 너머, 직사각형으로 구획된 벽의 한가운데에서 불빛을 정면으로 받고 있기 때문에 유난히 환하다. 그는 한 숟가락의 밥을 자신이 먹고 나면 다음 한 숟가락의 밥은 젊은 아내에게 먹이는 특별한 방식으로 식사를 하고 있다. 때론 고기반찬이나 조깃살을 떼어 밥숟가락 위에 얹기도 한다. 목 메지 않게 국을 떠서 사진의 아내에게 먹이는 것도 잊지 않는다. 아내에게 떠먹이는 숟가락은 사진을 향해 아름다운 포물선을 그리고 올라와 잠깐씩 허공에 머물다 내려온다. 침묵 속에서 행해지는 그 동작의 반복은 따뜻하고 충만한, 그러면서도 신비로운 제의(祭儀)로 보인다.

늦은 저녁이다.

전나무 숲에서 밤새들이 돌아눕는 소리가 난다.

나는 마치 꿈을 꾸고 있는 것 같다. 여러 가지 음식을 혼자 준비하느라 그의 식사 시간이 그만큼 늦어진 모양이다. 푸드덕푸드덕 밤새들의 날갯짓 소리. 전나무 숲으로 자맥질해 들어가는 낮은 바람 소리, 그리고 별들이 제 운행 궤도를 바꾸는 듯한 어떤 고요한 소리들을 나는 듣는다. 혼자, 혹은 사람들과 만나 함께했던, 지난 시간들의 수많은 식사 광경들이 두서없이 눈앞을 흘러간다. 혼자 하는 식사는 쓸쓸하고 함께 하는 식사는 늘 탐욕스럽거나 시끄럽다. 숟가락들이 그릇에 부딪히는 소리, 숯불 위에서 고기가 지글지글 굽혀지는 소리, 생선의 목을 치는 칼도마 소리, 왁자지껄한 웃음소리 따위를 나는 듣는다. 불타는 고기를 향한 젓가락들의 전투력을 나는 떠올리고, 아귀아귀 씹어대는 기름 묻은 입들을 나는 보고, 여기저기 트림들을 해대면서 게슴츠레 풀어지고 있는 포만한 눈들의 야수성을 나는 느낀다. 내가 상상하고 경험한 식사란 항용 그런 것이다. 그러니, 이 저녁의 고요하고 환한 식사 광경을 내가 어떻게 받아들일 수 있겠는가. 행여 꿈인가 하고 나는 상처 난 이마를 짐짓 아프게 비벼본다. 그의 식사는 거의 끝나가고 있지만 나는 쉽게 뒷걸음질 쳐지지 않는다. 감동은 차라리 이제 고통이 되고 있다. 꿈이든 꿈이 아니든 상관없이 내가 어떤 주술적인 계략에 빠져든 건 확실하다.

미역국여.

그가 말했을까.

아니, 그런 일은 있을 수 없다. 그는 벙어리다. 만약 그가 소리를 냈다면 어, 어, 어, 했을 터이다. 어떤 주술로부터 빠져나가기 위해

막 내가 대문 쪽으로 몸을 돌렸을 때, 어, 어, 어…… 우렁우렁한 그
의 목소리가 내 귓구멍 속에 들어와 박히고 만다.

나는 전광석화 고개를 돌린다.

미역국을 뜬 그의 숟가락이 사진 속 그녀의 얼굴에 박혀 있다.
그 순간, 어, 어, 어……가 미역국여……라는, 또렷한 발음으로 환
치된다. 나는 미간을 모으고 숨을 딱 멈춘다. 어, 어, 어……가 내
안에서, 미역국여……라고 조립된 것인지, 미역국여……가 나의 어
떤 회로를 따라 들어오며 어, 어, 어……가 된 것인지 알 수 없다.

오늘 임자 귀빠진 날여. 많이 먹어.

이번엔 막힘없는 문장이다.

나는 너무 놀라서 휘청, 주저앉을 뻔했다. 분명히 어, 어, 어……
가 아니다. 그렇다면 미역국여…… 또한 어, 어, 어……가 아니었을
것이다. 그는 태연자약 마지막 숟가락을 내려놓고 주섬주섬 밥상을
정리하기 시작하고 있다.

오, 늘, 임, 자, 귀, 빠, 진, 날, 여, 많, 이, 먹, 어.

내이(內耳)가 리와인드해서 재생해 내는 소리는 어절마다 더욱
발음이 또렷하다. 나는 하마터면 그에게 달려갈 뻔하다가 간신히
참는다. 어떻게 이런 일이 있을 수 있단 말인가. 나는 충격과 당혹
감에 비틀거리면서 그의 집에서 도망쳐 나온다. 어두운 고샅길엔
별이 쏟아져 내리고 있다. 아니야, 환청을 들은 거야. 나는 귀를 구
기고 잡아당기고 두들겨본다. 그러나 나의 외이(外耳)는 내이가 재
생해 내는 생생한 발음들을 계속 소리쳐 발음해 내고 있다. 오늘 임
자 귀빠진 날여……라는, 그의 말이 너무도 또렷하다.

오, 늘, 임, 자, 귀, 빠, 진, 날, 여.

6

이장의 말대로, 감자는 별로 손 간 일도 없는데 제 몫몫 잘 자라서 마침내 꽃을 피웠다. 첫 꽃이 핀 건 유월 초사흗날이었다.

보살님이 꼭 모시고 오랍니다.

이장이 아침 일찍 내 집에 건너와 말했다.

우리들은 감자의 첫 꽃을 함께 바라보고 있었다. 아침 햇살부터 쨍쨍한 걸로 보아 오늘도 날씨는 끓는 가마솥 같을 모양이었다. 창의(唱衣)……라고, 이장은 한참을 더듬다가 한 번도 들어보지 못한 소리를 했다.

창의라니, 무슨 뜻입니까.

그게 그러니까. 원행 스님 돌아가시고 오늘이 사십구재(齋) 되는 날인데, 스님이 남기신 가사, 장삼이랑 목탁이랑, 뭐 그런 거 저런 거, 오늘 태워 없앤다는 거예요. 눈곱만큼이라도 집착을 남기지 않겠다는 뜻이겠지요. 원하는 분이 있으면 줄 수도 있답디다. 보살님 말씀으론, 임종을 지키셨으니 특별한 인연이라면서, 목탁이나 염주나, 스님이 쓰시던 걸 기념으로 하나쯤 가져가시라구요. 함께 올라가서 스님 사십구재나 지켜보고 마지막 배웅 합시다. 스님의 아들들도 다 올 모양이고.

나는 일없습니다. 이장님이나 가시오.

나는 냉정하게 고개를 가로저었다.

원행 스님은 병원에 도착하기 전에 이미 명줄이 끊겼다. 너무나 충격을 크게 받아서 보살님이 두 번이나 혼절해 쓰러지는 통에 의사들은 전기충격요법까지 썼으나 소생하기엔 너무 늦은 다음이었다. 저금통장들과 절 땅의 등기부등본을 허리춤에 차고 난 직후 숨이 끊어진 게 확실하다면 스님의 임종을 본 것은 유일하게 나뿐인

셈이었다. 명이 끊기기 직전의 스님이 온전한 정신이었는지 어쩐지
는 확실하지 않았다. 확실한 것은 아들을 기다리고 있었다는 것과,
수십여 년 당신 하나만을 떠받들고 살아온 보살님보다 마지막 눈을
감을 때, 차라리 나를 더 믿었다는 것이었다. 내 아들…… 올……올
때까지……라고 그는 말했고, 저, 저년이……라고 그는 덧붙였다.
만약 앞의 말이 내 아들 올 때까지 통장과 등기부등본을 지켜야 한
다는 뜻이었다면, 뒤의 말은 저절로 저년……이 여기에 손대지 못
하게 하라는 의미가 됐다. 그러나 나는 가끔 잠자리에 들었다가도
갑자기 벌떡 일어나며 고개를 가로젓곤 했다.

아니야. 아닐 거야.

나는 소리 내어 중얼거렸다.

앞의 말을 내 아들 올 때까지 죽지 않겠다는 의미로 보고, 저년이
걱정이야……라고, 그가 다 하지 못한 말을 채워 넣으면 어떠랴. 그
러나 보살님이 혹 보기라도 할세라 문을 탁 닫던 야멸친 손길과 문
갑 안에서 필사적으로 통장과 등기 서류를 끄집어내던 잔인한 집착
을 떠올리면 이내 한숨이 나왔다. 물 흐르는 것처럼 부드럽게 흘러
내리는 굴암산 굽잇길을 활달하게 걷던 그의 거침없고 수려한 모습
은 온데간데없었다. 항차 마지막 이승을 떠날 때 그가 보여준 집착
이 이러할진대, 그가 쓰던 가사, 장삼과 목탁, 염주와 바리때 한 벌
을 다 태워 없앤다 한들 그게 무슨 소용인가.

감자는 정말 튼실하게 자라 있었다.

나는 기왕 텃밭까지 늘어놓았던 수도 호스의 끝을 잠고 감자마
다 물을 주기 시작했다. 벌써 두 주째 폭염이 계속되고 있었다. 더
이상 권해도 소용없다고 느끼고 내 집 앞을 떠난 이장의 차가 용암
사로 이어진 논 건너편의 굽잇길을 올라갈 때, 지게를 짊어진 그 사
람, 벙어리 농부가 비닐하우스 앞에 나타났다. 아침이라 그는 햇빛

을 옆으로 받고 있었다.

안녕하세요.

나는 큰 소리로 인사했다.

어, 어, 어 하고 그가 지겟작대기를 흔들면서 화답했다. 이렇게 일찍 일어나 밭에 물을 다 주다니 기특하다……라고, 나는 내 멋대로 그의 말을 해석했다. 빈 지게지만 여느 때와 달리 그의 등은 한껏 굽어 보였다. 눈엔 잔뜩 눈곱이 끼어 있었고, 웃을 때 침이 뚝, 턱밑으로 떨어졌으며 역동적인 주름살의 그물망 역시 전에 비해 풀어진 느낌을 나는 받았다. 뭐 하러 힘들게 빈 지게를 지고 다니세요……라고, 내가 소리쳐 말했으나 그는 이미 동쪽 방향으로 몸을 돌린 다음이었다. 거기서부터 그는 해를 정면으로 받고 걸었다. 다리는 어느새 한 뼘도 더 되게 자라는 밭둔덕의 잡풀에 가리고 체수 작은 몸은 커다란 지게로 가렸으니, 뒤에서 볼 때 지게 하나만 해를 향해 기우뚱기우뚱 흘러들어 가고 있는 것처럼 보였다.

그는 정말 벙어리인가.

나는 습관처럼 혼잣말을 했다.

육이오 때 그는 몇몇 동네 사람과 함께 굴암산의 굴속에 숨어 지냈다고 했다. 이장은 그의 부인이 어떻게 죽었는지 정확하게 설명하지 못했다. 제가 태어나기도 전의 일인걸요. 이장은 말했지만 나는 이장의 말을 다 믿지 않았다. 그 말을 할 때 한사코 내 시선을 피하는 것으로 보아 이장은 자신이 아는 것을 다 말하지 않은 게 확실했다. 그 점은 이장뿐만 아니라 인사를 트고 지내는 몇몇 마을 사람들도 마찬가지였다. 화제가 육이오에 이르면 너나없이 험험 헛기침을 날리거나 집에 일이 있다며 급히 자리를 뜨기 일쑤였다. 반세기가 지났건만 아직도 터놓고 말할 수 없는 것들을 토박이 마을 사람들은 각자의 심지에 박아놓은 게 틀림없었다. 내가 겨우 알아낸 것은 근동의 다른 마을에 비해 이 마을 사람들이 전쟁을 겪으며 유독 많이 죽었다는 사실 정도였다. 들은 얘기지만요, 젊은 부인이 죽고 나서 그 양반 수삼 년 마을을 떠났었다나 봐요……라고 이장은 겨우 설명해 주었다. 총각 때는 동네에서 제일 체격도 좋고 키도 지금과 달리 헌칠하다는 말을 들었다고도 했다. 그러나 신적도 없이 종적을 감추었던 그가 마을로 돌아왔을 때 이미 예전의 그가 아니었다. 체격은 모르지만 키가 확 줄어든다는 이야긴 들어본 적이 없는데요……라고, 이장은 고개를 갸웃하면서 말했다. 몸은 꼬챙이처럼 말랐고 키도 한 뼘쯤 줄어 뵈는 데다가 풍을 맞았던 것인지 입까지 확 돌아가 있어 마을 사람 모두 그를 알아보지 못했다는 것이었다. 더구나 입이 돌아간 탓인지 어리버리 말을 하지 못했다. 객지를 떠돌다가 뭔가, 죽을병에 걸렸던 게지요. 예전이야, 얼마나 험한 세월이었습니까. 이장은 그것으로 아퀴를 지었다. 그의 입이 제자리로 돌아온 수년 후에도, 사람들은 그가 본래부터 벙어리라고 관습적으로 생각했을 터였다. 그는 계속 벙어리였고, 태어날 때부터 벙어리인 것이 되었다.

미역국여.

그러나 그는 분명 말하지 않았던가.

오늘이 임자 귀빠진 날여. 많이 먹어.

나는 면사무소에 가서 남몰래 그의 호적을 열람해 보았다. 그의 말을 들었던 그날이 부인의 생일임에 틀림없었다. 아냐, 그럴 리 없어. 그래도 나는 세차게 고개를 저었다. 부인의 생일을 내 눈으로 확인하고도 믿어지지 않기는 마찬가지였다. 분명히 벙어리인 그가 어떻게 말을 할 수 있겠는가.

나는 감자밭에 우두커니 서 있었다.

이제 첫 꽃이 피었으니 감자꽃은 도미노로 앞 다투어 필 것이었다. 감자 열매가 오지게 영글도록 하려면 꽃을 따줘야 좋다는 것을 가르쳐준 것도 그였다. 다른 때보다 한결 힘이 빠진 듯한 그의 표정이 마음에 걸렸다.

밭둑길은 이내 텅 비었다.

나는 그가 좀 전에 지나간 밭둑길을 보고 용암사로 올라가는 시멘트 포장로도 보았다. 두 개의 길은 텅 빈 채 모두 고요했다. 원행 스님의 염주와 바리때를 태우느라 그런지 굴암산 허리쯤에서 흰 연기가 피어올랐다. 스님은 연기 따라 언덕 저쪽 샹그리라에 들 수 있을까. 스님이 떠났으니 시멘트 포장로는 오래 비어 있을 것이고, 밭둑길 또한 머지않아 비게 될 것이라고 나는 느꼈다. 더 이상, 활달하게 산을 내려오는 원행 스님과 흐르는 듯 밭으로 가는 벙어리 농부가, 내 집 남쪽 창 한가운데에서 서로의 몸속으로 부드러이 스며들어 리드미컬하게 통과해 가는 꿈같은 그림을 볼 수 없게 될 게 확실했다.

나는 그것이 안타까워 짐짓 하늘을 보았다.

7

보살님과 그가 죽은 것은 우연히 같은 날이었다.

창의의 제례가 끝나고 원행 스님의 아들들이 용암사를 팔려고 내놓았다는 소문이 돌 때에도 감자꽃은 줄기차게 피어났다. 아들들이 보살님에게 절을 비우라고 했다는 소문도 돌았다. 그사이 이장은 내게 찾아와 보살님이 꼭 한번 나를 만나고 싶어 한다는 말을 두 번이나 전했으나, 나는 절로 가지 않았다. 내가 본 원행 스님의 임종을 본 대로 말할 준비가 되지 않았기 때문이었다. 보살님은 대웅전 뒤꼍의 칠성각 대들보에 목을 매달았다고 했다. 절에서 쫓겨나는 게 두려워서가 아니라 스님을 향한 정한이 그리 깊었으니 스님을 서둘러 뒤쫓아 간 것이라고, 이장은 단언했다. 칠성각 뒤뜰에선 라일락 한 그루가 쓸쓸히 마지막 꽃잎을 떨궈 내고 있는 중이었다.

나는 그날, 뜰에서 벙어리인 그를 기다리고 있었다.

그냥 내박쳐두었으므로 내 집 뜰엔 온갖 봄풀들이 웃자라 있었고, 또 꽃을 피우고 있었다. 개망초가 여기저기에서 벙긋벙긋 꽃망울을 터뜨리기 시작한 그 사이사이, 쇠별꽃, 바람꽃, 애기똥풀, 양지꽃, 참꽃마리, 제비꽃, 좀가지풀, 씀바귀, 애기나리, 금붓꽃, 앵초, 산민들레가 혹은 피고 혹은 졌다. 안녕하세요. 빈 지게에 황혼을 지고 돌아올 그를 기다렸다가 나는 소리쳐 인사할 작정이었다. 마치 좋아라 하는 선생님에게 인사하려고 복도 끝에 숨어서 기다리고 있는 어린아이 같았다. 안녕하세요. 담배 한 대 피우고 가세요. 내 인사에 화답하여 그가 한 번 웃으면, 천 갈래 만 갈래, 주름살 골골은 깊어도 햇빛보다 환하니, 온 세상이 밝게 열릴 터였다.

그러나 그는 오지 않았다.

놀빛이 급격히 스러지고, 굴암산 허리춤을 미끄러져 내려온 어둠이 삼태기 같은 골짜기를 다 잡아먹을 때까지도 가르마 같은 밭둑길은 계속 비어 있었다. 전에 없던 일이었다. 혹시 그럼 다른 길로 돌아서 집에 간 것일까. 나는 서성거리면서 이미 어둠에 묻혀 흐릿해진 밭둑길 끝을 보고 또 보았다.

무슨 일이 생긴 거야.

어떤 순간 나는 생각했다.

최근에 와서 하루가 다르게 눈의 서기가 풀어지고 허리가 더 굽었던 사실을 나는 잊지 않고 있었다. 개구리들이 악써서 울기 시작했다. 나도 모르게 내 발길이 밭둑길 쪽으로 내달은 것과 동쪽 하늘에서 별똥별 하나가 날카롭게 진 것은 거의 동시였다. 나는 발걸음을 멈추었다. 무슨 일이 있다 한들, 내가 그것을 어떻게 할 수는 없을 터였다. 나는 쓸쓸히 집 안으로 들어왔고, 밥솥의 코드를 꽂았으며, 물에 민 밥을 시어터진 김치 한 종지와 후지럭후지럭 먹었다. 아직도, 여전히, 시시때때 배가 고프고, 배가 고프면 빈 위장을 채워야 한다는 사실에 나는 슬픔을 느꼈다.

그날 밤 꿈에 그가 보였다.

갑자기 굴암산 허리 어디쯤이 세상에서 가장 맑은 나팔 소리가 솟아 나오는 것처럼 환해지더니, 그 광채의 비단길을 따라서 흰 소가 끄는 수레 하나, 천천히 내 앞으로 다가오는 꿈이었다. 그 수레 위에 역시 순백색의 도포를 차려입은 벙어리 농부, 그가 타고 있었다. 키는 측백나무보다 크고 어깨는 탄탄대로로 드넓었다. 나는 망초꽃 무리 사이로 비켜서면서 가만히 수레 위의 그를 바라보았다. 그는 흰 빛에 싸여 있었지만 눈부시진 않았다. 수레가 움직이지 않는 것처럼 흘러와 막 내 곁을 지날 때, 안녕하세요, 라고 수줍은 목소리로 나는 간신히 인사했다.

안녕하세요. 담배 한 대 피우고 가세요.

그가 환히 미소 지으면서 쑤욱, 다섯 자가 넘을 법한 흰 팔을 뻗어 내가 내미는 담배를 받아 들었다. 여전히 말은 없었지만 나는 그가 나를 알고 있다고 느꼈고, 그래서 행복했다. 천지엔 가득 망초꽃이 피어 있었다. 나는 그의 비단길을 더럽히지 않으려고 망초 사이로 수줍게 비켜선 채, 눈부시진 않았으나 습관처럼 손차양을 하고서, 그가 탄 수레가 동쪽 끝을 향해 멀어지고 있는 걸, 보이지 않을 때까지 바라보았다.

그는 자신의 밭에서 죽었다.

세상에서 그처럼 정갈하고 생명력 넘치는 밭을 나는 예전에 본 적이 없었다. 그의 감자들은 내 감자보다 한 뼘씩 컸고, 토마토는 이미 열매를 맺었으며, 수박은 수박끼리 참외는 참외끼리 오이는 오이끼리 상추는 상추끼리 쑥갓은 쑥갓끼리 고구마는 고구마끼리 고추는 고추끼리 아욱은 아욱끼리 배추는 배추끼리 무는 무끼리 콩은 콩끼리 호박은 호박끼리 제 몫몫, 그러나 한데 어울려 아주 건강하게 자라고 있었다. 그것들 하나하나가 모두 말갛게 세수하고 난 청년들 같았다. 그는 한가운데, 밭고랑 사이에서 호미를 든 채, 고요히 엎어져 있었다. 어깨를 가만히 흔들면 금방이라도 기지개 켜고 일어나 호미질을 계속할 것 같은 자세였다.

나는 그가 샹그리라로 갔다고 생각했다.

(2004년 작)

문학 그 높고도 싶은

김미현

한 작가가 말한다. "데뷔 초기에 나는 사회비판적 성향이 강한 단편들을 열심히 썼으나 발표 지면조차 확보하지 못하는 소외를 겪었고, 소위 인기작가의 이름으로 살던 십몇 년간은 많은 독자의 사랑을 받았지만 내가 내 작품으로부터 유리되는 고통을 경험했으며, 작가로서 죽음이나 다름없었던 '절필'을 통해 나는 급기야 나의 문학적 기득권을 반납했다."(「작가의 말」, 『향기로운 우물 이야기』, 창작과비평사, 2000) 이 작가는 박범신이다. 스스로 밝힌 대로 박범신은 베스트셀러와 문제작을 동시에 썼지만, 서로 다른 이유로 찬사와 비난을 동시에 받았다.

그래서 그의 대표 중·단편 10편을 시간 순서대로 수록한 이 책은 '절필 이전 – 절필 기간 – 절필 이후'의 흐름을 보여주는 세 부분으로 크게 나눌 수 있다. 절필을 전후로 데칼코마니처럼 좌우가 바뀐 등가물과 비슷한 구조를 지닌 것이 그의 작품들이기 때문이다. 「겨울 아이」, 「역신(疫神)의 축제」, 「읍내 떡뻥이」, 「그들은 그

렇게 잊었다」 등이 절필 이전인 1970년대 말부터 1980년대 초까지
의 작품 세계를 보여주는 작품들이다. 그리고 절필 시기의 경험과
고통을 담고 있는 「제비나비의 꿈」과 「바이칼 그 높고 깊은」이
1990년대 중반의, 작가가 절필했던 시기를 대표하는 작품들이라고
할 수 있다. 나머지 「그해 가장 길었던 하루」나 「내 기타는 죄가 많
아요, 어머니」, 「항아리야 항아리야」, 「감자꽃 필 때」는 작가가 다
시 글을 쓰기 시작한 이후인 1990년대 말부터 2000년대 초까지의
작품 세계를 보여주는 작품들에 해당한다.

　작품들의 면면에서 드러나듯이 이 작가는 '왜 쓸 수 없는가' 라
는 문제조차 소설이 되고, '왜 계속 쓰고 있는가' 가 삶의 이유가 되
는 천형(天刑)의 작가이다. 때문에 위의 인위적인 시기 구분이나,
그런 구분의 기준이 되는 '절필' 이라는 단어 자체가 무의미하거나
모순적인 작업일 수밖에 없다. 그러나 그 자체로 한 작가의 문학적
연대기이자 산업화나 근대화 이후의 한국 소설사에 해당한다면, 이
소설집을 이런 시각에서 바라봄으로써 그의 문학 속 '밀실' 과 '광
장' 을 상호 소통시켜 주는 창이나 문을 달 수도 있을 것이다.

　박범신의 초기작들은 『죽음보다 깊은 잠』이나 『풀잎처럼 눕다』,
『밤이면 내리는 비』, 『물의 나라』, 『불의 나라』 등의 베스트셀러 장
편소설로만 그를 평가하거나 기억하는 사람들의 뒤통수를 치는 수
준과 경향을 보여주고 있다. 소외되고 억압받는 자들을 내세워
1970년대의 산업화나 독재를 비판하는 사회성 짙은 소설들을 씀으
로써 '잠수함 속의 토끼' 와 같은 민중과 작가의 모습이 강조되고
있기 때문이다. 첫 창작집의 표제작이기도 한 「토끼와 잠수함」에서
도 드러나듯이 이 작가에게 1970년대 사회는 밀폐되고 억압적인
잠수함에 다름 아니다. 이런 잠수함 속 공기의 움직임이나 변화를
가장 예민하게 알려주는 것이 바로 토끼이다. 잠수함 내의 공기 중

산소 포함량을 진단하기 위해 태운 토끼의 호흡이 정상에서 벗어날 때부터 여섯 시간을 최후의 시간으로 삼기 때문이다. 이런 맥락에서 한 사회의 억압 정도나 위험 수위를 가장 정확하게 알려주는 인물 군상이 바로 토끼로 대변되는 1970년대의 '뿌리 뽑힌 자'들이다. 그리고 그런 토끼들의 호흡에 가장 민감하게 반응하는 작가 또한 게오르규의 「25시」에 나오듯이 잠수함 내의 토끼에 다름 아님을 박범신의 초기작들은 여실히 보여준다.

「겨울 아이」에서 군 수리조합장의 아들 '나'가 귀향길에서 만난 아이로부터 확인하게 된 것은 '나'의 아버지로 인해 소읍 사람들이 삶의 터전을 잃었다는 사실이다. 경제의 발전 논리에 입각해 농토를 목장이나 유원지로 만드는 과정에서 주변부로 내몰린 아이의 가족들은 읍의 분뇨 탱크가 바로 집 앞에 세워지는 수모까지 당한다. 급기야 그 분뇨 탱크 속에 아이의 어린 여동생이 빠져 죽자 '나'의 죄의식과 부끄러움은 더욱 커진다. 아이의 가족들이 항변하는 것은 "똥깐보다 사람살이가 더 귀하다"는 것이다. 이런 기본적이고도 인간적인 원칙이 지켜지지 않는 사회에 대한 분노가 아이로 하여금 '나'가 투숙해 있던 자신의 여관집에 불을 지르는 행동으로 발전한다. 이를 통해 강조되는 것은 도시화에 따른 농민의 해체와 심화된 빈부 격차 및 계급 간의 갈등이다.

보다 구조적이고 체계적인 입장에서 권력의 문제에 천착한 작품이 「역신의 축제」이다. 10여 년 후에 「틀」이라는 작품으로 확대 개작되기도 한 이 작품에서는 세계의 폭력성이나 권력의 편재성에 대한 작가의 신랄한 비판이 이루어지고 있다. 전근대적이고 씨족적인 권력을 대표했던 강 진사의 세력을 타파한 뒤 새롭게 등장한 전도사의 권력은 근대적이고 합리적인 지배의 외양을 갖추고 있다. 그러나 전도사가 내세운 "이제 곧 잘 살 수 있게 된다"라는 당의정(糖

衣鉞) 속에는 마을 사람들을 희생 제물로 삼는 권모술수가 숨겨져 있다. 전도사에 의해 이용당한 후 자살하는 어린 화자 '나'의 누나로 대표되는 마을 사람들의 희생을 댓가로 치르고 '새로운 강 진사'로 재림한 것이 바로 전도사이기 때문이다. "우리 동네에선 강 진사가 자유를 정하는 거랬어요"에서 "마을의 모든 일은 전도사가 결정했다"로 바뀌었을 뿐, 혹은 아이들의 우두머리가 강 진사의 손자에서 타자이자 약자였던 '나'(성재)로 바뀌었을 뿐 마을 사람들의 지위나 삶에서 달라진 것은 없다. 오히려 합법화되거나 자발적인 복종을 강요한다는 측면에서 더 고급화되고 무서워진 권력이 재생산된 것일 뿐이다. 그래서 작가는 신을 위한 진정한 희생이나 제의는 없고, 가짜 신인 역신들을 위한 허황된 축제만 있는 병들고 타락한 사회, 지배하는 사람은 바뀌었지만 권력의 틀은 바뀌지 않은 억압적인 사회에 대해 불신과 허무를 느끼고 있다.

이와 연관되어 희생양이나 제물에 해당하는 억압받는 소수, 뿌리 뽑힌 자, 소외된 계층, 밑바닥 인생 등에 대한 작가의 관심과 애정을 대변하는 인물이 바로 「읍내 떡뻥이」의 떡뻥이다. 떡뻥이는 거지인 굴노인의 보살핌을 받는 정신적·육체적 불구자이다. 그런데 이처럼 정신도 모자라고 꼽추이기도 한 떡뻥이의 유일한 보호처인 굴노인의 집이 철거될 위기에 처한다. 동네 유지이자 발전 세력을 대표하는 극장 주인 만상의 돈 되는 버드나무를 보호하기 위해 힘 없는 굴노인의 30여 년이나 된 보금자리가 헐리도록 도시 계발 계획이 변경된 것이다. 굴노인은 집의 보상금으로 받은 3만 원을 거지 왕초인 이쁜이에게 주면서 떡뻥이의 앞날을 부탁한다. 그러나 단지 돈이 탐났던 이쁜이는 떡뻥이가 만상과 그의 부하인 성구의 성적 노리개였고 임신까지 한 사실을 알고는 떡뻥이를 내친다. 다시 굴노인을 찾아간 떡뻥이는 강물에 빠져 죽으려는 굴노인를 따라

생을 마감한다. 이쁜이 또한 만상의 극장에 불을 지른 후 사라진다. 이처럼 사라진 '강경읍의 명물들'을 대신하는 것은 산업화와 도시화의 물결이다. "커다란 불도저가 한입에 토굴을 잡아먹고, 사람들은 살기 좋아졌다 환호하고, 결국 금강물을 뽑아 올리는 터빈이 밤낮없이 돌아가며, 기계 소리가 몸서리를 쳐댈 것이다"라거나, "때마침 읍에서 새마을 운동의 일환으로 페인트칠이다, 간판을 새로 단다, 읍내 미화 운동을 개시했다"라는 말이 함축하는 바는 과연 읍내 명물들의 희생으로 인한 개발이 누구를 위한 것인지 그리고 진정한 발전인지에 대한 근본적인 회의라고 할 수 있다.

이와 다른 맥락에서 사회의 폭력이나 발전 논리에 의한 희생을 4·19 세대의 변모로 형상화한 작품이 「그들은 그렇게 잊었다」이다. 사회에 의한 억압에서 예외자란 있을 수 없다는 사실을 혁명의 주체이자 지식인인 인물들을 통해 보여주고 있는 것이 이 작품이다. 고1때 정의감과 건강함에 불타 4·19 혁명에 참가했었던 '나'는 지금은 38살의 실직자가 되어 무기력한 삶을 영위하고 있다. 그러다가 혁명 때 목숨을 잃은 친구의 묘지 앞에서 우연히 재회한 선배를 통해 '나'는 4·19 혁명으로 대표되는 희망과 생명력을 되찾으려 한다. 이것은 "잊지 않아야 할 것을 잊지 않고 사는 방법"을 찾기 위한 몸부림에 다름 아니다. 그러나 '나'가 확인한 것은 먹고 살기 위해 개장수로 변신한 선배의 모습이다. 더욱더 비극적인 것은 선배를 이처럼 세속적이고 속물적인 생활인이나 정의와 신념을 상실한 변절자로 만든 것이 바로 거부할 수 없는 자본주의적인 현실이라는 사실이다. '초전박살'이나 '하면 된다'는 자본주의의 논리 자체가 흉기가 되어 선배의 삶을 훼손시키고 있었던 것이다. 원하지 않았으나 피할 수 없었다는 점에서, 그럼에도 불구하고 가족들에게조차 오히려 개처럼 취급당한다는 점에서 선배는 가해자가 아닌 피해자이다. 정의나 자유, 순수가 오히려 독소가 되면 패배자가 될 수밖에 없다. 그리고 가해자로 살아도 이길 수 없다면 피해자가 된다. 이처럼 이 소설은 과거의 영광을 잊지 않고서는 살 수 없는 사람들에게는 희망이나 신념 자체가 오히려 흉기가 된다는 것을, 그리고 그 흉기가 바로 폭력적인 사회가 획책한 '자살을 빙자한 타살'에 사용되고 있는 무형의 무기에 다름 아님을 아프게 전하고 있다.

이상의 4편의 초기작들은 "나는 급속한 산업화로 무질서한 장터 같았던 당시에 그 산업화의 필연적 산물인 구조적 불평등과 계급 간의 갈등 문제에 나의 중·단편을 바쳤다"(「그해 내린 눈 지금 어디에」, 『흰소가 끄는 수레』, 창작과비평사, 1997)라는 작가의 고백이 진실임을 확인시켜 준다. 비판적이고 비관적인 사회나 세계에 대한 인식을 통해 베스트셀러만이 아니라 문제작을 쓴 작가로서의 면모를 확실하게 보여주고 있기 때문이다. 이로써 박범신은 독자 혹은 평론가가 안(못) 읽은 것이 아니라 작가가 쓴 것, 베스트셀러냐 아니냐가 아니라 좋은 소설인가 아닌가가 전체적인 문학 평가에 있어서 중요하다는 것을 강조한다. 그리고 이 시기를 관통하는 작가의 관심이 '인간주의 이데올로기'였음도 보여준다. 기존의 거칠거나 직접적으로 사회를 반영하는 소설들과 박범신의 초기작이 갈라서는 지점도 바로 이 부분이다. 그는 사회를 말하기 위해 인간을 말하지 않고, 인간을 말하기 위해 사회를 말한다. 때문에 이 작가에게 리얼리티는 현실이기도 하지만 영혼이기도 하다. "우리는 누구나 풀잎같고, 그렇지만 세상은 늘 우리에게 칼날이 되라고 한다"(『황야』 3권, 청한문화사, 1990)라는 문제의식이 이 시기의 작가를 지배했기 때문이다.

하지만 이처럼 풀잎을 자르는 칼날에 대해 "재미있고도 향기롭게 말하는 대중성과 현실 비판 의식을 저버리지 않는 문제성이라는 두 마리 토끼"(「그해 내린 눈 지금 어디에」)를 모두 잡으면서 문학화 하려 했던 작가에게 위기가 찾아온다. 절필 직전에 쓴 작품인 「그해 내린 눈 지금 어디에」에서 드러나고 있듯이 80년 광주로 대표되는 현실적 억압의 누게에 짓눌려 있던 작가에게 상상력의 고갈이라는 문학에서의 파산 선고까지 내려진 것이다. 현실과 일정한 거리를 유지하며 자신의 사막 혹은 골방에서 피 흘리는 구도자처럼 소설을 쓰던 작가에게 '실제 작가'의 모습과 '풍문 속 작가'의 모습 사이에서 발생하는 괴리도 커다란 고통이었겠지만, 더 심각한 고통은 '골방'과 '광주' 사이의 거리, '글'과 '삶' 사이의 거리에서 오는 분열과 회의이다. 그래서 펜을 놓게 된 작가는 3년이 흐른 후에 "글쓰기를 중단하고 있는 동안 내가 아프게 만났던 자기 성찰의 보고서"(『흰소가 끄는 수레』, 작가의 말)에 해당하는 「흰소가 끄는 수레」 연작 5편을 쓴다.

그중 한 편인 「제비나비의 꿈」은 절필한 소설가가 베스트셀러 작가였던 자신을 비판한 교양 국어 강사로 인해 상처 입은 스무 살 아들과 나눈 대화체로 진행되는 소설이다. 하지만 이 소설이 단순한 작가의 자전적 고백에서 그치지 않는 이유는 '무리'로부터 튕겨져 나온 '제비나비의 꿈'을 문제 삼고 있기 때문이다. 문학의 절대적 힘을 강조하는 것은 이 작가에게 전혀 새로운 것이 아니다. 박범신에게 작가란 문학을 하지 않으면 죽을 수밖에 없는 존재이기 때문이다. 여기서 더 나아가 작가는 '무리'로 대변되는 지배적이고 억압적인 제도나 질서, 폭력적인 집단성이나 전체성을 거부함으로써 소외될 수밖에 없는 소수의 공포를 강조하고 있다. 소설 속 '나'가 폭력적인 교사에게 저항했었던 고등학교 때의 체험, 힘 있는 교장의 권력에 외롭게 저항했었던 전임강사 시절의 체험, 신문사 입

사시험 때 경험한 소수자로서의 체험 등을 열거하는 것도 이런 공포감을 강조하기 위함일 것이다. 그에게는 수치심이나 모멸감이 아니라 무리에서 떨어져 나왔을 때 겪게 되는 이런 공포감이 문학적 트라우마와 연결된다. 무리로부터의 소외로 인한 공포감이 절필의 동기가 되는 것도 이 때문이다. 유명작가라는 소문이나 단정으로 인해 자신의 문학의 실체를 규명조차 하지 않으려는 '무리' 들로부터 느낀 소외와, 자신이 지금까지 일궈온 문학 전체라는 '무리' 로부터 자기 자신의 삶이 벗어나 있을 때 느끼는 소외가 동시에 공포를 유발시킴으로써 그를 절필로까지 몰고 간 것이다. 하지만 그는 다시 무리 속으로 돌아가 무리 속에서 무리를 위한 문학을 하기 위해 절필을 철회한다. '문학을 위한 삶' 에서 '삶을 위한 문학' 으로, '운명의 문학' 에서 '일상의 문학' 으로 무게 중심을 옮기기 위해 필요했던 어둠의 시간을 극복했기 때문이다. "길고 고통스러운 어둠의 시간을 꿈꾸며 인내하고 나서 마침내 그 무명(無明)을 일시에 무너뜨리는 나비의 탈피와 비상"이 진정한 작가의 임무로 비유되고 있는 것도 이런 이유 때문이다.

「바이칼 그 높고 깊은」에서는 딸에게 보내는 편지 속에서 이런 작가의 임무가 변주되어 나타나고 있다. 글쓰기를 멈추었음에도 불구하고 사라지지 않는 집착과 탐욕, 번뇌에서 벗어나기 위해 작가는 "시베리아 대삼림 가운데 물 맑은 영혼의 심지로 밝혀 있는 바이칼"을 찾아간다. 이 여행에는 "내가 쓴 소설들은 삶을 여는 것이었던가, 한정지어 닫는 것이었던가" 에 대한 작가로서의 회의가 작용한 것이다. 그래서 자신의 문학하는 자세와 운동권 딸의 시위하는 자세를 대비시키면서 두 가지의 자세가 합일될 때 물과 불, 수심과 수면, 심신(心神)과 색신(色身) 등도 하나가 될 수 있음을 강조한다. "네가 불타는 아비(阿鼻)의 거리에서 꿈꾸듯이, 나 또한 세상

속으로 돌아가 보다 높고 보다 낮은, 보다 고독하고 보다 깨끗한 나의 사랑을 꿈꾼다”라는 작가의 말이 이런 합일을 위한 기초가 된다.

이처럼 세상 속에 적극적으로 들어가 ‘열린 문학’을 하고 싶다는 작가가 다시 초심으로 돌아가 쓴 ‘또 다른 처녀작’들이 바로 「그해 가장 길었던 하루」와 「내 기타는 죄가 많아요, 어머니」 같은 작품들이다. 작가 스스로도 첫 창작집인 『토끼와 잠수함』을 연상시킨다는 연작집 『향기로운 우물이야기』에 실려 있는 작품들로서, “서사의 길을 닦아 세상 속으로 가고 싶다”(작가의 말)는 작가의 의도가 잘 드러나 있기도 하다. 여기서 작가가 강조하는 서사의 회복은 1990년대 문학의 내면화 경향에 대한 비판에서 비롯되었기에 의미심장하다. 그가 강조하는 서사가 단순히 이야깃거리나 줄거리 중심의 소설이 아니라 독백이 아닌 대화, 고립이 아닌 관계, 본질이 아닌 실존을 회복시키려는 문학의 권리장전으로 읽히기 때문이다. 초기작들을 강하게 연상시키면서 전통적이고도 정통적인 계열에 속하는 「그해 가장 길었던 하루」가 이 지점에 자리 잡을 수밖에 없는 것도 이 때문일 것이다.

특히 「내 기타는 죄가 많아요, 어머니」에서 작가가 다시 한번 확인시켜 주는 것도 바로 현실과의 실제적 관계에서 발생할 수 있는 문학의 유죄성이다. 이 소설에서 동일 인물인 ‘우대산’과 ‘서우빈’의 이중성은 그 자체로 문학과 현실, 작가와 문학이 관계 맺는 방식의 은유라고 할 수 있다. 유명작가인 ‘나’를 사칭하면서 ‘나’의 시까지 도용하는 사기꾼 우대산은 문학을 통해 비뚤어진 호사 취미를 누리려 하거나 자신의 열악한 신분에 대한 불안감을 편법으로 해소하려는 ‘가짜’에 불과하다. 그러나 진짜 예술을 지향했다가 그런 자신으로 인해 오히려 굶어 죽었던 카나리아로 인해 가짜의 길로 들어 선 후 그런 가짜를 보고 열광하는 가짜 애호가들을 비웃으며 굴복시키려고 하는 서우빈은 '진짜'일 수도 있다. 가짜를 비판하는 가짜는 진짜이기 때문이다. 이처럼 평가가 전도될 수 있는 우대산 혹은 서우빈을 통해 작가의 분신인 '나' 또한 자신의 문학을 되짚어본다. 이것은 문학이 유죄인 경우가 과연 '가짜 같은 진짜'일 때인가 아니면 '진짜 같은 가짜'일 때인가라는 심오한 질문과 연결될 수 있기에 이 소설을 뒤집어진 '예술가 소설'로도 읽히게 한다. 우대산이 아무리 추상적인 이미지에 불과할지라도 힘들고 배고팠던 시기에 자신의 등불이 되어준 것처럼, 아무리 가짜일지라도 서우빈의 문학이 그에게 한 순간의 진실이나 감동을 준다면 비난만 할 수 있을 것인가. 이것은 그대로 우대산 혹은 서우빈에게 죄를 짓게 한 '나'의 문학은 과연 진짜이자 무죄라고 확언할 수 있는가에 대한 회의로까지 발전한다. 이런 자신의 문학에 대한 도저한 회의주의와 결벽증을 통해 이 작가의 문학에 대한 숭고한 열정은 더욱더 깊어진다.

이토록 힘들게 제자리를 되찾아가고 있는 이 작가에게 진짜 중요한 것은 죽음에 대한 욕망과 불멸에 대한 의지 사이에서 느끼는 갈등과 괴리와의 싸움임을 알려주는 작품이 「항아리야 항아리야」이다. 이 작품에서 늙은 여류 작가나 무기력증에 빠진 화가 '나'의 비생산성은 "아이를 밸 수 없는 자들의 쓸쓸하고 참혹한 퍼포먼스"(「작가의 말」, 『빈방』, 이룸, 2004)를 유발시키고 있다. 작가는 이를 통해 생명력으로 가득 찬 별과 빛을 품고 있는 우주조차 아무런 생명력이 없는 "무기물의, 커다란 투구"(「작가의 말」)로 여기는 현대인들의 불임성을 고발한다. 이 소설 속에서 반복되어 등장하고 있는 씨앗을 품고 있는 해바라기, 큰 젖가슴을 가진 여성의 몸, 임산부의 자궁을 닮은 항아리, 완형(完形)의 달(月)이나 모래 언덕, 부풀 대로 부풀어 오른 여성의 음부를 닮은 산골짜기 등은 모두 생명력과 풍요로움의 상징이다. 원형(圓形)을 통해 생산적인 창조력을 지향하는 원형(原型)들에 해당하기 때문이다. 반면 '나'의 헛배나 중심이 텅 빈 항아리, 옛애인 혜인의 가짜 젖가슴, 무기질의 호피티(hoppity) 등은 모두 불모와 불임의 상징이다. 대조되는 이 두 상징을 통해 작가는 죽음과 생명, 소멸과 불멸, 공허와 충만 사이의 갈등을 문제 삼고 있다. 때문에 필생의 야심작을 쓰려고 했던 늙은 여류 작가의 자살 이후에 "나는 남몰래 대형 항아리 속을 들어갔다"라는 말로 끝나고 있는 이 소설은 고래 뱃속으로 들어가 다시 태어나고 싶은 수많은 요나들의 재생 혹은 신생에 대한 염원을 형상화한 것이라고 볼 수 있다.

「감자꽃 필 때」는 지금까지 살펴본 작가의 중·단편들이 지향하는 바가 무엇인지를 잘 보여주는 결정판에 가까운 소설에 해당한다. 두 갈래의 길이 있다. 밭둑길로 대표되는 벙어리 농부의 길과, 시멘트길로 대표되는 용암사 주지의 길이 그것이다. 두 길 모두 "묘지로 이어지는 길" 혹은 "삶으로부터 저승으로 빠져나가는 길"이다. 물론 그 길의 모양이나 끝은 서로 다르다. 농부의 밭둑길이 텅 빈 듯하지만 분주한 반면, 주지의 시멘트길은 분주하지만 공허하다. 농부의 길이 외롭지만 순수하고 정갈하다면, 주지의 길은 활달하지만 집착과 미련으로 인해 춥고 추하다. 때문에 "언제나 이것과 저것, 삶과 죽음의 경계가 없고 일체의 결핍도 없는, 불멸의 삶을 살 수 있는 이상향"인 '샹그리라'로 갈 수 있는 사람은 시멘트길로 죽음에 이른 주지가 아니라 밭둑길로 죽음에 이른 농부이다. 이를 통해 작가는 불멸에 이르기 위해서는 제대로 죽어야 한다는 것, 제대로 죽기 위해서는 제대로 살아야 한다는 것, 제대로 살기 위해서는 제대로 아프거나 많이 버려야 한다는 것을 보여준다. 죽지 않고서는 불멸에 이를 수 없는 삶의 모순을, 그렇기에 더욱더 치열한 삶을 포기할 수 없다는 낭만적 아이러니를 강조한 것이다.

　이렇게 볼 때 박범신의 문학은 시간을 통과시키는 문학이 아니라 시간과 함께 흘러가는 문학임을 확인하게 된다. 무엇을 위한 문학이 아니라 그 자체로 문학인 문학, 수면의 변화나 흐름을 수용하고 합일시키려는 심해의 불변성과 영원성을 동시에 추구하는 문학이 바로 이 작가의 문학이라고 할 수 있다. 따라서 이 책에 실린 거의 대부분의 작품 속에서 죽음에 이르는 인물을 등장시키면서 작가가 탐구하고자 했던 것은 통렬한 죽음에 이르고 싶은 작가의 근원적인 욕망임과 동시에 죽음 이후의 삶마저 문학화하려는 지독한 소명의식이기도 하다. 이런 그의 문학은 앞으로 변하면서도 변하지 않을 것이다. 죽음의 유한성을 인정함으로써 불변의 불멸성에 도달하려는 부랑(浮浪)의 문학이기 때문이다. 소포클레스의 『필록테테스』에 나오는 작가의 은유처럼 그는 독사에 물린 고약한 상처를 지녔기에 집단으로부터 유리되기도 하고, 활을 잘 쏘는 특별한 재능 때문에 어쩔 수 없이 집단의 부름을 받기도 하는 존재이다. 또한 남을 아프게 하기 위해 자신이 먼저 앓는 환자이자, 자신의 항원체로 그 병을 치료할 수 있는 유능한 의사이기도 하다. "내 몸 안엔 늙지 않는 예민하고 포악한 어떤 짐승이 살고 있다"(「작가의 말」, 『빈방』)라고 말하는 작가라면 그 엄청난 업(業)을 감당할 수 있을 것이다. 여기 모인 작품들이 바로 그가 사회나 인생 혹은 문학을 겨냥해 정확하게 쏘아댄 화살들이다.

(문학평론가 · 이화여대 교수)

작가 연보

1946년　8월 24일 충남 논산군 연무읍(당시 전북 익산군) 봉동리 242번지 두화부락(杜花部落)에서 아버지 박원용과 어머니 임부귀의 1남 4녀 중 막내(외아들)로 태어남.

1965년　남성고등학교 졸업. 고등학교 3학년 때부터 시 습작을 시작했음. 독서광으로 살았으며, 고등학교 2학년 때 수학여행비로《사상계》를 정기구독했다.

1967년　전주교육대학 졸업

1969년　교사직 사임. 원광대학교 국문학과 편입학.

1971년　원광대학교 국문학과 졸업. 상경하여 광고회사 스크립터,《법률신문사》기자 등 여러 직업을 전전함.

1972년　강경 여자중학교 국어교사. 이해 10월 대학 1년 후배 황정원과 결혼.

1973년　《중앙일보》신춘문예에 단편 「여름의 잔해」가 당선되어 문단에 등단함. 서울 문영여자중학교 국어교사.

1974년　장남 병수 출생.

1976년　장녀 아름 출생.

1978년　창작집 『토끼와 잠수함』 출간.

1979년　장편 『죽음보다 깊은 잠』, 『깨소금과 옥떨메』, 『미지의 흰새』 출간. 차남 병일 출생.

1980년　장편 『밤을 달리는 아이』, 장편 『풀잎처럼 눕다』 출간. 고려대학교 교육대학원 졸업(석사논문 「이익상 소설연구」).

1981년　창작집 『덫』, 장편 『돌아눕는 魂』, 『겨울江 하늬바람』, 산문집
　　　　『무엇이 죽어 새가 되는가』 출간. 장편 『겨울江 하늬바람』으로
　　　　대한민국문학상 신인부문 수상.

1982년　콩트집 『아내의 남자친구』, 중편선집 『그들은 그렇게 잊었다』, 장
　　　　편 『형장의 신』 출간.

1983년　장편 『태양제(太陽祭)』, 『불꽃놀이』, 『밀월』, 『촛불의 집』, 단편
　　　　선집 『식구(食口)』 출간.

1985년　장편 『숲은 잠들지 않는다』 출간.

1986년　장편 『꿈과 쇠못』, 『우리들 뜨거운 노래』, 산문집 『나의 사랑 나
　　　　의 결별』 출간. 오리지널 희곡 『그래도 우리는 볍씨를 뿌린다』 공
　　　　연(극단 광장).

1987년　장편 『불의 나라』, 『수요일의 도착』, 중편소설 『시진읍』 출간. 등
　　　　단 이후 장남 튼튼(병수), 장녀 아름, 차남 병일을 순산하여 다섯
　　　　식구의 가장이 됐으나 부모님 두 분과 누님 한 분(막내누님) 잃음.

1988년　장편 『물의 나라』 출간.

1989년　장편 『잠들면 타인』 출간. 장편 『틀』을 가도가와쇼텐〔角川書店〕
　　　　에서 일어 판으로 먼저 번역 출간.

1990년　연작소설집 『흉기』, 장편 『황야(荒野)』 출간.

1991년　콩트집 『있잖아, 난 슬픈 이야길 좋아해』, 소설선집 『읍내 떡뻥
　　　　이』. 명지대학교 문예창작학과 객원교수. 문화일보 객원논설위원.

1992년　장편 『마지막 연인』, 『잃은 꿈 남은 시간』 출간.

1993년　장편 『틀』의 한국어 판 출간. 명지대학교 문예창작학과 교수로
　　　　취임. 문화일보에 장편 『외등(外燈)』을 연재 중 보다 깊어지고자
　　　　절필. 이후 3년 동안 완전히 쓰지 않고 침묵.

1994년　장편 『개뿔』, 산문집 『적게 소유하는 자가 자유롭다』 출간.

1996년　산문집 『숙에게 보내는 서른여섯 통의 편지』 출간. 《문학동네》
　　　　가을호에 중편 「흰소가 끄는 수레」를 발표하면서 작품 활동 재개.

1997년 3년간의 침묵 기간 동안의 경험을 토대로 한 자전적 연작소설집
　　　　『흰소가 끄는 수레』 출간.

1998년 문화일보에 장편 『신생(新生)의 폭설』 연재 시작. 단편 「가라앉
　　　　는 불빛」(《작가세계》 여름호), 「내 기나는 죄가 많아요, 어머니」
　　　　(《창작과 비평》 여름호) 발표.

1999년 계간 《시와 함께》 봄호에 「놀」 외 19편의 시를 발표하면서 시인
　　　　겸업 선언. 이후 《작가세계》, 《문학동네》, 《문학과 의식》 등에 연
　　　　달아 시를 발표. 문화일보 연재소설 『신생의 폭설』을 『침묵의
　　　　집』으로 제목을 바꿔 출간. 단편 「별똥별」(《문학과 의식》 봄호),
　　　　「세상의 바깥」(《현대문학》 8월호), 「그해 가장 길었던 하루 – 들
　　　　길1」(《창작과 비평》 가을호) 발표.

2000년 단편 「소음」(《문학동네》 봄호) 발표. 창작집 『토끼와 잠수함』을
　　　　제1권, 장편 『죽음보다 깊은 잠』을 제2·3권으로 『박범신 문학선
　　　　집』(세계사) 출간 시작. 창작집 『향기로운 우물 이야기』 출간. 김
　　　　동리 문학상 수상.

2001년 장편 『외등』 출간. 『향기로운 우물 이야기』로 제4회 김동리 문학
　　　　상 수상.

2002년 산문집 『젊은 사슴에 관한 은유』 출간.

2003년 수필집 『사람으로 아름답게 사는 일』, 장편 『더러운 책상』으로 만
　　　　해문학상 수상. 시집 『산이 움직이고 물이 머문다』 출간.

2004년 연작소설집 『빈방』 출간.

2005년 장편 『나마스테』, 소설선집 『제비나비의 꿈』 출간. 『박범신 문학전
　　　　집』 출간 중.

오늘의 작가총서 23

제비나비의 꿈

1판 1쇄 찍음 2005년 11월 15일
1판 1쇄 펴냄 2005년 11월 25일

지은이 · 박범신
편집인 · 박상순
발행인 · 박맹호, 박근섭
펴낸곳 · (주) 민음사

출판등록 1966. 5. 19. 제16-490호
서울 강남구 신사동 506번지 강남출판문화센터 5층 (135-887)
대표전화 515-2000 팩시밀리 515-2007

값 10,000원

© 박범신, 2005. Printed in Seoul, Korea

ISBN 89-374-2023-6 04810
ISBN 89-374-2000-7 (세트)